월든

완역에서 — 완독까지 002

월든

헨리 데이비드 소로 지음 | 박연옥 옮김

Walden
Henry David Thoreau

위즈덤하우스

- **일러두기**

1. 본문의 주는 모두 옮긴이 주다.

2. 본문의 원문은 *Walden or, Life In the Woods*(Boston: Houghton Mifflin&Company, 1906)을 참고했다.

3. 인용된 번역은 원문의 느낌을 가급적 살리되 독자들이 이해할 수 있도록 현대어로 풀어 썼다.

4. 원문에서 이텔릭체, 고딕체로 강조된 부분은 ' '로 표기했다.

5. 원문에 언급된 길이의 단위인 인치·피트·마일은 그대로 병기했다. 단 독자들에게 낯선 단위인 로드rod의 경우에만 5미터씩 환산해 본문에 표기했다.

6. 인명·서명 등은 원칙적으로 처음 나올 때만 원어를 병기했다. 단, 본문의 이해를 돕기 위해 필요한 경우 다시 병기했다.

7. 본문의 전집이나 총서, 단행본 등은 《 》로, 개별 작품이나 편명 등은 〈 〉로 표기했다.

옮긴이 서문

∙

∙

헨리 데이비드 소로Henry David Thoreau에게 관심이 생긴 것은 10여
년 전 하버드옌칭연구소의 방문학자로 미국 매사추세츠 주 케
임브리지에 1년 동안 머물며 여러 차례 월든Walden 호수를 방문
하면서부터였다. 그 이전에도 소로의《월든Walden》에 실린 에세
이 한 편을 학부 수업에서 가르친 적은 있지만, 당시만 해도 소
로에 대해서는 막연히 월든 호숫가에서 은둔자처럼 살던 사람
이고 미국 문학에서 유명한 에세이집《월든》과〈시민불복종Civil
Disobedience〉이라는 에세이의 저자 정도로 알고 있을 따름이었다.
그러나 미국 초창기 시절 이후 미국 역사와 문화의 중심지인 보
스턴 근처에 살 때 월든 호수는 19세기 미국문학의 연구자로서
꼭 방문해 보고픈 장소 가운데 하나였고, 기회가 생기자 가장 먼
저 찾아갔던 장소이기도 하다.

　월든 호수에 도착해서는 한적한 오솔길을 걸어 소로가 작은
판잣집을 짓고 산 곳을 먼저 찾아갔다. 아쉽게도 그 집은 남아
있지 않았고, 집터를 표시해주는 사각형의 큰 화강암 돌들과 굴

뚝이 있던 장소를 알려주는 넓적한 돌이 하나 놓여 있을 뿐이었다. 그러나 소로가 죽은 지 이미 140년이 지난 때였지만, 내가 월든 호수를 방문할 때마다 그 집터에는 항상 방문객이 삼삼오오 모여 소로의 흔적을 찾고 있었다. 이제는 주립 공원이 된 월든 호수의 방문객 센터에는 소로의 책들과 기념품을 파는 작은 상점이 있는데, 그 집은 해마다 여름이 되면 소로를 연구하거나 좋아하는 사람들이 함께 월든 호수 근처의 숲길을 걸으며 소로에 대한 모임을 열고 소책자를 발간하는 '소로 소사이어티' 사무실을 겸하고 있다. 소로의 거처를 복제한 집이 있는 센터 앞에서는 침대 하나와 테이블 하나, 의자 두 개와 벽난로가 있는 소로의 작은 집을 볼 수 있고, 집 앞에는 아마도 실제 크기인 소로의 입상 청동상이 서서 방문객을 맞이한다.

소로의 집터는 호수에서 약간 오르막인 언덕에 있고, 그곳에 서면 약 30미터 앞에 나무 사이로 호수가 내려다보인다. 그 여름의 호수는 햇빛을 받아 찬란했고, 몇몇 사람이 수영을 하고 있었다. 깊은 가을에 다시 방문했을 때는 호수 둘레로 난 오솔길을 걸어 호수를 한 바퀴 돌았는데, 이미 날씨가 차가웠지만 걸을 때마다 폭신폭신한 느낌을 주는 낙엽 덕분에 걷기에 아주 좋았다. 도보로 약 40분쯤 걸리는 거리였다.

개인적으로는 월든 호수 자체가 좋아서 소로에 대해 더 관심이 더 생겼다. 그래서 재직하는 학교에서 대학생을 위한 인문교양총서를 기획하자 소로의 《월든》과 에머슨Ralph Waldo Emerson과의 관계에 대한 작은 책 하나를 쓰게 되었다. 그러고도 소로의 월든 생활에 대한 관심은 완전히 소진되지 않아《월든》에 나타난 소로의 직업관에 대한 논문도 한 편 쓰게 되었다. 이번 기회에는《월든》을 완역하는 기회까지 얻어 소로에게 감사한 마음이다.

《월든》이 번역하기에 쉬운 책이 아님을 잘 알면서도 어려움을 무릅쓰고 많은 시간을 들여 번역하기로 결정한 데는 소로에 대해 인간적인 애정이 생겼기 때문이다. 소로는 월든 숲과 그 근처의 자연물을 세심하게 들여다보는 애정 깊은 관찰자였으며, 가진 것 없이 가난하게 사는 이민자와 구빈원 사람들, 도망노예와 지력이 떨어지는 사람에 이르기까지 미국 사회의 소수자에게도 열린 마음을 품던 사람이었고, 자신에 대한 사회의 편견에도 아랑곳하지 않고 소신대로 용기 있게 산 사람이기 때문이다. 그런 그의 삶에 대해 오늘날 사람들은 콩코드Concord의 슬리피홀로Sleepy Hollow 묘지의 가족 무덤 터에 '헨리'라고 쓴 작은 화강암 비석 아래 묻힌 그의 소박한 무덤 앞에 돌멩이 몇 개와 들꽃 다발을 바치며, 자연의 풀 한 포기, 숲속의 작은 새 한 마리와 월든 호수에 사는 작은 물고기에 이르기까지 세심한 관심을 기울였던 소로에게 경의를 표하고 애틋한 사랑을 표한다.

소로에 대한 이런 개인적인 애정 외에도, 이 책은 한 번 읽고 난 후에도 곁에 두고서 여러 번 때때로 읽어볼 가치가 큰 책이라는 판단 때문에 완역이라는 어려운 숙제를 받아들였다. 소로를 잘 알지 못할 때는 단순히 그가 보통 사람에게는 어려운 삶을 선택했던 자연의 은둔자로 여겼다. 그러나 실상 그가 살던 월든 호수 지역은 그의 부모가 거주하는 콩코드 읍에서 그리 먼 곳도 아니었고, 사람들의 방문도 받고 자신도 마을을 종종 방문했으니 은둔자도 아니었다. 그럼에도 소로가 직장을 찾는 대신 월든 숲에서 혼자 소박하게 살아보기로 한 결정이 특별했던 이유는 그가 하버드 대학 졸업생이었다는 사실 때문이다. 실제로 집안의 경제사정이 넉넉하지는 않아서, 소로는 가내 연필공장을 한 아버지와, 동생 때문에 대학 진학을 포기한 형, 가정교사 누나 등을 비롯한 가족이 모두 힘을 합해 도와준 덕에 겨우 하버드 대학을 졸업할 수 있었다. 그런 소로가 대학 졸업한 후 잠시 교사로 일하기는 했지만, 사회에서 인정받는 번듯한 직업으로 경제적인 안정을 누리는 다른 동료 졸업생과 달리, 자신의 시간을 오롯이 소중히 여기는 인생을 살겠다며 숲에서 혼자 사는 실험적인 삶을 선택하기는 쉽지 않았을 것이다. 설령 집안사람들이 이해해주었다 해도, 남의 이목을 의식했다면 아주 힘든 결정이었을 것이다. 그러나 소로는 주변 사람들이 자신을 '실패자'로 여긴다는 사실을 알면서도 초월주의자 에머슨과 자신이 주창한 것처럼, 오직 자신의 생각을 믿고, 자신의 속 깊은 곳에서 나오는 소리를 따라 살았다. 그 용기가 그의 위대성을 보여준다고 생각한다.

《월든》의 또 다른 위대성 또는 가치는 소로가 제시한 소박한 삶의 방식에 있다. 경제적인 안정이야말로 시대를 막론하고 보통 사람들이 가장 중요하게 여기는 삶의 방식이다. 그런데 이 책에서 소로는 그런 삶을 얻기 위해서는 귀중한 우리의 삶의 시간이 희생되어야 함을 깨우쳐주고 있으며, 물질적인 욕망을 줄이고 소박하게 산다면 짧은 시간만—소로는 1년에 30~40일 노동하면 충분하다고 말한다—일하고 나머지는 자유롭게 하고 싶은 일을 하며 살 수 있다는 것을 보여준다. 물론 나를 비롯한 오늘날 대다수의 사람들은 편안하고 안락한 삶을 포기한 채 사는 것이 얼마나 힘든 일인가를 알고 있고, 더욱이 돈을 많이 버는 것을 인생의 목표로 삼는 사람들은 이 책이 말하는 바를 설명하면 적대적인 태도를 취하기도 한다. 그럼에도 이 책은 물질문명이 지배하는 세상에 사는 사람들에게 정반대의 삶의 방식을 환기시켜줌으로써 여유를 회복하고 삶을 누리는 이유를 생각해보게 한다는 점에서 읽어볼 가치가 있다고 생각한다.

경제적으로 풍요롭게 살겠다는 야심을 버리고 소박하게 살라는 소로의 권면은 자칫 인생을 활기 없이 소극적으로 살라는 말로 오해될 수 있다. 그러나 실제로 소로가 청년들에게 추천하는 삶은 독립적이고 모험적인 삶이다. 소로는 우리가 "전통과 순응"의 삶에 얼마나 빠지기 쉬운지에 대해 경고하고, 값비싸고 안락한 선실 여행보다는 비바람이나 물보라가 쏟아지는 돛대 앞이나 갑판 위에서 인생의 어려움과 맞부딪치는 모험적인 삶을 권고한다. 기존에 입증된 전문직의 길을 가는 것이 가장 안전하다고 생각하는 당대의 젊은이를 "더는 젊지 않은" 이들이라고 혹독하게 비판하며, 살아 있는 한 위험은 항상 있는 법이므로 모험을 선택하라고 충고한다. 그리고 기성세대에게는 젊은이가 꿈을 성취하기 위해 모험을 선택할 때 막지 말고 큰 방향만 점검하고 지켜보는 여유를 보이라고 당부한다. 이런 소로의 권면과 충고는 오늘날 젊은이와 부모에게도 여전히 유효하다.

소로의 생각을 더 잘 이해하게끔 돕기 위해 달아놓은 본문의 주석 가운데 일부는 *Walden: A Fully Annotated Edition*(Cramer, Jeffrey S., ed., New Haven: Yale UP, 2004)을 참고했다. 각주에 더해 추가로 소로의 생각을 이해하고 싶다면 에머슨이 대표하는 미국의 초월주의와, 에머슨의 대표 에세이 《자연*Nature*》에 나타난 자연관과, 그가 주장한 자기신뢰 사상과 비순응주의에 대해 공부하는 편이 도움이 될 것이다. 1930년대 보스턴Boston과 콩코드를 중심으로 뉴잉글랜드New England 지방에서 꽃 피운 미국의 초월주의는 유럽의 여러 철학 사조, 플라톤Platon의 이상주의와 신플라톤주의, 칸트Immanuel Kant와 피히테Johann Gottlieb Fichte, 셸링 Friedrich Wilhelm Joseph von Schelling 등의 독일 관념론 철학, 영국 낭만주의 시인인 워즈워스William Wordsworth와 콜리지Samuel Taylor Coleridge의 시 이론, 스웨덴의 철학자 스웨덴보리Emanuel Swedenborg 의 신비주의와 인도의 우파니샤드Upanisad 철학 등으로부터 다양한 영향을 받았다. 인간의 오감을 통한 경험적 실증주의와 이성 중심의 미국 유니테리언교Unitarianism에 반발하고, 인간의 직관을 믿었고, 인간과 자연에 신성이 내재하기 때문에 자연과 개인을 중요하게 생각했다. 또한 기독교의 성악설에 반反해 인간이 선하다고 믿었으며, 낙관주의적이었다.

에머슨은 그의 유명한 에세이인 〈자기신뢰Self-Reliance〉에서 자기 생각과 마음 깊은 곳에서 진실로 믿는 것을 믿으라고 조언하고, 이를 위해서는 "비순응주의자non-conformist"가 되어야 한다고 주장했다. 소로는 에머슨의 주장을 받아들이고 몸소 실천하고자 했다. 그런 삶이 바로 월든 숲에서 소로가 실천했던 삶이다.

소로가 자기신뢰와 비순응주의의 삶을 실천한 또 하나의 예는 미국의 노예제도에 반대하고 멕시코와 영토전쟁을 일으킨 미국 정부에 저항한 것이다. 노예제도를 묵인한 매사추세츠Massachusetts 주 정부와 멕시코Mexico와 전쟁을 일으킨 미국 정부의 권위에 저항하기 위해 소로는 6년 동안이나 인두세를 고의로 납부하지 않았다. 1845년 월든 숲에 살던 중에 마을에 갔다가 세금 징수원과 언쟁이 붙어 이튿날 친척이 벌금을 대신 내줄 때까지 감옥에 갇히는 일이 발생했다. 감옥에 갇힌 하룻밤 동안에 소로가 했던 생각이 〈시민불복종〉이라는 에세이로 탄생해 소로를 세계적으로 알리는 계기가 되었다. 이 에세이에서 소로는 개인과 개인의 양심이 국가와 다수의 투표보다 우선하며, 올바른 양심은 소수의 것일지라도 바로 실천으로 옮겨야 한다고 주장했다.

박연옥

《월든》 어떻게 끝까지 읽을 것인가[1]

소로의 《월든》은 여러 가지 방법으로 읽을 수 있다. 처음부터 끝까지 읽을 인내심이 있다면, 처음에는 그냥 통독하는 편이 좋을 것 같다. 책에서 먼저 소로가 이 책을 쓴 동기와, 월든 호숫가의 숲속에 들어가 살게 된 이유, 집을 짓는 과정 등이 소개되기 때문이다. 다른 이유는 이 책의 구성이 봄에서 시작해 여름, 가을, 겨울, 또다시 봄이라는 사계절의 흐름을 따라 이루어져 있기 때문이다. 실제로 소로가 월든 숲에 산 기간은 정확히 2년 2개월 2일이지만, 소로는 그 기간을 1년으로 압축해 작품을 재구성했다.

일단 한 번 통독을 한 이후에는 아무 장이나 들추어 다시 읽어도 좋을 것 같다. 계절에 따른 구성으로 이루어졌다는 점 외에는 반드시 처음부터 차례로 읽어야 하는 논리적인 책은 아니므로, 독자의 지적 취향에 따라 관심 가는 주제의 장부터 읽다가 다시 처음으로 돌아와도 문제가 되지는 않을 것이다.

----

1   옮긴이의 글이다.

어떤 식으로 읽든《월든》은 한 번 읽고 던져버릴 책은 아니라고 말하고 싶다. 삶의 어느 지점에서 기존의 삶의 방식으로부터 큰 변화를 모색해야 할 시기에 다시 읽는다면 그 결정에 어떤 도움이 되지 않을까 싶기도 하다. 또한 소로의 문체에 관심이 생긴다면, 몇 번이고 이 책을 다시 읽고 음미하며 즐길 수 있을 것이다. 소로의 기지 넘치는 언어 사용 방식을 깨달을 때 받는 지적 자극과 즐거움이 클 테니 말이다.

책에서 사용된 소로의 문체는 크고 작은 읽는 재미를 선사한다. 자연에 대한 이야기를 인간과 사회에 대한 이야기에 비유하고, 인간과 사회에 대한 비판을 위해 중의적인 말장난으로 재치 있게 표현하며, 세상을 잃어야 자신을 발견한다는 식의 경구적인 역설도 많이 등장하고, 그리스·로마나 인도·페르시아 등의 동서양을 망라한 다양한 신화와 경전, 문학작품을 인유해 당대의 상황에 비유함으로써 지적인 욕구를 만족시키기도 한다. 다양한 문체를 확인하고 하나하나 이해하면서 읽다보면 문학적인 소양도 넓어지고 또 다른 재미도 느낄 수 있을 것이다.

차례

•

경제학

내가 다음 쪽들, 아니 이 책의 대부분을 썼을 때, 나는 이웃으로부터 1마일 떨어진 숲속, 매사추세츠 주의 콩코드에 있는 월든 호수 기슭에 직접 지은 집에 혼자 살았고, 내 손으로 노동해 번 돈으로만 생계를 유지했다. 나는 그곳에서 2년 2개월을 살았다. 현재는 다시 문명생활로 돌아왔다.

우리 읍 주민들이 내 생활방식에 대해 대단히 상세히 질문하지 않았더라면, 내 문제들을 그렇게 주제넘게 독자들에게 알리지 않았을 것이다. 나는 그 질문들을 전혀 부적절하다고 여기지 않지만, 어떤 사람들은 부적절하다고 할 것이다. 그러나 상황을 고려하면 그 질문들은 대단히 자연스럽고 적절하다. 혹자는 내가 무엇을 먹었는지, 외롭다고 느끼지는 않았는지, 무섭지는 않았는지 등을 질문했다. 다른 사람들은 내 수입 가운데 얼마만큼을 자선의 목적으로 기부했는지, 그리고 대가족인 사람들은 내가 가난한 아이를 몇 명이나 부양했는지 물었다. 그러므로 이 책에서 이런 질문 몇 가지에 대해 내가 대답하더라도 내게 특별한 관심이 없는 독자들이 관대히 봐주기를 청한다. 대부분의 책에는 '나' 또는 일인칭이 생략되어 있다. 그런데 이 책에서는 계속 사용할 것이다. 자기중심적이라는 점이 이 책과 다른 책 사이의 중요한 차이다. 우리는 말하는 것이 결국 항상 일인칭 화자라는 사실을 보통 기억하지 못한다. 나만큼 나를 잘 아는 사람이 있다면 나 자신에 대해 이렇게 많이 이야기하지 않을 것이다. 불행하게도 나는 경험의 폭이 좁아서 나 자신이라는 주제에 한정되어 있다. 더구나 내 편에서는 모든 작가에게 조만간 자신의 삶에 대한 단순하고 성실한 이야기를 쓸 것을 요구하며, 단순히 다른 사람의 삶에 대해 그가 들은 바를 쓰라고 하지는 않는다. 먼 곳에서 친지에게 보내고 싶을 그런 이야기를 요구한다. 왜냐하면 그가 성실하게 살아왔다면, 그런 이야기는 틀림없이 먼 나라에서 보낸 이야기로 내게는 들리기 때문이다. 어쩌면 이 책은 좀더 특별히 가난한 학생들을 위해 씌였다고 할 수 있을 것이다. 나머지 독자는 자신들에게 적용되는 부분을 수용할 것이다. 나는 외투가 맞지 않는다고 솔기를 억지로 당겨 입으려는 사람은 없으리라 믿는다. 옷은 맞는 사람에게만 유익하기 때문이다.

나는 중요한 바를 기꺼이 말할 것인데, 그것은 중국인과 샌드위치Sandwich 섬 주민[1]에 대한 것이 아니라 이 책을 읽는 뉴잉글랜드New England[2]에 사는 사람들에 관한 것이다. 여러분이 처한 조

---

1 하와이 사람들을 말한다.

건, 특히 이 세상에서, 이 읍에서 여러분이 처한 외적인 조건이
나 상황에 관한 중요한 것이 무엇인지, 지금처럼 그렇게 꼭 나빠
야 하는지, 개선될 수는 없는지도 말할 것이다. 나는 콩코드[3]의
상당히 많은 곳을 돌아다녔다. 그리고 가게이든, 사무실이든, 들
판이든, 모든 곳에서 콩코드의 주민은 놀랄 만한 수천 가지 방식
으로 고행하는 것처럼 보였다. 브라만Brahman 계급[4] 승려들이 네
개의 불에 노출된 채 앉아서 태양을 바라보거나, 머리를 아래쪽
으로 향한 채 불길 위에 거꾸로 매달려 있거나, 어깨 너머로 하
늘을 바라보다가 "자연스러운 자세를 다시 취하는 것이 불가능
해져서 목이 뒤틀린 채 위장으로 액체만 넘길 수 있거나," 나무
밑둥치에서 평생 사슬에 묶인 채 살거나, 나비의 유충처럼 몸으
로 거대한 제국의 넓이를 측량하거나, 기둥 꼭대기에서 외다리
로 서 있는 것에 대해 내가 들은 것—심지어 이런 의식적인 고
행의 모습도 내가 매일 목격하는 장면보다 조금도 더 믿을 수 없
다거나 놀랍지 않다. 헤라클레스Heracles가 한 열두 가지 노동도
내 이웃들이 떠맡은 노동과 비교하면 하찮은 것이었다.[5] 왜냐하

---

2   미국 북동부의 메인Maine · 뉴햄프셔New Hampshire · 버몬트Vermont · 매사추세
츠 · 로드아일랜드Rhode island · 코네티컷Connecticut의 여섯 개 주를 말한다.

3   보스턴Boston에서 북서쪽으로 18마일 떨어진 거리에 있는 마을인 콩코드는 소로
가 살던 시절에 인구가 약 2,200명이었다.

4   브라만은 힌두교의 주요한 네 계급인 승려 · 전사 · 상인 · 농노 가운데 가장 계급이
높다.

5   헤라클레스는 그리스 신화에서 제우스Zeus의 아들이며 힘이 강하기로 유명하다.
유리스테우스Eurystheus의 노역으로부터 풀려나기 위해 외관상 불가능해 보이는 열

면 헤라클레스의 노동은 단지 열두 가지이고 끝이 있었지만, 내 이웃들이 어떤 괴물을 죽이거나 잡거나 노동을 끝내는 것을 한 번도 볼 수 없었기 때문이다. 그들은 히드라Hydra[6] 머리의 뿌리 부분을 뜨겁게 달아오른 쇠로 태우는 이올라스Iolaus[7] 같은 친구가 없었을 뿐 아니라, 머리 하나가 부서지자마자 그 자리에 두 개가 솟아오르는 격이다.

우리 읍에 사는 젊은이들은 농장과 집, 헛간, 소, 농기구를 물려받는데, 이는 그들에게 불행이다. 왜냐하면 그들이 물려받은 것들은 얻기보다 없애기가 훨씬 더 어렵기 때문이다. 그들은 휑히 트인 목초지에서 태어나 늑대의 젖을 먹고 자랐다면 더 나았을 것이다. 그러했다면 그들이 노동하도록 부름을 받은 들판이 어떤 곳인지 더 맑은 눈으로 볼 수 있었을 것이다. 누가 그들을 땅의 농노로 만들었는가? 인간은 겨우 주어진 한 펙[8]의 먼지를 먹도록 저주받았을 따름인데, 그들은 왜 그들이 소유한 60에이커[9]의 먼지를 먹어야 하는가? 왜 그들은 태어나자마자 자기 무덤을 파기 시작해야 하는가? 그들은 이 모든 것을 앞에 밀고 가면서 한 인생을 살아야 하고, 또한 가능한 한 잘살아야 한다. 내가 만난

두 가지 노동을 마쳐야 했다.

6　헤라클레스가 퇴치한 머리가 아홉인 뱀으로, 머리 하나를 자르면 둘이 돋는다.

7　그리스 신화에서 테살리Thessaly의 왕이었던 이피클레스Iphicles의 아들이며 헤라클레스의 친구다.

8　부피 단위로, 영국에서는 9.092리터, 미국에서는 8.81리터에 해당한다.

9　길이 단위로, 약 4,046.8제곱미터다.

얼마나 많은 가난한 불멸의 영혼들이 인생의 길을 기어 내려가면서, 그리스 신화에 등장하는 아우게이아스Augeas 왕의 마구간처럼 불결한 그들의 마구간은 한 번도 청소하지 못한 채, 그들 앞으로 가로 75피트 세로 40피트 크기의 헛간과, 100에이커의 토지, 경작지, 초지, 목초지, 그리고 식림용지를 밀고 가면서, 짊어진 짐 아래에 거의 눌려 으스러지고 질식했던가! 상속분이 없어서 불필요하게 물려받은 방해물과 씨름할 필요가 없는 사람들은, 몇 입방 피트에 지나지 않는 육체를 다스리고 양육하는 것만으로도 충분히 힘이 든다.

그러나 인간은 잘못된 생각으로 고통을 받는다. 인간의 더 나은 부분인 육체는 곧 땅에 묻혀 퇴비가 된다. 옛날 책에 씌어 있듯이, 인간들은 일반적으로 필연이라 불리는 외관상의 운명에 끌려, 나방과 녹이 썩게 만들고 도둑이 침입해 훔쳐갈 보물을 쌓는 일에 골몰한다. 바보의 인생이다. 이를 살아 있는 동안 알지 못한다면 인생의 마지막 때에야 깨달을 것이다. 데우칼리온Deucalion과 피르하Pyrrha[10]는 그들 머리 뒤쪽으로 돌을 던져서 인간을 창조했다고 전해진다. 롤리Raleigh는 오비디우스Publius Naso Ovidius의《변신Metamorphoses》의 시구를 다음과 같이 낭랑하게 옮긴다.[11]

....

10 데우칼리온은 프로메테우스Prometheus의 아들이며, 아내 피르하와 함께 홍수에서 살아남아 인류의 조상이 된다.

11 여기서 소로는 라틴어 원어로 된 시를 인용하고, 이어서 영어로 롤리가 번역한

그로부터 우리 인간은 굳은 마음을 품어, 아픔과 걱정을 견디고,
우리의 몸이 돌과 같다는 사실을 인정하게 되었나니.

　머리 뒤쪽으로 돌을 던지지만 그 돌이 어디에 떨어지는지 보
지 못하는 큰 실수를 저지르는 신탁에 맹목적으로 복종하는 것
은 이 정도로 충분하다.

　비교적 자유로운 이 나라에서조차 대다수의 사람은 단순한
무지와 잘못된 생각 때문에 가짜 걱정과 과도하게 거친 삶의 노
동에 너무나 사로잡혀서 노동의 더 나은 열매를 딸 수 없다. 과
도한 노동 때문에 그들의 손가락은 열매를 따는 일에 서투르고
너무 떨려 그 일을 할 수 없다. 실제로 노동하는 사람은 날마다
진정한 본래의 모습을 찾을 여유가 없다. 그는 사람들과 가장 사
람다운 관계를 유지할 여유가 없다. 그렇게 하면 그의 노동의 가
치는 시장에서 평가절하될 것이다. 그에게 기계가 되는 것 외의
시간은 없다. 그토록 자주 자신의 지식을 사용해야 하는 그가 어
떻게 해야 자신의 무지를—성장하기 위해서는 자신의 무지를
알아야 하는데—잘 기억할 수 있을까? 그에 대해 판단하기 전
에 우리는 때때로 그에게 거저 먹이고 입히고 우리의 강심제로
그를 회복시켜야 한다. 우리의 본성이 가진 최고의 자질은 과일

시구를 연이어 소개하고 있다. 소로는 라틴어 시의 출처를 밝히고 있지는 않다. 오비
디우스,《변신Metamorphoses》1권 414, 415행에서 인용했다.

의 과분처럼 가장 섬세하게 다룸으로써만 보존될 수 있다. 그러나 우리는 자신이나 서로를 그렇게 다정하게 대하지 않는다.

우리 모두가 알듯이 여러분 가운데 몇몇은 가난하며, 그래서 살기가 어렵다는 사실을 발견한다. 다시 말하자면 때로 사는 일이 숨이 차다. 이 책을 읽는 여러분 가운데 몇몇은 실제로 마친 모든 식사에 대한 비용, 빨리 닳거나 이미 해진 외투와 신발에 대한 비용을 지불할 능력이 없고, 채권자에게서 한 시간을 훔치면서, 즉 빌리거나 훔친 시간을 활용해 여기까지 읽었다는 사실을 분명히 알고 있다. 경험으로 단련된 내 눈으로 볼 때, 여러분 가운데 다수가 얼마나 비참하고 소심한 삶을 영위하는지는 대단히 명확하게 보인다. 여러분 가운데 다수는 사업을 시작하려고 시도하고, 또 동전 몇 가지가 놋쇠로 만들어졌기 때문에 라틴 사람들이 '다른 사람의 놋쇠'라고 부르는 대단히 오래된 구렁텅이[12]인 빚에서 벗어나려고 노력하지만 항상 한계선상에 서 있다. 여러분 가운데 다수는 다른 사람의 놋쇠에 의지해 여전히 살고, 죽고, 그리고 매장된다. 항상 빚을 갚겠다고, 내일 갚겠다고 약속하지만, 갚지 못한 채 오늘 죽어간다. 주州 교도소에 갇힐 중죄만 아니라면, 다양한 방식으로 단골을 얻기 위해 호의를 얻으려고 노력한다. 거짓말하거나, 아첨하거나, 투표하거나, 당신 자

---

12 존 버니언John Bunyan의 《천로역정 The Pilgrim's Progress》에 나오는 '절망의 구렁텅이'를 뜻한다.

신을 공손함이라는 견과껍질 속에 들어갈 정도로 작게 축소시키거나, 증기같이 희박한 관대함의 분위기로 팽창시켜, 이웃을 설득해 그의 구두나 모자, 외투나 마차를 만들거나 그를 위해 잡화를 수입하게 할 수도 있다. 또한 병이 들어 아픈 날에 대비해 무언가를 저축할 수 있다. 낡은 서랍장 속이나 벽 뒤에 있는 양말 속, 또는 더 안전하게 벽돌로 지은 은행에 감추어둘 어떤 것을 말이다. 그것이 어디에 있든지, 얼마나 많은지 또는 적은지는 상관없다.

때때로 우리가 흑인 노예제도라고 불리는 천하지만 어느 정도 낯선 형태의 노역에 주의를 기울일 정도로 그렇게 경박할 수 있는지 의아하다. 북부와 남부 모두를 노예상태로 만드는 민감하고 교활한 노예주가 너무나 많다. 남부인 노예감독도 힘들지만, 북부인 노예감독은 더 나쁘다. 그러나 가장 최악은 당신이 스스로의 노예감독일 때다. 인간에게 신성이 있다는 말! 밤이나 낮이나 시장으로 가는 큰길의 마차꾼을 보라. 그의 안에서 얼마만큼의 신성이라도 움직이고 있는가? 그에게 최고의 의무는 말에게 꼴과 물을 먹이는 것이다! 운임으로 얻는 이익과 비교할 때 그에게 운명이란 어떤 것인가? 그는 '소동 일으키는 나리'를 위해 운행하지 않는가? 그는 얼마나 신성하며 얼마나 영원불멸한가? 영원불멸하지도 신성하지도 않고, 자신에 대한 스스로의 견해, 즉 그 자신의 행위로 얻은 명성의 노예이자 죄수로서 그가 얼마나 위축되고 비열하게 구는지, 종일 얼마나 막연하게 두려워하는지 보라. 여론은 자신에 대한 우리의 사적인 견해에 비하면 나약한 폭군이다. 자기 자신에 대해 생각하는 바, 그것이 인간의 운명을 결정하거나 차라리 지시한다. 심지어 서인도제도에서조차 공상과 상상으로부터 자기 해방을 이루는 것—그것을 일으킬 윌버포스William Wilberforce[13]와 같은 사람이 거기에 있나? 또한 그들 운명에 대해 관심이 별로 없었다는 사실을 드러내지 않기 위해 최후의 날에 대비해 화장도구 방석을 짜고 있는 이 나라의 숙녀들을 생각해보라! 마치 영원에 손상을 주지 않으면서도 시간을 죽일 수 있을 것처럼!

대다수의 사람이 조용히 절망스러운 삶을 영위하고 있다. 체념은 승인된 절망이다. 당신은 절망적인 도시로부터 절망적인 시골로 들어가서 밍크와 사향쥐의 용감한 행동[14]에서 위안을 얻어야 한다. 상투적이지만 무의식적인 절망은 인류의 게임과 오락이라 불리는 것 아래에서조차 감추어 있다. 그것들 속에 놀이란 없다. 왜냐하면 놀이란 일을 한 뒤에 오는 것이기 때문이다. 그렇다고 절망적인 일을 벌이지 않는 것이 지혜의 특징이다.

교리문답의 용어를 활용해서 인간의 주된 목적이 무엇이며 삶의 진정한 필수요소와 수단이 무엇인지 고려할 때, 사람들은

---

13 1833년에 통과되어 대영제국의 모든 노예를 해방시킨 노예폐지 법령을 발기했다. 1787년 복음주의 기독교로 개종한 윌버포스는 1823년 영국에서 '반노예제도협회'라는 단체를 구성하는 데 도움을 주었다. 서인도제도도 당시 대영제국에 속한 곳은 노예가 해방되었다.

14 밍크나 사향쥐는 덫에 걸리면 제 다리를 물어뜯어서라도 덫에서 벗어난다고 한다.

삶에 일반적으로 보급되어 있는 양식을 다른 양식보다 더 좋아해서 고의적으로 선택한 것처럼 보인다. 그러나 그들의 솔직한 생각은 다른 선택권이 없어서다. 그러나 민첩하고 건강한 인간성을 가진 사람들은 태양이 분명히 떠오른다는 사실을 기억한다. 편견은 지금이라도 버리는 편이 좋다. 아무리 오래된 사고방식이나 행동방식이어도 증명되지 않으면 믿어서는 안 된다. 모든 사람이 오늘 진실이라고 맞장구치거나 말없이 지나가는 것도 내일이면 거짓으로 판명될 수 있다. 혹자는 그 말을 그들의 들판을 기름지게 하는 비를 뿌릴 구름으로 믿었지만, 단순히 연기 같은 의견일 수 있다. 나이 든 사람들은 할 수 없다고 말하는 것을 당신이 시도하고, 할 수 있다는 사실을 발견한다. 옛 행위들은 나이 든 사람을 위한 것이고, 새 행위들은 새로운 사람을 위한 것이다. 나이 든 사람들은 아마도 불이 계속 타도록 하기 위해서는 새 연료를 가지고 와야 한다는 사실을 몰랐을 수도 있다. 새로운 사람들은 상투적으로 말하자면 노인을 죽이는 한 방편으로, 그릇 아래 약간의 마른 장작을 놓고[15] 새의 빠르기로 지구 주위를 빙빙 돌게 된다. 나이가 많다는 것은 선생의 자격으로는 젊음보다 더 낫지 않거나 젊음보다 조금 못한데, 그 이유는 나이 드는 동안 잃어버린 것만큼 얻은 것이 없기 때문이다. 가장 현명한 사람이 인생을 살면서 절대적인 가치가

---

15 배와 기차를 움직이는 증기기관에 대한 언급이다.

있는 어떤 것을 배웠는지는 거의 의심할 만하다. 실제적으로 나이 든 사람은 젊은 사람에게 해줄 중요한 충고가 없다. 그들 자신의 경험은 너무나 부분적이고, 그들의 인생은 그들이 믿기에, 개인적인 이유로 너무나 비참한 실패였다. 그들은 실패한 경험이 틀렸다는 어떤 믿음이 아직 있고, 단지 그때보다 나이가 더 들었을 뿐이라고 생각하는 것일 수 있다. 나는 이 행성에서 약 30년을 살았지만, 아직 내 선배들로부터 가치 있거나 심지어 진정 어린 충고의 첫마디도 아직 듣지 못했다. 그들은 내게 아무것도 말해주지 않았고, 아마도 그런 목적의 말은 할 수 없을 것이다. 여기 인생이 있다. 많은 부분 내가 시도하지 않은 실험이 있다. 그러나 선배들이 그 실험을 시도했다는 사실은 내게 소용이 없다. 그래서 내가 가치 있다고 생각하는 어떤 경험을 한다면, 이것에 대해 내 스승들은 아무 말도 하지 않았다고 확실히 생각할 것이다.

어떤 농부가 내게 "채소로 만든 음식만으로 먹고살 수는 없어요. 채소는 뼈를 만드는 데 필요한 성분을 제공하지 않으니까요"라고 말한다. 그러고는 그는 뼈가 될 원료를 먹기 위해 하루의 일부분을 종교에 헌신하듯 한다. 그가 소들 뒤에서 말하면서 내내 걷는 동안, 채식으로 형성된 뼈가 있는 그 소들은 그 어떤 방해에도 그와 둔중한 쟁기를 끌어당기며 나아간다. 어떤 물건들은 가장 연약하고 병든 사람 집단에서는 생활필수품인데, 다른 집단에서는 단지 사치품에 불과하고, 또 다른 집단에서는 전혀 알려지지도 않은 것이다.

어떤 이들에게는 산과 골짜기를 포함해 인간 삶의 전 범위를 그들의 선조가 시찰했고 만사를 보살핀 것처럼 보인다. 이블린 John Evelyn[16]에 따르면, "현명한 솔로몬Solomon은 나무 사이의 거리까지 법령으로 규정했고, 로마의 집정관은 당신이 이웃의 권리를 침해하지 않고 이웃의 땅에 떨어지는 도토리를 줍기 위해 얼마나 자주 이웃의 땅에 들어가도 되는지와 그 이웃의 몫은 어느 정도인지를 결정했다." 히포크라테스Hippocrates[17]는 심지어 손톱을 어떻게 깎아야 하는지, 즉 손가락의 끝과 같은 길이로, 더 짧지도 길지도 않게 깎도록 설명을 남겼다. 인생의 다양성과 즐거움을 소진시킨 것으로 추정되는 바로 그 지루함과 권태는 의심의 여지없이 아담Adam만큼이나 오래된 것이다. 그러나 인간의 능력은 한 번도 측정된 적이 없고, 우리는 이전에 한 것들을 기준으로 무엇을 할 수 있을지를 판단해서는 안 된다. 인간이 시도한 것이 거의 없기 때문이다. 지금까지 어떤 실패를 했든지, "괴로워하지 말지니, 내 아이여, 왜냐하면 네가 끝내지 않은 일로 누가 너를 탓하겠는가?"

우리는 1,000가지의 단순한 실험으로 인생을 시험할 수 있을 것이다. 예를 들어 내 콩을 영글게 하는 태양이 우리 지구를 비

---

16 영국의 에세이 작가이자 원예가다.
17 의학의 아버지로 알려진 그리스의 의사다.

롯해 다른 행성들을 동시에 똑같이 비춘다. 내가 이 사실을 기억했더라면 실수 몇 가지를 예방할 수 있었을 것이다. 이 태양빛은 내가 콩을 심느라 괭이질을 할 때의 그 태양빛이 아니었다. 별들은 얼마나 멋진 삼각형의 정점인지! 얼마나 멀리 있는, 그리고 얼마나 다른 존재들이 우주의 다양한 대저택에서 동시에 같은 태양을 관조하는지! 자연과 인간의 삶은 우리의 성격만큼이나 다양하다. 다른 이의 삶이 어떠하리라고 누가 말할 수 있겠는가? 우리가 잠시 동안 서로의 눈을 뚫어지게 바라보는 것보다 더 큰 기적이 일어날 수 있을까? 우리는 한 시간 동안 세상의 모든 시대를, 그래, 모든 시대의 모든 세상을 살아야 한다. 역사·시·신화!—나는 이것만큼 놀랍고 유익한 다른 이의 지식과 경험을 읽어본 적이 없다.

나의 이웃들이 선하다고 부르는 것의 많은 부분을 나는 마음속으로 악하다고 믿는다. 내가 어떤 행동을 후회한다면, 그것은 내 착한 행동에 대해서일 가능성이 높다. 어떤 악마에 사로잡혀 내가 그렇게 착한 행동을 했을까? 노인은 일흔 해를 살면서 허울 좋은 명예를 얻었으니 가능한 가장 현명한 말을 할 수도 있겠지만, 나는 그런 모든 소리를 듣지 말라고 청하는 저항할 수 없는 목소리를 듣는다. 한 세대는 좌초된 배를 버리듯이 다른 세대의 모험적인 계획을 버리는 것이다.

우리는 지금 믿는 것보다 훨씬 더 많은 것을 믿어도 안전하다고 생각한다. 우리가 정직하게 말해 다른 곳에 쏟아붓는 꼭 그만큼의 걱정을 우리 자신에 대해서는 하지 않아도 좋을 것이다. 자연은 우리의 강점뿐 아니라 약점에도 순응한다. 어떤 것에 대해 끊임없이 걱정하고 긴장하는 것은 거의 고칠 수 없는 질병의 한 유형이다. 우리는 스스로 하는 일의 중요성을 과장하는 법이다. 그럼에도 우리가 하지 못한 일은 얼마나 많은가! 또는 우리가 아팠다면 어떠했을까? 우리는 얼마나 부단히 경계하는가! 피할 수 있다면 신념에 따라 살지 않기로 결심한 채 말이다. 종일 경계하고 살다가 밤이면 내키지 않지만 기도를 하고 불확실한 것에 우리를 맡긴다. 우리는 너무나 철저하고 진지하게 우리의 삶을 숭배하고 변화의 가능성을 부인하며 살도록 강요받는다. 이것이 유일한 길이라고 우리는 말한다. 그러나 하나의 중심으로부터 반지름을 그리는 방법만큼이나 많은 방법이 있다. 모든 변화는 곰곰이 생각해볼 만한 가치가 있는 기적이지만, 그것은 매 순간 일어나는 기적이다. 공자孔子는 "우리가 아는 것을 안다고 하고 모르는 것을 모른다고 하는 것, 그것이 진정한 앎이다"라고 말했다.[18] 어떤 사람이 상상적 사실을 오성悟性적 사실로 격하시켰을 때,[19] 나는 모든 사람이 결국 그들의 삶을 오성의 토대 위에

18 공자, 《논어論語》〈위정爲政〉 2권 17장. 장 피에르 기욤 포티에Jean Pierre-Guillaume Buthier의 프랑스어 책인 《공자와 맹자: 중국의 도덕과 정치철학에 관한 네 권의 책Confucius et Mencius: Les Quatre Livres de Philosophie Moral et Politique de la Chine》에 실린 어구를 소로가 영역해 인용했다.

19 초월주의자들은 '이성'과 '오성'을 구분하는데, 오성은 증명될 수 있는 것을 연구하며, 이성은 그 증명 너머에 있는 것을 직관한다고 한다. 본문에서의 '상상'은 이성과

확립할 것이라고 예견한다.

  잠시 동안 내가 언급한 근심과 걱정의 대부분이 무엇에 관한 것인지, 그리고 우리가 어느 정도 근심하거나 적어도 조심할 필요가 있는지 한번 생각해보자. 물질문명 사이에서이긴 하지만, 원시적이고 개척자적으로 사는 것은 어떤 이점이 있을 것이다. 단지 삶에서 필수품이 무엇이고 어떤 방법으로 얻었는지 알기 위해, 또는 심지어 사람들이 가게에서 공통적으로 산 것이 무엇인지, 창고에 보관한 것은 무엇인지, 다시 말해 필수적인 식료 잡화가 무엇인지 알기 위해 상인의 오래된 거래장부를 조사하기 위함이라고 할지라도 말이다. 긴 시간에 걸친 발전도 인간 존재의 본질적인 법칙에는 거의 영향을 미치지 못했기 때문이다. 우리의 골격이 아마도 우리 조상의 골격과 구별되지 않을 것처럼 말이다.

  '생활필수품'이라는 단어는 인간이 노력으로 얻는 모든 것 가운데서 처음부터 또는 오래 사용했기 때문에 삶에 너무나 중요해져서, 소수의 사람도 야만성이나 가난 또는 철학 때문에 그것 없이는 살아보려고 시도하지 않을 모든 것을 뜻한다. 이런 의미에서 많은 동물에게 단지 하나의 생활필수품은 '음식'이다. 대평원의 들소에게 생활필수품은 마실 물과 함께 입에 맞는 약간의 풀이다. 그가 숲의 '거처'나 산그늘을 찾지 않는다면 말이다. 어떤 짐승도 '음식과 거처' 이상의 어떤 것을 필요로 하지 않는다.

....
동의어로 볼 수 있다.

이런 기후대에 사는 인간에게 생활필수품은 정확하게 '음식, 집, 피복, 그리고 연료'라는 항목으로 분류할 수 있다. 이것들을 확보할 때까지는 인생의 진정한 문제와 성공에 대해 자유롭게 전망하며 생각할 준비가 되어 있지 않기 때문이다. 인간은 집뿐 아니라 옷과 조리된 음식을 발명했다. 그리고 우연히 불이 주는 온기를 발견하고, 아마도 처음에는 사치였겠지만 결과적으로 불을 사용함으로써 현재는 불 옆에 앉아야 하는 필요성이 생겼을 것이다. 우리는 고양이와 개가 그와 똑같은 제2의 천성이 되는 모습을 관찰한다. 적절한 '집과 피복'에 따라 우리는 체내 온도를 적절하게 유지한다. 그러나 이런 것들이나 '연료'를 과도하게 사용함으로써, 즉 적절한 체내의 온도보다 훨씬 더 높은 외부의 온도로 인해 조리가 시작된다고 말할 수 있지 않을까? 자연학자 다윈Charles Robert Darwin이 티에라 델 푸에고Tierra del Fuego[20] 주민에 대해 말하기를, 옷을 잘 챙겨 입고 불 가까이에 앉아 있는 자신의 무리는 너무 따뜻해하지는 않았던 반면, 불에서 더 멀리 떨어져 있던 이 벌거벗은 야만인들은 대단히 놀랍게도 "그 열기에 구워지듯 땀을 줄줄 흘리고 있는 모습"이 관찰되었다고 한다. 그래서 유럽인이 옷을 입고도 덜덜 떠는 동안, 뉴홀랜드인New Holland[21]은 무사히 벌거벗은 채 다닌다는 이야기를 듣는다. 이 야

----

20 남아메리카 남쪽 끝에 있는 군도로서, 스페인어로 불의 땅이라는 뜻이다.

21 오스트레일리아의 원주민으로, 17세기에 네덜란드인이 그들의 땅을 발견한 후 뉴홀랜드라고 이름 붙였다.

만인의 강건함을 문명인의 지성과 결합하기는 불가능한가? 리비히Justus von Liebig에 따르면, 인간의 몸은 난로이고, 음식은 폐에서 체내의 연소를 유지시키는 연료다.[22] 추운 날씨에 우리는 더 많이 먹고, 더운 날씨에는 덜 먹는다. 동물의 체온은 느린 연소의 결과이고, 질병과 죽음은 연소가 너무 빠르면 일어난다. 혹은 연료가 부족하거나 통풍이 잘되지 않아도 불은 꺼진다. 물론 생명유지에 필요한 체온이 불과 혼돈되어서는 안 된다. 그러나 유추는 이 정도로 하자. 그러므로 위의 목록으로부터 '동물의 생명력'은 '동물의 체온'이라는 표현과 거의 동의어다. '음식'이 우리 몸속에서 불을 유지하는 '연료'로 간주될 수 있고, '연료'는 그 '음식'을 준비하거나 바깥으로부터 우리 몸의 체온을 더 증가시키는 데만 사용되는 반면, '집과 피복'은 발생되고 흡수된 '체온'을 유지하는 데만 사용된다.

그렇다면 우리 몸에 엄청나게 필요한 것은 몸을 따뜻하게 유지하는 것, 즉 생명유지에 필요한 체온을 몸속에 유지하는 것이다. 따라서 음식과 피복 그리고 집에 대해서뿐 아니라, 잠옷에 해당하는 침대에 대해서도 우리는 얼마나 신경을 쓰는가! 집 속의 거처인 침대를 마련하기 위해 우리는 새의 둥지와 가슴털을 훔친다. 두더지가 풀로 침대를 만들어 두더지굴 끝에 두는 것처

----

22 유스투스 폰 리비히 남작은 독일의 유기화학자로, 인간의 체온은 몸에서 음식물이 연소한 결과라는 사실을 발견했다. 그는 음식이 연소하는 인간의 몸을 용광로에 비유했다.

럼 말이다. 불쌍한 인간은 이 세상이 차갑다고 불평하곤 한다. 신체적인 차가움만큼 사회적인 차가움이 우리 괴로움의 큰 부분이라며 직접적으로 책임을 돌린다. 어떤 기후대에서 여름은 인간에게 일종의 이상향과 같은[23] 생활을 가능하게 한다. 여름에는 '음식'을 조리하는 것을 제외하고는 '연료'가 필요하지 않다. 태양이 그의 불이고, 대부분의 과일은 태양빛으로 충분히 익는다. 반면 '음식'은 일반적으로 더 다양하고 쉽게 얻을 수 있고, '피복과 집'은 완전히 또는 반쯤 불필요하다. 경험으로 깨달은 바에 따르면, 현재 이 나라에서 몇몇 도구·칼·도끼·삽·외바퀴손수레 등과, 학문을 좋아하는 이들을 위한 등불, 문구류, 약간의 책에 대한 접근수단은 필수품 다음에 자리하며, 이 모두는 적은 비용으로 구할 수 있다. 그러나 현명하지 않은 어떤 이들은 살기 위해—즉, 편안하고 따스하게 지내기 위해—지구 저편 즉, 야만적이고 건강에 유해한 지역으로 가서 10년이나 20년 동안 무역업에 헌신하다가 마침내 뉴잉글랜드에서 죽는다.[24] 사치스러울 정도로 부유한 사람들은 단순히 편안하고 따스하게 지내는 것이 아니라 자연스럽지 못할 정도로 덥게 산다. 앞서 암시한 것처럼, 그들은 익는 것이다. 물론 '유행에 따라서' 말이다.

　대부분의 사치품과 이른바 많은 생활편의품은 없으면 안 되

23　그리스 신화에서 영혼이 죽은 뒤에 안식하는 엘리시움(이상향)을 말한다.
24　당시 최고조에 달했던 중국 무역과 관련된 뉴잉글랜드인에 대한 언급이다.

는 것이 아닐 뿐 아니라 인류의 고양에 적극적인 방해물이다. 사치품과 편의품에 대해 가장 현명한 자들은 가난한 자보다 더 소박하고 가난하게 살았다. 중국, 인도, 페르시아, 그리고 그리스의 고대 철학자들은 밖으로 드러나는 부에서는 그들보다 더 가난한 이가 없었고 내적인 부에서는 그들만큼 부유한 이도 없는 계급이었다. 우리는 그들에 대해 많이 알지 못한다. '우리'가 그들에 대해 이만큼 알고 있다는 사실도 놀랄 만한 일이다. 그들보다 더 근대적인 개혁가와 기부자에 대해서도 마찬가지다. 우리가 자발적인 빈곤이라고 부르는 것과 같은 유리한 입장으로부터가 아니라면 아무도 인간의 삶을 편벽되지 않게 또는 현명하게 관찰할 수 없다. 사치스러운 삶의 열매는 그것이 농업, 상업, 문학 또는 예술의 분야에서이건 사치다. 오늘날 철학교수는 있지만, 철학자는 없다. 그러나 한때는 철학적인 삶이 감탄할 만한 일이었기에 철학을 가르치는 일도 감탄할 만하다. 철학자가 되는 것은 단순히 난해하게 사고하거나 정말이지 하나의 학파를 세우는 것이 아니라, 지혜의 명령에 따라 소박하고 독립적이며 관대하고 신뢰할 만하게 살 정도로 지혜를 사랑하는 것이다. 그것은 삶의 몇몇 문제를 이론적으로뿐 아니라 실제적으로 해결하는 것이다. 위대한 학자와 사상가의 성공은 공통적으로 왕다운, 남자다운 성공이 아니라 궁정대신 같은 성공이다. 그들은 실제로 그들의 아버지가 그러했듯이 순응함으로써만 그럭저럭 살아가고, 어떤 의미에서도 좀더 고귀한 인류 족속의 창시자가 아

니다. 그러나 인간은 도대체 왜 퇴보하는가? 왜 가문들의 수명
이 다하는가? 국가의 힘을 약화시키고 멸망시키는 사치의 본질
은 무엇인가? 우리 삶에는 사치스러움이 전혀 없다고 확신하는
가? 철학자는 그의 외적인 삶의 형식에서조차 시대를 앞서간다.
그는 동시대인처럼 먹고, 거주하고, 입고, 난방하지 않는다. 어
떻게 한 사람이 철학자이면서 다른 사람보다 더 나은 방법으로
생명을 유지하는 데 필요한 체온을 유지하지 않을 수 있는가?

 어떤 사람이 내가 묘사한 다양한 방법으로 몸을 따뜻하게 하
고 난 다음에 그가 원하는 것은 무엇인가? 확실히 같은 종류의
따스함을 더 원하지는 않는다. 더 많고 영양가 풍부한 음식, 더 크
고 멋진 집, 더 아름답고 많은 옷, 더 많은 숫자의 끊임없이 타오
르는 더 뜨거운 불과 같은 것은 분명히 아니다. 삶에 필수적인 것
을 손에 넣었을 때에 그에게는 그런 사치품을 얻는 것 말고 다른
대안이 있다. 바로 보잘것없는 수고에서 벗어나, 휴가를 시작한
지금 삶에 대한 모험을 하는 것이다. 씨가 어린뿌리를 내려보낸
것을 보니 토양은 씨에 적합한 것처럼 보이며, 이제 자신 있게 싹
을 올려 보낼 수 있을 것이다. 인간이 하늘 위로 솟을 것이 아니라
면 무슨 이유로 그렇게 확고히 땅에 뿌리박았겠는가? 왜냐하면
더 고귀한 식물들은 땅에서 멀리 떨어진 공중과 빛 속에서 마침
내 그들이 맺는 과일 때문에 평가받기 때문이다. 더 보잘것없는
야채와 같은 대우를 받지 않기 때문이다. 비록 2년생 식물일지라
도 뿌리가 완전히 자랄 때까지만 재배되고, 뿌리 때문에 꼭대기

부분이 종종 베여 대부분의 사람이 꽃이 핀 시기에조차 어떤 식물인지 모른다.

본성이 강하고 용감한 사람들에게 규칙을 정해주고 싶은 의도는 없다. 그들은 천국에 있든 지옥에 있든 자신의 일에 주의를 기울이며, 부자가 어떻게 사는지도 모르면서, 가장 부유한 사람보다 더 근사한 집을 짓고 돈을 더 펑펑 쓰면서도 결코 가난에 처하는 일은 없을 것이다. 실로 남들이 꿈꾸는 그런 사람이 있다면 말이다. 또한 정확히 현재 상황에서 발견한 용기와 영감을 연인의 애정과 열정으로 소중히 품는 사람들에게도 규칙을 강요할 생각은 없다. 어느 정도까지는 내가 이 부류에 든다고 생각한다. 나는 어떤 상황에서도 직업에 만족하는 사람들에게 말하지 않는다. 그들은 자신이 직업에 만족하는지 아닌지를 안다. 그러나 나는 주로 만족하고 있지 않은, 그 상황을 개선시킬 수 있음에도 운명이나 시대의 가혹함을 헛되이 불평하는 대다수의 사람에게 주로 말한다. 무엇에 대해서나 몹시 강력하게 위로가 불가능할 정도로 불평하는 사람들이 있다. 그들 말에 따르면, 그들은 자신의 의무를 다하고 있기 때문이다. 또한 나는 겉보기에 부유하지만 모든 사람 가운데 가장 끔찍하게 가난한 종류의 사람들을 염두에 두고 있다. 그들은 쓸모없는 것을 축적했지만, 그것을 사용하거나 제거하는 방법을 모른다. 따라서 스스로 금이나 은 족쇄를 만들었다.

내가 지난 수년 동안 어떻게 살고 싶었는지를 말한다면, 실질적으로 내가 어떻게 살았는지 그 이력을 다소나마 아는 독자들은 놀랄 것이고, 내 지난 삶에 대해 아무것도 모르는 사람들의 경우 확실히 놀랄 것이다. 그래서 내가 마음속에 품어온 몇몇 계획에 대해 단지 넌지시 암시만 주고자 한다.

어떤 날씨이든, 밤이나 낮의 어떤 시간이든, 나는 매 순간을 보람 있게 보내고 그 순간을 내 막대기에도 표시하기를 열망했다.[25] 그리고 과거와 미래라는 두 영원이 만나는 현재의 순간에 정확히 서 있기를, 그 선에 발맞추기를 열망했다. 여러분은 약간의 모호함을 용서해주실 것이다. 왜냐하면 내 직업은 대다수 사람의 직업보다 비밀이 더 많지만, 계획적으로 비밀을 유지하는 것이 아니라 일의 본성상 비밀과 불가분의 관계에 있기 때문이다. 내가 아는 모든 것을 기쁘게 말할 것이고 대문에 결코 '출입금지'라고 페인트로 쓰지 않을 것이다.

나는 오래전에 사냥개와 적갈색 말과 멧비둘기를 각각 한 마리씩 잃어버렸는데, 아직도 녀석들을 찾고 있다. 그리고 많은 여행객에게 녀석들의 발자국 모양과 어떤 소리에 응답했는지를 설명했다. 나는 그 사냥개의 소리와 말발굽 소리를 들어보았고 심지어 구름 뒤로 사라지는 멧비둘기를 보았다는 사람을 한두

---

25 소로도 종종 측량을 위해 눈금을 새긴 막대를 가지고 다녔지만, 여기서 막대기에 대한 언급은 다니엘 디포Daniel Defoe의 로빈슨 크루소Ronbinson Crusoe에게서 비롯된 것이다. 크루소는 나무 기둥에 눈금을 새겨 시간이 얼마나 경과했는지를 가늠했다.

명 만난 적이 있었다. 그들은 마치 자신이 잃어버린 듯이 다시 찾기를 열망하는 것처럼 보였다.

단순히 해가 뜨고 동이 트는 것이 아니라 가능하다면 자연 그 자체를 예상하는 것! 하고 많은 여름과 겨울 아침, 아직 어떤 이웃도 일을 하려 움직이기 전에 나는 내 일을 하고 있었던가! 의심의 여지없이 우리 읍내의 많은 사람, 즉 여명에 보스턴으로 출발하는 농부나 일터로 가는 나무꾼을 이 일을 하고 돌아오는 길에 만났다. 해가 뜨는 데 내가 실질적으로 도와준 적이 한 번도 없는 것은 사실이지만, 그때 거기에 있었다는 것만으로도 가장 중요했다는 사실을 의심하지 말라.

가을과 겨울의 아주 많은 날을 읍 바깥에서 보내면서, 바람 속에 있는 소리를 들으려 노력하고, 듣고 속달로 전하려고 했지! 거기에 내 밑천을 거의 모두 쏟아붓고, 거슬러 뛰다가 숨이 찼지. 만약 바람 속 소리에 두 정당 가운데 하나와 관계되는 일이 있었다면, 알려지자마자 제일 먼저 신문에 실렸을 것임에 틀림없다. 다른 때는 어떤 새로운 정보가 있으면 전보를 보내기 위해 절벽이나 나무의 전망대에서 지켜보거나, 저녁에는 언덕 꼭대기에서 하늘이라도 무너지면 무언가를 건지려고 기다렸지만, 한 번도 많은 것을 건진 적은 없었고, 그것은 만나[26]처럼 해가 있

---

26 《성서 The Holy Bible》의 〈출애굽기 Exodus〉에서 모세를 따라 이집트에서 탈출한 유대인을 위해 하늘에서 내린 식량으로, 해가 뜨거우면 녹아버린다.

을 때는 다시 녹아버리곤 했다.

오랫동안 나는 구독자가 많지 않은 어떤 잡지의 기자였다. 작가들에게는 너무나 흔한 일이지만, 편집장은 내가 기고한 많은 글을 아직 잡지에 싣기에는 적합하다고 생각하지 않았고, 그래서 나는 고생만 하고 수고한 보람이 없었다. 그러나 이 경우에는 내 고생 자체가 보상이었다.

여러 해 동안 나는 스스로 임명한 눈보라와 폭풍우 검사관이었고, 성실하게 의무를 다했다. 그리고 큰길은 아닐지라도 숲길과 모든 지름길 부지의 측량기사로서, 사람들이 지나다닌 곳이면 통행 가능하도록 길들을 열어놓고, 모든 계절에 통행이 가능하게 협곡에 다리를 놓았다.

내가 돌보던 우리 읍의 야생동물들은 울타리를 뛰어넘어 다녀 성실한 목동들에게 엄청난 골칫거리였다. 나는 사람들이 잘 가지 않는 그 농장의 후미진 곳과 구석에도 주의를 기울였다. 비록 요나나 솔로몬이 오늘 어떤 특정한 들판에서 일을 하는지 항상 알지는 못했지만 말이다. 그것은 내가 신경 쓸 일이 아니었다. 나는 붉은 월귤나무와, 적황색 벚나무와 팽나무, 홍송과 검정 양물푸레나무, 흰 포도나무와 노란 제비꽃에 물을 주었는데,[27] 내가 아니었다면 이것들은 건기에 시들었을 것이다.

요컨대 자랑은 아니지만 나는 오랫동안 그런 식으로 내 일을

---

27 숲에서 오줌을 누었다는 말이다.

충실히 하며 살았다. 우리 읍내 사람들이 결국 나를 읍의 공무원 명단에 넣어주지도 않고 보잘것없는 액수의 한직도 만들어주지 않을 것이라는 사실이 점점 더 분명해질 때까지 말이다. 성실하게 기입했다고 맹세할 수도 있는 내 회계장부는 한 번도 회계감사를 받은 적이 없었고, 회계장부가 인정된다든가, 돈을 지불받거나 결산이 된 적은 더더구나 없었다. 그러나 나 역시 그런 것을 희망한 적이 없었다.

　그로부터 얼마 지나지 않아서 어떤 방랑 인디언이 내 이웃에 사는 유명한 변호사의 집에 바구니를 팔러 갔다. "바구니 사시겠어요?"라고 인디언이 물었다. "아니요, 우리는 아무것도 필요 없어요"라는 대답이 돌아왔다. "뭐라고요! 당신은 우리를 굶어 죽게 할 작정이오?"라고 그가 대문을 나서며 소리쳤다. 부지런한 백인 이웃들이 대단히 부유한 것을 보고—그 변호사는 단지 논쟁을 엮기만 했을 뿐인데, 어떤 마술에 의해 부와 사회적인 지위가 따라온 것을 보고—인디언은 혼잣말을 했다. "나도 사업을 할 거야. 바구니를 짜야지. 그건 내가 할 수 있는 일이야." 바구니를 만들었을 때 그는 자신이 할 바를 했고 이제 바구니를 사는 것은 백인이 할 일이라고 생각했다. 그 바구니를 반드시 살 가치가 있게 만들거나, 아니면 적어도 다른 사람이 살 만한 가치가 있다고 생각하도록 만들거나, 그가 살 가치가 있는 다른 물건을 만드는 것이 반드시 필요하다는 사실을 인디언은 알지 못했다. 나 역시 섬세한 조직의 바구니 하나를 짠 적이 있지만, 누군가 그 바구니를 살 만한 가치가 있게 만들지 못했다.[28] 그럼에도 내 경우, 바구니를 짜는 것이 내게는 가치가 있다고 생각했고, 사람들이 내 바구니를 살 만큼 가치 있게 만드는 방법을 연구하는 대신, 차라리 바구니를 반드시 팔아야 할 필요성을 회피할 방법을 연구했다. 사람들이 칭찬하고 성공으로 간주하는 삶은 단지 한 가지 종류에 불과하다. 왜 우리는 다른 종류의 삶을 희생하면서 어떤 한 가지의 삶만을 지나치게 강조해야 하는가?

나의 동료 시민들이 법원의 방 하나나 목사직 또는 어떤 다른 곳에서의 생계를 해결한 자리를 제의하지 않을 것 같고, 스스로 생계를 꾸려야 한다는 사실을 발견하고 나서 그 어느 때보다 더 숲으로만 관심을 돌렸는데, 숲에서 나는 더 잘 알려져 있었다. 나는 즉시 사업을 시작하기로 결심했고, 사업에 보통 필요한 자본을 손에 넣기 위해 기다리지 않고, 내게 이미 있던 얼마 되지 않는 돈을 사용하기로 했다. 내가 월든 호수로 가는 목적은 그곳에서 싼 비용으로 사는 것도, 고비용으로 살고자 하는 것도 아니었고, 최소의 장애물을 접하면서 어떤 개인적인 사무를 보기 위해서였다.[29] 상식이 약간 모자라고 기획과 사업에 재능이 부족해 사무의 성취에 방해받는 것은 슬프다기보다는 어리석어 보였다.

나는 항상 엄격하게 사무를 처리하는 습관을 들이려고 노력했다. 이는 모든 사람에게 꼭 필요하다. 당신이 중국과 무역을 한다면, 세일럼이라는 항구의 해변에 있는 작은 회계사무소 정도면 시설로는 충분할 것이다. 당신은 이 지역에서 산출되는 다음과 같은 물품, 즉 순수한 토산품, 많은 얼음과 소나무 목재, 약간의 화강암을 항상 토착 화물선에 실어 수출할 것이다. 다음의 사항을 지키면 무역사업에 좋을 것이다. 모든 세부사항을 직접 감독하기, 도선사인 동시에 선장이 되고 선박의 소유주인 동시에 해상 보험업자가 되기, 사고판 회계장부 정리하기, 받은 모든 편지를 읽고 보낼 편지를 모두 쓰거나 읽기, 밤낮으로 수입품 하역을 감독하기, 가끔 가장 비싼 화물이 저지 해변에서 하역될 것이기 때문에 세일럼 해안의 여러 곳에 거의 동시에 출몰하기, 스스로 전보가 되어 피곤을 느낄 새도 없이 수평선을 휩쓸고 해안으로 향하는 모든 지나가는 배에 말을 걸기, 아주 멀리 있는 엄청난 시장에 공급하기 위해 상품을 꾸준히 계속 발송하기, 새로운 항로들과 진보한 항해술을 사용하고 모든 탐험대의 탐험 결과를 이용해 시장의 상황과 모든 곳의 전쟁과 평화에 대한 전망

....
은 소로와 친했지만 1842년에 파상풍으로 요절한 형과 여행하면서 보낸 나날에 대한 내용이다.

과 정보를 파악하고 무역과 문명의 경향을 예측하기, 해도를 연구하기, 암초와 새로운 등대와 부표의 위치를 확인하기, 거듭 말하지만 항상 대수표를 수정하기. 이는 계산하는 사람의 잘못으로 친근한 부두에 닿았어야 할 배가 암벽에 부딪혀 쪼개지는 일이 가끔 있기 때문이다. 사람들은 모르는 라페루즈La Pérouse[30]의 운명에 대한 이야기가 있다. 한노Hanno[31]와 페니키아인으로부터 우리 시대에 이르기까지 모든 위대한 발견자와 항해자, 위대한 모험가와 상인의 삶을 연구하면서 보편적인 과학과 보조를 맞추기, 그리고 마지막으로 자신의 상황을 알기 위해 이따금 재고에 주의를 기울이기 같은 사항이다. 무역은 인간의 능력에 무거운 짐을 지우는 노동이며, 다방면의 지식을 요구하는, 이익과 손해, 금리, 그리고 포장용기 계산법과 그 속에 모든 종류를 재는 것 같은 문제다.

　나는 월든 호수가 사업을 하기에 좋은 장소라고 생각했다. 단지 철도와 얼음 사업 때문만은 아니다. 월든 호수는 밝히는 것이 좋은 방책은 아닐지도 모르는 이점을 제공한다. 월든 호수는 좋은 항구이자 토대다. 비록 어디서든지 당신 스스로 말뚝을 박아

30　라페루즈 백작인 장프랑수아 드갈로Jean-François de Galaup는 프랑스의 항해자이며, 그의 배가 1788년 오스트레일리아의 보타니 베이Botany Bay에 정박한 이후 사라졌다. 그곳 원주민에게 살해당했을 가능성이 있다.
31　페니키아의 탐험가이며 기원전 480년에 아프리카의 서해안을 여행하고 보고서를 썼다.

야 하지만, 메워야 할 네바Neva 강[32]의 습지는 없다. 서풍과 네바 강의 얼음과 함께, 밀물이 지구 표면으로부터 상트페테르부르크를 휩쓸어버릴 것이라는 말이 있다.

　보통 사업에는 필수인 자본 없이도 시작할 수 있기 때문에 그런 사업을 하는 데 필요한 수단을 어디서 구할지 추측하기는 쉽지 않을 것이다. 즉시 그 질문의 실제적인 부분에 이르기 위해 의복에 대해 말하자면, 아마도 우리가 옷을 구입하는 이유는 유용하기 때문이 아니라 더 자주 새로운 것을 좋아하는 마음과 주변의 여론 때문일 것이다. 의복의 목적이 할 일이 있는 사람에게 첫째 생명의 온기 유지와 둘째 현 상태의 사회에서 나신裸身을 가리기 위함이라는 사실을 되새기게 하자. 그리고 옷장에 옷을 더하지 않고도 얼마나 많은 필수적이거나 중요한 일이 성취될 수 있는지 판단할 것이다. 옷 한 벌을 딱 한 번 입고 마는 왕과 왕비는, 그들에게 바쳐지는 옷들이 양복쟁이나 드레스 만드는 사람이 제작한 것이지만, 몸에 맞는 옷을 입는 편안함을 알 수 없다. 그들은 깨끗한 옷을 걸치고 있는 목마에 불과하다. 매일 우리의 의상은 입는 사람의 성격이 각인되어 우리와 더 융화된다. 심지어 우리의 몸과 같아서 의학기구와 정식 절차 없이는 꾸물거리거나 벗기를 망설인다. 아무도 기운 옷을 입었다고 내게 더

32　러시아의 네바 강의 삼각주 지역을 말한다. 네바 강은 상트페테르부르크St. Petersburg를 가로지르는 강의 이름이다.

낮은 평가를 받은 적은 없었다. 그러나 일반적으로 건전한 양심에 따르기보다는 유행을 따르거나 적어도 깨끗하고 기운 흔적이 없는 옷을 입는 것에 대한 열망이 더 크다고 확신한다. 그러나 비록 그 찢어진 옷이 수선되지 않았더라도, 아마도 드러난 최악의 결함은 준비부족일 것이다. 나는 때때로 다음과 같은 것으로 지인들을 시험한다. 즉 누가 무릎 위에 헝겊 누더기나 여분의 두 솔기가 드러난 옷을 입을 수 있을 것인가? 대부분의 사람은 그런 옷을 입어야 한다면 미래가 망했다고 믿는 것처럼 행동한다. 그들에게는 찢어진 바지를 입고 읍내로 들어가는 것보다 부러진 다리로 절뚝이면서 가는 편이 더 쉬울 것이다. 사고로 다리를 다치면 고칠 수 있다. 그러나 유사한 사고가 나서 다리 부분이 찢어진 바지는 고칠 수가 없다. 왜냐하면 그가 주의를 기울이는 것은 '진정으로 존경할 만한 것이 무엇인가'가 아니라 '사람들이 존경하는 것이 무엇인가'이기 때문이다. 우리는 사람은 거의 알지 못하고, 대단히 많은 외투와 바지를 안다. 허수아비에게 당신이 마지막으로 걸쳤던 느슨한 옷을 입히고 그 옷을 입지 않은 당신이 옆에 서 있으면, 누군들 그 허수아비에게 가장 먼저 인사하지 않을까? 전날 옥수수 밭에 있는 모자와 외투를 걸친 막대기 곁을 지나다가, 나는 그것이 그 농장의 주인임을 깨달았다. 그는 내가 마지막으로 보았을 때보다 단지 약간 더 세파에 찌들어 있었다. 나는 주인의 집과 대지 가까이 다가오는 옷 입은 모든 낯선 사람에게는 짖지만 벌거벗은 도둑에게는 쉽게 조용해지는 개에 대한 이야기를 들은 적이 있었다. '사람들이 옷을 벗는다면, 그들의 상대적인 계급을 어느 정도로까지 유지할 것인가'라는 질문은 흥미롭다. 그런 경우 당신은 가장 존경받는 계급에 속하는 문명인 집단을 확실히 식별할 수 있겠는가? 파이퍼 Ida Laura Pfeiffer 부인이 동쪽에서 서쪽까지 전 세계를 도는 모험적인 여행을 하면서 고국에서 아주 가까운 러시아의 아시아지역에 갔을 때, 당국자를 만나러 가면서 여행복 외의 다른 옷을 입을 필요성을 느꼈다고 말한다. 왜냐하면 그녀는 "지금은 사람을 입은 옷으로 판단하는 문명국에 있기 때문이다."[33] 심지어 민주적인 우리 뉴잉글랜드 읍들에서도 우연히 부를 소유하고 옷과 마차만을 과시해도 소유주는 거의 보편적인 존경을 받는다. 그러나 그런 존경을 보내는 이들은 수적으로는 많아도 너무나 이교도적이어서 선교사를 보낼 필요가 있다. 그 외에도 옷을 만들면서 생겨난 바느질은 끝도 없는 종류의 일이라고 할 수 있을 것이다. 적어도 여자의 드레스는 결코 완성된 적이 없으니까.

마침내 해야 할 중요한 일을 발견한 남자는 그 일을 하기 위해 새 옷을 살 필요는 없을 것이다. 그에게는 기약 없이 다락의 먼지 속에 있던 낡은 옷으로 충분할 것이다. 오래된 신발은—영웅에게 시종이 있다면—시종보다 영웅이 더 오래 신을 것이다.

....
33 1850년에 출간된 아이다 로라 파이퍼의 《숙녀의 세계일주 항해A Lady's Voyage Round the World》에서 인용한 글이다.

맨발은 신발보다 더 오래되었고, 영웅은 맨발로도 충분할 것이다. 단지 파티와 의사당에 출입하는 사람들만 새로운 외투가 있어야 하며, 새 외투를 입은 사람이 변하는 것만큼 자주 갈아입을 외투가 있어야 한다. 그러나 내 재킷과 바지가, 내 모자와 구두가 신을 경배하는 데 적합하다면 그것으로 충분할 것이다. 그렇지 않을 것인가? 자신의 오래된 옷—오래된 외투가 실제로 낡아 빠져서 근원적인 원소로 변한 모습을 본 사람이 도대체 누가 있다는 말인가? 그런 옷을 좀더 가난한 소년에게 주는 것은 자선행위도 되지 못한다. 혹시 그 가난한 소년이 우연히 더 가난한 어떤 소년에게 준다면, 더 가난한 소년은 더 적게 소유하고 살 수 있으니 더 부자라고 말할 수 있다. 새 옷을 필요로 하는 모든 사업을 조심하라고 말하는 것이지 새 옷을 입은 사람을 조심하라는 말이 아니다. 새 사람이 없다면 어떻게 몸에 맞을 새 옷을 만들 수 있겠는가? 만약 당신이 어떤 사업을 목전에 두고 있다면 낡은 옷을 입고 시도하라. 모든 사람은 '어떤 것을 가지고 해야 할' 중요한 것을 원하는 것이 아니라, '해야 할' 중요한 것이나 그보다는 '되어야 할' 중요한 것을 원한다. 오래된 옷이 아무리 누더기이거나 더럽더라도 새 양복을 마련해서는 안 될 것이다. 우리가 어떤 식으로 행동하고, 사업을 하고, 항해를 해 낡은 옷을 입고도 새 옷을 입은 것처럼 느끼고, 낡은 옷을 입은 것이 낡은 병에 새 포도주를 담은 것처럼 느낄 때까지 말이다. 우리의 털갈이 시기는 가금류처럼 인생에서 위기를 맞은 시기여야 한다. 아비(물새)는 위기의 시기를 보내기 위해 외딴 호수에서 칩거한다. 그래서 뱀 역시 껍질을 벗고, 풀쐐기는 내적으로 부지런히 노력하고 팽창해 애벌레 외피를 벗는다. 옷은 우리 가장 바깥에 있는 표피이고 생사와 연관된 굴레다. 그렇지 않다면 우리는 가장된 깃발 아래 항해하고 있음이 발견될 것이고, 인류뿐 아니라 우리 자신의 의견에 따라 마침내 불가피하게 추방될 것이다.

마치 바깥쪽으로 더해지며 성장하는 외생식물처럼 우리는 옷 위에 또 옷을 입는다. 종종 겉에 입는 얇고 환상적인 옷은 우리의 표피 또는 가짜 피부인데, 여기저기 벗겨져도 치명적인 부상은 입지 않으므로 생명에 지장이 없다. 우리가 항상 입고 있는 좀더 두꺼운 의상은 세포질의 표피 또는 외피다. 그러나 우리의 셔츠는 내피 또는 진정한 나무껍질인데, 셔츠를 벗는 행동은 나무껍질을 고리모양으로 벗기는 것과 같아서 사람을 죽이지 않고서는 벗길 수 없다. 나는 모든 인종이 특정 계절이 오면 셔츠에 해당하는 무언가를 입는다고 믿는다. 어떤 사람이 옷을 아주 간편하게 입어서 어둠 속에서 손으로 자신의 몸을 만질 수 있다면, 그리고 모든 면에서 아주 간결하고 준비성 있게 살아서 적이 성시를 장악해도 옛 철학자[34]처럼 아무 걱정 없이 빈손으로 성문 밖으로 걸어나갈 수 있다면, 그것은 바람직한 일이다. 두꺼운 옷 한 벌이 대부분 얇은 옷 세 벌에 버금가고, 고

---

34 그리스의 칠현인七賢人 가운데 한 사람인 비아스Bias에 대한 내용이다.

객 형편에 맞는 가격에 싼 옷을 구할 수 있는 한, 5년 입을 두꺼운 외투를 5달러에 구입할 수 있고, 두꺼운 바지를 2달러에, 소가죽 부츠 한 켤레를 1달러 50센트에, 여름 모자를 25센트에, 겨울 모자를 62.5센트에 사거나 사소한 가격으로 집에서 더 나은 것을 만들 수 있다. 자신이 번 돈으로 그런 옷을 입는다 해도 경의를 표할 현자들이 없을 정도로 가난한 사람이 어디에 있겠는가?

특별한 모양의 옷을 요구하면 만들어주는 여자 재봉사는 엄숙하게 "요즘은 사람들이 옷을 그렇게 만들지 않아요"라고 내게 말한다. 마치 운명의 여신들[35] 같은 인간이 아닌 권위자의 말을 인용하는 것처럼, 재봉사는 '사람들은'이라는 단어를 강조하지 않는다. 그리고 내가 원하는 대로 옷을 만들기 어려우리라는 사실을 깨닫는데,[36] 단지 그 여자 재봉사가 내 말을 진심으로 믿지 않기 때문이며, 내가 그 정도로 경솔하리라고는 믿지 않기 때문이다. 이 수수께끼 같은 문장을 들을 때, 나는 각각의 단어를

---

35 그리스 신화에서 운명의 세 여신은 인간의 생명을 관장한다. 클로토Clotho는 생명의 실을 자아내고, 라케시스Lachesis는 각 사람에게 운명을 배정하고, 아트로포스Atropos는 생명의 실을 잘랐다.

36 소로의 외모와 입은 옷은 별로 매력적이었던 것 같지 않다. 소로의 친구 프랭클린 샌본Franklin Sanborn의 일기에 따르면, 소로는 "대단히 평범하게 입었고, 거의 항상 코르덴을 입었으며" 구두약으로 광내지 않은 구두를 신었다. 존 셰퍼드 키즈John Shepard Keyes는 소로가 그에게 "세련되지 못한" 인상을 주었다고 했고, 소로의 친구 엘러리 채닝William Ellery Channing, the Younger은 소로의 외투 주머니는 공책과 쌍안경이 들어갈 정도로 컸다고 말했다.

스스로에게 하나하나 강조함으로써 단어의 의미를 이해하기 위해, 혈연적으로 '그 사람들'이 '나'와 어느 정도 연관이 있는지와 내게 그렇게 심하게 영향을 주는 일에서 그 사람들이 어떤 권위가 있는지를 알아내기 위해 잠시 생각에 빠져 있었다. 그리고 마지막으로 그녀에게 같은 정도로 애매하게, 더는 '사람들'에 대한 강조 없이 "그 사람들이 최근까지 옷을 그렇게 만들지 않았지만 지금은 그렇게 만듭니다"라고 대답하고 싶었다. 만약 그녀가 내 성격을 재지 않고 내 어깨가 외투를 걸어놓는 나무못인 것처럼 어깨 너비만 잰다면, 내 치수를 재는 것이 무슨 소용이 있겠는가? 우리는 미의 세 여신[37]도 운명의 세 여신도 숭배하지 않지만, 유행의 여신을 숭배한다. 그녀는 전적인 권위자로서 실을 잣고 짜고 재단한다. 파리Paris에 있는 원숭이 우두머리가 여행자 모자를 쓰면 미국의 모든 원숭이도 똑같이 한다. 나는 이 세상에서 사람들의 도움을 받아 상당히 단순하고 정직한 어떤 일을 하는 것에 대해 절망적이다. 그들의 오래된 생각을 강력한 압착기에 넣어 통과시켜서 짜내야 하는데, 그렇게 하면 그들은 자신들의 다리로 곧 다시 일어서지 못할 것이다. 그러고 나서도 언제 놓아둔 지 아무도 모르는 알에서 부화한 구더기가 머릿속에 있는 사람이 그들 일행 가운데 있을 것이다. 심지어 불로도 낡은 생각을 죽이지 못하기 때문에 당신은 헛수고를 할 것이다. 그럼

---

37 아름다움, 우아함, 기쁨을 상징하는 그리스 신화의 세 자매 여신이다.

에도 우리는 이집트의 밀이 미라로 인해 우리에게 전해졌다는 사실을 잊지 않을 것이다.

대체적으로 나는 우리나라를 비롯한 어떤 나라에서든지 옷치장이 예술의 품격으로까지 올라갔다고 주장되어서는 안 된다고 생각한다. 현재 사람들은 임시방편으로 가질 수 있는 옷을 입는다. 난파된 선원처럼 그들은 해안에서 발견할 수 있는 것을 입고, 공간적으로나 시간적으로나 약간 멀어지면 서로의 가장용 의상을 비웃는다. 모든 세대가 옛 유행을 비웃지만, 새로운 유행을 종교처럼 따른다. 우리는 헨리 8세Henry VIII나 엘리자베스 Elizabeth I 여왕의 의상을 보며 마치 식인종 섬의 왕과 왕비의 것인 양 재미있어 한다. 사람이 벗은 모든 의상은 처량하거나 기괴하다. 웃음을 억제하게 하고 누구의 것이든 의상을 신성하게 하는 것은 그 옷을 입은 사람이 응시하는 진지한 눈과 진실하게 산 인생뿐이다. 어릿광대가 복통과 발작을 일으키면, 그의 의상 역시 그 분위기에 도움이 될 것이다. 군인이 포탄에 맞으면 그가 입은 군복이 누더기여도 왕의 자색 옷만큼 어울린다.

새로운 무늬에 대한 남녀의 유치하고 야만스러운 취향은 오늘날 이 세대가 요구하는 특별한 모습을 발견할 수 있도록 얼마나 많이 만화경을 흔들어 움직이고 계속 곁눈질하게 하는지 모른다. 옷 제조업자들은 이런 취향이 변덕일 뿐이라는 사실을 알았다. 어떤 특별한 색 실이 단지 몇 가닥 많거나 적은 차이가 있는 두 무늬 가운데 하나는 쉽게 팔릴 것이고, 다른 것은 선반에 놓여 있을 것이다. 비록 한 계절이 지나면 선반에 있던 무늬가 가장 유행하는 일이 자주 일어나지만 말이다. 비교하자면, 문신은 알려진 것과는 달리 무시무시한 관습은 아니다. 피부에 새긴 뒤 지울 수 없다는 이유만으로 문신이 야만스러운 것은 아니다.

나는 우리의 공장 체계가 인간이 옷을 얻는 최고의 방식이라고 믿을 수 없다. 공장 직공의 상태가 매일매일 영국 직공의 상태를 더 닮아가고 있다. 그것은 놀라운 일이 아니다. 내가 듣거나 관찰한 바에 의하면, 공장 체계의 주된 목적이 인류에게 정당하게 옷을 잘 입히기 위함이 아니라 회사가 부유해지기 위함이 분명하기 때문이다. 결국 인간은 목적한 것만 명중시킨다. 그러므로 즉시 실패하더라도 높은 무언가를 겨냥하는 것이 좋다.

집에 대해 말하자면, 나는 집이 이제는 생활필수품임을 부인하지는 않을 것이다. 우리나라보다 더 추운 나라에서 오랫동안 집 없이도 살던 사람들이 있긴 하지만 말이다. 새뮤얼 래잉Samuel Laing[38]은 "맨살에다가 머리와 어깨에 가죽부대를 덮어쓴 라플란드[39] 사람은 어떤 모직물을 입더라도 사람의 목숨을 앗아갈 정도의 추위에도 밤마다 눈 위에서 잠을 잘 것이다"라고 말을 한다. 그는 그들이 그렇게 자는 모습을 보았다. 그러나 그는 "그들이 다른 민족보다 더 강하지는 않다"라고 덧붙인다. 그러나 아마

---

38 스코틀랜드 출신의 여행가다.
39 대부분이 북극권에 속하는 북유럽 지역으로, 노르웨이·스웨덴·필란드의 북부와 러시아 북서부 끝에 걸쳐 있는 지역을 말한다.

도 사람은 대지 위에 산 지 얼마 지나지 않아 집 안에 있는 편리함, 즉 집 안에 있는 것의 즐거움을 발견했을 것이다. 그런데 집 안에 있는 것의 즐거움이라는 용어는 원래 가족이 주는 만족이라기보다는 집이 주는 만족을 뜻했을 수 있다. 비록 우리 생각 속에서 집이라는 것이 겨울이나 주로 우기와 연관된 기후대와, 파라솔을 제외하고는 1년에 3분의 2는 집이 불필요한 기후대에서는, 집 안에 있는 즐거움이 극히 부분적이고 일시적이겠지만 말이다. 이전에 우리 기후대에서 집은 여름에는 거의 밤에 하늘을 가리는 지붕에 불과했다. 인디언 상형문자에서 인디언의 원형천막은 하루의 행진을 상징하고, 나무껍질에 새기거나 그린 줄지은 천막들은 그만큼 많이 야영했다는 의미였다. 인간은 긴 팔다리와 튼튼한 몸이 없기 때문에 세계를 좁히고 자신에게 적합한 공간을 벽으로 에워싸려고 했다. 처음에 인간은 옷을 입지 않았고 야외생활을 했다. 이는 낮에 화창하고 따뜻한 날씨에는 충분히 쾌적했지만, 지글지글 끓는 태양 아래에서는 말할 것도 없고 우기나 겨울에는 집이라는 피난처로 서둘러 들어가 몸을 감싸지 않았다면 인류는 어쩌면 봉오리시기에 땅에 떨어졌을 것이다. 신화에 따르면, 아담과 이브는 다른 옷을 입기 전에 나뭇가지로 몸을 가렸다고 한다. 인간은 집, 즉 따스하고 안락한 장소를 필요로 했는데, 처음에는 신체의 따스함, 그다음에는 애정의 따스함을 필요로 했다.

우리는 인류 초창기에 어떤 모험심이 왕성한 인간이 거처를 찾아 바위 속의 빈 공간으로 기어들었던 때를 상상할 수 있다. 모든 아이는 어느 정도까지 세상을 새로 시작하고, 비 오고 추운 날씨에조차 야외에 머물기를 좋아한다. 아이가 말뿐 아니라 집에 대한 놀이를 하는 이유는 놀이에 대한 본능이 있기 때문이다. 어렸을 때 경사가 완만한 바위를 보거나 어떤 동굴에 접근했을 때 느꼈던 흥미진진함을 누군들 기억하지 않겠는가? 그것은 가장 원시적인 조상이 자연에 대해 느꼈던 열망의 몫이 여전히 우리 안에 살아 있다는 뜻이었다. 동굴에서부터 우리는 야자 잎, 나무껍질과 나뭇가지, 짜서 펼친 아마포, 풀과 짚, 판자와 지붕널, 그리고 돌과 타일로 된 지붕으로 진보했다. 마침내 우리는 개방된 야외에서 산다는 것이 무엇인지 모르게 되었고, 우리의 삶은 생각하는 것보다 더 많은 의미에서 가정적이 되었다. 난롯가에서부터 들판은 거리가 멀다. 우리와 천체 사이에 아무런 방해물이 없이 더 많은 밤낮을 보낸다면, 시인이 지붕 아래에서 그렇게 말을 많이 하지 않거나 성인이 그곳에 그리 오래 머무르지 않는다면, 아마 좋은 일일 것이다. 새는 동굴 안에서 노래하지 않고, 비둘기도 비둘기장 안에서는 순결을 소중히 하지 않는다.

그러나 어떤 사람이 거주할 집을 건축할 의도라면, 그 집 대신 마침내 경범죄자 노역소나 실마리 없는 미궁, 박물관, 구빈원救貧院, 감옥, 또는 웅장한 무덤 안에 있지 않기 위해서, 양키[40]의 영리

---

40 미국 북동부에게 사는 사람을 가리키는 말이다. 약삭빠르고 검소하며 영악하고

함을 어느 정도 실행할 필요가 있다. 먼저 얼마나 집을 간소하게 지을 것인지 생각하라. 나는 이 읍에서 주위에 눈이 거의 30센티미터가 쌓였지만 얇은 무명천으로 만든 천막 속에 페놉스코트Penobscot 인디언[41]이 사는 모습을 본 적이 있었다. 나는 바람을 막아낼 정도로 눈이 더 많이 쌓였더라면 그들이 좋아했으리라고 생각했다. 불행하게도 이제는 그런 질문에는 어느 정도 둔감해졌지만, 이전에는 '하고 싶은 것을 올바로 하는 자유가 있으면서도 정직하게 생계를 유지하려면 어떻게 해야 할까' 하는 질문이 지금보다 나를 훨씬 더 괴롭혔다. 그때 나는 기찻길 옆에 있는 큰 상자를 바라보곤 했다. 상자는 가로 6피트에 세로 3피트 크기로 밤이 되면 노동자들은 그 속에 연장을 넣고 자물쇠를 채웠다. 그 상자를 보고 나는 어려운 처지에 몰린 사람이라면 누구든지 그런 상자를 1달러에 사서, 적어도 공기가 들어올 수 있게 나사송곳 구멍을 몇 개 뚫고는 비가 올 때와 밤에 그 속으로 들어가 뚜껑을 당겨 내리면 자유롭게 사랑하고 영혼의 자유를 누릴 수 있겠다는 생각이 들었다. 이런 생각은 최악으로 보이지도 않았고, 결코 경멸할 만한 대안으로 여겨지지도 않았다. 그런 집이라도 있으면 당신은 원하는 만큼 늦게까지 자지 않고 깨어 있을 수

보수적인 사람을 가리킨다. 한때 경멸적인 용어로 사용되었으며, 특히 남북전쟁 당시 남군 병사들이 북군에 대해 언급할 때 주로 사용했다.

41 메인 주 북쪽의 페놉스코트 만의 알곤킨Algonquin 인디언 부족이며, 바구니를 팔러 콩코드를 자주 방문했고 읍 바깥에서 노숙했다.

있고, 일어날 때마다 지주나 집주인이 임대료 때문에 괴롭히는 일 없이 외출할 수 있을 것이다. 이와 같은 상자 속에서는 얼어 죽지 않았을 많은 사람이 더 크고 사치스러운 상자의 임대료를 갚기 위해 시달려 죽을 지경이다. 농담하는 것이 아니다. 경제학은 가볍게 논하는 것을 허용하는 과목이지만 그렇게 가볍게 결론지을 수는 없다. 대부분 옥외생활을 하는 야만스럽고 강건한 인종에게 안락한 집이 한때 여기서는 거의 전적으로 자연이 그들에게 쉽게 제공하는 재료로 지어졌다. 매사추세츠 식민지의 인디언 감독자였던 구킨Daniel Gookin [42]은 1674년에 쓴 글에서 이렇게 말한다. "그들의 집 가운데 최고의 집은 단단하고 따뜻하게 나무껍질로 아주 깔끔하게 덮여 있었다. 그 나무껍질은 수액이 올라오는 계절에 나무 몸통에서 벗긴 것으로, 아직 잎이 푸를 때 무거운 목재의 압력을 이용해 큰 조각들로 만든 것이다. ……좀 더 못한 집은 애기부들의 일종으로 만든 멍석으로 덮여 있고, 마찬가지로 단단하고 따뜻하지만 전자보다 그렇게 좋지는 않다. ……나는 길이가 60 또는 100피트에 폭이 30피트인 집도 몇몇 본 적이 있다. ……나는 가끔 그들의 원형천막에서 숙박을 했고 최고의 영국식 집만큼 따뜻하다는 사실을 알았다." 구킨은 또한 인디언 천막 안에는 공통적으로 깔개가 깔려 있고 잘 짜이고 수

---

42 매사추세츠로 이주한 버지니아의 청교도인으로, 인디언에게 친절하고 지적인 관심을 보인 인디언 감독관이었다.

놓은 멍석이 줄지어 놓여 있으며, 다양한 도구도 갖추었다고 덧붙인다. 인디언은 지붕에 구멍을 뚫고 그 위에 매단 멍석을 줄로 움직여 바람의 영향을 조절할 정도로 앞서 있었다. 먼저 그런 천막집은 기껏해야 하루나 이틀 만에 건축되고, 몇 시간 내에 허물고 설치할 수 있었다. 그리고 모든 가족이 천막집 하나를 소유하거나 그 천막집 안의 방 하나를 소유했다.

미개상태에서 개개의 가족은 가장 좋은 집이자, 각 가족의 더 거칠고 소박한 요구를 충족시키는 집을 소유한다. 그러나 비록 공중의 새에게도 둥지가 있고, 여우에게도 굴이 있고, 야만인에게도 원형천막이 있지만, 현대의 문명사회에서는 그 절반 이상의 가족에게 집이 없다고 말하더라도 과언이 아니라고 생각한다. 문명이 특별히 발달된 큰 읍과 도시에서 집이 있는 가족의 숫자는 전체의 아주 작은 일부분에 불과하다. 그 외의 가족은 여름과 겨울에 필수가 된, 모두의 겉옷인 집 때문에 해마다 세금을 지불한다. 그 돈이면 인디언 원형천막 마을 하나를 살 수 있지만, 지금 그들은 집 때문에 평생 가난하게 살고 있다. 여기서 자가에 비해 임대가 불리하다고 주장하고 싶은 의도는 없다. 그러나 야만인은 원형천막이 아주 싸기 때문에 집을 소유하는 반면, 문명인은 일반적으로 소유할 여력이 없어서 임대하는 것이 분명하다. 그리고 장기적으로도 문명인은 집을 임대하는 것 이상의 여력이 없다. 혹자는 가난한 문명인은 임대료만 지불함으로써 야만인의 집에 비하면 궁전이라고 할 수 있는 집을 확보한다고 말한다. 전국 시세인 25달러에서 100달러에 이르는 1년 임대료를 내면 수 세기에 걸쳐 발전된 혜택을 누릴 수 있다. 그 혜택의 양상은 넓은 아파트, 깨끗한 페인트칠과 벽지, 럼퍼드Rumford 벽난로,[43] 이면 석고 세공,[44] 베니치아풍 블라인드, 구리 펌프, 용수철 자물쇠, 넓은 지하실과, 다른 많은 것에서 볼 수 있다. 이런 것들을 누리는 사람이 공통적으로 '가난한' 문명인인 반면, 미개인은 이런 것들이 없지만 그들 나름대로 부유한 것은 어쩐 일일까? 문명이 인간의 조건을 진정으로 진일보시킨다고 주장한다면—나는 현자만이 그들의 이점을 발전시킨다고 생각하지만—가격을 더 비싸게 만들지 않고도 문명이 나은 집을 만들었음을 보여주어야 한다. 그리고 어떤 것의 가격은 즉각적으로든 궁극적으로든 삶의 양을 일정 부분 지불해야 한다. 이 근처에서 집의 평균 가격은 아마도 800달러 정도일 것이며, 이 정도의 액수를 저축하려면 방해가 될 가족이 없다 할지라도 그 노동자의 삶에서 10년에서 15년이라는 세월이 걸릴 것이다. 이는 모든 사람의 노동의 금전적인 가치가 하루에 1달러라고 추정할 때다. 왜냐하면 어떤 사람이 더 많이 받는다고 해도 다른 사람은 그보다 덜 받기 때문이다. 그래서 그는 일반적으로 인생의 반 이상을 소비하고 나서야 '그의' 원형천막을 살 수 있을 것이다. 만약 그가 집을 사

---

43 럼퍼드 백작인 벤저민 톰슨Benjamin Thompson이 발명한 벽난로인데, 방으로 연기가 들어오지 않게 굴뚝의 하향통풍을 막는 연기 선반을 사용한 것이 특징이다.
44 샛기둥 사이에 바른 석고 세공을 의미한다.

는 대신 임대료를 낸다고 가정하면, 이는 나쁜 것 가운데서 이루어진 모호한 선택에 불과하다. 같은 조건으로 야만인이 원형천막을 궁전과 바꾼다면 현명했을까?

집이라는 이 과다한 자산을 미래에 대비한 저축으로서 보유하는 것의 이점을 주로 장례비용 부담으로 축소한다고 추측할 수 있을 것이다. 그러나 인간은 자기 장례를 스스로 치르지는 않을 것이다. 그럼에도 미래에 대한 대비는 문명인과 야만인 사이의 중요한 변별점을 가리킨다. 그리고 의심의 여지없이 문명인 민족의 삶을 하나의 '체제'로 만든 이유는 우리의 유익을 위한 선택이었다. 그리고 그 민족의 삶을 보존하고 완전하게 하기 위해 그 체제 안에서 개인의 삶은 상당히 흡수된다. 그러나 나는 이 이익이 어떤 것을 희생해 현재 얻어졌는지 보여주고자 하며, 우리가 어떤 불이익도 당하지 않고도 모든 이익을 확보하면서 살 수 있음을 제시하고자 한다. 무슨 의도로 당신은 "가난한 자들은 항상 너희와 함께 있거니와"[45]라고 말하거나 "아비가 신포도를 먹었으므로 아들의 이가 시다"[46]라고 말하는가?

나 주 여호와가 말하노라. 내가 내 삶을 두고 맹세하노니, 너희가 이스라엘 가운데서 다시는 이 속담을 쓰지 못하게 되리라.

---

45 《성서》〈마태복음Matthew〉 26장 12절.
46 같은 책, 〈에스겔Ezekiel〉 18장 2절.

모든 영혼이 다 내게 속한지라, 아비의 영혼이 내게 속함같이
아들의 영혼도 내게 속했나니 죄를 짓는 그 영혼이 죽으리라.[47]

내가 적어도 다른 부류의 사람만큼이나 부유한, 내 이웃인
콩코드의 농부를 생각해볼 때, 그들은 대부분 20년, 30년 또
는 40년을 힘들게 일했으며, 공통적으로 저당잡힌 채 물려받았
거나 그렇지 않으면 빌린 돈으로 구입한 그들 농장의 진짜 주인
이 될 수도 있을 것을 나는 안다. 그들이 한 수고의 3분의 1은 집
에 대한 비용으로 간주될 수 있지만, 공통으로 아직 집값을 갚지
못했다. 때때로 저당권이 농장의 가치를 능가해서 농장 그 자체
가 하나의 커다란 두통거리가 되는 것이 사실이다. 그리고 그 사
실을 잘 알고 있으면서도 여전히 그 집을 물려받을 사람이 있다
는 말이 있다. 재산 평가인에게 문의했는데, 그들이 읍에서 빚을
전혀 지지 않은 채 농장을 소유한 열두 명의 이름을 금방 댈 수
없음을 알고 나는 놀랐다. 만약 당신이 이 농장들의 역사를 알고
싶다면, 농장을 저당 잡고 있는 은행에 문의하라. 농장에서의 노
동으로 농장의 빚을 실제로 갚은 사람은 아주 드물어서 그런 사
람이 있다면 모든 이웃이 그를 지목할 수 있을 정도다. 그런 사
람이 콩코드에 세 명이라도 있을지 의문이다. 상인들에 대해 이
야기되는 것, 즉 대다수의 상인이, 심지어 100명 가운데 아흔일

47 같은 책, 〈에스겔〉 18장 3, 4절.

곱 명이 확실히 실패할 것이라는 이야기가 농부들에게도 해당한다. 그러나 상인의 경우, 실패의 큰 부분이 순수하게 금전적인 실패가 아니라 단지 형편이 여의치 않아 약속을 지키지 못해 생긴 실패라고 한 상인이 요령 있게 말한다. 즉 망한 것은 다름 아닌 도덕적인 성격이라는 것이다. 그러나 이것은 그 문제에 대해 무한히 더 나쁜 국면을 만들고, 그 밖에 성공한 다른 세 명조차 자신의 영혼을 구하는 데는 성공하지 못할 가능성이 있고, 정직하게 실패하는 사람보다 더 나쁜 의미에서 아마 파산할 것이라는 사실을 시사한다. 파산과 지급거절은 우리 문명의 많은 부분이 딛고 뛰어 공중제비하는 도약대이지만, 미개인은 탄성이 없는 기근이라는 널빤지 위에 서 있다. 그러나 미들섹스Middlesex 축우품평회[48]는 마치 농기계의 모든 접합부분이 유연하게 작동하는 것처럼 해마다 여기에서 성대하게 이루어진다.

농부는 생계문제를 문제 자체보다 더 복잡한 공식으로 풀기 위해 노력하고 있다. 그는 신발 끈을 사기 위해 소 떼를 두고 투기를 한다. 안락함과 자립을 얻기 위해 최고의 기술을 사용해 털로 짠 올가미로 덫을 놓았고, 그러고 나서 돌아섰을 때 그의 발이 덫에 걸렸다. 이것이 바로 그가 가난한 이유다. 그리고 유사한 이유로 우리 모두는 비록 사치품에 둘러싸여 있지만,

---

48 콩코드는 미들섹스 군에 속한다. 축우품평회는 매년 9월이나 10월 콩코드에서 열리는 미들섹스 농업협회가 개최하는 농업박람회의 일부다.

1,000가지 야만적인 즐거움에 대해서는 가난하다. 채프먼George Chapman[49]이 노래하는 것처럼,—

거짓된 인간 사회—
—지상의 위대함을 추구하느라
천상의 모든 즐거움은 공중으로 사라진다.

그리고 농부는 그의 집이 생기면, 집 때문에 더 부유해지는 것이 아니라 더 가난해질 수도 있다. 그를 소유한 것은 바로 그 집일 수 있다. 내가 이해하는 바로는, 미네르바Minerva[50]가 만든 집에 대해 "나쁜 이웃을 피할 수 있도록 집을 옮길 수 있게 만들지 않았다"고 모모스Momus[51]가 조롱한 것은 정당한 반론이었다. 그리고 우리의 집이 쉽게 다루기 버거운 재산이어서 자주 우리는 집에 살기보다는 갇히게 되고, 피해야 할 나쁜 이웃은 무례한 우리 자신이기 때문이다. 나는 이 읍에 있는 적어도 한두 가족이 거의 한 세대 동안 읍 변두리에 있는 집을 팔고 마을로 이사 들어오기를 바랐지만 이루지 못했기 때문에 죽어서야 그 꿈에서 자유

49 영국의 희곡작가이며, 번역가이자 시인이다. 아래 인용은 그의 희곡 〈시저와 폼페이의 비극The Tragedy of Caesar and Pompey〉 5막 2장에서 축약한 구절이다.
50 로마 신화에서 지혜·기예·전쟁의 여신으로, 그리스 신화에서는 아테나Athena로 알려져 있다.
51 그리스 신화에서 닉스Nyx의 아들이며, 익살의 신이다. 신들을 풍자하고 신들이 하는 것은 무엇이든지 조롱한다.

로워질 것임을 알고 있다.

가령 '다수'가 마침내 모든 문명의 이기를 갖춘 현대적인 집을 소유하거나 임대할 수 있다고 가정해보자. 문명이 우리의 집을 개선시켜온 반면, 그 집에 살 사람들을 같은 정도로 개선시키는 못했다. 문명은 궁전을 창조했지만, 귀족과 왕을 창조하기란 그렇게 쉽지 않았다. 그리고 '만약 문명인이 추구하는 것이 야만인이 추구하는 것보다 가치가 없다면, 그가 인생의 보다 큰 부분을 천박한 필수품과 즐거움을 주는 것을 얻는 데만 사용한다면, 그가 이전보다 더 나은 집을 가져야 할 이유가 어디에 있는가?'

그러나 가난한 '소수'는 어떻게 사는가? 아마도 어떤 사람들이 외적인 상황에서 야만인보다 더 높은 곳에 위치하는 정도에 정확히 비례해서 따라 다른 사람들은 그보다 낮은 위치로 강등되었다는 사실을 발견할 것이다. 한 계급의 사치는 다른 계급의 가난과 균형을 맞추게 된다. 한쪽에는 궁전이 있고 다른 쪽에는 구빈원과 '말 없는 빈자'가 있다. 파라오Pharaoh의 무덤이 될 피라미드를 건축한 수많은 사람은 마늘을 먹고살았고, 아마 품위 있게 묻히지 못했을 것이다. 궁전 배내기 장식의 마감처리를 하는 석수는 밤이면 아마 인디언 원형천막보다 못한 오두막으로 돌아갈 것이다. 문명의 증거가 일상적으로 존재하는 나라이기 때문에 그 주민 대다수의 상황이 미개인의 상황만큼 나쁘지는 않으리라 추측하는 것은 실수다. 나는 지금 상황이 나빠진 부자를 이야기하는 것이 아니라 상황이 나빠진 빈자에 대해 이야기하는 것이다. 이 사실을 알기 위해 가장 최근에 생긴 문명의 이기인 철도변에 접한 판잣집 너머에 있는 것들은 볼 필요가 없다. 매일 산보 도중에 그곳에서 나는 돼지우리 같은 집에 살고 있는 사람들을 본다. 장작더미가 눈에 띄기는커녕 상상조차 할 수 없고 겨울 내내 집 안에 빛이 들도록 문을 열고 있는데, 노인과 젊은이는 오랫동안 습관적인 추위와 비참함으로 오그라들어 항상 위축되어 있고, 그들의 사지와 능력은 발달되지 못해 제약을 받고 있다. 그들의 계급을 공평하게 평가하려면, 그들의 노동으로 이 세대를 구별하는 작업들을 성취했음을 보아야 한다. 더 크거나 작은 정도에 이르기까지 세계의 큰 공장이라는 영국의 모든 종류의 노동자의 상황 또한 마찬가지다. 또는 지도에 흰색으로 표시되거나 개화된 장소 가운데 하나로 표시된 아일랜드를 언급할 수 있을 것이다. 아일랜드인의 물질적인 상황을 북미의 인디언이나 남태평양의 섬사람의 상황 또는 문명인과의 계약으로 인해 신분이 강등되기 전의 어떤 다른 미개 인종의 상황과 대조해보라. 그러나 그 민족의 통치자가 문명국의 평균적인 통치자만큼 현명하다는 사실에는 의심의 여지가 없다. 그들의 상황은 단지 문명과 추악함이 양립할 수 있음을 증명할 따름이다. 나는 우리나라의 주요 수출품을 생산하며, 그들 자신이 주요 생산물인, 우리의 남부 주들에 있는 노동자를 지금 언급할 필요를 거의 느끼지 못한다. 대신 '보통' 상황에 있다고 회자되는 사람만으로 한정해 언급할 것이다.

대부분의 사람은 집이 무엇인지에 대해 한 번도 숙고하지 않은 것처럼 보인다. 그들은 가난하게 살 필요가 없지만 실제로는 평생 가난하다. 이웃과 같은 집을 가져야 한다고 생각하기 때문이다. 마치 재봉사가 그를 위해 만들어주는 외투는 종류에 상관없이 입을 의향이 있지만, 야자수 잎으로 만든 모자[52]나 우드척 woodchuck 가죽으로 만든 모자[53]는 점차 벗어던지면서 왕관을 살 여유가 없어 궁핍한 시기를 보내고 있다고 불평하는 것처럼 말이다! 우리가 가진 집보다 훨씬 더 편리하고 사치스러운 집을 고안하는 것은 가능하지만, 그런 집을 구입할 여유가 없다는 사실을 모두가 인정할 것이다. 우리는 이와 같은 것들을 더 얻기 위해 항상 연구하지만, 때로 그보다 못한 것들로 만족하기 위한 연구는 하지 않을 것인가? 그러므로 존경할 만한 시민은 죽기 전에 교훈과 모범을 통해 젊은이에게 어느 정도 여분의 고무 덧신과 우산, 그리고 오지 않는 방문객을 위한 빈 손님방을 제공할 필요성을 그가 엄숙하게 가르칠 것인가? 우리의 가구가 아랍인이나 인디언의 가구만큼 소박하면 왜 안 되는가? 우리가 하늘에서 온 사자와 인간에게 신의 선물을 가져온 자로 신격화한 인류의 은인들에 대해 생각할 때, 나는 그들을 따르는 어떤 수행원

---

52 비싸지 않은 대중적인 여름 모자다.

53 우드척 가죽은 사냥꾼이 겨울 모자를 만드는 데 사용한다. 우드척은 다람쥐과에 속하는 설치류이며, 몸체가 뚱뚱하다. 마멋marmot 또는 그라운드호그groundhog라고 불리기도 한다.

이나 유행하는 가구를 가득 실은 수레를 상상할 수 없다. 아니면 도덕적으로나 지적으로 아랍인보다 우월한 것에 비례해 우리의 가구가 아랍인의 것보다 더 복잡해도 된다고 허용한다면 이것은 아주 비범한 관용이 되지 않을까? 현재 우리 집들은 가구로 어수선하고 더럽혀 있다. 좋은 주부라면 대부분 쓰레기구덩이로 쓸어내고 아침 일을 마칠 것이다. 아침 일이라! 새벽의 여신 아우로라Aurora [54]의 발그레한 얼굴과 멤논Memnon [55]의 음악 속에서 사람이 이 세상에서 해야 할 '아침 일'이란 무엇이란 말인가? 나는 책상 위에 석회석 세 조각을 두고 있었지만, 내 마음속에 있는 가구도 아직 모두 청소하지 못했는데, 석회석의 먼지를 매일 털어주어야 한다는 것을 알고 공포에 질려, 그 조각들을 역겨워하며 유리창 밖으로 던져버렸다. 그런데 내가 어떻게 가구가 있는 집을 가질 수 있었겠는가? 나는 차라리 사방이 탁 트인 곳에 앉을 것이다. 왜냐하면 인간이 땅을 갈지 않는 이상, 풀밭에는 먼지가 앉지 않기 때문이다.

사람들이 떼를 지어 부지런히 추종하는 유행을 정하는 자는 바로 사치하고 방탕한 사람들이다. 이른바 최고급 숙소에서 묵는 여행객은 곧 이 사실을 발견한다. 왜냐하면 여인숙의 주인들

---

54 로마 신화에 나오는 새벽의 여신으로, 그리스 신화의 에오스Eos에 해당한다.

55 에티오피아의 왕이자 아우로라와 티토너스Tithonos의 아들이다. 트로이 전쟁에서 아킬레우스Achilles에 의해 죽임을 당했다. 멤논이 다스렸던 에티오피아인 또는 이집트인이 테베Thebes 근처에 멤논을 기념하는 조각상을 여럿 세웠는데, 거기에서 매일 해가 뜰 때 하프의 울림 같은 아름다운 소리가 울린다.

이 그를 사르다나팔루스Sardanapalus[56]라고 추정하기 때문이다. 만약 그가 그들의 융숭한 대접에 자신을 맡긴다면 곧 완전히 거세당할 지경에 이를 것이다. 기차 객실에서 우리는 안전과 편리보다는 사치에 더 많은 돈을 소비하고 싶어 한다고 생각한다. 그리고 기차 객실은 안전과 편리함을 얻지도 못하면서, 우리가 서쪽으로 가져온, 하렘의 부인과 미국인이 그 이름을 아는 것만으로도 수치스러워 할 유약한 중국 토박이를 위해 발명된 소파와 등받이 없는 긴 의자, 차양, 그리고 100개의 다른 동양의 물건을 갖춘 현대식 응접실에 불과할 것이라고 위협한다. 사람들 사이에 꽉 끼여 벨벳 방석에 앉기보다는 차라리 호박에 앉아 혼자서 차지하고 싶다. 나는 유람 기차의 화려한 객실에 앉아 가는 내내 '나쁜 공기'를 호흡하면서 천국으로 가기보다는, 차라리 마음대로 여기저기 다니면서 땅을 밟고 가는 소달구지를 타고 싶다.

원시시대 인간의 삶이 보여주는 바로 그 단순성과 적나라함은 적어도 그 시대에 인간은 여전히 자연에 머무는 자에 불과했다는 점을 암시한다. 음식과 잠으로 기운을 차리면, 인간은 다시 여행을 계획했다. 다시 말해 그는 이 세상에서 천막에 거주했고, 골짜기를 밟거나 평원을 가로지르거나 산 정상에 올랐다. 그러나 보라! 인간은 자신이 사용하는 도구의 도구가 되었다. 배고플 때 독자적으로 과일을 따던 사람이 농부가 되고, 피

56　아시리아Assyria의 마지막 왕으로, 부패하고 여성적인 통치자다.

신처를 찾아 나무 아래에 서 있던 사람이 가옥 관리인이 된다. 우리는 이제 더는 밤에 야영을 하지 않고 땅에 정착하고 천국을 잊었다. 우리는 기독교를 단지 개선된 '들판-경작 방법'으로 받아들였다. 우리는 이생을 위해서는 가족 대저택을 지었고, 내세를 위해서는 가족묘를 만들었다. 가장 최고의 예술품은 이러한 상황으로부터 자유로워지려는 인간의 투쟁을 표현한 것이지만, 우리의 예술이 추구하는 효과는 단지 이 비천한 형편에 위안을 주고 저 더 높은 형편을 잊게 만드는 것이다. 이 마을에는 실제로 '미술' 작품을 전시할 장소가 없다. 만약 어떤 미술품이 우리가 살아 있는 동안 존속되도록 전해 내려왔다 해도, 우리의 집과 거리는 미술품을 세워둘 적절한 주춧대 하나 제공하지 못한다. 그림을 걸어둘 못 하나도, 영웅이나 성자의 흉상을 받쳐둘 선반 하나 없다. 우리의 집이 어떻게 건축되고 비용이 지불되었고 지불되지 않았는지와 그 내부 경제가 어떻게 관리되고 유지되었는지를 고려할 때, 나는 방문객이 벽난로 위에 장식한 겉만 번지르르한 물건을 칭찬하는 동안에 그가 선 자리의 마룻바닥이 아래로 꺼져 그 구멍으로 그가 비록 흙바닥이긴 하지만 뭔가 단단하고 정직한 지하실 바닥에 이르지는 않을지 궁금하다. 나는 이른바 이 부유하고 세련된 삶이 펄쩍 뛰어 잡은 것임을 인지할 수밖에 없고, 내 관심이 그 뜀뛰기에 완전히 사로잡혀서, 그런 삶을 장식하는 '미술' 작품들을 즐기는 일에 동참할 수 없다. 왜냐하면 나는 인간의 근육에만 기인한 기록상의 최고의 진정한 뜀뛰기는 평지에서 25피트를 뛰어올랐다고 전하는 어떤 방랑하는 아랍인의 것이라고 기억한다. 인위적인 지지대가 없이 그 높이 이상을 뛰면 반드시 땅에 다시 착지하게 되어 있다. 그렇게 부적절할 정도로 엄청난 기록 보유자에게 하고 싶은 첫 번째 질문은 '당신의 기운을 북돋우는 이가 누구인가?'라는 것이다. 당신은 실패하는 아흔일곱 명 가운데 하나인가, 아니면 성공하는 세 명 가운데 하나인가? 이 질문들에 대답하라. 그러면 아마도 내가 겉만 번지르르한 당신의 물건들이 장식적인지 알 수 있을 것이다. 말에 맨 수레는 아름답지도 유용하지도 않다. 집을 아름다운 물건으로 장식하기 전에 벽이 벗겨져야 하고, 우리의 삶이 벗겨져야 하며, 아름다운 가사와 아름답게 살기가 기초가 되어야 한다. 즉 이제 아름다움에 대한 취향은 집도 주부도 그곳에 없는, 집 바깥에서 가장 잘 계발된다.

《기적을 행하는 신의 섭리Wonder-Working Providence》의 저자인 옛 사람 존슨Lewis E. Jones은 그와 동시대에 이 읍에 맨 먼저 정착한 사람들에 대해 말한 바 있다. "첫 거처를 얻기 위해 산사면 아래의 땅을 파고 들어가고, 목재 위에 높이 흙을 쌓아 산사면의 가장 높은 곳에서 땅을 등지고 연기 나는 불을 피운다"고 말한다. 그들은 "하느님의 축복으로 땅에서 그들이 먹을 빵이 생겨날 때까지 집을 짓지 않았고," 첫 해의 소출은 너무나 적어서 "그들은 오랫동안 빵을 대단히 얇게 썰어야 했다"라고 그는 말한다. 뉴네덜란드 [57] 지방의 장관은 그곳에 땅을 차지하기를 바라는 사람들에게 정보를 주기 위해 1650년에 네덜란드어로 쓰면서 "처음에 그들의 바람대로 농가를 지을 돈이 없는 뉴네덜란드와 특히 뉴잉글랜드의 사람들은 땅을 지하실 모양으로, 그들이 적당하다고 생각하는 길이와 너비에 6 또는 7피트 깊이의 정사각형 구덩이로 파고, 사방에 나무로 벽을 두른 다음 안쪽에 흙을 채우고, 바깥에서 쏟아져 들어오는 흙을 방지하기 위해 나무와 나란히 나무껍질이나 다른 것을 늘어뜨렸다. 이 지하실 바닥을 널빤지로 깔고, 머리 위 천장에 징두리널을 대고, 둥근 목재 지붕을 아주 높이 세운 다음, 나무껍질이나 녹색 뗏장으로 그 둥근 목재들을 덮는다. 그렇게 할 때 이 집들에서 그들의 가족 전부와 2, 3, 4년을 마른 곳에서 따뜻하게 살 수 있기 때문에, 가족 규모에 맞게 칸막이가 지하실에 널려 있음을 이해해야 할 것이다. 식민지 초창기에 뉴잉글랜드의 부유하고 중요한 사람들은 두 가지 이유에서 그들의 첫 번째 주택을 이런 식으로 짓기 시작했다. 첫 번째는 집을 짓는 데 시간을 낭비하지 않고 다음 계절에 식량이 부족하지 않게 하기 위해서였고, 두 번째는 조국에서 데려온 많은 가난한 노동자가 실의에 빠지지 않게 하기 위해서였다. 3, 4년이 지나 그 지방의 농사에 적응했을 때, 그들

---

57 1613년에 세운 북미 대륙의 네덜란드 식민지는 1664년 영국에 정복당한 뒤에 뉴욕New York이라는 이름으로 불리었다.

은 수천 파운드를 써서 멋있는 집을 지었다.

우리 조상이 택한 이런 방식에는 마치 그들의 원칙이 더 시급한 필요를 만족시키는 것인 양, 적어도 신중한 모양새가 있었다. 그러나 오늘날 더 시급한 필요가 충족되고 있는가? 나 자신을 위해 사치스러운 우리의 집 가운데 하나를 구입할까 생각하다가 단념한다. 다시 말해 이 나라가 아직 '인간의' 문화에 적응하지 못했고, 우리 조상들의 얇게 썬 밀가루 빵보다 우리의 '정신적인' 빵을 훨씬 더 얇게 썰어야 하기 때문이다. 심지어 가장 야만의 시기일지라도 모든 건축장식이 등한시되어야 한다는 것은 아니다. 그러나 우리 집이 우리 삶과 맞닿은 곳에는 조개의 집처럼 먼저 아름다움으로 늘어세우지만, 아름다움으로 도금하지는 말자. 그러나 슬프게도 나는 그런 집 한두 군데의 내부에 들어가 본 적이 있고, 그런 집이 무엇으로 늘어서 있는지 안다.

비록 우리가 오늘날 동굴이나 인디언 원형천막에 살 수 없거나 동물의 가죽을 입고 살 수 없을 정도로 타락하지는 않았고 대단히 비싼 값을 치르고 산 것이기는 하지만, 인류의 발명과 근면으로 생긴 이익을 받아들이는 편이 확실히 더 낫다. 콩코드와 같은 이웃에서는 판자와 지붕널, 적당한 동굴이나 통나무, 충분한 양의 나무껍질, 또는 더 잘 반죽된 진흙이나 평석보다 석회석과 벽돌을 보다 싸고 쉽게 구입할 수 있다. 이 주제에 대해 분별력 있게 말하는 이유는 내가 이론적으로나 실제적으로 잘 알기 때문이다. 조금만 더 재치를 발휘한다면, 우리는 이 재료를 사용해 현재 가장 부유한 이보다 더 부유해질 수 있고, 우리의 문명을 축복으로 만들 수 있을 것이다. 문명인은 더 경험이 많고 현명한 미개인이다. 그러나 서둘러 나의 실험에 대해 이야기해보자.

1845년 3월 말 즈음에 나는 도끼 한 자루를 빌려, 집을 짓기로 의도한 곳 가장 가까이에 있는 월든 호숫가의 숲으로 내려갔고, 목재로 쓰기에는 아직 어린, 키가 크고 곧은 백송 몇 그루를 찍어 쓰러뜨리기 시작했다 무언가를 빌리지 않고 일을 시작하기는 어렵지만, 무언가를 빌려 당신의 동료들이 당신의 계획에 관심을 보이도록 하는 것은 아마도 가장 관대한 방식일 것이다. 도끼의 소유주는 도끼를 넘겨주면서 몹시 아끼는 도끼라고 말했다. 나는 도끼를 받았을 때보다 더 날카롭게 만들어 돌려주었다. 내가 일한 곳은 소나무 숲으로 덮인 상쾌한 언덕 사면이었고, 그 소나무 숲을 통해 나는 월든 호수와, 소나무와 호두나무의 싹이 트는 숲속의 작고 훤히 트인 목초지를 내다보았다. 곳곳에 얼음이 없는 트인 부분이 있었지만, 호수의 얼음은 아직 녹지 않았고, 모두 어두운 색을 띠고 물에 흠뻑 적어 있었다. 내가 그곳에서 일하는 동안 눈보라가 미세하게 날렸지만, 대부분 집에 가는 길에 철도로 나왔을 즈음에는 노란 모래 더미가 아련한 대기 속에 반짝이며 멀리 펼쳐졌고, 철도는 봄볕으로 빛났다. 그리고 나는 종달새와 딱새, 그리고 다른 새의 소리를 듣고 새들이 우리와 또 다른 한 해를 시작하러 왔음을 알았다. 기분 좋은 봄날이었고, 그 가운데 인간에게 불만이었던 겨울이 땅과 함께 녹았고,

무기력하게 누워 있던 생명이 기지개를 켜기 시작했다. 어느 날 도끼자루가 빠져서 푸른 호두나무 생가지를 잘라 돌로 쐐기를 박아 넣었고, 나무가 팽창하도록 도끼 전체를 호수에 난 구멍에 담가놓았을 때, 물속으로 미끄러져 들어가는 줄무늬 뱀 한 마리를 보았다. 그 뱀은 겉보기에 아무 불편 없이 내가 그곳에 머무는 동안, 즉 15분 이상 강바닥에 있었다. 아마도 아직 무기력한 상태에서 완전히 벗어나지 못했기 때문일 것이다. 같은 이유로 인간들도 현재의 낮고 원시적인 상태에 머물러 있는 것처럼 생각되었다. 그러나 만약 사람들이 그들을 깨우는 진정한 봄의 영향을 깨닫는다면, 반드시 더 높고 영묘한 삶으로 솟아오를 것이다. 나는 이전에 서리 내린 아침, 길에서 몸의 일부분이 여전히 마비된 채 햇살이 몸을 녹여주기를 기다리는 뱀을 보았다. 4월 1일에 비가 내려 얼음이 녹고, 그날 아침 안개가 가득했을 때, 나는 무리에서 처진 기러기 한 마리가 호수 위에서 길을 잃은 것처럼 또는 안개의 정령처럼 꽥꽥거리면서 날개를 다듬으며 우는 소리를 들었다.

며칠 동안 목재와 기둥, 서까래까지 모두 폭이 좁은 도끼로 베어내고 다듬었다. 전달할 만하거나 학구적인 생각은 많이 하지 않고 혼잣말로 노래했다.

사람들은 많은 것을 안다고 말한다.
그러나 보라! 그것들은 날개를 달고 날아갔다—

문리과의 학문들이,

그리고 수천 가지 응용학문들이.

아는 것은

바람이 분다는 사실뿐.

나는 주요 목재를 가로세로 6인치로 다듬고, 기둥으로 쓸 목재의 대부분은 두 면만 다듬었으며, 서까래와 마루 목재는 한 면만 다듬고, 나머지 면의 나무껍질은 그대로 남겼다. 이 때문에 그 목재들은 톱질을 한 것만큼 똑바르고 강도가 더 셌다. 이 시기에 이르러서는 다른 도구들을 빌렸기 때문에, 각각의 나무토막은 그 그루터기로 장부구멍을 파거나 장부촉이음을 했다. 숲에서 보낸 낮 시간이 대단히 길지는 않았지만, 보통 버터 바른 빵을 점심으로 가지고 가서, 정오에 내가 베어낸 푸른 소나무 가지 사이에 앉아 빵을 쌌던 신문을 읽었다. 두 손에 송진이 두텁게 묻어 있었기 때문에 빵에서 소나무 향이 났다. 나무 자르기가 끝나기 전에 소나무의 적이라기보다는 친구가 되어 있었다. 비록 내가 소나무 몇 그루를 베어 쓰러뜨리기는 했지만 소나무를 더 잘 알게 되었기 때문이다. 때때로 숲을 거니는 사람이 내 도끼질 소리에 이끌려 오면, 우리는 내가 만든 나무토막을 두고 즐겁게 수다를 떨었다.

집 짓는 일을 서두르지 않고 도리어 최선을 다해 일했기 때문에, 4월 중순에야 집의 뼈대를 세우고 상량上樑 준비를 마쳤다.

나는 이미 피츠버그 철도회사[58]에서 일한 아일랜드 출신인 제임스 콜린스James Collins에게서 널빤지로 사용할 판잣집을 사놓았다. 제임스 콜린스의 판잣집은 드물게 좋은 판잣집으로 알려져 있었다. 집을 보기 위해 방문했을 때 그는 집에 없었다. 집 바깥쪽 주위를 살펴보았는데, 창문이 대단히 깊고 높아서, 처음에 집 안에서는 내가 보이지 않았다. 그 집은 뾰족한 오두막 지붕에 작은 규모였고, 달리 볼 것은 없었다. 마치 비료 더미인 양 집 주위로 흙이 5피트 쌓여 있었기 때문이다. 지붕은 많이 뒤틀리고 햇빛에 바스라질 것 같았지만, 그 집에서 가장 튼튼한 부분이었다. 문지방은 없었지만, 판자로 된 문 아래로 암탉이 끊임없이 다녔다. 콜린스 부인이 문으로 와서 집 안을 보라고 권했다. 암탉들은 내가 다가가자 안으로 몰려 들어갔다. 집 안은 어둡고 대부분은 흙바닥이었다. 습기 차고 냉습해서 오한이 들 정도였고, 제거하는 것 자체가 불가능한 널빤지가 이곳저곳에 하나씩 놓여 있었다. 그녀는 내게 지붕과 벽 내부를 보여주고 침대 아래까지 뻗어 있는 널빤지로 된 바닥을 보여주기 위해 등불을 밝혔고, 2피트 깊이의 흙구덩이 같은 지하실에는 발을 들여놓지 말라고 주의를 주었다. 그녀의 말에 따르면 "머리 위에도 좋은 널빤지이고

58 1840년에 매사추세츠 주 북쪽으로 가는 열차노선을 건설했던 회사이며, 주 노선은 보스턴에서 피츠버그Pittsburgh까지 운행했다. 피츠버그 철도회사는 지금은 존재하지 않는다. 현재 보스턴에서 피츠버그까지는 MBTA 피츠버그 노선이 운행 중이고, 화물은 팬 암 레일웨이 회사가 운행하고 있다.

주위가 모두 좋은 널빤지이며 창문도 훌륭"했고, 창문은 원래는 두 개의 온전한 정사각형이었는데, 최근에는 고양이만 창문으로 빠져나갔을 뿐이라고 했다. 난로 하나와 침대 하나, 앉을자리 하나, 그 집에서 태어난 아이 한 명, 실크 양산, 도금된 테를 두른 거울과 참나무 묘목에 못으로 고정되어 있는 특허받은 새 커피 분쇄기가 전부였다. 그사이 제임스가 집으로 돌아왔기 때문에 거래는 곧 성사되었다. 나는 4달러 25센트를 오늘 밤에 지불하기로 하고, 그는 그동안 집을 다른 사람에게 팔지 않고 내일 새벽 다섯 시까지 비워주기로 했다. 나는 여섯 시에 그 집을 접수하기로 했다. 그는 내가 그곳에 일찍 오는 편이 좋고, 땅 임대와 연료를 이유로 불분명하지만 전적으로 부당한 지급요구가 있으리라고 예상하는 편이 좋다고 말했다. 이것이 유일한 두통거리라고 그가 보장했다. 여섯 시에 나는 길에서 그와 그의 가족을 지나쳤다. 고양이를 제외하면 큰 꾸러미 하나가 그들의 모든 것 —침대, 커피 분쇄기, 거울, 암탉—을 담고 있었다. 그 암고양이는 숲으로 가서 들고양이가 되었고, 나중에 안 바로는 우드척을 잡으려고 놓은 덫을 밟아서 결국 죽은 고양이가 되었다.

그날 아침, 나는 이 집의 못을 뽑고 해체해서 조금씩 수레에 실어 호숫가로 옮겨, 햇볕으로 표백하고 뒤틀린 널빤지를 원상 복구하기 위해 그곳 잔디 위에 널어놓았다. 내가 숲길을 따라 수레를 끌고 갈 때 일찍 일어난 개똥지빠귀 한 마리가 한두 소절 노래를 불러주었다. 패트릭Patrick이라는 어린아이가 몰래 알려준 바에 따르면, 내가 여러 번 수레로 나르는 동안 이웃의 아일랜드인인 실리Seeley가 아직은 쓸 만한, 똑바르고 박을 수 있는 못과 꺾쇠와 긴 못 몇 개를 그의 주머니에 넣었고, 내가 돌아왔을 때 서서, 봄에 대해 생각하느라 관심이 없는 척하며 기분 좋게 그 황폐한 광경을 보고 있었다. 그는 할 일이 없어서 구경 나왔다고 했다. 그는 구경꾼을 대표해 거기에 있었고, 외관상 별로 중요하지 않은 이 사건을 트로이Troy의 신들을 제거한 사건[59]과 동급으로 만드는 데 일조했다.

나는 남쪽으로 비탈진 언덕 사면에 지하실을 팠다. 거기는 우드척 한 마리가 이전에 굴을 판 곳이었다. 옻나무와 검은 딸기 뿌리와 가장 깊은 곳에 있는 식물을 거쳐 평방 6피트에 7피트 깊이로, 그 속에 두면 어떤 겨울에도 감자가 어는 법이 없는 가는 모래가 나올 때까지 팠다. 옆면은 완만하게 경사를 이루게 내버려두고 돌을 쌓지 않았다. 그러나 한 번도 해가 옆면에 비친 적이 없고, 모래는 여전히 자리를 지키고 있다. 그 일은 단지 두 시간밖에 걸리지 않았다. 나는 이렇게 흙을 파는 일에 특별한 즐거움을 느꼈다. 왜냐하면 거의 모든 위도에서 사람들은 한결같은 온도를 찾아 땅을 파기 때문이다. 도시에 있는 가장 멋진 집

....

59 그리스인 오디세우스Odysseus와 디오메데스Diomedes가 트로이에 팔라스 아테나Pallas Athena의 신상이 있는 한 그 도시를 정복할 수 없는 사실을 알고 신상을 훔친 사건에 대한 인유로 보인다. 또는 아이네아스Aeneas가 그의 집 안의 수호신을 구조한 것에 대한 인유일 가능성도 있다.

아래에도 옛날처럼 뿌리를 저장해둔 지하실이 여전히 발견된다. 지하실의 상부구조물이 사라지고 난 지 오랜 후에도 후손은 흙 속에서 지하실을 판 흔적을 찾는다. 집은 여전히 굴 입구에 있는 일종의 현관에 불과하다.

마침내 5월 초에 몇몇 지인의 도움으로 내 집에 골조를 세웠다. 어떤 필요성에서라기보다는 이웃의 정을 돈독하게 하는 절호의 기회로 삼기 위해서였다. 집 골조를 세우는 사람들의 품격으로 보면 나는 큰 영광을 입었다. 그들은 언젠가 더 고귀한 건축물의 상량식에 참석할 운명이라고 믿기 때문이다. 7월 4일, 판자를 두르고 지붕을 얹자마자 집에 들어가 살기 시작했다. 그 이유는 널빤지의 가장자리를 조심스럽게 얇게 깎아 겹쳤기 때문에 비가 내려도 완벽하게 방수가 되었지만, 널빤지를 두르기 전에 호수에서 언덕 위로 두 수레 분의 돌을 직접 두 팔로 옮겨, 집의 한쪽 끝에 굴뚝의 기초를 놓았기 때문이다. 나는 온기를 얻기 위한 불이 필요해지기 전에 가을에 괭이질을 끝내고 굴뚝을 세웠다. 그동안 음식은 이른 아침에 집 밖의 마당에서 조리했다. 그 방식이 어떤 면에서는 일반적인 방식보다 더 편리하고 좋다고 여전히 생각한다. 빵이 구워지기 전에 폭풍우가 왔을 때, 나는 불 위에 널빤지 몇 개를 고정시키고, 그 아래에 앉아 빵을 지켜보면서 몇 시간을 즐겁게 보냈다. 내 손이 일로 바쁜 그 시절에는 독서를 거의 하지 못했지만, 땅 위에 놓인 작은 신문 조각들은 음식을 포장하는 데 쓰기도 하고, 풀었을 때 식탁보가 되기도 하며 내게 독서와 마찬가지의 즐거움을 제공해주었고, 실로 《일리아드 *Iliad*》[60]와 같은 역할을 했다.

나보다 훨씬 더 많이 심사숙고하면서 집을 지으면 좋을 것이다. 예를 들면 문과 창문, 지하실과 다락이 인간의 본성에서 어떤 근거를 차지하는지 고려하면서 지으면 좋을 것이고, 어쩌면 일시적으로 필요한 것 이상으로 집을 지어야 할 더 좋은 이유를 발견할 때까지는 상부구조물을 전혀 올리지 않으면서 지으면 좋을 것이다. 사람이 집을 짓는 데는 새가 둥지를 짓는 것과 같은 적합성이 있다. 인간이 자기 손으로 집을 짓고, 자신과 가족을 위해 충분히 단순하고 정직하게 식량을 공급한다면, 새들이 그런 일에 종사할 때 보편적으로 노래하는 것처럼 시적인 능력이 보편적으로 계발될 것이다. 그러나 슬프도다! 우리는 다른 새가 지은 둥지에 알을 낳고, 귀에 거슬리는 지저귀는 소리로 어떤 여행자도 기쁘게 하지 못하는 찌르레기와 뻐꾸기처럼 행동한다. 우리는 영원히 건축의 기쁨을 목수에게 양보할 것인가? 인간 집단의 경험에서 건축은 무엇에 해당되는가? 나는 평생 길을 다니면서 자기 집을 짓는 것과 같이 단순하고 자연스러운 일에 종사하는 사람을 마주친 일이 한 번도 없다. 우리는 공동체에

---

60 고대 그리스 시인인 호메로스Homeros의 작품으로, 스물네 권으로 이루어진 서사시다.

속해 있다. 아홉 명이 모여야만 한 사람의 몫을 하는 인간은 재봉사만이 아니다.[61] 그것은 설교자와 상인, 그리고 농부도 마찬가지다. 이와 같은 노동 분업은 어디서 끝이 날까? 그리고 노동분업은 궁극적으로 어떤 목적에 봉사하는가? 의심할 여지없이다른 사람 또한 나에 대해 생각'할 수도' 있다. 그렇다고 나 스스로 자신에 대해 생각하지 않고 다른 사람이 대신해 생각하는 것은 바람직하지 않다.

진실로 우리나라에는 이른바 건축가가 있고, 적어도 건축장식이 진리의 핵심에 필연적이므로, 아름답게 만들겠다는 생각에 사로잡힌 건축가에 대해 들은 적이 있다. 그는 그 생각을 마치 계시처럼 여겼다. 그의 시각에서는 아마 모든 것이 좋아 보였겠지만, 그것은 단지 보통의 아마추어 예술보다 조금 더 나은정도였다. 건축 면에서 감상적인 개혁가인 그는 토대에서 시작하지 않고, 배내기에서 시작했다. 단지 어떻게든지 진리의 핵심을 장식물 안에 두려는 생각은 모든 봉봉과자 속에 실로 아몬드나 회향씨가 들었을 수 있다는 의미다. 비록 나는 설탕을 넣지않은 아몬드가 가장 건강하다고 주장하지만 말이다. 이것은 거주자, 즉 그 집에 사는 사람이 진정으로 내부와 외부를 건축하고장식물을 자제하는 것과는 다르다. 이성적인 사람이라면 장식

---

61 17세기 말에 생긴 영국 속담에 "아홉 명의 재봉사가 모여야 한 사람의 인간이 된다"는 말이 있다. 토머스 칼라일Thomas Carlyle이 그의 저서 《의상철학Sartor Resartus》에서 재봉사를 가리켜 "인간이 아니라, 인간의 일부분"이라고 했다는 말에 대한 인유다.

이 외적인 것이고 단지 껍질에 불과하다고 생각하며, 브로드웨이Broadway의 거주자가 트리니티Trinity 교회[62]를 세운 것과 같은 계약으로 거북이 점 박힌 등딱지를 얻거나 소라가 자개 색조를 얻었다고 생각하겠는가? 그러나 거북이 등딱지의 양식과 아무 상관이 없는 것처럼 사람도 자기 집의 건축양식과 상관이 없다. 또한 병사도 자신의 미덕의 정확한 '색깔'을 그의 군기에 칠하려고 시도할 정도로 빈둥거릴 필요가 없다. 적이 그의 미덕을 발견할 것이다. 시련이 오면 그는 창백해질 수도 있다. 내게 이 건축가는 배내기 위에 기대어, 그보다 건축에 대해 정말 더 잘 아는 교양이 없는 거주자에게 그가 아는 반쪽 진실을 소심하게 속삭이는 것처럼 보였다. 내가 지금 보는 건축미는 내부로부터 외부로, 유일한 건축가인 그 집 안에 사는 사람의 필요와 성격으로부터—외관에 대한 고려 한 번 없이, 무의식적인 진실함과 고귀함으로부터 점차 자랐다. 그리고 이런 종류의 부가적인 아름다움이 운명적으로 생겨난다면, 이와 같은 무의식적인 아름다움이 우리 삶에 먼저 나타날 것이다. 화가가 알듯이 우리나라의 가장 흥미로운 집들은 일반적으로 가장 허세 부리지 않고 겸손한, 가난한 사람의 오두막과 작은 시골집이다. 그 집들을 '그림처럼' 만드는 것은 건물 속 거주자의 삶이지 단지 그 건물 표면의 어

....

62   뉴욕 맨해튼Manhattan 월스트리트Wall Street에 있는 교회로, 1846년 화재가 일어난 뒤에 재건축되었다.

떤 특이함이 아니다. 그리고 도시민의 교외에 있는 박스 모양의 집도 그의 삶이 상상만큼 단순하고 즐거울 때, 그리고 그의 집이 양식에서 겉모양을 추구하느라 애쓰지 않을 때는 마찬가지로 흥미로울 것이다. 건축장식물의 많은 부분은 문자 그대로 공허하며, 빌려 입은 옷 같아서 9월의 강풍이 본체에는 해를 입히지 않고 장식물을 벗겨버릴 것이다. 지하실에 올리브나 와인을 저장하고 있지 않는 사람들은 '건축학' 없이도 살 수 있다. 마찬가지의 노고가 문학에서 문체의 장식에 기울여진다면 어떨 것인가. 그리고 《성서》의 건축가가 교회의 건축가만큼 많은 시간을 배내기 장식에 사용했다면 어떤 일이 일어났을까? 그런 식으로 '순문학'과 '미술'과 그것을 가르치는 교수가 생겨났다. 참으로 나무토막 몇 개가 그의 위나 아래로 어떻게 기울여지느냐와 그의 박스 위에 어떤 색이 칠해지느냐가 인간에게는 큰 문제가된다. 어떤 진정한 의미로 그가 그 나무토막을 기울이고 칠을 한다면 어느 정도 의미가 있을 것이다. 그러나 정신이 그 집의 거주자를 떠났다면, 그것은 그 자신의 관을 건축하는 것—무덤의 건축학—과 한가지다. 그리고 '목수'는 단지 '관 짜는 사람'의 다른 이름에 불과하다. 삶에 절망하거나 무관심해진 어떤 사람이 당신의 발 아래에서 한 줌의 흙을 집어 들고 당신의 집을 흙 색으로 칠하라고 말한다고 하자. 그는 그의 마지막 좁은 집[63]을 생

63　무덤을 뜻한다.

각하는가? 그것을 위해서도 구리 동전 하나를 던져 올려라.[64] 그는 틀림없이 충분히 여유롭다! 왜 당신은 한 줌의 흙을 집어 드는가? 당신의 집을 피부색에 맞추어 칠하는 편이 더 나을 것이다. 당신 대신 집이 창백해지거나 붉어지게 하라. 작은 시골집의 건축양식[65]을 개선하기 위한 야심적인 계획이라니! 당신이 나를 위해 장식물을 준비해놓았을 때, 나는 몸에 두를 것이다.

겨울이 오기 전에 나는 굴뚝을 세웠고, 이미 비가 스미지는 않는 집의 사면을 널빤지로 이었다. 이 널빤지는 통나무에서 천을 얇게 베어낸 첫 조각으로 만든 불완전하고 수액이 많아서 가장자리를 대패로 똑바르게 밀어야 했다.

그렇게 해서 꽉 짜인 널빤지로 이어지고 회반죽을 바른 집이 생겼다. 그 집은 폭 10피트, 길이 15피트, 높이 8피트에 다락방과 벽장, 각 면에 큰 창문 하나씩과, 들창 두 개, 끝부분에 문 하나, 그리고 반대편에 벽돌로 만든 벽난로가 있다. 집에 든 정확한 비용은 다음과 같은데, 내가 사용한 재료들에 통상적인 가격을 지불했지만, 모든 일을 스스로 했으므로 노동력은 계산하지 않았다. 자기 집을 짓는 데 얼마가 드는지 정확하게 말할 수 있는 사람은 거의 없기 때문에, 그리고 설혹 있다 하더라도 집을

---

64 동전을 던져 올리는 것은 두 가지 가운데 하나를 선택하기 위해 동전을 던지는 행동을 뜻하기도 하고, 또한 그리스 신화에서 망자의 영혼이 지옥의 강 스틱스Styx를 건널 때 나루지기에게 돈을 지불하는 것을 의미하기도 한다.
65 월든 호숫가에 있는 소로의 집은 식민지 이주자가 미국으로 이전한 초창기 영국의 작은 시골집 건축술의 한 예인데, 끝부분에 난로를 설치한 방 하나짜리 집의 형태다.

구성하는 다양한 재료 개개의 가격을 정확히 말할 수 있는 사람
은 더더욱 없기 때문에 세세한 내역을 설명하고자 한다.

널빤지	8달러 3.5센트(대부분 판잣집 널빤지 재활용)
지붕과 사면에 사용한 폐 널빤지	4달러
윗가지	1달러 25센트
유리가 있는 중고 창문 두 개	2달러 43센트
낡은 벽돌 1,000장	4달러
석회 두 통	2달러 40센트(가격이 비쌌다)
털[66]	31센트(필요 이상으로 구매함)
벽난로 철제선반[67]	15센트
못	3달러 90센트
경첩과 나사	14센트
걸쇠	10센트
분필	1센트
운송비	1달러 40센트(상당 부분 직접 지고 나름)
합계	28달러 12.5센트

이와 같은 것들이 무단 거주자의 권리로[68] 내가 사용권을 주

---

66 석회 반죽에 강도를 주기 위해 섞어서 쓰는 털인데 보통은 말총을 사용한다.

67 굴뚝을 지지하기 위해 가로대로 사용되는 벽난로 입구에 걸치는 쇠로 된 가로
들보를 뜻한다.

68 미국의 개척자 가운데 일부는 토지에 대한 권리나 권리증서 없이 땅을 무단 정
주함으로써 정착했고, 그 후에는 토지 소유권이 아니라 점유권을 들어 땅에 대한 권
리를 주장했다. 소로의 경우 에머슨의 땅에 허가를 받고 살았다.

장한 목재와 돌, 그리고 모래를 제외한 자재 전부다. 나는 또한 집 옆에 작은 목재 헛간을 세웠는데, 주로 집을 짓고 남은 자재로 만들었다.

나는 콩코드 중심가에 있는 어떤 집보다 위엄 있고 사치스러운 집을 지을 작정이다. 그 집이 지금 집만큼 나를 기쁘게 하고 또 비용이 더 들지 않는다면 말이다.

나는 집을 원하는 학생이라면 지금 매년 지불하는 집세보다 크지 않은 비용으로 평생 살 집을 마련할 수 있다는 사실을 발견했다. 내가 지나치게 자랑하는 것처럼 보인다면, 나는 자신보다 인류를 위해 허풍을 떤다고 변명했다. 내 말에 잘못과 모순이 있다고 해서 내 진술의 진실성에 영향을 주지는 않는다. 내가 공손한 척하는 말투를 자주 사용하고 위선이 많이 드러나더라도, 자유롭게 숨 쉬고 기지개를 켤 것이다. 그런 면은 나의 알곡 같은 부분과 분리하기 힘든 쭉정이 같은 부분이고, 그런 면을 가진 것에 대해서는 다른 사람만큼 유감으로 생각하지만 말이다. 그렇게 하는 것이 정신적으로나 육체적으로 큰 위안이 된다. 그리고 나는 겸손 때문에 악마의 변호사[69]가 되지는 않기로 결심했다. 나는 진실을 위해 확실한 말을 하려고 노력할 것이다. 케임브리지Cambridge 대학[70]에서는 내 집보다 단지 조금 더 큰 학생 방 한 칸

69 단순히 논쟁을 위한 논쟁을 위해 어떤 대의명분이나 입장에 반대 토론을 하는 사람을 의미한다.
70 미국 매사추세츠 주 케임브리지에 있는 하버드Harvard 대학을 말한다.

의 집세가 1년에 30달러다. 비록 학교법인이 하나의 지붕 아래 서른두 개의 방을 나란히 짓는 이익이 있고, 그 방의 이웃이 시끄럽고, 아마도 4층에 거주하는 불편을 겪을지라도 말이다. 우리가 이런 면에서 더 지혜로워진다면 진정으로 더 많은 지혜를 이미 얻었을 것이므로, 교육이 덜 필요할 뿐 아니라 교육을 받는 데 필요한 금전적인 비용이 상당히 사라지리라고 생각할 수밖에 없다. 케임브리지나 다른 곳에서 학생이 요구하는 편의시설 때문에 그나 다른 누군가는 양측이 적절한 관리를 할 때 그들이 치를 것보다 열 배나 큰 희생을 치른다. 가장 많은 비용을 요구하는 것은 결코 학생이 가장 원하는 것이 아니다. 예를 들어 수업료는 한 학기의 청구서에서 중요한 항목이지만, 그가 동시대의 가장 교양 있는 사람들과 교제함으로써 얻는 훨씬 더 값진 교육에는 비용 청구가 없다. 대학을 설립하는 방식은 일반적으로 달러와 센트로 기부금을 모금하고, 그런 다음 대단히 조심스럽게 따라야 하는 노동분업 원리를 극단에 이르기까지 맹목적으로 추종하면서, 대학 설립을 투기의 대상으로 만드는 도급자를 불러들이고, 실제로 그 토대를 놓기 위해 아일랜드인이나 다른 직공을 고용한다. 그동안 예비 학생들은 대학에 입학할 준비를 하라는 말을 듣는다. 그리고 이 빠뜨린 것에 대해서는 후속 세대가 대가를 지불해야 한다. 나는 학생들이나 대학의 혜택을 받기를 바라는 사람들조차 그들 스스로 기초를 놓는 것이 '이보다는 더 나을 것'이라고 생각한다. 인간에게 필수적인 노동이라면 어떤 것도 체계적으로 피함으로써 그가 갈망하는 여가와 은퇴를 확보하는 학생은 수치스럽고 헛된 여가를 보낼 따름이며, 여가를 유익하게 만들 유일한 경험을 스스로에게서 빼앗게 된다. "그러나 학생들이 머리 대신 손을 써서 일하러 가야 한다는 뜻은 아니겠지요?"라고 누군가 말한다. 나는 정확하게 그 뜻은 아니지만, 그와 상당히 유사하게 그가 생각할 수 있는 무언가를 의미한다. 내 말은 지역사회가 이렇게 비싼 놀이를 후원하는 동안 그들이 인생을 '놀이 삼거나' 단순히 인생을 '공부해서는' 안 되며, 처음부터 끝까지 진지하게 인생을 '살아야 한다'는 의미다. 젊은이가 인생을 사는 실험을 즉시 시도하는 것보다 인생을 사는 방법을 어떻게 더 잘 배울 수 있겠는가? 생각건대 이 방법은 수학만큼이나 그들의 마음을 훈련시킬 것이다. 예를 들어 어떤 소년이 교양과목에서 무엇인가를 배우기를 소망한다면, 나는 단순히 이웃 교수에게 소년을 보내는 일반적인 방식을 따르지 않을 것이다. 그곳에서는 모든 것이 교수되고 실습되겠지만, 그 가르침에서 삶의 기술은 제외될 것이기 때문이다. 망원경이나 현미경으로 세상을 관찰하는 방법을 배우지만 한번도 그의 눈으로 관찰하지는 않는다. 화학을 공부하지만 그가 먹는 빵이 어떻게 만들어지는지 배우지 않는다. 기계학을 배우지만 그것을 어떻게 얻는지를 배우지 못한다. 해왕성의 새로운 위성을 발견하지만 그의 눈 속에 있는 티끌은 찾아내지 못하거나, 자신이 어떤 깡패의 위성이 되어 있는지를 알지 못한다. 식초 한 방울 속에 있는 괴물들은 관찰하지만 그의 주위에 우글거리는 괴물에게 잡아먹히리라는 것은 예측하지 못한다. 한 달이 지날 무렵 어느 아이가 가장 많이 배웠을까? 잭나이프를 만드는 데 필요할 독서를 하면서 광석을 손수 파고 제련해 만든 소년일까, 아니면 그동안 연구소에서 열린 금속학 관련 강의들을 청강하고 그의 아버지로부터 로저스Rodgers[71]에서 만든 주머니칼을 받은 소년일까? 둘 가운데 누가 칼에 손가락을 베일 확률이 높을까? 놀랍게도 나는 내가 항해학[72]을 공부한 적이 있다는 사실을 대학을 졸업할 때에야 깨달았다. 아니, 내가 배를 몰고 항구 아래로 향했다면 항해술에 대해 더 많이 배웠을 것이다. '가난한' 학생도 '정치경제학'을 공부하고 그것만 배운다. 반면 철학과 동의어인 생활경제학은 우리나라 대학에서는 심지어 진지하게 교수되지도 않는다. 그 결과 학생이 애덤 스미스Adam Smith, 리카도David Ricardo와 세Jean-Baptiste Say[73]의 정치경제학을 읽는 동안, 자신의 아버지를 회복할 수 없을 정도의 빚을 지게 만들고 있다.

우리의 대학이 그러하듯, 100개의 '근대적인 개량품'도 그러하다. 그것들에 대해서는 어떤 환상이 있으며, 항상 긍정적인

---

71 1642년에 설립된 영국의 셰필드Sheffield에 있는 '조지프 로저스와 아들들 Joseph Rodgers & Sons'이라는 유명한 식탁용 칼 제조회사가 제조한 칼이다. 해당 문장에서는 고품질의 상징으로 서술되었다.

72 항해 천문학은 1830년대 하버드 대학 2학년 수학과목의 일부였다.

73 애덤 스미스는 스코틀랜드의 경제학자이고, 데이비드 리카도는 영국의 경제학자이며, 장바티스트 세는 프랑스의 경제학자였다.

발전이 있던 것은 아니다. 악마는 '근대적인 개량품'에서 초기에 발생하는 그의 몫과 수많은 연이은 투자에 대해 끝까지 가혹한 복리를 고집한다. 우리 발명품은 심각한 것으로부터 관심을 분산시키는 예쁜 장난감이었다. 그것들은 개선되지 않은 목적, 즉 보스턴이나 뉴욕으로 가는 철도처럼, 이미 존재하지만 너무나 도달하기 쉬운 목적을 이루는 데 사용되는 개선되지 않은 수단이다. 우리는 메인 주에서 텍사스Texas 주까지[74] 전신을 건설하려고 몹시 서두르고 있지만, 메인 주와 텍사스 주는 소통할 중요한 것이 없을 수도 있다. 둘 중에 한 주는 저명한 청각장애우 여성에게 소개되기를 진심으로 바랐지만, 그녀를 소개받고 그녀의 보청기의 한쪽을 손에 쥐게 되자 할 말을 찾지 못했던 어떤 남자와 같은 곤경에 처한 것이다. 마치 전신 설치의 주된 목적이 빨리 말하는 것이지 분별 있게 말하는 것이 아닌 것처럼 말이다. 우리는 대서양의 아래에 터널을 뚫어서[75] 구대륙의 소식을 신대륙에 몇 주 더 빨리 가지고 오기를 열망한다. 그러나 넓고 펄럭이는 미국인의 귀에 새어 들어올 첫 번째 뉴스는 아마도 애들레이드 공주Adelaide Louisa Theresa Caroline Amelia[76]가 백일해百日

74 메인 주와 텍사스 주는 1850년 캘리포니아가 미국의 영토가 될 때까지 미국의 동쪽 끝과 서쪽의 끝이었다.
75 미국과 유럽 사이에 설치할 전신 케이블을 뜻한다. 케이블은 터널 속이 아니라 대양 바닥에 놓이는 것이었다.
76 삭스메닝겐Saxe-Meningen의 공주, 애들레이드 루이자 테레사 캐롤라인 아멜리아를 말한다.

咳[77]에 걸렸다는 소식일 것이다. 결국 1분에 1마일씩 속보로 말을 달리는 남자가 가장 중요한 메시지를 가지고 오지는 않는다. 그는 복음전도사가 아니며 메뚜기와 야생꿀[78]을 다시 먹게 되지도 않는다. 나는 플라잉 차일더스Flying Childers[79]가 옥수수 한 자루를 한 번이라도 방앗간으로 운반한 적이 있는지 의심스럽다.

누군가 내게 "저축을 하는지 모르겠네요. 여행을 좋아하잖아요. 오늘 기차를 타고 피츠버그로 가서 그 지역을 구경할 수도 있을 텐데요"라고 말한다. 그러나 나는 현명해서 그렇게 하지 않는다. 나는 가장 빠른 여행자는 걸어서 가는 사람이라는 사실을 배웠다. 친구에게 우리 둘 가운데 누가 피츠버그에 먼저 도착할 것인지 시험한다고 가정해보자. 거리는 30마일이고, 차비는 90센트다. 그 금액은 거의 하루 일당이다. 바로 이 철도에서 일한 노동자의 하루 임금이 60센트였던 때를 나는 기억한다. 그런데 나는 지금 도보로 출발해서 밤이 되기 전에 거기에 도착한다. 나는 그 속도로 일주일 동안 계속 여행한 적이 있다. 당신이 운이 좋아 때맞추어 일자리를 얻는다면 그동안 차비를 벌 것이고, 내일 중에, 가능하다면 오늘 저녁에 그곳에 도착할 것이

77 경련성 기침을 일으키는 급성 전염병이다. 병에 걸리면 경과가 100일 가까이 걸린다 해서 백일해라 불린다.

78 사도 요한John the Baptist이 사막에서 먹은 음식을 말한다. 〈마태복음〉 3장 4절에 관련 내용이 나온다.

79 요크셔의 리오나드 차일더스Leonard Childers가 키운 영국의 경주마다. 세상에서 가장 빠르고 경주에서 패한 적이 없었다고 한다.

다. 피츠버그에 가는 대신, 당신은 이곳에서 하루의 더 많은 시간을 일하고 있을 것이다. 그래서 철도가 전 세계를 다닌다면, 내가 당신을 앞설 것이다. 그리고 지역을 구경하고 그런 종류의 경험을 얻는 것과 관련해서는, 당신과 친분관계를 완전히 끊어야 할 것이다.

그런 것이 아무도 결코 선수를 칠 수 없는 보편적인 법칙이고, 철도에 대해서도 결국 마찬가지라고 말할 수 있다. 모든 인류가 사용할 수 있는 철도를 전 세계에 놓는 것은 지구의 땅 표면 전부를 완만하게 하는 것과 같다. 인간은 그들이 이런 주식회사와 삽질 행위를 충분히 계속하면 모두가 마침내 거의 순식간에 공짜로 어딘가로 타고 갈 것이라고 막연히 생각한다. 그러나 한 떼의 군중이 역으로 달려가고, 차장이 "모두 타세요!"라고 소리칠지라도, 연기가 바람에 날아가고 증기가 액화되면, 몇몇은 기차에 타고 있지만 나머지는 기차에 치였다는 사실이 알려질 것이다. 그것은 '슬픈 사고'라 불릴 것이고 그런 사고로 남을 것이다. 자신의 차비를 버는 사람들, 다시 말해 그렇게 오랫동안 생존한다면, 그 사람들은 마침내 분명히 기차를 탈 수 있겠지만, 아마도 그때쯤이면 유연성과 여행하고픈 욕망을 잃어버렸을 것이다. 인생에서 가장 가치가 적은 부분 동안의 의문스러운 자유를 즐기기 위해 이처럼 인생 최고의 부분을 돈을 버는 데 써버리는 것은 영국에 돌아와 시인으로 살기 위해 한 재산을 벌려고 먼저 인도로 간 영국인을 상기시킨다. 그는 다락에 즉시 올라갔어야 했다. "뭐라고요! 우리가 건설한 이 철도가 좋은 것이 아니라고요?"라고 100만 명의 아일랜드인이 이 땅에 있는 모든 오두막에서 놀라서 일어서면서 소리칠지도 모른다. 나는 "좋은 것입니다, '비교적' 좋은 것입니다" 하고 대답할 것이다. "다시 말해 당신들은 그보다 더 나쁜 것도 할 수 있었다는 말입니다. 그러나 나는 당신들이 내 형제이니 이 흙을 파는 것보다는 더 나은 것에 당신의 시간을 사용할 수 있었기를 바랍니다"라고 대답할 것이다.

집을 완성하기 전에, 나는 특별비용에 충당하기 위해 정직하고 기분 좋은 어떤 방법으로 10에서 12달러 정도 벌기를 바라면서, 집 근처에 2.5에이커[80]의 가벼운 모래흙 땅에 콩을 주로 심고, 작은 터에 감자와 옥수수, 완두콩, 그리고 무를 심었다. 대지 전체는 11에이커였는데, 주로 소나무와 호두나무가 자랐고, 이전 농번기에는 1에이커에 8달러 8센트의 가격으로 팔렸던 땅이다. 어떤 농부는 그 땅이 "다람쥐를 키울 목적 외에는 쓸모없는 땅"이라고 말했다. 나는 땅 임자가 아닌 단지 차용인에 불과하고 다시 그만큼의 땅을 경작하겠다는 기대도 없었기 때문에 이 땅에 어떤 거름도 주지 않았고, 한 번도 땅 전체에 괭이질을 하지 않았다. 밭을 갈다가 여러 개의 그루터기 조직을 파내었다. 그것은 오랫동안 연료를 조달해주었고 여러 작은 원형의 처녀지를

---

80 1에이커는 약 4,050평방미터에 달한다.

남겼는데, 콩들이 그곳에 훨씬 더 번성해 여름 내내 쉽게 눈에 띄었다. 내 집 뒤에 죽어서 대부분 팔 수 없는 나무와 호수에서 떠내려온 유목이 내게 필요한 나머지 연료를 공급해주었다. 나는 밭을 갈기 위해 한 쌍의 마소가 끄는 수레와 인부 한 명을 고용해야 했지만, 쟁기는 스스로 잡았다. 농사 첫 해의 농장에 든 지출은 농기구와 씨, 노동력 등으로 14달러 72.5센트였다. 옥수수 씨앗은 얻은 것이었다. 필요 이상으로 심지 않는다면 씨앗에는 비용이 거의 들지 않는다. 나는 약간의 완두와 사탕옥수수 외에 12부셸의 콩과 18부셸의 감자를 수확했다. 노란 옥수수와 무는 너무 늦게 심어 수확이 없었다. 농장에서 나온 총수입은 다음과 같다.

수입	23달러 44센트
지출	14달러 72.5센트
차액	8달러 71.5센트

소비한 채소를 제외하고 그때 수중에 있던 채소는 4달러 50센트—내가 재배하지 않은 약간의 풀 값을 상쇄하고도 남는 금액—의 값어치가 있었다. 모든 것을 고려했을 때, 즉 한 사람의 영혼과 오늘의 중요성을 고려할 때, 실험에 사용된 짧은 시간에도, 아니, 부분적으로는 심지어 실험의 일시적인 성격 때문에, 나는 그해 콩코드의 어떤 농부가 지은 농사보다 내 실험이 훨씬 더 좋

은 성적을 거두었다고 믿는다.

다음 해에는 훨씬 더 농사를 잘 지었는데, 그 이유는 내가 필요로 한 땅인 약 3분의 1에이커를 모두 삽으로 일구었기 때문이다. 나는 아서 영Arthur Young[81] 같은 사람이 쓴 농사에 대한 많은 유명한 책들에 전혀 주눅 들지 않고, 두 해에 걸친 농사경험으로 다음과 같은 사실을 배웠다. 즉 어떤 사람이 소박하게 살면서 재배한 곡식만을 먹고, 먹는 것 이상 재배하지 않고, 부족하지만 더 사치스럽고 비싼 것과 교환하지 않는다면, 단지 몇 로드[82]의 땅만 경작하면 된다는 사실을 배웠다. 그리고 땅을 갈기 위해 소를 사용하기보다는 삽으로 땅을 파는 방법이 낫고, 오래 경작한 땅에 비료를 주는 것보다는 이따금씩 새로운 땅을 일구는 편이 더 값이 적게 든다는 사실과, 모든 필요한 농장일을 말하자면 여름에 남는 시간에 쉽게 할 수 있을 것이므로, 지금처럼 소나 말, 암소나 돼지에 매이지 않으리라는 사실을 배웠다. 나는 이 점에 대해 공평하게, 그리고 현재의 경제제도·사회제도의 성공이나 실패에 사심이 없는 사람으로서 말하고 싶다. 나는 콩코드의 어떤 농부보다 더 독립적이었는데, 그 이유는 내가 집이나 농장

---

81 영국의 농학자로, 18세기 말 농업혁명기에 농업근대화의 본질을 포착해 농업기술을 개선하고 새로운 경영방법을 보급하기 위해 노력했다. 《시골 경제: 또는 농업 실습에 대한 에세이들Rural Economy: or Essays on the Practical Parts of Husbandry》 등 농업에 대한 많은 저작물이 있다.

82 길이 단위로는 5.092미터다. 면적 단위로는 25.29평방미터다. 앞으로 편의상 1로드를 5미터로 환산해 표기하기로 한다.

에 정착하지 않았지만 언제라도 대단히 비뚤어진 내 타고난 성향을 따를 수 있었기 때문이다. 이미 그들보다 훨씬 부유했지만, 만약 내 집이 불에 탔거나 곡식이 잘되지 않았더라도 나는 이전과 거의 비슷하게 부유했을 것이다.

나는 인간이 짐승의 소유주라기보다는 짐승이 인간의 소유주이며,[83] 짐승이 훨씬 더 자유롭다고 생각하곤 했다. 인간과 소는 일을 교환하지만, 필요한 일만을 고려한다면, 소농장이 훨씬 더 크기 때문에 소가 훨씬 유리하게 보일 것이다. 인간은 소와 교환노동의 일부로 여섯 주 동안 건초를 만드는데, 그것은 어린애 장난 같은 쉬운 일이 아니다. 확실히 모든 면에서 소박하게 사는 어떤 나라도, 즉 철학자의 나라도 동물의 노동을 이용하는 것과 같은 큰 실수를 저지르지는 않을 것이다. 실로 철학자의 나라는 한 번도 존재한 적이 없고, 곧 생길 것도 같지 않으며, 그런 나라가 생기는 것이 바람직한지 확신할 수도 없다. 그러나 '나는' 한번도 말이나 수소를 길들여서 나를 위한 어떤 일을 시키기 위해 먹고 재우지 않을 것이다. 내가 단순히 말 키우는 사람이나 가축지기가 될까 두려워서다. 그리고 그렇게 함으로써 사회가 이득을 얻는 것처럼 보인다고 하더라도, 한 사람의 이익이 다른 사람의 손해가 아니며 마구간지기 소년이 그의 주인과 동등하게 만

83 조너선 스위프트Jonathan Swift의 《걸리버 여행기*Gulliver's Travels*》에 대한 언급일 가능성이 있다. 《걸리버 여행기》에서 인간의 이성을 갖춘 말 휘넘족은 인간의 모습을 한 짐승인 야후족의 주인이다.

족을 누릴 명분이 있다고 어떻게 확신하는가? 어떤 공공 토목 공사가 짐승의 도움이 없이는 건설되지 않았다고 가정하고, 그 건설의 영광을 사람이 소와 말과 공유한다고 하자. 그런 경우에는 인간이 더 가치 있는 토목공사를 할 수 없으리라는 결론이 나는가? 인간이 불필요하거나 예술적인 작업뿐 아니라 사치스럽고 쓸모없는 공사를 짐승의 도움을 받아 하기 시작할 때, 소수의 사람들이 소와 모든 작업을 교환하게 되거나 달리 말해 가장 강한 자의 노예가 되는 것은 불가피하다. 그러므로 인간은 자신 속에 있는 동물을 위해 일을 할 뿐 아니라, 상징적으로 말하면 그의 밖에 있는 동물을 위해서도 일한다. 비록 우리에게 벽돌이나 돌로 지은 튼튼한 집이 많더라도, 농부의 성공은 여전히 헛간이 집보다 얼마나 큰지에 따라 가늠된다. 우리 읍은 이 부근에서 소와, 암소, 그리고 말을 위한 가장 큰 축사가 있다고 일컬어지고 공공건물도 그에 못지 않지만, 우리 군에는 자유로운 예배나 자유로운 연설이 가능한 공회당은 거의 없다.[84] 국가가 자축할 때 건축물에 의지해서는 안 되지만, 추상적인 사고의 힘에 의지해서 안 될 이유가 있겠는가? 《바가바드기타 *Bhagavadgītā*》[85]

---

84 1844년에 에머슨이 콩코드의 교회를 사용해 서인도 제도의 노예해방기념일에 노예폐지론자들의 모임에서 연설하려고 했지만 거절당한 일에 대한 언급일 가능성이 있다. 결국 소로는 법원을 사용하는 허가를 얻어 모임의 시작을 알리는 종을 직접 울렸다.

85 Bhagavad Gita로도 표기된다. 고대 인도 힌두교 경전의 하나로, 《마하바라다 *Mahabharata*》에 실려 있다. 쿠루크셰트라Kurukshetra 전쟁 전날 밤에 크리슈나

는 동양의 모든 폐허보다 얼마나 훨씬 더 감탄할 만한가! 탑과 신전은 군주의 사치를 보여준다. 단순하고 독립적인 정신은 어떤 군주가 명령해도 힘써 일하지 않는다. 천재는 어떤 황제의 시종도 아니며, 그의 소재도 약간을 제외하고는 은도 금도 대리석도 아니다. 도대체 무슨 목적으로 그렇게 많은 돌에 망치질을 하는가? 내가 아르카디아Arcadia[86]에 있을 때, 돌에 망치질하는 것을 본 적이 없었다. 국가들은 망치로 두드려 만든 돌의 양으로 기억을 영구화하려는 광적인 야망에 사로잡혀 있다. 만약 같은 양의 수고를 그들의 태도를 세련되게 다듬는 데 기울인다면 어떠했을까? 한 조각의 분별력일지라도 달만큼 높이 솟은 기념비보다 훨씬 더 기념할 만할 것이다. 돌은 제자리에 놓인 모습을 보는 것이 더 좋다. 테베[87]의 웅장함은 천박한 웅장함이다. 정직한 사람의 밭의 경계를 이루는 5미터의 돌담이 삶의 진정한 목적으로부터 더 멀리 벗어난 100개의 대문을 가진 테베보다 더 의미가 있다. 야만적이고 이교도적인 종교와 문명이 찬란한 사원을 짓지만, 당신이 기독교라고 부를 종교는 그렇지 않다. 한 나라가 망치로 다듬는 돌의 대부분은 그 나라를 덮는 무덤이 될 따름이다. 그

Krishna 왕과 아르주나Arjuna 왕자 사이에 나눈 대화로 되어 있다.

86 옛 그리스 산속의 고원지대로, 천진하고 소박한 생활이 영위되는 이상향으로 거론된다.

87 기원전 1150~1290년경 이집트의 옛 수도이며, 고대 이집트의 영광을 입증하는 기념비가 아주 많은 장소다.

런 나라는 스스로를 산 채로 매장하는 것이다. 피라미드에 대해서는, 너무나 많은 사람이 야심가인 어떤 바보를 위해 무덤을 건설하는 데 인생을 써버릴 정도로 타락할 수 있었다는 사실 말고는 경탄할 일이 없다. 그런 바보는 나일Nile강에 빠져 죽어서 그의 몸뚱어리를 개에게나 던져주었더라면 더 현명하고 남자다웠으리라. 아마도 내가 그들과 그를 위한 변명을 지어낼 수는 있겠지만, 그럴 시간이 없다. 건축가의 종교와 예술 사랑에 관해서는, 그 건물이 이집트의 신전이건 미합중국의 은행이건 전 세계에 걸쳐 똑같다. 결과물의 가치보다 비용이 더 많이 든다. 그 주요 원인은 마늘과 버터 발린 빵을 좋아하는 데서 나온 허영이다. 촉망받는 젊은 건축가인 밸컴Balcom 씨는 심이 단단한 연필과 자를 가지고 그의 비트루비우스Marcus Vitruvius Pollio [88]의 책 뒷면에 건물을 디자인하고, 그 일을 석재상인 돕슨 앤 선스Dobson & Sons에 하청으로 준다. 30세기의 시간이 그 건물을 내려다보기 시작할 때, 인류는 그 건물을 올려다보기 시작한다. 여러분의 높은 탑과 기념비에 관해 말하자면, 한때 이 읍에 땅을 파서 중국에까지 이르는 일을 시작한 미친 사람이 있었다. 한참을 파고 들어가던 그가 말하기를, 중국의 냄비와 솥이 떨거덕거리는 소리를 듣는 지경에까지 이르렀다고 한다. 그러나 그가 만든 구멍에 감탄하기 위해 내가 가던 길에서 벗어날 생각은 없다. 많은 사람이 서양과

---

88 기원전 1세기의 로마 건축가이며 《건축론On Architecture》의 저자다.

동양의 기념비에 관심을 보이고 누가 세웠는지 알고자 한다. 나로서는 그 시절에 그런 것들을 세우지 않은 사람은 누구인지, 그런 하찮은 것을 초월한 사람은 누구인지 알고 싶다. 그러나 일단은 내 통계를 계속 살펴보자.

내 직업은 손가락 숫자만큼 다양하기 때문에, 측량과 목수일, 그리고 마을에서 여러 가지 다른 종류의 날품팔이 노동을 해서 13.34달러를 벌었다. 2년 이상을 월든 호수에 살았고, 다음의 견적이 이루어진 시기, 즉 7월 4일부터 3월 1일까지 여덟 달 동안 소비한 식품비용은 다음과 같다. 내가 재배한 감자와 약간의 덜 익은 옥수수, 그리고 약간의 완두콩을 계산하지 않았고, 마지막 날 수중에 있던 식량의 가격도 고려하지 않았다.

쌀	1달러 73.5센트
당밀	1달러 73센트(가장 싼 형태의 당류)
호밀가루	1달러 4.75센트
옥수수가루	99.75센트(호밀보다 더 저렴함)
돼지고기	22센트
밀가루	88센트(옥수수가루보다 비싸고 수고로움)
설탕	80센트
라드	65센트
사과	25센트
말린 사과	22센트
고구마	10센트
호박 한 개	6센트

모든 실험이 실패함

수박 한 덩어리	2센트
소금	3센트

그렇다. 나는 모두 합해 8.74달러어치를 먹었다. 그러나 나는 그렇게 뻔뻔스럽게 죄를 공표하지 않았을 것이다. 독자 대부분이 나와 마찬가지로 죄를 지었다는 사실과, 다른 이들의 행위도 활자화되면 내 것보다 더 나아보이지 않으리라는 사실을 몰랐다면 말이다. 이듬해에 나는 저녁식사거리로 때때로 물고기를 잡았고, 한번은 내 콩밭을 황폐하게 만든 우드척 한 마리를 잡고 ―타타르인[89]이라면 그 때문에 그의 환생이 초래되었다고 말하겠지만― 부분적으로는 실험을 위해 잡아먹는 데까지 이르렀다. 그러나 비록 그곳에서 나는 사향의 풍미가 내게 순간적인 즐거움을 주었지만, 마을의 푸줏간 주인이 우드척을 조리하더라도 오랫동안 먹는 것이 좋은 습관은 아니라는 사실을 알았다.

동일한 기간 내에 의복비와 임시비 몇 건은 다음의 액수에 달하는데, 이 품목에서 구분할 수 있는 것은 거의 없다.

식비	8달러 40.75센트

---

89 타타르족이 더 정확한 표현이다. 동유럽과 북아시아의 거대한 초원 지역인 타타르Tartar에 거주하던 터키족의 일부로서 13세기와 14세기에 몽골의 지배를 받았다. 타타르인들은 죽으면 환생 순환과정의 일부로서 영혼이 인간 또는 동물의 육체에서 다른 육체로 윤회한다고 믿는다.

| 기름과 몇몇 가사도구 | 2달러 |

그러므로 거의 집 밖에서 이루어진 아직 청구서를 받지 않은 옷 세탁과 수선을 제외한 모든 금전적인 지출은—이 지출 내역이 이 지역에서는 돈이 반드시 나가는 방식 전부이며 전부 이상인데—다음과 같다.

집	28달러 12.5센트
1년 농장 경영비	14달러 72.5센트
여덟 달 동안 식비	8달러 74.5센트
여덟 달 동안 피복 등	8달러 40.75센트
여덟 달 동안 기름 등	2달러
총액	61달러 99.75센트

이제 독자 가운데 생계비를 벌어야 하는 이들을 위해 쓴다. 이 생계비를 지불하기 위해 농산물을 다음과 같은 가격에 팔았다.

| 식비 | 23달러 44센트 |
날품팔이로 번 돈	13달러 34센트
총액	36달러 78센트

한편 이 금액을 지출 총액에서 빼면 25달러 21.75센트의 차액이 발생하고—이는 시작할 때 있던 자산과 대단히 가까운 수치

이고 발생할 비용의 척도다—다른 한편으로는 이 일로 확보한 여가와 독립, 건강에 더해, 살고 싶은 만큼 기거할 편안한 집이 남는다.

이 통계는 너무 우발적이어서 교훈적으로는 보이지 않을지라도 어느 정도 완벽하기 때문에, 어떤 일정한 가치 또한 지닌다. 내게 주어진 모든 것이 결산보고되었다. 위의 계산을 보면, 내가 먹은 음식 값으로만 매주 27센트 정도가 든 것처럼 보인다. 이후 2년 가까이 내가 먹은 것은 효모를 넣지 않은 호밀과 옥수수가루, 감자, 쌀, 대단히 적은 양의 소금에 절인 돼지고기, 당밀, 소금, 그리고 내 음료인 물이었다. 인도 철학을 그렇게 사랑한 내가 주로 쌀을 주식으로 삼아야 했던 것은 적절했다. 몇몇 상습적인 트집쟁이의 이의에 대처하기 위해, 항상 그러했던 것처럼 내가 가끔씩 외식을 했다면,[90] 그리고 그러리라 믿지만 다시 외식할 수 있다면, 자주 내 가정경제에 손해였다고 진술하는 것이 좋겠다. 그러나 진술했다시피 외식은 생활의 일부이기 때문에 이와 같은 비교 진술에 조금도 영향을 주지 않는다.

2년 동안의 경험으로, 내가 사는 이 위도에서조차 필수적인 식품을 구하는 데 믿을 수 없을 정도로 적은 수고가 든다는 것과, 인간이 동물만큼 소박한 음식물을 먹고서도 건강과 힘을 유

---

90 월든에 사는 동안 소로는 이따금 그의 가족이 사는 집에서 식사하는 것을 좋아했고, 일요일에는 에머슨과 식사하거나 호스머 가정에 저녁식사를 하러 들렀다. 그러므로 소로는 흔히 알려진 대로 은둔자는 아니었다.

지할 수 있다는 사실을 배웠다. 나는 옥수수밭에서 캐내어 끓이고 소금 간을 한 쇠비름나물 한 접시만으로 여러 가지 면에서 만족할 만한 정찬을 만들었다. 이름은 보잘것없지만 맛이 좋기 때문에 쇠비름의 라틴어 이름을 병기한다. 사리분별이 있는 사람이라면 평화로운 시기의 일상적인 점심시간에 충분한 개수의 설익은 달콤한 옥수수에 소금을 곁들이는 것 이상 도대체 무엇을 더 바랄 수 있단 말인가? 내가 활용한 약간의 다양성조차 식욕에 굴복한 것이지 건강상의 이유는 아니었다. 그러나 인간은 자주 필수품이 아니라 사치품이 부족해서 굶주리는 어려움에 처한다. 그리고 나는 그녀의 아들이 물만 마셨기 때문에 목숨을 잃었다고 생각하는 한 선량한 여성을 알고 있다.

독자는 내가 이 주제를 영양학적인 관점에서보다는 경제적인 관점에서 다루고 있다는 사실을 인식할 것이다. 그리고 잘 비축된 식품저장실이 없다면 독자는 나처럼 음식을 삼가는 일을 시험하려고 과감히 시도해보지 않을 것이다.

처음에 내가 옥수수가루와 소금으로만 만든 빵은 진짜 옥수수빵이었는데, 그 빵을 문밖에 피운 불에 지붕널을 얹거나 집을 지을 때 톱으로 자른 나무토막 끝에 얹어 구웠다. 그 빵은 연기에 거슬려 소나무 향이 나곤 했다. 밀가루로 빵을 굽는 것 또한 시도했다. 그러나 결국 호밀과 옥수수가루를 섞은 것이 가장 만들기 편하고 맛도 좋다는 사실을 발견했다. 추운 날씨에 이렇게 작은 빵 여러 덩어리를 마치 이집트 사람이 달걀을 부화시킬 때처럼 조심스럽게 돌보고 돌리면서 연속적으로 굽는 것은 아주 재미있는 일이었다. 그 빵은 내가 익힌 진정한 곡식 열매였고, 내 오감에는 다른 고귀한 과일 같은 향기가 났다. 나는 빵을 될 수록 오래 간직하려고 천에 싸서 보관했다. 나는 꼭 필요한 옛날 제빵기술에 대해 연구하면서 구할 수 있는 권위 있는 서적들을 참고했고, 원시시대와 발효되지 않은 빵이 처음 발명된 시기까지 거슬러 올라갔다. 원시시대에 인간은 야생의 견과류와 고기를 먹다가 부드럽고 세련된 빵을 처음 접했고, 반죽이 우연히 시큼해지는 현상과 그 이후 다양한 발효양상을 거치면서, 생명의 양식인 '맛있고 달콤하며 건강에 좋은 빵'에 이르게 되었다. 어떤 이들이 빵의 영혼으로 간주하는 효모, 즉 빵의 세포조직을 채우고 베스타Vesta 여신 제단의 성화처럼[91] 종교적으로 보존된—소중하게 한가득 병에 담겨 메이플라워호에 의해 처음 이곳으로 운반되었다고 생각되는—그 영혼은 미국을 위해 필요한 일을 했으며, 그것의 영향력은 전국을 강타하는 큰 곡물 파도로 여전히 증가하고, 부풀어 오르고, 퍼지고 있다. 나는 이 종자를 규칙적으로 성실하게 마을에서 조달했는데, 어느 날 아침 마침내 내가 사용법을 잊고 효모를 끓이는 일이 발생했다. 그 사건으로 인해 심지어 효모가 필수불가결하지 않다는 사실을 발견했고

---

91 베스타는 로마 신화에 나오는 벽난로와 불의 여신이다. 그리스 신화의 헤스티아 Hestia에 해당한다. 이 여신의 성전에는 영원한 순결을 맹세한 여섯 명의 처녀가 제단의 불을 꺼지지 않게 밤낮으로 돌보았다.

— 왜냐하면 내 발견들은 종합적이 아니라 분석적인 과정으로 이루어졌기 때문에 — 그 이후로 나는 효모를 기쁘게 생략했다. 비록 대다수의 가정주부가 효모를 넣지 않고서는 안전하고 건강에 좋은 빵을 만들 수가 없다고 열심히 납득시켰으며, 나이 드신 분들은 내게 활력이 급속하게 떨어질 것이라고 예언했지만 말이다. 그러나 나는 효모가 본질적인 요소가 아니라는 사실을 발견하고 1년 동안 효모 없이 살았지만, 여전히 산 자의 땅에 있다. 나는 주머니에 효모를 넣고 병째로 가지고 다니는 시시한 일을 피할 수 있어 기쁘다. 그 이유는 가끔씩 당황스럽게도 병 내용물이 불쑥 튀어나왔기 때문이다. 효모를 생략하는 것이 더 단순하고 모양새가 좋다. 인간은 다른 어떤 것보다 모든 기후와 환경에 자신을 더 잘 적응시킬 수 있는 동물이다. 나는 빵 속에 어떤 탄산소다나 다른 산 또는 알칼리를 첨가하지 않았다. 이는 마르쿠스 포르키우스 카토Marcus Porcius Cato가 기원전 약 2세경에 준 조리법에 따라 빵을 만든 것으로 보일 수 있다. 카토의 조리법을 번역하면 다음과 같다. "이렇게 빵을 반죽하라. 당신의 손과 반죽 그릇을 잘 씻으라. 가루를 반죽그릇에 넣고 조금씩 물을 더하고, 충분히 반죽하라. 반죽이 잘 끝나면 빵 모양을 만들고 뚜껑을 덮고 굽는다." 다시 말해 빵 굽는 솥에 넣고서 말이다. 효모에 대한 말은 한 마디도 없었다. 그러나 나는 이 생명의 양식을 항상 먹지는 않았다. 한번은 내 지갑이 비어서 한 달 이상 빵을 전혀 보지도 못한 적도 있었다.

모든 뉴잉글랜드 주민은 호밀과 인디언 옥수수가 나는 이 땅에서 빵 재료를 모두 쉽게 기를 수 있고 그 재료를 얻기 위해 멀리 있는 가격이 요동치는 시장에 의지하지 않아도 된다. 그러나 우리는 소박함과 독립성과 거리가 멀어서 콩코드 가게에서는 신선하고 달콤한 곡식가루가 드물게 판매되며 훨씬 더 거친 형태의 죽 끓이는 옥수수가루도 없고 옥수수를 이용하는 사람도 거의 없다. 대체로 농부는 그가 재배한 곡식을 소와 돼지에게 주고 밀가루를 사는데, 가게에서 더 비싼 가격에 밀가루를 사지만 적어도 건강에 더 좋은 것도 아니다. 나는 호밀과 인디언 옥수수 한두 부셸은 쉽게 키울 수 있다는 사실을 알았는데, 호밀은 가장 척박한 땅에서도 자라기 때문이다. 그리고 인디언 옥수수는 최고로 좋은 땅을 필요로 하지도 않고 맷돌에 갈면 되기 때문에 쌀과 돼지고기 없이도 살 수 있다. 그리고 농축된 당분이 꼭 필요하다면 경험상 호박이나 비트로 아주 좋은 당밀을 만들 수 있다는 사실을 발견했으며, 그보다 좀더 쉽게 얻고 싶다면 단풍나무 몇 그루만 사이를 두고 심으면 된다는 사실을 알았다. 그리고 이 나무들이 자라는 동안 내가 나열한 것 외에 여러 가지 대용품을 사용할 수 있었다. 선조가 노래했듯이, "왜냐하면—"

　　호박과 방풍나물 뿌리와 호두나무 조각으로
　　우리의 입술을 달콤하게 할 술을 만들 수 있으니까.

마지막으로 식료품 가운데 가장 흔한 소금에 대해 말하자면, 소금을 얻기 위해 해변을 방문할 좋은 기회를 얻을 수 있다. 또는 완전히 소금 없이 산다면 아마 물을 적게 마시게 될 것이다. 나는 인디언이 소금을 얻기 위해 수고를 한다고 들은 적이 없다.

그러므로 나는 음식에 관해서는 모든 거래와 물물교환을 피할 수 있었고, 이미 집은 있으므로 옷과 연료를 얻는 일만 남아 있었다. 지금 입고 있는 바지는 농부의 가정에서 짠 것인데, 인간에게 여전히 그 정도의 우수성이 있다는 사실이 고마울 따름이다. 왜냐하면 나는 농부에서 직공으로의 추락이 인간으로부터 농부로의 추락만큼 대단하고 기억할 만한 것이라고 생각하기 때문이다. 새로운 지역에서 연료는 두통거리다. 거주지에 관해서는, 내가 임시로 거주하는 것이 여전히 허락되지 않는다면, 내가 경작한 땅이 팔린 것과 같은 가격 — 다시 말해 8달러 8센트에 1에이커를 살 수도 있다. 그러나 실상 내가 그곳에 임시로 거주함으로써 그 땅의 가치를 올려놓았다고 생각했다.

이따금 내가 채소만 먹고도 살 수 있다고 생각하는지와 같은 질문들을 하는, 남을 불신하는 부류의 사람들이 있다. 즉시 그 문제를 근절하기 위해 — 왜냐하면 문제의 근원은 믿음이므로 —나는 판자에 박는 못을 먹고도 살 수 있다고 대답을 하곤 했다. 그 말을 이해할 수 없다면, 그들은 내가 해야 할 많은 말을 이해할 수 없을 것이다. 나로서는 젊은이가 절구 대신 치아를 이용해 2주 동안 단단한 생옥수수를 자루 채로 먹고사는 것을 시도했다는, 이런 종류의 실험이 시도되고 있다는 이야기를 들으면 기쁘다. 다람쥐 족속은 똑같이 시도해서 성공했다. 인류는 이런 실험들에 흥미가 있다. 비록 치아가 없어서 그런 실험을 할 능력이 없거나, 망부 유산의 3분지 1을 물려받아 방앗간에 묻어놓은 나이 든 소수의 여자들은 놀랄 수도 있겠지만 말이다.

내 가구의 일부는 직접 만들었고—나머지는 돈이 전혀 들지 않았기 때문에 계산에도 넣지 않았는데—침대 하나와 탁자 하나, 책상 하나, 의자 세 개, 지름 3인치의 거울 하나, 집게 한 벌과 철제 장작받침, 솥 하나, 냄비 하나, 프라이팬 하나, 국자 하나, 대야 하나, 칼과 포크 두 벌, 접시 세 개, 컵 하나, 숟가락 하나, 기름 항아리 하나, 당밀 항아리 하나와 옻칠한 램프 하나로 이루어졌다. 어떤 사람도 너무 가난한 바람에 의자가 없어 호박 위에 앉아야 할 정도는 아니다. 호박 위에 앉는 사람은 주변머리가 없는 것이다. 마을의 다락에는 그냥 가져가기만 하면 되는 의자가 많다. 내가 가장 좋아하는 의자들이다. 가구라니! 감사하게도 나는 가구 도매상의 도움 없이 앉을 수도 있고 설 수도 있다. 철학자를 제외하고는 어떤 사람이 빈 상자로 이루어진 가난의 보고서인 그의 가구가 수레에 가득 실려 햇빛과 사람들의 시선에 노출된 채 위쪽 지역으로 가는 것을 보고 부끄러워하지 않겠는가? "저것은 스폴딩네 가구다." 나는 그런 짐을 보아도 이른바 부자의 것인지 가난한 사람의 것인지 한 번도 식별할 수 없었다. 짐의 소유주는 항상 가난에 찌든 것 같았다. 실로 그런 가구가 더 많으면 많을수록 더 가난하다. 각각의 짐은 마치 판잣집 열두 채에 있는 물건들을 담고 있는 것처럼 보인다. 만약 한 판잣집이 가난하다면, 이 짐은 열두 배나 더 가난한 것이다. 도대체 우리는 '왜 이사를 하는가?' 우리의 가구, 우리가 버린 물건을 없애기 위해서가 아니라면 말이다. 그리고 마침내 이 세상에서 새로운 가구가 설치되어 있는 다른 세상으로 가면서 이 세상의 가구가 불에 타게 내버려두는 것이 아니라면 말이다. 그것은 마치 이 모든 짐이 한 사람의 허리끈에 묶여 있어서 그가 울퉁불퉁한 지역 너머로 움직일 수 없는 것과 같다. 그곳에는 우리의 줄이 던져져 있지만 그 줄은 짐이 아닌 그의 덫을 끌고 있다. 꼬리를 덫에 남긴 채 도망친 여우는 운이 좋았다. 사향쥐는 덫에서 풀려나기 위해서는 그의 셋째 다리라도 물어뜯을 것이다. 인간이 탄성을 잃은 것은 놀랍지 않다. 인간은 얼마나 자주 곤경에 빠지는가! "선생님, 제가 만약 대담하게 여쭈어도 된다면, 곤경이라는 말은 무엇을 의미하는지요?" 만약 당신이 예언자라면 어떤 사람을 만날 때마다 그가 소유한 모든 것을 볼 것이고, 그리고 그가 뒤에 숨기고 자기 것이 아닌 척하는 많은 것을 볼 텐데, 그것은 심지어 부엌가구와 그가 모셔두고 불태우지 않을 겉만 번드르르한 모든 것에 이른다. 그는 소유물에 매인 채 어떤 길이든 가능한 한 앞으로 나가려는 듯이 보일 것이다. 자신은 옹이구멍이나 문을 빠져나왔지만 썰매에 가득 실은 가구가 그를 따라서 빠져나오지 못한 사람은 곤경에 처해 있다고 생각한다. 나는 말쑥하고 꽉 짜인 체격의 사람이 외관상 자유로워 보이지만 단단히 채비를 갖춘 채 '가구'가 보험에 들어 있는지 어떤지를 이야기할 때에는 동정심을 느낄 수밖에 없다. "그러나 내 가구를 어떻게 하지요?" 그렇다면 이 질문하는 화려한 나비는 거미줄에 걸려든 것이다. 심지어 오랫동안 어떤 가구도 없는 것처럼 보이는 사람들도 만약 좀더 면밀하게 알아보면, 누군가의 창고에 약간의 가구를 보관하고 있다는 사실을 발견할 것이다. 나는 오늘날 영국을 대단히 많은 짐, 즉 오랜 기간의 살림살이로부터 축적했으며 불로 태워버릴 용기가 없는 겉만 번드르르한 것들을 지니고 여행하는 노신사로 간주한다. 큰 트렁크, 작은 트렁크, 판지 상자, 꾸러미 같은 것들 말이다. 적어도 첫 세 가지는 던져버려라. 침대를 집어 들고 걷는 것은 오늘날 건강한 사람이라도 그의 능력을 능가하는 일이고, 아픈 사람에게 나는 침대를 내려놓고 뛰라고 충고할 것이다. 목덜미로부터 자라난 거대한 혹처럼 보이는 모든 소유물을 담은 꾸러미를 짊어지고 비틀거리며 걷는 어떤 이민자를 나는 동정했다. 그 짐이 그가 가진 전부여서가 아니라 '그것' 전부를 운반해야 했기 때문이다. 만약 내가 내 짐을 끌고 가야 한다면, 그 짐을 가볍게 만들어 생명유지에 필수인 신체에 해가 되지 않게 주의할 것이다. 그러나 발을 들이지 않는 편이 아마도 가장 현명할 것이다.

그건 그렇고, 커튼 비용이 전혀 들지 않았다고 말해야겠다. 왜냐하면 해와 달 이외에는 들여다보지 못하게 해야 할 구경꾼이 없었기 때문이고, 해와 달이 집 안을 들여다보는 것은 환영이었다. 달은 우유를 시게 하지도 고기를 상하게 하지도 않을 것이며, 해는 가구를 손상시키거나 양탄자를 탈색시키지 않을 것이다. 그리고 만약 해가 때때로 지나치게 뜨거운 친구라면, 살림살이 세목에 물품 하나를 더하는 것보다는 자연이 제공한 커튼 뒤로 물러나는 편이 경제적으로 훨씬 더 낫다는 사실을 발견했다. 한번은 어떤 숙녀가 내게 매트를 주겠다고 제의했다. 그러나 집 안에 둘 장소도, 집 안이나 바깥에서 터는 데 쓸 시간도 없고, 발을 문 앞에 있는 뗏장에 비벼 닦는 것을 더 좋아해서 그 제의를 거절했다. 악의 시작은 피하는 것이 최상이다.

그로부터 얼마 지나지 않아 나는 어떤 교회 집사의 동산 경매에 참석했는데, 그것은 그의 인생이 헛되지 않았기 때문이다.

인간이 저지르는 악은 사후에도 살아남는다.

보통 그러하듯이, 동산의 상당 부분은 그의 아버지 시절부터 축적된 겉만 번지르르한 것이었다. 그중에는 말라버린 촌충도 있었다. 그리고 그의 다락과 다른 쓰레기 구덩이 속에 반세기 동안 놓인 후인 지금에도 이 물건들은 소각되지 않았다. '화톳불'로 그 물건들에 불을 질러 파괴해 정화시키는 대신, '경매'로 물건들의 가치를 증가시키는 일이었다. 이웃들은 그 물건을 보려고 열렬하게 모여 모두 구매했고, 그 물건을 조심스럽게 다락과 쓰레기구덩이로 운반했다. 그들이 죽어 유산이 정리될 때까지 그곳에 놓여 있을 텐데, 그때 경매가 다시 시작될 것이다. 한 사람이 죽으면 소동을 일으킨다.

어떤 야만국의 관습을 모방하는 편이 어쩌면 우리에게 유익할 것이다. 왜냐하면 적어도 그들은 매년 허물을 벗는 흉내를 내기 때문이다. 그들은 그 실재를 알든지 모르든지, 그에 대한 개념은 있기 때문이다. 바트램William Bartram [92]이 무클라스Mucclasse 인디언[93]의 관습이었다고 묘사하는 '버스크busk'[94]나 '첫 열매들의 향연'과 같은 것을 우리가 축하한다면 좋지 않을까? "한 읍이 버스크를 축하할 때, 새 옷과 새 냄비, 팬과 다른 가재도구와 가구를 사전에 마련했기 때문에 그들은 낡은 옷과 다른 싫어하는 것을 모으고, 집과 광장과 읍 전체를 쓸고 청소하고, 그 쓰레기를 모든 남은 곡식과 다른 오래된 양식과 함께 던져 공동의 한 더미로 만들어 불로 태워버린다. 약을 먹고 사흘을 금식한 후 읍의 불을 모두 끈다. 이 금식기간 중에는 어떤 것이든 모든 식욕과 정욕을 만족시키려는 행동을 삼간다. 총체적인 사면이 선포되고, 모든 죄인이 그들의 읍으로 돌아갈 수 있다"고 바트램은 말한다.

....

92 미국의 박물학자다.
93 1814년 알라바마Alabama의 탈라푸사Tallapoosa 강 지역에서 플로리다Florida로 이주한 알라바마 또는 코사티Kosati 인디언이다.
94 연말연시를 축하하는 무클라스 인디언들의 큰 축제를 말한다.

"넷째 날 아침, 고위 성직자가 마른 나무를 함께 비벼서 광장에 새로운 불을 일으키고, 그곳으로부터 읍에 있는 모든 집에 새롭고 깨끗한 불길이 공급된다."

그러면 그들은 새 옥수수와 과일로 잔치를 베풀고 사흘 동안 춤추고 노래하며, "다음 나흘 동안은 같은 방식으로 스스로를 정화하고 예비한 이웃 읍에 사는 친구들의 방문을 받고 그들과 함께 기뻐한다."

멕시코 사람들 또한 52년의 연말마다 세상이 끝난다는 믿음에서 그와 유사한 정화의식을 거행했다.

나는 이보다 더 진정한 성례전, 즉 사전이 정의하듯 "내면적이고 영적인 은혜에 대한 외면적이고 시각적인 표시"에 대해 거의 들어본 적이 없었고, 비록 그들에게 《성서》 계시의 기록은 없지만, 그들이 최초에 하늘로부터 직접 그렇게 하라는 영감을 받았다는 사실을 의심하지 않는다.

5년 이상 동안 나는 이런 식으로 순전히 내 손으로 노동해 스스로를 부양했고, 1년에 6주 정도 일해서 모든 생계비를 충당했다. 여름의 대부분뿐 아니라 겨울 내내 나는 자유롭게 방해받지 않고 공부할 수 있었다. 나는 학교운영을 철저히 하려고 노력했는데,[95] 쓴 비용이 수입과 균형을 이루거나 어느 정도 초과함을

....

95 소로는 1836년 초 매사추세츠 주의 캔턴Canton에서 가르쳤고, 1837년에는 콩

발견했다. 그 까닭은 생각하고 믿는 것은 물론이고, 그에 맞추어 옷을 입고 아이들을 교육해야 했고, 게다가 내 시간을 빼앗겼기 때문이다. 내가 동료 인간들의 이익을 위해서가 아니라 단지 생계를 벌기 위해 가르쳤기 때문에, 이것은 실패였다. 나는 장사도 해보았다.[96] 그러나 장사에 자리 잡기 위해서는 10년쯤 걸린다는 사실과 그때쯤이면 내가 아마 타락의 길에 접어들어 있을 것이라는 사실을 알았다. 그때쯤이면 내가 이른바 사업에 성공하고 있을지[97] 실제로 두려웠다. 이전에 생계를 위해 할 일을 찾고 있었을 때, 친구들의 바람에 순응해[98] 궁리하느라 아직도 마음속에 생생한 어떤 슬픈 경험인데, 나는 종종 심각하게 월귤나무를 따서 파는 일을 고려했다. 그 일은 확실히 할 수 있었고 거기에서 나오는 작은 이익이면 내게는 충분했다. 왜냐하면 내가 가진 가장 훌륭한 기량은 대가를 아주 조금 요구하는 것이었기 때문이다. 어리석게 나는 '그 일은 자본이 아주 적게 필요하고, 내 익숙한 생활방식에도 거의 어긋나지 않아'라고 생각했다. 지인들이 망설임 없이 상업이나 전문직으로 진출하는 동안, 나는 이

코드의 중앙학교Center School에서 잠시 가르쳤으며, 1838년부터 1841년 3월까지 형 존Jhon과 함께 사립학교를 운영하다가 존이 결핵에 걸려 사망하자 학교 문을 닫았다.

96 1841년 학교를 닫고 나서 소로는 가업인 연필 만드는 일을 도왔다.

97 1841년 4월 20일자 일기에서 소로는 사업에 성공한다는 것이 당시에는 "욕하는 것보다 더 불경스러운"이라는 부정적인 표현으로 사용되었다고 쓰고 있다.

98 에머슨이 소로에게 소로의 에세이집《콩코드와 메리맥 강에서의 일주일》을 자비로 출판하라고 강요한 일에 대한 언급이다. 1853년 10월, 소로는 팔리지 않은 많은 양의 책을 다시 사들여야 했다.

직업이 그들의 직업과 가장 비슷하다고 생각했다. 여름 내내 산을 돌아다니면서 눈앞에 보이는 딸기를 따고, 그런 후에 되는 대로 딸기를 처분하는 일이었는데, 다시 말해 아드메토스Admetus의 양 떼를 치는 것과 같았다. 또한 나는 야생식용식물들을 따거나 상록수를 숲을 떠올리는 마을 사람들에게 심지어 도시까지 건초수레에 실어 운반해주는 장사를 꿈꾸기도 했다. 그러나 이후로 장사는 손대는 모든 것을 저주한다는 사실을 배웠다. 그리고 당신이 천국으로부터의 메시지를 사고판다고 할지라도, 장사로 인한 저주는 그 사업에도 온전하게 미치는 것이다.

나는 선호하는 것이 있었고, 특히 자유를 소중하게 생각했고, 어렵게 살지만 그럼에도 성공적으로 잘살 수 있었기 때문에, 지금 당장은 비싼 카펫이나 다른 비싼 가구, 또는 정교하게 갖추어진 조리실이나, 그리스 또는 고딕 양식의 집을 살 돈을 버는 데 시간을 쓰고 싶지 않았다. 이런 것들을 가져도 방해받지 않으며 사용하는 방법을 아는 사람이 있다면, 그런 것들을 추구하는 일은 그들에게 맡긴다. 어떤 이들은 '부지런하며,' 일 자체 때문에 또는 아마도 그 일을 함으로써 더 나쁜 악행으로부터 벗어나기 때문에 일을 사랑하는 것처럼 보인다. 그런 사람들에게 현재로서는 할 말이 없다. 지금 즐기고 있는 것보다 더 많은 여가를 가지고 무엇을 해야 할지 모르는 사람들에게 그들보다 두 배 더 열심히 일하라고—그들의 빚을 다 갚고 자유 신분증명서를 얻을 때까지 일하라고—충고할 수 있을 것이다. 나는 일용직이 가장 독립적인 직업이라는 사실을 발견했다. 특히 그 일이 1년 동안 한 사람을 부양하는 데 단지 30 또는 40일의 노동을 요구하기 때문이었다. 노동자의 하루는 해가 지면 끝이 나고, 그러고 나서는 그의 노동과는 별개로 그가 선택한 일에 자신을 자유롭게 헌신할 수 있다. 반면에 그의 고용주는 다달이 고심하지만 새해의 시작에서 끝날 때까지 휴식하지 못한다.

요컨대 우리가 단순하고 현명하게 산다면, 내 신념과 경험으로 확신하건대 이 땅에서 삶을 영위하는 것이 어려운 일이 아니라 소일거리다. 보다 단순한 나라가 추구하던 것이 여전히 더 인위적인 것에 의존하는 나라에게는 스포츠이듯이 말이다. 나보다 더 쉽게 땀을 흘리는 사람이 아니라면, 생계를 벌기 위해 반드시 이마에 땀이 날 정도로 일을 해야 할 필요는 없다.

몇 에이커의 땅을 물려받은 내 젊은 지인은 '재산이 있다면' 나처럼 살 생각이라고 말했다. 나는 어떤 이유에서든지 아무도 내 삶의 방식을 선택하게 하지 않을 것이다. 왜냐하면 그가 내 삶의 양식을 상당히 배우기도 전에 나 스스로 또 다른 삶의 양식을 발견했을 수도 있고, 세상에 가능한 한 많은 다른 사람이 존재하기를 바라기 때문이다. 그러나 나는 각자가 그의 아버지나 어머니 또는 이웃의 방식 대신 '자기 자신의 방식'을 발견하고 추구하도록 단단히 주의를 줄 것이다. 젊은이는 건축을 하거나 작물을 심거나 항해를 해도 좋다. 하고 싶다는 것을 하지 못하게 방해하지만은 말자. 선원이나 도망노예가 항상 북극성을 시야에 두듯이, 수학적인 지표가 있어야 현명할 수 있다. 그 지표는 우리의 전 생애를 이끌어줄 지표로서 충분하다. 우리가 예측한 기간 내에 항구에 도착하지 못할 수도 있지만 올바른 경로를 유지할 것이다.

이런 경우에 분명한 점은 한 사람에게 올바른 것이 1,000명에게 훨씬 더 올바르다는 것이다. 그것은 큰 집이 작은 집보다 크기에 비례해서 더 비싸지는 않은 것과 같은 이치다. 그 이유는 큰 집이라도 지붕 하나가 덮고, 지하실 하나가 아래에 놓이고, 벽 하나가 여러 채의 가구로 분리할 것이기 때문이다. 그러나 나는 단독주택을 더 좋아한다. 더구나 다른 사람에게 공동 벽의 장점을 납득시키는 것보다는 집 전체를 직접 짓는 편이 일반적으로 더 저렴할 것이다. 공동 벽을 세웠을 때에는 훨씬 더 싸게 지으려면 공동 칸막이가 얇을 수밖에 없고, 같이 집을 지은 다른 사람이 나쁜 이웃으로 판명될 수도 있고, 자기 쪽 벽을 보수하지 않고 내버려둘 수도 있다. 일반적으로 가능한 유일한 협력은 지나치게 부분적이고 피상적이다. 그리고 진정한 협력이라는 것이 도대체 조금이라도 있다면, 그것은 인간에게는 들리지 않는 하모니이므로 없는 것과 마찬가지다. 어떤 사람이 신념을 품고 있다면, 그는 어디에 있든지 한결같은 신념으로 협력할 것이다. 신념이 없다면, 그는 어떤 단체에 가입을 하든지 계속해서 세상의 나머지 사람들처럼 살 것이다. 가장 낮은 의미에서뿐 아니라 최고의 의미에서 협력한다는 것은 '생계를 같이한다'는 것을 의미한다. 나는 최근 두 청년이 전 세계를 함께 여행하라는 제안을 받았다는 소식을 들었다. 한 명은 돈이 없어서 여행 중에 일반 선원으로 일하고 농사도 지으면서 비용을 벌고, 다른 한 명은 주머니에 환어음을 소지한 채로 여행을 한다는 것이다. 그들이 오랫동안 여행에 동반하거나 협력하지는 못하리라는 사실을 쉽게 알 수 있었는데, 그 이유는 한 명이 전혀 '일하지' 않을 것이기 때문이다. 모험 중에 맞이할 첫 번째 흥미로운 위기에서 그들은 헤어질 것이다. 무엇보다 내가 암시한 것처럼, 혼자 여행하는 사람은 오늘 출발할 수 있다. 그러나 다른 사람과 함께 여행하는 사람은 상대의 준비가 끝날 때까지 기다려야 한다. 그들이 출발하기까지는 긴 시간이 걸릴 수도 있다.

그러나 이 모두는 대단히 이기적이라고 어떤 읍 사람들이 하는 말을 들은 적이 있다. 나는 지금까지 자선사업에 빠진 적이 거의 없었다는 사실을 고백한다. 나는 의무감 때문에 희생한 적이 몇 번 있었고, 다른 여러 가지 가운데 이 즐거움 또한 희생했다. 읍에 사는 어떤 가난한 가정을 지원하는 일을 떠맡기려고 가진 모든 수단을 동원해 나를 설득하던 사람들이 있었다. 그리고 내가 할 일이 없었다면—악마는 나태한 자를 위한 일거리를 발견하기 때문에—그와 같은 소일거리를 시험 삼아 해볼 수도 있었을 것이다. 그러나 내가 이런 일에 헌신해 가난한 사람들도 모든 면에서 나만큼 편하게 살 수 있도록 부양하는 의무를 하늘에 지워볼까 생각하고 심지어 과감하게 그들에게 제의를 했을 때,

그들은 하나같이 주저하지 않고 가난하게 살기를 선호했다. 우리 읍의 남녀가 아주 다양한 방법으로 이웃의 복지를 위해 헌신하는 동안, 적어도 한 사람은 그보다 덜 자비로운 다른 일을 추구해도 된다고 믿는다. 다른 것뿐 아니라 자선행위에서도 천재적인 소질이 있어야 한다. '선행'은 사람들이 충분히 몰린 직업 가운데 하나다. 게다가 나는 선행을 실제로 시도한 적이 있고, 이상하게 들릴 수도 있지만, 내 체질과는 맞지 않아서 만족한다. 우주를 멸망에서 구하기 위해, 사회가 요구하는 선행을 실천하려고 아마도 의식적이고 의도적으로 내 특별한 소명을 저버리지는 말아야 할 것이다. 그리고 나는 다른 곳에 있는 유사하지만 무한히 더 큰 확고부동함이 지금 우주를 지키는 전부라고 믿는다. 그러나 나는 어떤 사람의 천재적인 소질이 발현되는 것을 막지 않을 것이다. 그리고 마음과 영혼, 생명 전부를 걸고, 내가 하지 않겠다고 결심한 자선행위를 하는 그에게 '십중팔구 그러겠지만, 전 세계가 그 일을 악행이라고 부를지라도 인내하라'고 말할 것이다.

내 경우가 특별하다고는 전혀 생각하지 않는다. 분명히 독자 가운데 다수는 유사한 변명을 할 것이다. 어떤 일을 할 때—그 일이 좋은 일이라고 이웃들이 단언하리라 보증하지는 못하지만—나는 스스로가 그 일에 고용하기에 아주 좋은 사람이라고 말하기를 주저하지 않는다. 그러나 그 일이 무엇인지는 나를 고용하는 사람이 알아내야 할 것이다. 일반적인 의미에서 내가 어떤

'좋은 일'을 하는가는 본말을 벗어난 것이고, 대체로 내 의도와는 전혀 상관이 없다. 사실상 사람들은 "좀더 가치 있는 사람이 되려고 주력하지 말고 당신이 있는 곳에서, 당신의 본모습으로 시작하고, 앞서 품었던 친절함대로 선한 일을 하며 살라"고 말한다. 이런 투로 설교를 할 바에는, 나는 차라리 "먼저 선한 인간이 되어라"고 말할 것이다. 마치 태양이 달이나 육등성의 광채로 타올랐을 때 멈추고는, 로빈 굿펠로Robin Goodfellow [99]처럼 모든 초가집 창문에서 안을 들여다보고, 광인에게 영감을 주며, 고기를 상하게 하고, 암흑을 밝히면서 돌아다니는 것처럼 말이다. 태양이 너무나 빛나서 어떤 인간도 그의 얼굴을 쳐다볼 수 없을 때까지 꾸준히 온화한 열과 자선을 증가시키고, 그러는 와중에도 자신의 궤도 안에서 선행하며 세상을 돌아다니거나, 더 진정한 철학을 발견한 것처럼, 오히려 세상이 그의 주위를 운행하면서 더 선해지는 대신 말이다.[100] 자선행위로 자신이 천상 출신임을 증명하기를 바라는 파에톤Phaëton [101]이 단 하루 태양의 전차를 타고 상도를 벗어나 달렸을 때, 그는 천상에서 낮은 곳에 위치한 거리에 있는 여러 구획의 집을 불태웠고, 지구의 표면을 그슬렸으며, 모든 샘을 마르게 했고, 거대한 사하라 사막을 만들었다. 그래서

....

99 영국 전설에 등장하는 장난꾸러기 꼬마 요정을 이야기한다.
100 이중적인 의미다. 세상이 선해지는 것과 함께 이익을 챙긴다는 뜻도 포함된다.
101 태양신 헬리오스Helios의 아들이며, 아버지의 마차를 잘못 몰아 주피터Jupiter(제우스)의 번갯불에 맞아 죽었다.

마침내 주피터[102]는 천둥 번개와 함께 그를 곤두박이로 지구로 던져버렸고, 태양은 파에톤의 죽음에 슬퍼해 1년 동안 빛을 비추지 않았다.

타락한 선행에서 피어오르는 냄새만큼 고약한 냄새는 없다. 그것은 인간의 썩은 고기이자 신의 썩은 고기다. 만약 어떤 사람이 내게 의식적으로 선행을 베풀겠다고 계획을 세우고 내 집으로 오고 있다는 사실을 내가 확실히 안다면, 죽어라고 도망칠 것이다. 마치 질식할 때까지 입과 코 그리고 귀와 눈을 먼지로 채우는 아프리카 사막의 건조하고 목이 타게 하는 바람인 시뭄으로부터 도망치듯이 말이다. 그것은 그의 선행이 내게 얼마라도 행해질까―그것의 일부 바이러스가 내 피에 섞일까 두려워서다. 아니, 이런 경우 차라리 자연스러운 방식으로 악을 견딜 것이다. 누군가 굶주릴 때 먹을 것을 주거나, 몸이 얼 때 따뜻하게 해주거나, 시궁창에 빠진 나를 끌어내줄 것이기 때문에 내게 선한 사람은 아니다. 그 정도 해줄 뉴펀들랜드Newfoundland 개[103]를 찾아줄 수는 있다. 자선은 동료 인간에 대한 가장 넓은 의미에서의 사랑은 아니다. 하워드John Howard[104]는 의심할 여지없이 그의 방식으로는 극도로 친절하고 존경할 만한 사람이었고, 그에 대

---

102 고대 로마의 최고의 신으로, 하늘의 지배자였다. 그리스 신화의 제우스에 해당한다.
103 뉴펀들랜드는 캐나다 동해안에 있는 섬이다. 뉴펀들랜드의 개는 그 섬 토종인 큰 개의 일종이다.
104 영국의 감옥 개혁가다.

한 보답을 받았다. 그러나 100명의 하워드가 있더라도 상대적으로 형편이 낫다는 이유로 그들의 자선이 인생에서 가장 도움을 받을 가치가 있는 시기에 '우리'를 돕지 못한다면, 우리에게 무슨 소용이 있는가? 나는 한 번도 어떤 자선 모임이 나 또는 나와 같은 사람에게 선행을 하겠다고 진지하게 제안했다는 이야기를 들어본 적이 없었다.

기둥에 묶인 채 화형당하는 상황에서도 고통을 주는 자에게 새로운 고문양식을 시사하는 인디언에게 예수회 수사들은 상당히 실망했다. 신체의 고통을 초월할 수 있었기 때문에 인디언들은 선교사가 제공하는 어떤 위안에도 동요되지 않는 일이 가끔 있었다. 그리고 남에게 대접받고자 하는 대로 남을 대접하라는 법은 그들의 귀에는 설득력이 훨씬 떨어졌다. 그들은 어떤 대접을 받든지 신경 쓰지 않았고, 적을 새로운 방식으로 사랑했으며, 적이 저지른 모든 것을 거의 거리낌 없이 용서했기 때문이다.

가난한 사람에게는 반드시 그들이 가장 필요로 하는 도움을 주도록 하라. 비록 당신이 그들을 멀찌감치 앞서서 모범을 보여야 할지라도 말이다. 만약 돈을 준다면, 그들을 위해 당신이 그 돈을 사용하고, 단순히 돈만 던져주지 말라. 우리는 때때로 이상한 실수를 한다. 종종 가난한 사람은 그가 더럽고 남루한 옷을 입고 추잡스러워 보이는 만큼 춥고 배고프지는 않다. 그것은 부분적으로 그의 취향이며 단순히 그의 불운 때문은 아니다. 당신이 그에게 돈을 준다면, 그는 아마 그 돈으로 더 많은 누더기 옷을 살 것이다. 나는 그런 초라한 누더기 옷을 입고 호수에서 얼음을 자르는 서투른 아일랜드 출신 노동자를 동정하곤 했다. 그런데 나는 더 깨끗하고 좀더 유행하는 의상을 입고서도 추위에 떨었다. 어느 매섭게 추운 날 미끄러져 물에 빠진 아일랜드 출신 노동자 한 명이 몸을 녹이기 위해 내 집에 왔는데, 나는 그가 맨살을 드러낼 때까지 바지 세 벌과 양말 두 켤레를 벗는 모습을 보았다. 그 바지와 양말이 많이 더럽고 남루했던 것은 사실이지만, 그런 식으로 '안에' 많은 옷을 껴입고 있었기 때문에 그는 내가 제공한 '바깥에' 입는 옷가지를 거절할 여유가 있었다. 이렇게 물에 빠지는 것이야말로[105] 바로 그에게 필요한 것이었다. 그때서야 나는 스스로를 동정하기 시작했고, 그에게 싸구려 기성복 가게 전부를 주는 것보다 내게 플란넬 셔츠 하나를 주는 것이 더 큰 자선일 수 있다는 사실을 깨달았다. 악의 가지를 치고 있는 자가 1,000명이라면 그 뿌리를 치고 있는 사람은 한 명이다. 가난한 자에게 가장 많은 양의 시간과 돈을 주는 사람은 그의 생활양식 때문에 그가 헛되이 경감시키려고 애쓰는 그 비참함을 만들어내는 데 최선을 다하고 있을 수도 있다. 그것은 한 명의 노예를 팔아 생긴 수익을 나머지 아홉 명의 노예가 일요일에 쉬도록 바치는 경건한 노예소유주나 마찬가지

---

105 여기서 소로는 물에 빠진다는 의미와, 면이나 아마로 만든 옷을 뜻하는 단어 'duckcing'을 이중말장난으로 사용하고 있다.

다.[106] 어떤 이들은 가난한 사람이 그들의 부엌에서 일하도록 고용해 친절을 베푼다. 그들 스스로 부엌에서 일한다면 더 친절한 사람이 되지 않겠는가? 당신은 수입의 10분의 1을 자선행위에 사용한다고 자랑한다. 아마도 당신은 10분의 9도 그렇게 쓰고 자선사업을 끝내야 할 것이다. 그런데 사회는 그 재산의 10분의 1을 되찾고 있다. 이것은 그 재산의 소유자의 아량 때문인가, 아니면 법무부 관리의 태만 때문인가?

자선은 인류가 그것의 가치를 충분히 인정하는 거의 유일한 미덕이다. 아니, 자선은 대단히 과대평가되어 있고, 자선을 과대평가하는 것은 우리의 이기심이다. 어느 화창한 날에 여기 콩코드에서 튼튼한 몸에 가난한 남자가 내게 동료 읍민을 칭찬했던 적이 있다. 그 읍민이 가난한 사람에게 친절하다는 이유에서였다. 인류의 친절한 삼촌과 숙모는 인류의 진정한 영적 아버지와 어머니보다 더 존경받는다. 한번은 성직자인 강사가 영국에 대해 강의하는 것을 들은 적이 있는데, 그는 학식과 지성이 높은 사람으로, 영국의 과학적 · 문학적 · 정치적인 명사인 셰익스피어 William Shakespeare와 베이컨F. Bacon, 크롬웰O. Cromwell, 밀턴John Milton, 뉴턴Isaac Newton과 다른 사람들을 나열했다. 그다음에는 마치 그의 직업이 요구한 듯이 영국의 기독교인 영웅에 대해 말하면서

---

106 《성서》에서 수입의 10분의 1을 신에게 바치기를 명하는 십일조 개념을 뜻한다. 일주일에 한 번 안식일을 주어 쉬게 하는 노예소유주가 보편적이지는 않았다.

그들을 모든 나머지 사람보다 훨씬 더 높이, 위대한 사람 중에서도 가장 위대한 사람의 자리로 격상시켰다. 그 영웅들은 윌리엄 펜William Penn [107]과 하워드, 그리고 프라이Elizabeth Fry [108] 부인이었다. 모든 사람은 이 강의가 거짓이며 진실하지 못하다고 느꼈음에 틀림없다. 마지막에 언급된 사람들은 영국에서 가장 훌륭한 자들이 아니었다. 단지, 아마도, 영국 최고의 자선가이었을 따름이다.

나는 자선이 마땅히 받아야 할 칭찬을 조금도 깎아내리고 싶지 않다. 그저 인생과 업적이 인류에게 축복을 가져다준 모든 사람을 공명정대하게 대접해야 한다고 요구할 따름이다. 나는 인간의 올곧음과 자비에 중점적인 가치를 두지 않는데, 올곧음과 자비는 식물에 비하면 줄기와 잎에 해당되기 때문이다. 초록이 시들면 병자를 위한 허브티로 만드는 식물들은 단지 보잘것없이 사용되며, 대부분 돌팔이 의사가 이용한다. 나는 인간의 꽃과 열매를 원한다. 나는 그로부터 어떤 향기가 내게 날아오고, 우리의 교제에 어떤 숙성된 풍미가 실려 오기를 원한다. 선한 행위는 부분적이고 일시적인 행위가 되어서는 안 되며, 항상 넘치는 것이어서 그에게 아무런 비용이 들지 않고 선행에 대해 그가 의식하지 못해야 한다. 이것이 허다한 죄를 덮

---

107 퀘이커 박애주의자이자 개혁가이며 미국 펜실베니아 주를 설립했다.
108 영국의 감옥 개혁가이며, 영세민을 위한 무료급식시설을 세웠고 사람들에게 일자리를 구해주는 일을 했다.

는 자선이다. 자선가는 너무 자주 그 자신이 떨쳐낸 슬픈 분위기에 대한 기억으로 인류를 감싸는데, 그것을 동정이라 부른다. 우리는 절망이 아니라 용기를, 질병이 아니라 건강과 편안함을 주어야 하며, 절망과 질병이 전염되어 퍼지지 않도록 주의해야 한다. 남부의 평원[109] 어디에서 울부짖는 목소리가 올라오는가? 어느 위도 아래에 우리가 빛을 보내고자 하는 이단이 살고 있는가? 우리가 구하고자 하는 술에 빠진 짐승 같은 저 사람은 누구인가? 만약 어떤 것 때문에 아파서 그 사람이 자신의 기능[110]을 수행하지 못한다면, 심지어 그의 배가 아프다면 — 왜냐하면 뱃속은 동정의 소재지이므로 — 그는 즉시 세상을 개혁하러 나설 것이다. 그 자신이 소우주이므로, 그는 세상이 풋사과를 먹었다는 것[111]을 발견하는데, 이것은 진정한 발견이며 그가 바로 이 발견을 해낸 사람이다. 실로 그의 눈에는 지구 자체가 커다란 하나의 풋사과이며, 그것에 대해서는 인간의 자식들이 익기도 전에 풋사과를 조금씩 베어 먹을 것이라는 생각하기에도 끔찍한 위험이 있다. 그리고 곧바로 그의 격렬한 자선행위가 에스키모인과 파타고니아인을 찾아내고, 인구가 많은 인도와 중국의 마을을 끌어안고, 이런 식으로 몇 년 동안 한 자선행위로 권력자들이 목적을 이루기 위해 그를 이용하는 동안, 의심의 여지없이 그는

109 남부 노예주들을 말한다.
110 신체의 기능뿐 아니라 사회와 관련된 기능도 의미한다.
111 소화불량의 원인이다.

소화불량을 치료하고, 세상은 마치 익어가기 시작하는 것처럼 한쪽 또는 양쪽 볼에 엷은 홍조를 얻고, 인생은 미숙함을 잃어버리고 다시 한 번 달콤하고 건강해진다. 나는 한 번도 내가 저지른 것보다 더 큰 어떤 엄청난 것을 꿈꾼 적이 없다. 나는 나보다 더 형편없는 사람을 한 명도 알지 못했으며, 앞으로도 그럴 것이다.

그 개혁가를 너무나 슬프게 하는 것은 좌절에 빠진 동료인간에 대한 동정심이 아니라, 비록 그가 하느님의 가장 거룩한 아들이라 할지라도 느끼는 사적인 고통이라고 믿는다. 이 고통을 없어지게 하고, 봄이 그에게 찾아오고, 잠자리 위로 아침 해가 떠오르게 하라. 그러면 그는 해명도 없이 아량 있는 친구들을 버릴 것이다. 내가 담배를 반대하는 강의를 하지 않는 이유를 변명하자면, 담배를 한 번도 씹어본 적이 없기 때문이다. 담배를 반대하는 강의는 담배를 씹다가 그만두기로 개심한 사람들이 지불해야 할 벌이다. 비록 내가 씹어본 적이 있는 것에 대해 반대하는 강의를 할 만한 것들이 충분하지만 말이다. 당신이 자선활동 가운데 어떤 것에 한 번이라도 설득된 적이 있다면, 오른손이 하는 일을 왼손이 모르게 하라. 왜냐하면 알 가치가 없는 것이기 때문이다. 물에 빠진 자를 구하고 나서 신발 끈을 매라. 천천히 시간을 보낸 다음 자유로운 노동에 착수하라.

우리의 행실은 성자들과의 소통으로 더럽혀졌다. 우리의 찬송가는 신에 대한 저주와 그에 대한 영원한 인내를 노래하는 아름다운 선율로 넘친다. 혹자는 예언자와 구원자가 인간의 희망을 확증하기보다는 차라리 두려움을 위로해주었다고까지 말할 것이다. 생명을 선물한 것에 대한 단순하고 억누를 수 없는 만족, 신에 대한 기억할 만한 찬양이라고는 어떤 것이든 기록된 곳이 없다. 모든 건강과 성공은 아무리 멀고 인적이 드문 곳에 있는 것처럼 보일지라도 내게 이롭고, 모든 질병과 실패는 내게 동정심을 품거나 내가 그것을 아무리 많이 동정할지라도, 나를 슬프게 만들고 내게 해롭다. 그렇다면 실로 우리가 인류를 진정으로 인디언적이고, 식물적이며 자기적 또는 자연적인 수단으로 회복시키고자 한다면, 먼저 우리 자신이 자연처럼 단순하고 건강해지고, 우리 이마 위에 드리운 구름을 쫓아내고, 우리의 털구멍을 작은 생명으로 채우자. 가난한 자들의 감독자로 남지 말고, 세상에서 가치 있는 사람 가운데 하나가 되도록 노력하라.

나는 시라즈의 회교도 족장 사디Sadi[112]의 《굴리스탄》, 즉 《장미정원》에서 다음과 같은 글을 읽었다. "그들은 현자에게 다음과 같이 물었다. '세상에서 가장 높은 신이 크고 무성하도록 창조한 많은 유명한 나무 가운데 열매를 맺지 않는 삼나무를 제외하고는 어떤 것도 자유자라고 부르지 않는데, 여기에 어떤 비밀이 있나요?' 그는 대답했다. '각각의 나무는 싱싱하고 꽃이 피는 동안

---

112 페르시아의 시인으로, 원래의 이름은 시크 무슬리 아딘Sheik Muslih Addin이며, 도덕적인 이슈를 다룬 시·산문·격언 모음집인 《굴리스탄Gulistān》을 썼다.

적절한 소출과 정해진 시기가 있고, 그 시기가 아닐 때에는 마르고 시든다. 그런데 삼나무는 이 둘 중에 어느 상태에도 노출되어 있지 않기 때문에 항상 잘 자란다. 자유자나 종교적으로 독립적인 사람들의 성질이 이와 같다. 당신의 마음을 일시적인 것에 고착시키지 말라. 왜냐하면 티그리스Tigris 강은 칼리프Caliph [113] 종족이 소멸된 이후에도 바그다드Bagdad를 관통해 계속해서 흐를 것이기 때문이다. 만약 당신이 손에 많은 것을 가졌다면, 대추야자나무처럼 관대하라. 그러나 아무것도 줄 여유가 없다면, 삼나무처럼 자유자, 즉 자유로운 인간이 되어라.'"

보완적인 시구들
- 빈자의 허영

불쌍하고 가난한 녀석, 너의 초라한 오두막 또는 통모양 집이,
값싼 햇빛 속이나 그늘진 샘 옆에서
식물뿌리와 데쳐 먹는 야채로
게으르거나 현학적인 미덕을 양육한다는 이유로
하늘에 한자리를 요구한다면 너는 너무 주제넘다.
거기서 너의 오른손은,

---

113 세속적인 측면과 종교적인 측면 모두를 아울러 지배하는 무슬림 통치자를 의미한다.

그 줄기에 꽃피는 아름다운 미덕들이 번성하는

인간적인 열정을 마음에서 뜯어내면서,

본성을 타락시키고, 감각을 무디게 하고,

고르곤Gorgon처럼, 활기 있는 남자들을 돌로 변하게 한다.[114]

우리도 반드시 금주해야 하거나

기쁨도 슬픔도 모르는

그 기괴한 어리석음의 지루한 교제를 요구하지 않는다.

네가 강제한 능동적인 것 이상의 거짓으로

고양된 수동적인 용기도 요구하지 않는다.

평범 속에 자리를 정한

이 낮고 천한 종족은

비굴한 너의 정신에 어울린다.

그러나 우리는 극단을 수용하는 그런 미덕들만을 진작시킨다.

용감하고 관대한 행위, 제왕의 위엄,

모든 것을 아는 분별력, 끝을 모르는 아량,

헤라클레스와 아킬레우스[115], 테세우스Theseus[116] 같은

원형만을 제외하고는 고대인이 이름도 남기지 않은

---

114 고르곤은 뱀으로 된 머리의 세 자매 괴물이다. 보는 사람을 돌로 변화시켰다고 한다.

115 호메로스의 《일리아드》에 나오는 그리스 영웅이다. 걸음이 몹시 빠르며 트로이 전쟁 때 활약했다. 불사신이었으나 트로이 왕자 파리스Paris에게 유일한 약점인 발뒤꿈치에 화살을 맞아 죽었다고 한다.

116 아티카Attica의 영웅으로 사람의 몸과 소의 머리를 한 괴물 미노타우로스Minotauros를 퇴치한 그리스 신화 인물이다.

저 영웅적인 미덕을. 진저리 나는 너의 독방으로 돌아가라.

그리고 새롭게 빛이 나는 창공을 볼 때,

오직 그 훌륭한 인물들이 어떤 이들이었는지 알기 위해 공부하라.

토머스 커루Thomas Carew [117]

....

[117] 토머스 커루의 가면극《쾰룸 브리타니쿰*Coelum Britannicum*》에서 인용한 시다.
소로가 이 시를 보완적인 시구로 넣은 이유는 책 내용과 반대되는 시각을 제시해 부
족한 것을 보충하거나 완성하기 때문이다. 메르쿠리우스Mercurius의 이 독백은 빈자
의 허세적인 권력에 대한 공격이다.

내가 살았던 장소와
그곳에서 산 이유

삶의 특정 시기에 우리는 모든 장소를 집을 지을 부지로 고려하는 데 익숙하다. 그래서 내가 사는 곳에서 반경 12마일 안에 있는 시골의 모든 곳을 조사해왔다. 상상 속에서 나는 매매로 나온 모든 농장을 차례로 샀고, 가격을 알아보았다. 나는 각 농부의 집과 대지를 샅샅이 걸어 다녀보았고, 그곳에서 야생사과를 맛보았고, 그와 농사에 대해 이야기했고, 마음속으로 그의 농장을 어떤 가격이든, 부른 가격에 사서 그에게 저당잡혔다. 심지어 더 높은 가격을 매기기도 했고, 문서만 제외하고 모든 것을 받았고, 문서 대신 그의 말을 믿었는데, 그것은 내가 정말 이야기하기를 좋아했기 때문이다. 나는 그의 농장을 경작했고, 어느 정도 그도 교화했다고 믿는다. 그러고는 농사일을 충분히 오래 즐겼을 때 그가 농장을 계속 운영하도록 내버려두고 물러났다. 이 경험으로 인해 내 친구들은 내가 일종의 부동산 중개업자 자격이 있다고 여겼다. 어디에 앉든지 그곳에 나는 살 수 있을 것이고, 그에 따라 풍경은 나를 중심으로 방사상으로 뻗어나갔다. 집이란 '세데스sedes,' 앉을자리에 불과하지 않는가? ─ 집이 시골의 저택이라면 더 좋고. 나는 금방 개선되지는 않을 것 같은 집을 지을 많은 자리를 발견했는데, 어떤 사람들은 그곳들이 마을에서 너무 멀리 떨어졌다고 생각할 수도 있겠지만, 내 눈에는 마을이 그곳으로부터 너무 멀었다. "글쎄, 그곳이라면 내가 살 수도 있어요"라고 나는 말했다. 그리고 그곳에서 나는 한 시간 동안 여름과 겨울을 살았다. 그러면서 내가 어떻게 몇 년을 흘려보내고, 겨울과 싸우고, 봄이 오는 모습을 볼 수 있을지 알았다. 미래에 이 지역에서 거주할 사람들은 그들의 집을 어디에 짓든지 그 장소들이 이미 예견되었음을 확신할 것이다. 오후 한나절이면 그 땅을 과수원, 식림용지, 그리고 목초지로 배치하는 데 충분하고, 어떤 좋은 참나무나 소나무가 문 앞에 서 있게 두어야 할지, 그리고 시든 나무 하나하나가 어디에서 보면 최상으로 보일지를 결정하는 데 충분하다. 그런 다음 나는 그 장소를 내버려두고, 아마도 휴경을 할 것이다. 그 이유는 사람은 내버려둘 여유가 있는 사물의 개수에 비례해 부유하기 때문이다.

상상력은 멀리 뻗어나가서 심지어 나는 여러 농장에 대한 선매권을 얻었는데 ─ 농장을 선매할 권리가 내가 원한 전부였다 ─ 실제로 내가 농장을 소유함으로써 호되게 혼난 적은 없었다. 실제로 농장 소유에 가장 근접했던 경우는 홀로웰 농장을 구매했을 때였다. 나는 종자를 고르기 시작했고, 종자를 싣고 내리는 데 사용할 외바퀴 수레를 만들기 위한 재료를 수집했다. 그러나 농장의 소유주가 내게 농장 문서를 주기 전에 그의 부인이—모든 남자에게는 그런 부인이 있는데—마음이 변해 농장을 계속 소유하기를 원했고, 그는 내게 계약 해지의 대가로 10달러를 제안했다. 이제 와서 사실을 이야기하자면, 나는 세상에서 달랑 10센트밖에 없었고, 내가 10센트가 있는 사람인지 아니면 농장이나 10달러, 또는 모든 것을 갖춘 사람인지 분간하는 것은 내 셈을 능가하는 일이었다. 그러나 나는 그 농장을 충분히 운영해보았기 때문에 10달러도 농장도 그가 가지게 했다. 또는 차라리 관대하게, 내가 농장 대금으로 지불한 바로 그 가격에 농장을 그에게 팔았고, 그가 부자가 아니기 때문에 그에게 10달러를 선물로 주었다. 그럼에도 여전히 내게는 10센트와 종자와 외바퀴 손수레 하나를 만들 재료가 남아 있었다. 그러므로 나는 가난에 아무런 해를 입히지 않고서도 부자였던 적이 있음을 알았다. 그러나 나는 그 경치를 소유했고, 그 이후 해마다 외바퀴 손수레 없이도 경치가 생산한 것을 실어 날랐다. 경치에 관해서,—

나는 내가 '조망하는' 모든 것의 군주이며,
나의 권리를 논박할 자는 아무도 없다.

나는 자주 한 시인이 어느 농장의 가장 값진 부분을 즐기고 난 후 떠나는 모습을 보았다. 그럴 때 무뚝뚝한 농부는 그가 단지 야생사과 몇 개를 따갔을 것이라고만 생각했다. 그런데 그 농장

소유주는 수 년 동안 시인이 그의 농장을 눈에 보이지 않는 울타리 가운데 가장 훌륭한 운율 안에 옮겨놓고 단단히 가둔 채 젖을 짜고 지방분을 걷어낸 다음 크림을 전부 가지고, 농부에게는 무지방 우유만 남겨놓았다는 사실을 알아채지 못한다.

홀로웰 농장의 진짜 매력은 다음과 같은 것들이다. 마을로부터 약 2마일, 가장 가까운 이웃으로부터도 약 0.5마일 떨어져 있으며, 고속도로에서부터 넓은 들을 두고 분리되어 완벽하게 외진 곳에 있다. 농장이 강을 끼고 있는 점도 매력적이었다. 농장 소유주가 말하길, 봄이면 강 안개가 서리로부터 농장을 보호한다고 말했지만, 내게는 별 의미가 없었다. 잿빛 폐허상태의 집과 헛간, 그리고 황폐해진 울타리도 매력적인데, 그것은 나와 그 집의 마지막 거주자 사이에 상당한 차이를 보여준다. 토끼가 갉아먹은 속이 빈 이끼 덮인 사과나무들도 매력적이다. 그것들은 내 이웃이 어떤 종류인지 보여준다. 무엇보다도 강 상류 쪽으로 가장 처음 여행했을 때 내가 떠올린 그 농장에 대한 추억이 매력적이다. 그때에는 집이 빽빽하게 우거진 붉은 단풍나무 숲 뒤에 감추어 있었고, 나는 숲 사이로 그 집의 개가 짖는 소리를 들었다. 나는 농장주가 바위를 빼내고, 속이 빈 사과나무를 베어내고, 목초지에 솟아오른 어린 자작나무의 뿌리를 뽑아내기 전에, 짧게 말하자면 그가 더는 농장을 개선하기 전에 서둘러 그 농장을 구입하려고 했다. 이런 장점들을 즐기기 위해 농장을 구매할 준비가 되어 있었다. 아틀라스Atlas[1]처럼 세상을 내 어깨에 짊어질 준비가 되어 있었고—그가 그 대가로 어떤 보상을 받았는지 들어본 적이 없다—내가 농장대금을 지불하고 나서 방해받지 않고 그 농장을 소유하리라는 것 외에 농장을 살 다른 동기나 변명이 있을 수 없는 모든 일을 할 준비가 되어 있었다. 왜냐하면 나는 단지 농장을 내버려둘 여유만 있다면 원하는 종류의 수확을 그 농장이 가장 풍성하게 산출하리라는 것을 내내 알고 있었기 때문이다. 그러나 그것은 앞서 말한 것처럼 무산되었다.

그렇다면 대규모 농사에 대해 말할 수 있는 전부는—나는 항상 정원을 가꾸었는데—내가 뿌릴 씨앗을 준비했다는 것이다. 많은 사람은 세월이 갈수록 씨앗이 개선된다고 생각한다. 나는 시간이 지나면 좋은 씨앗과 나쁜 씨앗이 구별된다는 것을 의심하지 않는다. 그러면 마침내 파종할 때 덜 실망할 것이다. 나는 처음이자 마지막으로 내 동료들에게, "가능한 한 자유롭고 매이지 말고 살라"고 말할 것이다. 당신이 농장에 매이는 것과 군 구치소에 갇히는 것은[2] 별반 다르지 않다.

내게 '경작자'라는 제목의 영농 잡지 역할을 한 〈전원생활론 De Re Rustica〉을 쓴 옛사람 카토Cato[3]가 말하기를,—내가 본 유일한 번역서는 다음의 문구를 완전히 엉터리로 번역하는데—"농

---

1   그리스 신화에 나오는 거인 신으로, 어깨 위에 세상을 메고 다녔다.

2   소로는 1846년 7월 인두세를 내지 않아 군 구치소에 갇힌 적이 있었다.

3   기원전 2세기에서 4세기까지 〈전원생활론〉이라는 농사에 대한 글을 쓴 네 명의 로마 작가 가운데 한 사람이다.

장을 가지고 싶다면 탐욕스럽게 사지 말고 마음속에서 이리저리 반추하라. 그것을 살펴보기 위한 수고를 아끼지 말고, 주위를 한번 돌아보는 것으로 충분하다고 생각하지 말라. 만약 농장이 훌륭하다면, 거기에 자주 갈수록 농장이 당신을 더 즐겁게 할 것이다." 탐욕스럽게 사지 않고, 살아 있는 동안 주위를 계속 맴돌다가 죽어서 제일 먼저 거기에 묻히면 결국 농장은 내게 더 많은 즐거움을 줄 것이다.

　현재의 실험은 같은 유형으로 시도한 다음 단계 실험이다. 편의상 2년 동안의 경험을 1년으로 줄여 기술하면서 이 실험을 좀 더 상세히 설명하고자 한다. 이미 말한 것처럼, 나는 절망의 서시를 쓰고자 하는 것이 아니다. 단지 내 이웃의 잠을 깨우는 것에 불과할지라도, 횃대에 선 아침의 수탉처럼 우렁차게 소리 질러보고자 한다.
　내가 숲속에 처음 거처를 잡았을 때, 다시 말해 낮뿐 아니라 밤도 숲속에서 보내기 시작했을 때, 그날은 우연하게도 독립기념일, 즉 1845년 7월 4일이었다. 집은 겨울을 보낼 만큼 완성되지 않았고, 회칠이나 굴뚝도 없이 단지 비를 피할 수 있을 정도였다. 벽은 풍파에 찌든 거친 판자로 만들어 넓은 틈이 있었고, 그로 인해 밤에는 서늘했다. 하얗게 잘린 수직 기둥과 새로 편평하게 대패질한 문과 창문 덕에 깨끗하고 공기가 잘 통하는 느낌이 들었다. 특히 아침에 사용된 목재가 이슬로 젖는 때 그러해서 나는 정오경에는 어떤 달콤한 진액이 목재에서 새어 나오리라고 상상했다. 내 상상 속에 그 집은 온종일 어느 정도 이처럼 새벽 같은 느낌이었고, 1년 전에 방문한 어떤 산속 집을 상기시켰다. 이 집은 공기가 잘 통하고 회반죽으로 바르지 않은 오두막으로, 여행하는 신을 즐겁게 하는 데 적합하며, 여신이 그녀의 의상을 바닥에 끌고 다닐 수도 있는 곳이다. 내 집 위로 지나간 바람은 산등성이를 쓸고 지나가서, 지상의 음악 가운데 끊어진 선율이나 그것의 천상적인 부분만을 가져왔다. 아침 바람은 영원히 불고, 창조의 시는 끊이지 않는다. 그러나 그것을 듣는 귀는 거의 없다. 올림포스Olympus 산[4]은 속세만 벗어나면 모든 곳에 있다.

보트를 제외한다면, 내가 이전에 소유한 적이 있는 집은 천막이 유일했다. 여름에 여행할 때 종종 사용했던 이 천막은 아직도 다락에 둥글게 말려 있다. 그러나 그 보트는 이 손에서 저 손으로 옮겨 다닌 후 시간의 강 아래로 떠내려갔다. 이제 더 실체감 있는 안식처가 생겼기에 나는 세상에 정착하는 쪽으로 좀더 진보하게 되었다. 너무나 가벼운 옷을 입은 이 구조물은 내 주위를 둘러싼 일종의 결정체이며 집을 지은 자에게 반응했다. 그것은 윤곽만 그려진 그림처럼 다소 암시적이었다. 집 내부의 공기가 신선함을 조금도 잃지 않았기 때문에, 바람을 쐬러 야외로 나갈 필요가 없었다. 내가 앉은 곳은 집 안이라기보다는 문 뒤 같

---

4   그리스 신화에서 신들이 사는 산이다.

았는데, 심지어 비가 오는 날씨에도 마찬가지였다. 〈하리반사 Harivansa〉[5]에는 "새가 없는 집은 양념을 뿌리지 않은 고기와 같다"라고 씌어 있다. 내 집이 그렇지는 않았는데, 나 자신이 새들의 이웃이라는 사실을 갑자기 발견했기 때문이다. 새를 잡아 가두는 것이 아니라 나 자신을 그들 가까이에 가둠으로써 말이다. 나는 정원과 과수원에 흔히 자주 오는 새 가운데 몇몇 새뿐 아니라 마을 사람에게는 결코 세레나데를 불러주지 않거나, 드물게 불러주는 더 야생적이고 격정적인 숲속의 가수인 숲지빠귀, 개똥지빠귀, 붉은풍금조, 들참새, 쏙독새, 그리고 다른 많은 새와 더 가까웠다.

나는 콩코드 마을에서 남쪽으로 1.5마일 떨어졌고 그곳보다는 약간 더 높은 곳에 위치한 작은 호수의 기슭에 집을 지었다. 그곳은 콩코드와 링컨Lincoln 사이의 넓은 숲 가운데 있었고, 우리의 들판 가운데 유일하게 유명해진 콩코드 전쟁터[6]에서 남쪽으로 2마일쯤 되는 곳이었다. 그러나 내 집은 숲속 아주 낮은 곳에 위치해 있어서, 호숫가의 나머지 부분처럼 숲으로 덮인 약 0.5마일 떨어진 반대쪽 기슭이 내게는 가장 먼 지평선이었다. 첫 주 동안 바깥에 있는 호수를 바라볼 때마다 그것은 마치 산사면 높은 곳에 위치한 산속의 작은 호수와 같고, 그 바닥은 다른

5   5세기경 인도의 서사시로, 크리슈나 신에 관한 시를 말한다.
6   1775년 4월 19일에 발생한 전투 장소로, 미국 독립전쟁의 시작을 알렸다.

호수들의 수면보다 훨씬 높은 것 같은 인상을 주었다. 해가 떴을 때 나는 밤안개 옷을 벗어던지는 호수의 모습을 보았고, 여기저기 점차 호수의 부드러운 잔물결이나 부드럽게 빛을 반사하는 수면이 드러났다. 그동안 안개는 마치 유령처럼 어떤 밤의 비밀 집회가 파할 때처럼 숲의 전 방향으로 몰래 물러나고 있었다. 바로 그 이슬이 산 사면들에서처럼 보통 때보다 더 늦게 낮까지 나무에 매달려 있는 것처럼 보였다.

이 작은 호수는 8월에 오는 약한 폭풍우가 이따금씩 그쳤을 때 가장 귀중한 이웃이었다. 그때 공기와 물은 완벽하게 고요했지만, 하늘은 찌푸려서 오후 중반인데도 저녁처럼 평온했고, 숲 지빠귀가 사방에서 노래했으며, 그 소리가 호수 기슭 이쪽저쪽에서 들렸다. 이런 호수는 그와 같은 시간에 가장 잔잔했다. 호수 위에 맑은 공기층은 얕고 구름 때문에 어두워져서, 빛과 반사된 것으로 가득한 물이 훨씬 더 중요한 낮은 하늘 그 자체가 된다. 최근에 나무가 베인 가까운 봉우리에서 보면, 호수 건너편 남쪽으로 기슭을 이루고 있는 산 사이에 넓게 파인 곳으로 보이는 전망이 보기 좋았다. 그곳에 있는 서로 비스듬히 기울어지며 마주보는 면이 숲이 우거진 계곡을 통해 그쪽 방향으로 개울이 흐를 것이라 암시했지만, 그곳에 개울은 없었다. 그쪽으로 나는 가까이 있는 푸른 산들 사이와 그 너머로 지평선에 거리를 두고 더 높은 산들이 푸른빛을 띠고 있는 것을 보았다. 실로 까치발로 서서 나는 북서쪽에 있는 훨씬 더 푸르고 먼 산맥의 몇몇 봉우리 모습을 볼 수 있었다. 이는 달리 하늘 조폐국 자체에서 찍어낸 색이 바라지 않은 남빛 동전이라고 말할 수 있고, 마을 일부의 모습도 볼 수 있었다. 그러나 다른 방향에서는 심지어 이 지점에조차 나를 둘러싸고 있는 숲 위나 그 너머로 볼 수가 없었다. 주위에 물이 약간 있는 것은 좋다. 물은 땅에 부력을 주어 땅을 떠 있게 한다. 가장 작은 우물일지라도 우물을 들여다볼 때 땅이 대륙이 아니라 섬이라는 사실을 알게 한다는 점에서 가치가 있다. 이것은 우물이 버터를 차갑게 유지하는 것만큼이나 중요하다. 내가 이 봉우리로부터 호수를 가로질러 서드베리Sudbury 목초지[7] 쪽을 바라보았을 때, 그 목초지는 홍수가 났을 때[8] 물이 소용돌이치는 골짜기에서 아마도 신기루 작용으로 대야에 뜬 동전처럼 융기되는 것을 볼 수 있었는데, 호수 너머의 모든 땅은 그사이에 있는 작은 물바다 때문에 고립되어 떠 있는 얇은 파이껍질처럼 보였다. 그리고 내가 사는 이 땅이 '마른 땅'에 불과하다는 사실을 상기했다.

비록 내 집 문에서 바라보는 광경은 훨씬 더 제한적이지만, 나는 조금도 혼잡하다든가 감금되었다는 느낌을 받지 않았다. 내 상상에 충분한 초원이 있었다. 반대편 기슭에 자란 키 작은 참나무 관목으로 이루어진 고원은 유목하는 모든 인간의 가족들

---

7 월든 호수의 남서쪽으로 약 3마일 거리에 있던 목초지다.
8 콩코드 강과 서드베리 강은 봄에 범람해 둑을 넘는다.

을 위한 넓은 공간을 제공하면서 서부의 평원과 타타르의 초원으로 뻗어나갔다. "자유로이 거대한 지평선을 즐기는 존재들을 제외하고 세상에서 행복한 이는 없다"라고 다모다라Diamodara[9]는 가축 떼가 새로운 더 넓은 목초지를 필요로 했을 때 말했다.

장소와 시간 모두 변했고, 나는 나를 가장 매혹시켰던 우주의 부분과 역사의 시대들에 더 가까이 살았다. 내가 사는 곳은 천문학자들이 밤에 별을 관찰한 많은 지역만큼이나 멀리 떨어져 있었다. 우리는 카시오페이아자리 가운데 다섯 개 별자리 뒤에 소음과 방해에서 멀리 떨어진, 천체의 약간 먼 구석에 있는, 드물게 보는 기분 좋은 장소들이 있으리라 상상하곤 한다. 나는 내 집이 실제로 우주에서 많이 외진 곳이지만 영원히 새롭고 세속적이지 않은 부분에 자리 잡았음을 발견했다. 만약 플레이아데스Pleiades 성단[10]이나 히아데스Hyades 성단,[11] 알데바란Aldebaran이나 알테어Altair[12] 근처에 자리를 잡을 만한 가치가 있었다면, 그때 나는 정말 그런 곳에 살고 있었다. 또는 내가 뒤에 남겨두고 떠나온 삶으로부터 동일하게 멀리 떨어져 있었다. 가장 가까운 이웃에게도 약해진 가는 광선으로 반짝이며 달이 없는 날 밤에만 이웃에게 보이면서 말이다. 내가 새로이 정착한 곳은 천지만물 가

---

9   크리슈나의 별명이다.

10   황소자리의 산개 성단이다.

11   황소자리의 군성이다.

12   각각 황소자리와 견우성의 가장 빛나는 별이다.

운데 그런 지역이었다.

한 목동이 살았는데,
산만큼 높은 생각을 품었다.
산에서 양 떼는 시간마다
산만큼 높은 생각을 그에게 먹여주었네.

양 떼가 목동의 생각보다 더 높은 목초지에서 항상 헤맨다면, 목동의 삶은 어떻게 될까?

매일 아침은 내 삶을 자연 그 자체와 똑같이 소박하고 순수하게 살라는 경쾌한 초대였다. 나는 그리스인만큼 아우로라를 진지하게 숭배했다. 나는 일찍 일어나 호수에서 목욕을 했다. 목욕은 종교적인 훈련이었고 내가 한 최고의 행위였다. 중국 탕왕湯王[13]의 욕조 위에 다음과 같은 취지의 문자가 새겨 있었다고 한다. "날로 새롭게 하며, 나날이 새롭게 하고, 또 날마다 새롭게 하라."[14] 나는 그 말을 이해할 수 있다. 아침은 영웅적인 시대를 다시 불러온다. 이른 동이 틀 무렵 문과 창문을 열고 앉아 있을 때, 나는 집 안을 통해 보이지 않고 상상할 수 없는 여행을 하는 모기의 희미한 앵앵거리는 소리에, 명성을 노래하는 트럼펫 소리

....

13 　기원전 1766년부터 1122년까지 있었던 중국 고대 상왕조를 세운 사람이다.
14 　증자曾子,《대학大學》2장. 탕왕이 대야에 새겨두고 씻을 때마다 마음에 새겼다고 한다. 원문은 "구일신 일일신 우일신苟日新 日日新 又日新"이다.

를 들었을 때만큼 감동을 받았다. 그것은 호메로스의 진혼곡이었다. 그 자체가 자신의 분노와 방랑을 노래하는 공중의 《일리아드》와 《오디세이Odyssey》였다. 그 소리에는 우주적인 무엇이 있었다. 그것은 금지되기 전까지는 세상의 영원한 활력과 생식력에 대한 영속적인 광고였다. 하루 중에 가장 기억할 만한 때인 아침은 잠이 깨는 시간이다. 그때 우리는 가장 덜 졸린다. 그리고 적어도 그때 한 시간 동안은, 밤낮으로 잠자는 우리 몸의 어떤 부분이 깨어난다. 우리가 우리의 천재성[15] 때문에 깨지 않고 어떤 머슴이 기계적으로 팔꿈치를 찔러 깨어난 날에는, 그것이 날이라고 불릴 수 있다면, 기대할 것이 거의 없다. 공장의 종소리 대신 천상의 음악이 내는 파동과 대기를 채우는 향기와 함께 내부로부터 우리 자신이 새로이 획득한 힘과 염원에 의해 일깨워져, 우리가 잠에 빠졌던 삶보다 더 고귀한 삶으로 깨어나 일어나지 않는다면 말이다. 그리해서 어둠은 열매를 맺고, 자신이 빛만큼 선함을 증명한다. 매일이 지금까지 더럽힌 날보다 더 이르고 신성하며 서광이 비치는 시간을 담고 있다는 것을 믿지 않는 그 사람은 삶에 절망해왔고, 어두워지는 내리막 길을 따라가고 있다. 관능적인 삶을 부분적으로 멈춘 후에, 인간의 영혼, 아니 정확히 말해 인간의 기관은 매일 다시 힘을 얻고, 그의 천재

---

15 원문에 쓰인 'Genius'는 천재성이라는 뜻도 있지만, 천성 또는 타고난 자질을 뜻하기도 한다.

성은 고귀한 삶을 이루기 위해 다시 시도한다. 모든 기억할 만한 사건들은 아침 시간과 아침 분위기에서 일어난다고 하겠다. 《베다Veda》[16]에 의하면, "모든 지성은 아침과 함께 깨어난다." 시와 예술, 그리고 가장 아름답고 기억할 만한 인간의 행위는 그런 시간에서 유래한다. 모든 시인과 영웅은 멤논처럼 새벽의 여신 아우로라의 자식들이며, 해가 뜰 때 그들의 음악을 방출한다. 태양과 보조를 맞추는 유연하고 활기찬 생각을 하는 이에게 하루는 영원한 아침이다. 시계가 몇 시를 가리키든 인간의 태도와 속세의 일은 중요하지 않다. 아침은 내가 깨어 있는 때이고 내 속에 새벽이 있다. 도덕적인 개혁은 잠을 떨치려는 노력이다. 만약 사람들이 졸고 있지 않았다면 왜 하루를 그렇게 보잘것없이 보내는가? 그들은 그렇게 형편없는 계산가들이 아니다. 졸음에 지지 않았다면, 그들은 무언가를 성취했을 것이다. 수백만의 사람이 육체노동을 할 정도로 깨어 있지만, 100만 명 가운데 단지 한 명만이 효과적이고 지적인 노력을 할 정도로 깨어 있고, 1억 명 중에 단지 한 명만이 시적으로 또는 신성하게 살 수 있도록 깨어 있다. 깨어 있다는 것은 살아 있다는 의미다. 나는 완전히 깨어 있는 사람을 아직 한 번도 만난 적이 없다. 내가 그 사람의 얼굴을 어떻게 쳐다볼 수 있다는 말인가?

우리는 다시 깨어나는 법을 배워야 하고, 깬 상태를 유지해야

---

16 힌두교의 가장 오래된 성스러운 경전으로, 네 개의 전집이 있다.

한다. 기계적인 도움에 의해서가 아니라, 가장 곤한 잠에 빠진 상태에서도 우리를 버리지 않는 새벽에 대한 무한한 기대로 그러해야 한다. 나는 의식적인 노력으로 삶을 고양시키는 인간의 확실한 능력보다 더 고무적인 사실을 알지 못한다. 특별한 그림을 그리거나 어떤 상을 조각해 몇몇 대상물을 아름답게 만드는 일은 대단한 것이다. 그러나 대상물을 보는 분위기와 매체 자체를 조각하고 그리는 것은 훨씬 더 영광스럽고, 실제로 우리는 그렇게 할 수 있다. 하루의 속성에 영향을 주는 것이야말로 최고의 예술이다. 모든 사람은 자신의 인생을 세세한 부분까지 가장 고양되고 중요한 시간에 관조할 만한 가치가 있게 만들 임무를 부여받았다. 만약 우리가 얻는 그런 하찮은 정보를 거부하거나 더 정확히 말해 모두 사용해 고갈시킨다면, 신탁은 우리에게 이 일이 어떻게 이루어질지 분명하게 알려줄 것이다.

나는 신중하게 살고, 오직 삶의 본질적인 사실만 대면하기 위해, 삶이 가르쳐야 했던 것을 내가 배울 수 없는지 알기 위해, 그리고 죽었을 때 내가 제대로 살지 못했다는 사실을 깨닫고 싶지 않아서 숲으로 갔다. 삶이란 너무나 소중해서, 삶이 아닌 것을 살고 싶지 않았다. 또한 정말 필수적인 것이 아니라면 체념하고 싶지도 않았다. 나는 깊이 있게 살면서 삶의 모든 정수를 빨아들이고, 대단히 우직하고 스파르타식으로 살아서 삶이 아닌 모든 것을 참패시키고, 낫으로 풀을 베듯 넓게 바짝 깎은 다음, 삶을 구석으로 몰고 가서 가장 낮은 단계까지 전락시킨 다음 만약 삶이 비천한 것으로 판명되면, 온전하고 진정한 의미를 받아들여 삶의 비천함을 세상에 공표할 것이다. 반대로 만약 삶이 숭고하다면, 그 숭고함을 체험하고 다음번 여행에서[17] 삶에 대한 진정한 이야기를 할 수 있기를 원했다. 왜냐하면 대부분은 삶이 악마에게서 온 것인지 아니면 신에게서 온 것인지를 이상하게 확신하지 못해서 이 세상에 있는 주 목적이 "신을 영화롭게 하고 영원토록 그분을 즐거워하는 것"이라고 어느 정도 '성급하게' 결론지었기 때문이다.

여전히 우리는 개미처럼 비열하게 산다. 비록 우화는 우리가 오래전에 인간으로 변했다고 말하고 있지만,[18] 피그미족처럼 우리는 두루미와 싸운다.[19] 그것은 잘못에 잘못을 거듭한 것이며, 누더기에 누더기를 덧댄 것이다. 우리의 가장 훌륭한 미덕은 불필요하고 피할 수 있는 불행의 때에 드러난다. 우리 삶은 자질구레한 것 때문에 찔끔찔끔 낭비된다. 정직한 사람은 열 손가락으로 계산할 수 있는 이상을 계산할 필요가 거의 없다. 아니면 극단적인 경우에 그의 열 발가락을 더해 셈할 수 있고, 나머지는 하나로 뭉뚱그릴 수 있다. 간소함, 간소함, 간소함! 말하건대 당

---

17 내세에 대한 소로의 유머러스한 언급이다.

18 그리스 신화에서 오에노피아Oenopia의 왕 아에아쿠스Aeacus는 백성들이 역병으로 전멸하자 제우스에게 오래된 참나무 속에 있는 개미를 모두 인간으로 변화시켜 그의 왕국에 다시 거주할 수 있게 해달라고 간청했다.

19 호메로스의 《일리아드》3권 시작 부분에서, 피그미족과 싸우는 트로이 사람들이 두루미와 싸우는 것에 비유된다.

신의 모든 일이 두 개 또는 세 개가 되게 하고, 100개나 1,000개가 되지 않도록 하라. 100만 대신에 여섯을 세고, 엄지손톱 위에 셈을 기입하라. 삼각파도가 이는 바다와 같은 이런 문명화된 삶 가운데서는 구름과 폭풍우, 유사, 그리고 1,001개의 항목이 고려되어야 한다. 바닥에 가라앉아 항구에 입항하지도 못하는 일이 없으려면, 인간은 추측항법에 의지해 살아야 한다. 그러므로 성공하는 사람은 실로 대단한 계산가임에 틀림없다. 간소하라, 간소하라. 하루에 세 끼 대신, 반드시 필요하다면 한 끼만 먹어라. 100가지 음식 대신 다섯 가지 음식을 먹고, 다른 것을 같은 비율로 줄여라. 우리 삶은 독일 연방 같다. 그것은 경계가 항상 요동치는 작은 주로 이루어져 있어서 독일인조차 당장에라도 경계가 어떻게 지어 있는지 당신에게 말할 수 없다. 그런데 국가 자체는 이른바 내적인 진보가 있었음에도[20] 너무나 다루기 힘든 비대한 조직이다. 그리고 그 진보도 모두 외적이고 피상적이다. 그것은 가구가 어수선하게 흩어져 있고, 자체의 덫에 걸려 넘어지고, 사치와 지출이 무분별하게 일어나고, 계산과 가치 있는 목적이 부족해 이 땅의 100만 가구와 마찬가지로 파산했다. 그리고 그들처럼, 그런 국가에 대한 유일한 치유책은 엄격한 절약, 즉 단호한 스파르타식 이상으로 간소하게 살고 목적의식을 고양하는 것이다. 국가는 너무 **빠르게** 산다. 사람들은 '국

---

20 철도와 도로, 수로 같은 광범위한 자본이 들어가는 계획들을 말한다.

가'가 상업을 하고, 얼음을 수출하고, 온몸으로 말을 하고, 한 시간에 30마일을 타고 가는 일을 필수적이라고 생각하는데, '그들이' 실제 그렇게 하는지에 대해서는 의심하지 않는다. 그러나 우리가 원숭이처럼 살아야 하는지 아니면 인간처럼 살아야 하는지는 약간 불명확하다. 만약 우리가 침목을 빼내지 않고, 철로를 버리지 않고, 밤낮으로 그 일에 헌신하는 대신에, 우리의 '삶'을 더 낫게 만들기 위해 어설프게 만지고 있으면 누가 철도를 건설할 것인가? 그리고 철도가 건설되지 않는다면, 어떻게 때맞추어 천국에 닿을 것인가?[21] 그러나 우리가 집에 머물면서 우리 일이나 신경을 쓴다면, 누가 철도를 필요로 할 것인가? 우리가 철로를 타고 가는 것이 아니라, 철로가 우리를 타고 간다. 당신은 철로 아래에 놓인 침목들이 무엇인지 생각해본 적이 있는가? 각각의 침목은 인간이다. 아일랜드인이든 양키이든 말이다. 철로가 그들 위에 놓이고, 그들은 모래로 덮이고, 기차는 그들 위로 매끄럽게 달린다. 그들이 상하지 않은 침목인 것은 확실하다. 몇 년마다 새로운 땅에 침목이 놓이고 기차는 그 위로 달린다. 만약 어떤 사람이 철로를 타고 다니는 즐거움을 누린다면, 다른 사람은 남들이 그들 위를 달리는 불운을 겪는다. 그리고 잠을 자면서 걷고 있는 사람, 즉 잘못 놓인 여분의 침목에 기차가 부딪혀서

---

21 호손Nathaniel Hawthorne의 단편소설 〈천국행 철도The Celestial Railroad〉에 대한 인유다.

그를 깨울 때, 그들은 갑자기 기차를 세우고 마치 이런 일이 예외적인 것처럼 고함을 지른다. 나는 침목들을 아래 제자리에 수평으로 유지하기 위해 5마일마다 한 무리의 남자가 필요하다는 사실을 알아 기쁘다. 왜냐하면 이것은 침목들이 언젠가는 다시 일어날 수 있다는 신호이기 때문이다.

왜 서두르고 인생을 낭비하면서 살아야 하는가? 우리는 배가 고프기 전에 굶어 죽기로 결정했다. 사람들은 제때의 한 바늘이 나중의 아홉 바늘을 덜어준다고 말한다. 그들은 내일의 아홉 바늘을 덜기 위해 오늘 1,000바늘을 꿰맨다. '일'에 대해 말하자면, 우리는 어떤 중요한 일도 없다. 우리는 무도병[22]에 걸려 머리를 움직일 수밖에 없다. 화재가 났을 때 종을 설치하지는 않고, 단지 교구 교회의 종 줄을 몇 번 당긴다면, 콩코드 교외의 자기 농장에서 오늘 아침 그렇게 여러 번 급한 일이 있다고 변명한 그 농장의 남자도, 그리고 소년과 여자까지도 모든 것을 버리고 그 소리를 따라오지 않을 사람이 거의 없다. 그러나 진실을 고백하자면, 이는 주로 불길로부터 재산을 구하기 위해서가 아니라, 재산이 타는 모습을 더 잘 보기 위해서다. 왜냐하면 재산은 타게 되어 있고, 그리고 사실대로 말하자면, 우리가 불을 낸 것은 아니기 때문이다. 또는 불을 끄는 것을 보고, 불 끄는 일이 훌륭하게 이루어진다면 불 끄기를 거들기 위해서다. 맞다, 심지어 교구

22　신경계에 영향을 주어 경련과 우울증과 감정적인 불안정을 유발하는 질병이다.

교회 자체가 불에 타더라도 말이다. 식사 후 30분 낮잠을 자는 사람 가운데, 일어나면 머리를 들고 "새 소식 있어?"라고 묻지 않는 이가 거의 없다. 마치 그를 제외한 나머지 인류 전체가 파수를 섰던 것처럼 군다. 어떤 이들은 30분마다 깨워달라고 지시를 하는데, 의심의 여지없이 그 목적이 같다. 그런 다음 그 대가로 그들은 자신들이 꾼 꿈에 대해 말한다. 하룻밤 자고 난 후 뉴스는 아침식사만큼 필수적이다. '이 지구상 어디서든 누군가에게 일어난 새로운 일이 있으면 제발 내게 말해줘'라는 생각으로, 커피와 빵을 먹으며 신문을 읽다가 오늘 아침 어떤 사람이 와치토Wachito 강에서 두 눈이 뽑혔음을 안다. 그동안에 그도 이 세상의 어둡고 깊이를 알 수 없는 맘모스mammoth 동굴[23] 속에 살고 있기에 눈이 퇴화한 흔적만 남았다.[24]

나는 우체국이 없어도 별 문제없이 살 것이다. 나는 우체국으로 이루어지는 중요한 전언은 거의 없다고 생각한다. 몇 년 전에 이에 대해 쓴 적이 있지만, 비판적으로 말하자면 나는 평생 우표 값어치를 하는 편지를 한두 통 이상 받아본 적이 없다. 일반적으로 페니 우편제도[25]는 어떤 사람이 자주 농담으로 제시한 생각에 당신이 진지하게 페니를 지불하는 제도다. 나는 신

---

23 켄터키 주에 있는 큰 동굴을 말한다.
24 맘모스 동굴에 사는 물고기는 눈이 멀어 눈이 있던 흔적만 남았다.
25 1840년 영국에서 확립된 균일 우편요금제다. 《월든》이 출판된 1854년 당시 미국 우표요금은 3센트였다.

문에서 어떤 기억할 만한 뉴스를 읽은 적이 한 번도 없다고 확신한다. 만약 신문에서 어떤 사람이 강도를 당했거나, 살해당했거나, 사고로 죽었거나, 집이 불에 탔거나, 선박이 난파되었거나, 증기선이 폭발했거나, 암소 한 마리가 서부철도 노선[26] 위에서 치였거나, 미친 개 한 마리가 죽임을 당했거나, 겨울에 메뚜기 떼가 출몰했다는 기사를 읽는다면, 그 기사를 다시 읽을 필요는 전혀 없다. 한 번이면 충분할 것이다. 당신이 원칙을 알고 있다면, 여러 가지 사례와 응용에 대해 신경 쓸 필요가 무엇이 있겠는가? 철학자에게 이른바 모든 '뉴스'는 잡담이고, 그것을 편집하고 읽는 사람은 차를 마시고 있는 나이 든 여자들이다. 그러나 상당수가 이 잡담에 목말라하고 있다. 내가 듣기에, 이전 날 어느 사무실 가운데 하나에 가장 최근에 도착한 외국 뉴스를 알기 위해 사람들이 몰려들어서 그 압력으로 그 회사 소유의 크고 두꺼운 정사각형 판유리 여러 장이 깨졌다. 이런 뉴스는 재치가 있는 사람이라면 열두 달 전 또는 12년 전에 충분히 정확하게 쓸 수도 있다고 내가 진지하게 생각하는 뉴스다. 예를 들어 스페인에 대해서는, 당신이 돈 카를로스Don Carlos와 인판타Infanta[27]를, 그리고 돈 페드로Don Pedro와 세비야Seville, 그라

---

26 매사추세츠의 서부철도 노선은 1841년 보스턴에서 뉴욕 주를 운행했다.

27 스페인의 국왕 페르디난도 7세Ferdinand VII와 동생 돈 카를로스는 1830년대에 권력 투쟁을 했다. 1843년 페르디난도 국왕의 딸인 열세 살 난 인판타 공주는 이사벨라 2세Isabella II 여왕으로 즉위했다.

나다Granada[28]를 때때로 적절한 비율로 신문에 집어넣는 방법을 안다면—내가 그 신문을 본 이후 그들이 이름을 약간 바꾸었을 수는 있지만—그리고 다른 즐길 거리가 없을 때에는 투우를 되풀이해 이야기한다면, 그것은 문자 그대로 사실일 것이다. 신문에서 이 제목하의 가장 간략하고 분명한 보도만큼 스페인에서 일어나는 일의 정확한 상태나 몰락에 대해 잘 알려줄 것이다. 그리고 영국에 대해서는 그 지역에서 나오는 거의 가장 최근의 중요한 뉴스 토막은 1649년의 혁명에 관한 것이었다. 당신이 영국의 평년 곡물수확의 역사를 알고 싶다면, 당신의 투기가 단순히 금전적인 성격이 아니라면, 그것에 대해 다시는 관심을 보일 필요가 전혀 없다. 신문을 거의 들여다보지 않는 사람이 판단해도 된다면, 외국에서는 새로운 것이라고는 전혀 일어나지 않는다. 여기에는 프랑스에서 일어나는 혁명도 예외가 아니다.

뉴스라고! 구닥다리가 된 적이 없는 것이 무엇인지 아는 편이 얼마나 훨씬 더 중요한가! "거백옥蘧伯玉(위나라 고관)은 공자에게 새로운 소식이 있는지 알기 위해 사람을 보냈다. 공자는 그 심부름꾼을 가까이 앉게 하고 다음과 같은 말로 물었다. '당신의 주인은 무엇을 하고 계신가?' 그 심부름꾼은 공손하게 대답했다. '저의 주인은 자신이 저지른 잘못의 수를 줄이기를 원하시지만, 잘

----

28 세비야의 잔혹자 돈 페드로와 그의 군대는 그라나다의 아부 사이드 무함마드 6세Abu Said Muhammad VI를 정복하고 죽였다.

못을 없애지 못했습니다.' 심부름꾼이 가고 난 후, 그 철학자는 말했다. '대단히 훌륭한 심부름꾼이야! 대단히 훌륭한 심부름꾼이야!'" 목사는 한 주의 끝에 안식일에 조는 농부들의 귀를 이런저런 질질 끄는 설교로 괴롭히는 대신에 — 왜냐하면 일요일은 새로운 한 주의 신선하고 멋진 시작이 아니라 잘못 보낸 한 주에 대한 적절한 결론이기 때문에 — 천둥과 같은 큰소리로, "중지! 그만! 빨라 보이는데, 왜 그리 엄청 느린 것이오?"라고 외쳐야 한다.

진실은 믿을 수 없는 반면, 가짜와 기만은 가장 확실한 진실로 여겨진다. 만약 사람들이 진실한 것만 꾸준히 지키고 기만을 허용하지 않는다면, 삶이란 우리가 아는 그런 삶과 비교할 때, 동화와 《아라비안나이트 *One Thousand and One Nights*》의 재미있는 이야기 같을 것이다. 우리가 필연적인 것과 존재할 권리가 있는 것만을 존경했다면, 음악과 시는 거리를 따라 울릴 것이다. 서두르지 않고 현명할 때, 우리는 위대하고 가치 있는 것들만이 어떤 영원하고 절대적인 가치를 지니며 사소한 두려움과 기쁨은 진실의 그림자에 불과하다는 사실을 인식할 수 있다. 이런 사실은 항상 기분을 유쾌하게 하며, 숭고한 느낌을 준다. 눈을 감고 잠자고, 보이는 것에 기만당하기로 동의함으로써 인간은 어디서든지 규칙적이고 습관적인 하루하루를 확립하고 승인하지만, 그 삶은 여전히 순전히 환상의 기반 위에 서 있다. 삶을 놀이처럼 즐기는 아이는 어른보다 더 명확하게 삶의 진정한 법과 관계를 식별한다. 그런데 어른은 삶을 보람 있게 보내는 일에 실패하지만,

그들은 경험으로, 다시 말해 실패로 인해 더 현명해졌다고 생각한다. 나는 어떤 인도 책에서 다음의 이야기를 읽었다. "왕의 아들이 있었는데, 그는 아기 때에 태어난 도시에서 추방되어 사냥터지기 손에 양육되었고, 그런 상태에서 성년으로 자랐기 때문에 함께 살아온 야만족이 자신의 종족이라고 짐작했다. 그의 아버지의 장관 가운데 한 명이 그를 발견하고 그의 신분을 알려주었다. 신분에 대한 오해가 사라졌고, 그는 자신이 왕자임을 알게 되었다." 그 인도철학자가 계속해서 말하기를, "그래서 영혼은 처한 상황 때문에 어떤 성스러운 선생에 의해 진실이 밝혀질 때까지 자신의 신분을 오해하다가, 자신이 바로 '브라흐마Brāhma'[29]인 것을 안다." 나는 뉴잉글랜드의 주민들인 우리가 이렇게 비천하게 살고 있으며, 그 이유는 우리가 사물의 표면을 꿰뚫어보지 못하기 때문이라고 생각한다. 우리는 존재하는 것처럼 '보이는' 것이 '존재한다'고 생각한다. 만약 어떤 사람이 이 읍을 지나 걸어가면서 현실만을 본다면, '밀-댐Mill-dam'[30]은 어디로 가겠는가? 그가 우리에게 그곳에서 본 현실에 대해 이야기한다면, 우리는 그가 묘사하는 장소를 알아채지 못할 것이다. 교회당이나 법원이나 감옥이나 가게나 주택을 보라. 그리고 진정한 시선 앞에서 그것이 무엇인지 말해보라. 그것들은 당신이 그것들에 대

29 인도 철학에서 영적인 존재의 본질이다.
30 콩코드 읍의 중심이다. 콩코드는 물방아용 둑 자리에서 시작되어, 여러 갈래 길이 모이는 중심에서 정착지로 성장했다.

해 이야기할 때 모두 산산조각이 날 것이다. 인간은 진실이 멀리 우주 외곽에, 가장 멀리 있는 별 뒤에, 아담이 있기 전과 최후의 인간이 있은 후에 있다고 여긴다. 영원에는 실로 진정하고 숭고한 어떤 것이 있다. 그러나 이 모든 시대와 장소, 사건은 지금 여기에 있다. 신 자신도 현재의 순간에 가장 높이 있고, 모든 시간의 흐름 속에서 결코 지금보다 더 신성하지 않을 것이다. 우리는 우리를 둘러싼 진실을 영원히 추출하고 진실에 흠뻑 젖음으로써만 고귀한 것을 이해할 수 있게 된다. 우주는 항상, 그리고 유순하게 우리의 구상에 응답한다. 우리가 빠르게 여행하든지 느리게 여행하든지, 길은 우리를 위해 놓여 있다. 그렇다면 우리는 생애를 구상을 하는 데 사용하자. 시인이나 예술가가 가졌지만 적어도 그의 후손 가운데 누군가가 성취할 수 없던 대단히 아름답고 고귀한 계획이란 지금까지 없었다.

하루를 자연처럼 신중하게 보내자. 철로에 견과의 껍질과 모기의 날개가 떨어질 때마다 궤도를 벗어나 내동댕이쳐지는 기차처럼 되지는 말자. 아침에 일찍 일어나고 조용히 동요 없이 단식을 하거나 아침을 먹자. 친구가 오면 오게 하고, 가면 가게 하자. 종이 울리게 두고 아이들이 울게 두자. 하루를 잘 보내기로 결심했는데, 왜 우리가 휩쓸리고 시류를 좇아야 하는가? 정오의 얕은 여울에 위치한 점심이라고 불리는 그 끔찍한 급류와 소용돌이에 분노하고 압도당하지 말자. 이 위험을 뚫고 나가면 당신은 안전하다. 나머지 길은 내리막이기 때문이다. 긴장을 풀지 말고 아침의 활기를 유지하고, 율리시스Ulysses처럼 돛에 묶인 채 다른 쪽을 보면서 그 옆으로 지나 항해하라. 엔진이 울면 고통 때문에 목소리가 쉴 때까지 울게 두라. 종이 울린다고 해도 왜 우리가 달려야 하는가? 우리는 그 소리들이 어떤 종류의 음악처럼 들리는지 생각할 것이다. 이제 마음을 진정하고 일을 하자. 우리의 발을 아래로 밀어 넣어 지구를 덮은 충적토인 의견과 편견, 전통과 기만, 그리고 외양의 진흙과 진창을 지나, 파리와 런던, 뉴욕과 보스턴과 콩코드, 교회와 국가, 시와 철학과 종교를 지나, 우리가 '진실'이라 부를 수 있는 단단한 바닥과 바위에 도달해 "여기야, 틀림없어"라고 말할 수 있을 때까지. 우리가 '진실'이라고 부를 수 있는, 단단한 바닥과 바위에 도달해 "여기야, 틀림없어"라고 말할 수 있을 때까지 밀어 넣자. 이제 거점을 마련했으니 홍수와 서리 그리고 불 아래, 벽이나 국가의 토대를 세울 수 있는 장소를 마련하거나 가로등 기둥을 안전하게 설치하라. 또는 나일강의 수위계가 아니라 진실을 재는 계기를 설치해 미래의 시대가 가짜와 외양의 큰물이 때때로 얼마나 깊어졌는지 알 수 있을 것이다. 똑바로 서서 사실과 직면한다면, 당신은 태양이 마치 신월도[31]처럼 양표면 위에 빛나는 모습을 볼 것이고, 잘 베이는 칼날이 당신의 심장과 골수를 쪼개는 느낌을 받을

---

31 곡선 모양의 얇은 날의 칼인데, 칼날이 날카로운 것으로 유명하다. 마지막 문단의 크고 무거운 칼과 대조되어 사용되었다.

것이다. 그래서 당신은 행복하게 이 세상에서 삶을 마칠 것이다. 그것이 생명이든 죽음이든, 우리는 단지 진실만을 갈구한다. 우리가 정말 죽어가고 있다면, 우리의 목구멍에서 나는 가르랑 숨이 넘어가는 소리를 듣고 극단적인 한기를 느끼자. 우리가 살아 있다면, 가서 우리 일을 열심히 하자.

시간은 내가 낚시하는 강에 불과하다. 나는 거기에서 물을 마신다. 그러나 물을 마시는 동안 나는 모래바닥이 얼마나 얕은지 간파한다. 얕게 흐르는 물은 미끄러져 가버리지만, 영원은 남는다. 나는 더 깊은 물을 마시고, 그 바닥이 별 조약돌로 이루어진 하늘에서 낚시를 할 것이다. 나는 하나를 셀 수 없다. 나는 알파벳의 첫 번째 철자를 알지 못한다. 나는 태어난 그날만큼 현명하지 못한 것을 항상 유감스러워했다. 지성은 크고 무거운 칼이다. 지성은 사물의 비밀로 들어가는 길을 식별하고 그 길을 가른다. 나는 더는 필요 이상으로 내 손을 바쁘게 놀리고 싶지 않다. 내 머리가 손과 발이다. 나는 내 능력의 최대치가 머리에 집중되어 있음을 느낀다. 내 본능은 동물이 주둥이와 앞발을 사용하듯이 내 머리가 굴을 파는 도구임을 말해준다. 나는 머리로 이 산들을 파서 통과할 것이다. 나는 가장 값비싼 광맥이 이 근처 어디에 있다고 생각한다. 점지팡이와 엷게 피어오르는 증기로 그렇게 판단할 것이다. 그리고 여기를 파기 시작할 것이다.

03 | 독서

직업을 선택하는 데 조금만 더 숙고한다면, 아마 모든 사람이 본질적으로 학생이나 관찰자가 될 것이다. 왜냐하면 확실히 자신의 본성과 운명은 모두에게 똑같이 흥미롭기 때문이다. 우리 자신이나 후손을 위해 재산을 축적하거나, 가문이나 국가를 설립하거나 명예를 획득할 때도 우리는 유한하다. 그러나 진리를 다룰 때 우리는 영원불멸하며, 어떤 변화와 사고도 두려워할 필요가 없다. 가장 나이 많은 이집트나 인도의 철학자는 신의 조각상 베일의 한 귀퉁이를 들었다.[1] 그리고 떨리는 그 긴 겉옷은 여전히 들려 있고, 나는 그가 보았던 것과 같은 신선한 영광의 장면을 황홀하게 바라본다. 왜냐하면 그때 그렇게 대담했던 것은 바로 그의 속에 있는 나였고, 지금 그 광경을 다시 보는 것은 내 속에 있는 그이기 때문이다. 그때 이후 그 옷에는 전혀 먼지가 앉

---

1 고대 이집트에서 농사와 수태를 관장하는 아시스Isis 여신의 베일을 드는 것과 힌두교에서 환영의 여신 마야Maya의 베일을 벗기는 것에 대한 인유다.

지 않았고, 신성이 드러나 보인 후 시간은 조금도 경과하지 않았다. 우리가 진정으로 향상시키거나 향상시킬 수 있는 시간은 과거도, 현재도, 미래도 아니다.

우리 집은 사색하기에 좋을 뿐 아니라 진지하게 독서를 하기도 대학보다 좋다. 그리고 비록 내가 통상적으로 순회도서관이 다니는 범위 너머에 살았지만, 그 어느 때보다 세상에 순환되고 있는 책의 영향력 안으로 들어오게 되었다. 책 속의 문장들은 먼저 나무껍질 위에 씌어졌고, 지금은 때때로 아마로 만든 종이에 단순히 복사된다. 시인인 미르 카마르 우딘 마스트Mir Camar Uddin Mast [2]는 다음과 같이 말한다. "앉아서 영적인 세계의 지역으로 가로질러 달려가는 이익을 책에서 얻었다. 한 잔의 와인에 취하는 즐거움을 내가 비밀스러운 교리라는 술을 마셨을 때 경험했다." 나는 호메로스의 《일리아드》를 여름 내내 식탁 위에 두었다. 비록 내가 그 책장을 가끔씩만 보았지만 말이다. 처음에는 집짓기를 마무리하는 동시에 콩밭을 매어야 했다. 이는 끝없이 손을 쓰는 노동이므로 그 이상의 공부는 불가능했다. 그러나 나는 장래에는 그런 독서가 가능할 것이라는 전망으로 버텨내었다. 일하다 짬이 나면 나는 가벼운 여행에 대한 책을 한두 권 읽었는데, 그렇게 책을 읽는 것이 부끄러워졌고, '내가' 지금 사는 곳이 어

---

2 델피Delphi에서 페르시아 말과 힌두스타니Hindustani 어족의 하나인 우르두 Urdu 언어를 사용한 시인으로, 1793년 캘커타Calcutta에서 사망했다.

디인지 질문했다.

학생이 호메로스나 아이스킬로스Æschylus[3]를 그리스어로 읽어도 방탕하거나 쾌락을 추구할 위험은 없을 것이다. 왜냐하면 그런 책을 읽는다는 것은 그가 어느 정도 영웅에 대해 열심히 배우고, 아침 시간을 책을 읽는 데 바친다는 의미이기 때문이다. 영웅적인 책들은 비록 우리의 모국어 철자로 인쇄되어 있을지라도 타락한 시대에는 항상 사어死語일 것이다. 그리고 우리는 지혜와 용기, 그리고 관대함을 이용해서, 일반적인 언어가 허용하는 사용범위보다 더 큰 의미를 추측하면서, 각각의 단어와 행간의 의미를 열심히 찾아야 한다. 현대의 값싸고 풍부한 출판은 수많은 번역을 낳았음에도 옛날의 영웅적인 작가들에게 우리를 더 가까이 다가가게 하는 데 별로 기여한 바가 없었다. 그들은 외로워 보이고, 그들의 작품이 인쇄된 철자는 이전처럼 드물고 기묘하다. 당신이 고대어의 몇몇 단어만 배운다 하더라도, 젊은 날과 값비싼 시간을 비용으로 지불할 가치가 있다. 그 단어들은 일상의 거리에서 조달되어 영원한 암시와 자극이 될 것이다. 농부가 들은 몇 안 되는 라틴어 단어를 기억하고 암송하는 것은 헛된 일이 아니다. 사람들은 때때로 마치 고전 연구가 마침내 더 현대적이고 실제적인 학문에 길을 내어줄 것처럼 말한다. 그러나 모험을 즐기는 학생은 어떤 언어로 써 있든지 그리고 얼마나

---

3   그리스의 비극시인이다.

오래되었든지 항상 고전을 공부할 것이다. 왜냐하면 고전이 인간의 가장 고귀한 사고를 기록한 것이 아니라면 무엇이겠는가? 그들은 쇠퇴하지 않은 유일한 신탁이며, 고전 속에는 델피Delphi 와 도도나Dodona [4]가 한 번도 제공한 적이 없는 가장 현대적인 질문에 대한 답이 담겨 있다. (고전 연구를 게을리하는 것은) 자연이 오래되었기 때문에 자연에 대한 연구를 게을리하는 것과 마찬가지다. 독서를 잘하는 것, 다시 말해 진정한 책을 진정한 정신으로 읽는 것은 고귀한 훈련이며, 당대의 관습이 존중하는 어떤 훈련보다 더 독자를 혹사시키는 훈련이다. 그것은 운동선수가 받는 것과 같은 훈련, 즉 거의 전 생애를 이 목적에 바칠 의향을 요구한다. 책은 씌어진 것만큼 의도적이고 신중하게 읽혀야 한다. 책을 쓰는 데 사용된 언어를 말할 수 있는 정도로는 충분하지 않다. 왜냐하면 구어와 문어 사이, 듣는 언어와 읽는 언어 사이에는 중대한 간극이 있기 때문이다. 전자는 보통 일시적이며, 소리, 말, 거의 동물적인 방언에 불과하다. 후자는 전자가 성숙된 것이고 경험이다. 전자가 어머니 말이라면, 후자는 아버지 말이다. 아버지 말은 과묵하고 선택적인 표현을 쓰고 귀로 듣기에는 너무 중요해서, 우리가 말하기 위해서는 다시 태어나야 한다. 중세에 그리스어와 라틴어를 단지 '말로 한' 많은 사람들은 우연히 그 말을 쓰는 나라에서 태어났다고 해서 그 언어로 쓴 천재의 작품을 '읽을' 자격이 있지는 않았다. 왜냐하면 천재의 작품들이 그들이 아는 그리스어나 라틴어로 쓰인 것이 아니라 문학의 선택된 언어로 쓰였기 때문이다. 그들은 그리스와 로마의 보다 고귀한 방언을 배우지 못했고, 그래서 그 방언을 사용해 쓴 책은 그들에게 휴지에 불과했고, 그 대신 당대의 싸구려 문학을 높이 평가했다. 그러나 유럽의 여러 나라가 비록 거칠지만 분명하고 그들의 떠오르는 문학의 목적에는 충분한, 그들 자신의 문어를 획득했을 때 비로소 처음으로 학문이 되살아났고, 학자들은 그 멀리 떨어진 고대의 보물을 구분할 수 있게 되었다. 로마와 그리스의 대중이 '들을' 수 없었던 것을 수 세기가 지난 후 소수의 학자가 '읽었고,' 여전히 소수의 학자들만이 읽고 있다.

우리가 웅변가에게서 이따금 터져 나오는 달변을 아무리 많이 존경하더라도, 문자로 기록된 가장 고귀한 단어들은 있다가 사라지는 구어 저 뒤 또는 너머에 있다. 별이 총총한 하늘이 구름 뒤에 있듯이 말이다. '거기에' 별이 있고, 별을 읽을 수 있는 사람들이 있다. 천문학자는 영원히 별에 대해 논평하고 관찰한다. 문자로 기록된 고귀한 단어들은 우리의 일상어나 내뱉으면 덧없이 사라지는 숨과 같은 것이 아니다. 공개 토론회에서 달변이라고 일컫는 것이 서재에서는 화려한 수사로 발견되는 일이 흔하다. 웅변가는 지나가는 순간의 영감에 굴복해 그의 앞에 있는 군중, 즉 그의 말을 '들을' 수 있는 사람들에게 말을 한다. 그러나 작가에게는 좀더 평온한 삶이 기회이며, 웅변가에게 영감을 주는 사건과 군중은 그를 산만하게 만들 것이다. 작가는 인류의 지성과 감정에, 그를 '이해할' 수 있는 모든 시대의 모든 사람에게 말한다.

알렉산드로스Alexander 대왕이 원정을 갈 때 귀중품을 보관하는 상자에 《일리아드》를 넣고 다녔다는 사실은 놀랍지 않다. 문어는 최고로 정선된 유물이다. 그리고 어떤 다른 예술작품보다 우리에게 더 친밀하면서도 보편적인 것이다. 또한 삶 그 자체에 가장 가까운 예술작품이다. 그것은 모든 언어로 번역될 수 있고, 읽힐 수 있을 뿐 아니라 실제로 모든 인간의 입술로 표현될 수 있다. 즉 캔버스 위에나 대리석으로만 재현될 수 있는 것이 아니고, 삶 그 자체의 숨결로부터 조각될 수 있다. 고대인의 사고의 상징이 현대인의 연설이 된다. 2,000번의 여름이 그리스의 대리석 조각상에 준 것처럼 그리스 문학의 기념비에도 더 성숙한 금빛과 가을빛만 주었다. 왜냐하면 그 기념비들이 시간의 흐름으로 생기는 부식으로부터 스스로를 지키기 위해 그 책들 고유의 차분하고 천상적인 분위기를 모든 땅으로 옮겨놓았기 때문이다. 책은 세상의 보물 자산이며 다음 세대와 국가가 물려받기에 적절한 유산이다. 가장 오래되고 훌륭한 책들은 모든 오두막의 선반 위에 자연스럽고 정당하게 놓여 있다. 책은 스스로 내세울 어떤 명분도 없지만, 독자를 계몽하고 양육하는 동안은 독자의 상식이 책을 거부하지도 않을 것이다. 책의 저자는 모든 사회에서 자연스럽고 저항할 수 없는 귀족이며, 왕이나 황제보다 더 큰 영향력을 인류에게 행사한다. 문맹이어서 글에 대해 냉소적인 장사꾼이 진취성과 부지런함 덕분에 선망하던 여가와 자립을 얻고 부유한 상류사회에 받아들여지면, 필연적으로 자신보다 훨씬 더 고매해서 아직은 접근할 수 없는 지성과 재능의 사회를 결국 지향하며, 자신의 문화적 소양이 부족하며 모든 부유함이 헛되고 불충분하다는 사실만을 깨닫는다. 그래서 자신이 통렬하게 부족하다고 느끼는 지적인 소양을 자녀들이 확보할 수 있도록 애를 쓰는데, 그의 분별력은 여기서 증명된다. 이런 노력을 기울인 끝에 그는 한 가문의 설립자가 되는 것이다.

고전을 원어로 읽는 법을 배우지 못한 이들은 틀림없이 인류의 역사에 대해 대단히 불완전한 지식만 있을 것이다. 우리의 문명 자체를 번역으로 여길 수 있는 것이 아니라면, 고전에 대한 번역이 어떤 현대어로도 이루어진 적이 없다는 사실은 주목할 만하기 때문이다. 호메로스는 아직 한 번도 영어로 간행된 적이 없으며, 아이스킬로스도, 그리고 심지어 베르길리우스Publius Vergilius Maro [5]도 그러하다. 거의 아침 자체만큼 세련되고, 견실하게 씌어지고, 아름다운 작품도 말이다. 우리가 후대 작가에 대해 무엇이라고 말하든지, 그들은 고대 작가의 정교한 아름다움과 마무리, 그리고 평생에 걸친 영웅적이고 문학적인 노고에 필적

....

5   원어 이름은 푸블리우스 베르길리우스 마로이며, 로마의 저명한 시인이다.

할 수 없다. 그런 작가는 있더라도 아주 드물다. 후대 작가들은 결코 알지 못했던 고대 작가들을 잊겠다고 이야기한다. 고대 작가들에 대해 주의를 기울이고 그들의 진가를 알아볼 정도의 지식과 천재성을 갖춘 후에 그들을 잊어도 늦지 않을 것이다. 우리가 고전이라고 부르는 유물들과 그보다 더 오래되고 고전 이상이지만 덜 알려진 국가의 경전들이 훨씬 더 많이 축적되고, 바티칸Vatican 궁전이 《베다》와, 《젠다베스타Zendavesta》,[6] 《성서》 같은 종교 경전과, 호메로스와 단테Alighieri Dante, 셰익스피어 같은 작가들로 채워지고, 앞으로 올 세기가 지속적으로 세계의 광장에 그 세기의 전리품을 축적할 때, 그 시대는 실로 부유해질 것이다. 그렇게 쌓인 축적물 덕분에 마침내 우리는 하늘에 오르기를 희망할 수도 있다.

인류는 아직 한 번도 위대한 시인의 작품을 읽은 적이 없다. 위대한 시인만이 그 작품들을 읽을 수 있기 때문이다. 그 작품들은 대중이 별을 읽을 때처럼 천문학적으로가 아니라 기껏해야 점성학적으로만 읽혔다. 대부분은 회계를 맡고 장사에서 속임을 당하지 않기 위해 계산하는 방법을 배운 것처럼, 하찮은 편의에 봉사하기 위해 글 읽는 법을 배웠다. 그러나 고귀한 지적인 훈련으로서의 독서에 대해서는 거의 또는 아무것도 모른다. 그러나 이

6 《아베스타스Avestas》라고도 불리는데, 고대 페르시아의 종교인 조로아스터교 Zoroastrianism의 경전이다.

것만이 고차원적인 의미에서의 독서다. 즉 하나의 사치로서 우리를 얼러서 재우고 더 고귀한 능력들이 그동안 잠을 자도록 내버려두는 독서가 아니라, 책을 읽기 위해 발가락 끝으로 서서 우리의 가장 각성된 깨어 있는 시간을 헌신해야 하는 독서다.

철자를 배웠으니 최고의 문학을 읽어야 하며, 평생 4학년이나 5학년 교실의 가장 낮은 맨 앞자리 긴 의자에 앉아서 에이-비-에이비와 한 음절로 된 단어를 영원히 반복해서는 안 된다고 생각한다. 대부분은 그들이 읽거나 남이 읽는 것을 듣는 정도로 만족하고, 우연히 한 권의 좋은 책인《성서》의 지혜에 설득되어, 남은 생애 동안 무위로 지내며 가벼운 읽을거리로 능력을 낭비한다. 우리 순회도서관에 '리틀 리딩'이라는 제목이 붙은 몇 권의 책으로 이루어진 작품이 있다. 그 제목이 내가 한 번도 가본 적이 없는 읍의 이름을 일컫는 것이라고 생각했다. 가마우지와 타조처럼, 고기와 야채로 잔뜩 차린 저녁식사를 마친 후조차 이런 종류의 책을 모두 소화시킬 수 있는 사람들이 있는데, 그들은 하나라도 낭비되는 것을 견딜 수 없기 때문이다. 혹자가 이런 여물을 제공하는 기계라면, 그들은 여물을 읽는 기계다. 그들은 이런 제불론Zebulon[7]과 세프로니아Sophronia[8]에 대한 9,000번째 이야

---

7   제불론 또는 제불룬Zebulun은《성서》〈창세기〉에서 언급되는 인물로, 야곱Jacob과 레아Leah의 여섯 번째 아들이었다.

8   16세기에 타소Tasso가 쓴 〈구원받은 예루살렘Jerusalem Delivered〉이라는 시에 나오는 인물이다.

기를 읽는다. 그들이 어떻게 이전에 누구도 한 적이 없는 것 같은 사랑을 했는지 듣고, 그들의 진정한 사랑의 과정도 순조롭게 진행되지 않았다는 이야기를 읽었다. 사랑이 어떻게 진행되다가 걸려 넘어지고, 다시 일어서서 또 계속되었는지! 종각까지는 올라가지 않는 편이 더 나았을 어떤 불쌍하고 운이 없는 사람이 어떻게 첨탑 꼭대기까지 올라갔는지, 그리고 불필요하게 그를 그곳에 올려놓은 다음, 즐거운 소설가는 세상 사람들이 모두 와서 '맙소사! 그가 다시 어떻게 내려왔는가를 들으라'며 종을 울린다나! 내 생각에는 예전에 영웅들을 하늘에 있는 별자리 사이에 두었던 것처럼, 소설왕국에 전반적으로 등장하는 모든 대망을 품은 주인공을 인간 바람개비로 변형시켜서 그들이 녹슬 때까지 빙글빙글 돌도록 만들어, 나쁜 장난으로 정직한 사람들을 귀찮게 하지 않도록 아예 내려오지 못하게 하는 편이 더 좋겠다. 다음번에 소설가가 종을 울릴 때 교회가 불에 타서 완전히 내려앉을지라도 나는 꼼짝하지 않을 것이다. 《티틀-톨-탄Tittle-Tol-Tan》으로 유명한 작가가 쓴 중세 로맨스인 《팁-토-홉의 뜀뛰기The Skip of the Tip-Toe-Hop》가 한 달분씩 출판될 예정. 대단히 주문이 쇄도하고 있으니 모두 한꺼번에 사러 오지 마시오." 모든 글귀를 그들은 눈을 부릅뜨고 고조된 유치한 호기심과 지칠 줄 모르고 소화시키는 위장을 가지고 읽는데, 그 위장의 주름은 마치 벤치에 걸터앉은 어떤 네 살짜리 꼬마가 금박표지의 2센트짜리 《신데렐라Cinderella》를 술술 읽어나가듯이 격하게 운동할 필요조차 없다. 이런 책을 읽어서는 발음이나 악센트, 강조에서 전혀 나아질 수도 없고 도덕을 끄집어내거나 끼워 넣는 기술을 배울 수도 없다. 그 결과로 시야가 둔화되고, 순환기관이 정체되며, 모든 지적인 능력이 전반적으로 위축하고 퇴보한다. 이런 종류의 생강빵은 거의 모든 오븐에서 매일 그리고 순수한 밀가루나 귀리-옥수수빵보다 더 정성 들여 구워지며, 더 확실한 시장이 있다.

좋은 독자라고 일컫는 사람들조차 최고의 책을 읽지 않는다. 우리 콩코드의 문화는 어느 수준인가? 아주 드문 예외가 있지만, 이 읍에는 모두가 읽을 수 있고 철자를 쓸 수 있는 단어들로 이루어진 영문학에조차 최고의 책이나 대단히 좋은 책에 대한 취향이 존재하지 않는다. 대학교육을 받은, 이른바 교양교육을 받은 여기와 다른 곳의 사람들도 영문학 고전을 사실은 거의 또는 전혀 모른다. 그리고 기록된 인류의 지혜에 관해 말하자면, 옛 고전과 《성서》는 그 책을 알고자 하는 모두가 접할 수 있지만, 어디에서든지 그 책에 정통하기 위해 기울인 노력은 상당히 미약하다. 나는 프랑스어 신문을 구독하는 중년 나무꾼을 알고 있다. 뉴스를 초월해 사는 그가 신문을 구독하는 이유는 그의 말처럼 뉴스를 알기 위해서가 아니라, 태생적으로 캐나다인이기 때문에 "불어연습을 계속하기 위해서"다. 이 세상에서 할 수 있는 최상의 것이 무엇이라고 생각하느냐고 물으면, 그는 불어연습 외에 영어공부를 계속해 어휘력을 더하는 것이라고 말한다.

이것은 대학 출신들이 일반적으로 하고 있거나 열망하는 것과 비슷하다. 이 목적을 이루기 위해 그들은 영자신문을 구독한다. 아마 영어로 쓰인 최고의 책 가운데 하나를 읽다가 막 온 사람은 그 책에 대해 대화할 수 있는 사람을 몇 명이나 발견할까? 또는 이른바 문맹인에게까지 명성이 자자한 그리스나 라틴 고전을 그가 원어로 읽다가 온다고 가정해보자. 그 책에 관해 대화를 나눌 사람을 발견하지 못하고 그는 침묵을 지켜야 할 것이다. 실로 우리 대학들에는 그 언어에 대한 어려움을 극복했다 할지라도, 그리스 시인의 재치와 시가 주는 어려움을 마찬가지로 극복하고, 정신을 바짝 차리고 그 책에 도전하는 영웅적인 독자에게 공감을 표할 교수를 거의 찾기 힘들다. 그리고 인류의 성스러운 경전이나 《성서》에 대해 말하자면, 이 읍에 있는 누가 그 책들의 제목이라도 내게 말해줄 수 있다는 말인가? 대부분은 히브리인 외의 어떤 민족에게 경전이 있었는지 모른다. 사람은 누구든지 은화 한 닢을 줍기 위해서라면 가던 길에서 상당히 벗어날 것이다. 그러나 여기에 금과옥조와 같은 말들이 있다. 그것은 고대의 가장 현명한 사람들이 한 말로, 그 가치를 이후의 모든 시대의 현자가 우리에게 보증한 말들이다. 그럼에도 우리는 단지 가벼운 읽을거리나 입문서와 교과서 정도를 읽는 방법을 배우고, 학교를 떠날 때 소년과 초보자를 위한 '리틀 리딩'과 이야기책 정도를 읽는다. 우리의 독서, 대화와 사고는 모두 대단히 낮은 수준으로, 피그미족과 난장이족 수준에 불과하다.

나는 이 콩코드 땅에 태어난 사람보다 더 현명한, 그들의 이름이 여기에서는 거의 알려지지 않은, 사람들과 친분을 맺기를 열망한다. 내가 플라톤Plato의 이름을 듣고도 그의 책을 한 번도 읽지 않을 것인가? 마치 플라톤이 우리 읍 사람이지만 내가 한 번도 그를 본 적이 없었고, 바로 옆의 이웃과 한 번도 그가 말하는 것을 듣거나 그의 지혜로운 말에 주의를 기울인 적이 없었던 것처럼 말이다. 그러나 실제로는 어떤가? 플라톤의 불후함을 담고 있는 《대화편The Dialogues》은 옆 선반에 놓여 있지만 나는 한 번도 그 책을 읽은 적이 없다. 우리는 본 데 없이 자랐고, 미천하며, 문맹이다. 이런 측면에서 나는 독서를 전혀 할 수 없는 우리 읍 주민의 문맹과, 어린이와 머리가 나쁜 사람을 위한 책을 읽는 법을 배운 사람의 문맹을 뚜렷하게 구별을 하지 않는다는 사실을 고백한다. 우리는 존경할 만한 고대 사람들만큼 훌륭해야 하지만, 부분적으로는 먼저 그들이 얼마나 훌륭했는가를 알아야 한다. 우리는 키 작은 종족이며, 지적인 비행에서 일간신문의 칼럼보다 높이 날지 못한다.

모든 책이 그 책의 독자만큼 따분하지는 않다. 필시 우리의 상황에 정확하게 역점을 두고 다루는 글이 있다. 우리가 정말 경청하고 이해할 수 있다면 그 글은 우리 인생에서 아침이나 봄보다 더 유익할 것이고, 어쩌면 우리에게 사물의 국면에 대해 새로운 전망을 제시할 것이다. 얼마나 많은 사람이 한 권의 책을 읽음으로 인해 인생에서 새로운 시대를 시작하게 되었는가! 우리의 기적에 대해 설명하고 새로운 기적을 보여줄 책이 아마 우리를 위해 존재할 것이다. 지금은 말할 수 없는 것들이 어딘가에 발화되는 모습을 발견할 수도 있다. 우리의 마음을 불안하게 하고 당혹하게 하며 당황하게 만드는 이와 똑같은 질문들이 그들의 때에 모든 현자들에게도 일어났다. 한 사람도 예외는 없었다. 각 현인은 능력에 따라 자신의 말과 삶을 바탕으로 그 문제들에 답을 했다. 더욱이 우리는 지혜로워지고 관대함을 배울 것이다. 콩코드 외곽에 있는 농장에 고용되어 일하는 외로운 한 남자는, 사람은 종교적으로 다시 태어났으며 독특한 종교적인 체험이 있고 신앙에 따라 엄숙함과 배타성을 믿도록 강요되었기 때문에, 그것이 진실이 아니라고 생각할 수 있다. 그러나 수천 년 전 조로아스터Zoroaster[9]는 똑같은 길을 여행했고 동일한 경험을 했다. 그러나 그는 현명했기 때문에 그런 삶이 보편적이라는 사실을 알았고, 그에 따라 이웃을 대했고, 인간들 사이에 예배를 창안하고 확립했다고까지 전해진다. 그렇다면 그가 조로아스터와 겸손하고 친밀하게 교제하게 하고, 모든 존경할 만한 사람이 가진 관대한 영향력을 통해 예수 그리스도 본체와 친밀하게 교제하게 하고, '우리 교회'라는 것을 무시하라.

우리는 19세기에 살며 어느 나라보다 가장 빠르게 진보하고

---

9   조로아스터 또는 자라투스트라Zarathustra는 기원전 6세기 조로아스터교의 창시자다.

있다고 자랑한다. 그러나 이 마을이 그 자체의 문화를 위해서는 얼마나 더디게 진보하는지 생각해보라. 나는 우리 읍 사람들에게 아첨할 생각도 없고, 아첨을 받을 생각도 없다. 아첨이 우리 가운데 누구도 발전시키지 않기 때문이다. 우리는 자극을 받을 필요가 있다. 막대기에 찔려 몰이당하는 소처럼 빠른 속도로 걸을 필요가 있다. 우리에게는 영아만을 위한 학교인, 공립학교라는 비교적 괜찮은 체제가 있다. 그러나 겨울에는 반쯤 아사상태의 라이시움lyceum[10]과 최근 주정부가 제의해 볼품없이 시작한 도서관을 제외하면, 성인을 위한 학교는 없다. 우리는 정신적인 양식보다는 몸을 위한 양식이나 몸의 질병을 치료하는 물품에 훨씬 더 많은 돈을 쓴다. 지금은 특별한 학교를 세울 때이며, 우리가 막 성인이 되었을 때 교육받기를 그만두지 않아야 한다. 지금은 마을이 대학이고, 마을 연장자가 대학의 특별연구원이 되어—만약 그들이 실로 대단히 부유하다면—여유롭게 그들 여생 동안 교양적인 학문을 추구할 때다. 세상이 하나의 파리나 하나의 옥스퍼드Oxford로 영원히 한정되어야 하는가? 학생들은 여기에서 하숙을 하며 콩코드 하늘 아래서 교양교육을 받을 수 없

---

10 라이시움은 원래 아리스토텔레스Aristoteles가 철학을 가르쳤던 아테네Athene의 학원 이름인데, 미국에서는 조시아 홀브룩Josiah Holbrook이 시사토론을 위한 지역단체로 처음 시작했다. 콩코드 라이시움은 1829년 시작되었고, 소로는 1839년 10월 이후 콩코드 라이시움의 비서나 관리인으로 강사를 섭외하며 수년 동안 일했으며, 직접 강의도 했다.

는가? 우리는 우리에게 강의해줄 아벨라르Peter Abélard[11] 같은 사람을 고용할 수 없는가? 오호, 슬프도다! 소 떼에게 꼴을 먹이고 가게를 관리하는 일로, 우리는 학교에서 너무 오래 멀리 떨어졌고, 우리의 교육은 슬프게도 방치되었다. 이 나라에서 마을은 어떤 면에서 유럽의 귀족을 대신해야 한다. 마을은 미술의 후원자가 되어야 한다. 마을은 충분히 부유하다. 부족한 것은 단지 아량과 세련됨이다. 마을은 농부와 상인이 가치를 두는 것에 돈을 충분히 쓸 수 있지만, 더 지적인 사람들이 훨씬 더 가치 있다고 여기는 것에 돈을 쓰기를 제안하면 몽상적이라고 생각한다. 이 읍은 행운이나 정치 덕분에 읍사무소를 짓는 데 1만 7,000달러를 썼지만, 아마 100년이 지나도 그 건물에 채워 넣을 진정한 내용인 살아 있는 재치에는 그렇게 많은 돈을 쓰지 않을 것이다. 겨울에 라이시움을 위해 1년에 한 번 기부되는 125달러는 읍에서 모금된 어떤 다른 동일한 금액의 기부금보다 더 잘 활용되고 있다. 우리가 19세기에 산다면, 19세기가 제공하는 이점들을 즐겨서 안 되는 이유가 있는가? 왜 우리 인생이 어떤 면에서 촌스러워야 하는가? 우리가 신문을 읽는다면, 보스턴의 가십을 뛰어넘어 곧장 세계 최고의 신문을 구독하는 것이 어떤가? '중립적인 가족' 신문[12]의 흐물흐물한 빵죽을 빨아먹거나, 여기 뉴잉

---

11 프랑스의 신학자이자 선생이자 철학자로, 파리 대학에서 가르쳤다.
12 가족이 읽을 수 있는 내용을 선호해서 정치적인 내용을 피한 신문들을 말한다.

글랜드의《올리브가지 *Olive-Branches*》[13]를 뜯어먹지 말고 말이다. 모든 지식사회의 보고서가 우리 손에 들어오게 하자. 그러면 그들이 아는 것이 있는지를 우리가 깨달을 것이다. 왜 우리가 우리의 읽을거리를 선택하는 일을 하퍼 앤 브라더즈Harper & Brothers 출판사[14]와 레딩컴퍼니Redding & Co.[15]에 맡겨야 하는가? 취향이 세련된 귀족이 주변을 무엇이든지 교양에 도움이 되는 것, 즉 천재-배움-재치-책-그림-조각상-음악-철학적인 도구 등으로 에워싸는 것처럼, 우리 마을도 그렇게 하자. 우리 청교도 선조들이 한때 황량한 바위 위에서 이들과 함께 추운 겨울을 났다는 이유로, 현학자, 목사, 교회 관리인, 교구 도서관과 세 명의 도시행정위원에서 갑자기 멈추지 말자. 집단적으로 행동하는 것은 우리 제도의 정신에 따른 것이다. 나는 우리 상황이 더 번영하고 있기 때문에 우리의 자산이 귀족의 자산보다 훨씬 더 많다고 확신한다. 뉴잉글랜드는 세상에 있는 모든 현명한 사람이 와서 뉴잉글랜드인을 가르치도록 고용할 수 있고, 한동안 그들에게 숙식을 제공해서 뉴잉글랜드를 전혀 촌스럽지 않게 만들 수 있다. 그것이 우리가 원하는 '특별한' 학교다. 귀족 대신 일반 사람으로 이

---

13   감리교의 주간신문인《보스턴 올리브가지》는 1836년 보스턴에서 발간되기 시작한다.

14   뉴욕 최고의 출판사 가운데 하나로, 1817년에 설립되었다.

15   1830년대에 보스턴에서 신문보관소로 출발한 레딩컴퍼니는 1840년대에 정기간행물보관소가 되었고, 1850년대에는 서적출판과 판매를 하는 한편 홍차도 거래했다.

루어진 귀족적인 마을을 만들자. 반드시 필요하다면, 강 위로 다리 하나를 놓지 말고 약간 돌아서 가고, 우리를 둘러싼 무지라는 더 어두운 심연 위에 적어도 아치형 다리 하나를 놓자.

소리들

그러나 가장 엄선된 고전일지라도 책에만 한정해서 그 자체가 방언이고 지방어에 불과한 특수한 문어로 쓴 글만 읽는다면, 우리는 모든 사물과 사건이 은유 없이 말하는 언어이자 어휘가 풍부하고 표준적인 유일한 언어를 잊을 위험에 처한다. (후자의 언어로) 많은 것이 공표되었지만, 소수만 인쇄되었다. 덧문이 완전히 제거되면 창의 덧문을 관통하는 광선을 더는 기억하지 않을 것이다. 어떤 방법이나 훈련도 끊임없이 경계하는 태도를 대신할 수 없다. 보아야 할 것을 항상 바라보는 훈련과 비교하면, 아무리 잘 선택되었을지라도 역사나 철학, 시 수업이나, 최고의 사회, 가장 훌륭한 일상이 무엇이란 말인가? 당신은 독자가 될 것인가, 학생만 될 것인가, 아니면 예언가가 될 것인가? 당신의 운명을 읽으라, 당신 앞에 무엇이 있는지 보라, 그리고 미래로 걸어 들어가라.

첫 여름에는 책을 읽지 않았다. 괭이로 콩을 심어야 했다. 가끔 이보다 더 나은 일을 했다. 머리로 하는 일이든 손으로 하는 일이든 상관없이 현재의 순간을 일에 희생할 여유가 없던 때가 있었다. 나는 내 인생의 넓은 여백을 좋아한다. 여름날 아침에 늘 하는 목욕을 마친 후, 때때로 해뜰 때부터 정오까지 햇볕이 잘 드는 문간에 앉아 있었다. 소나무와 호두나무, 그리고 옻나무 가운데 앉아 아무도 방해하지 않는 고독과 고요함 속에서 명상에 빠졌다. 그러는 동안 새들은 주위에서 노래 부르거나 소리 없이 집 안을 날아다녔다. 이윽고 서쪽 창문으로 떨어지는 해를 보거나 멀리 큰길에서 어떤 여행자의 짐마차 소음을 듣고 시간이 많이 경과했음을 깨달았다. 그런 시절에 나는 옥수수가 밤에 자라듯이 자랐고, 그런 시절은 손이 했을 어떤 일보다 훨씬 더 나았다. 그 시절은 내 삶에서 뺀 시간이 아니라 내게 허용된 시간의 한도를 훨씬 능가하는 시간이었다. 나는 동양인의 관조와 무위가 의미하는 바가 무엇인지 깨달았다. 대체로 나는 시간이 어떻게 가는지 신경 쓰지 않았다. 낮은 마치 내 일을 비추듯이 지나갔다. 아침이 지나가고, 자, 이제 저녁인데, 기억할 만한 어떤 일도 성취하지 못했다. 새처럼 노래하는 대신, 나는 끊임없이 내 운이 좋은 것에 조용히 미소 지었다. 참새가 집 문 앞의 호두나무에 앉아 지저귄 것처럼, 나도 껄껄 웃거나 떨리는 목소리로 노래하기를 억제했지만, 참새는 내 둥지에서 나는 그 소리를 들을 수도 있었을 것이다. 나의 나날들은 어떤 이단 신의 일주일에 속한 날들도 아니었고, 매시간 잘게 나뉘고 시계가 똑딱똑딱하며 가는 소리로 인해 어지럽혀지지도 않았다. 왜냐하면 나는 푸리 인디언Puri Indians [1]처럼 살았기 때문이다. 그들에 대해서는 다음과 같은 말이 있다. "어제, 오늘, 그리고 내일에 대한 단어가 그들에게는 한 단어다. 어제는 뒤를 가리키고, 내일은 앞을, 그리고 지나가는 날은 머리 위를 가리킴으로써 다양한 의미를 표현한다." 이런 생활은 내 동료 읍민에게는 명백히 순전한 게으름으로 보였을 것이다. 그러나 만약 새와 꽃이 그들의 기준으로 나를 시험했다면, 내게는 부족함이 없음을 알았을 것이다. 인간은 자신 안에서 삶의 동인을 찾아야 한다. 해가 떠서 질 때까지 하루는 대단히 고요하고, 인간의 게으름을 꾸짖는 일은 거의 없을 것이다.

오락거리를 위해 바깥에 사교계와 극장을 찾아야 하는 사람들에 비해 내 삶의 방식은 적어도 이점이 있다. 내 삶 자체가 오락거리가 되었고 결코 새로움이 가시지 않는다는 점이다. 내 삶은 많은 장면이 있는 끝없는 드라마였다. 실로 우리가 항상 생계비를 벌고 자신이 배웠던 가장 최근이자 최고의 방식에 따라 삶을 통제한다면, 권태로 시달리는 일은 결코 없을 것이다. 당신의 천재성을 아주 가까이 따라가라. 그러면 반드시 당신에게 매시간 새로운 전망을 보여줄 것이다. 집안일은 즐거운 소일거리였다. 집 안의 바닥이 더러워지면, 나는 아침 일찍 일어나 침대와 침대 프레임을 한 꾸러미로 만들고 모든 가구를 문밖의 풀밭 위에 옮겨놓고는, 바닥에 물을 끼얹었고, 그 위에 호수에서 가져온

---

1   브라질 동부에 사는 인디언 종족이다.

흰 모래를 뿌렸다. 그런 다음에 빗자루로 바닥을 문질러 깨끗하고 하얗게 만들었다. 마을 사람들이 아침식사를 마쳤을 즈음이면, 아침 해가 집 안을 충분히 말려서 가구를 다시 안으로 옮길 수 있었고, 내가 명상하는 데 거의 방해가 되지 않았다. 가재도구 전부가 집시의 보따리처럼 작은 더미를 이루면서 풀밭에 나와 있는 모습과, 책과 펜, 그리고 잉크가 그대로 놓여 있는 세발 탁자가 소나무와 호두나무 사이에 놓인 모습을 보는 것은 즐거웠다. 가재도구는 바깥에 나와 있어서 기뻐하는 것 같았고, 마치 안으로 들어가기 싫은 것처럼 보였다. 나는 때때로 그 위에 차양을 치고 자리 잡고 앉고 싶었다. 가재도구 위에 햇빛이 반짝이는 모습을 보고 그 위로 자유로이 부는 바람 소리를 듣는 것은 보람 있는 일이었다. 집 안에서 대단히 익숙한 물건을 바깥에서 보면 훨씬 더 흥미 있었다. 새 한 마리가 옆 가지에 앉아 있고, 국화가 탁자 아래에서 자라고, 검은 딸기 넝쿨이 탁자 다리 주위를 감고 있다. 솔방울과 가시 돋친 밤송이, 그리고 딸기 잎이 주위에 흩뿌려져 있다. 마치 이런 형상들이 우리의 가구로, 탁자, 의자, 침대 프레임으로 모사된 것처럼 보였다. 가구가 한때 이런 형상 사이에 놓여 있었으니 말이다.

내 집은 어린 리기다소나무와 호두나무 숲 가운데, 좀더 큰 숲의 가장자리에 바로 면한 언덕 사면에 있었다. 호수에서 약 30미터 떨어져 있었는데, 호수까지는 언덕 아래로 좁고 작은 보행자용 길이 나 있었다. 집 앞마당에는 딸기와 검은딸기, 떡쑥,

서양고추나물과 미역취, 키 작은 참나무와 모래벗나무, 블루베리와 땅콩이 자랐다. 5월이 끝날 무렵에 모래벗나무가 섬세한 꽃으로 길 양쪽을 장식했는데, 모래벗나무의 짧은 줄기 둘레에는 산형화가 원통 모양으로 피어 있었다. 가을에 모래벗나무는 알이 굵고 잘생긴 체리의 무게로 아래로 처져서 사방으로 퍼지는 광선처럼 화환이 되어 떨어졌다. 자연에 대한 경의를 표하기 위해 체리를 맛보았지만, 맛은 거의 없었다. 집 주변에 울창하게 자란 옻나무는 내가 만든 제방을 뚫고 올라와서 첫 계절에 5, 6피트가 자랐다. 옻나무의 새 깃털 모양의 넓은 열대 잎사귀는 낯설었지만 호감을 주었다. 죽은 것처럼 보였던 마른 나무막대기에서 늦은 봄에 갑자기 솟아 나온 큰 꽃봉오리는 신기하게도 직경 1인치의 우아한 녹색에 여린 가지로 자랐다. 꽃봉오리는 너무나 무심하게 자라는 바람에 약한 마디를 혹사해서, 때때로 내가 창가에 앉아 있을 때, 갓 나온 여린 가지가 공기의 요동이 전혀 없었는데도 그 자체의 무게 때문에 부러져 갑자기 부채처럼 땅으로 떨어지는 소리를 들었다. 8월에는 꽃이 피었을 때 많은 야생벌을 끌어모았던 큰 딸기 더미가 점점 밝고 부드러운 진홍색을 띠었고, 그 무게 때문에 다시 아래로 구부러져 여린 줄기들을 부러뜨렸다.

이 같은 여름날 오후에 창가에 앉아 있으면 매들이 내 개간지 주위를 맴돈다. 두셋씩 짝을 지어 내 시야에서 비스듬히 가로질러 나아가거나 집 뒤의 흰 소나무 가지에 끊임없이 내려앉는 야생 비둘기가 돌진하면 공중에 소리가 난다. 물수리는 호수의 투명한 수면에 잔물결을 일으키고 물고기를 물어 오른다. 밍크는 집 문 앞의 습지에서 몰래 나와 호수 기슭에서 개구리를 잡고, 사초莎草는 여기저기 날아다니는 쌀새의 무게를 이기지 못하고 아래로 구부러진다. 지난 30분 동안, 보스턴에서 시골로 여행자를 실어 나르는 기차가 덜컹거리며 사라지는가 싶다가 자고새 (꿩의 일종)의 퍼덕임처럼 다시 살아나 달리는 소리를 듣고 있었다. 내가 어떤 소년처럼 세상으로부터 멀리 떨어져 사는 것은 아니었기 때문이다. 소문에 따르면 그 소년은 읍 동쪽에 사는 농부에게 보내졌지만, 오래지 않아 도망쳐서 초라한 차림새로 향수병에 걸린 채 다시 집으로 돌아왔다고 한다. 그는 그렇게 지루하고 외딴 곳을 본 적이 없었던 것이다. 사람들은 모두 떠나버렸고, 아니, 심지어 기적 소리조차 들을 수 없는 곳이라고 하니! 매사추세츠 주에 지금도 그런 장소가 있는지 의심스럽다.

실로, 우리 마을은 휙휙 지나가는 기차의
표적이 되었다. 우리의 평화로운 평지 위로
기차가 내는 위로의 소리는 콩코드다.

피츠버그 철도회사의 노선은 내가 사는 곳에서 남쪽으로 약 500미터 지점에서 호수를 스친다. 나는 보통 철도의 지름길을 따라 마을에 가고, 이 길로 마을과 연결되어 있다고 할 수 있다. 화물열차를 탄 사람들은 철도의 전 구간을 운행하는데, 마치 오래된 지인에게 하듯이 내게 머리를 숙여 인사한다. 그들은 나를 너무 자주 지나쳐서, 철도회사 직원으로 여기고 있음이 분명하다. 나도 그러고 싶다. 나 역시 지구 궤도 어디선가 기꺼이 선로 수선공이 되고 싶다.

기관차의 기적 소리는 여름과 겨울에 숲을 관통한다. 기관차는 어떤 농부의 집 마당 위를 비행하는 매의 날카로운 비명 같은 소리를 내고, 많은 수의 분주한 도시상인이 읍 구역 내로 도착하고, 다른 쪽으로부터는 대담한 시골상인이 도착하고 있음을 알려준다. 그들이 하나의 지평선 아래에 들어설 때, 서로 상대에게 선로에서 비키라고 소리치며 경고하고, 그 소리는 때때로 두 읍의 구역에서 들린다. 시골이여, 당신들의 식료품이 여기 있소. 시골 양반들이여, 당신들의 양식이 여기 있소! 아무도 그들에게 자신의 농장으로 충분히 자급자족할 수 있으므로 필요 없다고 말할 수 없다. 그리고 여기 당신 물건에 대한 값이오!라고 시골사람의 기적이 시끄럽게 울린다. 성벽 파괴용 망치 같은 목재가 도시의 담을 향해 시속 20마일로 달리고, 도시의 담 안에 거주하는 지치고 무거운 짐을 진 모든 사람을 앉힐 의자가 충분하다. 그렇게 거대하고 둔중한 공손함으로 시골은 도시에게 의자를 건네준다. 인디언의 월귤나무가 있던 모든 언덕이 벌목되고, 크랜베리를 재배하는 모든 목초지가 갈퀴로 긁혀 도시로 보내졌다. 면화는 위로 올라오고 직조된 천은 아래로 내려간다. 견직물은 위로 올라오고 모직물은 내려가고, 책은 올라오지만 그 책을 쓰는 재치 있는 사람은 내려간다.

내가 행성의 움직임으로, 더 정확히 말해 혜성처럼 움직이는 객차들을 끌고 가는 기관차를 만나면—혜성이라고 말하는 이유는 기차의 궤도가 되돌아오는 곡선처럼 보이지 않기 때문에, 보는 사람은 기차가 그렇게 빨리 그 방향으로 간다면 기차가 다시 이 체계로 돌아온다고 확신할 수 없기 때문이다—기차는 증기 구름을 깃발처럼 금빛과 은빛 화환 모양으로 뒤로 흘려보내면서, 내가 하늘 높은 곳에서 보았던 많은 솜털 구름처럼 증기 덩어리를 빛 속에 드러낸다. 마치 달리는 반신半神, 구름을 강제로 내뿜는 이 기차는 머지않아 석양의 하늘을 그의 시종의 제복으로 사용할 것처럼 보인다. 그 철마가 발로 땅을 흔들고 두 콧구멍으로 불과 연기를 뿜어내면서 천둥과 같은 배기음으로 언덕들을 울리는 것을 들을 때(어떤 종류의 천마나 불 뿜는 용을 그들이 새 신화에 써 넣을지 모르지만), 그것은 마치 지구가 거주할 가치 있는 인종을 지금 만난 것처럼 보인다. 만일 모든 것이 보이는 대로고, 인간이 고귀한 목적으로 자연의 원소를 하인으로 만든다면 얼마나 좋을까! 만약 기차 엔진 위를 뒤덮은 구름이 영웅적인 행위에서 나온 땀이거나 농부의 들판 위에 떠 있는 구름만큼 유익하다면, 그렇다면 자연의 원소와 자연의 여신은 심부름 가는 인간을 즐겁게 수반할 것이고 호위부대가 되어줄 것이다.

나는 떠오르는 태양을 볼 때 느끼는 감정으로 아침에 지나가는 기차를 바라본다. 그것은 거의 해돋이만큼 규칙적이다. 멀리 뒤로 뻗어가고 점점 더 높이 피어오르며, 객차들이 보스턴으로 가는 동안 하늘로 가는, 기차에서 나오는 구름 행렬은 잠시 태양을 감추고 먼 곳에 있는 내 들판에 구름을 드리운다. 구름 행렬은 천상의 열차다. 기차는 그 옆에 서면 땅에 바짝 붙어 있는 보잘것없는 창의 미늘에 불과하다. 그 철마의 마부는 이 겨울 아침에 산속의 별빛에 의지해 일찍 일어나서 그의 말에 꼴을 먹이고 마구를 채운다. 불 또한 철마 속에 생명 유지에 필요한 열을 넣어주어서 철마가 일찍 떠나도록 잠을 재운다. 만약 그 사업이 이른 아침 시간만큼 순수하기만 하다면 좋을 텐데! 눈이 깊이 쌓이면, 그들은 철마의 눈신발을 끈으로 묶고, 거대한 쟁기로 산에서 해안까지 고랑을 팔 것이다. 그 속에서 기차는 씨 뿌리는 조파기[2]처럼 따라가며 들떠 있는 모든 사람과 떠돌아다니는 상품을 시골에 씨처럼 흩뿌린다. 종일 화마는 시골 땅을 누비며 날아다니고, 그의 주인이 쉴 때에만 정지한다. 종종 화마가 숲속 어떤 먼 골짜기에서 얼음과 눈에 갇힌 채 자연의 원소들을 대면할 때면 한밤중에 화마의 쿵쿵거리는 발자국 소리와 반항적인 배기음 때문에 잠에서 깬다. 그리고 화마는 오직 샛별과 함께 그의 마구간에 도착하지만, 휴식이나 수면을 취하지 않고 또다시 여

---

2 골을 쳐서 씨를 뿌린 다음 흙을 덮는 기구다.

행을 시작할 것이다. 아니면 어쩌다가 저녁에 나는 화마가 마구간에서 그날에 쓰고 남은 힘을 분출시키는 소리를 듣는다. 그렇게 화마는 신경을 안정시킬 수 있고, 짧은 몇 시간 안에 강철 같은 잠으로 간과 두뇌를 식힐 것이다. 만약 그 사업이 오래 지속되고 지칠 줄 모르는 만큼 영웅적이고 위풍당당하기만 하다면 얼마나 좋을까!

이 밝은 기차 객실들은 가장 어두운 밤에 한때 사냥꾼만이 낮에 통과한, 읍의 경계에 인적이 드문 숲속 깊은 곳을 승객이 모르는 사이에 질주한다. 지금 이 순간 사교적인 군중이 모인 읍이나 도시의 어떤 번쩍번쩍 빛나는 역사에 멈추었다가, 다음 순간에는 황량한 늪에 멈추어 올빼미와 여우에게 겁을 준다. 기차의 출발과 도착은 이제 마을에서는 하루의 중요한 사건이 되었다. 기차들은 대단히 규칙적이고 정확하게 오가며, 기적 소리를 멀리서도 들을 수 있어서 농부들은 그 소리를 듣고 시계의 시간을 맞춘다. 그 결과 하나의 잘 운영되는 제도가 국가 전체를 통제한다. 철도가 발명된 이후에 사람들이 시간을 어느 정도 더 엄수하지 않는가? 사람들은 역마차역보다 기차역에서 더 빠르게 말하고 생각하지 않는가? 기차역의 분위기에는 흥분시키는 무언가가 있다. 나는 기차역이 가져온 기적 때문에 놀랐다. 그렇게 빠른 수송기구를 타고는 절대로 보스턴에 가지 않을 것이라고 내가 단연코 예언했어야 할 이웃 가운데 몇몇은 종이 울릴 때 역에 나와 있다. 무엇을 하려면 "철도식으로 하라"는 말이 이제는 속담처럼 되었다. 그리고 어떤 세력이 선로에서 비키라고 그토록 자주 진지하게 말하면 그 경고를 들을 가치가 있다. 기차의 경우 소요단속법[3]을 읽어주기 위해 멈추는 일도 없고, 폭도의 머리 위로 총을 쏘는 일도 없다. 우리는 결코 옆으로 비키지 않는 운명, 즉 '아트로포스Atropos' 여신[4]을 하나 만들었다(그 이름을 기차의 이름으로 하자). 특정 시간이 되면 이 굵은 화살 같은 기차가 나침반 상의 특정한 지점으로 발사된다고 사람들에게 광고한다. 그러나 기차는 누구의 일에도 방해가 되지 않고, 아이들은 다른 철로를 따라 등교한다. 우리는 기차 때문에 더 절도 있게 산다. 우리는 모두 그렇게 텔Wilhelm Tell[5]의 아들이 되도록 교육을 받는다. 대기는 눈에 보이지 않는 굵은 화살로 가득 차 있다. 당신의 길을 제외한 모든 길은 운명의 길이다. 그렇다면 당신만의 길을 고수하라.

상업이 마음에 드는 이유는 진취성과 용기 때문이다. 상업은 두 손을 마주 잡고 주피터에게 기도하지 않는다. 나는 상인들이 심지어 스스로 느끼는 것보다 더 많은 일을 하고, 어쩌면 의식적으로 궁리할 수 있었던 것보다 더 일을 잘하면서, 매일 얼마간의

---

3 1715년에 영국에서 만든 법이다. 열두 명 이상이 모여 평화를 교란시키면, 그 법이 낭독된 이후 해산해야 하며, 해산하지 않으면 중죄로 고발된다는 내용이다.
4 그리스 신화의 운명 세 여신 가운데 하나다.
5 스위스의 민속영웅 윌리엄 텔을 말한다. 아들의 머리 위에 얹어놓은 사과를 활과 화살로 쏘아 맞힌 것으로 유명하다.

용기와 만족으로 열심히 일하는 모습을 본다. 나는 부에나 비스타Buena Vista[6] 전선에서 30분을 맞섰던 사람들의 영웅주의에 감명을 받기보다는 제설기를 겨울 숙소로 삼아 그곳에 거주하는 사람들의 꾸준하고 기운찬 용기에 더 감명을 받는다. 그들은 보나파르트Napoléon Bonaparte[7]가 가장 드물다고 생각한 새벽 세 시의 용기를 냈을 뿐 아니라, 그들의 용기는 그렇게 일찍 쉬러 가지도 않는다. 그들은 눈보라가 잠잠해지거나 철마의 근육이 얼어붙을 때에만 잠을 자러 간다. 여전히 사람들의 피를 얼어붙게 하는 대설이 미친 듯이 내리는 오늘 아침, 어쩌면 나는 뉴잉글랜드 북동지역의 폭설이라는 거부권에도 오래 연착되지 않고 기차가 '오고 있다'는 사실을 알리는, 그들의 차가운 입김이 만든 안개층으로부터 나오는 기관차의 둔탁한 종소리를 듣는다. 그리고 나는 눈과 서리를 덮어쓴 제설인부들을 보았다. 그들의 머리가 제설기의 날 위로 보였는데, 제설기는 프랑스 국화와 들쥐의 둥지가 아니라 우주 외곽의 한 장소를 차지하고 있는 시에라네바다Sierra Nevada 산맥[8]의 바위덩어리 같은 것을 뒤집어엎고 있었다.

상업은 뜻밖에도 대담하고 침착하며, 빈틈이 없고 모험적이

---

6 멕시코-미국 전쟁의 전투지이며, 그 전투에서 재커리 테일러Zachary Taylor 장군의 지휘하에 미국군이 멕시코의 안토니오 로페스 데 산타 안나Antonio López de Santa Anna를 격퇴했다.

7 프랑스 황제였던 나폴레옹 1세를 말한다.

8 미국 서부의 주요 산맥으로, 캘리포니아 동편 능선을 따라 뻗어 있다.

며, 지치지 않는다. 동시에 방법은 대단히 자연스럽다. 상업은 많은 환상적인 기획과 감상적인 실험보다 훨씬 더 자연스럽다. 이 점에서 상업의 비범한 성공이 유래한다. 화물열차가 시끄러운 소리를 내며 지나칠 때 내 마음은 상쾌해지고 부풀어 오르며, 나는 롱 워프Long Wharf에서 챔플레인 호수Lake Champlain [9]까지 기차에 실려 가는 길 내내 퍼지는 기차 물품의 냄새를 맡는다. 그 냄새는 내게 낯선 지역과 산호초, 인도양과 열대지방과 광활한 지구를 상기시킨다. 내년 여름에 많은 뉴잉글랜드인의 엷은 황갈색 머리를 가려줄 야자수 잎, 마닐라Manilla 삼과 코코넛 껍질, 낡은 잡동사니, 마대자루, 파쇄와 녹슨 못을 보면 좀더 내가 세계의 시민이 된 것처럼 느낀다. 이 한 화차 분의 찢어진 돛들은 종이와 인쇄된 책으로 만들어질 때보다 지금이 더 읽기 쉽고 흥미롭다. 그 누가 그 돛들이 겪은 폭풍우의 역사를 이 찢어진 돛만큼 눈에 보이듯이 생생하게 쓸 수 있다는 말인가? 그 돛들은 수정할 필요가 없는 교정쇄다. 여기 지난 홍수 때 바다로 떠내려가지 않은 메인 주의 숲에서 온 목재가 간다. 바다로 떠내려가거나 쪼개진 목재 때문에 1,000달러당 4달러가 올랐다. 이들은 소나무·가문비나무·히말라야삼목인데, 1등급·2등급·3등급·4등급 품질로 나뉜다. 최근까지 모두 한 등급의 품

....

9   롱 워프는 보스턴에 있는 역사적으로 유명한 부두이고 챔플레인 호수는 캐나다 퀘벡Quebec 주에서부터 미국에까지 걸쳐 있는 호수로 버몬트 주와 뉴욕 주의 경계를 이루는 호수다.

질로 곰과 큰 사슴과 순록 위에서 흔들리고 있었다. 다음에는 1급 품목의 토머스턴Thomaston 석회[10]가 굴러간다. 그것이 소석회가 되려면[11] 산 사이로 멀리 가야 할 것이다. 이번에 오는 넝마 꾸러미에는 모든 색과 품질의 넝마, 내려갈 수 있는 최저상태이자 옷으로서의 최후의 단계인 면과 아마로 만든 넝마와, 밀워키 Milwaukee에서가 아니라면 더는 평가되지 않는 무늬의 넝마가 있었다.[12] 상류사회와 가난한 사람이 사는 지역 모두에서 수거된 영국, 프랑스나 미국에서 찍어낸 사라사천·깅엄·모슬린 등과 같은 화려한 천이 이제 한 가지 또는 몇 가지 색의 종이가 될 것인데, 그 종이에는 정말이지 지위가 높고 낮은 사람들의 사실에 기초한, 진짜 삶에 대한 이야기가 실릴 것이다. 이 밀폐된 객차 칸은 소금에 절인 생선 냄새가 난다. 이 냄새는 강력한 뉴잉글랜드의 상업 냄새인데, 그랜드뱅크스Grand Banks[13]와 어장을 생각나게 한다. 절대 상하지 않도록 소금에 절인 생선을, 아주 철저히 절여서 성자의 인내마저 부끄럽게 만드는 생선을 본 적이 없는 사람이 누가 있겠는가? 절인 생선으로 당신은 거리를 쓸거나 도로를 포장할 수도 있고, 당신의 불쏘시개를 쪼갤 수도 있고, 마

---

10 메인 주의 토머스턴은 석회 주산지였다.

11 석회를 석회가루로 만들기 위해서는 생석회에 물을 첨가하는 과정이 필요하다.

12 위스콘신Wisconsin 주의 밀워키는 소로의 시대에 급속히 성장하는 도시였지만, 보스턴이나 뉴욕과 같은 유행감각은 없었다.

13 뉴펀들랜드 동남 앞바다의 큰 어장이며 뉴잉글랜드의 어부들이 주로 고기를 잡는 지역이었다.

부는 그 생선을 앞세워 해와 바람, 비로부터 자신과 화물을 가릴 수 있다. 그리고 어떤 콩코드의 상인이 한 번 그러했듯이, 상인은 장사를 시작할 때 절인 생선을 간판으로 문 옆에 걸어놓는다. 그러다가 마침내 가장 나이 많은 고객이 문 옆에 걸어놓은 것이 동물인지, 식물인지, 광물인지 확실히 구별할 수 없을 때가 온다. 그럼에도 그것은 눈송이처럼 순수할 것이고, 냄비에 넣어 끓인다면 토요일 저녁식사를 위한 훌륭한 암갈색 생선요리가 될 것이다. 다음은 스페인 가죽인데, 이 가죽의 꼬리는 소들이 살아서 스페니시메인Spanish Main[14]의 대초원 위를 질주할 때 비틀려 올라간 각도를 여전히 유지하고 있다. 그것은 고집 그 자체이며, 체질적인 모든 악이 얼마나 거의 절망적이며 고칠 수 없는지를 보여준다. 고백하건대 사실상 어떤 사람의 진짜 성질을 알았을 때 나는 이렇게 살아 있는 상태에서는 그 성질을 더 낫거나 나쁘게 바꾸고자 희망하지 않는다. 동양인이 말하는 것처럼 "잡종개의 꼬리를 따뜻하게 한 뒤 힘을 주어 누르고 꼬리 둘레를 끈으로 묶을 수 있지만, 12년 동안 그런 노력을 한다 해도 꼬리는 여전히 본래 모양을 유지할 것이다." 이런 꼬리들이 보여주는 완강함에 대한 유일한 효과적인 치유책은 꼬리를 아교로 만드는 것이다. 보통 아교로 꼬리를 만든다고 나는 믿는데, 그렇게 하면

....

14 남아메리카의 북안의 오리노코Orinoco 강과 파나마Panama의 이스무스Isthmus 해협 사이의 지역이다.

04 – 소리들

꼬리는 붙여놓은 대로 붙어 있을 것이다. 여기 버몬트 주의 커팅스빌Cuttingsville에 사는 존 스미스John Smith 앞으로 보낸 당밀이나 브랜디 큰 통 하나가 있다. 그는 그린Green 산맥에 사는데, 자신의 개간지 근처에 사는 농부들을 위해 수입을 하는 상인이다. 지금은 어쩌면 지하실 입구의 문 위에 서서, 최근 해안에 도착한 물건이 그의 가격에 어떤 영향을 미칠지를 생각하고 있을 것이다. 오늘 아침 이전에 그의 고객에게 스무 번이나 말한 것처럼, 다음 기차로 최고 품질의 물건이 올 것이라고 말하면서 말이다. 그 물건은《커팅스빌 타임즈Cuttingsville Times》에 광고되었다.

이런 것들이 올라가는 동안 다른 것들이 내려온다. 윙 하는 경고음에, 나는 책에서 눈을 들어 위를 바라본다. 먼 북쪽 언덕에서 베인 어떤 키 큰 소나무가 그린 산맥과 코네티컷 강을 넘어 날아와서, 화살처럼 10분 내에 읍 중심부를 통과해버려서 그것을 본 사람은 거의 없다. 그 소나무는,

어떤 위대한 기함旗艦의
돛대가 되고자.[15]

들어보라! 여기 가축 수송열차가 온다. 그 열차는 산의 목초지만 빼고, 공중에 있는 1,000개의 언덕과 양 우리, 마구간, 소 우

---

15 존 밀턴의《실낙원Paradise Lost》1권 293, 294행에서 인용된 구절이다.

리에서 온 가축과, 작대기를 든 가축몰이꾼, 가축 떼 가운데 있는 소년 목동을 운송하는데, 그들은 9월의 강풍 때문에 산에서 불어온 낙엽처럼 소용돌이치며 밀려갔다. 대기는 마치 가축을 방목하는 골짜기가 지나가는 것처럼 송아지와 양의 울음소리와 소가 서로 밀치는 소리로 찼다. 앞머리에 있는 늙은 길잡이 양의 목에 매달린 종이 딸랑딸랑 울릴 때, 실로 산은 거세하지 않은 숫양처럼 뛰고, 작은 언덕은 어린 양처럼 깡충깡충 뛴다. 가축 가운데서 이제 가축과 동격으로 서 있는 한 객차 분의 가축몰이꾼 역시 할 일은 없어졌지만, 쓸모없어진 그들의 막대기를 직무의 상징으로 여전히 꼭 붙들고 있다. 그러나 가축몰이꾼의 개들은 어디에 있는가? 이 상황이 개들에게는 대패주다. 개들은 완전히 당황했다. 녀석들은 냄새를 놓쳤다. 생각건대 나는 개들이 피터버러Peterborough 산[16] 뒤에서 짖거나 그린 산맥의 서쪽 사면 위로 헐떡이며 올라가는 소리를 듣는다. 그들은 사건의 전말을 끝까지 보지 못할 것이다. 그들의 임무 역시 사라졌다. 그들의 충성과 영리함은 이제 표준 이하로 떨어졌다. 그들은 치욕 속에 개집으로 살금살금 돌아가거나 난폭해져서 어쩌면 늑대와 여우와 결탁할 것이다. 목초지의 삶도 그렇게 소용돌이치면서 지나간다. 그러나 종이 울리고, 나는 선로에서 벗어나 기차가 지나가게 해주어야 한다.

---

16 뉴햄프셔 주의 남쪽에 있으며 콩코드의 북서 지평선을 형성한다.

철도는 내게 무엇인가?

나는 철도가 어디에서 끝나는지

한 번도 보러 가지 않는다.

그것은 몇몇 우묵한 곳을 채우고,

제비를 위해 둑을 만들고,

모래가 날리게 하고,

검은 딸기가 자라게 한다.

그러나 나는 숲속에 난 짐마차 길처럼 철도를 가로지른다. 기차가 내는 연기와 증기와 시끄러운 소음 때문에 내 눈이 멀거나, 귀가 손상을 입게 하지 않을 것이다.

이제 기차가 지나감과 함께 모든 소란한 세상도 지나갔고, 호수의 물고기도 더는 기차의 덜컹임을 느끼지 않기 때문에, 나는 그 어느 때보다 더욱 혼자다. 긴 오후의 나머지 시간 동안, 아마 멀리 있는 큰길을 따라 마차나 수레가 내는 희미한 덜컹거리는 소리만이 내 명상을 방해할 것이다.

때때로 일요일에 나는 종소리를 듣는다. 바람을 타고 온 링컨과 액턴Acton, 베드퍼드Bedford나 콩코드의 종소리를 듣는다. 그 소리는 미개지로 들여올 만한 희미하고 듣기 좋은, 다시 말하자면 자연의 멜로디다. 숲 너머로 충분한 거리를 두면 이 소리는 마치 시야에 있는 솔잎이 종소리가 쓸고 간 하프 줄처럼 떨리는 콧노래로 들린다. 가능한 한 가장 먼 거리에서 들리는 모든 소리는 하나이자 똑같은 효과, 즉 보편적인 수금의 떨림을 일으키는데, 그것은 사이에 있는 대기가 나누어주는 하늘빛 색조 때문에 우리 눈이 먼 땅의 능선에 흥미를 느끼는 것과 같다. 이번 경우에 종소리는 내게 공기가 강요해 숲에 있는 모든 잎과 대화를 나눈 어떤 선율로 다가왔다. 그것은 자연의 원소들에게 붙잡혀 조율된 음조 골짜기에서 골짜기로 메아리친 부분의 소리였다. 어느 정도까지 메아리는 독창적인 소리이고, 거기에 메아리의 마법과 매력이 있다. 메아리는 종으로 반복해서 울릴 가치가 있었던 것의 반복일 뿐 아니라, 부분적으로 숲의 목소리이기도 하다. 숲의 요정이 노래 부르는 것과 똑같은 평범한 말과 선율이다.

저녁에 숲 너머 먼 지평선에서 들려오는 암소의 울음소리는 곱고 선율적이어서 처음에는 가끔 내게 세레나데를 들려주는, 언덕과 골짜기 너머로 헤매고 있을 어떤 음유시인의 목소리로 오인했다. 계속 듣다보니 암소가 내는 값싼 자연적인 음악이라는 사실을 알고 곧 실망했지만 기분이 나쁘지는 않았다. 음유시인의 목소리가 암소의 음악과 비슷하다는 말은 분명 빈정대고 싶은 것이 아니라 그 젊은이의 노래에 대해 내가 높이 평가한다는 사실을 표현하고 싶은 것이다. 그들은 결국 자연이 내는 하나의 분명한 표현이었다.

여름 한 자락에는 저녁 기차가 지나간 후인 일곱 시 반이면 규칙적으로 쏙독새가 30분 동안 문 옆 그루터기나 집의 마룻대에 앉아 저녁 기도 노래를 한다. 그들은 매일 저녁, 석양과 관련된 특정 시간이 오면 5분 내에 거의 시계같이 정확하게 노래를 부르곤 한다. 나는 그들의 버릇을 알 수 있는 드문 기회를 얻었다. 때때로 숲의 여러 곳에서 네다섯 마리가 동시에 우는 소리를 들었는데, 우연히도 한 마리가 다른 새보다 한 소절이 늦었다. 아주 가까이에서 울어서 나는 각 선율 다음에 꼬꼬 하고 우는 소리뿐 아니라 가끔은 거미줄에 걸린 파리같이 윙윙거리는 독특한 소리를 구분했다. 그 소리는 단지 몸 크기에 비례할 따름이었다. 때때로 숲에서 쏙독새 한 마리가 마치 줄에 묶인 것처럼 몇 피트 떨어진 거리에서 내 주위를 빙빙 돌곤 했다. 아마 내가 녀석의 알 근처에 있을 때였을 것이다. 그들은 밤새도록 간헐적으로 노래했고, 동트기 직전과 동틀 때 가장 열심히 울었다.

다른 새들이 조용할 때, 부엉이가 그 가락을 받아 죽음을 애도하는 여성처럼 "울-룰-루" 하고 예로부터의 울음소리를 낸다. 그들의 끔찍한 비명은 진정으로 벤 존슨Ben Jonson [17] 같다. 한밤의 교활한 마녀들! 그 소리는 시인들이 시에서 사용하는 정직하고 퉁명스러운 부엉부엉 우는 소리가 아니라, 장난기 없고 대단히 엄숙한 묘지의 민요이며, 지옥의 관목 숲에서 고매한 사랑의 고통과 기쁨을 기억하는 자살한 연인이 서로 주고받는 위안이다. 그러나 나는 숲 언저리를 따라 떨리는 목소리로 지저귀는 그들

---

17 영국의 극작가. 시인이자 비평가이며 셰익스피어와 동시대인이다.

의 울부짖음과 슬픈 응답을 듣는 것을 좋아한다. 그들의 울음은 때때로 음악과 노래하는 새를 상기시킨다. 마치 그들의 울음이 음악의 어둡고 눈물 나는 측면인, 노래로 불릴 수밖에 없는 회환과 탄식인 것처럼 말이다. 부엉이들은 타락한 사람의 영혼, 의기소침한 영혼과 우울한 예감이다. 그들은 한때 인간의 형상을 입고 밤에 땅 위를 걸어다니며 나쁜 짓을 했으나 이제는 범죄를 저지른 곳에서 찬송가나 애가를 울부짖으며 회개한다. 그들은 내게 우리의 공동주거지인 자연의 다양성과 수용능력에 대한 새로운 의식을 준다. "오우-오-오-오-오 내가 태-어-나-지 않았더라면!" 하고 호수 이편에 있는 부엉이가 탄식을 하고, 절망에 대한 불안감으로 맴돌다가 회색 참나무 위 편한 새로운 자리로 날아간다. 그러면 "내가 태-어-나-지 않았더라면!" 하고 호수 저편에 있는 다른 부엉이가 떨리는 소리로 진지하게 되풀이하고, "태-어-나-지!" 하는 소리가 멀리 링컨 숲속에서 희미하게 돌아온다.

나는 올빼미의 세레나데도 들었다. 바로 가까이에서 들으면 당신은 그 소리가 자연에서 들을 수 있는 가장 울적한 소리라고 생각할 것이다. 마치 한 인간이 죽어가며 내는 신음을 자연의 합창단 속에 올빼미의 울음소리로 정형화하고 영구화하기로 의도한 것 같다. 이 소리는 희망이 사라진 사람의 불쌍하고 나약한 유물이며, 어두운 골짜기를 들어갈 때 목구멍에서 나는 어떤 음악적인 꾸르륵거리는 소리 때문에 훨씬 더 끔찍하게 들리는 동물과 같은 울부짖음이지만 인간의 흐느끼는 소리도 포함되어 있다. 그 소리를 모방하려고 시도할 때 나는 '그르gl'라는 철자를 발음하게 된다. 그 소리는 모든 건강하고 용기 있는 생각이 부패할 때 곰팡내 나는 아교질 단계에 도달한 정신을 표현한다. 그것은 내게 무덤을 파헤쳐 시체를 먹는 귀신과 천치와 미친 울부짖음을 생각나게 했다. 그러나 지금 올빼미 한 마리가 먼 숲에서 정말 아름다운 선율의 가락으로 응답하는데, 이는 거리가 먼 덕분이다. "후 후 후, 후러 후." 그리고 실로 그 소리는 낮이나 밤에 들리든지, 여름이나 겨울에 들리든지, 대부분 즐거운 연상들만 내게 떠올렸다.

나는 올빼미가 있어 기쁘다. 올빼미가 사람을 위해 "부엉부엉" 하며 우는 바보 같고 미치광이 같은 울음을 내버려두자. 그것은 해가 들지 않는 늪지와 황혼녘의 숲에 감탄스러울 만큼 잘 어울리는 소리이며, 인간이 알아보지 못한 거대하고 개발되지 않은 자연을 암시한다.

올빼미는 모두에게 있는 삭막한 황혼과 만족되지 않은 사색을 상징한다. 종일 해는 어떤 황량한 습지의 지표면을 비추었고, 그곳에는 가문비나무 한 그루가 황색 이끼로 덮인 채 서 있고, 작은 매들이 그 위를 선회하고, 박새가 상록수 가운데서 혀 짧은 소리로 지저귀고, 자고새와 토끼는 아래에서 살금살금 달아난다. 그러나 이제 더 음울하고 이곳에 꼭 맞는 날의 동이 트고, 다른 종류의 동물들이 그곳에 자연의 의미를 표현하기 위해 잠에서 깨어난다.

늦은 저녁, 멀리서 다리 위로 마차들이 덜컹대며 지나가는 소리를 들었다. 그 소리는 밤이 되면 거의 어떤 다른 소리보다 더 멀리서도 들렸다. 개들이 짓는 소리와 때때로 먼 헛간 앞마당에서 쓸쓸한 암소가 음매 하고 우는 소리도 들었다. 이럭저럭하는 동안 호수의 기슭 전체에서 황소개구리의 나팔 소리가 울렸다. 황소개구리들은 여전히 참회하지 않은 채 지옥의 호수에서 익살맞은 돌림노래를 시도하는 옛 술꾼과 주연 참가자의 억센 영혼이라고 할 수 있다(월든 호수의 요정들이 지옥의 호수에 비유한 것을 용서해 준다면 말이다. 호수에 잡초는 거의 없지만 개구리들은 있으니까). 황소개구리는 옛 명절 식탁의 경쾌한 규칙을 기꺼이 유지하려고 할 것이었다. 비록 그들의 목소리가 왁스를 바른 것처럼 거칠고 엄숙할 정도로 진지해서, 유쾌함을 조롱했지만 말이다. 와인은 그 맛을 잃었고 그들의 배만 불룩하게 하는 독한 증류주에 불과하게 되었으며, 과거의 기억을 지우는 달콤한 숙취는커녕 포화상태와 흠뻑 젖음과 팽창만 부를 따름이다. 가장 배가 많이 나온 황소개구리는 이 북쪽 기슭 아래에서 입에 흐르는 침을 닦는 냅킨으로 사용하던 하트 모양 잎에 턱을 얹은 채, 한때 거들떠보지도 않은 물을 한 모금 깊이 들이켜고, "트르-르-르-운크, 트르-르-르-운크, 트르-르-르-운크!"라고 외치면서 잔을 다음으로 돌린다. 그러면 곧바로 똑같이 반복된 암호가 멀리 떨어진 작은 만으로부터 수면 너머로 건너오는데, 그곳에서는 다음으로 나이가 많은 배 나온 개구리가 마실 표시까지 물을 들이켠다. 그리고 이 의식이 호수 기슭을 따라 한 바퀴 돌았을 때, 의식을 주관하는 황소개구리는 만족스럽게 "트르-르-르-운크!"라고 외친다. 그리고 각자 자신의 차례가 되면 똑같은 암호를 가장 배가 덜 나오고, 물을 가장 잘 흘리고, 배가 가장 축 늘어진 개구리에 이르기까지 반복하는데, 실수가 있어서는 안 된다. 그러고 나서 그 사발은 계속 돌고 돌아, 해가 아침안개를 흩어 없어지게 할 때까지 지속된다. 그리고 그 가부장 황소개구리만이 아직 뻗지 않고, 이따금 "트룬크"라고 크게 소리 지르고 나서 대답을 듣기 위해 기다리지만 헛된 기다림이다.

내 개간지에서 수탉이 우는 소리를 들은 적이 있는지 확신이 없다. 어린 수탉을 오직 음악을 듣기 위해 노래하는 새로 키우는 것이 가치가 있겠다고 생각했다. 한때 인도의 야생꿩이었던 이 수탉이 내는 음색은 확실히 새의 음색 가운데 가장 주목할 만하고, 만약 그들이 길들여지지 않고 자연을 좇는다면, 그 울음소리는 곧 우리 숲에서 가장 유명한 소리가 될 것이고, 기러기 우는 소리와 올빼미의 부엉부엉 우는 소리를 능가할 것이다. 그리고 다음으로 수탉의 낭랑한 나팔 소리가 멈출 때, 그 휴지기를 채우는 암탉의 *꼬꼬댁* 소리를 상상해보라! 인간이 이 새를 가축 종류에 포함시킨 것은 놀라운 일이 아니다. 계란과 닭다리는 제쳐놓고서도 말이다. 이 새들이 가득한 숲, 그들이 태어난 숲을 겨울 아침에 거닐면서 나무 위에서 야생수탉이 우는 소리를 들어

보라. 그 맑고 날카로운 소리가 땅 위로 수 마일까지 울려 퍼져서, 다른 새의 더 나약한 울음소리를 들리지 않게 만든다. 생각해보라! 수탉의 울음소리는 민족들을 긴장시킬 것이다. 누가 더 일찍 일어나지 않겠는가? 그리고 매일매일 연속적으로 죽을 때까지 더 일찍 일어나서, 마침내 말할 수 없을 정도로 건강하고 부유하고 현명해지지 않을 사람이 누가 있겠는가? 모든 나라의 시인이 이 외국 새의 음색을 토박이 새의 음색과 함께 찬양한다. 모든 기후 풍토가 용감한 수탉에 부합한다. 그는 심지어 토박이 새보다 더 토착적이다. 그는 항상 건강하며, 폐는 강하고, 기운은 결코 약해지는 법이 없다. 대서양과 태평양에서 항해하는 선원조차 그의 목소리에 잠을 깬다. 그러나 수탉의 날카로운 소리가 내 잠을 깨운 적은 한 번도 없었다. 나는 개와 고양이, 암소, 돼지를 키우지 않았고, 암탉도 키우지 않았다. 그래서 가정적인 소리가 부족하다는 말이 나올 수 있다. 사람에게 위안을 주는, 버터 만드는 교유기 젓는 소리도 없고, 물레 소리도, 솥이 끓는 소리조차도, 끓는 찻주전자의 증기가 빠지는 '쉿' 하는 소리와 아이 울음소리도 없었다. 구식 남자였다면 미쳤거나 그 이전에 권태로 죽었을 것이다. 벽 속에는 쥐조차 없었는데, 굶어 죽었거나 아니면 그보다는 벽 속에 들어갈 유혹을 전혀 느끼지 못했기 때문이다. 단지 지붕 위와 마루 아래에는 다람쥐가 있었고, 마룻대 위에는 쏙독새, 창 아래에는 푸른 어치가 날카로운 비명을 질렀고, 집 아래에는 산토끼나 우드척, 집 뒤에는 부엉이나 올빼미, 호수 위에는 야생의 기러기 떼나 기묘한 웃음소리를 내는 아비, 그리고 밤에 짖는 여우가 있었을 따름이다. 농장에 사는 온순한 새인 종달새나 꾀꼬리조차 내 개간지를 방문한 적이 한 번도 없었다. 꼬끼오 하고 우는 어린 수탉이나 꼬꼬댁 하고 우는 암탉도 뜰에 없었다. 뜰도 없고, 울타리 없는 무방비상태의 자연이 바로 문턱에까지 닿아 있었다. 창문 아래에는 어린 숲이 자라고, 야생옻나무와 검은 딸기 넝쿨은 지하실을 뚫고 들어가고, 억센 리기다소나무는 공간이 부족해 지붕을 스치며 삐걱대는 소리를 냈고, 뿌리가 상당 부분 집 아래까지 뻗어 있었다. 석탄 나르는 양동이나 강풍에 날아가는 블라인드 대신, 집 뒤에 부러진 소나무 가지나 뽑힌 소나무 뿌리가 연료로 사용되었다. 대설에는 앞뜰의 대문으로 난 길이 없어지는 대신, 대문도 없고, 앞뜰도 없고, 문명세계로 가는 길도 없었다.

05 | 고독

유쾌한 저녁이다. 이런 저녁에는 몸 전체가 하나의 감각을 느끼며 모든 모공으로 기쁨을 빨아들인다. 나는 자연의 일부로서, 이상하게도 자연 속에서 자유를 느끼며 오고 간다. 소매 없는 셔츠를 입고 돌이 많은 호수 기슭을 따라 걸을 때, 비록 날씨는 흐리고 바람이 불 뿐 아니라 싸늘하고 내 시선을 끄는 특별한 것도 보지 못하지만, 모든 자연의 원소는 내게 여느 때와 달리 우호적이다. 황소개구리는 밤을 알리기 위해 나팔을 불고, 쏙독새의 노래가 호수를 건너 파문이 이는 바람에 실려 온다. 팔랑이는 오리나무와 포플러 잎사귀와 공감한 덕에 거의 숨이 막힐 지경이다. 그러나 호수처럼 평온한 내 마음에도 파문은 일지만 물결이 일어나지는 않는다. 저녁 바람에 이는 이 작은 파도는 매끄럽게 반사하는 수면만큼 폭풍우로부터 거리가 멀다. 비록 지금은 어두워졌지만, 바람은 여전히 불고 숲속에서 포효하며, 파도는 여전히 철썩이고, 어떤 동물은 그들의 노래로 나머지 동물을 진정시킨다. 휴식은 완전한 적이 없다. 가장 야생적인 동물은 쉬지 않고, 이제 그들의 먹잇감을 찾는다. 여우와 스컹크와 토끼는 이제 겁 없이 들판과 숲을 배회한다. 그들은 자연의 경비원이며, 생기 있는 생명의 나날을 연결하는 고리다.

집으로 돌아오면 방문자가 남기고 간 카드를 발견한다. 그 카드는 한 다발의 꽃이나 상록수 화환 또는 노란 호두나무 잎이나 나뭇조각 위에 연필로 쓴 이름이다. 드물게 숲에 오는 사람들은 오는 길에 가지고 놀려고 숲의 작은 일부분을 손에 쥐고 와서는 의도적으로나 우연히 두고 간다. 어떤 이는 수양버들 껍질을 벗겨 만든 반지를 내 탁자 위에 떨어뜨리고 갔다. 나는 내가 없을 때 누가 방문했는지를 굽은 나뭇가지나 풀 또는 신발 자국으로 항상 식별할 수 있었다. 일반적으로 그들의 성별이나 나이 또는 지위에 대해 그들이 남긴 미미한 자국, 예를 들어 심지어 0.5마일 떨어진 철도만큼 먼 곳에 떨어진 꽃 한 송이나 뽑아 던진 풀 한 다발이나, 시가나 파이프에서 나는 남은 냄새 같은 자국으로 식별할 수 있었다. 아니, 나는 가끔씩 300미터 떨어져 있는 큰 도로를 따라 지나간 여행객도 파이프의 냄새로 알아차렸다.

우리 주위에는 일반적으로 공간이 충분하다. 지평선은 결코 바로 코앞에 있지 않다. 빽빽하게 들어찬 숲이 바로 우리 문 앞에 와 있지 않으며, 호수도 마찬가지다. 그러나 어느 정도의 숲은 항상 개간되고 있어서, 우리에게 친숙하고 우리가 밟아 길이 나며, 어떤 방식으로 사유화되고 울타리가 쳐지고, 자연으로부터 개척된다. 어떤 이유로 내가 이 거대한 범위의 구역, 즉 내게

임의로 맡겨진 인적이 드문 숲 몇 평방 마일을 개인적으로 사용할 수 있게 되었는가? 가장 가까운 이웃도 1마일 떨어져 있고, 우리 집에서 0.5마일 거리에 있는 산꼭대기에서가 아니라면 어떤 장소에서도 집이라고는 보이지 않는다. 나는 숲으로 경계 지은 지평선을 온전히 혼자 소유한다. 멀리 한편으로는 호수에 닿은 철도가 보이고, 다른 편으로는 삼림지대를 둘러싼 울타리가 보인다. 그러나 대체로 이곳은 대평원 위에 사는 것처럼 외롭다. 이곳은 뉴잉글랜드이지만 아시아나 아프리카와 같다. 다시 말해 내게는 나만의 태양과 달과 별이 있고, 작은 세상을 온전히 혼자 가진다. 밤에 집 옆을 지나가거나 문을 두드리는 여행객은 한 명도 없었다. 내가 인류 첫 번째 또는 마지막 인간이라고 해도 이럴 수는 없었다. 간혹 메기를 낚기 위해 마을에서 사람들이 오는 봄이 아니라면 말이다. 그들은 명백히 월든 호수에서 자신의 본성을 훨씬 더 많이 낚았고, 어둠을 낚싯바늘의 미끼로 삼았다. 그러나 그들은 보통은 가벼운 바구니를 들고 곧 철수했고, '그 세상을 어둠과 내게' 남기고 떠났다. 밤의 음울한 핵심은 어떤 이웃하는 인간에 의해서도 결코 더럽혀지지 않았다. 비록 마녀가 모두 교수형에 처해지고 기독교와 양초가 전래되었지만, 인간들은 일반적으로 여전히 어둠을 약간 두려워한다고 나는 믿는다.

그러나 나는 때로 어떤 자연물하고도 가장 친절하고 상냥한 교제, 가장 순수하고 용기를 주는 교제를 할 수 있음을 경험했다. 그것은 심지어 불쌍한 염세주의자와 가장 우울한 사람에게도 마찬가지다. 자연 한가운데 살며 여전히 오감이 있는 사람에게는 대단히 암울한 우울함이란 있을 수 없다. 건강하고 순수한 귀에는 아직 그런 폭풍우가 들린 적이 없고 바람이 연주하는 음악만 들렸다. 어떤 것도 단순하고 용감한 사람에게 천박한 슬픔을 정당하게 강요할 수 없다. 사계절과 우정을 즐기는 동안에는 어떤 것도 내게 삶이 짐이 되게 만들 수 없다고 믿는다. 직접 심은 콩에 물을 주고 오늘 나를 집에 머물게 하는 부드러운 비는 처량하거나 우울하지 않고, 내게도 좋은 것이다. 비록 그 비로 인해 괭이로 콩밭을 갈지 못하지만, 비는 내 괭이질보다 훨씬 더 가치가 있다. 만약 비가 땅에 심은 씨를 썩게 할 정도로 오랫동안 지속되고 저지에 심은 감자를 망칠지라도, 여전히 고지에 있는 풀에게 이로울 것이고 풀에게 이롭기 때문에 내게도 이로울 것이다. 때때로 스스로를 다른 사람과 비교할 때, 나는 신들의 총애를 다른 사람보다 더 과분하게 많이 받는 것 같다. 마치 내가 신들로부터 동료들에게는 없는 보장과 확신을 받고, 신들에 의해 특별히 인도되고 보호받는 것처럼 말이다. 내가 스스로를 치켜세우는 것이 아니고, 그런 것이 가능하다면, 신들이 나를 치켜세우고 있다는 말이다. 나는 한 번도 외로운 적이 없고, 외롭다는 느낌에 조금도 압도당한 적이 없었다. 그러나 단 한 번, 숲으로 들어온 지 몇 주가 지난 후 나는 한 시간 동안 가까운 이웃에 사람이 있는 것이 평온하고 건강한 생활에 필수적이지 않은가 하고 의구심을 품었다. 혼자라는 것은 기분 언짢은 어떤 일이다. 그러나 동시에 내 마음이 약간 비이성적임을 알아차렸고, 내가 회복되리라고 예견한 것 같았다. 비가 잔잔하게 내리는 가운데 이런 생각들이 지배하는 동안, 나는 갑자기 자연 속에서 그런 친절하고 도움을 주는 교제에 대해 지각했다. 후두두 소리 내며 떨어지는 바로 그 빗방울에서, 내 집 주위에 나는 모든 소리와 보이는 모든 광경에서, 나를 지지하는 대기처럼 무한하고 설명할 수 없는 다정함을 갑자기 느꼈고, 그것은 이웃의 인간이 줄 수 있는 가상의 이점을 무의미하게 만들었다. 그래서 그 이후로는 그런 이점들에 대해 생각한 적이 없었다. 작은 솔잎 하나하나가 공감으로 팽창되어 부풀어 올랐고, 친구가 되어주었다. 나는 우리가 거칠고 황량하다고 말하는 장면들에서조차 나와 마음이 맞는 무언가의 존재를 너무나 명확히 깨달았다. 그리고 또한 혈연적으로 나와 가장 가깝고 인간적인 존재가 사람이 아니고 마을 사람 또한 아니라는 사실과, 어떤 장소도 내게 다시는 낯선 곳이 될 수 없다고 생각했다.

애도는 불시에 슬픔에 잠긴 사람을 야위게 한다.
산자의 땅에서 그들의 나날은 얼마 되지 않나니,
토스카Toska의 아름다운 딸이여.

내게 가장 기분 좋은 시간은 봄이나 가을에 폭풍우가 오래 지속되는 동안이었다. 그것은 나를 오전뿐 아니라 오후에도 집에 틀어박히게 했고, 끝없이 부는 큰 바람과 세차게 때리는 비의 소리로 위안을 주었다. 그때는 이른 황혼이 긴 저녁을 맞아들였는데, 저녁 동안 많은 생각이 뿌리를 내리고 퍼져나갔다. 마을의 집들에 큰 시련을 준 북동쪽으로 몰아치는 빗속에서 하녀들이 집이 침수되지 않게 하려고 걸레와 물통을 들고 현관 입구에 서 있을 때, 나는 집 안 유일한 출구인 내 작은 집 문 뒤에 앉아 닫힌 문이 주는 안정감을 철저히 즐겼다. 한번은 심한 천둥 소나기가 오다가 호수 건너 큰 리기다소나무가 번개에 맞았는데, 나무꼭 대기에서 바닥까지 1인치나 그 이상의 깊이와 4, 5인치 너비로 아주 눈에 띄고 완벽할 정도로 규칙적인 나선형 홈을 만들었다. 마치 지팡이에 홈을 파듯이 말이다. 어느 날 내가 그 나무 옆을 지나갔는데, 눈을 들어 지금은 그 어느 때보다 더 선명한 번개 자국을 보면서 경외심에 사로잡혔다. 8년 전 악의 없는 하늘로 부터 무시무시하고 저항할 수 없는 번개가 내리쳐 그 자국을 만 든 것이다. 사람들은 자주 내게 이렇게 말한다. "아래쪽에서 당 신은 외로울 것이고, 눈비 오는 낮과 밤에 특히 사람들과 더 가 까이 있고 싶을 것이오." 나는 그런 사람들에게 다음과 같이 대 답하고 싶어진다. 우리가 살고 있는 이 지구 전체는 우주에서 한 점에 불과하다. 저 별의 지름을 우리의 기구로는 잴 수 없는데, 그 별에서 가장 멀리 떨어진 두 거주자는 얼마나 멀리 떨어져 살 고 있다고 생각하는가? 내가 왜 외롭다고 느껴야 하는가? 우리

행성은 은하수 내에 있지 않는가? 당신의 질문은 가장 중요한 질문으로 여겨지지 않는다. 한 사람을 그의 동료 인간으로부터 분리시키고 외롭게 만드는 것은 어떤 종류의 공간인가? 다리로 아무리 애써도 두 마음이 서로 훨씬 더 가까워질 수 없다는 사실을 발견했다. 우리는 무엇과 가장 가까이 살고 싶어 하는가? 확실히 많은 사람과 가까이 살고 싶어 하지는 않으며, 역이나 우체국, 술집, 교회, 학교, 식료품점, 비컨 힐Beacon Hill[1]이나, 파이브 포인츠Five Points[2] 같은 사람이 많이 모이는 곳은 아니고, 우리 생명의 영원한 원천 가까이에 살고 싶어 한다. 모든 경험을 미루어볼 때 우리의 생명은 거기에서 솟아나왔다는 사실을 깨닫는다. 수양버들이 물 가까이에 서서 뿌리를 물 쪽으로 뻗는 것처럼 말이다. 서로 본성에 따라 다르겠지만, 이곳은 현명한 사람이라면 지하실을 팔 장소다. ……어느 날 저녁, 나는 월든로에서 읍민 한 사람을 따라잡았다. 그는 내가 '제대로' 본 적은 없었지만 '상당한 재산'을 모은 사람이었다. 소 두 마리를 몰면서 시장으로 가던 그는 생활을 편하게 하는 많은 것을 어떻게 포기하기로 마음먹을 수 있었는지 내게 물었다. 나는 확실히 내 생활을 그럭저럭 좋아한다고 대답했다. 농담이 아니었다. 그러고 나서 집으로 가

---

1 보스턴의 매사추세츠 주의 주 의사당이 있는 지역이다.

2 소로의 시대에 빽빽하게 붙은 셋집과 쓰레기가 여기저기 버려진 거리, 범죄, 매춘, 도박, 술과 질병으로 악명이 높았던 뉴욕 맨해튼의 하부 지역으로, 다섯 개로 갈라진 거리의 교차로에서 그 이름이 유래되었다.

잠자리에 들었고, 그가 어둠과 진흙길을 통과해서 다음 날 아침 언젠가 도착할 브라이턴Brighton이나 브라이트타운Bright-town으로 가도록 내버려두었다.

죽은 사람에게 깨어나거나 살아날 전망이 조금이라도 있다면 시간과 장소는 중요하지 않다. 그런 일이 일어날 수 있는 장소는 항상 똑같고, 그런 일은 우리의 모든 감각에 형언할 수 없을 정도의 유쾌함을 준다. 대부분 우리는 중요한 기회를 만들어야 하는 데 동떨어지고 일시적인 상황만 고려한다. 사실 그런 것들이 우리가 산만해지는 이유다. 모든 것에는 그것의 존재를 형성하는 힘이 가장 가까이 있다. 우리 바로 '옆에서' 최고의 법이 항상 집행되고 있다. 우리 '바로 옆에는' 우리가 고용했으며 더불어 이야기 나누기를 너무나 좋아하는 일꾼이 아니라, 우리 자신을 일감으로 삼는 일꾼이 있다.

"하늘과 땅의 신비로운 힘은 그 영향력이 얼마나 거대하고 심오한지!"

"그것은 보아도 보이지 않고, 들어도 들리지 않는다. 사물의 본체이니 버릴 수 없다."

"그 힘으로 인해 우주에서 인간은 마음을 정화하고 신성하게 하며, 깨끗하게 재계하고 성대히 옷을 입고 조상에게 제사를 드린다. 만물의 본질은 미묘한 지성의 바다이므로 그 힘은 우리의 위와 좌우 도처에 있다. 그 힘은 사방에서 우리를 둘러싼다."[3]

우리는 내게 상당히 흥미로운 실험의 대상자다. 이러한 상황에서 잠시 잡담을 나누는 교제를 하지 않고, 우리 자신의 생각으로 스스로를 격려하며 살 수는 없을까? 공자가 진실로 말하기를, "덕이 있는 자는 외롭지 않으니, 반드시 이웃이 있다."[4]

　사고하는 행위로써 우리는 온건한 의미에서 자기 자신으로부터 거리를 둘 수 있다. 정신의 의식적인 노력으로 우리는 행동과 그 결과로부터 떨어져 초연할 수 있고, 모든 것은 좋건 나쁘건 급류처럼 우리 곁을 지나간다. 우리는 자연에 완전히 몰두하고 있지는 않다. 나는 시내를 떠내려가는 나무일 수 있고 하늘에서 그것을 내려다보는 인드라Indra[5]일 수 있다. 나는 극장 전시회를 보고 영향을 받을 '수도' 있고, 다른 한편으로 나와 훨씬 더 관련이 있는 것처럼 보이는 실제의 어떤 사건에 영향을 받지 '않을 수도' 있다. 나는 나 자신을 인간이라는 존재, 다시 말해 사고와 감정의 현장으로 알 따름이고, 내게는 어떤 이중성이 있어서 다른 사람만큼 나 자신으로부터 멀리 떨어질 수 있다. 내 경험이 아무리 강력할지라도, 나는 자신의 일부가 존재한다는 것과 그것에 대한 비판을 의식한다. 다시 말해 그것은 내 일부가 아니라 경험을 공유하지 않지만 그것에 주목하는 관객이며, 그것은 당

3　위의 세 문단은 장 피에르 기욤 포티에의 프랑스어 책《공자와 맹자》에 인용된 자사子思의《중용中庸》16권 1~3장을 소로가 영역한 것이다.
4　공자의《논어》4권 25장을 장 피에르 기욤 포티에의《공자와 맹자》에서 소로가 영역해 인용했다.
5　인도의 공기, 바람, 천둥, 비와 눈의 신으로, 중간 영역의 신들을 관장한다.

신이 아니듯이 나도 아니다. 비극일 수도 있는 인생이라는 연극이 끝나면 관객은 자기 길을 간다. 그에게는 그것이 일종의 허구이며 단지 상상의 작품에 불과하다. 이런 이중성은 때때로 쉽게 우리를 어설픈 이웃이자 친구로 만들 수도 있다.

나는 더 많은 시간을 혼자 보내는 편이 건강하다는 사실을 발견했다. 가장 훌륭한 사람들과 함께 있는 것조차 곧 지루해지고 시간낭비로 여겨진다. 나는 혼자 있기를 좋아한다. 나는 한 번도 고독만큼 벗 삼기 좋은 친구를 만난 적이 없다. 우리는 대부분 방에 있을 때보다 바깥에 사람 사이에서 더 외롭다. 생각하거나 일을 하는 사람은 어디에 있든지 항상 혼자이므로, 그가 있고자 하는 곳에 있게 하라. 고독은 어떤 사람과 그의 동료 사이에 놓인 몇 마일의 공간으로 측정되는 것이 아니다. 케임브리지 대학의 복잡한 벌집 같은 곳 가운데 한 장소에서 정말 열심히 공부하는 학생은 사막에 있는 회교의 금욕파 수도사만큼 혼자다. 농부는 들판이나 숲에서 괭이로 밭을 갈거나 나무를 베면서 종일 혼자 일하지만 외롭다고 느끼지 않을 수 있는데, 그 이유는 일하고 있기 때문이다. 그러나 밤에 집에 돌아오면 여러 생각이 들어 방에 혼자 앉아 있을 수 없어서, '사람을 만나고' 즐길 수 있는 곳에 가야 하며, 하루 동안 받은 외로움을 보상해주어야 한다고 생각한다. 그러므로 그는 어쩌면 학생이 밤새도록 그리고 낮의 대부분을 권태로움과 '우울한 느낌' 없이 혼자 집에 앉아 있을 수 있는지 궁금해한다. 그러나 농부가 들판에서 그런 것처럼, 학생이 비록 집에 있지만 여전히 '그의' 들판에서 일하고 있고 '그의' 숲에서 나무를 베고 있으며, 비록 좀더 응축된 형태일 수는 있지만 그 또한 농부와 똑같이 놀이와 교제를 찾는다는 사실을 농부는 깨닫지 못한다.

교제는 일반적으로 너무 값이 싸다. 우리는 서로에 대해 어떤 새로운 가치를 얻을 시간이 없었는데도 대단히 자주 만난다. 우리는 하루에 세 번 식사시간에 만나고, 우리의 오래된 곰팡내 나는 치즈의 새로운 맛을 서로에게 제공한다. 이 잦은 만남을 견딜 만하게 만들어 공공연한 싸움에 이를 필요가 없도록 우리는 예절과 공손이라고 일컫는 정해진 규칙에 동의해야 한다. 우리는 우체국에, 친목회에, 매일 저녁 난롯가에 모인다. 우리는 친밀하게 살면서 서로의 삶에 간섭하고, 서로 걸려 넘어진다. 그래서 나는 우리가 서로에 대한 약간의 존경심을 잃어버린다고 생각한다. 확실히 만남의 빈도수를 줄이는 것으로도 모든 중요하고 마음에서 우러나는 교제에 충분할 것이다. 공장에서 일하는 소녀들을 생각해보라. 그들은 혼자 있는 법이 없고, 꿈속에서조차 거의 혼자 있지 못한다. 내가 사는 곳에서처럼 1평방마일당 한 명만 거주한다면 더 나을 것이다. 사람의 가치는 우리가 접촉하는 그 사람의 피부에 있는 것이 아니다.

숲에서 길을 잃고 나무 밑에서 기아와 극도의 피로로 죽어가는 사람에 대해 들은 적이 있다. 육체가 나약해지고 병약해진 탓에 상상력이 만들어낸 기괴한 환상 덕분에 그의 외로움은 경감

되었는데, 그는 그 환상들을 진짜라고 믿었다. 그래서 신체적·정신적으로 건강하다면 우리 또한 비슷하지만 더 정상적이고 자연스러운 교제로 인해 지속적으로 힘을 얻을 것이고 우리가 결코 혼자가 아니라는 사실을 알 수 있다.

내 집에는 친구가 많다. 특히 아무도 방문하지 않는 아침에 그러하다. 몇 가지 비유를 들면 내 상황에 대한 개념이 전달될 것이다. 대단히 큰소리로 웃는 호수의 아비나 월든 호수가 스스로 외롭지 않듯이 나도 외롭지 않다. 도대체 저 외로운 호수에게 어떤 친구들이 있다는 말인가? 그럼에도 그 호수는 하늘빛 호수의 물속에 푸른 악마[6]들이 아니라 푸른 천사만 있다. 안개가 자욱한 날씨를 제외하고는 태양은 혼자인데, 그런 날씨에는 때때로 태양이 두 개 있는 것처럼 보이지만 하나는 가짜다.[7] 신은 혼자다. 그러나 악마는 혼자인 것과는 거리가 멀다. 악마는 많은 무리를 만나고, 군단을 이룬다. 목초지에 핀 한 송이의 현삼이나 민들레나 콩잎, 소루쟁이, 말파리나 말벌이 외롭지 않듯이 나도 외롭지 않다. 밀브룩Mill Brook이나 풍향계, 북극성, 남풍, 4월의 소나기, 1월의 해동, 또는 새 집에 나타난 첫 번째 거미가 외롭지 않듯이 나도 외롭지 않다.

긴 겨울 저녁, 눈이 급속도로 내리고 숲에 바람 소리가 울부짖

---

6 재앙을 가져오는 악마를 뜻하는 17세기 용어다.
7 무리해라는 현상이다. 태양의 고도에 나타나는 여러 밝은 반점 가운데 하나로, 종종 색깔을 띠기도 한다.

을 때 호수의 옛 정착자이자 원 주인이 여러 차례 방문했다. 그가 월든 호수를 파고 그 속에 돌을 깔았으며, 호숫가를 소나무로 에워쌌다는 소문이 있다. 그는 내게 옛날이야기와 새로운 영원에 대한 이야기를 해준다. 사과나 사이다조차 없이도 우리는 둘이서 사교의 즐거움과 여러 가지에 대해 유쾌한 견해를 나누며 활기찬 저녁을 잘 보낸다. 정말 현명하고 유머가 풍부한 친구인 그를 나는 대단히 좋아한다. 그는 콥William Kopp이나 헤일리Edward Haley[8]보다 더 비밀이 많다. 다들 그가 사망한 줄 알지만 아무도 묻힌 곳을 볼 수 없다. 대부분에게 보이지 않는 노부인[9] 역시 이웃에 사는데, 나는 그녀의 향기 나는 허브 정원에서 때로 약초를 채집하고 그녀의 전설 이야기를 들으면서 거닐기를 좋아한다. 왜냐하면 그녀는 남들이 필적할 수 없는 다산에 대한 비상한 재주가 있고, 그녀의 기억은 신화보다 훨씬 더 이전으로 거슬러 올라가기 때문이다. 그녀는 내게 모든 전설의 기원과 근거에 대해 이야기할 수 있는데, 그 사건들이 그녀가 어릴 때 일어났기 때문이다. 그녀는 모든 날씨와 계절에 즐거워하며, 아직도 그녀의 모든 자녀보다 더 오래 살 것 같은, 혈색이 붉고 원기 왕성한 노부인이다.

----

8   윌리엄 콥은 청교도 장군이다. 그의 장인인 에드워드 헤일리는 1642년의 영국 왕 찰스 1세Charles I의 처형에 책임이 있는 인물로, 미국으로 도망친 후 코네티컷 주와 매사추세츠 주에 숨어 살았다.

9   어머니 자연 또는 농업과 건강, 출생을 관장하는 그리스의 여신 데메테르Demeter에 대한 언급일 가능성이 있다.

묘사할 길이 없는 자연—태양과 바람과 비, 그리고 여름과 겨울—의 순수와 은혜는 엄청난 건강과 활기를 영원히 제공한다! 자연은 우리 인간을 엄청나게 동정한다. 만약 어떤 사람이 정당한 이유로 슬퍼하는 일이 생긴다면, 모든 자연이 영향을 받아 태양은 광채를 잃고, 바람은 친절하게 탄식하고, 구름은 눈물로 비를 내리고, 숲은 잎을 떨어뜨리고 한여름에도 상복을 입을 것이다. 내가 땅과 친밀한 관계를 유지하지 않겠는가? 나 자신이 부분적으로 잎이며 푸성귀를 위한 흙이 아니겠는가?

어떤 알약이 우리를 건강하고, 평온하며, 느긋하게 해줄 것인가? 나나 당신의 증조부의 알약이 아니라, 우리의 증조모인 자연이 빚은 보편적이고 채소와 식물로 만든 약이다. 그 약으로 자연은 스스로 항상 젊음을 유지했고, 그녀의 전성기에 파Thomas Parr[10] 노인처럼 장수한 수많은 노인보다 더 오래 살았고, 그들의 썩어가는 지방으로 건강을 유지했다. 가끔 우리가 보는 약병 운반용으로 만든 길고 얕은 검정 세로돛 범선 같은 짐마차에서 나오는, 돌팔이 의사가 만든 저승의 강과 사해에서 떠온 혼합물이든 약병 대신, 내 만병통치약인 희석되지 않은 아침 공기 한 모금을 마시게 하라. 아침 공기를! 만약 사람들이 아침 공기를 하루의 원천인 시간에 마시지 않는다면, 우리는 아침 공기 약간을

---

10   영국인 토마스 파는 152살까지 산 것으로 유명했는데, 오래 산 덕분에 '파의 생명 알약'이라는 약에 그의 이름을 붙여주었다.

병에 밀봉이라도 해서, 이 세상에서 아침 시간에 대한 예매표를 잃어버린 사람들을 위해 가게에서 팔아야 할 것이다. 그러나 아침 공기는 가장 서늘한 지하실에서조차 정오 때까지는 상당히 유지되겠지만, 그 시간이 되기 훨씬 전에 마개를 밀어내고 새벽의 여신 아우로라의 발자국을 따라 서쪽으로 가리라는 사실을 기억하라. 나는 늙은 약초 의사 아스클레피오스Aesculapius[11]의 딸이자, 기념비들에 한 손에는 뱀을 잡고 다른 손에는 그 뱀이 가끔 물을 마시는 잔을 든 모습으로 재현되는 히기에이아Hygieia[12]의 숭배자는 아니다. 그보다는 주피터에게 술잔을 따라 올리는 사람이자 주노Juno와 야생양상추의 딸이자 신과 남자에게 젊음의 활력을 복원시키는 힘이 있던 헤베Hebe[13]의 숭배자다. 그녀는 지구에 존재했던 젊은 여성 가운데 어쩌면 유일하게 철저히 건전한 상태였으며, 건강하고 힘이 센 숙녀였을 것이고, 어디든지 그녀가 오면 봄이 되었다.

---

11 그리스 신화에 나오는 의술의 신이다.

12 그리스 신화에 나오는 건강의 여신이다.

13 그리스 신화에서 제우스와 헤라Hera의 딸인 젊음의 여신이며, 한 신화에 따르면 헤라가 야생양상추를 먹고 나서 헤베를 임신했다는 설이 있다.

06 | **방문객들**

나는 대다수의 사람들처럼 교제를 대단히 좋아하며 원기왕성한 사람을 만나면 당분간 흡혈귀처럼 달라붙을 준비가 충분히 되어 있다고 생각한다. 나는 천성적으로 은자가 아니며, 일 때문에 술집에 가면 가장 착실한 단골손님보다 더 오래 앉아 있을 수도 있다.

내 집에는 의자가 세 개 있다. 하나는 고독을 위한 것이고, 둘은 우정을, 셋은 교제를 위한 것이다. 예상치 못하게 이보다 더 많은 수의 손님이 왔을 때, 그들 모두에게 내어줄 의자는 세 개밖에 없지만 일반적으로 그들은 서 있음으로써 그 방을 경제적으로 활용했다. 작은 집 한 채가 위대한 남녀를 얼마나 많이 수용하는지 알면 놀라울 것이다. 나는 내 지붕 아래 동시에 스물다섯에서 서른 명의 영혼을 그들의 신체와 함께 수용한 적이 있었다. 그럼에도 우리는 종종 서로 대단히 가까웠다는 사실을 알아채지 못하고 헤어졌다. 거의 셀 수 없을 만큼 많은 방과 거대한 홀, 와인과 다른 평화의 필수품을 저장하기 위한 지하실이 있는 많은 우리의 집은 공공주택이든 개인주택이든 둘 다 주거인이 살기에는 엄청나게 커 보인다. 그 집들이 너무 거대하고 웅장해서 거주자들은 그 집에 출몰하는 해충에 불과해 보인다. 포고자가 트레몬트Tremont나 애스터Astor 또는 미들섹스 하우스Middlesex House[1] 앞에서 소집 나팔을 불 때, 나는 모든 거주자를 위한 광장 위로 우스꽝스러운 생쥐 한 마리가 기어 나오는 모습을 보고 놀랐다. 그 생쥐는 포장된 도로에 난 구멍 속으로 곧 다시 살며시 도망쳤다.

그렇게 작은 집에서 가끔 경험한 하나의 불편은 우리가 중대한 생각을 중대한 단어로 말하기 시작할 때 손님과 거리를 충분히 두기 어렵다는 점이다. 당신의 생각이 종착지인 항구에 닿기 전에 항해상태에 들어가 한두 코스를 달리기 위해서는 어느 정도 공간이 필요하다. 당신의 사고의 총알은 청자의 귀에 닿기 전에 측면으로 튀면서 나는 움직임을 극복하고 마지막의 안정된 진로로 낙하했어야 한다. 그렇지 않으면 청자의 머리 측면으로 다시 빠져나갈 수 있다. 또한 우리의 문장들은 그와중에 그들의 오와 열을 펼치고 형성할 공간을 필요로 했다. 국가처럼 개인은 그들 사이에 적당하게 넓고 자연스러운 경계를 세워야 하며, 심지어는 상당한 중립지대를 세워야 한다. 나는 호수를 가로질러 반대편에 있는 친구에게 이야기하는 것이 색다른 사치임을 발

---

1   각각 보스턴·뉴욕·콩코드에 있는 호텔 이름이다.

견했다. 내 집에서는 우리가 너무나 가까워서 상대방의 말을 경청할 수 없고, 서로의 말이 들리도록 충분히 낮은 소리로 말할 수 없었다. 그것은 마치 고요한 물에 돌 두 개를 아주 가까이 던져서 서로의 파동을 깨는 것과 같다. 만약 우리가 수다스럽고 크게 말하는 사람에 불과하다면, 그때는 볼을 매우 가까이 맞대고 함께 서서 서로의 숨결을 느껴도 된다. 그러나 우리가 삼가면서 사려 깊게 말을 한다면, 모든 동물적인 열기와 수분이 증발하도록 더 멀리 떨어지기를 원할 것이다. 서로의 속에 있는 말을 하지 않거나 말할 수 없는 생각도 공유하는 가장 친밀한 교제를 나누고 싶다면, 우리는 침묵해야 할 뿐 아니라 둘 다 신체적으로 아주 멀리 떨어져서 어떤 경우에도 서로의 목소리를 가능한 한들을 수 없도록 해야 한다. 이 기준을 참고하면, 말은 청취가 어려운 사람들의 편리를 위한 것이다. 그러나 큰소리로 외친다면 제대로 말할 수 없는 많은 미세한 것들이 있다. 대화가 더 고매하고 웅장한 어조를 띠기 시작함에 따라 우리는 점차 의자를 서로 더 멀리 떨어지도록 밀쳐 각각 반대쪽 구석에 있는 벽에 닿게 했고, 둘 다 물러설 공간이 더는 없었다.

그러나 내 '가장 좋은' 방이자 항상 손님을 맞을 준비가 되어 있고 카펫에 햇빛이 드물게 드는 응접실은 집 뒤에 있는 소나무 숲이었다. 유명한 손님들이 오는 여름날에는 숲으로 그들을 데리고 갔고, 돈으로 살 수 없는 귀중한 하인이 바닥을 쓸고 가구의 먼지를 털고 물건을 정돈했다.

손님 한 분이 오면 때때로 나와 소박한 식사를 함께했고, 옥수수가루로 급하게 만드는 푸딩을 젓거나 잿더미 속에서 빵 한 덩어리가 부풀어 익어가는 모습을 보면서 시간을 보내는 것이 대화에 방해가 되지 않았다. 그러나 스무 명이 내 집에 와서 앉으면 두 명이 먹기에 충분한 빵이 있더라도 식사에 대해서는 일언반구도 없었을 뿐 아니라 먹는다는 것은 사라진 습관 같았다. 우리는 자연스럽게 절제를 실천했고, 이를 한 번도 무례로 여기지 않았으며, 가장 적절하고 사려 깊은 방침이었다. 너무 자주 회복을 필요로 하는 육체적인 생명의 소모와 쇠퇴는 그런 경우 기적적으로 지연된 것처럼 보였고, 생명력 있는 활기가 그 자리를 고수했다. 그래서 나는 스무 명은 물론이고 1,000명도 대접할 수 있었다. 내가 집에 있을 때 누구든지 실망하거나 배고픈 채 내 집을 떠난 사람이 혹시 있다면, 적어도 내가 그들에게 공감했다는 사실을 믿어도 좋다. 비록 많은 주부가 의심하겠지만, 낡은 관습 대신 새롭고 더 나은 관습을 확립하는 것은 대단히 쉽다. 당신은 스스로 제공하는 정찬에 평판을 의지할 필요가 없다. 내 경우에는 내가 어떤 사람의 집에 자주 가는 것을 가장 효율적으로 저지한 것은 케르베로스Cerberos [2]와 같은 개였지만, 나를 정찬에 초대했다고 그가 과시하는 모습도 마찬가지 역할을 했다. 나는 그런 과시를 다시는 정찬 초대와 같은 일로 귀찮게 하지 말라는, 대단히

---

2   그리스 신화에서 죽은 자의 땅의 입구를 지키는 머리 세 개 달린 개를 의미한다.

정중하고 에두른 암시로 여겼다. 그런 모임의 장소들을 다시는 방문하지 않으려고 한다. 나는 내 오두막집의 좌우명으로 방문객 가운데 한 사람이 카드 대신 노란 호두나무 잎사귀에 써놓은 스펜서Edmund Spenser의 시구 몇 구절을 안 것을 자랑으로 여겨야 하리라.

> 그곳에 도착해, 그들이 작은 집을 채운다.
> 오락거리가 없는 곳이었으니 아무도 오락거리를 찾지 않는다.
> 휴식이 그들의 성찬이고, 모든 것이 그들의 뜻대로다.
> 가장 고귀한 정신에 가장 큰 만족이 있다.[3]

후에 플리머스 식민지Plymouth Colony의 지사인 윈슬로Edward Winslow[4]가 동반자 한 명과 매서소이트Massasoit[5]에게 의례적인 방문을 하기 위해 걸어서 숲속을 통과하느라 피곤하고 주린 배로 추장의 집에 도착했을 때 융숭한 영접을 받았지만, 식사에 대해서는 그날 아무 말도 듣지 못했다. 그들의 말을 인용하면, 밤이 되었을 때 "그는 우리를 그와 그의 아내와 함께 침대에 눕게 했

---

3 영국의 시인 에드먼드 스펜서의 서사시《요정 여왕Faerie Queene》1권 1편 35연에서 발췌했다.

4 메이플라워호를 타고 미국에 온 사람이다. 그의 일기에는 플리머스 식민지 초창기에 대한 기록이 담겨 있다.

5 왐파노아그족Wampanoag 인디언의 추장으로, 식민지 이주민에게 우호적이었다.

다. 그들이 한쪽 끝에 눕고 우리는 다른 쪽 끝에 누웠다. 침대는 바닥에서 1피트 높이에 판자만 깔고 그 위에 얇은 매트 한 장을 깐 것이었다. 추장의 가장 중요한 부하 두 명 이상이 공간이 부족해 우리 옆과 위를 압박했고, 우리는 여행보다는 숙박 때문에 훨씬 더 피곤했다." 다음 날 한 시에 매서소이트는 "그가 창을 던져 잡은 물고기 두 마리를 가지고 왔는데" 대략 송어의 세 배 크기였다. "이 물고기를 끓이는 동안 적어도 마흔 명이 나누어 먹기를 기대하고 있었다. 대부분이 나누어 먹었다. 이것이 이틀 밤과 한나절 동안 우리가 한 유일한 식사였다. 우리 가운데 한 명이 자고새를 사지 않았더라면 단식하며 여행을 했을 것이다." 음식이 부족했고 "야만인들이 야만적인 노래를 부르기 때문에(그들은 노래를 부르다가 잠드는 습관이 있기 때문에)" 잠도 부족해서 머리가 어지러울까 두려웠고, 여행할 힘이 있을 때 집에 도착하기 위해 길을 떠났다. 숙박에 관해서는 대접이 부족했던 것이 사실이다. 비록 그들이 불편으로 알았던 것이 의심할 바 없이 경의를 표하려던 의도였지만 말이다. 그러나 먹는 것에 관해서는, 나는 그 인디언들이 어떻게 더 잘할 수 있었을지 모르겠다. 그들은 먹을 것이 없었고, 손님에게 음식 대신 사과를 대접할 수 있을 것이라고 생각하지는 않을 만큼 현명했다. 그래서 그들은 허리끈을 더 조여 매고 식사에 대해서는 아무 말도 하지 않았다. 다음에 윈슬로가 다시 그들을 방문했을 때는 음식이 풍부한 계절이었기에 이런 면에서 부족함은 없었다.

사람들은 어디에 살든지 찾아오게 마련이다. 숲에 사는 동안 내 인생의 다른 어떤 시기에서 그러했던 것보다 더 많은 방문객을 맞았다. 그것은 내가 몇몇 방문객을 맞았다는 뜻이다. 나는 그곳에서 어느 다른 곳에서보다 더 호의적인 상황에서 여러 명을 만났다. 그러나 사소한 일로 나를 찾으러 온 사람들은 거의 없었다. 이런 면에서 내 손님은 읍으로부터 내 집의 거리만으로도 선별되었다. 나는 교제의 강이 흘러 들어가는 고독의 거대한 대양 속에 너무 깊숙이 물러나 있었다. 내가 필요로 하는 것에 관해서는, 대체로 가장 고상한 침전물만이 주위에 퇴적되었다. 그에 더해, 탐구되지 않았고 개간되지 않은 다른 편 대륙의 증거물들이 내게 떠내려왔다.

오늘 아침에 오두막집을 방문한 사람은 진실로 호메로스의 작품에 등장하는 인물이거나 파플라고니아Paphlagonia[6]인 같았다. 그는 너무나 적절하고 시적인 이름이었기에 여기서 그 이름을 밝힐 수 없어 유감스럽다. 캐나다인 벌목꾼이며 기둥을 만드는 그는 하루에 쉰 개의 기둥에 구멍을 뚫을 수 있고, 그의 개가 잡은 우드척으로 어제 저녁식사를 한 사람이었다. 그도 호메로스에 대해 들어본 적이 있었고, 어쩌면 여러 우기 동안 책 한 권을 온전히 다 읽지는 못했을지라도, "책이 없다면 비가 오는 날 무엇을 해야 할지 모르는" 사람이었다. 여기서 멀리 떨어진 그의

---

6   흑해 해안에 위치한 소아시아의 고대 국가로, 산림이 빽빽한 산이 많았다.

출생 교구에서 그리스어를 소리 내어 읽을 줄 아는 어떤 사제가 그에게《성서》구절을 읽도록 가르쳤고, 지금 나는 그가 그 책을 들고 있는 동안, 아킬레우스가 슬픈 안색을 짓는 파트로클로스 Patroklus[7]를 책망하는 구절을 그에게 번역해주어야 한다. "왜 그대는 어린 소녀처럼 눈물짓고 있는가, 파트로클로스?"

아니면 그대 홀로 프티아Phthia에서 온 어떤 소식을 들었는가?
그들은 악토르Akto의 아들인 메노이티오스Menoetios가 아직 살아 있고,
아이아코스Æacus의 아들 펠레우스Peleus가 미르미돈인Myrmidons 사이에 살아 있다고 말하네.
그 가운데 누가 죽었다면, 우리는 크게 슬퍼해야 하겠지.

"멋있는 구절입니다"라고 그 벌목꾼이 말한다. 그는 아픈 사람을 위해 일요일인 오늘 아침에 채집한 커다란 흰 참나무 껍질 한 묶음을 팔 아래에 끼고 있다. "오늘 같은 일요일에 그런 책은 읽어도 해가 되지 않으리라 생각해요"라고 그가 말한다. 그에게 호메로스는 위대한 작가였다. 비록 호메로스의 글이 무엇에 대해 쓴 것인지는 몰랐지만 말이다. 그보다 더 단순하고 자연적인 사람을 찾기란 힘들 것이다. 악과 질병은 세상에 그토록 어둡고

---

7   아킬레우스의 가장 친한 친구다.

도덕적인 색조를 드리우지만, 그에게는 거의 어떤 존재감을 주지 못하는 것 같았다. 그는 스물여덟 살쯤 되었고, 12년 전에 캐나다의 아버지 집을 떠나 미국으로 일하러 왔는데, 농장을 살 돈을 마침내 벌면 고국으로 돌아갈 예정이었다. 그는 가장 거친 형상을 하고 있었다. 느린 몸이지만 튼튼하고 자세가 우아했으며, 햇볕에 탄 두꺼운 목과 검고 무성한 머리카락, 멍하면서 졸린 푸른 눈이었지만, 그 눈은 이따금씩 밝은 표정으로 빛났다. 그는 납작한 회색 천 모자와 어두운 색의 양모 외투, 그리고 소가죽 부츠를 착용하고 있었다. 그는 대단한 육식가였고 여름 내내 나무를 베었기 때문에, 보통 식사를 담은 깡통 도시락 통을 들고 내 집을 지나 2마일쯤 떨어진 곳에 있는 그의 일터로 갔다. 그의 식사는 때로는 우드척 고기 같은 차가운 육류와 그의 허리띠에 묶인 줄에 달린 돌병에 담긴 커피였다. 때때로 그는 내게 마실 것을 권했다. 그는 아침 일찍 내 콩밭을 가로질러 일터로 갔지만, 양키처럼 초조해하거나 서두르지는 않았다. 그는 자신을 다치게 하려고 움직이는 것이 아니었다. 그는 식비를 벌 따름이었다고 해도 신경 쓰지 않았다. 가는 도중에 그의 개가 우드척을 잡았을 때는 자주 그의 식사를 나무덤불 속에 내버려두고, 1마일 반을 돌아가 우드척의 내장을 정리하고 그가 하숙하는 집 지하실에 두었다. 처음 30분 동안은 밤이 될 때까지 안전하게 호수 속에 우드척을 가라앉힐 수 있을지 숙고한 후 한 행동인데, 그는 이런 주제에 대해 오래 생각하는 것을 좋아했다. 아침에 내 집을 지나갈 때 이렇게 말하곤 했다. "얼마나 비둘기가 빽빽하게 많은지요! 일하러 매일 가야 하는 것이 아니라면 원하는 모든 고기를 사냥해서 얻을 수 있을 것 같아요. 비둘기·우드척·토끼·자고새 들을 기필코 잡을 수 있어요! 일주일 동안 필요한 모든 고기를 하루 만에 얻을 수 있을 것 같아요."

그는 숙련된 나무꾼이었고, 나무를 벨 때 화려하고 장식적인 기술을 구사했다. 그는 나무를 땅에 바싹 붙어 평평하게 베어서 나중에 올라오는 새싹이 더 무럭무럭 자랄 수 있게 했고 썰매가 그 그루터기 위로 미끄러질 수 있게 했다. 그가 코드[8] 단위로 쌓아 올린 장작을 지지하기 위해 나무 하나를 통째로 두는 대신, 마지막에 손으로 부러뜨릴 수 있도록 가는 막대기나 조각으로 잘라놓곤 했다.

나는 그에게 관심이 있었다. 그가 너무나 말이 없고 혼자이지만 그래도 매우 행복했기 때문이다. 그는 좋은 기분과 만족의 샘 같았는데, 그 기분과 만족이 그의 눈에 넘쳐흘렀다. 그의 기쁨에는 불순물이 없었다. 때때로 그가 나무를 베면서 숲에서 일하는 모습을 보았는데, 그러면 그는 표현할 수 없을 정도로 만족한 웃음소리를 들려주었다. 영어도 잘했지만, 그는 캐나다식 불어로 내게 인사했다. 내가 그에게 다가가면 그는 일을 멈추고, 기쁨을 반쯤 억누르며, 이야기하는 동안 그가 쓰러뜨린 소나무 몸통을

---

8   목재나 장작의 용적 단위로, 1코드는 128입방 피트다.

따라 길게 누워, 나무의 내피를 벗긴 후 둥글게 말아서 씹었다. 그에게는 동물적인 성정이 그토록 풍부했기에 때로 생각나거나 즐거운 어떤 것에든지 소리 내어 웃으면서 땅에 쓰러져 데굴데굴 굴렀다. 주위 나무를 둘러보면서 그는 소리를 지르고는 했다. "정말이지! 나는 여기서 나무를 베면서 충분히 즐길 수 있어요. 더 나은 오락이 필요 없어요." 때때로 여가가 있을 때 그는 종일 숲에서 포켓용 권총을 들고 걸으면서 규칙적으로 스스로를 위한 축포를 쏘면서 혼자 즐겼다. 겨울에는 정오가 되면 불을 피워 주전자에 마실 커피를 데웠다. 그러고는 식사를 하려고 통나무에 앉았을 때 박새들이 이따금 주위로 와서 그의 팔에 내려앉아 손에 쥐고 있는 감자를 쪼아 먹기도 했다. 그러면 그는 "이 작은 '친구들이' 주위에 있어서 좋아요"라고 말했다.

그는 인간의 동물적인 면이 주로 발달되어 있었다. 신체적으로 인내하고 만족한다는 점에서 그는 소나무와 바위의 사촌이었다. 한번은 그에게 종일 일하고 나면 때때로 피곤하지 않은지 물었다. 그는 진지하고 신중한 표정으로 "천만에요, 나는 평생 피곤한 적이 없어요"라고 대답했다. 그러나 그의 속에 있는 지적인 면과 영적인 면은 마치 영아처럼 잠들어 있었다. 그는 가톨릭 사제들이 원주민을 가르치는 순수하고 비효율적인 방법으로만 교육을 받았다. 그런 방법으로는 학생이 의식을 자각하는 정도까지는 결코 교육되지 못하고, 단지 신뢰하고 존경하는 정도에 이른다. 어린이는 어른으로 성장하지 못하고 어린이로 남는다.

자연이 그를 만들었을 때 그의 몫으로 강한 몸과 만족을 주었고, 그가 70년 평생을 어린이로 살 수 있도록 존경과 믿음의 마음이 그를 지탱하도록 했다. 그는 너무 순수하고 때가 묻지 않아서 그에 대한 어떤 소개도 우드척을 이웃에게 소개하는 것 이상으로 도움이 되지 않을 것이다. 이웃은 당신이 그러했던 것처럼 스스로 그를 알아내야 한다. 그는 어떤 역할놀이도 하지 않으려 했다. 사람들은 노동에 대한 대가로 그에게 임금을 주었고, 그렇게 함으로써 그가 먹고 입을 수 있게 도와주었다. 그러나 그는 한 번도 그들과 의견을 교환하지 않았다. 그는 너무나 소박하고 자연적으로 겸손해서 — 한 번도 포부를 세운 적이 없는 사람을 겸손하다고 할 수 있다면 — 겸손은 그에게 두드러진 자질이 되지 못했으며, 스스로도 겸손하다고 느낄 수 없었다. 그에게 더 현명한 사람들은 반신반의였다. 만약 그에게 그런 사람이 오고 있다고 말한다면, 그렇게 대단한 사람은 그에게 아무것도 기대하지 않고, 스스로 모든 책임을 떠안고 조용히 잊힌 채로 있으리라고 생각하는 것처럼 행동했다. 그는 한 번도 칭찬하는 소리를 들어본 적이 없었다. 그는 특히 작가와 목사를 존경했다. 그들이 수행하는 작업은 기적이었다. 그에게 내가 상당히 글을 많이 썼다고 말했을 때, 그는 오랫동안 내가 의미한 글이 단순히 육필이라고 생각했다. 그가 스스로 글씨를 상당히 잘 쓸 수 있었기 때문이다. 나는 때때로 큰길 옆의 눈 속에 그가 태어난 교구의 이름이 올바른 불어 악센트를 포함해 보기 좋게 씌어 있는 흔적을 발견하고는 그가 지나갔음을 알았다.

그에게 자신의 생각을 글로 써보고 싶다고 생각한 적이 있는지 물었다. 그는 글을 모르는 사람을 위해 편지를 읽고 써준 적은 있지만, 생각을 글로 써보려고 시도한 적은 한 번도 없다고 말했다. 아니, 그는 쓸 수가 없다고, 먼저 무슨 말을 써야 할지 알 수 없어서 죽을 것 같다고 했다. 그러고 나서는 동시에 철자법까지 신경 써야 하니 말이다!

나는 저명한 현자이자 개혁가[9]가 그에게 세상이 바뀌기를 원하지 않는지 묻는 것을 들었다. 그러나 그는 이전에 같은 질문을 받은 적이 있다는 사실을 모른 채, 놀라서 껄껄 웃으며 캐나다식 악센트로 "아니요, 저는 이대로 충분히 좋아요"라고 대답했다. 철학자가 그와 교제한다면 많은 영감을 받았을 것이다. 이방인에게 그는 전반적으로 물정을 아무것도 모르는 것처럼 보였다. 그러나 나는 때때로 그에게서 내가 이전에는 한 번도 보지 못한 사람의 면모를 보았다. 그래서 그가 셰익스피어처럼 현명한지 아니면 어린아이처럼 단순 무식한지, 그에게 훌륭한 시적인 의식이 있다고 보아야 할지 아니면 어리석다고 의심해야 할지 몰랐다. 한 읍민은 그가 꼭 맞는 작은 모자를 쓰고 어슬렁거리며 휘파람을 불고 마을을 지나가는 모습을 보고 변복을 한 왕자가 생각났다고 내게 말했다.

---

9   에머슨에 대한 언급일 가능성이 있다. 에머슨은 나무를 베고, 쪼개고, 장작더미를 쌓는 일을 위해 데리언Therien을 고용했다.

그가 소유한 책은 연감과 산수책이 유일했는데, 산수에 상당히 숙달되어 있었다. 연감은 그에게 일종의 백과사전이었다. 그는 연감이 인간의 지식을 요약하고 있다고 생각했고, 실로 상당 부분 그런 역할을 한다. 나는 당대의 여러 개혁에 관해 그의 의견을 타진하는 것을 좋아했다. 그는 가장 단순하고 실제적인 견지에서 그 개혁들을 바라보는 일에 실패한 적이 없었다. 그는 그런 질문을 이전에 들어본 적이 없었다. "공장 없이 살 수 있어요?" 하고 내가 물었다. 그는 집에서 짠 천으로 만든 버몬트 회색 빛깔의 옷을 입고 있었고, 그 옷이 괜찮다고 말했다. "차와 커피 없이 살 수 있어요? 이 나라가 물 외에 어떤 음료를 제공하지요?" 하고 내가 물었다. 그는 솔송나무의 솔잎을 담가둔 물을 마셨고, 더운 날씨에는 그 음료가 물보다 마시기에 더 좋다고 생각했다. 돈 없이 살 수 있는지 물었을 때, 그는 돈의 편리함을 이 제도의 근원에 대한 가장 철학적인 설명과 일치하는 방식으로 설명했고, '페쿠니아pecunia'[10]라는 단어의 어원과도 일치한다는 점을 간접적으로 보여주었다. 만약 그가 황소 한 마리를 소유했고 상점에서 바늘과 실을 사기를 원한다면, 매번 필요한 금액만큼 황소의 일정 부분을 계속 담보로 잡는 것이 곧 불편하고 불가능하다고 생각했을 것이다. 그는 어떤 철학자보다 많은 제도를 더 잘 옹호할 수 있었다. 그 이유는 그와 관련되는 제도들을 설명

---

10 라틴어로 돈이라는 뜻으로, 소를 뜻하는 페쿠스pecus라는 단어에서 유래했다.

할 때 그 제도가 유행한 진정한 이유를 제시했고, 아무리 생각해도 어떤 다른 이유가 제시되지 않았기 때문이다. 또 한번은 인간에 대한 플라톤의 정의—깃털이 없는 두 발로 걷는 동물[11]—와 누군가가 깃털이 뽑힌 수탉을 전시하면서 플라톤의 인간이라고 불렀다는 사실을 듣고,[12] 그는 인간과 수탉의 '무릎'이 다른 방향으로 굽어 있다는 사실이 중요한 차이라고 생각했다. 그는 때때로 다음과 같이 소리치곤 했다. "나는 말하기를 너무 좋아해! 정말 나는 온종일 말할 수도 있어!" 한번은 여러 달 동안 그를 보지 못하다가 만났을 때, 이번 여름에 새롭게 생각한 것이 있는지 물었다. "아이고! 저처럼 일을 해야 하는 사람은 자신의 생각을 잊지 않는다면 잘하는 것입니다. 당신과 잡초를 매는 괭이질을 함께하는 사람이 시합을 하고 싶어 하면 기필코 당신의 마음은 거기에 가 있을 겁니다. 오직 잡초에 대해 생각하는 것이지요"라고 그가 말했다. 그런 경우 때때로 그가 먼저 내게 어떤 진전이 있는지 묻곤 했다. 어느 겨울날, 그에게 자신에게 항상 만족하냐고 물었다. 그의 외부에 있는 사제를 대신할 내부에 있는 대체적 존재를 제시하고 삶에 대한 어떤 더 높은 동기도 제시하고 싶은 마음에서였다. "만족해요!"라고 그는 말했다. "어떤 사람들은 이런 것으로 만족하고, 다른 사람들은 저런 것으로 만족하지요. 어쩌

---

11 플라톤의 《시학Poetica》266쪽에 대한 인유다.
12 디오게네스 래어티우스Diogenes Laertius가 그러한 전시를 선보였다고 한다.

면 어떤 사람이 충분히 가졌다면 등을 난로 쪽으로 향하고 배를 식탁 쪽으로 향한 채 종일 앉아 있으면서 정말이지 만족하겠지요!" 그러나 나는 어떤 책략을 써도 결코 그가 사물에 대해 정신적인 견해를 취하게 할 수 없었다. 그가 상상하는 최고의 정신적인 견해는 단순한 편의주의인데, 그것은 동물도 식별한다고 기대할 수 있는 정도다. 실제로 이것은 대부분의 사람에게도 해당된다. 내가 그의 삶의 양식에 어떤 발전을 제시하면, 그는 어떤 유감도 표명하지 않고 너무 늦었다고만 대답했다. 그러나 그는 정직과 그 밖에 유사한 미덕을 철저하게 믿었다.

아무리 근소하지만 그의 속에서 발견되는 어떤 긍정적인 독창성이 있었고, 나는 이따금 그가 스스로 생각하고 의견을 표명하는 모습을 관찰했다. 이는 너무나 드문 현상이어서 나는 그 모습을 관찰하기 위해 언제든 10마일을 걸을 마음이 있었다. 그 의견은 많은 사회제도의 재창설이나 매한가지였다. 비록 그가 주저했고 어쩌면 자기 자신을 분명하게 표현하는 데 실패했을지라도, 그의 이면에는 항상 남 앞에 내놓을 만한 생각이 있었다. 그러나 그의 사고는 너무나 원시적이고 동물적인 삶에 침잠해 있었기 때문에, 단순히 학식 있는 사람의 것보다는 더 전망이 있기는 했지만 보고될 만한 것으로 성숙하는 일은 거의 없었다. 그의 존재는 삶의 최하계층에도 천재가 존재할 수 있다는 사실을 암시했다. 그들은 영원히 비천하고 문맹일지라도, 항상 자신의 견해가 있거나 아니면 전혀 세상을 보지 않는 척한다. 그들이 비록 무지하고 명료하지 않을지라도, 월든 호수가 측정할 수 없을 정도의 깊이라고 여겨지는 만큼 생각이 깊은 사람들일 수 있다.

많은 여행객이 가던 길을 벗어나 나와 내 집의 내부를 보러 와서는 방문을 핑계로 물 한 잔을 요청했다. 그들에게 호숫물을 마신다고 말하고, 물 퍼내는 도구를 빌려주겠다고 제의하면서 호수를 가리켰다. 내가 멀리 떨어져 살긴 했지만, 생각건대 1년 가운데 모든 사람이 여행하는 4월 첫날쯤 일어나는 방문에서 내가 예외일 수는 없었다. 나도 내 몫의 좋은 운, 즉 방문객을 맞는 일에 관여했다. 비록 방문객 가운데 약간 별난 괴짜들이 있기는 했지만 말이다. 구빈원과 다른 곳으로부터 온 지적인 능력이 떨어지는 사람들이 나를 보러왔지만, 나는 그들이 가진 모든 기지를 사용해 내게 고해하게 하려고 애썼다. 그런 경우에는 기지를 우리 대화의 주제로 삼았고, 그렇게 함으로써 벌충되었다. 실로 나는 그들 가운데 일부가 이른바 생활보호대상자의 '감독관'이자 읍의 행정위원보다 더 현명하다는 사실을 발견했고, 이제 국면이 전환되어야 할 시점이라고 생각했다. 기지에 대해 말하자면, 나는 지적인 능력이 반쯤 있는 사람들과 온전히 있는 사람 사이에는 크게 차이가 없다는 사실을 배웠다. 특히 어느 날, 지적인 능력은 떨어지지만 불쾌감을 주지 않는 극빈자 한 사람이 방문해서 나처럼 살고 싶다는 의사를 표현했다. 나는 그가 다른 사람과 함께 들판에서 큰 곡식통 위에 서거나 앉아 소 떼와 자신이 대오에서 이탈하지 않도록 울타리 노릇을 하는 모습을 종종 본 적이 있다. 그는 최대한의 소박함과 진실함으로, 겸손이라 불리는 것보다는 상당히 우월하거나 그보다는 차라리 '열등하게' 자신이 "지적인 능력이 부족하다"고 내게 말했다. 그는 하느님이 자신을 그렇게 만들었지만, 하느님이 다른 사람만큼 그를 사랑한다고 생각했다. "어린 시절부터 나는 항상 그러했어요"라고 그는 말했다. "나는 한 번도 똑똑했던 적이 없어요. 다른 아이들과 달랐어요. 나는 머리가 나빴어요. 그것이 하느님의 뜻이었다고 생각해요." 그리고 그의 말의 진실성을 증명하고자 그가 거기에 있었다. 그는 내게는 형이상학적인 수수께끼였다. 그런 유망한 입장에 있는 동료-인간을 만난 것은 드문 일이었다. 그가 말한 전부가 너무나 단순하고 진지하며 참된 말이었다. 과연 그는 스스로를 낮추는 만큼 비례해서 더욱더 높아졌다. 처음에는 그것이 현명한 방침의 결과라는 사실을 나는 몰랐다. 그 가난하고 지력이 낮은 극빈자가 놓은 진실과 솔직함의 토대에서 시작해, 우리의 교제는 현자보다 더 나은 관계로 나아갈 것처럼 보였다.

일반적으로 읍의 생활보호대상자에 속한다고 간주되지는 않지만, 그렇게 생각해야 할 사람들이 손님으로 왔다. 하여튼 그들이 세상에서는 가난한 사람들이다. 그들은 후한 대접이 아니라 돌봄을 베푸는 시설의 대접을 호소한다. 그들은 절대로 자립할 생각이 없다는 정보를 먼저 알리며 호소를 시작한다. 나는 그렇게 가난한 사람이 어떻게 가졌는지는 모르지만 설혹 세상 최고 식욕을 소유했을지라도 실제로 굶주리는 상황에 빠지지는 말라고 요구한다. 자선의 대상은 손님이 아니다. 그들은 방문이 끝났는데도 끝난 줄 모르는 사람들이다. 비록 내가 다시 내 용무를 보면서, 점점 더 멀리서 그들에게 대답하더라도 말이다. 제각기 지적 수준이 다른 사람들이 정기적으로 이동하는 계절에 나를 방문했다. 어떤 사람들은 지능을 감당할 능력 이상이었고, 농장의 예의범절을 아는 도망노예는 이따금 우화의 여우처럼 경청하면서, 마치 그들이 자신들을 추적하며 짖어대는 사냥개 울음소리를 들은 것처럼 간청하듯이 나를 바라보며 다음과 같이 말했다.

오, 그리스도인이여. 당신은 저를 돌려보내실 건가요?[13]

나는 그 가운데 진짜 도망노예 한 명이 북극성을 따라 나아가도록 도왔다. 한 가지 생각만 하는 사람들은 한 마리의 병아리, 그것도 오리 새끼의 어미인 암탉과 같고,[14] 1,000가지 생각을 하는 텁수룩한 머리의 사람들은 100마리의 병아리를 맡았지만, 모두 한 마리의 벌레를 쫓아가다가 매일 아침 이슬 속에 스무 마리를 잃어버리고, 결국 누추한 고수머리가 되는 암탉과 같다. 다리 대신 생각이 있는 사람들은 온몸이 근질거리게 만드는 일종

13 일라이저 라이트Elizur Wright가 쓴 〈도망노예가 기독교인에게The Fugitive Slave to the Christian〉라는 시의 각 연마다 붙어 있는 후렴구다.
14 병아리 한 마리의 어미인 암탉은 항상 한 가지만 쫓아다니고 결코 병아리를 그냥 놓아두지 않는다는 속어 표현이 18세기 초부터 사전에 실려 있다. 지나치게 법석을 떤다는 의미다.

의 지적인 지네다. 한 사람은 화이트 산맥에서처럼 방문객이 그들의 이름을 기입하는 방명록을 제안했다. 그러나 슬프게도 나는 기억력이 너무 좋아서 그럴 필요가 없다.

나는 방문객의 약간의 특이점에 주목할 수밖에 없었다. 소녀와 소년, 그리고 젊은 여성은 일반적으로 숲에 있는 것이 즐거워 보였다. 그들은 호수 안도 들여다보고 꽃도 보면서 시간을 유용하게 보냈다. 사업가는 물론이고 농부조차 홀로 사는 삶과 종사하는 일에 대해서만, 그리고 내가 사는 곳이 무언가 다른 것으로부터 멀리 있는 상황에 대해서만 생각했다. 그리고 비록 그들이 이따금 숲속에서 산보하는 것을 좋아한다고 말했지만, 그렇지 않다는 사실은 명백했다. 생계를 벌거나 유지하는 일에 그들의 모든 시간이 잡아먹히는 활동에 전념하는 사람들, 마치 자신들이 신이라는 주제를 독점한 것처럼 신에 대해 말하고 모든 종류의 의견을 인내할 수 없는 목사와 의사, 변호사, 그리고 내가 외출했을 때 내 찬장과 침대를 속속들이 살펴보는 불쾌한 주부들—어떻게 모 부인이 내 침대보가 그녀의 것만큼 깨끗하지 않은지를 알았을까?—더는 젊지 않으며 이미 다져진 직업들의 진로를 따라가는 것이 가장 안전하다고 결론을 낸 젊은이들. 이들 모두는 대체로 내 처지에서는 선행을 많이 하기가 불가능하다고 말했다. 그렇다! 그것이 문제였다.[15] 나이나 성별이 어떠하든

---

15 셰익스피어의 《햄릿Hamlet》 3막 1장 67절의 대사에 대한 인유다.

나이 많고 허약한 이와 겁 많은 이는 병과 갑작스러운 사고와 죽음에 대해 가장 많이 생각했다. 그들에게 인생이란 위험으로 가득 찬 것처럼 보였다. 그런데 위험에 대해 생각하지 않는다면 무슨 위험이 있겠는가? 그리고 그들이 신중한 사람이라면 부르는 즉시 읍에 살던 의사 B 씨가 바로 올 수 있는 가장 안전한 장소를 꼼꼼하게 선택할 것이라고 생각했다. 그들에게 마을은 문자 그대로 '커-뮤니티com-munity'이고,[16] 공동방어를 위한 연맹이다. 그리고 그들은 대형 약상자가 없다면 월귤나무를 따러 가지도 않을 사람들이라고 생각할 수 있다. 이 말의 요지는, 살아 있다면 죽을 '위험'이 항상 있다는 것이다. 비록 그에게 처음부터 활기가 없다면 그것에 비례해 죽을 위험이 그만큼 줄어들겠지만 말이다. 앉아 있는 사람도 달리는 사람만큼 많은 위험에 처한다. 마지막으로 자칭 개혁가인 사람들, 즉 모든 사람 중에서 가장 싫증 나게 하는 사람들이 있는데, 그들은 내가 영원히 다음과 같이 노래한다고 생각했다.

이 집은 내가 지은 집.[17]
이 사람은 내가 지은 집에 사는 사람.

---

16 소로는 여기서 'com-munity'로 단어를 나누어 강조한다. 라틴어의 'munio'는 방어한다는 뜻이고 접두사 'com'은 함께한다는 뜻이다.
17 〈이 집은 잭이 지은 집〉이라는 자장가를 모방한 노래다.

그러나 그들은 세 번째 행이 다음과 같다는 사실을 몰랐다.

이들은 내가 지은 집에 사는 사람을
성가시게 구는 사람들.

나는 병아리를 키우지 않기 때문에 잿빛개구리매를 두려워하지 않았다. 그러나 그보다는 사람을 괴롭히는 '인간-개구리매'를 두려워했다.

나는 그러한 종류의 방문객보다는 기쁨을 주는 방문객을 더 많이 맞이했다. 아이들은 딸기를 따러 오고, 철도원은 깨끗한 셔츠를 입고 일요일 아침 산보를 하고, 낚시꾼과 사냥꾼, 시인과 철학자, 요컨대 자유를 찾아 숲으로 나온, 그리고 정말로 마을을 뒤에 남겨두고 떠나온, 모든 정직한 순례자를 나는 "환영합니다. 영국인들이여! 환영합니다, 영국인들이여!"라고[18] 인사하며 맞을 준비가 되어 있었다. 그것은 내가 그 종족과 친밀한 관계인 적이 있기 때문이었다.

---

18 플리머스 항구에 도착한 순례자라 불린 청교도에게 인디언 추장 사모세트Samoset가 건넨 인사다.

07 | 콩밭

그사이에 길이가 모두 합해 7마일 되는 이랑에 이미 심은 콩에 곧 괭이질을 해야 했다. 왜냐하면 마지막에 심을 콩을 땅에 심기 전에 가장 먼저 심은 콩이 상당히 자라 있었기 때문이다. 실로 콩밭을 가는 일은 쉽게 미루어서는 안 되었다. 이렇게 꾸준하고 자존심 있는, 헤라클레스의 괴력을 요구하는 이 작은 노동의 의미가 무엇인지 나는 몰랐다. 비록 내가 원하는 것보다 훨씬 많았지만 내 이랑과 콩을 사랑했다. 콩은 내가 땅에 애착을 품도록 했고, 그래서 나는 안타이오스Antaeus [1]와 같은 힘이 생겼다. 그러나 내가 왜 콩을 키워야 하나? 단지 하늘만이 아실 일이다. 이것이 여름 내내 한 기묘한 노동이었다. 이전에는 단지 양지꽃과 검은 딸기, 서양고추나물 등의 맛있는 야생열매와 기분을 좋게 하는 꽃만 산출했던 이 지구의 표면에 이런 콩을 소출하게 하는 것 말이다. 내가

----

1   그리스 신화에서 포세이돈Poseidon과 가이아Gaea 사이에서 태어난 거인으로, 어머니인 땅에 닿을 때마다 점점 강해졌다. 헤라클레스는 그가 땅과 접촉하지 못하도록 들어 올려 압사시켰다.

콩들에 대해 무엇을 배울 것인가, 아니면 콩들이 나에 대해 무엇을 배울 것인가? 나는 콩들을 소중하게 여기고, 괭이질을 하고, 아침저녁으로 돌본다. 이것이 내 하루 일이다. 콩잎은 보기 좋은 넓은 잎이다. 내 조력자는 이 메마른 토양에 물을 공급하는 이슬과 비이고, 토양 자체에 있는 비옥함인데, 토양은 대부분 빈약하고 고갈되어 있다. 내 적은 벌레와 서늘한 날들, 그리고 무엇보다 우드척이다. 우드척은 4분의 1에이커가 되는 내 콩밭을 깨끗하게 갉아먹었다. 그러나 내가 어떤 권리로 서양고추나물과 나머지 풀을 쫓아내고 그것들이 자라는 오래된 허브 정원을 결판낼 수 있다는 말인가? 곧 남아 있는 콩들은 그런 풀이 발붙이고 살기에는 너무 강해질 것이고, 새로운 적을 맞이할 것이다.

또렷하게 기억하는데, 네 살 때 나는 보스턴에서 이곳 내 고향 읍으로 왔고,[2] 바로 이 숲과 들판을 거쳐 월든 호수로 왔다. 그것은 내 기억에 각인된 가장 오래된 장면 가운데 하나다. 그리고 이제 오늘 밤 내 플루트 소리는 바로 그 물 위로 메아리를 깨웠다. 나보다 나이가 더 많은 소나무는 여전히 여기에 서 있다. 아니, 몇 그루가 쓰러졌다면, 그 그루터기로 저녁을 지었다. 새로 싹이 난 소나무가 사방에 올라오면서, 새로 태어난 영아가 볼 또다른 장면을 준비한다. 거의 똑같은 서양고추나물이 이 목초지

----

2   소로는 1817년 7월 12일 콩코드에서 태어났다. 그의 가족은 보스턴의 사우스엔드South End에 잠시 거주한 후, 1821년 9월부터 1823년 3월까지 보스턴의 핑크니가 Pinckney Street 4번지에 살았다.

에서 똑같은 다년생 뿌리로부터 솟아나고, 나조차 마침내 내 어린 시절의 꿈과 같았던 멋진 경치를 입히는 데 일조했다. 내 존재와 영향력이 가져온 결과 가운데 하나가 이 콩잎과 옥수수잎, 그리고 감자 넝쿨에서 보인다.

나는 고지대에 땅 2에이커 반을 경작했다. 그 땅이 개간된 지 단지 15년 정도가 되었고 내가 스스로 두세 단 정도의 그루터기를 뽑아내었기 때문에 그 땅에 어떤 거름도 주지 않았다. 그러나 여름에 쟁기질을 하다가 캐낸 화살촉으로 볼 때 백인들이 와서 이 땅을 개간하기 전에, 멸종한 인디언 종족이 옛날에 이곳에 거주하면서 옥수수와 콩을 심었고, 어느 정도 이 곡물에 필요한 토질을 고갈시킨 것으로 보인다.

그러나 아직 우드척이나 다람쥐가 도로를 가로질러 오거나 태양이 키 작은 참나무 위에 이르기 전, 이슬이 그대로 맺혀 있는 동안 나는 내 콩밭에 줄지어 있는 거만한 잡초를 제거하고 잡초의 머리 부분에 흙을 뿌리기 시작했다. 비록 농부들은 내게 이슬을 밟으며 일하지 말라고 경고했지만, 나는 당신에게 가능하면 이슬이 있는 동안 모든 일을 마치라고 충고할 것이다. 아침 일찍 나는 이슬이 맺혀 밟으면 허물어지는 모래밭에서 조형미술가처럼 장난삼아 맨발로 일을 했지만, 낮이 되면 햇빛 때문에 발에 물집이 생겼다. 거기서 태양은 내가 약 75미터의 긴 녹색 줄 사이에서 콩밭을 맬 때 빛을 비추어주었고, 나는 그 노란 자갈이 있는 고지 위로 천천히 오갔다. 콩밭 줄의 한쪽은 내가 그늘에서 쉴 수 있는 참나무 관목 숲에서 끝나고, 다른 쪽은 내가 또 한차례 일을 끝낼 때쯤이면 녹색 빛이 짙어지는 검은 딸기밭에서 끝이 났다. 잡초를 제거하고, 콩 줄기 주변을 신선한 흙으로 돋우고, 내가 씨를 뿌려 자란 이 잡초를 북돋고, 황토가 여름에 대한 생각을 쓴 쑥과 개밀, 나도겨이삭이 아니라 콩잎과 꽃으로 표현하도록 하고, 풀 대신 콩이라고 땅이 말하도록 만드는 것, 이것이 내가 매일 하는 일이었다. 내가 말이나 소의 도움을 거의 받지도 않고, 남자나 소년을 고용하지도 않고, 농기구를 개량해 사용하지도 않았기 때문에 훨씬 더 느렸고, 그래서 보통 농사꾼보다 내가 키우는 콩과 훨씬 더 친숙해졌다. 그러나 노역에 가까울 정도로 일을 했을 때조차 손으로 하는 노동은 어쩌면 가장 나쁜 형태의 게으름은 아니다. 손으로 하는 노동에는 변치 않는 불멸의 교훈이 있고, 학자에게서는 고전적인 성과를 산출한다. 링컨과 웨일랜드Wayland를 거쳐 미지의 서쪽으로 향하는 여행자에게 나는 매우 열심히 일하는 농부로 보였을 것이다. 그들은 팔꿈치를 무릎에 대고 고삐를 꽃줄처럼 느슨하게 늘어뜨린 채 편안하게 이륜마차에 앉아 있었고, 나는 집에 머무르며 열심히 일하는 대지의 자식이었다. 그러나 곧 내 농장은 그들의 시야와 생각에서 벗어났다. 내 농장은 도로의 양쪽으로 먼 거리에 이르기까지 유일하게 탁 트인 경작된 밭이었고, 그래서 여행가들은 내 밭을 최대한 화젯거리로 활용했다. 때때로 밭에 있는 사람인 내가 여행객끼리의 잡담과 논평을 엿듣기도 했다. "콩을 너무 늦게 심었어! 완두도 너무 늦었어!" 이는 다른 사람들이 쟁기질을 시작했을 때에도 내가 계속 심었기 때문이다. 봉사정신이 투철한 농사전문가는 그 사실을 의심치 않았다. "이봐 자네, 옥수수는 사료용이야, 옥수수는 사료용이라고." 챙 없는 검은 모자를 쓴 여자가 회색 외투를 입은 사람에게 "그가 저기 '살아요?'"라고 물었다. 무서운 얼굴을 한 농부는 고삐를 죄어 농삿말을 멈추어 세우고 밭이랑에 거름이 보이지 않는다며 여기서 무엇을 하냐고 묻고는, 작은 지저깨비 더미나 어떤 작은 쓸데없는 것을 추천했다. 아니면 재나 회반죽을 추천할 수도 있다. 그러나 여기에는 2에이커 반이나 되는 밭이랑이 있고, 이를 일구기 위해 수레 대신 단지 괭이 한 자루와 두 손과—다른 수레와 말에 대해 반감이 있었기 때문에—멀리 지저깨비 더미가 있을 따름이었다. 동료 여행자는 그들이 마차를 타고 덜커덩 소리를 내며 지나갈 때 그들이 지나온 밭과 내 밭을 큰소리로 비교했고, 그래서 나는 농업의 세계에서 내가 어떤 위치인지 알게 되었다. 내 밭은 콜만 씨의 보고서에 보고되지 않은 하나의 밭이었다. 여담이지만 인간에 의해 생산성이 높아지지 않은 훨씬 더 야생적인 밭에서 자연이 산출하는 곡식의 가치는 누가 평가하는가? '영국' 건초가 수확되면 신중하게 무게를 재며, 수분을 계산하고, 규산염과 가성칼리도 측정한다. 그러나 숲과 초지, 그리고 늪에 위치한 모든 작은 골짜기와 작은 호수에서 풍부하고 다양한 수확물이 자란다. 다만 그 작물을 인간이 수확하지 않을 따름이다. 말하자면 내 밭은 야생과 경작된 밭 사이를 연결하는 고리였다. 어떤 주들은 문명화되었고, 다른 주들은 반쯤 문명화되었고, 또 다른 주들은 야만적이거나 미개하듯이, 비록 나쁜 의미에서는 아니지만 내 밭도 반쯤 경작된 밭이었다. 내 밭의 콩은 즐겁게 야생적이고 원시적인 상태로 돌아가고 있는 내가 경작한 콩이었고, 내 괭이는 그들을 위해 스위스의 목가적인 노래를 연주했다.

가까이 자작나무의 꼭대기 가지 위에서 갈색 지빠귀(그 새를 사랑하는 이들이 붉은 개똥지빠귀라 부르는 새)가 아침 내내 당신과 함께하는 것이 기뻐서 노래 부른다. 당신이 이곳에 있지 않았다면 그 새는 다른 농부의 밭으로 날아갔을 것이다. 당신이 씨앗을 심는 동안, 갈색 지빠귀는 "씨를 뿌려, 씨를 뿌려—그 위에 흙을 덮어, 그 위에 흙을 덮어—씨를 뽑아, 씨를 뽑아, 씨를 뽑아"라고 소리친다. 그러나 이것은 옥수수가 아니어서, 지빠귀와 같은 적들로부터 안전했다. 지빠귀의 조리가 서지 않는 지저귐, 한 줄 또는 스무 줄의 현으로 연주하는 아마추어 니콜로 파가니니 Niccolò Paganini [3] 같은 그 새의 연주가 씨뿌리기와 무슨 연관이 있는지 의아할 수도 있지만, 그럼에도 축축한 재나 회반죽보다는 노랫소리를 더 좋아할 것이다. 그것은 내가 전적으로 신뢰하는 일종의 값싼 마무리 비료였다.

....

3   이탈리아의 바이올린 연주자이면서 작곡자다. 현 한 줄로 전 곡을 연주하는 것으로 유명했다.

괭이로 이랑 주위에 훨씬 더 신선한 토양을 파서 덮었을 때, 나는 원시시대에 이 하늘 아래 살던 역사적 기록이 없는 종족들의 잔재를 파헤쳤다. 그들의 작은 전쟁과 사냥도구들이 현대에 햇빛을 보게 되었다. 그것들은 다른 자연석과 섞인 채 놓여 있었고, 그 가운데 몇몇은 인디언이 땐 불에 탄 흔적이, 그리고 몇몇은 태양빛에 탄 흔적이 있었고, 최근에 땅을 경작한 사람들도 도기와 유리조각을 가지고 왔다. 내 괭이가 돌에 부딪혀 쨍그랑거릴 때, 그 음악은 숲과 하늘에 메아리쳤고, 즉시 헤아릴 수 없을 정도로 수확물을 산출하는 내 노동에 반주가 되었다. 내가 괭이로 간 것은 더는 콩밭이 아니었고, 콩밭을 괭이로 간 것도 내가 아니었다. 그리고 내가 기억이라는 것을 했다면, 오라토리오 연주를 보기 위해 도시로 간 내 지인들에 대해 자부심을 느낀 만큼 동정했던 기억이 있다. 나는 때때로 유쾌하게 하루를 보냈는데, 쏙독새는 해가 쨍쨍한 오후에 눈 안에 또는 하늘의 눈인 태양 안에 들어간 들보처럼 머리 위를 맴돌았고, 이따금 하늘이 찢어져 마침내 넝마가 될 정도로 쥐어뜯기는 소리를 내며 급강하했지만, 그럼에도 창공은 상처 하나 없이 온전했다. 공중을 가득 채우고 아무도 그들의 알을 발견하지 못하도록 맨 모래바닥이나 언덕 꼭대기에 있는 바위에 낳는 작은 개구쟁이들. 마치 잎이 바람에 날려 하늘에 떠 있는 것처럼 호수에서 떠올린 잔물결처럼 우아하고 가녀린 것들. 이와 같은 동질성이 자연에는 있다. 매는 파도 위를 날면서 파도를 조망하는 공중에 있는 파도의 형제이고, 공기로 부풀어 있는 매의 완벽한 날개는 본질적으로 깃털이 나지 않는 바다의 날개에 상응한다. 그렇지 않으면 때때로 닭을 습격하는 큰 매 한 쌍이 하늘 높이 빙빙 돌다가, 서로 교대로 솟아올랐다가 내려오고, 서로에게 다가갔다가 멀어지는 장면을 보았는데, 그 모습은 마치 내 생각을 구현하는 것 같았다. 그렇지 않으면 나는 이 숲에서 저 숲으로 야생비둘기가 약간 떨리는 키질하는 소리를 내며 급한 우편집배원처럼 지나가는 모습에 매혹되었다. 그렇지 않으면 괭이질을 하다가 썩은 그루터기 아래에서부터 느릿하지만 무섭고 이색적인 점이 박힌 불도마뱀을 파내었다. 불도마뱀은 이집트와 나일강의 흔적이 있지만, 현재 우리 시대에 산다. 내가 일을 멈추고 괭이에 기대었을 때, 밭이랑 어디에서나 이와 같은 소리를 듣고 광경을 보았다. 이는 시골이 제공하는 끝없는 오락의 일부분이었다.

축제일이 되면 읍은 커다란 대포를 발사하는데, 그 소리가 이 숲까지 마치 장난감 총소리처럼 메아리치고, 갈 곳 없는 군악의 몇 자락이 이따금 여기까지 뚫고 와서 울린다. 멀리 읍의 다른 쪽 끝 콩밭에 있는 내게 그 큰 대포 소리는 마치 말불버섯이 터지는 소리처럼 들린다. 그리고 나도 모르는 사이에 군대가 동원되었을 때, 나는 때때로 온종일 지평선에 성홍열 같은 발진이 곧 일어날 것처럼 모종의 가려움과 질병에 대한 희미한 예감이 들었다. 그러다가 조금 있으면 더 좋은 한바탕의 바람이 들판 너머 웨일랜드 길까지[4] 급히 불면서 '훈련병들'에 대한 정보를 내게 가져다주었다. 멀리서 들리는 윙윙거리는 소리 때문에 마치 어떤 사람이 치는 벌 떼 소리 같았고, 버질의 충고에 따라 이웃 사람들이 가장 잘 울리는 소리를 내는 가재도구를 두드려 약하게 종이 울리는 소리를 냄으로써, 벌을 벌통 속으로 다시 불러내려고 노력하는 것 같았다. 그리고 그 소리가 상당히 사라지고, 윙윙거리는 소리도 멈추고, 가장 기분 좋은 미풍이 아무 이야기도 전하지 않게 되었을 때, 나는 그들이 미들섹스의 벌통으로 마지막 수벌 한 마리까지 모두 안전하게 데려갔으며, 이제 그들의 마음은 온통 벌통에 묻은 꿀에 가 있음을 알았다.

나는 매사추세츠와 우리 조국의 자유가 그렇게 안전하게 유지되고 있다는 사실을 알고 자부심을 느꼈다. 괭이로 밭 갈기에 다시 착수했을 때, 나는 이루 표현할 수 없는 자신감으로 충만했고, 미래에 대한 평온한 신뢰를 품고 다시 유쾌하게 노동을 했다.

여러 악단이 있었을 때, 마치 마을 전체가 거대한 풀무인 양 소리가 났고, 모든 건물은 소음 때문에 팽창했다가 찌부러지기를 반복했다. 그러나 때때로 그 소리는 숲까지 도달하는 정말 고귀하고 영감을 주는 가락이자, 명성을 노래하는 트럼펫 음악이었다. 마치 나는 멕시코 사람을 맛있게 꼬치에 꿸 수 있을 것 같았고[5]―왜 우리는 항상 하찮은 것을 위해 싸워야 하는가?―나

---

4   콩코드와 콩코드의 남쪽에 있는 작은 읍 웨일랜드 사이의 도로를 뜻한다.

5   제프리 크래머Jeffrey Cramer에 따르면, 소로는 여기에서 중의적인 말장난pun을 사용하고 있다. 소로는 그가 월든에 거주하던 시기에 일어난 멕시코와 미국 사이

의 기사도를 실행할 대상으로 우드척이나 스컹크를 찾으려고 주위를 살펴보았다. 이 군악 가락들은 팔레스타인만큼 먼 곳에서 들려오는 것 같았고, 마을 위에 드리워 있는 느릅나무 꼭대기의 미약한 빠른 떨림과 함께 지평선에 나타난 십자군의 행진을 상기시켰다. 이것은 '위대한' 날 가운데 하나였다. 비록 내 개간지에서 본 하늘은 매일 보는 똑같은 영원히 위대한 모습이었고, 별다른 차이를 보지 못했지만 말이다.

콩을 재배하면서 파종과 괭이질로, 추수와 타작으로, 콩을 따서 파는 것에 이르기까지—마지막 일이 가장 어려웠는데—콩과의 긴 사귐은 독특한 경험이었다. 내가 그 콩을 맛보았기에 시식 경험도 덧붙여야 할 것 같다. 나는 콩에 대해 알아보기로 결심했다. 콩이 자라고 있을 때 새벽 다섯 시부터 정오까지 괭이로 밭을 갈았고, 나머지 시간은 보통 다른 일을 하면서 보냈다. 여러 종류의 잡초에 대해 얻는 친숙하고 별난 지식을 생각해보라. 반복적인 노동이 많았기 때문에 설명할 때도 약간의 반복이 있을 것이다. 인간은 잡초의 섬세한 조직을 너무나 무자비하게 교란시키고, 괭이로 불공평하게 구분해서, 한 종을 전 이랑에 걸쳐 제거하고, 다른 종을 정성을 다해 재배한다. 저것은 로마 쑥 Roman wormwood이고, 저것은 명아주, 저것은 소루쟁이, 저것은 개

의 전쟁(1846~48)에 대해 암시하고 있으며, '구이용 고치에 꿰다'라는 뜻의 'spit'이라는 단어로 적을 열정적으로 찌른다는 의미와 동시에 요리에 대한 암시로 '맛있게'라는 어구로 사용했다.

밀인데, 덤벼들어 솎아내고, 뿌리를 뽑아 올려 햇빛에 노출시켜라. 응달진 곳에 수염뿌리를 내리지 못하게 하라. 그렇게 하면 잡초는 반대쪽으로 올라와 이틀 내에 파처럼 푸르게 자랄 것이다. 그것은 두루미와의 전쟁이 아니라 잡초, 즉 해와 비와 이슬을 자기네 편으로 둔 트로이 사람들과의 긴 전쟁이었다. 날마다 콩들은 내가 괭이로 무장한 채 그들을 구하러 와서 죽은 풀로 참호를 가득 채우면서 적들의 열이 희박해지는 모습을 보았다. 원기왕성하게 투구의 깃 장식을 흔드는 헥토Hector[6]는, 주위에 붐비는 그의 전우들보다 온전히 1피트나 우뚝 솟아 있었는데, 내 무기 앞에 쓰러져 먼지 속에 굴렀다.

몇몇 동시대인이 보스턴이나 로마에서 미술에 빠져 있고, 다른 이들은 인도에서 참선에, 또 다른 이들은 런던이나 뉴욕에서 상업에 빠져 있던 그 여름날들에, 나는 이처럼 뉴잉글랜드의 다른 농부와 함께 농사일에 빠져 있었다. 콩이 죽을 의미하든 투표를 의미하든, 나는 콩에 관해서는 태생적으로 피타고라스Pythagoras[7]의 추종자였다. 콩을 재배한 것은 먹기 위해서가 아니었다. 콩을 쌀과 교환했다. 그러나 어쩌면 그것이 단지 비유와 표현을 위해서라도, 언젠가 우화작가에게 봉사하기 위해서는

---

6   프리암Priam 왕과 헤쿠바Hecuba의 아들이며, 트로이의 전사 가운데 가장 용감했다.

7   고대 그리스의 철학자이자 수학자이며, 그의 학생들에게 콩을 삼가라고 말했다고 한다.

누군가는 밭에서 일을 해야 하는 것처럼 말이다. 대체로 콩 농사는 드문 오락거리였는데, 너무 오래되면 낭비가 될 수도 있었다. 비록 내가 콩에 거름을 주지 않았고, 한 번에 괭이질을 모두 마치지는 않았지만, 할 수 있는 한 평소와는 달리 괭이질을 잘했고, 마침내 그에 대한 보답을 받았다. 이블린이 말하듯이, "어떤 퇴비나 거름도 끊임없이 다시 파고 삽으로 땅을 뒤집는 동작에 필적할 수 없는 것이 사실이다."[8] 그는 다른 곳에서 "땅은, 특별히 신선하다면 그 속에 어떤 자력이 있다. 그 자력으로 땅에 생명력을 주는 염분이나 힘 또는 미덕(그것을 어떤 이름으로 부르든지)을 끌어당긴다. 그 때문에 사람들은 스스로를 부양하기 위해 땅을 휘저으며 노동하는 당연한 결과에 이른다. 모든 분뇨와 다른 더러운 반죽은 단지 이 개선책에 대한 대체제로 작용할 따름이다." 더구나 이것이 "지치고 기진한 평신도가 안식일을 즐기는 밭 가운데 하나이기 때문에," 공중에서 "생기가 넘치는 영혼들을" 끌어당겼다고 케넬름 딕비Kenelm Digby[9]는 생각할 것이다. 나는 콩 12부셸[10]을 수확했다.

그러나 콜만 씨가 주로 부농富農의 값비싼 실험을 보고했다는 불평이 있기 때문에, 좀더 구체적으로 말하면 지출은 다음과 같다.

....

8   1729년 런던에서 출간된 존 이블린의 《테라: 땅에 대한 철학적 담화Terra: A Philosophical Discourse of Earth》 14~16쪽에서 재인용했다.

9   영국의 철학자이자 자연주의자다.

10   1부셸은 약 36리터로, 두 말 정도 분량이다.

괭이 한 자루	54센트
쟁기질, 써레질, 이랑 짓기	7달러 50센트 (너무 비싸다)
씨 콩	3달러 12.5센트
씨감자	1달러 33센트
씨 완두콩	40센트
순무 씨앗	6센트
까마귀 퇴치용으로 들판에 칠 흰색 줄	2센트
말 사용 경작자와 소년 세 시간 임금	1달러
수확용 말과 수레 대여 비용	75센트
합계	14달러 72.5센트

나의 소득은(주인은 구매습관이 아닌 판매습관을 들여야 한다),[11]

콩 9부셸 12쿼트 판매	16달러 94센트
큰 감자 5부셸 판매	2달러 50센트
작은 감자 9부셸 판매	2달러 25센트
목초	1달러
줄기Stalks	75센트
합계	23달러 44센트

앞서 언급했던 바 대로[12] 8달러 71.5센트의 이익을 남김.

....

11 카토의《농사론*De Re Rustica*》에서 인용한 말이다.

12 〈경제학〉장에서 언급되었다.

다음은 콩을 키운 경험에서 얻은 결과다. 6월 1일쯤에 일반적인 작고 흰 강낭콩을 가로 3피트 세로 18인치의 간격을 두고 열을 지어 심었다. 신선하고 둥글면서 순종인 씨앗을 고르도록 주의하라. 먼저 벌레가 없는지 주의하고, 빈자리는 새로 심어 메꿔라. 콩을 심은 자리가 노출된 장소이면 우드척을 조심하라. 왜냐하면 우드척은 지나가면서 가장 먼저 나온 부드러운 잎을 거의 깨끗이 갉아먹기 때문이다. 그리고 우드척은 다시 어린 넝쿨이 생겨날 때를 알아채고, 다람쥐처럼 똑바로 앉아서 꽃봉오리와 어린 콩꼬투리가 둘 다 달린 넝쿨을 잘라낼 것이다. 무엇보다도 서리를 피하고, 상당한 양의 시장성 있는 농작물을 얻고자 한다면 가능한 빨리 수확하라. 이렇게 하면 많은 손실을 면할 수 있을 것이다.

또한 나는 이를 통해 다음과 같은 더 많은 경험을 얻었다. 나는 다음 여름에는 콩과 옥수수를 부지런하게 심지 않겠지만, 씨가 있다면, 성실성·진리·소박함·믿음·순수 등의 씨앗을 심고, 더 적은 노동과 거름을 주더라도 그 씨들이 이 땅에 자라나서 나를 부양할 것인지 여부를 보겠다고 혼자 중얼거렸다. 분명히 이 땅이 이런 수확물을 키워내지 못할 정도로 고갈되지는 않았기 때문이다. 슬프다! 나는 이렇게 혼잣말을 했다. 이제 또 다른 여름이 갔고 또 다른, 그리고 또 다른 여름이 갔기에, 나는 독자 여러분에게 내가 심은 씨앗이, 실로 그런 미덕을 가진 씨앗'이었다면', 벌레에게 먹혔거나 생명력을 잃어서 싹이 올라오지 않았다고 말해야 한다. 일반적으로 사람들은 자신의 아버지가 용감하거나 소심했던 만큼만 용감할 것이다. 이 세대의 사람들은 수 세기 전 인디언이 옥수수와 콩을 심고 첫 정착민에게 가르친 방식 그대로 정확하게 새해가 올 때마다 반드시 옥수수와 콩을 심는다. 마치 거기에 어떤 숙명이라도 있는 것처럼 말이다. 일전에 나는 놀랍게도 어떤 노인이 괭이로 적어도 일흔 개의 구멍을 파는 모습을 보았는데, 자신이 들어가 누울 구멍은 아니었다. 그러나 뉴잉글랜드인은 왜 새로운 모험을 해서는 안 되며, 자신의 곡식, 감자와 건초 수확, 그리고 과수원을 그렇게 많이 강조하고, 이것들 말고 다른 수확물을 키워서는 안 되는가? 왜 우리는 콩의 씨를 얻기 위해서는 대단히 많은 관심을 보이면서 새로운 세대 사람들에 대해서는 전혀 관심을 보이지 않는가? 어떤 사람을 만날 때, 내가 명명한 자질 가운데 몇 가지가 그 안에 뿌리를 내리고 자란 것을 확실히 본다면, 우리는 정말로 만족스럽고 기쁠 것이다. 그 까닭은 우리 모두가 그 자질들을 다른 산물보다 더 높게 평가하지만, 대부분 공중에 흩뿌려져 떠 있기 때문이다. 예를 들어 여기 길을 따라 진리나 정의 같은 대단히 미묘하고 말로 형용할 수 없는 자질이 최소한의 양이나 새로운 종류일지라도 온다고 하자. 우리 대사들은 이와 같은 씨앗을 고국으로 보내도록 지령을 받아야 하며, 의회는 그 씨앗들을 전국에 분배하도록 도와야 한다. 우리는 성실에 대해서는 결코 격식을 주장해서는 안 된다. 만약 가치와 우정이라는 핵심이 여기 있다면, 우리는 결코 우리의 비열함 때문에 서로를 속이고 모욕하고 멀리해서는 안 된다. 나는 대부분의 사람을 전혀 만나지 않는데, 그 이유는 그들에게 시간이 없어 보이기 때문이다. 그들은 자신들의 콩 때문에 바쁘다. 우리는 항상 밭을 가는 사람과는 상대하지 않을 것이다. 그는 일 중간에 괭이나 삽을 지팡이 삼아 기대고 있는데, 버섯과는 달리 부분적으로는 땅에서 솟구쳐, 기립했다기보다는 땅에 내려앉아 그 위를 걷는 제비 같다.

그리고 그가 말했을 때, 그의 날개들은 이따금
그가 날고자 하면 펼쳐졌다가, 다시 접히곤 했다.

그래서 우리는 천사와 대화하는 것일 수도 있다고 의심했다. 빵이 항상 우리를 살찌게 하는 것은 아닐 수 있다. 그러나 인간이나 자연에 있는 관대함을 인식하고 순수하고 영웅적인 기쁨을 공유하는 것은 항상 우리에게 이롭다. 무엇이 우리를 아프게 하는지 몰랐을 때 우리 관절의 뻣뻣함을 없애주기도 하고, 우리를 유연하고 기운차게 만들어준다.

옛 시와 신화는 적어도 농사가 한때는 신성한 예술이었음을 시사한다. 그러나 우리는 불경하게 서두르고 무분별하게 농사를 짓는다. 우리의 목적이 큰 농장과 많은 수확에만 있었기 때문이다. 우리에게는 농부가 자신의 직업이 신성하다는 의미를 표현하거나 그 직업의 신성한 기원을 상기시키는 축제도, 행진도, 의식도 없다. 이는 축우품평회와 이른바 추수감사절도 예외가 아니다. 농부를 유혹하는 것은 바로 상금과 잔치다. 그는 제물을 농업의 여신 케레스Ceres와 대지의 신 주피터에게 바치는 것이 아니라 지옥의 신 플루토스Ploutos[13]에게 바치는 것이다. 탐욕과 이기심, 그리고 땅을 재산으로 여기거나 재산을 획득하는 주된 수단으로 삼는 비굴한 습관 때문에 자연경관은 훼해지고, 농업의 지위는 격하되며, 농부는 가장 비천한 삶을 영위한다. 우리 가운데 그 비굴한 습관으로부터 자유로운 이는 아무도 없다. 농부는 자연을 강도로서만 아는 것이다. 카토는 농업에서 생기는 이익이 특히 경건하거나 공정하다고 말하고 있고, 마르쿠스 테렌티우스 바로Marcus Terentius Varro[14]에 따르면 옛 로마인들은 "똑같은 땅을 어머니와 케레스라고 불렀고, 땅을 경작하는 사람은 경건하고 유용한 삶을 영위한다고 생각했고, 그들만이 사투르누스Saturnus[15] 왕의 후손이었다."

우리는 태양이 아무런 차별 없이 우리가 경작한 밭과 대평원과 숲을 보고 있다는 사실을 잊곤 한다. 그들은 모두 태양 광선을 똑같이 반사하고 흡수하며, 우리 경작지는 태양이 일상 경로에서 바라보는 멋진 경치의 작은 부분이 될 뿐이다. 태양의 견지

---

13 그리스 신화에서 농업 성공을 상징하는 신이며, 저승의 신이기도 하다. 흔히 대지의 신 주피터와 대비된다.

14 로마 학자로, 일흔 편 이상의 글을 남겼다.

15 로마 신화에 나오는 농경과 계절의 신이다. 그리스 신화의 크로노스Cronos에 해당한다.

에서 볼 때 지구는 정원처럼 모두 균등하게 경작되어 있다. 그러므로 우리는 태양의 빛과 열의 혜택을 그에 상응하는 신뢰와 아량으로 받아야 한다. 비록 내가 이 콩 씨앗들의 가치를 인정하고 가을에 수확하더라도 그것이 어떻다는 말인가? 내가 오랫동안 보아온 이 넓은 밭은 나를 주요한 경작자로 의지하지 않는다. 내게서 떠나 밭에게 물을 주어 밭을 푸르게 만드는, 더 친절한 영향력에 의지한다. 이 콩들은 내가 수확하지 않은 결실을 품고 있다. 이 콩들은 부분적으로는 우드척을 위해 자라고 있지 않을까? 밀 이삭[16]이 농부의 유일한 희망이 되어서는 안 된다. 밀의 낟알이나 알곡[17]은 밀이 품고 있는 전부가 아니다. 그렇다면 어떻게 우리의 추수가 실패할 수 있겠는가? 그 씨앗들이 새의 곡물창고가 된다면 잡초의 풍성함에 나 또한 즐거워해야 하지 않을까? 밭이 농부의 헛간을 채울 것인지 여부는 별로 중요하지 않다. 다람쥐가 올해 숲에 밤이 열릴지 여부를 걱정하지 않는 것처럼, 진정한 농부는 걱정을 그만두고, 그의 밭의 소출에 대한 모든 권리를 포기하고, 마음속에서 그의 첫 열매뿐 아니라 마지막 열매 또한 제물로 바치면서 매일 노동을 마칠 것이다.

16　라틴어로 'spica'이고, 옛 형태는 'speca'이며, 희망을 뜻하는 'spe'에서 유래했다.
17　라틴어로 'granum'이고, 가져가다는 뜻의 'gerendo'에서 유래했다.

마을[1]

---

1   이 장은 존 버니언의 《천로역정》에 나오는 '허영의 시장: 헛되고 하찮은 것들을 추구하는 장소'에 대한 패러디다. 이 장이 《월든》에서 가장 짧다.

괭이로 밭을 갈거나 어쩌면 독서와 글쓰기를 마친 후, 오후에 나는 잠시 호수의 작은 만 가운데 하나를 수영으로 가로지른 뒤 보통 다시 목욕을 했고, 몸에서 노동의 먼지를 씻어내거나 공부하면서 생긴 마지막 주름살을 폈다. 그러면 오후 동안은 절대적으로 자유로웠다. 매일 또는 이틀마다 약간의 잡담을 듣기 위해 마을로 산보를 갔다. 잡담은 입에서 입으로 또는 이 신문에서 저 신문으로 마을에서 끊임없이 순환되고 있으며, 동종요법[2]식으로 이야기를 소량 섭취하면 잎들의 살랑거림과 개구리 울음소리처럼 잡담 자체로 정말 기분전환이 되었다. 새와 다람쥐를 보기 위해 숲속을 산보하는 것처럼, 남자 어른과 소년을 보기 위해 마을을 산보했다. 소나무 사이의 바람 소리 대신 나는 짐마차가 덜거덕거리는 소리를 들었다. 내 집에서 한 방향으로 가면 침

2　　건강한 사람의 몸에 병으로 약을 처방받은 사람과 유사한 증상을 일으킬 수 있는 약을 처방하는 방법으로, 치료시에 소량을 처방한다. 소로가 동종요법 약을 소량 사용했던 것으로 볼 수 있다.

수가 잘되는 강가의 낮은 초지에 사향뒤쥐 군락이 있었다. 다른 쪽 지평선의 느릅나무와 플라타너스 잡목 아래에는 바쁜 인간들의 마을이 있었다. 그들은 각각 자신의 굴 입구에 앉아 있거나 이웃의 굴로 수다를 떨기 위해 달려가는 프레리도그prairie dog[3]처럼 내게 는 흥미로운 사람들이었다. 나는 그들의 습관을 관찰하기 위 해 마을에 자주 갔다. 내게 마을은 커다란 신문·잡지 열람실 같았다. 그리고 이런 생각을 뒷받침하듯이, 한편에는 한때 스 테이트State 가에 있는 레딩 앤 컴퍼니에서처럼 견과류와 건포도 나 소금과 곡식가루와 다른 식료품을 갖추고 있었다. 어떤 사람 들은 앞 상품, 즉 뉴스에 대한 식욕이 거대하고 소화기관이 건강 해서, 공공의 도로에 움직이지 않고 언제나 앉아서 뉴스를 듣는 다. 뉴스는 부글부글 끓게 한 뒤 지중해에서 불어오는 여름바람 처럼 속삭이며 그들을 통과해 지나가게 할 수 있다. 아니면 뉴스 는 마취약을 흡입하는 것처럼, 의식에 영향을 주지 않고 단지 마 비와 고통에 대한 무감각을 만들어낼 따름이다. 그렇지 않다면 때때로 듣기 괴로울 것이다. 마을을 통과해 산보할 때, 나는 이 런 양반들이 열을 지어 있는 모습을 늘 보았다. 그들은 사다리에 앉아 햇볕을 쬐면서, 몸을 앞으로 기울인 채 이따금 도발적인 표 정을 지으며 이쪽저쪽 줄을 따라 쭉 훑어보거나, 그렇지 않으면 마치 헛간을 지지하기 위해서인 것처럼, 여인상 기둥처럼, 두 손

---

3   우드척의 일종으로, 북아메리카 대초원에 산다.

을 양쪽 주머니에 넣고 헛간에 기대어 있었다. 그들은 보통 문밖에 있기 때문에 퍼져 있는 이야기는 무엇이든지 모두 들었다. 이 사람들은 가장 거친 가루를 빻는 방앗간인데, 그들 속에서 모든 잡담은 처음에 대강 소화되거나 분쇄된 후, 실내에 있는 더 세밀하고 섬세한 깔때기 속으로 옮겨진다. 나는 마을의 핵심부가 식료품점, 술집, 우체국, 그리고 은행임을 깨달았다. 그 조직의 필수부분으로서 그곳들은 종과 큰 대포, 소방펌프를 편리한 장소에 배치하고 있었다. 집은 사람들을 최대한 활용할 수 있도록 골목에 서로 마주보도록 배열되어서, 모든 여행자는 태형[4]을 통과하듯이 달려야 했고, 모든 남자와 여자와 아이가 그를 때릴 수 있었다. 물론 그 줄의 머리 부분 가까이에 위치해 가장 잘 볼 수 있고 사람들에게 잘 보이며 여행자에게 첫 일격을 가할 수 있는 자리에 사람들은 최고 가격을 지불했다. 그 줄에 긴 간격이 생기기 시작하고 여행자가 담을 넘거나 가축이 다니는 길로 들어서서 도망갈 수 있는 외곽지에 배치된 낙오한 소수의 주민들은 토지세나 창문세를 약간 지불했다.[5] 간판이 여행자를 유인하기 위해 사방에 걸려 있었다. 선술집과 식료품 저장소와 같은 간판은 식욕으로 여행자를 유혹했고, 포목상과 보석상과 같은 간판

---

4   두 줄로 늘어선 사람들 사이를 죄인에게 달려가게 하고 여럿이 양쪽에서 매질하는 형벌로, 북미 인디언들의 형벌이다.

5   로마는 토지세로 개인이 수확한 곡식의 10분지 1과 기름과 와인의 5분지 1을 정부에 납부하도록 요구했고, 1696년에 도입된 영국의 창문세는 주택의 창문 개수에 따라 징수되었다.

은 환상으로, 이발소나 구두방, 양복점 같은 간판은 머리카락이나 발 옷자락 같은 것으로 유혹했다. 이 외에도 이들 집 하나하나를 모두 방문하라는 훨씬 더 끔찍한 상시적인 초대가 있었고, 이때쯤에는 내 방문을 기대했다. 대체로 나는 태형을 지나 달려야 하는 사람들이 받는 조언처럼 대담하게 이것저것 고려하지 않고 목적지로 나아가거나, "자신의 칠현금 연주에 맞추어 큰소리로 신에 대해 찬양함으로써 세이렌Seiren의 목소리를 압도해 위험에서 벗어난" 오르페우스Orpheus처럼,[6] 고귀한 것들을 계속 생각함으로써 위험으로부터 멋지게 벗어났다. 때때로 나는 갑자기 달아나서 아무도 내 소재를 알 수 없었다. 왜냐하면 나는 우아함을 별로 고수하지 않았고, 울타리에 난 구멍으로 빠져나가기를 망설인 적이 없었기 때문이다. 나는 어떤 집에 불쑥 들어가는 것에조차 익숙했으며, 그곳에서 잘 접대받았고, 뉴스의 핵심과 가장 마지막으로 걸러진 뉴스, 즉 침전된 것과 전쟁과 평화에 대한 전망, 그리고 세상이 훨씬 더 오래 계속 단결할 것인지를 안 후 뒷길로 빠져나왔고, 다시 숲으로 도망을 쳤다.

내가 읍에 늦게까지 머물렀을 때, 특히 어둡고 폭풍우가 치는 밤에 어둠 속으로 출발해서, 귀리나 인디언 옥수수가루 한 자루를 어깨에 메고, 마을의 어떤 밝은 응접실이나 강의실로부터 숲

---

6 그리스 신화에 나오는 인물로, 오르페우스의 음악에는 초자연적인 힘이 있다. 그가 노래하면 동물은 물론 생명력이 없는 물체에도 마술을 걸 수 있었다.

속에 있는 내 아늑한 항구를 향해 돛을 올리는 것은 대단히 유쾌했다. 내 바깥사람만 키를 잡게 내버려두거나 아니면 배가 단순히 순항할 때는 그 키조차 고정시키고, 외부를 모두 꽁꽁 싸매고 즐거운 생각을 하면서 갑판 승강구 아래로 물러나면 말이다. "내가 항해를 나가면"[7] 선실의 난롯가 옆에서 기분 좋은 생각을 많이 했다. 비록 심한 폭풍우를 여러 번 만나기도 했지만, 나는 어떤 날씨에서도 표류하거나 조난당한 적이 없었다. 숲속에서는 보통날 밤에조차 대다수가 생각하는 것보다 더 어둡다. 변함없이 가장 어두운 날 밤, 숲 한가운데에서 경로를 찾기 위해 길 위로 뻗어 있는 나무 사이로 열린 공간을 자주 올려다보아야 했고, 짐마차 길이 없는 곳에서는 내가 밟아서 만든 희미한 자국을 두 발로 더듬었다. 예를 들어 서로 18인치 이상 떨어져 있지도 않은 두 소나무 사이를 지나가면서, 두 손으로 더듬어 특정한 나무의 관계를 알고 방향을 잡기도 한다. 때때로 내내 꿈을 꾸다가 멍한 채 집으로 와 손으로 집 걸쇠를 들어올릴 때에서야 비로소 깨어난다. 어둡고 무더운 밤 늦게 두 눈이 볼 수 없는 길을 두 발로 더듬으며 집으로 돌아온 후, 내가 걸어온 걸음을 한 발자국도 기억할 수 없을 때가 있었다. 그리고 손이 아무 도움 없이도 입에 닿는 길을 찾아내듯이, 주인이 몸을 버린다고 해도 아마 내 몸은 집으로 가는 길을 찾아낼 것이라고 생각했다.

....

7 〈로버트 키드 선장의 발라드〉라는 미국 노래의 후렴구에서 인용되었다.

몇 번인가 방문객이 어쩌다 저녁까지 머물다가 어두운 밤이 되었다. 나는 집 뒤편에 있는 짐마차 길까지 그를 안내한 다음, 가야 할 방향을 일러주어야 했다. 그 길을 따라가려면 그는 두 눈보다는 차라리 두 발의 안내를 받아야 했다. 대단히 어두웠던 어느 날 밤에 나는 호수에서 낚시하던 청년 두 명에게 같은 방법으로 갈 길을 일러주었다. 그들은 숲에서 1마일쯤 떨어진 곳에 살았고, 그 경로에 상당히 익숙했다. 하루나 이틀 후 그 가운데 한 명이 내게 말하기를, 그들은 집 가까이에서 그날 밤의 상당한 부분을 헤매었으며, 아침이 되어서야 집에 도착했다고 한다. 그때까지 여러 차례 심한 소나기가 쏟아지는 바람에 잎이 많이 젖어 그들은 속옷까지 흠뻑 젖었다. 속담에 있듯이 어둠이 너무나 짙어서 칼로 자를 수도 있을 정도일 때에는 많은 사람이 마을의 거리에서조차 길을 잃었다는 이야기를 들은 적이 있다. 변두리에 사는 어떤 사람들은 사륜 짐마차를 타고 읍에 물건을 사러 왔다가 하룻밤 숙박을 해야 했고, 방문을 온 신사와 숙녀 들은 발로만 보도를 더듬으며 언제 방향전환을 한 지 모른 채 0.5마일을 길에서 벗어나 계속 가기도 했다. 언제든지 숲에서 길을 잃는 것은 귀중한 경험일 뿐 아니라 놀랍고 기억할 만하다. 종종 눈보라 속에서는, 심지어 낮에도 잘 아는 길로 나왔지만 마을로 가는 길이 어느 쪽인지 식별이 불가능할 수도 있다. 비록 자신이 천번을 다닌 길이어도 그 길의 특징을 하나도 인식할 수 없어서, 마치 시베리아의 어느 길처럼 낯설기도 하다. 물론 밤에는 그 당황스러움이 무한히 더 크다. 대단히 일상적인 산보에서 우리는 무의식적이지만 항상 수로 안내인처럼 잘 알려진 일정한 수로 표지와 갑을 피해 조종하며, 통상의 항로 너머로 가면 이웃에 위치한 어떤 곳을 늘 마음속에 품고 있다. 우리가 완전히 길을 잃거나 한 바퀴 돌 때까지는—이 세상에서 길을 잃으려면 눈을 감은 채 한 바퀴 돌면 되니까—자연의 거대함과 이상함을 감지할 수 없다. 모든 사람은 잠으로부터든 어떤 추상으로부터든 그것에서 깨어날 때마다 나침반의 침이 가리키는 위치를 알아야 한다. 길을 잃어서야, 다른 말로 세상을 잃어서야 자기 자신을 발견하기 시작하고, 우리가 어디 있는지와 우리 관계들의 무한한 범위를 깨닫기 시작한다.

첫 번째 여름 끝자락의 어느 날 오후, 구두 수선집에서 신을 찾기 위해 마을에 갔다가 감옥에 갇혔다. 왜냐하면 내가 다른 곳에서 언급한 것처럼, 남자와 여자, 그리고 아이들을 상원 의사당의 문에서 소처럼 사고파는 주에 세금을 내지 않았거나 그 주의 권위를 인정하지 않았기 때문이다.[8] 나는 다른 목적으로 숲에 내려갔다. 그러나 어디를 가든 사람들이 쫓아와서 그들의 더러운

---

8   소로는 매사추세츠 주가 노예제도와 연루된 것 때문에 수년째 인두세를 내지 않았고, 또 나중에는 1845년에 시작된 미국-멕시코 사이의 전쟁에 항의하기 위해 인두세를 내지 않았다. 소로는 1846년 7월 23일이나 24일에 세금 징수원이자 간수인 샘 스테이플즈Sam Staples가 세금을 납부하라고 요청했지만 거부했고, 이로 인해 감옥에 갇혔다. 그러나 누군가가 그의 밀린 세금을 납부했고, 소로는 다음날 풀려났다. 이 사건으로 그의 유명한 에세이 〈시민불복종〉이 탄생했다.

제도를 들이대며 난폭하게 덤벼들 것이고, 할 수 있다면 강제로 그들의 절망스러운 비밀 공제조합에 가입시킬 것이다. 실로 내가 어느 정도 효과적으로 강력하게 저항할 수 있었을 것이고, 사회에 대항해 미친 듯이 날뛰며 행패 부릴 수도 있었을 것이다. 사회가 절박했기 때문에, 나는 오히려 사회가 내게 '미친 듯이 날뛰며' 행패 부리는 편이 좋았다. 그러나 나는 다음날 풀려났고, 수선된 신발을 들고 페어헤이븐Fair Haven 언덕에서 월귤을 따서 식사하기 위해 숲으로 돌아왔다. 나는 이 주를 대표하는 사람들을 제외하면 누구에게도 괴롭힘을 받은 적이 없었다. 나는 자물쇠도 없었고 글을 보관하는 책상을 제외하고는 무언가를 위한 빗장도 없었고, 심지어 걸쇠나 창문 위에 못 한 개도 놓아두지 않았다. 밤이든 낮이든 며칠 동안 집을 비워도 집의 문을 한 번도 잠근 적이 없었으며, 그다음 해 가을에 메인 숲에서 두 주를 보냈을 때조차 잠그지 않았다. 그럼에도 우리 집은 두 명의 병사가 보초를 서고 있었다고 해도 더한 존중을 받지는 못했을 것이다. 피곤해진 산보객이 내 집의 난롯가에서 쉬면서 몸을 녹일 수 있었고, 문학가는 내 탁자 위에 있는 책 몇 권으로 즐길 수 있었고, 호기심이 강한 사람은 내 벽장문을 열어 내가 식사를 하고 무엇을 남겼는지, 저녁에 어떤 음식을 먹을지를 볼 수 있었다. 그러나 비록 각계층의 많은 사람이 이 길을 거쳐 호수에 왔지만, 나는 이런 사람들로부터 아무런 심각한 불편을 겪지 않았고, 작은 책 한 권, 어쩌면 부적절하게 금테를 두른 호메로스의 책 한 권을 제외하고는 어떤 것도 잃어버린 적이 없었고, 이것도 우리 막사의 한 병사가 이 시간쯤에는 발견해서 잘 사용하고 있으리라 믿는다. 모든 사람이 그때의 나처럼 단순하게 산다면 도둑질과 강도질은 없을 것이라고 확신한다. 이런 일들은 다른 사람들은 충분히 가지지 못하는데, 몇몇 사람이 충분한 것 이상을 가진 공동체에서만 발생한다. 포프Alexander Pope가 번역한 호메로스의 책[9]은 곧 적절히 배급될 것이다.

전쟁도 인간들을 못살게 굴지는 않았네,
요구하는 바가 자작나무 보시기일 뿐이었을 때는.[10]

"그대는 나라를 다스리면서 어찌 형벌을 사용하십니까? 덕을 사랑하십시오. 그리하면 백성도 선해질 것입니다. 군자의 덕은 바람과 같고 소인의 덕은 풀과 같습니다. 풀 위에 바람이 불면 반드시 바람을 따라 고개를 숙입니다."[11]

---

9   영국의 신고전주의 시인 알렉산더 포프가 약강오보격의 대구를 이룬 시로 번역한 호메로스의 작품들이다.

10   알비우스 티불루스Albius Tibullus의 《애가Elegies》에서 인용했다.

11   공자, 《논어》 〈안연〉 19장.

09

호수들

인간 사회와 잡담에 진력이 나고 마을에 있는 모든 친구에게 싫증이 나면, 때때로 평소에 거주하는 곳보다 훨씬 더 서쪽 멀리로 산보를 갔다. 읍에서 아직 인적이 아주 드문 지역이자 "상쾌한 숲과 새로운 목초지"로 걷는 산책이었다. 아니면 석양이 지는 동안, 페어헤이븐 언덕에서 월귤과 블루베리로 저녁식사를 하고, 며칠 동안 먹을 음식을 저장했다. 과일은 과일 구매자들과 시장에 팔기 위해 재배하는 사람에게 진정한 맛을 보여주지 않는다. 맛을 얻기 위한 방법은 한 가지뿐이지만, 그 방법을 획득하는 이는 거의 없다. 월귤의 맛을 알고자 한다면 소몰이 소년이나 자고새에게 물어보라. 한 번도 따본 적이 없는 월귤의 참맛을 맛보았다고 생각하는 것은 잘못 알고 있는 것이다. 월귤은 결코 보스턴에 닿지 못한다. 월귤이 보스턴의 세 언덕[1]에서 재배된 이

---

[1]   보스턴은 콥스Copps · 포트Fort · 비컨Beacon이라는 세 언덕에 기초를 두고 세워졌다.

후 그곳에서는 월귤에 대해 모른다. 그 과일의 불로불사하며 본질적인 부분은 시장의 수레에 실려 오면서 과분果紛이 함께 없어지고, 월귤은 단순한 음식물이 된다. 영원한 정의가 지배하는 한, 한 알의 순수한 월귤도 시골의 언덕에서 보스턴으로 수송될 수 없다.

이따금 하루의 괭이질이 끝난 후, 나는 참을성 없는 어떤 친구와 합류했다. 그는 오리나 물 위에 떠 있는 나뭇잎처럼 움직이지 않고 조용히 아침부터 호수에서 낚시질하고 있었다. 내가 그에게 다가갔을 때쯤에는 여러 종류의 철학을 실천한 후, 그는 자신이 공동체 생활을 하는 오래된 수도원 교단의 수도사라는 일반적인 결론에 도달했다.[2] 아주 뛰어난 낚시꾼이자 모든 종류의 목공에 능숙한 나이가 더 많은 남자는 내 집을 낚시꾼의 편의를 위해 세운 건물로 생각하고 즐거워했다. 나도 그가 내 집 문간에 앉아 낚싯줄을 정리할 때 마찬가지로 즐거워했다. 이따금 우리는 호수 위에 함께 앉아 있었다. 즉 그는 보트의 한쪽 끝에, 나는 다른 쪽 끝에 앉아 있었다. 우리 사이에 많은 말이 오가지는 않았다. 노년기에 이른 그의 귀가 점차 먹어갔기 때문이다. 그러나 그가 이따금 흥얼거리는 찬송가는 내 철학과 충분히 조화가 잘되었다. 우리의 교제는 전적으로 완전한 화합의 교제였고, 말

---

2 'Coenobites'라는 단어에는 수도사라는 뜻과 '입질을 보지 못하다(See no bites)'라는 의미가 있다. 여기서는 낚시가 잘되지 않는 상황을 중의적으로 표현하고 있다.

로 진행되었다면 가능했을 것보다 훨씬 더 즐거운 추억이었다. 흔히 그러했듯이, 교제할 사람이 없을 때 나는 배의 옆면에 노를 쳐서 메아리를 일으키곤 했다. 그래서 호수를 감싸고 있는 숲을 원을 그리며 퍼지는 소리로 가득 채우고, 동물원의 사육사가 야생동물을 자극하듯이 숲을 자극해서 마침내 모든 숲이 우거진 골짜기와 산 사면으로부터 으르렁대는 소리를 야기하게 했다.

따뜻한 저녁이면 나는 자주 보트에 앉아 플루트를 연주했고, 내가 매료시킨 것처럼 보이는 농어가 주위를 맴도는 모습을 보았으며, 숲의 잔해로 뒤덮인 이랑이 진 호수 바닥 위로 달이 여행하는 장면을 보았다. 이전에 나는 이 호수에 모험 삼아 이따금 어두운 여름밤에 친구와 왔고, 물고기를 유인할 수 있다고 생각하면서 물가 가까이에 불을 피우고, 실에 매단 일군의 지렁이로 메기를 잡았다. 밤이 깊어 낚시를 끝냈을 때는 불이 붙은 나무를 유성처럼 하늘로 높이 던졌다. 그러면 나무는 호수로 떨어지면서 커다랗게 쉿 소리를 내며 꺼졌고, 우리는 갑자기 완전히 깜깜한 어둠속에서 더듬거렸다. 휘파람으로 노래를 불며 깜깜한 어둠을 통과한 우리는 사람들이 사는 곳으로 다시 발길을 돌렸다. 그러나 지금 나는 호숫가에 내 집을 지었다.

때때로 마을의 어느 집 거실에서 가족이 모두 잠자리에 들 때까지 머물러 있다가 숲으로 돌아왔고, 부분적으로는 다음날의 식사를 위해 한밤중에 달빛에 의지해 보트에서 낚시를 하며 몇 시간 동안 보냈다. 그때 올빼미와 여우가 세레나데를 불러주었고, 이따금 알지 못하는 어떤 새가 삑삑대며 우는 소리를 가까이에서 들었다. 이런 경험들이 내게는 대단히 기억할 만한 귀중한 추억이었다. 나는 40피트 깊이의 물에 닻을 내리고, 호수 기슭에서 100미터나 150미터 떨어진 곳에서, 때때로 달빛 속에서 꼬리로 수면에 잔물결을 일으키는 작은 농어와 은빛 물고기 수천 마리에 둘러싸여, 수면 아래 40피트 깊이에 서식지가 있는 신비한 야행성 물고기와 긴 아마 낚싯줄로 소통했다. 때때로 내가 탄 배가 부드러운 밤 미풍 속에 표류할 때 호수 위를 60피트 길이의 낚싯줄로 훑다가, 이따금 낚싯줄을 따라 미세한 진동을 느꼈다. 그 진동은 낚싯줄 끝 근방에 어떤 생명이 배회하는 중이라는 표시였고, 그곳에 흐릿하고 불명확하며 어줍은 목적을 가진, 결정이 느린 어떤 녀석이 있다는 사실을 나타내었다. 마침내 손을 번갈아 잡아당기면서 꽥꽥거리며 하늘 높이 꿈틀거리는 뿔이 난 메기를 천천히 낚아 올린다. 이 미세한 움직임을 감지하는 것은, 특히 생각이 다른 천체에서의 거대하고 우주 진화론적인 주제에 대해 헤매고 있는 어두운 밤에 그런 움직임을 느끼는 것은 대단히 기묘했다. 갑작스러운 움직임은 당신의 꿈을 방해하러 왔다가 당신을 자연과 다시 연결시켜준다. 마치 내가 낚싯줄을 하늘보다 조금도 더 밀도가 높지 않은 아래의 물속으로 던지는 것과 마찬가지로, 다음번에는 위의 공중으로도 던질 수 있을 것 같았다. 나는 낚싯바늘 하나로 물고기 두 마리를 잡았다.

월든의 풍경은 규모가 작고 매우 아름답지만 장관에 이르지는 않고, 오랫동안 그곳에 자주 가거나 그 호숫가에 살지 않은 사람에게는 많은 관심을 끌 수가 없다. 그러나 이 호수의 깊이와 순수함은 매우 주목할 만해서 정밀하게 묘사할 필요가 있다. 월든 호수는 길이가 0.5마일이고 원주가 1.75마일의 맑고 깊은 초록색 우물이며, 면적이 약 61.5에이커에 이른다. 소나무 숲과 참나무 숲 한가운데 있는 영원한 샘이며, 구름이 되거나 증발하는 경우가 아니면 눈에 보이는 물이 흘러서 들어오는 입구와 나가는 출구도 없다. 주위의 언덕들은 0.25마일과 0.3마일 내의 남동쪽과 동쪽에서 각각 약 100피트와 150피트의 높이에 달하지만 물에서부터 갑자기 40 또는 80피트의 높이로 솟아올라 있다. 그 언덕들은 오로지 삼림지대다. 콩코드의 모든 호수와 강은 적어도 색이 두 가지다. 멀리서 보았을 때 한 색을 띠고, 가까이에서 볼 때 좀더 본연의 다른 색을 띤다. 첫 번째 색은 빛에 더 의존하고 하늘의 색을 따라간다. 여름철 맑은 날씨에 콩코드의 호수와 강은 멀리서 보면 푸른색인데, 특히 물이 심하게 동요칠 때 그러하며, 아주 멀리서는 모두 똑같은 색으로 보인다. 폭풍우의 날씨에는 때때로 어두운 암청회색으로 보인다. 그러나 바다는 대기에 상당한 변화가 없어도 하루는 푸른색이고 그다음 날은 초록색을 띤다고 한다. 나는 풍경이 눈으로 뒤덮여서 물과 얼음이 모두 거의 풀처럼 초록색을 띨 때 콩코드의 강을 본 적이 있었다. 어떤 사람들은 푸른색을 '액체이든지 고체이든지 순수한 물

색깔'이라고 생각한다. 그러나 보트에서 물속으로 곧장 내려다보면, 호수와 강의 물은 매우 다양한 색깔로 이루어져 있다. 월든 호수는 똑같은 지점에서 볼 때조차 어떤 때는 푸른색이고, 다른 때는 초록색이다. 월든 호수는 땅과 하늘 사이에 놓여 있어서 두 색을 모두 띤다. 언덕 꼭대기에서 보면 호수는 하늘의 색깔을 반영한다. 그러나 가까이 모래가 보이는 호수 기슭 옆에서 보면 노란 색조를 띤다. 그러다가 연한 초록색이 되었다가 점차 호수 본체의 균일한 어두운 초록색으로 깊어진다. 어떤 빛 속에서는 언덕 꼭대기에서 보았을 때조차 호수 기슭 옆이 선명한 초록빛을 띤다. 어떤 이들은 이것을 신록의 반영이라고 언급했지만, 철로의 모래톱을 배경으로 한 곳에서도 호수의 물은 동일하게 초록색이고, 봄에 잎이 자라기 전에도 그러한 색이다. 그래서 단순히 모래의 노란색과 우세한 푸른색이 섞인 결과일 수도 있다. 월든 호수의 홍채[3] 색깔이 그런 색이다. 이 부분은 또한 봄에 얼음이 바닥으로부터 반사되고 또한 대지로 전달된 태양열에 데워진 얼음이 먼저 녹아서 여전히 얼어 있는 중간쯤에 좁은 운하를 형성하는 부분이다. 우리 읍의 나머지 호수와 강처럼, 맑은 날씨에 월든 호수의 물이 심하게 동요을 쳐 파도의 수면이 직각으로 하늘을 반사하거나 그 물과 더 많은 빛이 섞이기 때문에, 약간 먼 거리에서 호수의 물은 하늘 자체보다 더 어두운 푸른색으로 보인다. 그럴 때 호수 수면

---

3 소로는 이 장의 후반에서 호수를 "대지의 눈"이라고 언급한다.

에 반사된 색을 보기 위해 시선을 바꾸어가며 바라보았을 때, 나는 물결무늬나 광선에 따라 여러 가지 색으로 변하는 비단과 칼날이 연상되는 비할 데 없고 말로 표현할 수 없는 엷은 푸른색을 보았다. 호수 수면은 하늘 그 자체보다 더 하늘색을 띄었고, 파도의 마주 보는 양면에 비치는 기존의 어두운 초록색과 번갈아 나타났다. 어두운 초록색이 마지막에 나타났지만 엷은 푸른색과 비교하면 탁했다. 그것은 내가 기억하기에 해 지기 전 서쪽에 길게 난 구름 사이로 보이는 겨울하늘의 조각처럼 유리 같은 초록빛 푸른색이었다. 그러나 호숫물이 담긴 유리잔을 빛에 비추어보면 같은 양의 공기처럼 색깔이 없다. 큰 유리 한 장은 만든 사람들이 말하듯이 '본체' 때문에 초록색을 띄겠지만 똑같은 유리여도 작은 조각에는 색깔이 없다는 것은 잘 알려진 사실이다. 월든 호수가 얼마나 커야 초록의 색조를 반사하는지를 나는 증명해본 적이 없었다. 콩코드 강의 물은 똑바로 내려다보는 사람에게는 검거나 대단히 어두운 갈색이며, 대부분의 호숫물처럼, 그 속에서 목욕하는 사람의 몸에 노란 색조를 더한다. 그러나 이 월든 호수의 물은 순도가 수정 같아서 목욕하는 사람의 몸이 훨씬 더 부자연스러운 설화석고의 흰색으로 보인다. 게다가 팔다리가 크고 일그러뜨리게 보여서 그 흰색은 기괴한 효과를 띄므로, 미켈란젤로Buonarroti Michelangelo[4] 같은 사람에게나 적당한 연구거리가 될 것이다.

----

4   이탈리아의 화가·조각가·건축가·시인이다. 그가 남긴 조각으로는 〈다비드〉와

월든 호수의 물은 너무 투명해 25피트나 30피트의 깊이에서도 바닥이 쉽게 식별된다. 그 위에서 노를 저으면 수면 수십 피트 아래에 있는 농어와 은빛 물고기 떼를 볼 것이다. 어쩌면 1인치밖에 되지 않는 물고기들이지만, 농어는 가로 줄무늬 때문에 쉽게 구별이 된다. 농어가 그곳에서 호구지책을 찾는 모습을 보면 틀림없이 금욕적인 물고기라고 생각할 것이다. 한번은 수 년 전 겨울에 내가 작은 창꼬치를 잡기 위해 얼음에 구멍을 내고 있었다. 물가로 걸음을 내딛다가 도끼를 뒤쪽으로 던져 얼음에 떨어뜨렸다. 마치 어떤 악한 수호신이 지시한 것처럼 도끼가 똑바로 20에서 25미터를 미끄러지다가 구멍 가운데 하나로 쏙 들어가 버렸는데 그곳은 수심이 25피트였다. 호기심이 든 나는 얼음 위에 엎드려 구멍을 들여다보다가, 한쪽 편에 있는 그 도끼를 보았다. 도끼는 머리 부분으로 서 있었고, 자루는 바로 선 채 호수의 파동에 따라 이리저리 가볍게 흔들리고 있었다. 도끼를 내가 가만히 두었다면, 시간이 지나 그 손잡이가 썩어 없어질 때까지 그곳에 흔들리며 똑바로 서 있었을 것이다. 내 얼음 조각칼로 도끼가 있는 바로 그 위에 다른 구멍을 만들고, 주변에서 발견한 가장 긴 자작나무를 칼로 잘라서 올가미를 만들어 자작나무의 끝부분에 달았다. 그 올가미를 조심스럽게 아래로 내려 도끼자루

〈모세〉, 〈최후의 심판〉 등이 있으며, 산 피에트로 대성당을 설계했고, 많은 시작詩作도 남겼다.

의 마디 너머로 보내고, 자작나무에 매단 줄로 도끼자루를 당겨서 구멍 밖으로 다시 끌어내었다.

호숫가는 한두 곳의 짧은 모래 해변을 제외하고는 포석처럼 매끈하고 둥근 흰 돌의 지대로 구성되어 있으며, 경사가 심해서 여러 군데에서 호수로 한번 뛰어들면 당신 키보다 깊은 물속으로 들어갈 것이다. 호수가 놀랄 만큼 투명하지 않다면, 반대편 기슭에 이를 때까지 바닥이 보이는 것은 그때가 마지막일 것이다. 어떤 이들은 그 호수에 바닥이 없다고 생각한다. 탁한 곳은 하나도 없으며, 우연히 관찰한 사람이라면 호수 속에 수초가 전혀 없다고 말할 것이다. 그리고 최근에 범람한 작은 목초지를 제외하고는 원래 거기에 속하지 않는 눈에 띄는 식물에 대해서는 자세히 관찰해도 창포와 애기부들, 노란 또는 흰 백합조차 관찰되지 않고, 소수의 작은 약모밀과 가래 속 수초와 아마 한두 포기의 순채만 목격된다. 그러나 이 모두를 멱 감는 사람이 알아보지 못할 수 있으며, 이 식물들은 그들이 몸담고 자라는 호숫물처럼 깨끗하고 빛난다. 돌들은 물속으로 5 내지 10미터까지 깔려 있고, 그런 다음 바닥은 가장 깊은 부분을 제외하고는 순수한 모래로 덮여 있다. 가장 깊은 곳에는 보통 침전물이 약간 있는데, 아마 오랫동안 가을이면 지속적으로 떠내려간 나뭇잎이 썩어 생겼을 것이다. 그리고 한겨울조차 밝은 초록색 풀이 닻에 걸려 올라온다.

월든 호수와 똑같은 호수가 하나 더 있다. 서쪽으로 약 2.5마일 떨어진 나인에이커코너Nine Acre Corner[5]에 있는 화이트White 호수[6]다. 그러나 비록 내가 월든 호수를 중심으로 12마일 이내에 있는 대부분의 호수를 알지만, 이처럼 순수하고 샘 같은 성격의 호수를 알지 못한다. 잇따른 종족들이 아마 이 호수에서 물을 마셨을 것이고, 이 호수를 숭배하고, 깊이를 재고, 그러고는 사라졌을 것이다. 그렇지만 호수의 물은 여전히 여느 때와 다름없이 초록빛이고 투명하다. 한 번도 마르지 않는 샘! 어쩌면 아담과 이브가 에덴동산으로부터 쫓겨난 그 봄날 아침에 월든 호수는 이미 존재했을 것이고, 심지어 그때에도 안개와 남풍을 동반한 잔잔한 봄비 속에 호수의 얼음은 갈라지고 있었고, 호수는 그 몰락에 대해 듣지 못한 수많은 오리와 기러기로 덮여 있었을 것이다. 그때 오리와 기러기는 여전히 그런 순수한 호수들만으로 충분했다. 그때조차 월든 호수는 물이 불었다가 빠졌다가 하기 시작했을 것이고, 그 물을 정화했고 지금의 물빛으로 호수의 색을 물들였으며, 세상에서 유일한 월든 호수가 되고 천상의 이슬을 증류할 특허권을 하늘로부터 얻었을 것이다. 얼마나 많은 잊힌 종족들의 문학에서 월든 호수가 카스탈리아Castalia의 샘[7]이었을지 누가 아는가? 또는 황금시대Golden

---

5   월든 호수와 페어헤이븐 호수 사이의 서드베리 길에 있는 작은 부락이다.
6   월든 호수에서 대략 1마일 남서쪽에 위치한 43에이커 규모의 호수다.
7   그리스 신화에서 신성한 파나수스Parnassus 산에 있는 샘으로, 뮤즈에게 영감의 근원이었다.

Age[8]에 어떤 님프들이 이 호수를 관장했을지 누가 아는가? 월든 호수는 콩코드가 자신의 작은 왕관에 달고 있는 최고급 보석이다.

아마 이 샘에 처음 온 사람들은 그들의 발자국을 약간 남겼을 것이다. 나는 이 호수를 돌다가 호숫가의 빽빽한 숲이 막 베인 곳에서조차 가파른 산 사면에 있는 좁은 선반같이 생긴 길이 교대로 올라갔다가 내려가면서 물가에서 가까워졌다가 멀어지는 모습을 발견하고는 놀랐다. 그 길은 어쩌면 여기에 인류가 거주한 만큼 오래되었을 것이고, 원주민 사냥꾼의 발자국으로 다져졌지만, 현재의 땅 주민들은 이 사실을 모르고 여전히 그 길을 이따금 밟고 다닌다. 이것은 특히 겨울에 가벼운 눈이 내린 직후, 호수 중앙에 선 사람에게는 분명하게 보인다. 잡초와 나뭇가지 때문에 가려지지 않아 뚜렷한 기복이 있는 흰 선처럼 보이고, 여름철에는 가까이서도 길이 거의 식별이 되지 않는 곳이 많지만, 겨울에는 그곳에서 0.25마일 떨어진 곳에서도 매우 분명하게 보인다. 다시 말해, 눈은 그 길을 뚜렷한 흰색의 두드러진 양각 활자로 다시 인쇄한다. 언젠가 여기에 지을 별장들의 꾸며진 뜰은 이 길의 흔적을 약간은 여전히 보존할 것이다.

호수의 수위는 오르내리고, 규칙성과 주기를 통상 많은 사람이 아는 체하지만 아무도 모른다. 일반적으로 우천과 건조상태

---

8   고대 그리스와 로마의 작가들은 우주의 역사를 여러 시대로 나누었다. 황금시대는 완벽의 시대를 말한다.

에 따라 다르지만 호수의 수위는 보통 겨울에 더 높고 여름에 더 낮다. 나는 월든 호수가 그 옆에 살던 때보다 1 내지 2피트 더 낮던 때와 적어도 5피트 더 높았던 때를 기억한다. 월든 호수로 흘러드는 좁은 모래톱이 있는데, 한쪽 물은 대단히 깊다. 1824년경에는 호수의 주요 부분을 이루는 기슭으로부터 약 30미터 떨어져 있었던 그곳에서 나는 차우더를 한 냄비 끓이는 것을 도왔다. 지난 25년 동안 그런 일은 불가능했다. 다른 한편, 그로부터 몇 년 뒤에 내가 친구들에게 그들이 아는 유일한 기슭으로부터 75미터 떨어진 숲속의 외진 작은 만에서 보트를 띄우고 낚시를 하는 데 익숙해졌다고 말했을 때 그들은 믿을 수 없다는 듯이 듣곤 했다. 그곳이 오래전에 목초지로 바뀌었기 때문이다. 그러나 그 호수는 2년 동안 꾸준히 수위가 높아져서, 1852년 여름인 지금은 내가 살던 때보다 단지 5피트 더 높아졌거나 30년 전과 같은 높이여서, 그 목초지에서 다시 낚시질이 이루어지고 있다. 이것은 기껏해야 6 내지 7피트 높이의 차이를 만든다. 그럼에도 주위 언덕에서 흘러내린 물의 양은 미미하므로, 호숫물이 이와 같이 범람하는 것은 깊은 곳에 있는 샘들에 영향을 주는 어떤 원인이 있음에 틀림없다. 같은 해인 올 여름에 월든 호수 수위는 다시 떨어지기 시작했다. 이런 오르내림이 주기적이든 아니든 이러한 변동을 성취하는 데 수년이 필요한 것처럼 보인다는 점은 주목할 만하다. 나는 수위가 오르는 것을 한 번, 내리는 것을 두 번 부분적으로 목격했고, 지금부터 12 내지 15년이 지나면 호수의 수위가 내가 이전에 알던 최저 수준으로 다시 낮아지리라고 기대한다. 1마일 동쪽에 있는 플린트Flint 호수의 유입구와 유출구로 인해 야기된 혼란을 감안하더라도, 플린트 호수와 더 작은 중간 크기의 호수들 또한 월든 호수와 동조하고 있으며, 최근에는 월든 호수와 같은 때에 최고 물높이에 도달했다. 내가 관찰한 바에 따르면 이는 화이트 호수에서도 마찬가지다.

긴 시간을 두고 일어난 월든 호수 수위의 이와 같은 오르내림은 적어도 이런 유익한 용도가 있다. 1년이나 그 이상 이렇게 대단한 수위를 유지한 물은 그 주위로 걸어다니기 어렵게 만들기는 하지만, 마지막으로 물이 불어난 이후로 물 가장자리에 솟아오른 관목과 나무—리기다소나무, 자작나무, 오리나무, 사시나무포플러와 다른 나무들—를 죽이고, 다시 물이 빠지면 눈앞에 깨끗한 기슭을 남긴다. 왜냐하면 매일 조수의 지배를 받는 많은 호수와 모든 큰물과는 달리, 월든 호수 기슭은 수면이 가장 낮을 때 제일 깨끗하기 때문이다. 내 집 옆에 호수 쪽에는 15피트 높이의 리기다소나무 한 줄이 죽었는데 마치 지레를 활용해 쓰러뜨린 것 같았고, 이렇게 함으로써 리기다소나무의 침입이 중단되었다. 이 소나무의 크기는 이런 물높이에 마지막으로 오른 이후 얼마나 많은 햇수가 경과했는지 보여준다. 이와 같은 수위 변동으로 월든 호수는 기슭에 대한 소유권을 주장하고, 이런 식으로 '기슭은 깎인다.' 나무들은 점유권으로 호수의 기슭을 차지할 수 없다. 기슭은 수염이 자라지 않는 호수의 입술이다. 호수는 이따금 군침을 삼키며 기다린다. 물이 최고 수위에 있을 때 오리나무와 수양버들, 단풍나무는 자신들을 유지하기 위한 노력으로 물속에 있는 줄기의 사방에서 수 피트 길이로, 그리고 땅에서 3 내지 4피트의 높이로, 붉은 섬유질 뿌리 더미를 내어 보낸다. 나는 기슭 근처에 있는 키 큰 블루베리 덤불이 보통은 열매를 맺지 않지만 이러한 상황에서는 풍부하게 열매를 맺는다는 사실을 알았다.

어떤 사람들에게는 어떻게 기슭이 그토록 정연하게 돌로 포장되었는지 말하기가 난처했다. 콩코드 읍민은 모두 다음과 같은 전설을 들었다. 가장 나이 든 사람들이 젊었을 때 그 이야기를 들었다고 말했다. 옛날에 인디언이 여기 언덕에서 회의를 열고 있었는데, 월든 호수가 지금 땅속으로 들어가 있는 깊이만큼 하늘로 높이 솟았다는 전설이다. 전설에 따르면, 인디언은 불경스러운 말을 하는 죄를 절대 저지르지 않는데, 이 회의에서는 그런 말을 했다고 한다. 인디언이 회의를 하고 있을 때 언덕이 흔들리면서 갑자기 가라앉았다고 한다. 이때 월든이라는 이름의 늙은 인디언 여자 혼자만 도망을 쳤고, 그녀의 이름에서 이 호수의 이름이 유래되었다는 이야기다. 언덕이 흔들렸을 때 돌들이 산 사면으로 굴러 내려왔고 현재의 호수 기슭이 되었으리라고 추측한다. 하여튼 한때에는 이곳에 없던 호수가 지금은 있다는 것은 의심할 여지가 없는 사실이다. 이 인디언 우화는 어떤 면에서도 앞서 내가 언급한 옛 개척자[9]의 이야기와 모순되지 않는다. 그 개척자는 수맥 탐지 막대기를 가지고 처음 여기에 왔을 때, 초지에서 희미한 증기가 올라오고 개암나무 막대기가 꾸준히 아래를 가리켜서, 여기에 우물을 파는 것으로 결론을 낸 때를 아주 잘 기억했다. 돌에 관해 말하자면, 이 언덕들에 밀려오는 파도의 움직임으로는 돌의 존재를 거의 설명할 수 없다고 여전히 많은 사람이 생각한다. 그러나 나는 호수를 둘러싼 언덕들에 놀라울 정도로 똑같은 종류의 돌이 가득하다는 사실에 주목한다. 월든 호수 가장 가까운 곳에서 땅을 파서 철로를 낼 때 철로의 양면에 그 돌로 벽을 쌓아야 했다. 게다가 대단히 험준한 기슭에 돌이 가장 많다. 불행하게도 돌이 왜 호수 기슭에 많은지가 내게는 더는 신비하지 않다. 나는 돌로 호수 기슭을 포장한 사람[10]을 알아내었다. 만약 그 이름이 한 예로 새프론 월든Saffron Walden 같은 영국의 지명에서 유래한 것이 아니라면, 원래 '벽으로 둘러싸인 호수'라고 불리었다고 추측할 수 있다.

월든 호수는 이미 파여 있는 내 우물이었다. 월든 호수의 물은 항상 맑고 1년에 넉 달 동안은 차갑기도 하다. 나는 월든 호수의 물이 읍에서 가장 좋은 물이라고 할 수 없다 해도 읍에 있는 어떤 물 못지않게 좋은 물이라고 생각한다. 겨울에는 대기에 노출되어

---

9   앞서 〈고독〉에서 "늙은 개척자"로 언급된 적이 있다.
10   호수 기슭을 돌로 포장한 사람은 빙하다. 빙하가 표석과 표류물을 쌓았다.

있는 모든 물은 대기로부터 보호받는 샘물과 우물의 물보다 더 차갑다. 내가 오후 다섯 시부터 다음날인 1846년 3월 6일 정오까지 머물던 방에 있던 호숫물의 온도는 화씨 42도로, 마을에서 가장 차가운 우물 가운데 하나에서 막 퍼 올린 물의 온도보다 1도 더 낮았다. 그날 어느 시간에 방안의 온도계는 화씨 65도나 70도까지 올라갔는데, 그 이유는 부분적으로는 지붕에 내리쬔 햇빛 때문이었다. 같은 날 보일링 샘물Boiling Spring[11]의 물 온도는 45도로, 시험한 샘물 중에서 가장 따뜻했다. 비록 얕은 곳의 정체된 표면수가 그 물과 섞이지 않는 여름에는 내가 아는 가장 차가운 물이지만 말이다. 더구나 여름에 월든 호수의 물은 깊이 때문에, 햇볕에 노출된 대부분의 물처럼 따뜻해지지는 않는다. 가장 더운 날씨에 나는 보통 지하실에 한 두레박의 물을 두었는데, 거기서 밤에 차가워진 물은 낮 동안에도 계속 차가웠다. 비록 내가 이웃에 있는 샘에도 잘 갔지만 말이다. 그 물은 일주일이 지나도 길어온 그날처럼 여전히 물맛이 좋았고, 펌프에서 길은 물맛과는 달랐다. 여름에 호수 기슭에서 일주일 동안 캠핑을 하는 사람은 누구든지 천막 그늘 아래 몇 피트 깊이의 땅속에 물 한 두레박을 묻기만 하면 얼음이라는 사치로부터 독립할 수 있다.

월든 호수에서 7파운드 무게가 나가는 창꼬치가 잡힌 적이 있었다. 대단한 속도로 릴을 채간 또 다른 창꼬치는 말할 것도 없

---

11 월든 호수에서 서쪽으로 0.5마일 거리에 있으며, 부글거리며 솟아오르는 샘이다.

는데, 낚시꾼이 그 물고기를 보지 못했기 때문에 안심하고 물고기 무게가 8파운드라고 우겼다. 농어와 메기도 잡혔고, 어떤 것은 2파운드가 넘었다. 작은 은빛 고기와 황어나 잉어도 잡혔고, 매우 드물지만 도미, 하나에 무게가 4파운드 나가는 장어도 두 마리 잡혔다. 내가 이렇게 구체적으로 말하는 이유는 물고기의 무게가 보통 그 물고기가 유명해질 수 있는 유일한 자격이며, 이 두 마리가 내가 여기서 들은 유일한 장어이기 때문이다. 또한 나는 은빛 옆구리와 초록빛 등에 어느 정도 성격이 황어 같은 약 5인치 길이의 작은 물고기에 대한 희미한 기억이 있다. 여기에 그 기억을 언급하는 이유는 주로 내가 발견한 사실들을 우화와 연결시키기 위해서다. 그럼에도 이 호수는 물고기가 아주 풍부하지는 않다. 월든 호수의 창꼬치 수는 많지 않지만 호수의 가장 주된 자랑거리다. 한번은 얼음 위에 엎드려서 적어도 세 가지 종류의 창꼬치를 본 적이 있었다. 즉 강에서 잡히는 창꼬치와 비슷한 강철색에 길고 가는 종류와, 여기에서 가장 흔한 초록색이 비치면서 아주 진한 밝은 금빛 종류와, 금빛이면서 두 번째 종류와 모양은 같지만 송어와 대단히 유사하게 옆구리에 작고 어두운 갈색이나 검은 점이 핏빛 붉은 점 몇 개와 섞인 채 흩뿌려 있는 또 다른 종류가 있다. 구체적인 이름인 레티쿨라투스reticulatus [12]는 마지막

<hr />

[12] '그물 같은'이라는 뜻의 라틴어이며, 호수에 사는 창꼬치의 학명인 에소스 레티쿨라투스Esox reticulatus와 연관된다.

종류에는 적용되지 않을 것이다. 그것보다는 쿠타투스guttatus [13]로 불러야 한다. 이들은 모두 꽤 단단한 물고기여서, 크기보다 무게가 더 많이 나간다. 작은 은빛 물고기와 메기, 그리고 농어도 마찬가지다. 실로 호수에 사는 모든 물고기는 이 호수의 물이 더 맑기 때문에, 강과 다른 대부분의 호수들에 있는 물고기보다 훨씬 더 깨끗하고, 잘생겼고, 살이 단단해서 다른 물에 사는 물고기와는 쉽게 구분할 수 있다. 어쩌면 많은 어류학자가 월든 호수에 사는 몇몇 물고기를 새로운 품종으로 판단할 것이다. 이 호수에는 깨끗한 종의 개구리와 거북이 살고, 홍합도 약간 있다. 사향과 밍크는 호수 주위에 자취를 남기고, 이따금 이동 중인 진흙거북이 호수를 방문한다. 아침에 보트를 밀어내다가 때때로 밤에 보트 아래에 숨었던 거대한 진흙거북의 휴식을 방해했다. 봄과 가을에는 오리와 기러기가 호수를 자주 방문하고, 배가 하얀 제비가 호수 위를 스쳐 날아가고, 삑삑도요가 여름 내내 호수의 돌 기슭을 따라 '비틀비틀하며' 날아간다. 나는 때때로 물 위에 드리운 백송 위에 앉아 있는 물수리의 휴식을 방해했다. 그러나 월든 호수가 페어헤이븐 호수처럼 갈매기의 날개로 더럽힌 적이 있는지에 대해서는 의심스럽다. 기껏 해야 월든 호수는 해마다 찾아오는 아비 한 마리를 너그럽게 받아들이고 있다. 이들이 지금 월든 호수에 자주 출몰하는 주요한 동물의 전부다.

---

13 '점이 있는'이라는 뜻의 라틴어다.

고요한 날씨에 호수의 수심이 8 내지 10피트 정도 되는 모래가 있는 동쪽 기슭 근처와 호수의 다른 곳 몇 군데에서, 보트에서 내려다보면 직경 6피트에 높이 1피트의 어떤 둥근 무더기를 볼 수 있다. 그 무더기는 달걀보다 작은 돌로 이루어져 있고, 주위에는 온통 모래뿐이다. 처음에는 인디언들이 특정 목적으로 얼음 위에 만들었던 돌무더기가 얼음이 녹았을 때 바닥으로 가라앉은 것이 아닐까 궁금해한다. 그러나 그러기에는 그 돌무더기가 너무 정연하게 쌓여 있고 그중 일부는 쌓은 지 얼마 되지 않은 것이 명백하다. 그것들은 강에서 발견되는 돌무더기와 유사하다. 그러나 이 호수에는 악어도 칠성장어도 없기 때문에, 어떤 물고기가 그런 둥근 돌무더기를 만들었는지 모르겠다. 어쩌면 그 돌무더기는 황어의 보금자리일 것이다. 이 돌무더기는 호수 바닥에 기분 좋은 신비감을 더한다.

호수의 기슭은 아주 불규칙해서 단조롭지가 않다. 나는 내 마음의 눈에 깊은 만이 들쭉날쭉한 서쪽 기슭과 더 대담한 북쪽 기슭, 아름다운 부채모양의 남쪽 기슭을 담고 있다. 남쪽 기슭에는 연속적인 곶이 서로 중첩되어 있어서 그 곶 사이에 탐험되지 않은 작은 만이 있으리라는 것을 암시한다. 숲은 물 가장자리에서부터 솟은 언덕 사이에 있는 작은 호수의 중앙에서 볼 때만큼 배경이 좋은 적이 없고, 그렇게 눈에 띄게 아름다운 적도 없다. 왜냐하면 숲의 모습이 비친 호숫물은 그런 경우 최고의 전경이 될 뿐 아니라, 호수의 구불구불한 기슭과 함께 숲에 가장 자연스럽고 아름다운 경계가 되기 때문이다. 거기 숲 가장자리에는 도끼로 한 부분이 개간되었거나 경작된 밭이 호숫가를 이웃하는 경우처럼 벗겨지거나 불완전한 부분이 없다. 나무들은 호수 쪽으로 뻗어나갈 정도로 공간이 충분하고, 나무 하나하나는 그 방향으로 가장 원기왕성한 가지를 내보낸다.

거기에 자연은 피륙의 변폭처럼 자연적인 가장자리를 짰고, 시선은 그 기슭의 가장 낮은 관목으로부터 가장 키가 큰 나무에 이르기까지 적정하게 점진적으로 올라간다. 인간이 손을 댄 흔적은 거의 보이지 않는다. 호수의 물은 천년 전에 그러했듯이 기슭을 씻어 내린다.

호수는 경치 가운데 지세가 가장 아름답고 표현이 풍부하다. 호수는 대지의 눈이다. 호수를 들여다보면서 구경꾼은 자신의 본성의 깊이를 잰다. 호수 기슭 옆에 있는 물에 사는 나무들은 호수의 테를 두르는 가느다란 속눈썹이고, 주변의 나무가 우거진 언덕과 벼랑은 호수 위에 쑥 내밀고 있는 눈썹이다.

가벼운 아지랑이가 호수 반대편 기슭의 선을 불분명하게 보이게 하는 9월의 어느 고요한 오후에 월든 호수 동쪽 끝에 있는 부드러운 모래 해안에 서서, 나는 '호수의 유리 같은 수면'이라는 표현이 어디에서 유래되었는지 알았다. 머리를 숙여 두 다리 사이로 호수를 보면, 수면은 골짜기를 가로질러 뻗은 가장 가느다란 얇은 실 같고, 대기의 한 층을 다른 층으로부터 분리시키면서, 먼 소나무 숲을 배경으로 반짝반짝 빛난다. 수면 아래에서 물에 젖지 않고 반대편 언덕으로 걸어갈 수 있으며, 물 위를 스치듯 날아가는 제비가 수면에 앉을 수 있겠다는 생각이 들 것이다. 실로 제비는 때때로 실수로 호수의 수면 선 아래로 잠수했다가 실수를 깨닫는다. 호수 너머 서쪽으로 볼 때는 진짜 태양뿐 아니라 물에 반사된 태양으로부터도 두 눈을 보호해야 하므로 양손으로 가려야 한다. 두 태양이 똑같이 눈부시기 때문이다. 두 태양 사이에서 호수의 수면을 정밀하게 관찰한다면, 호수는 문자 그대로 유리처럼 매끈하다. 동일한 간격으로 호수 위 전면에 흩어진 소금쟁이들이 햇빛 속에서 움직여 호수 수면에 상상할 수 있는 가장 미세한 반짝임을 만들어내는 곳이나, 어쩌면 오리 한 마리가 깃털을 가다듬는 곳, 또는 내가 말했던 것처럼 제비 한 마리가 호수에 닿을 것처럼 낮게 스쳐 지나가는 곳을 제외하고는 말이다. 멀리서 물고기 한 마리가 공중에서 3 내지 4피트의 호를 그리는 듯하고, 물고기가 물속에서 튀어 오르는 곳에 한 줄기 밝은 섬광이 번쩍이고, 물에 부딪치는 곳에 또 한 줄기 밝은 섬광이 번쩍인다. 때때로 물고기가 그리는 은색 호 전체가 드러난다. 또는 여기저기 어쩌면 엉겅퀴의 관모가 호수 수면에 떠 있다가 물고기가 덤벼들어 호수에 다시 잔물결을 일으킨다. 호수는 식었지만 굳지는 않은 용해된 유리와 같고, 그 속에 있는 몇 개의 티끌은 유리 속에 결점처럼 순수하고 아름답다. 마치 보이지 않는 거미줄, 즉 호수 위에서 쉬는 물 요정들이 친 울타리 때문인 것처럼, 호수의 나머지 부분과 분리된 훨씬 더 잔잔하고 어두운 색 물을 종종 발견할 수도 있다. 언덕 꼭대기에서 보면 호수의 거의 어디에서든지 물고기가 뛰는 모습을 볼 수 있다. 이 잔잔한 수면으로부터 창꼬치나 작은 은빛 물고기가 곤충 한 마리를 잡으면 명백히 호수 전체의 평정을 손상시키기 때문이다. 이 단순한 사실이 얼마나 정교하게 알려지는지 놀라운 일이다. 이 물고기의 나쁜 짓은 반드시 드러나는 법. 동그라미를 그리는 파동이 직경 30미터에 이르면 멀리 있는 내게도 식별된다. 심지어 0.25마일 떨어진 잔잔한 수면 위에서 끊임없이 전진하는 물맴이[14]를 발견할 수도 있다. 왜냐하면 그 곤충들은 똑똑히 보이는 잔물결을 두 개의 갈라지는 선으로 가는 이랑을 만들며 헤치고 나아가지만, 소금쟁이는 지각할 수 있을 정도의 잔물결을 만들지 않고 호수 위를 미끄러진다. 수면이 상당히 요동칠 때에는 호수에 소금쟁이도 물맴이도 없다. 그러나 고요한 날에는 명백히 그 곤충들은 안식처를 떠나 순식간의 충동으로 인해 기슭에서 나와 모험적으로 앞으로 미끄러지다가 호수를 완전히 여행한다. 태양이 주는 모든 온기에 충분히 감사하게 되는 쾌청한 어느 가을날, 이처럼 높은 곳의 나무 그루터기에 앉아 호수를 내려다보고, 호수에 비친 하늘과 나무 사이로 그 사이가 아니면 보이지 않는 호수의 수면 위에 끊임없이 파이면서 잔물결을 일으키

---

14   딱정벌레 종류다. 조용한 연못이나 호수 수면에서 무리를 지어 빙글빙글 돌거나 재빨리 헤엄치며, 수면으로 떨어지는 곤충 등을 먹고산다.

는 원을 유심히 보면 마음에 위안이 된다. 물이 든 항아리가 덜 컹덜컹 흔들리면 항아리 수면의 진동하는 원이 가장자리에 가 서야 모든 것이 다시 평온해지듯이, 이 광활한 호수의 수면 위에 소란이 있어도 즉시 서서히 평온해지고 진정된다. 호수에 물고 기 한 마리가 뛰거나 곤충 한 마리가 떨어져도, 호수는 항상 샘 에서 끊임없이 물이 분출하고, 호수의 생명이 부드럽게 뛰고, 호 수의 가슴이 부풀어 오르는 것처럼, 원을 그리는 잔물결로, 아름 다운 선으로 공표된다. 기쁨의 전율과 고통의 전율은 구별할 수 없다. 호수에서 일어나는 현상은 얼마나 평화로운가! 다시 인간 의 과업은 봄처럼 빛난다. 그렇다, 모든 잎과 잔가지, 돌과 거미 집은 봄날 아침에 이슬로 덮여 있을 때처럼 지금 이 이른 오후에 반짝인다. 노나 곤충이 움직일 때마다 빛이 반짝이고, 노가 물에 닿아 부딪치면 들리는 그 메아리 소리는 얼마나 감미로운가!

9월이나 10월의 이러한 날, 월든 호수는 내 눈에는 더 드물거 나 진귀한 보석만큼 귀한 돌로 둘러싸인 완벽한 숲의 거울이다. 호수로서 그처럼 아름답고 순수하며 큰 것이 어쩌면 지구 표면 에는 없을 것이다. 하늘의 물, 여기에는 울타리가 필요 없다. 여 러 종족이 왔다가 가지만 월든 호수는 훼손되지 않았다. 월든 호 수는 어떤 돌도 금 가게 할 수 없는 거울이다. 월든 호수의 수은 은 결코 닳아 없어지지 않으며, 호수의 도금은 자연이 계속 회복 한다. 어떤 폭풍우와 먼지도 맑은 호수의 수면을 흐리게 할 수 없다. 월든 호수는 거기 있는 모든 불순물이 태양의 아련한 솔

—먼지 닦는 가벼운 헝겊인 이것—에 쓸리고 청소되어 그 속으로 가라앉는 거울이다. 그 위에 숨을 불어도 숨 자국은 남지 않고, 호수의 숨결을 수면 위 높이 보내어 구름으로 떠다니며 여전히 호수의 가슴에 비치게 한다.

물의 들판은 공중에 있는 기운을 드러낸다. 호수는 계속해서 위로부터 새로운 생명과 움직임을 받아들인다. 호수는 본성적으로 땅과 하늘 사이를 중재한다. 땅에는 풀과 나무만 흔들리지만, 물은 바람으로 인해 그 자체에 잔물결이 인다. 나는 광선이나 빛 조각들을 보고 미풍이 호수를 가로질러 어디로 질주하는지 깨닫는다. 우리가 호수 수면을 내려다볼 수 있다는 사실은 대단하다. 어쩌면 마침내 이런 식으로 공기의 표면도 내려다보고, 훨씬 더 미묘한 기운이 호수 너머 어디로 스쳐 지나가는지 주목할 것이다.

소금쟁이와 물맴이는 10월 말에 모진 서리가 오면 마침내 사라진다. 그때와 11월의 고요한 날에는 일반적으로 호수 수면에 파랑을 일으키는 존재가 전혀 없다. 며칠 동안 지속된 폭풍우가 끝난 고요한 11월의 어느 날 오후, 하늘은 여전히 구름으로 완전히 뒤덮였고 대기에는 연무가 가득했을 때, 나는 눈에 띠게 잔잔한 호수를 목격했고, 수면을 구별하기가 힘들었다. 호수가 더는 10월의 찬란한 색채를 반영하지 못했지만, 주위 언덕들의 음울한 11월의 색채를 반영했다. 내가 그 위를 가능한 한 조용하게 지났지만, 내가 탄 보트가 만든 작은 물결은 거의 볼 수 있는 한도까지 멀리 퍼졌고, 물에 비친 그림자에 이랑진 모습을 만들었다. 그러나 수면 위를 바라보는데, 멀리 여기저기에서 희미하게 번득이는 빛이 보였다. 마치 서리를 피해 도망친 어떤 소금쟁이 곤충들이 그곳에 모였거나, 어쩌면 수면이 너무나 잔잔해서 샘이 바닥에서 솟아오르는 곳을 드러내었을 수 있다. 이 가운데 한곳으로 조용히 노를 저어가다가, 내가 수많은 작은 농어에 둘러싸인 것을 발견하고 놀랐다. 진한 청동색을 띠는 약 5인치 길이의 농어들이 녹색 물속에서 뛰놀면서 끊임없이 수면으로 올라 잔물결을 일으키고, 때때로는 수면에 거품을 남겼다. 이토록 투명하고 바닥이 없는 것처럼 구름이 비치는 물에서 나는 마치 기구를 타고 공중을 떠다니는 것 같았다. 농어 떼의 수영은 일종의 비행이나 선회 같은 인상을 주었다. 지느러미를 돛처럼 사방으로 세우고, 오른쪽 또는 왼쪽으로 내가 있는 곳 바로 아래를 빽빽하게 지나가는 농어는 마치 새 떼 같았다. 호수에는 이와 같은 물고기 떼가 많다. 이들은 겨울이 와서 그들의 넓은 채광창 위로 얼음 덧문이 드리우기 전에 그 짧은 계절을 활용하는 것처럼 보였고, 때때로 마치 가벼운 미풍이 수면에 부딪히거나 약간의 빗방울이 떨어지는 것 같은 모습을 연출했다. 내가 부주의하게 접근하는 바람에 물고기를 놀라게 했을 때, 녀석들은 갑자기 첨벙 소리를 내며 꼬리로 파문을 일으켰다. 마치 누군가가 잎이 무성한 나뭇가지로 물을 치고는 즉시 깊은 곳으로 피신하는 것 같았다. 마침내 바람이 일고, 안개가 더 많아지고, 파도가 넘실

거리기 시작했다. 농어는 이전보다 훨씬 더 높이, 물 밖으로 반쯤 드러나게 뛰어, 3인치 길이 되는 검은 점 100개가 동시에 수면 위에 나타났다. 어느 해에는 12월 5일이라는 늦은 시기에조차 수면 위에 움푹 파인 곳을 몇 군데 보았다. 대기가 연무로 가득 차 있었기 때문에 곧 비가 심하게 올 것이라 예상하고, 나는 서둘러 노를 저어 집으로 향했다. 뺨에 빗방울을 맞지 않았지만, 이미 비는 점점 빠르고 심하게 내리는 것 같았고, 나는 흠뻑 젖으리라고 예상했다. 갑자기 움푹 파인 곳들이 사라졌는데, 농어들이 내가 노를 젓는 소음에 겁을 먹고 깊은 물속으로 피신했기 때문이다. 나는 농어 떼가 희미하게 사라지는 모습을 보았다. 결국 그날 오후에는 비가 오지 않았다.

거의 60년 전, 이 호수가 주변 숲으로 어두웠을 때 호수를 자주 방문하던 한 노인이 그 시절에는 이 호수가 때때로 오리와 다른 물새로 아주 생동감이 넘쳤고, 주위에 독수리가 많았다고 말했다. 그는 여기에 낚시하러 왔으며, 호수 기슭에서 발견한 낡은 통나무 카누를 이용했다. 그 카누는 두 개의 백송 통나무로 만들었는데, 두 통나무의 속을 파내고 함께 못을 박았으며, 양 끝부분을 직각으로 자른 것이었다. 카누는 모양이 조잡해지만, 수년 동안 사용되다가 물에 잠겨 아마 바닥에 가라앉았을 것이다. 그 카누가 누구의 것인지 몰랐고, 결국 호수의 것이었다. 그는 호두나무 껍질을 함께 묶어 만든 가늘고 긴 조각으로 닻줄을 만들곤 했다. 독립혁명 이전에 호숫가에 살던 도기장이 낚시하러 온 노인에게 호수 바닥에 있던 철제 궤를 보았다고 한 번 말한 적이 있었다. 때때로 그 궤가 떠올라 호수 기슭으로 떠내려오기도 했지만, 다가가면 다시 깊은 물속으로 돌아가 사라지곤 했다. 오래된 통나무 카누에 대한 이야기를 들으니 기분이 좋았다. 그것은 소재는 같지만 더 우아한 구조물인 인디언의 카누를 대체했고, 어쩌면 처음에는 호수의 둑에 서 있는 나무였다가, 말하자면 물속으로 쓰러져서 한 세대 동안 떠다니며 호수에 가장 적절한 배가 되었다. 내가 처음 여기 호수의 깊은 곳을 들여다보았을 때 나무의 큰 몸통 부분이 호수 바닥에 많이 놓인 모습을 불분명하게 보았던 것을 기억한다. 그 나무들은 이전에 바람에 날아왔거나, 나무 값이 지금보다 더 쌌던 마지막 벌목 때 얼음 위에 내버려둔 것이었다. 이제 그 나무들은 거의 사라졌다.

월든 호수에서 보트에 올라 처음으로 노를 저었을 때, 호수는 아름드리 키 큰 소나무와 참나무 숲으로 완전히 둘러싸여 있었다. 그리고 호수의 몇몇 작은 만에는 포도 넝쿨이 물 옆에 있는 나무들 너머로 뻗어서 아래로 배가 지나다닐 수 있는 나무그늘을 이루었다. 호수의 기슭을 이루는 언덕들은 너무나 가파르고 그 언덕에 있는 나무들의 키가 그때는 너무 커서, 서쪽 끝에서 내려다보았을 때, 호수는 모종의 숲 정경을 보기 위한 원형극장 모습을 하고 있었다. 지금보다 더 젊었을 적에 나는 솔솔 바람이 부는 대로 많은 시간을 호수의 수면 위를 떠다니면서 보냈고, 어느 여름날 아침에는 호수의 중심부로 노를 저어가서 배의 좌석들을 가로질러 누워 잠에서 깬 채로 꿈을 꾸다가 배가 모래에 닿아서야 깨어났고, 어느 기슭으로 운명의 여신들이 나를 몰고 갔는지 보기 위해 일어났다. 그 시절은 게으름이 가장 매력적이고 생산적이며 부지런한 나날이었다. 하루의 가장 귀중한 부분을 이런 식으로 보내는 편을 더 좋아해서 나는 오전에 땡땡이친 날이 많았다. 나는 부유했으니 말이다. 돈으로는 아니지만 햇빛 쨍쨍한 시간과 여름날을 많이 가져 부유했고, 그 시간을 마음대로 썼다. 또한 나는 더 많은 시간을 작업장이나 학교 선생의 책상에서 낭비하지 않은 것을 후회하지 않는다. 그러나 내가 떠난 이후 나무꾼들이 호수의 기슭을 훨씬 더 황폐하게 만들었고, 이제는 수년 동안 이따금씩 길게 내려다보이는 전망에서 호수를 바라보면서 숲속의 오솔길을 거니는 일이 더는 없을 것이다. 내 뮤즈가 지금 이후로 침묵한다 해도 너그러이 용서할 수 있을 것이다. 새들의 작은 숲이 베였는데, 어떻게 새가 노래하기를 기대할 수 있겠는가?

이제 호수 바닥에 있던 나무 몸통들과 오래된 통나무 카누, 호수 주위의 어두운 숲은 없어졌고, 호수가 어디에 있는지 잘 알지 못하는 마을 사람들은 호수에 멱을 감거나 물을 마시러 가는 대신, 적어도 갠지스Ganges 강[15]만큼 신성한 호수의 물을 파이프를 통해 마을로 운반할 생각을 하고 있다 그 물로 식기를 세척하

15 힌두교도들이 성스럽게 생각하는 강으로, 인도 북부에 있다.

기 위해! 수도꼭지를 돌리거나 마개를 뽑는 행동으로 월든 호수의 물을 얻기 위해! 그 악마 같은 철마의 귀를 찢는 울음소리는 마을을 관통해 들린다. 철마는 그 말발굽으로 보일링 샘을 더럽혔다. 월든 호수 기슭의 모든 숲을 삼켜버린 것도 바로 그 철마다.[16] 돈이면 무슨 일이든지 하는 그리스인들이 소개한, 뱃속에 1,000명의 남자가 숨어 있는 그 트로이의 목마다![17] 딥 커트Deep Cut[18]에서 그를 대적해 그 오만한 악당의 갈비뼈 사이에 복수의 창을 찌를 이 나라의 수호자, 무어홀Moore Hall의 무어[19]는 어디에 있는가?

그럼에도 내가 아는 월든의 모든 특성 가운데 어쩌면 가장 잘 보존한 것은 순수함이다. 많은 사람이 월든 호수에 비견되었지만, 그 영예를 받을 만한 가치가 있는 인물은 드물다. 나무꾼이 처음에는 이 기슭을, 다음에는 저 기슭을 헐벗게 했고, 아일랜드인들이 호수 옆에 돼지우리 같은 집을 지었고, 철도가 호수의 경계를 침범했고, 얼음장수들이 한때 호수의 얼음을 걷어갔다. 하

---

16 증기기관에 물을 공급하고 철도를 깔기 위해 공간을 확보하고 철도에 침목을 공급하기 위해 호숫가의 환경을 파괴했다.

17 트로이 전쟁 때 그리스인들은 트로이 사람들에게 주는 선물인 것처럼 큰 나무로 만든 말을 남겼다. 그 속에 군사를 숨겨 트로이로 들여보냄으로써 트로이의 방어를 뚫을 수 있었다.

18 월든 호수의 북서쪽에 있는 장소로, 철로가 수평을 이루도록 그곳의 땅을 베어내었다고 한다.

19 영국의 발라드 형식의 시 〈원틀리의 용The Dragon of Wantley〉에 등장하는 영웅으로, 용의 급소를 차거나 타격해 죽음에 이르게 했다.

지만 월든 호수 자체는 변하지 않고, 젊은 시절 내가 본 것과 똑같은 물이다. 모든 변화는 내게 있다. 월든 호수는 무수한 잔물결이 일어났음에도 영원한 주름살을 하나도 가지고 있지 않다. 월든 호수는 영원히 젊고, 지금도 호숫가에 서면 옛날처럼 언뜻 보기에 제비가 호수의 수면으로부터 곤충을 잡으려고 잠깐 물에 잠겼다 나오는 모습을 볼 수 있을 것이다. 오늘 밤 또다시 내가 20년 이상 월든 호수를 거의 매일 보지는 못했던 것처럼 여겨졌다. 아니, 여기 월든 호수가 있다. 내가 수년 전에 발견했던 것과 똑같은 숲속의 호수가 있다. 지난겨울에 숲이 베인 곳에 또 다른 숲이 언제나처럼 활기차게 호수 기슭에 싹트고 있다. 그때와 똑같은 생각이 호수의 수면으로 솟아오르고 있다. 호수는 그 자체와 조물주에게 영원히 똑같은 기쁨과 행복을 주는 물이며, 내게도 그럴 것이다. 호수는 확실히 그 속에 간계를 품지 않은 용감한 사람의 작품이다! 그는 이 호수를 그의 손으로 둥글게 만들었고, 그의 생각 속에서 호수를 깊고 맑게 만들었으며, 유언을 통해 콩코드에 유산으로 남겼다. 나는 월든 호수의 얼굴로 보아 호수가 나와 똑같은 생각을 하고 있다는 것을 안다. 내가 거의 이렇게 말할 수 있을 정도다. 월든 호수, 당신인가?

시 한 줄을 장식하는 것,
그것은 내 꿈이 아니다.
내가 월든 호수에 사는 것보다

신과 하늘에 더 가까이 다가갈 수 없다.

나는 돌이 많은 월든 호수의 기슭이며,

그 위를 지나가는 산들바람이다.

내 손바닥에

호수의 물과 모래가 담겨 있고,

호수의 가장 깊은 곳은

내 생각 속 높은 곳에 있다.

　기차는 한 번도 호수를 보기 위해 멈추지 않는다. 그러나 나는 기관사와 화부火夫와 제동수, 그리고 정기승차권을 들고 종종 월든 호수를 바라보는 승객이 본 그 풍경 덕분에 더 나은 사람들이 되었으리라고 상상한다. 그 기관사나 그의 본성은 낮 동안 적어도 한 번 이 고요하고 순수한 광경을 보았다는 사실을 밤에도 잊지 않는다. 비록 한 번밖에 보지 못했지만, 호수의 광경은 스테이트 가街[20]와 엔진의 검댕을 씻어내는 데 도움을 준다. 어떤 사람은 이 호수를 '신의 점안약'이라 부르자고 제안한다.

　나는 월든 호수에 눈에 보이는 입구와 출구가 없다고 말했지만, 월든 호수는 한편으로는 더 높은 곳에 위치한 플린트 호수와 그 아래쪽에 있는 일련의 작은 호수들과 거리는 멀지만 간접적으로 연결되어 있다. 다른 한편으로는 더 아래쪽에 있는 콩코드

20　보스턴의 금융과 상업지구로, 실업과 물질적인 부를 상징하는 거리다.

강과 유사한 일련의 호수들에 직접적으로 명백히 연결되어 있는데, 어떤 다른 지질 연대에 그 호수들을 거쳐 월든 호수의 물이 흘렀을 것이다. 그럴 일은 없지만, 바닥을 조금만 파면 월든 호수의 물이 그쪽으로 다시 흐를 수도 있다. 월든 호수가 숲속의 은자처럼 그토록 오랫동안 과묵하고 금욕적으로 살았기 때문에 놀라운 순수함을 얻었다면, 비교적으로 불순한 플린트 호수의 물과 섞여야 한다거나 월든 호수의 물이 대양의 파도 속에서 그 달콤함을 허비하는 일이 생긴다면, 이에 탄식하지 않을 자 누가 있으리?

링컨에 있는 플린트 호수, 즉 샌디Sandy 호수는 여기서 가장 큰 호수이자 내륙의 바다로, 월든 호수에서 동쪽으로 약 1마일 위치에 있다. 197에이커의 면적을 차지한다고 알려진 그 호수는 월든 호수보다 훨씬 크고 물고기가 더 풍부하다. 그러나 그 호수는 비교적 얕으며 놀랄 정도로 물이 맑지도 않다. 숲을 거쳐 그쪽으로 산보하는 것이 종종 오락거리가 되었다. 오직 뺨에 마음껏 바람을 맞으면서 파도가 치는 모습을 보고 수부들의 삶을 기억하기 위해서라면 그쪽으로 가는 산보는 할 만했다. 나는 바람 부는 가을이 오면 샌디 호수로 밤을 주우러 갔는데, 그런 때 밤은 물속으로 후드득 떨어져서 내 발 쪽으로 밀려왔다. 어느 날 얼굴에 신선한 물보라를 맞으면서 사초가 무성한 호수의 기슭을 따라 천천히 나아가다가, 썩어가는 보트의 잔해와 마주쳤다.

배의 양 측면은 사라졌고, 골풀 사이에 배의 평평한 바닥만 남았다는 인상 정도를 주었다. 그러나 배의 모형은 마치 잎맥만 남은 물에 떠 있는 썩은 큰 수련 잎처럼 윤곽이 뚜렷했다. 그것은 해변에서 볼 수 있으리라 상상 가능한 정도로 인상적인 배의 잔해였고 훌륭한 교훈을 품고 있었다. 지금쯤 배의 잔해는 단순히 식물이 자라는 옥토이자 호수 기슭의 흙과 구분이 되지 않아서, 골풀과 창포가 그것을 뚫고 올라와 있을 것이다. 나는 이 호수의 북쪽 끝 모래 바닥에 난 파문 자국과 골풀에 감탄했다. 그 파문 자국은 수압 때문에 물속을 걷는 사람의 발에는 견고하고 단단하게 느껴졌고, 골풀은 이 자국들에 상응해 인디언 종대로 물결선에 따라 마치 파도가 심은 것처럼 열을 이어 자랐다. 그곳에서 어쩌면 곡정초의 가는 풀이나 뿌리로 이루어진 것으로 보이는 신기한 것을 상당히 많이 발견했다. 그것은 직경이 0.5인치에서 4인치에 이르는 완벽한 공 모양의 구형이었다. 이것들은 모래 바닥이 있는 얕은 물에서 왔다갔다 밀려다니다가 때때로 기슭으로 밀려왔다. 또 속까지 풀이 차서 단단하거나 그 속에 모래를 약간 품고 있다. 처음에 그것들은 조약돌처럼 파도의 작용으로 형성되었다고 말할 수 있을 것이다. 그러나 가장 작은 공도 똑같이 0.5인치 길이의 거친 재료로 이루어져 있고, 그 공들은 연중 한 계절에만 만들어진다. 더구나 나는 파도가 이미 견고해진 재료를 쌓아 올리기보다는 서서히 파괴하는 것은 아닌가 의심한다. 그것들은 건조해지면 무한히 형태를 보존한다.

'플린트 호수'라니! 우리가 이름을 붙이는 방식은 이처럼 빈약하다. 이 하늘빛 물에 인접해 농장을 만들고, 호수 기슭을 무자비하게 헐벗게 만든 부정하고 어리석은 농부의 이름을 무슨 권리로 이 호수에 붙였단 말인가? 그는 그의 철면피가 반사되는 1달러나 반짝이는 1센트 동전의 표면을 더 사랑하는 탐욕스러운 사람이다.[21] 그는 호수에 내려앉은 야생오리조차 무단침입자로 여겼고, 하피Harpy[22]처럼 움켜쥐는 오랜 습관으로 인해 그의 손가락들은 꼬부라지고 뿔처럼 단단한 맹금의 발톱이 되었다. 그래서 나는 플린트 호수라는 이름을 좋아하지 않는다. 나는 그 호수에 그 농부를 보거나 그에 대한 이야기를 듣기 위해 가는 것이 아니다. 그는 한 번도 그 호수를 본 적이 없고, 호수에서 멱을 감은 적도 없고, 호수를 사랑한 적도, 보호한 적도 없었다. 그 호수에 대해 좋은 말을 한마디도 한 적이 없었고, 호수를 만든 하느님에게 감사하지도 않았다. 차라리 그 호수의 이름을 그 속에서 헤엄치는 물고기나 그곳을 자주 찾는 야생의 새나 네발짐승 또는 그 기슭에서 자라는 야생화나 그의 인생사의 맥락이 호수와 엮인 어떤 야성적인 어른이나 아이의 이름을 따라 짓도록 하

---

21 여기에서 소로는 플린트 호수에 자기 이름을 붙인 농부를 구두쇠 또는 탐욕스러운 사람이라는 뜻의 단어 'skin-flint'를 사용해 비판함으로써 플린트 호수the Flint Pond의 이름을 재치 있게 비하하고 있다.

22 그리스 신화에 나오는 괴물로, 얼굴과 상반신은 추녀의 모습이고 날개와 꼬리, 발톱은 새의 모습을 하고 있다. 죽은 사람의 영혼을 나르는 일을 했다. 잔인하고 탐욕스러운 사람을 하피에 비유한다.

라. 그와 생각이 비슷한 이웃이나 입법부가 준 권리증서를 제외하고는 그 호수에 대해 아무런 권리도 주장할 수 없는 사람, 호수의 금전적인 가치만 생각한 사람의 이름을 따라 짓지는 말라. 그가 나타난 것은 어쩌면 호수 기슭 전체에 저주가 되었다. 그는 호수 주위에 있는 땅을 소진시켰고, 기회가 된다면 호수에 있는 물도 완전히 고갈시켰을 것이다. 그는 그 호수가 영국 건초나 크랜베리를 재배하는 목초지가 아니라는 사실만을 아쉬워했고—실로 그의 눈으로 보았을 때 그것을 벌충할 방법은 없었는데—할 수만 있었다면 호수의 물을 빼서 나오는 바닥에 있는 진흙이라도 팔았을 것이다. 그 호수의 물은 그의 물방앗간을 돌리지 않았고, 호수를 바라보는 것이 그에게는 어떤 '특권'도 아니었다. 나는 그의 노동을 존경하지 않으며, 거기에 있는 모든 것에 가격을 매기는 그의 농장을 존경하지 않는다. 만약 어떤 이익이라도 얻을 수 있다면 그는 호수의 경치나 그가 믿는 하느님이라도 시장에 가져갈 것이다. 실상 그는 진짜 믿는 신 '때문에' 시장에 간다. 그의 농장에서 공짜로 자라는 것은 아무것도 없다. 돈이 되지 않는다면 그의 들판은 곡식도 맺지 않고, 그의 목초지에는 꽃도 없고, 그의 나무는 과실도 맺지 않는다. 그는 그의 과일의 아름다움을 사랑하지 않고, 과일이 돈으로 변할 때까지 그에게는 익은 것이 아니다. 내게 진정한 부를 즐길 줄 아는 가난을 달라. 가난한 농부들, 내게 농부들은 그들의 가난의 정도에 비례해 존경스럽고 흥미롭다. 모범 농장이라! 그곳에 있는 집은 거름 더

미에 자란 버섯처럼 서 있고, 인간과 말, 소, 돼지를 위한 방들이 청소되고 청소되지 않은 채, 모두 서로서로 붙어 있지! 인간으로 채워져 말이지! 똥거름과 버터밀크 냄새가 나는 커다란 기름투성이 장소지! 인간의 심장과 두뇌로 거름을 주어 고도로 경작된 상태지! 마치 교회 묘지에서 감자를 재배할 것처럼! 모범 농장은 그런 것이다.

아니, 아니다. 가장 아름다운 경치에 사람 이름을 따서 지을 예정이라면, 가장 고귀하고 그럴 만한 가치가 있는 사람들의 이름만을 따서 짓게 하자. 우리의 호수들이 적어도 '여전히 그 기슭에는' '용감한 시도에 대한 평판이 자자한' 이카로스Icaros의 바다[23]만큼 진정한 이름을 붙이자.

크기가 작은 구스Goose 호수는 플린트 호수로 가는 길에 있다. 콩코드 강이 넓게 펼쳐진 페어헤이븐은 면적이 약 70에이커이고 1마일 남서쪽에 있다. 면적이 약 40에이커인 화이트 호수는 페어헤이븐 너머 1.5마일 되는 위치에 있다. 이곳은 내 호수 지방이다. 여기의 호수들은 콩코드 강과 함께 내게 용수를 사용할 권리가 있는 곳들이며, 밤이건 낮이건, 해가 바뀌어도, 언제나 내가 가지고 가는 제분용 곡물을 갈아준다.

....

23 아카로스의 이름을 딴 에게해Aegean Sea의 일부분을 말한다. 이카로스는 그리스 신화에서 그의 아버지 다이달로스Daedalus가 밀랍으로 만든 날개를 달고 날다가 태양에 너무 가까이 가는 바람에 밀랍이 녹아 바다로 떨어진 인물이다.

나무꾼들과 철도와 나 자신이 월든 호수를 더럽혔기 때문에, 이 지역 모든 호수 가운데 가장 아름답지는 않아도 어쩌면 가장 매력적인 호수, 숲의 보석은 화이트 호수다. 이 이름이 화이트 호수의 물이 놀라운 정도로 깨끗한 데서 생겼든지 아니면 호수의 모래 색에서 유래되었든지 상관없이 흔해서 별로 좋은 이름은 아니다. 그러나 다른 면에서처럼 이런 면에서도 화이트 호수는 월든 호수의 더 작은 쌍둥이다. 두 호수는 너무 많이 닮아서 틀림없이 땅 아래로 서로 연결이 되어 있다고 말할 정도다. 두 호수는 똑같이 기슭에 돌이 많고, 물빛도 같다. 월든 호수에서처럼 무더운 삼복더위 날씨에 숲을 통해 호수의 만들을 내려다보면 화이트 호수의 물은 깊지는 않지만 호수의 바닥 색이 반사되어 희미한 푸른 초록빛이나 청록색을 띤다. 그 이후 여러 해 동안 나는 사포를 만들기 위해 대량으로 호수의 모래를 실으러 가곤 했고, 그 이후로도 내내 계속해서 그곳을 방문했다. 그 호수에 자주 오는 어떤 사람은 화이트 호수를 청록 호수라고 부르자고 제안한다. 다음과 같은 상황 때문에 어쩌면 노란 소나무 호수로 불릴 수도 있을 것이다. 약 15년 전에는 호수 기슭에서 수십 미터 떨어진 깊은 곳의 수면 위로, 구분되는 종은 아니지만 이 근처에서는 노란 소나무라고 불리던 종류인 리기다소나무의 꼭대기가 솟아 나온 모습을 볼 수 있었다. 어떤 사람은 심지어 그 호수가 가라앉았으며 이 나무는 이전에 그곳에 서 있던 원시림 가운데 한 그루라고 추측했다. 나는 아주 오래전인 1792년에 콩코드의 시민 가운데 한 사람이 매사추세츠 역사학회지에 쓴 〈콩코드읍의 지형 묘사〉라는 글에서, 그 저자가 월든 호수와 화이트 호수에 대해 말한 뒤에 다음과 같이 덧붙인 구문을 발견했다. "수위가 아주 낮을 때에는 화이트 호수의 중심부에 나무 한 그루가 있는 듯한 장면을 볼 수 있다. 그 나무의 뿌리는 수면 아래 약 50피트 지점에 있지만 마치 지금의 장소에서 자란 것처럼 보인다. 이 나무의 꼭대기 부분은 꺾여 떨어졌는데, 꺾인 부분의 직경은 14인치다." 1849년 봄에 서드베리에서 이 호수와 가장 가까운 곳에 살고 있는 사람이 내게 10년에서 15년 전에 이 나무를 뽑은 것이 바로 자신이라고 말했다. 그가 기억할 수 있는 한, 그 나무는 호수 기슭에서 60에서 75미터 정도 떨어진 곳에 있었고, 그곳의 수심은 30에서 40피트였다. 때는 겨울이었는데, 그는 오전에 얼음을 채취하고 있었고, 오후에 이웃의 도움을 받아 그 늙은 노란 소나무를 뽑아낼 결심을 했다. 그는 기슭 방향으로 얼음을 톱질해서 홈을 팠고, 소의 힘을 빌려 나무를 들어올려서 얼음 위로 끌어내었다. 그러나 그가 작업을 한 지 얼마 지나지 않아, 가지 그루터기 부분들이 아래로 향하고 가지의 가는 끝부분이 모래 바닥에 굳게 박힌 채, 나무의 아래쪽 끝부분이 위로 올라왔다는 사실을 발견하고는 놀랐다. 나무의 굵은 쪽 끝부분의 직경이 1피트 정도여서 그는 톱으로 켜낼 훌륭한 원목을 얻을 수 있으리라 기대했지만, 나무가 너무 많이 썩어서 연료용으로 쓴다 해도 장작으로만 적당했다. 그 당시 나무의 일부분이 그의 헛간에 있었다. 나무의 굵은 쪽 끝부분에는 도끼질 자국과 딱따구리가 쪼아낸 자국이 있었다. 그는 그 나무가 기슭에 있던 죽은 나무일 수도 있지만, 바람에 날려 마침내 호수 속으로 빠졌고, 꼭대기가 침수되어 물에 잠긴 후에도 나무의 굵은 쪽 끝부분은 여전히 말라서 가벼운 덕분에 떠내려가서 반대쪽 끝이 위로 향한 채 가라앉았다고 생각했다. 여든 살인 그의 아버지는 그 나무가 거기에 없던 때를 기억할 수가 없었다. 상당히 큰 통나무 여러 개가 바닥에 놓인 모습을 여전히 볼 수 있는데, 수면의 흔들림 때문에 그 통나무들은 바닥에 움직이는 거대한 물뱀처럼 보인다.

이 호수에는 낚시꾼을 유혹할 만한 요소가 드물었기 때문에 보트로 인해 호수가 더럽혀지는 일은 거의 없었다. 진흙이 필요한 흰 수련이나 일반적인 향기로운 창포 대신 붓꽃이 호수 기슭을 여기저기 돌이 많은 바닥에서 올라오며 깨끗한 물에서 가느다랗게 자라고, 6월이면 벌새가 호수를 방문한다. 붓꽃의 푸른 잎과 꽃의 색깔과 특히 그 둘이 물에 비친 모습은 청록색 물과 독특한 조화를 이룬다.

화이트 호수와 월든 호수는 지구 표면에 있는 거대한 수정, 즉 빛의 호수들이다. 만약 두 호수가 영원히 감출 수 있고 손에 움켜쥘 정도로 작다면, 어쩌면 황제들이 보석인 양 머리를 장식하기 위해 노예를 동원해 채갈 것이다. 그러나 그것들은 액체이고 풍부하며 우리와 후손에게 영원히 확보된 것이기 때문에, 우리는 그 호수들을 경시하고 코이누르Kohinoor의 다이아몬드를 추적한다.[24] 그 호수들은 너무 맑아서 시장가치를 매길 수 없다. 그 호수들에는 더러운 것이 없다. 그 호수들은 우리 삶보다 얼마나 더 아름답고 우리 성격보다 얼마나 더 투명한가! 우리는 그 호수들이 비열하다는 소리를 들은 적이 없다. 집오리가 수영하는 농부 집 문 앞의 웅덩이보다 얼마나 훨씬 맑은가! 여기로 깨끗한 야생오리가 날아온다. 자연에는 자연의 가치를 아는 인간 거주자가 없다. 고유의 깃털과 목소리를 내는 새들은 꽃과 조화를 이룬다. 그러나 어떤 젊은이나 처녀가 자연의 야성적이고 울창한 아름다움과 서로 협력하는가? 자연은 그들이 거주하는 읍으로부터 멀리 떨어져서 홀로 번성한다. 천국에 대해 이야기한다고! 그들은 땅을 욕되게 하는 것이다.

....

24 '빛의 산'이라는 이름으로도 알려진 인도에서 채굴된 186캐럿의 다이아몬드를 말한다. 1850년 동인도회사가 빅토리아Victoria 여왕에게 선물했고, 여왕은 108.93캐럿의 다이아몬드로 다시 세공했다.

10 베이커 농장

때때로 작은 소나무 숲으로 산보를 갔다. 그 숲은 사원처럼 또는 바다에 떠 있는 함대처럼 파도에 흔들리는 가지들로 완전한 의장을 갖춘 채 서 있고 빛으로 잔물결쳤는데, 아주 부드러운 초록 그늘을 이루고 있어서 드루이드Druid 성직자[1]들이 그 속에서 예배를 드리기 위해 자신들의 참나무 숲을 버렸을 것 같았다. 때로는 플린트 호수 너머에 있는 히말라야 삼목 숲으로 산보를 갔다. 그곳에는 회백색 잎의 푸른 작은 열매로 뒤덮인 나무들이 점점 더 높이 솟아올라서 발할라Valhalla[2] 앞에 서도 어울릴 것 같고, 넝쿨이 뻗어나가는 노간주나무가 열매가 가득 달린 화환으로 지면을 덮고 있다. 또는 늪에 가기도 했다. 거기에는 어스니아usnea 이끼가 하얀 가문비나무에 꽃줄로 걸려 있고, 늪에 있는 신들의

---

1   기독교로 개종하기 전 영국의 고대 켈트족의 드루이드 성직자들에게 참나무는 신성한 나무로, 그 가지가 없이는 어떤 의식도 치르지 않았다고 한다.

2   노르웨이의 신화에서 죽임을 당한 영웅들의 영혼이 영원히 산다고 알려진 곳으로, 북유럽 오딘Odin 신의 전당이다.

원탁인 독버섯이 지면을 덮고, 그곳에는 더 아름다운 버섯이 나비나 조가비처럼 그루터기를 장식하고 식물 경단고둥을 이루고 있다. 늪에는 비스코숨철쭉과 산딸나무가 자라고, 미국낙상홍 열매가 꼬마 도깨비의 눈처럼 반짝이고, 미국노박덩굴은 가장 단단한 나무들을 휘감아 홈을 파고 부순다. 야생 호랑가시나무 열매는 너무 예뻐서 보던 사람이 집으로 가는 일을 잊게 만든다. 인간의 입맛에는 너무나 매력적인 다른 이름 없는 금지된 야생과일들이 현혹하고 유혹한다. 나는 어떤 학자를 방문하는 대신 특별한 나무들을 많이 방문했다. 그 나무들은 이 근처에서는 보기 드문 종류이며, 멀리 어떤 목초지의 중간이나 깊은 숲 또는 늪이나 언덕 꼭대기에 서 있다. 예를 들면 검은 자작나무 같은 것인데, 직경 2피트나 되는 검은 자작나무의 훌륭한 표본이 여기에 있다. 검은 자작나무의 사촌인 헐렁한 금빛 조끼를 입은 노란 자작나무는 검은 자작나무와 같은 향을 풍긴다. 너도밤나무는 나무줄기가 아주 깔끔하고 이끼로 아름답게 덮여 있는데, 모든 것이 완벽하다. 너도밤나무에 대해서는 흩어진 표본을 제외하면 읍에 남은 꽤 큰 나무들로 이루어진 작은 숲에 대해서만 알고 있는데, 어떤 이들은 그 나무들이 가까이에 있는 너도밤나무 열매에 유혹당한 비둘기가 뿌린 씨에서 생겨났을 것이라고 가정했다. 이 나무를 쪼갤 때 은빛 나뭇결이 반짝하는 모습은 볼만하다. 참피나무와 서나무, 잘 자란 단 한 그루만 있는 서양팽나무나 가짜 느릅나무, 더 키가 큰 돛대 같은 소나무, 지붕널 만들기에 좋은 나무, 숲의 가운데 탑처럼 선 보통 나무보다 더 완벽한 솔송나무와 많은 다른 나무를 언급할 수 있다. 이 나무들은 여름과 겨울에도 내가 방문하는 성지였다.

한번은 내가 무지개 아치의 바로 끝부분에 섰는데, 그것은 대기의 저층을 채우면서 주위의 풀과 나뭇잎을 물들이며, 마치 색깔이 있는 자수정으로 바라보는 것처럼 내 눈이 부시게 했다. 호수는 무지갯빛이었고, 그 속에서 나는 잠시 돌고래처럼 살았다.[3] 만약 그 시간이 더 오래 지속되었다면, 내 일과 삶을 물들였을 것이다. 철둑길을 걸었을 때 내 그림자 주위에 드리운 후광이 궁금했으며, 스스로 선택받은 사람 가운데 하나라고 생각하고 싶어 했다. 나를 방문한 사람이 선언하기를, 그의 앞에 갔던 아일랜드인의 그림자 주위에는 후광이 없었으며, 후광으로 구별되는 사람은 토착민뿐이었다고 한다. 벤베누토 첼리니Benvenuto Cellini[4]는 회고록에서 그가 세인트 안젤로St. Angelo 성에 구속되어 사는 동안에 어떤 끔찍한 꿈을 꾸거나 환상을 본 후, 찬란한 빛이 아침저녁으로 머리 그림자 위에 나타났다고 한다. 그림자는 그가 이탈리아에 있거나 프랑스에 있거나 상관없었으며, 특히 풀이 이슬로 촉촉할 때 똑똑히 보였다고 말한다. 이것은 아마 내가 언급한 것과 같은 현상이었는데, 특히 아침에 관찰되지만, 다

---

3   돌고래는 죽을 때 아름다운 색깔들을 본다고 한다.

4   르네상스시대 이탈리아의 조각가, 화가, 음악가, 군인이자 금세공가이며,《자서전Autobiography》으로 유명하다.

른 때와 달빛이 있을 때조차 관찰되었다. 비록 항상 있는 현상이지만 흔히 알아차리지 못하며, 첼리니처럼 상상력이 풍부한 경우에는 충분히 미신의 근거가 될 것이다. 그 이외에도 그는 그 그림자를 대단히 소수의 사람들에게 보여주었다고 말한다. 그러나 주목받는 것을 의식하는 사람들이야말로 실로 출중한 사람들이 아닌가?

어느 날 오후, 채식만으로는 부족한 내 식단을 보충하기 위해 숲을 가로질러 페어헤이븐 호수로 낚시를 하러 나섰다. 베이커 Baker 농장 부속의 플레전트 목초지Pleasant Meadow[5]를 가로질러 갔는데, 그 후 어떤 시인[6]이 그 은신처에 대해 다음과 같이 시작하는 노래를 했다.

> 당신 들어가는 곳은 즐거운 들판,
>
> 이끼 긴 몇 그루 과일나무가
>
> 기운차게 흐르는 시내에 일부를 양보하는 곳,
>
> 그 시내를 미끄러지듯 나아가는 사향뒤쥐가 떠맡고,
>
> 잽싼 송어가
>
> 이리저리 획획 날아다닌다.

....

5   월든 호수의 남쪽, 페어헤이븐 만의 기슭에 있다.
6   〈동물 이웃들〉과 〈집난방〉에서도 언급되는 시인으로, 소로의 친구 엘러리 채닝을 말한다.

나는 월든으로 가기 전에 거기에 살 생각을 했다. 나는 사과를 '훔쳤고', 시내를 뛰어넘었으며, 사향뒤쥐와 연어를 겁주었다. 그날은 많은 사건이 일어날 수도 있는 무한히 길게 느껴지는 오후 가운데 하나였다. 우리의 자연스러운 삶의 많은 부분이 그러한데, 내가 출발했을 때는 이미 오후의 반나절이 지난 다음이었다. 가는 길에 소나기가 와서 30분을 소나무 아래에 서서 내 머리 위에 나뭇가지를 쌓아 올리고 손수건으로 가려야 했다. 허리까지 물에 잠긴 채 서서 마침내 물옥잠화 위로 낚싯줄을 한 번 던졌을 때, 갑자기 구름 그림자가 나를 뒤덮었고, 천둥이 꽝 하고 크게 울리기 시작해서 그 소리를 듣고 있을 수밖에 없었다. 그처럼 갈라진 섬광으로 불쌍한 맨손의 낚시꾼을 참패시키고서 신들은 틀림없이 자랑스러워 할 것이라고 나는 생각했다. 가장 가까이 있는 오두막을 피난처 삼아 서둘러 갔다. 그 오두막은 어떤 길에서 가도 0.5마일 떨어져 있었지만 호수에 훨씬 더 가까이 있었고, 오랫동안 아무도 살지 않은 곳이었다.

> 그리고 여기 시인이 집을 지었다네,
> 지나간 세월에,
> 보잘것없는 통나무집을 보라.
> 파괴되고 있지 않은가.

그렇게 뮤즈는 이야기한다. 그러나 그 집에서는 지금 아일랜드 출신인 존 필드John Field와 그의 아내와 여러 명의 아이가 살고 있었다. 아이들은 아버지의 일을 돕고 있으며 지금은 비를 피하기 위해 습지에서 아버지와 나란히 달려온 넓은 얼굴의 소년부터, 귀족들의 궁전에서처럼 아버지의 무릎 위에 앉아 있는, 주름졌으며 여자 점쟁이처럼 머리가 원뿔 모양인 어린아이에 이르기까지 다양했다. 어린아이는 자신이 존 필드의 불쌍하고 굶주린 개구쟁이가 아니라 한 귀족 가문의 마지막 혈통이며 세상의 희망이자 주목대상이라는 사실을 알지 못한 채, 영아기의 특권의식으로, 축축하고 배고픈 가운데 집 안에서 바깥으로 꼬치꼬치 캐묻듯이 낯선 사람을 내다보았다. 바깥에서 소나기가 내리고 천둥이 치는 동안 우리는 그 집 지붕에서 가장 비가 적게 새는 부분 아래에 함께 앉았다. 이 가족을 미국으로 실어 온 배가 건조되기도 오래전에 나는 그 자리에 앉은 적이 여러 번 있었다. 정직하고 열심히 일하지만 명백히 주변머리가 없는 사람이 바로 존 필드였다. 그의 아내 역시 높은 난로가 있는 후미진 곳에서 연속적으로 식사를 아주 많이 만들어낼 정도로 용감했다. 둥글고 기름기 도는 얼굴에 가슴을 드러낸 채, 여전히 '언젠가는 상황을 개선시키리라' 생각하면서 말이다. 한 손에는 항상 물걸레를 들고 있지만, 걸레질의 효과는 아무데서도 보이지 않았다. 이 집 안에서 비를 피할 피난처를 찾은 닭들 역시 마치 그 가족의 일원인 양 방을 활보했다. 그 닭들은 너무나 인간화되어 잘 구워지지 않을 것 같았다. 닭들은 서서 내 눈을 들여다보거나 신발을 의미심장하게 쪼았다. 그러는 동안 집주인이 내게 자신의 이야기를 들려주었다. 그가 이웃 농부를 위해 얼마나 열심히 '수렁을 개간하는 일'을 했는지 말이다. 에이커당 10달러를 받고 1년 동안 퇴비를 사용해 땅을 이용하는 대가로 삽이나 늪지용 괭이로 목초지 흙을 뒤집었다. 얼굴이 넓적한 어린 아들은 그의 아버지가 얼마나 불리한 거래를 했는지 모른 채, 아버지 곁에서 기운차게 일했다. 나는 경험을 이야기함으로써 그를 도우려 했다. 그가 내 가장 가까운 이웃이고, 나는 여기 낚시를 하러 왔으며, 빈둥거리는 사람처럼 보이겠지만 당신과 마찬가지로 생계를 위해 일하고 있다고 말했다. 내가 보통 그의 낡은 집 1년 집세보다 적은, 비용이 거의 들지 않는 작고 밝고 깨끗한 집에서 살고 있으며, 그도 선택하기만 하면 한두 달 만에 자기 소유의 궁전을 스스로 지을 방법이 있다고 말했다. 나는 차나 커피, 우유나 신선한 고기도 먹지 않기 때문에 그것들을 얻기 위해 일할 필요가 없다고 말했다. 또한 내가 열심히 일하지 않기 때문에 열심히 먹어야 할 필요도 없고, 식비는 아주 조금밖에 들지 않는다고 말했다. 그러나 그는 처음부터 차와 커피, 버터, 우유와 쇠고기를 먹으면서 일을 시작했기 때문에, 그것들을 사기 위해 열심히 일해야 하고, 그가 열심히 일했을 때는 몸에서 소모된 부분을 복구하기 위해 다시 열심히 먹어야 한다고 말했다. 그래서 결국 마찬가지이지만, 실제로는 그렇지 않았다. 왜냐하면 그가 만족하지 못하는데다 자기 인생까지 낭비했기 때문이다. 그럼에도 그는 미국으로 온 것을 이익으로 여겼는데, 여기서는 차와 커피, 고기를 매일 먹을 수 있기 때문이다. 그러나 하나밖에 없는 진정한 미국은 이런 것들이 없이도 삶의 양식을 자유롭게 추구할 수 있는 나라이며, 국가가 노예제도와 전쟁, 이로 인해 직간접적으로 발생하는 불필요한 다른 비용을 국민들이 강제로 떠안지 않게 하는 나라다. 나는 그가 철학자인 것처럼 또는 철학자가 되기를 원하는 사람인 것처럼 의도적으로 그에게 이야기를 했다.

"지상의 모든 목초지가 원시상태로 남더라도 그것이 인간이 스스로를 구원하기 시작한 결과라면 나는 기쁠 것입니다. 자신의 교양을 위해 가장 좋은 것이 무엇인지 발견하기 위해 역사를 공부할 필요는 없을 것입니다." 그러나 슬프게도 아일랜드인에게 교양을 가르치는 일은 일종의 정신적인 늪지용 괭이를 가지고 착수해야 할 사업이다. 그에게는 늪을 개간하기 위해 열심히 일해야 하기 때문에 두꺼운 부츠와 튼튼한 옷이 필요하고 그 부츠와 옷은 곧 더러워지고 해지겠지만, 나는 그의 신발과 옷값의 반값밖에 되지 않는 가벼운 신발과 얇은 옷을 입고 있다고 그에게 말했다. 비록 (실상은 그렇지 않지만) 그는 내가 신사처럼 입었다고 생각할지도 모르지만 말이다. 그리고 내가 원하기만 한다면, 나는 한두 시간 내에 노동이 아니라 오락으로, 내가 이틀 동안 먹을 물고기를 잡거나, 일주일 동안 먹고살 충분한 돈을 벌 수 있다고 말했다. 그와 그의 가족도 간소하게 산다면 모두 여름에 재미로 월귤을 따러 갈 수 있을 것이다. 이 말에 존은 한숨을 쉬었고, 그의 아내는 양손으로 허리를 잡고 팔꿈치를 옆으로 벌린 채 응시했으며, 둘 다 그런 방식으로 살 자본이 충분한지 또는 그렇게 사는 방식이 산술적으로 가능한지 궁금해하는 것처럼 보였다. 이 방식이 그들에게는 추측항법으로 항해하는 것이었고, 그래서 항구에 어떻게 도착할 수 있을지 명확하게 알지 못했다. 그러므로 나는 그들이 여전히 삶을 용감하게, 그들의 방식에 따라 정면으로 마주하면서 필사적으로 대하고 있고, 삶의 거대한 기둥들을 미세하게 파고 들어가는 쐐기로 쪼개서 갈라놓은 다음 하나하나 참패시킬 기술도 없이 ─ 엉겅퀴를 다루듯 삶을 거칠게 다룰 생각을 하면서 ─ 대처하고 있다고 생각한다. 그러나 그들은 압도적으로 불리한 입장에서 싸운다. 슬프게도 존 필드는 계산 없이 살아서 실패하는 것이다.

"낚시를 한 적이 있나요?"라고 내가 물었다. "예, 물론이지요. 이따금 쉴 때 한 끼 식사분의 고기를 잡아요. 농어를 많이 잡지요." "미끼로 무엇을 쓰지요?" "지렁이로 작은 은빛 물고기를 잡아 농어 미끼로 쓰지요." "지금 가는 게 좋겠어요, 존"이라고 그의 아내가 빛나는 희망찬 얼굴로 말했다. 그러나 존은 반대했다.

소나기는 이제 그쳤고, 동쪽 숲 위에 생긴 무지개를 보니 저녁 날씨가 맑을 것 같았다. 그래서 나는 출발했다. 집 밖으로 나갔을 때 그 집과 대지에 대한 조사를 완성하기 위해 우물 바닥을 볼 수 있으리라 희망하면서 물 한 잔을 부탁했다. 그러나 우물에는 슬프게도 얕은 여울과 유사와 함께 끊긴 밧줄, 다시는 사용할 수 없는 두레박이 있었다. 그동안 부엌에서 사용하는 적당한 그릇이 선택되었고, 물은 외관상 증류된 것처럼 보였고, 토론으로 오래 지체된 뒤에 목마른 이에게 물이 전달되었지만, 아직 시원해지지 않고, 침전되지 않은 상태였다. 여기서는 그런 묽은 죽을 먹고산다고 나는 생각했다. 그래서 두 눈을 감은 채, 솜씨 있게 아랫물을 다루어 티끌을 제거한 다음, 진정한 환대에 감사하며 최대한 물을 많이 마셨다. 나는 예절에 관해서는 까다롭지 않다.

비가 그친 뒤에 아일랜드인의 집을 떠나 다시 호수 쪽으로 발걸음을 향했을 때, 한적한 목초지와 쓸쓸한 원시적인 장소에서 진창과 늪 구덩이 속을 걸으면서 창꼬치를 잡기 위해 서두르는 일이 학교와 대학을 다녔던 내게는 잠시 하찮게 여겨졌다. 그러나 어깨 너머에 무지개를 두고, 깨끗해진 공기를 통해 내 귓가에 전해진, 어디에서 나는지 모르는 희미하게 딸랑딸랑하는 소리와 더불어, 붉게 물드는 서쪽을 향해 언덕을 달려 내려가기 시작했을 때, 내 선한 천재성은 이렇게 말하는 것 같았다. '매일매일 넓고 멀리, 더 넓고 더 멀리 가서 낚시하고 사냥하라. 걱정하지 말고 여러 시냇가와 길가에서 휴식하라. 젊은 시절에 너의 창조주를 기억하라. 동이 트기 전에 근심 없이 일어나고 모험거리를 찾으라. 정오에는 다른 호수에 가 있고, 밤이면 어디든 집으로 삼으라. 이보다 더 넓은 들판은 없고, 여기서 할 수 있는 것보다 더 가치 있는 놀이도 없다. 본성에 따라 이 사초와 고사리처럼 야성적으로 자라나라. 본성이 영국 건초가 되는 일은 없을 것이다. 천둥이 울리게 하라. 천둥이 농부들의 수확을 망치겠다고 위협한들 어떠리? 당신이 상관할 바가 아니다. 농부들이 수레와 헛간으로 도망가는 동안 구름 아래로 피신하라. 먹고사는 일이 직업이 되지 않게 하고, 놀이가 되게 하라. 땅을 즐기지만 소유하지 말라.' 모험심과 신념이 부족한 사람들은 사고팔고 그들의 삶을 농노처럼 소비하면서 현재 있는 곳에 머무는 것이다.

오 베이커 농장이여!

가장 값비싼 요소가
순수한 약간의 햇빛인 곳의 풍경…….

아무도 기쁘게 놀기 위해 달리지 않네,
철도 울타리가 둘러진 그대의 풀밭에서는…….

그대는 아무와도 토론하지 않으며,
질문으로 결코 당황하지 않네,
처음 보았을 때에도 지금처럼 유순했네,
평범한 적갈색 능직 옷을 입고서…….

사랑하는 이들이여, 오시오.
그리고 미워하는 이들도,
거룩한 비둘기Holy Dove의 자녀들과

그 나라의 가이 포크스Guy Fox[7]도,

그리고 음모단을 교수형에 처하라.

튼튼한 나무 서까래에서![8]

사람들은 밤이 되면 겨우 근처의 들판이나 거리에서 집으로 유순하게 돌아온다. 그래봐야 그곳은 그들 집에서 나는 소리가 들리는 가까운 곳이고, 그들의 생명은 내쉰 숨을 또다시 들이마시기 때문에 파리해진다. 그들의 그림자는 아침저녁으로 그들이 매일 걷는 걸음보다 더 멀리 닿는다. 우리는 매일 먼 곳에서, 모험으로부터, 위험과 발견으로부터 새로운 경험을 하고 새로운 성격으로 귀가해야 한다.

내가 그 호수에 도착하기 전에, 어떤 신선한 충동으로 마음이 바뀐 존 필드가 오늘 해가 지기 전에 '늪을 개간하는 일'을 가는 대신 호수로 왔다. 그러나 불우한 그는 내가 물고기 한 줄을 잡는 동안 단지 물고기 두 마리의 지느러미를 교란시켰을 따름이었다. 그는 자신의 운이 그뿐이라고 말했다. 그러나 우리가 배에서 자리를 바꾸었을 때, 운 역시 자리를 바꾸었다. 불쌍한 존 필드! 나는 그가 이 책을 읽어서 형편이 나아지지 않는다면, 읽지 않았으면 한다. 이 원시적인 새 나라에서 옛 나라로부터 파생된

7   영국의 가톨릭교도로, 1605년 11월 5일에 영국국회의 상원을 폭파하려는 음모를 꾸몄다가 1606년 1월 31일에 교수형을 당했다.

8   엘러리 채닝의 시 〈베이커 농장Baker Farm〉에서 발췌되었다.

어떤 방식으로 살면서, 작은 은빛 물고기로 농어를 잡으려고 생각하다니.[9] 때때로 그 은빛 물고기가 좋은 미끼임을 인정하지만 말이다. 지평선을 자기가 다 차지했지만, 그는 불쌍한 사람이다. 가난하게 태어났고, 아이랜드인의 가난이나 가난한 삶을 물려받았으며, 아담의 할머니[10]와 늪에 빠진 것 같은 방식이어서, 이 세상에서 그와 그의 후손의 지위는 오를 수 없다. 함정에 빠진 채 힘들여 늪에서 종종걸음을 치는 그들의 발뒤꿈치에 신들의 사자 메르쿠리우스의 날개 달린 샌들을 신을 때까지는.

---

9   농어는 지렁이로 잡을 수 있기 때문에, 필드가 지렁이로 잡은 은색 물고기로 농어를 낚으려는 것은 불필요한 노동이다.

10   《성서》에서 인류의 조상인 아담은 할머니가 없기 때문에 이 구절은 오래된 것이나 항상 있었던 것에 대한 언급으로 보인다. 필드의 몸가짐이나 버릇이 나이 든 여자처럼 보이기도 한다.

11 | 　　　　　　　　　　　　　　　더 높은 법률[1]

1 이 용어는 뉴욕의 상원의원이었던 윌리엄 시워드William Henry Seward가 1850년 3월 11일에 도망노예법을 반대하는 논쟁에서 언급해 대중화되었다고 한다. 그는 다음과 같이 언급했다. "헌법은 화합과 정의, 방어, 복지, 그리고 자유에 국가적인 영역을 헌신한다. 그러나 헌법보다 더 높은 법률이 있다."

잡은 물고기를 줄에 꿴 채 낚싯대를 땅에 끌며 숲을 지나 집으로 돌아왔을 때는 이미 상당히 어두웠다. 그때 나는 우드척 한 마리가 내가 가는 길을 몰래 가로질러 가는 것을 흘깃 보고서 야만적인 기쁨으로 이상한 전율이 일었고, 그놈을 잡아 생으로 게걸스럽게 먹고 싶은 충동을 강하게 느꼈다. 그때 배가 고팠던 것은 아니었다. 우드척이 상징하는 야성이 충동질한 것이다. 그러나 월든 호숫가에서 사는 동안, 나는 반쯤 굶주린 사냥개처럼 제멋대로 하고 싶은 이상한 마음이 들어서 게걸스럽게 먹어 치울 사냥감 고기를 찾아 한두 번 숲을 헤매던 적이 있었다. 어떤 고기 조각도 너무 야만적이어서 먹지 못할 것은 없었다. 가장 야성적인 장면들이 설명할 수 없을 정도로 친숙해졌다. 대부분의 사람이 그러하듯이 나는 내 속에 더 높은 또는 이른바 영적인 삶을 지향하는 본능과, 삶의 원시적인 등급과 야만적인 등급을 지향하는 또 하나의 본능을 발견했고, 여전히 발견하고 있으며, 두 본능을 모두 존중한다. 나는 선을 사랑하는 만큼 야성을 사랑한다. 낚시질이 포함하는 야성성과 모험은 여전히 내 호감을 샀다. 나는 때때로 삶을 고약한 냄새가 날 정도로 꼭 붙잡고 더 동물처럼 하루를 보내고 싶다. 어쩌면 내가 상당히 어렸을 때 자연과 가장 친해질 수 있었던 이유가 낚시질과 사냥 덕분이었던 것 같다. 낚시질과 사냥은 일찍이 우리에게 풍경을 보여주고 우리를 붙들어놓는다. 그렇지 않다면 그 나이에 우리는 자연과 거의 친하지 않았을 것이다. 들판과 숲에서 삶을 보내는 낚시꾼과 사냥꾼, 우드척 사냥꾼 같은 사람들은 어떤 특별한 의미에서 자연의 일부인데, 그들은 종종 기대를 품고 자연에 다가가는 철학자나 심지어 시인보다 더 그들의 생업을 추구하는 도중에 우호적인 분위기로 자연을 관찰한다. 자연은 그들에게 자신을 보여주기를 두려워하지 않는다. 대초원을 여행하는 사람은 자연스럽게 사냥꾼이 된다. 미주리Missouri 강과 컬럼비아 상류를 여행하는 사람은 덫사냥꾼이고, 세인트 메리Saint Mary 폭포를 여행하는 사람은 낚시꾼이다. 단지 여행자에 불과한 사람은 사물에 대해 간접적으로 반만 배우므로 권위가 별로 없다. 우리는 실제적으로나 본능적으로 그런 사람들이 이미 알고 있는 사실을 과학이 보고할 때 대단히 흥미로워한다. 왜냐하면 그런 과학만이 진정한 '인문학' 또는 인간 경험에 대한 이야기이기 때문이다.

양키, 즉 미국인에게는 공휴일이 영국인처럼 많지 않고, 미국의 어른이나 소년이나 영국에서만큼 많이 놀지 않기 때문에 오락거리가 거의 없다고 주장하는 사람들은 잘못 생각하는 것이다. 왜냐하면 여기서는 사냥과 낚시질 같은 더 원시적이지만 혼자 하는 놀이가 아직 영국인이 즐기는 놀이에 자리를 양보하지 않았기 때문이다. 동시대인 가운데 뉴잉글랜드 소년이라면 거의 모두가 열 살에서 열네 살 나이에 들새 사냥용 엽총을 어깨에 메었다. 소년의 사냥터와 낚시터는 영국 귀족의 금렵지처럼 제한을 받지 않았고, 차라리 야만인의 사냥터와 낚시터보다 더 무한히 넓었다. 그렇다면 그가 놀기 위해 공유지에 더 자주 머무르지 않은 것은 놀라운 일이 아니다. 그러나 이미 어떤 변화가 일어나고 있는데, 인간애가 커져서가 아니라 사냥감 부족이 심화되어서다. 왜냐하면 동물애호협회를 포함해서, 어쩌면 사냥꾼이 사냥감이 되는 동물들에게 최고의 친구일 것이기 때문이다.

더구나 나는 월든 호수에 살 때 식사에 변화를 주기 위해 때때로 생선을 올리고 싶었다. 실제로 나는 최초의 낚시꾼과 똑같은 종류의 필요성 때문에 낚시질을 했다. 낚시질에 반대하는 어떤 종류의 인간애를 생각해내더라도 모두 작위적이었고, 내 감정보다는 철학과 더 관련이 있었다. 낚시에 대해 지금에서야 말을 하는 이유는, 내가 오랫동안 새 사냥에 대해서는 다르게 느꼈고, 그래서 숲으로 이사 가기 전에 내 총을 팔아버렸기 때문이다. 내가 다른 사람보다 덜 인간적이어서가 아니라, 내 감정이 대단히 위선적이라는 사실을 인지하지 못했기 때문이다. 나는 물고기와 지렁이에 동정심이 없었다. 낚시는 습관이었다. 새 사냥에 관해서는, 총을 휴대하고 다녔던 마지막 몇 년 동안 내가 조류학을 공부하고 있으며 새롭거나 진기한 새만 잡으러 다닌다고 변명했다. 그러나 지금은 이런 방법보다 더 나은 조류학 공부 방법이 있다고 생각하게 되었음을 고백한다. 그 방법은 새의 습관에 대해 훨씬 더 면밀한 주의를 요구하기 때문에 그 이유만을 위해서라도 나는 기꺼이 총을 버릴 마음이 있었다. 그러나 인간애로 인한 반대가 있었음에도, 나는 동등한 가치가 있는 스포츠가 새 사냥을 대신한 적이 있는지에 대해서는 의문점이 생길 수밖에 없다. 친구 몇몇이 아이들에게 사냥을 허락해도 좋을지 걱정스럽게 물었을 때, 나는 하게 하라고 대답했다. 사냥이 내가 받은 교육 가운데 최고였음을 기억하면서 말이다.

"그들을 사냥꾼으로 '만들어.' 비록 처음에는 스포츠맨에 불과하겠지만, 가능하다면 마지막에는 강력한 사냥꾼이 되어서 이런 또는 어떤 식물적인 원시림에서는 그들에게 어울릴 정도로 충분히 큰 사냥감을 발견하지 못하게 말이야. 사람을 낚는 낚시꾼이자 사냥꾼이 되게 하란 말이야." 지금까지는 나는 초서 Geoffrey Chaucer가 언급한 수녀와 의견이 같다. 그녀는,

> 사냥꾼은 거룩한 사람이 될 수 없다는
> 성현의 말씀을 털 뽑은 암탉만큼의 가치로도 여기지 않았다.

알곤킨 인디언[2]이 명명했듯이, 개인의 역사는 한 종족의 역사처럼 사냥꾼이 '최고의 남자'가 되는 특정시기가 있다. 한 번도

총을 쏘아보지 않은 소년을 불쌍하게 여길 수밖에 없는데, 이는 그가 더 인도적이어서가 아니라, 그의 교육이 슬프게 방치되었기 때문이다. 이렇게 말하는 것이 사냥에 전력을 쏟고 있는 젊은이에 관한 내 대답인데, 나는 젊은이가 곧 사냥을 벗어날 것이라고 믿는다. 인도적인 존재라면 누구나 철없는 소년기를 지나면 자신과 똑같은 권리로 생명을 유지하는 피조물을 마음대로 죽이지는 못할 것이다. 극단의 상황에 처한 산토끼는 어린아이처럼 울부짖는다. 내 동정심은 일반적으로 인간만을 애호하는 등 차별하지 않는다는 것을 당신들, 어머니들에게 경고한다.

젊은이가 가장 흔히 숲에 입문하는 방식은 그런 것이고, 그 방식은 그의 가장 독창적인 부분이기도 하다. 그는 처음에는 사냥꾼이자 낚시꾼으로 숲에 가지만, 그에게 좀더 나은 삶의 씨가 있다면, 어쩌면 시인이나 자연주의자로서, 마침내 그의 적절한 목적을 구분해 총과 낚싯대를 두고 온다. 이런 면에서 대다수의 남자는 여전히 그리고 항상 젊은 편이다. 어떤 나라에서는 사냥하는 목사가 특별히 놀랄 만한 일이 아니다. 그런 사람은 좋은 목자의 개는 될 수 있지만, 하느님의 좋은 목자가 되는 것과는 거리가 멀다. 나는 나무 베기, 얼음 자르기 같은 일을 제외하고, 내가 알기로 단 하나의 예외를 제외하고는 읍에 있는 아버지나 아이나 할 것 없이 동료 시민을 월든 호수에 반나절 잡아두는 유일

---

2   과거 세인트 로렌스St. Lawrence 강의 북쪽 지역에 살던 캐나다 원주민 부족이다.

하게 눈에 띄는 일거리가 낚시질이라고 생각하고 놀란 적이 있었다. 그들이 내내 호수를 바라볼 기회가 있더라도 한 줄 길게 꿸 정도로 물고기를 잡지 못하면, 공통적으로 운이 좋았다든가 시간을 잘 보냈다고 생각하지 않았다. 낚시질의 앙금이 바닥에 가라앉아서 그들의 목적이 순수해지려면 1,000번은 가야 할 것이다. 그러나 그렇게 정화시키는 과정은 내내 지속될 것이 분명하다. 소년시절에 거기로 낚시하러 갔던 주지사와 주의회 의원들은 그 호수를 어렴풋이 기억한다. 지금 그들은 나이가 너무 많고 점잖아져서 낚시하러 가지 않기에 이제 더는 호수를 영영 모른다. 그러나 그들조차 궁극적으로는 천국에 가기를 기대한다. 만약 입법부가 호수에 주목한다면, 그 이유는 주로 호수에서 사용하는 낚싯바늘의 숫자를 제한하기 위해서다. 그러나 그들은 입법부를 미끼로 꿰어 호수 자체를 낚을 낚싯바늘 가운데 정작 낚싯바늘에 대해서는 아무것도 모른다. 그러므로 문명화된 사회에서조차 배아기 인간은 사냥꾼이라는 발달단계를 통과해야 한다.

나는 최근 몇 년간 자존심에 상처를 약간 입어야만 낚시할 수 있다는 사실을 거듭 발견했다. 나는 낚시질을 하고 또 했다. 나는 낚시질에 능숙하고, 많은 동료들처럼 낚시질에 대한 본능이 있고 그 본능이 이따금 되살아나지만, 낚시질할 때마다 하지 않았다면 더 나았을 것이라고 느낀다. 내 생각이 잘못되었다고 생각하지 않는다. 이런 생각은 어렴풋한 암시이지만, 아침에 비치는 서광도 그러하다. 내 안에는 분명히 천지 만물의 하부종에 속하는 본능이 있다. 그런다고 더 인간다워지거나 심지어 더 지혜로워지는 것은 아니지만 매년 점점 낚시를 덜하게 된다. 현재는 전혀 낚시를 하지 않는다. 그러나 내가 원시림 속에 산다면, 진정으로 낚시꾼과 사냥꾼이 되고픈 유혹을 다시 받으리라는 사실을 알고 있다. 게다가 물고기와 모든 육식에는 본질적으로 깨끗하지 못한 무엇인가가 있다. 나는 집안일이 어디에서 시작되는지, 매일 깨끗하고 모양새 있게 단장하고 집에서 나쁜 냄새와 보기 싫은 모든 것을 치우는 값비싼 노력이 어디에서 시작되는지를 알기 시작했다. 나 자신이 음식을 대접받는 신사인 동시에 푸줏간 주인이자 접시닦이이자 요리사였기 때문에, 나는 평소와는 달리 전적으로 경험을 바탕으로 말할 수 있다. 내 경우에 동물을 식재료로 쓰는 것에 반대하는 실질적인 이유는 불결함에 있다. 그 외에도 물고기를 잡아 깨끗이 손질한 후 요리해 먹었을 때 나는 본질적으로 배가 부른 것 같지 않았기 때문이다. 요리는 하찮고 불필요했으며 결과물의 가치보다 더 비용이 많이 들었다. 약간의 빵이나 몇 알의 감자는 수고가 적고 더러움도 덜하지만 마찬가지의 효과를 내었을 것이다. 다수의 동시대인처럼 나는 수 년 동안 육류나 차 또는 커피 같은 음식을 거의 잘 애용하지 않았다. 그것들이 가져오는 어떤 나쁜 효과 때문이 아니라 기분 좋은 상상을 불러오지 않았기 때문이다. 육식에 대한 혐오는 경험의 결과가 아니라 본능이다. 낮은 신분으로 검소하게 먹고사는 것이 여러 면에서 더 아름답게 보였고, 내가 그렇게 산 적은 없지만, 상상 속에서는 충분히 실천해보았다. 나는 자신의 더 높은 또는 시적인 능력을 최고의 상태로 보존하기 위해 진지한 노력을 한 적이 있는 모든 사람은 특히 육식을 포함한 어떤 종류의 음식이든 과식을 절제하는 경향이 있다고 믿는다. "완전한 상태의 어떤 곤충들은 음식을 섭취하는 기관이 있더라도 사용하지 않는다"라는 언급은 곤충학자들이 서술한 중요한 사실이다. 커비William Kirby와 스펜스William Spence[3]가 그렇게 말했다. 그들은 "이와 같은 상태에 있는 거의 모든 곤충이 유충상태일 때보다 훨씬 적게 먹는다"는 것은 "일반적인 규칙"이라고 주장한다. "게걸스레 먹는 풀쐐기가 나비로 변하고 탐욕스러운 구더기가 파리가 되면" 꿀이나 다른 달콤한 액체 한두 방울로 만족한다. 나비의 양 날개 아래에 있는 복부는 여전히 유충의 모습을 보여준다. 이 부분은 식충동물에게 먹힐 운명을 부추기는 맛있는 부분이다. 상스럽게 먹는 사람은 유충상태인 인간이며, 국가 전체가 그와 같은 상태인 나라들이 있다. 공상이나 상상력이 없는 나라들인데, 그들의 거대한 복부가 그들의 진면목을 폭로한다.

상상력을 거스르지 않을 소박하고 깨끗한 음식을 제공하고 요리하는 것은 어렵다. 그러나 우리가 몸에 음식물을 공급할 때

---

3   커비와 스펜스는 1815년에 《곤충학 입문 또는 곤충의 자연사적 요소들*An Introduction to Entomology, or Elements of the National History of Insects*》을 공동 출판했다.

상상력도 음식물을 공급받아야 한다고 생각한다. 몸과 상상력은 둘 다 같은 식탁에 앉아야 한다. 어쩌면 이 일은 가능하다. 적당하게 과일을 먹는다면 우리는 식욕을 부끄러워할 필요가 없으며 가장 가치 있는 일을 추구하는 일을 방해하지도 않을 것이다. 그러나 음식에 양념을 추가하면 그 음식은 당신에게 독이 될 것이다. 값비싼 음식을 먹으며 사는 것은 쓸모없는 일이다. 대부분의 사람은 육식이든 채식이든, 매일 다른 사람들이 자신을 위해 준비하는 식사와 똑같은 것을 스스로 준비하다가 발각되면 수치를 느낄 것이다. 이런 상황이 달라져야 우리는 문명화되고, 신사와 숙녀라면, 진정한 남자와 여자가 된다. 이는 어떤 변화가 있어야 하는지를 명백히 시사한다. 왜 상상력은 살코기과 지방과 조화를 이루지 못하는지 묻는 것은 헛되다. 나는 그것들이 조화되지 않는다는 사실로 만족한다. 인간이 육식동물이라는 것은 비난이 아닌가? 그렇다, 인간은 상당 부분 다른 동물을 잡아먹으면서 살 수 있고 그렇게 산다. 그러나 이것은 비참한 방식이다. 덫을 놓아 토끼를 사냥하거나 양을 도살하러 가는 사람이라면 누구나 알듯이 말이다. 인간에게 좀더 순수하고 건강한 식이요법만 실천하라고 가르칠 사람은 인류의 은인으로 여길 것이다. 내 습관이 어떠하든지, 인류의 점진적인 발전으로 인해 인간이 동물을 그만 먹는 것이 인류가 처한 운명의 일부분이라고 확신한다. 야만인 부족이 더 문명화된 사람들과 접촉했을 때 서로를 잡아먹는 관습을 그만둔 것처럼 말이다,

만약 어떤 이가 분명히 진실한 자신의 천재성이 말하는 아주 희미하지만 항구적인 제안에 귀를 기울인다면, 그 제안이 어떤 극단이나 심지어는 광기로 그를 이끌 수도 있음을 알지 못한다. 그럼에도 결단력과 신념이 강해질수록 자신이 갈 길은 그 길임을 깨닫는다. 건전한 사람이 느끼는 가장 미미하지만 확실한 반대가 마침내 인류의 주장과 관습을 이길 것이다. 누구도 천재성을 추종하다가 잘못된 길로 빠진 사람은 없었다. 그 결과 신체적으로 약해질 수는 있지만, 그에 유감을 표할 사람은 없을 것이다. 더 높은 원칙에 순응하는 삶으로 인해 이런 결과가 생겼으니 말이다. 당신이 낮과 밤을 기쁘게 맞이할 수 있다면, 당신의 삶이 꽃과 허브처럼 향기를 풍기고, 더 탄성이 있고, 더 별처럼 빛나고, 더 영원하다면—그것이 성공이다. 모든 자연이 당신을 축하하고, 당신은 시시각각 스스로를 축복할 명분이 있다. 가장 큰 이익과 가치는 진가를 인정받는 것과 제일 거리가 멀다. 우리는 그런 이익과 가치가 존재하는지에 대해 쉽게 의심한다. 우리는 그것들을 곧 잊어버린다. 그것들은 최고의 실재다. 어쩌면 가장 놀랍고 진정한 사실들은 결코 사람에서 사람으로 전해지지 않는다. 내 일상생활에서 진정한 수확은 아침이나 저녁의 색조처럼 얼마간은 만질 수도 묘사할 수도 없다. 그것은 손에 잡힌 약간의 별 가루이자, 내가 움켜잡은 무지개 한 조각이다.

나는 특별히 까다로운 적이 한 번도 없었다. 나는 필요하다면 가끔씩은 튀긴 쥐를 맛있게 먹을 수도 있다. 오랫동안 물을 마신

일을 기쁘게 생각하는데, 내가 아편쟁이가 느끼는 낙원 같은 하늘보다 자연 그대로의 하늘을 더 좋아하는 것과 같은 이유에서다. 나는 기꺼이 술 취하지 않은 상태를 항상 유지하고 싶고, 술에 취하는 정도는 무한하다. 물은 현자의 유일한 음료라고 믿는다. 와인은 대단히 고귀한 술이 아니다. 아침의 희망을 한 잔의 따뜻한 커피로 꺼버리거나 저녁의 희망을 한 접시의 차로 꺼버린다고 생각해보라![4] 아, 그런 것에 유혹될 때 나는 얼마나 낮게 추락하는가! 음악조차 매혹적일 수 있다. 언뜻 보기에 대수롭지 않은 원인들이 그리스와 로마를 파멸시켰고, 영국과 미국을 파멸시킬 것이다. 취하더라도, 마시는 공기에 취하기를 더 좋아하지 않을 자가 누가 있는가? 오랫동안 지속되는 거친 노동을 내가 가장 심각하게 반대하는 이유는 그런 노동 때문에 거칠게 먹고 마시게 된다는 사실을 깨달았기 때문이다. 그러나 진실을 말하자면, 현재는 이런 면에서 어느 정도 덜 까다로워진 나 자신을 발견한다. 나는 식탁에 종교를 덜 개입시키고, 축복을 청하지도 않는다. 이는 내가 과거보다 더 현명해져서가 아니라, 아무리 후회스러운 일일지라도 나이가 들어감에 따라 더 거칠어지고 무관심해졌기 때문임을 고백한다. 아마 이런 질문은 대부분의 사람이 시에 대해 그렇게 믿듯이 젊은 시절에만 하는 질문들일 것이다. 내 실천은 '간 곳 없고' 의견만 여기에 있다. 그럼에도 나는

---

4   당시 사람들은 컵에 담긴 차를 차받침이나 접시에 따른 후 식혀 마셨다고 한다.

《베다》경전이 다음과 같이 말할 때 언급하는 특권을 가진 사람 가운데 한 명으로 스스로를 생각하는 일은 결코 없다. "무소부재의 최고 존재를 진정으로 믿는 사람은 존재하는 모든 것을 먹어도 좋다." 다시 말해 최고 존재는 자신이 먹는 음식이 무엇인지, 누가 준비하는지 물을 필요가 없다. 심지어 그런 경우에도, 인도의 주석자가 말했듯이 이 특권을 '재난의 시대'에 한정한다는 사실을 알아야 한다.

식욕과 상관없는 음식에서 때때로 형언할 수 없을 정도의 만족을 얻지 못한 자가 있는가? 나는 정신적인 인식이 일반적으로 천한 미각에 빚지고 있다는 사실과, 내가 미각으로 영감을 받아왔으며, 비탈진 언덕에서 따 먹은 베리류가 내 천재성에 자양분을 주었다는 사실을 생각하고 전율을 느꼈다. 증자는 "마음이 거기 있지 아니하면 보아도 보이지 않고, 들어도 들리지 않고, 먹어도 그 맛을 모른다"[5]고 한다. 음식의 진정한 맛을 분별하는 사람은 결코 대식가가 될 수 없고, 그렇지 않은 사람은 대식가라 할 수밖에 없다. 청교도인이라도 갈색 빵 한 조각에 시의원이 바다거북 요리를 보고 느끼는 것과 같은 천박한 식욕을 느낄 수 있다. 입안으로 들어가는 음식이 더럽히는 것이 아니라 먹을 때 느끼는 식욕이 사람을 더럽힌다. 질도 양도 아닌, 감각적인 맛에 강한 애착을 느끼는 것이 문제다. 먹는 것이 우리의 동물성을 유

5   증자, 《대학》 7장 2절.

지하거나 영적인 삶에 영감을 주는 양식이 아니라, 우리 몸을 점유한 벌레를 위한 음식일 때 문제다. 만약 사냥꾼이 진흙거북과 사향쥐, 그와 같은 다른 야만적인 진미를 좋아하고, 고상한 숙녀가 송아지 족발로 만든 젤리나 바다 너머에서 온 정어리로 미각을 만족시킨다면, 두 사람은 똑같다. 그는 저수지로 가고, 그녀는 병조림 항아리로 가는 것이다. 그들과 당신과 내가 어떻게 먹고 마시면서 이 더러운 짐승같이 살 수 있는지 놀랍다.

우리 삶은 전체적으로 놀라울 정도로 도덕적이다. 선과 악 사이에서 결단코 한순간의 휴전도 없다. 선은 결코 실패하지 않는 유일한 투자다. 전 세계로 울려 퍼지는 하프 음악 속에서 우리를 전율케 하는 것은 선에 대한 주장이다. 하프는 우주의 법칙을 소개하면서 우주의 보험회사를 위해 재잘대며 영업하면서 돌아다니고, 작은 선행은 우리가 지불하는 보험료의 전부다. 젊은이는 끝내 무관심해지지만 우주의 법칙은 무관심해지지 않고, 영원히 가장 민감한 자의 편이다. 책망을 듣고 싶으면 서풍에 귀기울이라. 왜냐하면 그 소리는 확실히 거기에 있으며, 그 소리를 듣지 못하는 자는 불운하다. 우리가 하프 줄을 만지거나 줄을 눌러 멈출 때마다 매혹적인 도덕의 음색이 우리를 그 자리에서 꼼짝하지 못하게 한다. 짜증 나는 여러 소음도 멀리 떨어져 있으면 음악으로 들리며, 우리 삶의 천박함에 대한 당당하고 달콤한 풍자로 들린다.

우리는 내면에 동물이 있음을 안다. 그 동물은 우리의 더 고귀한 본성이 잠자는 것에 비례해 깨어난다. 그것은 파충류 같고 관능적이며 어쩌면 완전히 추방되지 않을 것이다. 살아서 건강할 때조차 우리 몸에 기생하는 벌레처럼 말이다. 그 동물을 멀리할 수는 있겠지만 결코 본성을 변화시킬 수 없을 것이다. 나는 그 동물이 자체의 어떤 건강을 즐기는 것이 아닐까 두렵고, 우리가 건강하지만 순수하지 못할까 두렵다. 일전에 나는 희고 건강한 치아와 송곳니가 난 돼지의 아래턱을 주웠다. 그것은 정신적인 것과는 구별되는 동물적인 건강과 활력이 있다는 것을 의미했다. 이 피조물은 절제와 순수함 외의 다른 수단에 의존해 번성했다. 맹자는 "인간이 금수와 다른 점은 미미한데, 보통 사람들은 곧바로 다른 점을 잃어버리고, 군자는 그 다른 점을 보존하는 데 힘쓴다"고 말한다.[6] 만약 우리가 순수함에 도달했다면 어떤 종류의 삶이 도래할지 누가 아는가? 만약 내게 순수함을 가르쳐줄 정도로 현명한 사람을 안다면, 곧바로 그를 찾으러 나설 것이다. "우리의 열정과 육체의 외적인 감각을 통제하고 선행하는 것은 정신이 신에 가까워지는 데 필수불가결하다"고 《베다》는 선언한다. 그러나 영혼은 일정 시간 동안 신체의 모든 부분과 기능에 편재하면서 통제할 수 있고, 모양이 가장 상스러운 관능을 순수함과 헌신으로 변화시킬 수 있다고 한다. 느슨할 때 우리를 방탕하고 불결하게 만드는 생식 에너지는 우리가 절제할 때 원기와

6   맹자, 《맹자孟子》 〈이루장구離婁章句 하下〉 19권 1장.

영감을 준다. 순결은 인간을 꽃피게 하고, 천재성, 영웅적인 자질, 거룩함 등으로 불리는 것은 순결 다음에 오는 다양한 열매에 불과하다. 순수함의 해협이 열리면 인간은 즉시 신에게 흘러간다. 순수함은 우리에게 영감을 주고, 불순함은 우리를 낙담시키는 일이 반복된다. 그 안에 있는 동물성이 나날이 죽어가고 신성이 자리를 잡아간다고 확신하는 사람은 복이 있다. 어쩌면 그와 연관된 열등하고 야만적인 본성 때문에 수치스러워 할 이유가 없는 사람은 없을 것이다. 나는 우리가 그런 신들이나 목신牧神[7]과 사티로스Satyros[8] 같은 반신들, 동물과 결합된 신성, 욕망을 품은 피조물일까 두렵고, 어느 정도까지는 우리의 삶 자체가 우리의 치욕일까 두렵다.

> 그의 동물들에게 적당한 자리를 배정하고
> 그의 마음의 삼림을 벌채한 이는 얼마나 행복한가!
> ……
> 그의 말, 염소, 늑대와 모든 짐승을 이용할 수 있고,
> 자신은 나머지 모두에게 바보가 되지 않는다면!
> 그렇지 않다면 인간은 돼지치기일 뿐 아니라,
> 돼지를 급속히 분노하게 만들어

---

7   로마 신화에서 반은 사람 반은 양의 모습을 한 신으로, 성질이 음탕하다.
8   그리스 신화에서 반인반수의 숲의 신이다. 말의 귀와 꼬리가 나 있고 숲과 여자를 좋아한다.

상황을 더욱더 나쁘게 하는 악마이기도 하다.[9]

　　모든 관능성은 여러 형태를 띠더라도 하나이고, 모든 순수함도 하나다. 사람이 먹거나 마시거나 동거하거나 잠을 자는 것은 관능적으로 똑같다. 이는 단지 하나의 욕망이고, 그가 얼마나 대단한 관능주의자인지 알기 위해서는 이 가운데 어느 하나를 어떻게 하는지 보면 된다. 불결한 사람은 순수하게 설 수도 앉을 수도 없다. 파충류가 한쪽 굴 입구에서 공격을 받으면, 다른 입구에 자신을 드러낸다. 순결하고 싶다면 절제해야 한다. 순결이란 무엇인가? 사람은 자신이 순결한지 어떻게 아는가? 모를 것이다. 우리는 이 미덕에 대해 들어보았지만 그것이 무엇인지 모른다. 우리는 들은 소문에 따라 말한다. 노력하면 지혜와 순수가 따르고, 게으름을 부리면 무지와 관능성이 따른다. 학생에게 관능성이란 정신의 나태한 습관이다. 깨끗하지 못한 사람은 보편적으로 게으른 사람이며, 화덕 옆에 앉고, 햇빛이 비치는 데 누워 있고, 피곤하지 않은데도 쉬는 사람이다. 불결함과 모든 죄를 피하려면 열심히 일하라. 마구간을 청소하는 일이라도 하라. 본성은 극복하기 힘들지만 극복되어야 한다. 만약 당신이 이교도보다 더 순수하지 않다면, 자신을 더는 부인하지 않는다면, 더

9　영국시인 존 던John Donne의 시 〈줄리어스에 있는 에드워드 허버트 경에게To Sir Edward Herbert in Julyers〉에서 발췌했다.

종교적이지 않다면, 당신이 기독교도라는 사실이 무슨 소용이 있는가? 나는 비록 이단으로 여겨지는 종교이지만 독자에게 부끄러움을 가르치며, 단지 의식을 수행하는 것에 불과하더라도 새롭게 노력하도록 자극하는 많은 종교체계에 대해 알고 있다.

나는 이런 것에 대해 말하기가 망설여지지만, 그 이유는 주제 때문이 아니라, 나의 불결함을 드러내지 않고서는 이야기할 수 없기 때문이다. 내가 사용하는 '단어'가 얼마나 외설적인지에 대해서는 신경 쓰지 않는다. 우리는 수치심 없이 관능의 어떤 형태에는 자유롭게 담화를 나누고, 다른 형태에는 침묵한다. 우리는 너무나 타락해서 인간 본성의 필수적인 기능에 대해서는 단순하게 말할 수 없다. 이전 시대에 몇몇 나라에서는 모든 기능이 경건하게 이야기되고 법으로 규제되었다. 그것이 현대인의 기호에는 대단히 거슬리더라도, 인도의 입법가에게는 어떤 것도 보잘것없는 것이란 없었다. 그는 먹고, 마시고, 동거하고, 대소변을 배설하는 방법 같은 천한 일을 고상하게 만들어 가르쳤다. 이런 것들을 하찮다고 여김으로써 거짓으로 변명하지 않는다.

모든 사람은 순수하게 자신의 취향에 따라 숭배하는 신에게 바친 몸이라 불리는 사원의 건축가다. 몸 대신 대리석에 망치질한다 해도 몸에서 빠져나올 수 없다. 우리는 모두 조각가이자 화가이며, 재료는 자신의 살과 피와 뼈다. 고귀함은 어떤 것이든 즉시 사람의 모습을 품위 있게 만들고, 천함이나 관능성은 어떤 것이든 사람의 모습을 금수같이 야만스럽게 만들기 시작한다.

9월 어느 저녁, 존 파머John Farmer는 힘든 일과를 마친 후, 집 문간에 앉아 마음속으로 여전히 노동에 대해 생각하고 있었다. 목욕을 마친, 그는 지적인 자아를 재창조하기 위해 앉았다. 꽤 쌀쌀한 저녁이었고, 이웃 가운데 몇몇은 서리가 내릴까 걱정하고 있었다. 일련의 생각에 주의를 기울인 지 얼마 되지 않았을 때 그는 누군가 플루트를 연주하는 소리를 들었고, 그 소리가 그의 기분과 잘 맞았다. 여전히 그는 자신의 일에 대해 생각했다. 일 생각이 계속 머릿속에서 맴돌았고 의지와 다르게 계획하고 고안하는 자신을 발견했지만, 생각의 요지는 그 일이 별 문제가 되지 않았다는 사실이다. 그 일은 항상 떨어지는 피부 비듬에 불과했다. 그러나 플루트의 곡조는 그가 일하던 곳과는 다른 영역으로부터 와서 그의 귀를 울렸고, 그의 내부에 잠자던 어떤 능력을 사용하라고 제안했다. 그 곡조는 그가 사는 거리와 마을과 주를 생각 속에서 사라지게 했다. 한 목소리가 그에게 말했다. "왜 당신은 여기에서 이렇게 천박하고 억척스럽게 일하며 살고 있나요? 영광스러운 생활이 가능한데 말입니다. 저기 똑같은 별들이 이 들판과는 다른 들판 위에서 반짝이고 있어요." 그러나 어떻게 이 상황에서 벗어나 실제로 저기로 이주할 수 있을까? 그가 생각할 수 있는 것은 어떤 새로운 금욕생활을 새로 실천하고, 그의 정신이 몸으로 내려와 정신을 구원하게 하고, 점점 커지는 존경심으로 자신을 대하는 것이 전부였다.

12 동물 이웃들

때때로 낚시 친구가 있었다. 그는 읍 반대편에서 마을을 지나 내 집으로 왔고, 식사거리를 위해 물고기를 잡는 것은 식사하는 것만큼이나 사교적인 행사였다.

　은자 : 나는 세상이 지금 어떤지 궁금하다. 세 시간 동안 소귀나무 위로 메뚜기 한 마리 뛰는 소리조차 듣지 못했다. 비둘기는 모두 보금자리에 잠들어 있고 날갯짓조차 없다. 방금 숲 너머에 난 소리는 정오를 알리는 농부의 뿔피리 소리였는가? 일손들이 소금에 절인 삶은 쇠고기와 사과즙과 옥수수빵을 먹으러 들어갈 것이다. 왜 사람들은 그토록 걱정을 할까? 먹지 않는 사람은 일할 필요가 없다. 나는 그들이 얼마나 많이 수확했는지 궁금하다. 개 짖는 소리 때문에 생각도 전혀 할 수 없는 곳에서 누가 살려고 할까? 오오, 살림살이라니! 이렇게 화창한 날에 그 대단한 문손잡이를 반짝반짝하게 닦고 물통을 문질러 닦아야 하다니! 집을 소유하지 않는 편이 더 나아. 이를테면 속이 빈 나무 같은 곳에 살면 되지. 그러면 아침 방문과 저녁 파티들은! 딱따구

리만 쪼겠지. 오오, 그들이 몰려든다. 거기는 태양이 너무 뜨겁고, 그들은 나와 너무 다르게 산다. 나는 샘에서 길어온 물과 선반 위에 있는 갈색 빵 한 덩어리를 먹는다. 들어보라! 나는 나뭇잎이 바스락거리는 소리를 듣는다. 마을의 굶주린 사냥개가 사냥 본능을 따르는 소리인가? 아니면 이 숲에 있다고 전해지는 길 잃은 돼지인가? 비 온 후 생긴 돼지 발자국을 발견한 적이 있었다. 급히 오는 소리가 나고, 내 옻나무와 들장미가 떨고 있다. 아, 시인 선생, 당신인가? 오늘은 세상이 어떤가?

시인 : 저 구름들 좀 보게. 어떻게 걸려 있는지! 내가 오늘 본 것 중에 가장 대단하다. 옛 그림들에는 그런 게 하나도 없어, 외국에는 그런 구름이 하나도 없다고. 우리가 스페인 해안에 있는 것이 아니라면 말이지. 저것은 진짜 지중해 하늘이야. 먹고살아야 하는데 오늘은 아직 아무것도 먹지 않았기 때문에 낚시를 갈 생각이야. 시인에게는 그게 진정한 업이야. 내가 배운 유일한 직업이지. 자, 가세.

은자 : 갈 수밖에 없군. 내 갈색 빵도 곧 없어질 걸세. 자네와 기쁘게 곧 가겠지만, 지금 막 진지한 명상을 마치는 중이야. 명상이 거의 끝날 때가 되었다고 생각해. 그러니 잠시만 나를 내버려 두게. 우리가 늦어서는 안 되니까, 그동안 자네는 땅을 파서 미끼를 잡게나. 이 지역에서는 지렁이를 보기 힘들다네. 비료를 주어 땅이 비옥해진 적이 없으니 말이야. 지렁이는 거의 멸종되었을 거야. 배가 심하게 고프지 않을 때는, 미끼로 쓸 지렁이를 잡

는 놀이는 물고기를 잡는 놀이와 비슷해. 이 놀이를 오늘은 자네가 모두 해도 좋아. 저기 물레나물이 흔들리는 곳에 있는 땅콩 사이에 삽을 밀어 넣어보라고 충고하고 싶군. 잡초를 뽑듯이 풀 뿌리 사이를 잘 들여다보면, 뗏장을 세 번 파 올릴 때마다 지렁이 한 마리가 나온다고 보장할 수 있어. 아니면 좀더 멀리 가보는 것도 현명할 거야. 훌륭한 미끼는 거의 거리의 제곱에 비례한다는 사실을 발견했기 때문이지.

은자(혼잣말로) : 보자, 내가 무슨 생각을 하고 있었지? 거의 이런 생각의 틀 속에 있었던 것 같아. 세상이 대략 이 각도에 놓여 있었다고. 천국으로 가야 할까 아니면 낚시를 가야 할까? 이 명상을 곧 끝내면 이렇게 달콤한 기회가 또다시 올까? 내가 사는 동안 사물의 본질 속으로 이렇게까지 가까이 용해된 적은 없었어. 생각하던 것들이 다시 돌아오지 않을까 두려워. 조금이라도 소용이 있다면, 나는 생각을 부르기 위해 휘파람을 불 거야. 생각이 제안을 하면, 그에 대해 생각해보겠다고 말하는 편이 현명할까? 내 생각들은 자국을 남기지 않았고, 나는 그 길을 다시 찾을 수 없어. 내가 무엇을 생각하고 있었지? 안개가 아주 짙은 날이었어. 나는 공자의 이 세 문장만 시도해볼 거야. 이 문장들이 이전 상태를 다시 불러올 수도 있어. 그것이 우울한 상태였는지 아니면 싹트기 시작하는 황홀경 상태였는지 모르겠어. 메모. 같은 기회는 다시 오지 않아.

시인 : 지금은 어때. 은자 선생, 너무 이른가? 지렁이 열세 마리

를 통째로 잡았어. 그것 말고도 몸통이 잘렸거나 작은 것도 몇 마리 잡았고 말이야. 작은 물고기를 잡는 데는 이것으로 충분할 거야. 낚싯바늘을 완전히 덮어 가리지는 못하겠지만 말이야. 마을에서 잡는 지렁이는 너무 커. 작은 은빛 물고기는 낚싯바늘에 달린 지렁이를 먹으면서도 바늘을 못 볼 수 있어.

은자 : 글쎄, 그렇다면 떠나지. 콩코드 강으로 갈까? 수위가 너무 높지 않다면 거기가 낚시하기에 좋지.

왜 세상은 우리가 눈앞에 보는 바로 이 대상물로 이루어졌을까? 왜 인간은 바로 이런 동물을 이웃으로 삼는 것일까? 마치 쥐 한 마리만이 이 틈새를 채울 수 있었을 것처럼. 나는 필파이pilpay 회사[1]가 동물을 가장 잘 이용하는 것이 아닌지 의심스럽다. 왜냐하면 우화 속 동물은 어떤 의미에서 모두 우리 생각의 어떤 부분을 운반하는 짐 나르는 동물이기 때문이다.

집에 출몰하는 생쥐는 우리나라로 전래되었다고 알려진 일반적인 생쥐가 아니라, 마을에서는 발견되지 않는 야생토박이 종류였다. 이 생쥐 한 마리를 유명한 박물학자에게 보냈더니 그가 큰 흥미를 느꼈다. 내가 집을 짓고 있을 때, 이 생쥐 가운데 한 마

---

1   필파이 또는 비드파이Bidpai는 산스크리트어로 쓰인 우화집《히토파데사 *Hitopadesa*》의 저자라고 한다. 유럽에서는《필파이 이야기*The Fables of Pilpay*》또는 《비드파이 이야기*The Fables of Bidpai*》등의 역명으로 알려져 있다. 필파이 회사란 이 솝Aesop이나 장 드 라 퐁텐Jean de La Fontaine 같은 우화 수집가를 뜻한다.

리가 집 아래에 보금자리를 마련했고, 두 번째 층을 놓고 대팻밥을 쓸어내기 전, 점심때가 되면 규칙적으로 나와서 발 아래에 떨어진 빵부스러기를 집어먹곤 했다. 그 생쥐는 아마 전에는 한 번도 인간을 보지 못했을 것이다. 그리고 녀석들은 곧 대단히 친숙해져서 내 신발 위로 올라 옷 위로 올라오곤 했다. 그 생쥐는 거동이 다람쥐처럼 빨리 충동적으로 방의 벽을 쉽게 오를 수 있었다. 마침내 어느 날 내가 팔꿈치로 벤치에 기대고 있을 때, 쥐가 옷 위로 오르더니 소매를 따라 내 점심을 감싼 종이 주위를 맴돌았다. 그러는 동안 나는 점심을 숨겨두고, 생쥐와 숨바꼭질 놀이를 했다. 마침내 엄지와 다른 손가락 사이에 들고 있던 치즈 한 조각을 발견한 생쥐가 손 안에 앉아 치즈를 조금씩 갉아먹었고, 나중에는 파리처럼 얼굴과 손을 비벼 깨끗이 닦고는 가버렸다.

이윽고 딱새 한 마리가 헛간에 집을 지었고, 개똥지빠귀는 보안을 위해 집에 기대어 자라는 소나무 속에 집을 지었다. 6월에는 낯을 많이 가리는 새인 자고새가 새끼를 이끌고 집 뒤의 숲으로부터 창문을 지나 집 앞으로 왔다. 자고새는 암탉처럼 꼬꼬 울면서 새끼를 불렀는데, 그가 하는 모든 행동이 숲의 암탉임을 증명하고 있었다. 어린 것들에게 접근하면 어미의 신호에 따라 마치 회오리바람이 휩쓸어간 것처럼 갑자기 흩어진다. 새끼는 마른 나뭇잎이나 가지와 너무나 닮아서, 발을 내딛은 여행자는 어미 새가 날아가면서 내는 휙 하는 소리와 새끼를 걱정스럽게 부르는 소리와 울음소리를 듣거나, 여행자의 주의를 끌기 위해 어미 새가 날개를 끄는 모습을 보았더라도 새끼들이 가까이 있다고 생각하지 못한다. 어미 새는 때때로 당신 앞에서 몰골이 엉망이 될 정도로 구르고 빙빙 돈다. 당신은 잠시 동안 그 새가 어떤 종류의 피조물인지 알아차릴 수 없다. 어린 녀석들은 조용하고 납작하게 쪼그리고 있다가, 가끔씩 나뭇잎으로 머리를 덮고 달리며, 멀리서 어미의 지시에만 신경을 쓴다. 이 때문에 당신이 접근해도 정체를 드러내지 않을 것이다. 심지어 녀석들을 밟고 서거나 잠시 그들에게 눈길을 주고 있으면서도 발견하지 못할 수도 있다. 그런 때에 나는 손을 펴서 녀석들을 손안에 들고 있었다. 이때 여전히 녀석들의 유일한 관심사는 어미와 본능에 따라 두려워하거나 떨지 않고 그곳에 쪼그리고 있는 것이었다. 이 본능은 너무나 완벽해서, 한번은 나뭇잎 위에 다시 올려놓은 새끼 가운데 한 마리가 어쩌다가 옆으로 넘어졌는데, 10분이 지난 후 넘어진 그 새는 나머지 새들과 정확하게 같은 자세로 함께 있었다. 자고새 새끼는 대다수 새끼 새처럼 털이 나지 않은 상태가 아니고, 병아리보다 더 완벽하게 발육되었으며 조숙했다. 녀석들의 솔직하고 맑은 눈에 나타난 놀라울 만큼 어른스럽지만 순수한 표정은 아주 인상적이다. 총명함 그 자체가 눈에 나타나는 것 같다. 그 눈은 영아기의 순수함뿐 아니라 경험으로 명료해진 지혜를 암시한다. 그런 눈은 그 새가 태어났을 때 생긴 것이 아니라 그 눈이 비추는 하늘과 같이 태어난 것이다. 숲은 그와 같은 보석을 낳지는 않는다. 여행자는 그같이 맑은 우물 속을 자주 들여다보지 못한다. 무지하거나 분별없는 사냥꾼이 그런 시점에 어미에게 총을 쏘아서 순진한 새끼 새들을 먹이를 찾아 배회하는 짐승이나 새의 희생물로 만들거나 그들과 아주 닮은 썩어가는 잎들과 점차 섞이게 만든다. 어미 새가 부화시킬 때 어떤 놀랄 일이 생기면 새끼들은 즉각 흩어지고 길을 잃는다고 한다. 그 이유는 그들을 다시 불러 모으는 어미의 부름을 결코 듣지 못하게 되기 때문이다. 이 새들이 내 암탉이고 병아리다.

얼마나 많은 동물이 숲속에서 비밀스럽지만 야성적이고 자유롭게 살아가는지, 읍 가까운 곳에서 여전히 스스로 먹고사는 모습을 보면 놀랄 만하다. 사냥꾼들만은 그들의 존재를 의심하지만 말이다. 수달은 여기서 얼마나 한적하게 살고 있는가! 수달은 어쩌면 어떤 인간의 눈에도 한 번 띄지 않은 채 어린 소년의 키 정도인 4피트 크기로 자랐다. 나는 이전에 집 뒤에 있는 숲에서 너구리를 보았고, 밤에 너구리가 우는 소리를 아직도 듣는다. 보통 나는 작물을 심다가 정오가 되면 그늘에서 한두 시간 쉬면서 점심을 먹었고, 샘 옆에서 잠시 책을 읽었다. 그 샘은 내 밭에서 0.5마일 거리에 있는 브리스터Brister 언덕 아래에서 스며 나와 늪과 실개천의 원천이 되었다. 이곳으로 접근하려면 어린 리기다소나무가 가득한, 풀이 덮인 분지를 계속 내려가서 늪 주위의 더 큰 숲으로 들어가야 했다. 그곳에 넓게 뻗은 백송 아래 대단히 한적하고 그늘진 장소에는 그 위에 앉을 만한 깨끗하고 굳은 잔디밭이 아직 있다. 나는 샘을 파서 맑은 잿빛 물이 고이는 우물을 만들었다. 그곳에서 물을 휘젓지 않고서도 한 두레박만큼을 퍼 올릴 수 있었고, 호숫물 온도가 가장 높은 한여름에는 거의 매일 물을 긷기 위해 샘에 갔다. 그곳에는 누른 도요새 역시 새끼를 이끌고 지렁이를 찾아 진흙을 탐사하며 단지 1피트 높이에서 제방 아래로 비행했고, 새끼들은 그 아래에서 무리를 지어 달려갔다. 그러나 마침내 나를 발견한 어미 새는 새끼를 내버려두고 내 주위를 빙빙 돌곤 했다. 어미 새는 날개와 다리가 부러진 척하면서 4, 5피트 이내의 거리가 될 때까지 점점 더 가까이 다가왔다. 내 주의를 끌어 새끼를 떠나보내기 위함이었다. 새끼들은 어미 새의 지시를 따라 약하지만 강인하게 삑삑 소리를 내며 일렬종대로 늪을 통과하는 행진을 이미 시작한 상태였을 것이다. 때로 어미 새를 볼 수 없을 경우에는 새끼 새가 우는 소리를 들었다. 그곳에는 산비둘기도 샘 위에 앉거나 내 머리 위에 연약한 백송의 가지에서 다른 가지로 퍼덕이며 날아다녔다. 붉은 다람쥐는 가장 가까이에 있는 가지 아래로 달려 내려왔다. 그 놈은 특히 친근하고 호기심이 많았다. 숲에서 가장 매력적인 장소에 충분히 오랫동안 조용히 앉아 있기만 하면 숲속의 모든 거주자가 차례로 모습을 보여줄 것이다.

나는 별로 평화롭지 못한 성격의 사건들을 목격한 적이 있다. 어느 날 마당에 장작더미, 아니 그보다는 그루터기를 쌓아놓은 곳으로 나갔을 때 거대한 개미 두 마리를 보았다. 한 마리는 붉은색이었고, 다른 한 마리는 훨씬 더 큰, 거의 0.5인치 길이의 검은 개미였는데, 서로 맞붙어 사납게 싸우고 있었다. 일단 한번 맞붙으면 절대 서로 놓는 법이 없었고, 장작 위에서 끊임없이 싸우고 씨름하고 굴렀다. 좀더 멀리서 살펴보았더니, 장작이 온통 그런 전사로 뒤덮여 있었고 그것이 '결투'가 아니라 '전쟁,' 즉 두 개미 종족 사이의 전쟁이라는 사실을 발견하고 놀랐다. 붉은 개미는 항상 검은 개미와 맞붙어 있었고, 붉은 개미 두 마리가 검은 개미 한 마리에 맞붙은 경우도 자주 보였다. 이 미르미돈 군단[2]이 장작더미의 모든 언덕과 골짜기를 뒤덮고 있었고, 대지는 이미 붉은 개미와 검은 개미를 막론하고 전사자와 죽어가는 녀석으로 온통 뒤덮여 있었다. 그것은 내가 목도한 유일한 전쟁이었으며, 전쟁 발발 중에 내가 발을 디딘 유일한 전장이었다. 한 편은 붉은 공화주의자, 다른 편은 검은 제국주의자가 서로 살육하는 치명적인 전쟁이었다. 사방에서 치명적인 전투가 접전하고 있었지만 어떤 소음도 들리지 않았고, 인간 병사들이 그렇게 결연히 싸운 적은 없었다. 나는 나무토막 사이의 햇빛이 드는 작은 골짜기에서 서로를 꽉 끌어안고 있는 한 쌍을 보았다. 지금은 정오이지만 그들은 해가 질 때까지 또는 목숨이 끊어질 때까지 싸울 준비가 되어 있었다. 몸집이 더 작은 붉은 투사는 적의 가슴팍에 자신을 바이스처럼 꽉 죄었고, 그 전장에서 내내 엎치

----

2   그리스 신화에서 트로이 전쟁 영웅인 아킬레우스 휘하에서 싸운 고대 테살리아의 호전적인 민족이다. 미르미돈은 개미라는 뜻이다.

락뒤치락 구르면서도 한순간도 뿌리 근처에서 상대방의 더듬이 가운데 하나를 물고 늘어지는 행동을 그치지 않았다. 다른 더듬이 하나는 이미 잘린 이후였다. 그런 와중에 더 힘이 센 검은 투사는 이리저리 붉은 개미를 내동댕이쳤다. 좀더 가까이 가서 보니, 이미 검은 개미가 그의 사지 여러 개를 자른 이후였다. 그들은 불독보다 더 끈질기게 싸웠다. 어느 쪽도 물러날 의향을 조금도 보이지 않았다. 그들의 함성은 '이기거나 죽어라'인 것이 명백했다. 그러는 동안 붉은 개미 한 마리가 이 골짜기의 산 사면을 따라왔다. 엄청 흥분한 상태가 분명했다. 그는 적을 물리쳤거나 아니면 아직 전쟁에 참여하지 않은 것이다. 후자일 가능성이 있는데, 그 이유는 사지가 멀쩡했기 때문이다. 그의 어머니는 방패를 가지고 돌아오든지 방패 위에 실려서 오라고 타일렀을 것이다. 어쩌면 그가 따로 떨어져서 분노를 품고 있다가, 이제 파트로클로스의 죽음에 복수하거나 그를 구출하러 온 아킬레우스 같은 녀석일 가능성이 있다.[3] 그는 멀리서 이 불평등한 전투를 보았고—왜냐하면 검은 개미의 몸집이 붉은 개미보다 거의 두 배로 컸기 때문에—빠른 걸음걸이로 가까이 다가와서 전사들과 0.5인치 이내의 거리에서 경계태세를 갖추었다. 그런 다음에 기회를 주시하다가, 검은 전사에게 뛰어올라 그의 오른쪽 앞다

---

3   호메로스의 《일리아드》에서 그리스의 영웅 아킬레우스는 트로이 전쟁에 참전하기를 거부하다가 친구 파트로클로스의 죽음을 계기로 참전한다.

리의 뿌리 부분 가까이에서 작전을 시작했고, 적이 자신의 사지 가운데 하나를 선택하도록 내버려둔 셈이 되었다. 셋은 죽어라고 하나가 되어 떨어지지 않았다. 마치 다른 모든 잠금장치와 접합제를 무색하게 할 어떤 새로운 종류의 흡인물질이라도 발명된 것처럼 말이다. 나는 이 시점에 이르러 그들이 높은 곳에 있는 나무토막 위에 각자의 군악대를 세운 후, 그동안 각자의 국가를 연주해 활기 없는 자들을 흥분시키고 죽어가는 전사들의 기운을 북돋는 모습을 발견하더라도 놀라지 않았을 것이다. 나는 그들이 마치 인간인 양 스스로 어느 정도 흥분했다. 생각하면 할수록 인간과 개미 사이의 차이는 줄어든다. 미국 역사라면 몰라도, 적어도 콩코드 역사에는 참전 인원이나 드러난 애국심과 영웅심에 대해 한순간이라도 이 전쟁과 비교할 만한 전투에 대한 기록은 없다. 숫자와 대량학살에 관해서는 아우스터리츠Austerlitz나 드레스덴Dresden 전투[4]에 버금갔다. 콩코드 전투! 애국자의 편에서 두 명이 죽었고, 루처 블랜처드Luther Blanchard[5]가 부상을 입었지! 아니 여기에 있는 개미는 모두 버트릭Buttrick[6]이었다. "발

---

4   아우스터리츠는 슬로바키아Slovakia 접경에 있는 체코의 도시이며, 드레스덴은 독일 동부의 도시다. 각각 1805년 12월 2일과 1813년 8월 26, 27일에 나폴레옹이 러시아와 오스트리아 연합군을 격파한 곳이며, 도합 8만 명이 넘는 전사자가 발생했다.

5   매사추세츠 주 액턴Acton 출신이며 군악대에서 피리 부는 미국 병사였다. 1775년 4월 19일 콩코드에서 영국군이 쏜 총에 처음으로 부상을 입었다.

6   콩코드 전투에서 500명의 미국 민병대원을 이끌었다. 애국군은 사격하지 말라는 명령을 받았지만, 영국군이 사격을 하자 버트릭이 "제군들이여 발사, 제발 발사!"라고 소리쳤다고 한다.

사! 제발 발사!" 그리고 수천 명이 데이비스Isaac Davis와 호스머 Avner Hosmer[7]와 운명을 같이했다. 거기에 용병은 한 명도 없었다.[8] 나는 우리의 조상뿐 아니라 그들도 원칙을 위해 싸웠지, 차에 붙는 3페니의 세금을 피하기 위해 싸운 것이 아님을 의심하지 않는다.[9] 그리고 이 전쟁의 결과는 적어도 벙커힐Bunker Hill 전투[10]의 결과만큼이나 관련된 사람들에게 중요하고 기억할 만할 것이다.

나는 특별히 묘사한 세 마리의 개미가 싸우고 있던 나무토막을 집어 들어 집에 가져왔고, 싸움의 결과를 보기 위해 녀석들을 창턱 위에 놓인 컵을 뒤집어 안에 두었다. 먼저 언급된 붉은 개미에 현미경을 들이댔다. 녀석이 하나 남은 적의 더듬이를 잘라버리고 열심히 적의 앞다리 근처를 물어뜯고 있지만, 자신의 가슴도 모두 뜯겨서 가슴 안에 있는 모든 중요한 생체기관은 그 검은 전사의 입부분에 노출되어 있었다. 검은 개미의 가슴팍은 표면상 너무 두꺼워 뚫을 수 없음이 명백했다. 고통스러워하는 개미의 어두운 적갈색 눈은 전쟁만이 야기할 수 있는 잔인함으로 빛났다. 그들은 컵 아래에서 30분을 더 싸웠고, 다시 보았을 때 검은 전사는 두 적의 머리를 몸에서 절단한 상태였다. 아직 살아

7   아이작 데이비스 대위와 애브너 호스머는 이 전투에서 전사한 두 미국 병사다.
8   미국 독립전쟁에서 영국군은 독일인을 용병으로 고용해 미국군과 싸웠다.
9   영국이 식민지에 부과한 세금으로 미국의 분노를 일으켜 보스턴 차 사건과 독립전쟁으로 이어졌다.
10   1775년 6월 17일에 발발한 전투로 실제로는 매사추세츠 주의 벙커힐이 아닌 그 이웃의 찰스타운Charlestown에 있는 브리즈힐Breed's Hill에서 일어났다.

움직이는 머리들은 외견상 그 어느 때만큼이나 확고하게 그를 꽉 물고 안장의 앞가지에 매달린 무시무시한 트로피처럼 그의 양 옆에 매달려 있었다. 그는 더듬이도 없이 남은 단 하나의 다리와 내가 모르는 수많은 다른 부상을 입은 채 그 머리들을 떼어 내기 위해 미약하지만 애써 싸우고 있었다. 30분이 더 지난 후 녀석은 마침내 그 일을 해내었다. 나는 유리컵을 들어 올렸고, 녀석은 불구상태로 창턱 너머로 나갔다. 검은 개미가 마침내 그 전투에서 살아남아 여생을 어떤 보훈병원에서 보내었는지 여부는 모른다. 그의 근면은 그 이후 별 소용이 없을 것이라고 생각했다. 나는 어느 편이 이겼는지, 전쟁의 원인이 무엇이었는지도 알지 못했다. 그러나 그날 남은 시간 동안 집 문 앞에서 인간이 일으킨 전쟁에서의 싸움과 잔혹함과 대량학살을 목격한 것처럼 흥분되었고 정신적으로 괴로웠다.

커비와 스펜스에 따르면 개미 전쟁은 오랫동안 거행되었으며 전쟁 날짜도 기록되었지만, 그 전쟁들을 목격한 것으로 보이는 유일한 현대 작가는 후버Pierre Huber [11]라고 말한다. 그들은 기술하기를, "아이네아스 실비우스Æneas Sylvius [12]는 배나무 줄기에서 있던 크고 작은 개미 종족들 간의 대단히 끈질긴 싸움에 대해 아주 상세히 설명한 후에, 이 싸움은 교황 에우제니오 4세Eugenius

....

11 스위스의 곤충학자다.

12 에네아 실비오 피콜로미니Enea Silvio Piccolomini의 필명이다. 1458년부터 1464년까지 교황 비오 2세로 재임했다. 시인 · 지리학자 · 역사가이기도 하다.

Ⅳ[13]의 재임시에 유명한 율사인 니콜라스 피스토리엔시스Nicholas Pistoriensis의 면전에서 일어난 것이었는데, 그는 그 전쟁사 전체를 가장 충실하게 이야기했다"고 덧붙였다. 큰 개미와 작은 개미 사이에 일어난 유사한 싸움을 올라우스 마그누스Olaus Magnus[14]가 기록했는데, 그 싸움에서는 승리한 작은 개미들이 자기편 병사들의 시체는 매장했지만, 거대한 개미들의 시체는 새의 먹이가 되게 내버려두었다고 기술되어 있다. 이 사건은 폭군 크리스티안 2세Christian Ⅱ[15]가 스웨덴으로부터 추방되기 전에 일어났다." 내가 목격한 전투는 제임스 포크James Knox Polk[16]의 대통령 재임 시절, 대니얼 웹스터Daniel Webster[17]가 도망노예법을 통과시키기 5년 전에 일어났다.

지하실 식품저장소에서 진흙거북을 쫓아다니기에나 적당한 마을의 많은 개는 주인 모르게 숲속에서 무거운 엉덩이를 자랑해 보였고, 헛되이 오래된 여우굴과 우드척이 사는 구멍을 냄새

13 본명은 가브리엘 콘둘마로Gabriel Condulmaro이며, 교황 유게네 4세Pope Eugene Ⅳ로서 1431년부터 1447년까지 재임했다.

14 스웨덴 가톨릭 성직자이면서 역사가로서 웁살라Upsala의 명의 대주교를 지냈다.

15 덴마크·노르웨이·스웨덴의 잔혹한 왕이었으며, 1532년 백성들의 반란으로 죽을 때까지 감옥에 수감되었다.

16 1845년부터 1849년까지 미국의 11대 대통령으로 재임했다.

17 미국의 매사추세츠 주의 상원의원으로, 1850년 도망노예법을 재승인하는 타협을 지지했다. 실제로 그 법안을 발의한 것은 버지니아 주 상원의원 제임스 메이슨James Murray Mason이었지만, 북부의 자유 주로 도망간 도예들의 귀환을 촉구한 그 법안 때문에 매사추세츠 주에서 웹스터는 강한 저항에 부딪혔다. 에머슨과 소로는 그를 비난하는 글을 썼다.

맡고 다녔다. 개들은 민첩하게 숲을 헤치면서 숲의 서식자에게 자연스러운 공포를 여전히 불러일으킬 수도 있는 홀쭉한 잡종 개에 이끌려 다녔다. 마을의 개들은 지금 안내자보다 훨씬 뒤에 서 조심하느라 나무 위로 도망간 작은 다람쥐를 향해 황소처럼 큰소리로 짖다가, 길 잃은 날쥐의 일원을 쫓고 있다고 상상하는 지 무거운 몸으로 덤불을 짓누르며 달려갔다. 한번은 고양이 한 마리가 호수의 돌 기슭을 따라 걷는 모습을 보고 놀란 적이 있 다. 고양이는 집에서 그렇게 멀리 떨어진 곳을 헤매는 일이 별 로 없기 때문이다. 나도 놀랐지만 고양이도 놀랐다. 그럼에도 평 생을 양탄자에 누워 지내온 가장 잘 길들여진 고양이는 숲속에 서 상당히 편안해 보이고, 녀석의 교활하고 비밀스러운 행동은 기존에 숲에 사는 이들보다 더 토박이임을 증명한다. 한번은 숲 에서 딸기를 따러 갔다가 어린 새끼고양이를 거느린 고양이 한 마리를 만났다. 상당히 야생적이어서, 그들 모두는 어미처럼 등 을 곧추세우고 내게 사납게 야옹거렸다. 내가 숲에 들어와 살기 몇 년 전, 링컨에서 호수 가장 가까운 곳에 있는 농가 가운데 하 나인 길리언 베이커Gillian Baker 씨 집에 '날개 달린 고양이'로 불 리는 녀석이 있었다. 1842년 6월에 내가 그 고양이를 보기 위해 방문했을 때, 그 녀석은 습관대로 숲으로 사냥하러 가고 없었지 만(나는 그 고양이가 수놈인지 암놈인지 정확히 모르므로 좀더 일반적 인 대명사를 사용한다), 그 고양이의 안주인은 고양이가 1년 조금 전인 4월에 근처에 왔고, 마침내 그들의 집에 살게 되었다고 말했다. 녀석은 어두운 갈색빛 회색을 띠고 있었고 목덜미에 흰 점이 있고 발이 흰색이며, 여우처럼 털이 많고 꼬리가 컸다. 겨울에 털은 빽빽하게 자라서 양 옆구리를 따라 편평하게 펴졌고, 길이 10에서 12인치에 폭 2인치 반의 띠를 형성했다. 턱밑에는 머프[18]처럼 위쪽은 느슨하고 아래쪽은 펠트처럼 털이 엉켜 있었는데, 봄이면 이런 털들은 모두 떨어졌다. 그들이 내게 준 그 고양이의 '날개' 한 쌍을 아직도 가지고 있다. 그 날개에는 얇은 막처럼 보이는 것이 없다. 어떤 사람들은 그것이 날다람쥐나 어떤 다른 야생동물의 잡종이라고 생각했지만, 불가능한 생각은 아니다. 박물학자들에 따르면, 담비와 집고양이의 결합으로 다양한 잡종이 생겨났기 때문이다. 만약 내가 고양이를 키웠다면 이런 고양이가 적당했을 것이다. 왜냐하면 시인의 고양이가 시인의 말과 마찬가지로 날개를 가져서 안 될 이유가 어디에 있단 말인가?

가을에는 여느 때처럼 아비가 호수에서 털갈이를 하고 먹을 감기 위해 왔고, 내가 일어나기도 전에 야단스러운 웃음소리로 숲이 울리게 만들었다. 아비가 왔다는 소문에 밀-댐 사냥꾼들이 경계에 들어가, 특허받은 소총과 원뿔꼴의 탄알과 쌍안경을 소지한 채, 두셋씩 짝을 이루어 이륜마차나 도보로 나타난다. 그들은 가을 낙엽처럼 바스락거리며 한 마리의 아비에 적어도 열 명꼴로 숲을 통과한다. 그 불쌍한 새가 동시에 모든 곳에 존재할

---

18 양손을 따뜻하게 하는 모피로 만든 외짝의 토시 같은 것이다.

수는 없기 때문에 어떤 사람은 호수 이편에, 다른 사람은 저편에 진을 친다. 그 새가 호수 이편에서 잠수하면 호수 저편으로 올라올 것이 분명하다. 그러나 이제 친절한 10월의 바람이 일어나 나뭇잎을 살랑이게 하고 호수 수면에 파문을 일으키면, 아비의 적들이 쌍안경으로 호수를 훑고 지나가고 총을 발사해 숲을 울려도 아비의 소리도 들리지 않고, 모습도 보이지 않는다. 물결이 광범위하게 일고 사납게 부서지며 모든 물새 편을 들면, 사냥꾼들은 읍과 가게로, 마치지 못한 일을 끝내러 퇴각해야 했다. 그러나 그들은 너무 자주 성공을 거두었다. 아침 일찍 물 한 두레박을 길러 갔을 때 나는 이 당당한 새가 약 10미터 거리에서 내 집 앞의 작은 만으로부터 미끄러지듯 헤엄치는 모습을 자주 보았다. 어떤 책략을 쓰는지 알기 위해 내가 보트로 따라잡으려고 노력하면, 그 새는 잠수를 해서 완전히 사라지고, 때때로 그날 늦게까지 다시 발견하지 못했다. 그러나 수면 위에서 나는 아비의 강적이었다. 녀석은 보통 비가 오면 사라졌다.

　아주 고요한 어느 날 오후, 내가 북쪽 기슭을 따라 노를 젓고 있었을 때 일이다. 특별히 그런 날이면 아비가 유액을 분비하는 식물의 관모처럼 호수에 정착하기 때문에, 아비를 찾아 호수 위를 조망했지만 실패했다. 그때 갑자기 앞에서 10여 미터 떨어진 곳에 아비 한 마리가 기슭에서 호수 중앙으로 유영하면서 야단스러운 웃음소리를 내며 존재를 드러냈다. 노를 하나만 저으며 따라가는 나를 보고 아비는 잠수했지만, 물 위로 올라왔을 때 이전보다 더 가까이 있었다. 아비는 다시 잠수했고, 내가 방향을 잘못 계산해서 이번에 녀석이 수면으로 올라왔을 때는 간격이 더 벌어져 250미터 떨어져 있었다. 아비는 다시 오랫동안 큰소리로 웃었고, 이전보다 그렇게 웃을 만한 이유가 더 있었다. 아비의 책략이 너무 교묘해서 30미터 이내로 다가갈 수가 없었다. 매번 수면으로 올라올 때마다, 아비는 머리를 이리저리 돌리며 물과 땅을 침착하게 조망하고는 가장 수면이 넓고 보트로부터 가장 먼 곳에서 올라올 수 있도록 경로를 정하는 것 같았다. 아비가 얼마나 빨리 결심을 하고 실행에 옮기는지 놀라웠다. 아비는 즉시 나를 호수의 가장 넓은 부분으로 끌고 갔고, 나는 녀석을 그곳에서 몰아낼 수 없었다. 나는 아비가 머릿속으로 무슨 생각을 하는지 예측하려고 노력했다. 잔잔한 호수 수면 위에서 펼쳐진 인간 대 아비의 아름다운 게임이었다. 갑자기 적의 장기 말이 장기판 아래로 사라지면, 장기 말이 다시 나타날 곳 가장 가까이에 내 장기 말을 두는 것이다. 때때로 아비는 예기치 않게 반대편에서 올라오곤 했는데, 보트 바로 아래를 지나간 것 같았다. 그는 숨이 아주 길고 잘 지치지 않아서, 가장 멀리 수영했을 때에도 곧 다시 잠수하곤 했다. 그리고 나서는 깊은 호수 속, 잔잔한 수면 아래 어디에서 물고기처럼 급히 가고 있을지 아무도 예측할 수 없다. 왜냐하면 그는 호수에서 가장 깊은 호수 바닥에 까지 수영해서 갈 정도로 호흡이 길기 때문이다. 뉴욕 주의 호수에서는 수면 80피트 아래 깊이에 송어를 잡으려고 설치한 낚싯바늘에 아비가 잡혔다는 이야기가 있다. 비록 월든 호수는 그보다 더 깊지만 말이다. 다른 영역에서 온 이 못생긴 방문객이 자신들 사이로 급진하는 모습을 본 물고기 떼는 얼마나 놀랐을까! 아비는 수면에서처럼 물 밑에서도 경로를 확실히 아는 것처럼 보였고, 물 밑에서 훨씬 더 빠르게 수영했다. 한두 번 나는 녀석이 정찰하기 위해 머리만 내밀었다가 즉시 다시 잠수해 수면에 파문이 이는 장면을 보았다. 나는 아비가 어디에서 떠오를지 예측하려고 노력하는 것보다 노를 수평으로 하고 잠시 쉬면서 녀석이 다시 나타나기를 기다리는 편이 나음을 알았다. 왜냐하면 수면 위를 뚫어져라 쳐다보고 있을 때, 뒤에서 나는 섬뜩한 웃음소리 때문에 갑자기 놀라는 경험을 거듭했기 때문이다. 아비가 그렇게 자주 교활하게 굴고 나서, 물 위로 올라오는 순간에는 항상 그 큰 웃음소리로 자신을 드러낸 이유는 무엇일까? 흰 가슴으로도 그를 드러내기에는 충분하지 않았는가? 실로 어리석은 아비라고 생각했다. 녀석이 수면으로 올라올 때 보통 물이 첨벙하는 소리를 듣고 알아챘다. 그러나 한 시간 후에도 그는 여느 때처럼 생생했고, 기꺼이 잠수했고, 처음보다 훨씬 더 멀리 수영했다. 수면으로 올라왔을 때, 물 아래에서 물갈퀴 발로 모든 일을 하면서 반듯한 가슴으로 아주 평온하게 유영하는 녀석의 모습은 놀라웠다. 보통 때 아비의 울음소리는 악마 같은 소리였지만, 물새의 울음소리와 비슷했다. 이따금 나를 대단히 성공적으로 따돌린 후 멀리 떨어진 곳에서 수면으로 올라왔을 때면 길고 섬뜩하게 울부짖었는데 그 소리는 필시 새라기보다는 늑대의 울부짖음과 더 비슷했다. 마치 야수가 땅에 주둥이를 대고 의도적으로 울부짖을 때처럼 말이다. 이것은 아비가 길고 크게 외치는 소리였는데, 어쩌면 이곳에서 들은 소리 가운데 가장 야성적인 소리로, 넓고도 멀리까지 숲을 울리게 만들었다. 나는 자신의 재주에 확신이 있는 아비가 내 노력을 비웃는 행동이라고 결론을 내렸다. 이즈음 하늘은 구름으로 뒤덮였지만, 호수는 너무나 잔잔해서 녀석의 소리를 듣지 못할 때에도 수면 위로 나온 지점을 알 수 있었다. 아비의 하얀 가슴과 고요한 대기, 잔잔한 물은 모두 녀석에게 불리했다. 마침내 250미터 떨어진 곳에서 올라온 아비는 마치 아비의 신에게 도움을 요청하는 것처럼 긴 울부짖음을 토해냈고, 그 즉시 동풍이 불어와 수면에 파문이 일었으며, 공중은 안개비로 가득 찼다. 나는 그 현상이 마치 아비의 기도에 대한 응답인 양 감명을 받았다. 그의 신이 내게 화가 난 것이다. 나는 요동치는 수면 저 멀리로 아비가 사라지도록 내버려두었다.

가을날이면 나는 오리가 사냥꾼으로부터 멀리 떨어진 호수 가운데서 교묘하게 갈지자로 나아가며 호수를 지키는 장면을 몇 시간씩 관찰했다. 그것은 루이지애나에 있는 호수의 물목에서는 실천할 필요가 별로 없는 책략이었다. 그들이 날아올라야 할 때는 때로 호수를 빙빙 돌면서 위로 상당히 높이 올라가, 하늘에 있는 검은 점처럼 보일 정도가 되었다. 거기에서 쉽게 다른 호수들과 강을 조망할 수 있을 것이다. 오리들이 오래전에 그곳으로 가버렸다고 생각했을 때면, 그들은 0.25마일을 비스듬히 날아서 아무도 없는 호수의 먼 부분에 내려앉곤 했다. 오리가 월든 호수의 중앙에서 미끄러지듯 안전하게 헤엄치는 것 외에 무엇을 얻었는지 나는 모른다. 오리들도 나와 똑같은 이유로 월든 호수의 물을 사랑하지 않는다면 말이다.

집 난방

10월에 나는 강 근처 초원으로 포도를 따러 갔고, 음식으로 먹기 위해서라기보다는 그 아름다움과 향기 때문에 더 귀중한 포도송이를 잔뜩 가지고 왔다. 거기서 나는 비록 따지는 않았지만 크랜베리를 보고도 감탄했다. 즉 왕포아풀에 달린 진주 같은 붉은색의 윤이 나는 작은 보석들을 농부는 보기 흉한 갈퀴로 긁어 모아 평탄한 초원을 엉클어트리고는 무심하게 부셀과 달러 단위로만 계량한 뒤, 초원에서 탈취한 전리품을 보스턴과 뉴욕으로 팔아넘긴다. 그곳에서 '잼으로 만들어진' 크랜베리는 자연을 사랑하는 사람들의 기호를 만족시킬 것이 뻔하다. 대평원의 풀밭으로부터 들소의 혀를 갈퀴로 긁어모으는 푸주한들은 쥐어뜯겨 시드는 풀을 신경 쓰지 않는다. 마찬가지로 매발톱나무의 찬란한 열매도 관상용 음식에 불과했다. 그러나 나는 땅 주인과 여행자가 보지 못한 야생사과를 뭉근한 불에 삶기 위해 약간 땄다. 다 익은 밤은 겨울에 먹으려고 반 부셀을 저장했다. 그 계절에 어깨에는 가방을 메고, 손에는 밤송이를 쪼개기 위해 나무작

대기를 들고 끝없이 펼쳐진 링컨의 밤나무 숲—이제 그 숲은 철로 아래에서 침목이 되어 긴 잠을 자고 있다—을 돌아다니는 것은 대단히 흥분되는 일이었다. 왜냐하면 나는 서리가 올 때까지 항상 기다리지는 않고, 바스락거리는 낙엽과 붉은 다람쥐와 어치가 큰소리로 꾸짖는 가운데, 녀석들이 반쯤 먹은 견과를 가끔 훔쳤다. 녀석들이 고른 밤송이는 확실히 알맹이가 실했기 때문이다. 때때로 나무에 올라가 나무를 흔들었다. 내 집 뒤에도 밤나무들이 자라고 있었는데, 한 큰 나무는 집을 거의 가릴 정도였고, 꽃이 필 때면 이웃 전체에 향기를 뿜어내는 하나의 꽃다발이 되었다. 그러나 그 열매의 대부분을 다람쥐와 어치가 가졌다. 어치는 아침에 일찍 떼를 지어 와서 밤송이가 떨어지기도 전에 알밤을 쪼아 먹었다. 나는 이 나무들을 그들에게 양도하고 완전히 밤나무로만 이루어진 더 먼 곳에 있는 숲을 방문했다. 밤은 보편적으로 빵을 대신하는 좋은 식품이다. 많은 다른 대체식품을 찾을 수도 있을 것이다. 하루는 낚싯밥으로 쓸 지렁이를 찾기 위해 땅을 파다가 넝쿨에 달린 인디언감자를 발견했다. 인디언감자는 원주민에게 감자의 일종인 전설적인 열매였다. 이전에 말했던 것처럼 어린 시절에 인디언감자를 캐서 먹어본 적이 있는지 의심스러웠고, 먹었다고 꿈을 꾸었던 것은 아닌지 의심하기 시작했다. 그 이후 나는 가끔 다른 식물 줄기가 지탱한 구겨진 붉은 벨벳 같은 그 식물의 꽃을 똑같은 것인 줄 모르고 보았다. 땅을 경작하면서 인디언감자는 거의 전멸했다. 인디언감자의 맛은 서리 맞은 감자의 달콤함과 대단히 유사하고, 구운 것보다는 삶았을 때 더 맛있다는 사실을 알았다. 이 열매는 자연이 미래 어느 시기에 자기 자식들을 여기에서 소박하게 키우고 먹이겠다는 어렴풋한 약속처럼 보였다. 살찐 소 떼와 넘실대는 곡식 들판이 있는 오늘날에는 한때 인디언 부족의 토템totem[1]이었던 이 보잘것없는 뿌리가 완전히 잊혔거나 꽃이 핀 넝쿨로만 인식된다. 그러나 야생의 자연이 다시 한 번 여기를 지배하면 허약하고 호사스러운 영국의 곡물은 어쩌면 수많은 적 앞에서 사라질 것이고, 인간이 보살피지 않으면 까마귀는 마지막 남은 옥수수 씨앗조차 남서부에 있는 인디언 신의 거대한 옥수수 밭으로 도로 가지고 가버릴 수도 있을 것이다. 까마귀는 거기서 옥수수씨를 가지고 왔다고 알려져 있다. 그러나 지금은 거의 멸종된 인디언감자는 서리를 맞고 환경이 척박함에도 어쩌면 다시 소생하고 번성해 토착성을 입증하고, 예부터 사냥꾼 부족의 식품으로서 알려진 중요성과 위엄을 다시 찾을 것이다. 인디언감자를 창조하고 증여한 사람은 어떤 인디언의 케레스나 미네르바임에 틀림없다. 그리고 이곳에 시의 지배가 시작되면, 그 식물의 잎과 콩 넝쿨이 우리 예술작품들에 재현될 수 있을 것이다.

  9월 1일이 되자 이미 두세 그루의 단풍나무가 호수 건너편을

---

1 북아메리카 원주민 등이 가족·종족의 상징으로 숭배하는 자연물이나 동물을 뜻한다.

주홍색으로 물들였다. 그 아래 물가에 곶이 있는 지점에는 사시나무 포플러 세 그루의 하얀 잎자루가 갈라져 있었다. 아, 단풍의 색깔은 얼마나 많은 이야기를 했는지! 각 나무의 특성은 주 단위로 서서히 드러났고, 나무는 호수의 잔잔한 거울에 비친 자신의 모습에 감탄했다. 매일 아침에 이 화랑의 매니저는 벽에 걸린 오래된 그림을 더 찬란하거나 조화로운 색채로 돋보이는 새로운 그림으로 대체했다.

10월에는 겨울 숙소에 방문하듯이 말벌 수천 마리가 오두막으로 와서 집 안의 창문과 천장에 정착하고는 때때로 방문객의 집 방문을 방해했다. 매일 아침 말벌이 추위로 마비되어 있을 때 그들 가운데 일부를 바깥으로 쓸어버렸지만, 제거하기 위해 많이 애쓰지는 않았으며, 내 집을 매력적인 피신처로 생각해준 것을 영광스럽게 느끼기까지 했다. 말벌은 나와 같이 잠자리에 들었지만, 나를 심하게 못살게 군 적은 없었다. 녀석들은 겨울과 형언할 수 없는 추위를 피해 점차 내가 모르는 갈라진 틈 속으로 사라졌다.

마침내 나도 말벌처럼 11월에 겨울 숙소로 들어가기 전에, 월든 호수의 북동쪽으로 자주 가곤 했다. 그곳은 리기다소나무 숲과 돌이 많은 호수 기슭에 반사된 햇빛으로 인해 호수의 난롯가가 되었다. 인위적인 화력으로 따뜻해지는 것보다는 가능한 한 햇빛을 받아 따뜻해지는 편이 훨씬 더 기분 좋고 건강에 유익하다. 그러므로 나는 숲을 떠난 사냥꾼처럼 여름이 남기고 간 여전히 빨갛게 빛나는 잿불로 몸을 따뜻하게 했다.

굴뚝을 세울 때는 석조 건축술을 공부했다. 내 벽돌은 중고여서 흙손으로 깨끗이 다듬을 필요가 있었다. 그래서 벽돌과 흙손의 자질에 대해 남보다 훨씬 더 많이 알았다. 벽돌 위에 발린 회반죽은 50년이 되었고, 여전히 단단해지고 있다고 들었다. 이 말이 진실이든 아니든 사람들이 반복하기 좋아하는 말 가운데 하나다. 그런 말은 시간이 지남에 따라 그 자체로 더 단단해지고 확고하게 고착된다. 그런 말에서 오래된 짐짓 아는 체하는 사람을 말끔하게 정리하기 위해서는 흙손으로 여러 번 두드려야 할 것이다. 메소포타미아Mesopotamia의 여러 마을은 바빌론Babylon의 폐허에서 얻은 대단히 질 좋은 중고벽돌로 지어졌는데, 벽돌에 발린 시멘트는 더 오래되었으며 아마 훨씬 단단할 것이다. 그것이 어떠하든지 나는 많은 타격을 견뎌내고 닳아 없어지지 않은 철강의 독특한 강인함에 감명받았다. 벽돌은 비록 네부카드네자르Nebuchadnezzar의 이름이 찍혀 있지는 않았지만[2] 이전에 굴뚝에 사용되던 것이어서, 일과 쓰레기를 줄이기 위해 벽난로에 쓸 벽돌을 가능한 한 많이 골라내었다. 벽난로 주위에 있는 벽돌 사이 공간을 호수 기슭에서 채취한 돌로 채웠고, 같은 장소에서 채취한 흰 모래로 회반죽을 만들었다. 나는 집에서 가장 활기찬 부분인 벽난로 근처에서 가장 오래 시간을 보냈다. 실로 아주 신중

2 　바빌론의 왕 네부카드네자르시대(기원전 605~562)에 그의 백성은 진흙벽돌을 햇볕에 구워 만드는 기술이 있었다. 바빌론 폐허에서 발견된 벽돌에는 네부카드네자르의 이름이 찍혀 있었다고 한다.

하게 작업을 했기 때문에, 아침에 바닥에서 쌓아 올렸음에도 일련의 벽돌이 바닥에서 몇 인치 높이에 불과해 밤에 베개로 사용했다. 내 기억에 그 때문에 목이 뻣뻣해지지는 않았다. 목이 뻣뻣한 것은 더 오래된 일이다. 그즈음 나는 2주 동안 한 시인에게 숙식을 제공했는데, 공간이 부족해 난처했다. 내게 칼이 두 자루 있었지만 그는 칼을 들고 왔다. 우리는 그 칼들을 땅속으로 밀어넣어서 문질러 닦곤 했다. 그와 음식 만드는 일도 함께했다. 나는 점차 정사각형으로 견고하게 올라가는 모습을 보고 기뻤고, 작업이 느리게 진행되는 까닭은 오랜 시간을 견디도록 계산되었기 때문이라고 생각했다. 굴뚝은 땅 위에 서서 집을 통해 하늘로 솟아오르는 일정 부분은 독립적인 구조물이다. 집이 불타고 난 후에조차 굴뚝은 때로 여전히 서 있기 때문에 굴뚝의 중요성과 독립성은 명백하다. 지금까지는 여름 막바지 즈음의 이야기였다. 이제 11월이었다.

북풍이 이미 호수를 차갑게 식히기 시작했지만, 호수가 너무나 깊어 몇 주 꾸준히 바람이 불어야 완전히 차가워졌다. 저녁에 불을 피우기 시작했을 때, 집에 회반죽을 바르기 전에는 널판 사이에 갈라진 틈이 많아서 굴뚝이 연기를 특히 잘 빨아내었다. 그러나 나는 그 차갑고 공기가 잘 통하는 집에서 며칠 동안 즐거운 저녁을 보냈다. 이 집은 옹이가 가득 박힌 거친 갈색 널판들과 머리 위 높은 곳에 나무껍질이 그대로 붙은 서까래로 둘러싸여 있었다. 회칠을 하고 나서 집이 더 편해졌다고 고백해야겠지만, 이전만큼 내 눈을 기쁘게 해주지는 못했다. 인간이 거주하는 모든 집은 머리 위가 약간 어두컴컴할 정도로 충분히 높아 저녁이면 서까래 근처에 그림자가 어른거려야 하지 않은가? 이런 형상들은 프레스코화[3]나 다른 가장 비싼 가구보다 공상과 상상에 더 잘 어울린다. 숙소로 활용할 뿐 아니라 따스한 기운을 얻기 위해 집을 사용하기 시작한 지금에야 처음으로 내 집에 거주하기 시작했다고 말할 수 있을 것이다. 난로 바닥에 나무가 닿지 않도록 얹어놓을 낡은 두 개의 철제 장작받침을 구했고, 내가 세운 굴뚝 뒷면의 검댕을 볼 수 있어 좋았고, 보통 때보다 더 권리의식을 느끼고 만족하면서 난로의 불을 뒤적거리고 찔렀다. 집이 작아서 집 안에서 메아리 소리를 즐길 수는 없었다. 그러나 1인 가구용 집이고 이웃으로부터 떨어져 있어서 더 크게 느껴졌다. 집의 모든 관심거리가 방 하나에 집중되어 있었다. 그곳은 부엌이면서 침실이고, 응접실이면서 거실이었다. 부모나 아이, 주인이나 하인이 집에 살면서 누리는 만족감이 어떤 것이든, 나는 모두 누렸다. 카토는 다음과 같이 말한다. 한 가문의 가장은 시골 별장에 "기름과 와인 저장고, 많은 큰 통이 있어야 어려운 시절이 와도 유쾌할 것이다. 그것은 그에게 이익과 미덕과 영광이 될 것이다." 나는 지하 저장고에 감자가 든 작은 나

---

3   갓 바른 회벽 위에 수채로 그린 그림이다.

무통과 바구미가 섞인 약 2쿼트[4]의 완두콩, 그리고 선반에 약간의 쌀과 당밀 한 병과 각각 한 펙[5]의 호밀과 옥수수 가루를 보관하고 있었다.

때때로 내구성 있는 재료로 지었고, 값싸고 번지르르한 장식이 없으며, 더 크고 사람들이 붐비는 황금시대 집을 꿈꾼다. 그 집은 여전히 단 하나의 방, 즉 거대하고 거칠며 튼튼하고 원시적인 거실로 이루어졌으며, 천장이 없거나 회칠이 되어 있지 않고, 헐벗은 서까래와 마룻대가 머리 위로 일종의 더 낮은 하늘을 지탱하고 있어서 비와 눈을 피하기에 유용하다. 그 집에는 당신이 문턱에 올라서서 엎드려 있는 옛 왕조의 농업의 신에게 존경을 표했을 때 왕대공과 쌍대공 트러스[6]가 인사를 받기 위해 튀어나와 있다. 동굴모양 집이라 그 속에서 지붕을 보려면 장대 위에 있는 횃불을 들어 올려야 한다. 그곳에서는 사람들이 화로 속에 살 수도 있으며, 창의 후미진 곳에 살 수도 있고, 등이 높은 긴 나무의자에서 살 수도 있고, 거실의 한쪽 끝과 다른 쪽 끝에 살 수도 있고, 원한다면 거미처럼 높은 서까래 위에 살 수도 있다. 그 집은 바깥문을 열고 들어가는 집이며 그것으로 격식이 끝나는

4　1쿼트는 약 1.1리터다.

5　1펙은 8.81리터다.

6　왕대공은 박공지붕의 삼각형 트러스의 정점과 토대를 연결하는 수직 목재이고, 쌍대공 트러스는 지붕의 트러스에서 정점으로 향하지 않고 들보를 잇는 두 개의 수직 목재다.

집이며, 지친 나그네가 추가 여정 없이 씻고 먹고 대화하고 잠잘 수 있는 곳이다. 비바람 부는 밤에 도착하면 기쁠 숙소로서 집에 필수품을 모두 구비하고 있지만 살림할 필요가 없는 집이다. 한 번 훑어보면 집의 보물을 모두 볼 수 있고, 사용할 모든 물건이 못에 걸린 곳이며, 부엌이자 동시에 음식 보관실이고, 거실이면서 침실, 창고, 다락이 되는 곳이다. 그 집에서 당신은 큰 통이나 사다리 같은 필수품과, 찬장 같은 편리한 물품을 볼 수 있으며, 냄비 끓는 소리를 들을 수 있고, 식사를 요리하는 불과 빵을 굽는 오븐에 경의를 표할 수 있고, 꼭 필요한 가구와 가정용품이 주된 장식인 곳이다. 그 집에서는 빨랫감도, 불도, 여주인도 바깥으로 보낼 필요가 없고, 요리사가 지하실로 내려갈 때 때때로 들창에서 비켜달라고 요청하기 때문에, 발을 구르지 않아도 발 아래에 있는 땅이 단단하거나 비었는지 알게 되는 집이다. 집 내부가 새둥지처럼 밖으로 드러나 있어서 집에 사는 사람들을 일부라도 보지 않고서는 정문으로 들어가고 뒷문으로 나올 수 없다. 그 집의 손님이 된다는 것은 그 집에서 자유를 선물받는다는 의미이며, 특정 방에 갇혀 그 집의 8분의 7로부터 조심스럽게 배제당하고 홀로 감금되어 편히 지내라는 말을 듣는 곳은 아니다. 오늘날 집주인은 당신을 '그의' 난롯가에 들이지 않고, 집 안의 좁은 복도 어딘가에 석공이 당신을 위한 난로 하나를 설치하도록 한다, 그래서 환대란 가장 먼 거리에 당신을 '두는' 기술이다. 요리하는 것에 대해서도 마치 그가 당신을 독살하려고 계획한 듯한 비밀스러움이 있다. 내가 많은 사람의 영지에 들어갔던 적이 있고, 그로 인해 법적으로 퇴거명령을 받았을 수도 있지만, 많은 사람의 집 안에 들어가본 적은 없다. 지금까지 묘사한 집에 왕과 왕비가 소박하게 살고 그들 집 쪽으로 갈 일이 있다면, 나는 헌 옷을 입은 채 그들을 방문할 수도 있을 것이다. 그러나 현대적인 궁전을 만난다면, 뒷걸음질 쳐서 나오는 방법이 내가 알고 싶은 전부일 것이다.

마치 우리의 거실에서 쓰는 언어 자체는 언어로서의 모든 기운을 상실하고 완전히 '수다'로 퇴보할 것 같고, 우리 삶은 삶의 상징들에서 멀리 떨어져 지나갈 것 같고, 삶의 은유와 비유는 이른바 미끄럼틀 장치와 회전식 쟁반 때문에 필연적으로 아주 멀리 있는 것 같다. 달리 말해 거실이 부엌과 일터에서 너무 멀리 떨어져 있다는 말이다. 식사조차 일반적으로 식사의 비유에 불과하다. 마치 자연과 진실에서 비유를 빌려올 정도로 가까이 사는 사람은 야만인밖에 없는 것처럼 말이다. 북서 준 주Territory[7]나 맨 섬The Isle of Man[8]같이 먼 곳에 거주하는 학자가 부엌에서 의회적인 것이 무엇인지 어떻게 이야기할 수 있겠는가?

손님 가운데 단지 한두 명 정도가 머물다가 옥수수죽을 함께

---

7   1783년에 미국이 획득한 이 영토는 소로의 젊은 시절에는 개척지로 여겨졌다. 후에 이 지역은 오하이오Ohio 주, 인디아나Indiana 주, 일리노이Illinois 주, 미시간 Michigan 주, 위스콘신 주, 미네소타Minnesota 주의 일부가 된다.
8   아일랜드 해의 영국령 섬이다.

먹을 정도로 대담했다. 그러나 그런 위기가 다가오면 마치 옥수수죽이 집을 뿌리까지 흔들 것처럼 조금 급하게 돌아갔다. 대단히 여러 차례 옥수수죽을 만들었지만 집은 건재했다.

나는 얼어붙을 듯한 날씨가 되어서야 집에 회반죽을 발랐다. 나는 이를 위해 더 희고 깨끗한 모래를 호수 반대편 기슭에서 보트로 운반해왔는데, 이는 필요하다면 훨씬 더 먼 곳으로 가고 싶은 마음이 들게 했을 일종의 수송기관이었다. 그러는 동안 집은 사방으로 땅바닥까지 지붕널로 이어졌다. 윗가지를 엮을 때 나는 한 번 망치질로 각 못을 확실하게 박을 수 있어서 기뻤고, 회반죽을 판자에서 벽까지 깔끔하고 빠르게 운반하고자 하는 야심이 생겼다. 나는 어떤 거만한 사람의 이야기를 기억했다. 한때 그는 좋은 옷을 입고서 마을 여기저기를 어슬렁거리면서 일꾼들에게 조언하곤 했다. 하루는 말 대신 행동을 하면서, 그의 소매를 걷어 올리고 미장이의 흙손을 집어 들었고, 실수 없이 흙손에 회반죽을 올리고, 만족스러운 표정으로 머리 위쪽의 윗가지를 보면서 대담한 자세를 취했다. 그러고는 곧장 그로서는 너무나 당황스럽게도 회반죽 전체가 주름 장식이 있는 그의 가슴에 쏟아졌다. 나는 회칠의 경제성과 편리함에 새로이 감탄을 했다. 회칠은 너무나 효과적으로 한기를 차단하고 멋있게 마무리를 한다. 미장이가 자칫 당할 수 있는 여러 가지 불의의 사고에 대해 알게 되었다. 내가 회반죽을 매끄럽게 바르기도 전에 그 속에 있는 모든 습기를 흡수한 벽돌이 얼마나 물기를 잘 빨아들이는지,

새 난로를 처음으로 사용하기 위해 얼마나 여러 통의 두레박 물이 사용되는지 알고서 놀라웠다. 나는 실험 삼아 작년 겨울에 강에서 나오는 홍합껍데기를 불에 태워 적은 양의 석회를 만들었기 때문에 내 재료의 출처를 알고 있었다. 원한다면 1, 2마일 내의 거리에서 좋은 석회석을 구해 직접 석회를 만들 수 있었다.

그러는 동안 호수의 가장 그늘지고 얕은 작은 만은 살얼음으로 덮였다. 호수 전반에 걸쳐 얼음이 얼기 며칠 또는 심지어 몇 주 전이었다. 첫 얼음은 단단하고 어두운 색이며 투명해서 특히 흥미롭고 완벽하며, 얕은 곳의 바닥을 조사하는 데 최고의 기회를 제공한다. 왜냐하면 수면 위에 있는 소금쟁이처럼 단지 1인치 두께의 얼음 위에 길게 누워서 2, 3인치 떨어진 바닥을 유리 뒤에 있는 그림을 보듯이 여유롭게 연구할 수 있으며, 그때 물은 항상 잔잔하기 때문이다. 어떤 생물이 길을 갔다가 그대로 되돌아온 모래밭에는 많은 골이 있고, 잔해에는 작은 흰 수정 알갱이로 만든 날도래 유충의 껍질이 뒤덮여 있다. 어쩌면 이 유충껍질로 인해 모래밭에 주름이 생겼을 텐데, 그 껍질로 인해 골이 생기기에는 깊고 넓지만, 골 속에서 유충껍질이 약간 발견되기 때문이다. 그러나 얼음 그 자체가 가장 관심의 대상이다. 얼음을 연구하기 위해서는 최초의 기회를 잘 이용해야 하지만 말이다. 호수가 얼어붙고 나서 아침에 자세히 살펴보면, 처음에는 얼음 속에 있는 것처럼 보였던 대부분의 방울이 얼음의 아래쪽 표면에 기대어 있다는 사실과, 더 많은 방울이 계속 바닥에서 올라온다는 사실을 발견한다. 반면에 얼음은 아직 비교적 단단하며 어두운 색인데, 다시 말해 얼음 아래에 물이 보인다는 뜻이다. 이방울들은 직경이 80분의 1인치에서 8분의 1인치의 크기이며, 매우 맑고 아름답고, 얼음 아래 방울들 속에 얼굴이 비친다. 얼음 1평방 인치에 서른 개 내지 마흔 개의 방울이 있을 것이다. 또한 얼음 안에는 이미 방울들이 좁은 타원형으로 약 0.5인치 길이의 수직을 이루고 있는데, 꼭짓점 쪽으로는 날카로운 원뿔 모양을 이룬다. 아니면 더 빈번하게는 얼음이 완전히 새로 얼었다면, 미세한 둥근 모양의 방울들이 줄에 꿴 구슬처럼 줄줄이 들어 있다. 그러나 얼음 안에 있는 방울들은 얼음 아래의 방울들만큼 숫자가 많지도 않고 분명하게 보이지도 않는다. 나는 때때로 얼음의 강도를 시험하기 위해 돌을 던지곤 했다. 얼음을 깬 돌이 공기를 가지고 들어가서 얼음 아래쪽에 대단히 크고 눈에 띄는 흰 방울을 형성했다. 한번은 48시간이 경과한 후 같은 장소에 갔을 때, 그 큰 방울들이 여전히 완벽한 형태를 유지하는 모습을 발견했다. 얼음덩어리 가장자리에 갈라진 틈으로 분명하게 볼 수 있었던 것처럼 얼음이 1인치 더 두꺼워졌지만 말이다. 지난 이틀 동안 인디언 서머[9]처럼 날씨가 아주 따뜻했기 때문에 얼음

---

9 추위가 시작되는 늦가을에 갑자기 봄날같이 따뜻하고 화창한 날씨가 일정기간 지속되는 현상을 말한다. 주로 미국과 캐나다에서 일어난다.

이 이제는 투명하지 않은 짙은 초록색 물빛을 띠었고, 호수 바닥은 불투명한 흰색이나 잿빛을 띠었다. 얼음이 두 배나 두꺼워졌다고 해서 이전보다 더 단단해지지는 않았는데, 이는 공기 방울들이 더위의 영향으로 많이 팽창해서 섞이는 바람에 규칙성을 잃었기 때문이다. 방울은 더는 차례로 줄지어 있지 않았고, 종종 가방에서 쏟아진 은화 동전처럼 서로 겹쳐 있거나 미세한 틈을 차지한 것처럼 엷은 조각을 형성하고 있었다. 얼음의 아름다움은 사라졌고, 호수 바닥을 자세히 살펴보기에도 너무 늦었다. 내가 살펴본 큰 방울들이 새 얼음과 관련해 어떤 위치를 차지하는지 궁금해서 중간 크기의 방울을 담고 있는 얼음덩어리를 부수고는 바닥이 위로 가게 뒤집어보았다. 새 얼음은 그 방울 주위와 아래에 형성되어 있었기 때문에 방울은 두 얼음 사이에 끼어 있었다. 방울은 완전히 아래쪽 얼음 속에 있었지만 위쪽 얼음에 가까이 맞닿았고, 납작하거나 어쩌면 가장자리가 둥근 렌즈 모양이었고, 직경 4인치에 높이 4분의 1인치 크기였다. 방울 바로 아래에 있는 얼음이 뒤집어진 접시 모양으로 대단히 규칙적으로 녹아 있는 모습을 발견하고 놀랐다. 가운데는 8분의 5인치 높이였고, 물과 방울 사이에 얇은 가름막이 있었는데 길이가 거의 8분의 1인치도 되지 않았다. 여러 군데에서 이 가름막 속에 있는 작은 방울들이 아래로 터졌고, 직경이 1피트인 가장 큰 방울 아래에는 얼음이 전혀 없었을 것이다. 나는 처음 보았던 얼음의 아래 표면에 맞닿아 있던 무수한 작은 방울이 이제는 똑같이 얼어붙었을 것이고, 각각의 방울은 그 크기에 따라 아래에 있는 얼음에 볼록렌즈처럼 작용해 얼음을 녹이고 붕괴시켰으리라고 추측했다. 이 방울들은 얼음이 쩍 하는 소리와 함께 금이 가게 하는 데 기여하는 작은 공기총이다.

벽에 회반죽 다 바르자마자 마침내 겨울이 시작되었다. 바람이 마치 그때까지는 허용되지 않았던 것처럼 집 주위로 울부짖으며 불기 시작했다. 땅이 눈으로 덮인 후에조차 기러기는 밤마다 어둠 속에서 시끄러운 울음소리와 날갯짓 소리를 내며 둔중하게 호수로 날아왔다. 어떤 녀석은 월든 호수에 내려앉고, 어떤 녀석은 숲 위로 나지막하게 날아 멕시코로 가는 길에 페어헤이븐 쪽으로 갔다. 밤 열 시나 열한 시에 마을에서 돌아올 적에 여러 번 집 뒤 호수의 작은 만 옆의 숲에서 기러기나 오리 떼가 먹이를 먹으러 올라오느라 마른 잎을 밟는 소리를 들었으며, 그들이 서둘러 떠날 때 우두머리가 내는 약한 울음소리나 꽥꽥거리는 소리를 들었다. 1845년에 월든 호수는 12월 22일 밤에 처음으로 호수 전체가 완전히 얼었는데, 플린트 호수와 더 얕은 다른 호수들과 강은 이미 결빙된 지 열흘 이상 지나 있었다. 1846년에는 12월 16일에, 1849년에는 12월 31일쯤에 얼었고, 1850년에는 약 12월 27일에, 1852년에는 1월 5일에, 1853년에는 12월 31일에 완전히 얼었다. 11월 25일 이후 눈이 와서 지면을 이미 덮었고, 겨울 풍경으로 갑자기 나를 둘러쌌다.

나는 껍질 속으로 더 깊숙이 물러났고, 집 안과 내 가슴 안에 계속 밝은 불을 피우려고 노력했다. 이제 집 밖에서 내가 할 일은 숲에서 죽은 나무를 모아 손에 잡거나 어깨에 얹어 운반하거나, 때로는 죽은 소나무 한 그루를 양쪽 겨드랑이 아래에 끼고 헛간으로 끌고 오는 것이었다. 전성기가 지난 숲의 낡은 울타리는 내게 큰 횡재였다. 그 울타리를 불카누스Vulcanus[10]에게 제물로 바쳤다. 왜냐하면 테르미누스Terminus 신[11]에 대한 봉사가 끝났기 때문이다. 눈이 오는데 음식을 만들기 위한 장작을 사냥하러, 아니, 차라리 훔치러 막 나선 사람의 저녁식사는 얼마나 훨씬 더 흥미진진할까! 그가 먹는 빵과 고기는 아주 맛있다. 우리가 사는 대다수 읍의 숲에는 많은 불을 피울 온갖 종류의 장작단과 쓸모없는 나무가 충분하지만 지금 난방에 쓰이지 못하며, 어떤 이는 그 나무가 어린 나무의 성장을 방해한다고 생각한다. 또한 호수를 떠도는 나무도 있다. 여름 동안 나는 껍질을 벗기지 않은 리기다소나무 통나무로 만든 뗏목 하나를 발견했다. 철도가 건설 중일 때 아일랜드인들이 못을 박아 연결한 것이었다. 이 뗏목을 일부 기슭으로 끌어올렸다. 2년 동안 물에 젖어 있다가 다음 여섯 달동안 땅에 놓인 뗏목은 완전히 마를 수 없을 정도로 물이 배기는 했지만 완벽하리만큼 견고했다. 어느 겨울날, 나는 뗏목을 해체

---

10 로마 신화에서 불과 대장일의 신이다. 올림포스 12신의 하나로, 그리스 신화의 헤파이스토스Hephaestos에 해당한다.

11 로마 신화에서 경계의 신이다.

해 생긴 통나무 하나를 호수를 가로질러 밀고 가면서 재미있게
놀았다. 거의 0.5마일을 15피트 길이 통나무의 한쪽 끝을 어깨
에 메고 다른 쪽 끝을 얼음 위에 놓고 미끄러지듯 빨리 달렸다.
혹은 자작나무 실가지로 통나무 여러 개를 함께 묶고 나서, 끝부
분에 갈고리가 달린 좀더 긴 자작나무나 오리나무를 이용해 끌
고 호수를 가로질렀다. 비록 완전히 물을 먹어서 거의 납처럼 무
거웠지만, 그 통나무들은 오래 탔을 뿐 아니라 대단히 화력이 셌
다. 아니, 그 통나무들이 젖었기 때문에 더 잘 탔다고 생각했다.
물로 둘러싸인 램프 속 송진이 더 오래 타는 것처럼 말이다.

윌리엄 길핀William Gilpin[12]은 영국 숲 변두리에 사는 사람에 대
해 "불법침입자가 무단으로 숲 변경에 세운 집과 울타리는 이전
삼림법에서 중요한 불법방해로 여겼고, 사냥감을 놀라게 하고
숲을 손상할 수 있기 때문에 공유지 무단침입이라는 이름으로
가혹하게 처벌했다"고 말한다. 그러나 나는 사냥꾼이나 나무꾼
보다 사냥감과 입목벌채권 보존에 더 관심이 있었는데, 내가 바
로 삼림청 장관이던 것만큼이나 관심이 있었다. 그리고 나도 우
연히 숲에 불을 낸 적이 있지만, 숲의 어디라도 불에 타면 숲의
주인보다 더 오랫동안 많이 슬퍼했다. 아니, 바로 그 주인들로
인해 숲이 스러질 때 슬퍼했다. 나는 우리 농부가 숲을 베어 쓰
러뜨릴 때 옛날 로마인이 신성한 숲을 간벌해 그 속에 빛이 스며

---

12 영국의 화가이자 영국국교회 목사이며 교사이자 작가였다.

들게 했을 때 느꼈을 경외감을 조금이라도 느꼈기 바란다. 즉 그 숲이 어떤 신에게 바쳐진 것이라고 믿기 바란다. 로마인은 속죄제를 드렸으며, 이 숲이 봉헌된 어떤 남신이든 여신이든 나와 우리 가족과 아이 등에게 자비를 베풀어주십사 기도했다.

오늘날과 같은 시대와 이 새로운 나라에서조차 나무에 어떤 가치, 즉 금의 가치보다 더 영원하고 보편적인 가치를 여전히 부여하는 것은 놀라운 일이다. 우리가 이룬 모든 발견과 발명에도 아무도 쌓인 한 더미의 나무를 그냥 지나치지 못할 것이다. 그것은 우리 색슨족과 노르만족 조상에게 소중했던 것만큼 우리에게 소중하다. 그들이 나무로 활을 만들었다면, 우리는 총의 개머리판을 만든다. 30여 년 전 프랑수아 앙드레 미쇼François André Michaux[13]에 따르면 뉴욕과 필라델피아에서 연료로 쓰는 나무 값은 "파리에서 가장 좋은 나무와 가격이 비슷하고 때로는 능가하기도 한다. 이 엄청나게 큰 수도는 매년 30만 코드 이상의 나무가 필요하고, 300마일의 거리에 이르기까지 경작된 평야에 둘러싸여 있지만 말이다." 우리 읍에서도 연료용 나무 가격은 거의 꾸준하게 오르고 있고, 유일한 질문거리는 '올해는 작년보다 얼마나 더 비쌀까'다. 어떤 다른 용무로는 직접 숲에 오지 않는 기계공과 장사꾼이 나무 경매에는 반드시 참석하고, 벌목꾼이 나무를 베고 남은 나무를 수집할 수 있는 특권을 얻기 위해 높은

---

13 프랑스의 박물학자였다.

가격을 지불하기도 한다. 사람들이 연료와 예술작품 소재를 구하기 위해 숲을 자주 찾은 지 이제 수년이 되었다. 즉 뉴잉글랜드인과, 네덜란드인, 파리에 사는 사람과 켈트인Celt, 농부와 로빈 후드Robin Hood,[14] 구디 블레이크Goody Blake와 해리 길Harry Gill[15]이 숲을 찾았다. 세계 거의 모든 지역의 왕자와 소작인, 학자나 야만인은 신분에 관계없이 똑같이 그들의 몸을 따뜻하게 하고 음식을 만들기 위해 숲에서 가져오는 장작 몇 개비를 여전히 필요로 한다. 나 역시 장작이 없다면 살 수 없다.

모든 사람은 자기의 장작더미를 일종의 애정 어린 눈빛으로 바라본다. 나는 창문 앞에 장작더미를 두는 것을 좋아했고, 장작개비가 많으면 많을수록 기분 좋게 일했던 기억을 더 잘 상기할 수 있었다. 내게는 아무도 소유권을 주장하지 않는 오래된 도끼 한 자루가 있었다. 겨울이면 끊임없이 집의 양지바른 곳에서 콩밭에서 뽑은 그루터기들에 도끼질을 하며 놀았다. 내가 밭을 갈고 있을 때 견인용 짐승을 모는 사람이 예언한 것처럼 그 그루터기들은 나를 두 번 따뜻하게 해주었다. 한번은 내가 그루터기들을 쪼개고 있을 때였고, 또 한 번은 그루터기가 불에 타고 있을 때였다. 어떤 연료도 그루터기보다 더 센 열을 뿜어내지는 못

---

14 셔우드 숲에 살았던 영국의 전설적인 무법자다. 그에 대한 발라드 형식의 시가 많이 있다.

15 영국의 낭만주의 시인 윌리엄 워즈워스의 시 〈구디 블레이크와 해리 길Goody Blake, and Harry Gill〉에 등장하는 구디 블레이크는 장작을 가져다주기를 거절하는 해리를 저주한다.

했다. 도끼에 대해 말하자면, 마을 대장장이에게 도끼를 두드려 '날을 갈라'는 충고를 들었다. 그러나 내 스스로 도끼날을 갈았고, 숲에서 가지고 온 호두나무를 도끼에 자루를 박아 쓸 만하게 만들었다. 도끼날은 무뎠지만, 적어도 자루는 잘 박혀 있었다.

송진이 꽉 찬 소나무 몇 조각은 큰 보물이었다. 이런 땔감이 얼마나 많이 지구 내부에 여전히 숨어 있는지 기억하는 것은 흥미롭다. 지난 몇 년 동안 나는 이전에 리기다소나무 숲이 있던 어떤 헐벗은 산 사면을 '답사하러' 종종 갔고, 송진이 꽉 찬 소나무 뿌리를 캐냈다. 그 뿌리들은 거의 썩지 않은 상태였다. 적어도 30~40년 된 그루터기들은 나무의 속도 여전히 건강한 상태일 것이다. 나무 중심에서 4, 5인치 떨어진 채 땅과 고리모양의 수평을 이루는 두꺼운 나무껍질의 비늘에서 나타나듯이, 나무껍질 바로 밑의 연한 백목질 전체가 식물부식토가 되었더라도 말이다. 도끼와 삽으로 이 광산을 탐험하고는 쇠기름처럼 노란 골수 창고를 따라가거나 금맥을 발견한 것처럼 땅속 깊숙이 파고 들어간다. 그러나 일반적으로 나는 눈이 오기 전에 숲에서 가져와서 헛간에 저장해둔 마른 잎으로 불을 피웠다. 가늘게 쪼갠 초록색 호두나무는 나무꾼이 숲에서 야영을 할 때 불쏘시개로 사용한다. 이따금 나도 이 나무를 약간 사용했다. 지평선 너머에서 마을 사람들이 불을 밝히고 있을 때, 나 역시 굴뚝에서 연기를 피워 월든 골짜기의 다양한 야생 서식동물에게 내가 깨어 있다는 신호를 보낸다.

가벼운 날개를 단 연기는 위로 날아오르며

자신의 날개를 녹이는 이카로스의 새,

노래 없는 종달새이자 새벽의 전령이

자신의 둥지 마을 위를 선회한다.

아니면, 달아나는 꿈과 한밤중 환상이 자아낸

그림자 형상이 자기 치맛자락을 걷어 올린다.

밤에는 별을 가리고,

낮에는 빛을 어둡게 하고 해를 가려 지운다.

나의 향 그대는 이 화로에서 위로 올라가라,

그리고 신들에게 이 깨끗한 불길을 용서하라고 청하라.[16]

거의 사용하지는 않았지만 막 베어낸 단단한 생나무는 어떤 다른 나무보다 내 목적에 더 잘 부합했다. 겨울날 오후에 산보를 갈 때 때때로 활활 타고 있는 불을 그대로 두고 나갔다. 서너 시간 후 돌아와도 그 불은 여전히 살아서 타오르고 있었다. 내가 집을 떠났어도 집은 비어 있지 않았다. 마치 유쾌한 가정부를 집에 남겨둔 것과 같았다. 그 집에 산 자는 바로 나와 불이었다. 일반적으로 가정부는 신뢰할 만했다. 그러나 어느 날 나무를 쪼개고 있었을 때, 나는 화재가 난 것은 아닌지 살피기 위해 창문으로 집 안을 들여다보고 싶다는 생각을 문득 했다. 불 때문에 특별히 걱

---

16 1843년 4월호 《다이얼 *Dial*》에 〈연기 Smoke〉라는 제목으로 실렸던 소로의 시다.

정했던 기억은 이때가 유일했다. 그래서 안을 들여다보았는데 불길이 침대에 옮겨붙는 장면이 보였다. 집안으로 들어가 불을 껐지만 내 손바닥 크기만큼의 장소가 불에 타버렸다. 그러나 내 집은 햇빛이 아주 잘 들고 비바람을 피하는 위치에 있고 지붕이 꽤 낮아서 겨울 낮에도 불을 끄고 지낼 수 있었다.

두더지가 지하실에 보금자리를 마련하고 살면서 감자의 3분의 1을 갉아먹었고, 심지어 그곳에 회반죽을 바를 때 사용하고 남은 약간의 털과 갈색 종이로 안락한 침대를 만들었다. 왜냐하면 가장 야생적인 동물조차도 인간과 마찬가지로 안락함과 따스함을 좋아하고, 이를 확보하려고 대단히 정성을 기울여 겨울을 넘기고 생존한다. 내 친구 가운데 몇몇은 마치 내가 얼어 죽기 위해 숲으로 들어오는 것처럼 말했다. 동물은 비바람을 피할 수 있는 장소에 잠자리를 만들 따름이고, 그 장소를 체열로 따스하게 데운다. 그러나 인간은 불을 발견했기 때문에 넓은 집에 약간의 공기를 가두어 따뜻하게 하고, 체열을 빼앗기는 대신 따스한 집을 잠자리로 만든다. 집 안에서 그는 성가신 옷을 벗어버리고 이리저리 움직이며, 한겨울에도 여름 같은 날이 지속되게 하며, 창문으로 빛까지 받아들이고, 램프를 사용해 낮이 길어지게 할 수 있다. 그리해서 그는 본능 너머로 한두 발자국을 내딛고, 예술활동을 할 시간을 남겨놓는다. 가장 격렬한 돌풍에 오랜 시간 노출되었을 때 전신이 무기력해지기 시작했지만, 쾌적한 분위기인 내 집에 도착하자 능력도 곧 회복되고 수명도 연장되었다. 그러나 가장 사치스러운 집에 살면 이런 면에서 자랑할 것이 거의 없고, 인류가 마침내 어떻게 멸망할 것인지에 대해 여러 가지로 생각하느라 수고할 필요가 없다. 북쪽에서 불어오는 조금 더 매서운 돌풍으로 인해 언제라도 그들의 목숨이 끊어지기는 쉬울 것이다. 우리는 추웠던 금요일들과 눈이 크게 온 날들에서 시작해 날짜를 추정하지만, 조금만 더 추운 금요일을 맞거나 더 많은 눈이 오면 지구상에서 인간의 존재는 마침표를 찍을 것이다.

내게는 숲 소유권이 없기 때문에, 이듬해 겨울에는 절약하기 위해 작은 요리용 화로를 사용했다. 그러나 화로는 개방된 난로만큼 불을 잘 유지하지는 못했다. 그때는 음식을 만드는 것이 대체로 더는 시적인 과정이 아니라 화학적인 과정에 불과했다. 화로를 사용하는 시대인 오늘날에는 우리가 예전에 인디언 방식으로 잿더미 속에 감자를 파묻어 구웠다는 사실을 곧 잊을 것이다. 화로는 공간을 차지하고 집에 냄새가 나게 할 뿐 아니라 불을 보이지 않게 했기에 나는 동반자를 잃어버린 느낌이 들었다. 불 속에서는 항상 어떤 얼굴을 볼 수 있다. 노동자는 저녁에 불을 들여다보면서 낮 동안 쌓인 생각의 찌꺼기와 저속함을 정화시킨다. 그러나 나는 더는 앉아서 불을 들여다볼 수가 없었고, 어떤 시인이 쓴 적절한 시구[17]가 새로운 힘으로 떠올랐다.

---

17 미국의 시인 엘렌 스터지스 후퍼Ellen Sturgis Hooper의 시 〈장작불The Wood-Fire〉에서 발췌했다. 이 시는 1840년 10월호《다이얼》에 처음 발표되었다.

밝은 불길이여, 결코 내게 그대의 소중한,

삶을 생생히 묘사하는, 친밀한 공감을 거절하지 말기를.

나의 희망 외에 무엇이 그리 밝게 하늘 높이 치솟은 적이 있는가?

나의 운 외에 무엇이 밤에 그리 낮게 가라앉았는가?

어찌해서 그대는 우리의 길가와 넓은 방에서 배척되었는가,

모든 이에게 환영받고 사랑을 받았던 그대였는데?

아주 따분한 우리 삶의 평범한 빛이 비추기에는

그때 그대의 존재가 너무 환상적이었나?

그대의 밝은 섬광은 동질적인 우리의 영혼들과

신비한 교류를 했는가? 너무 대담한 비밀을 나누었는가?

이제 우리는 안전하고 강하다네. 어떤 침침한 그림자도

스쳐 지나지 않는 난로 옆에 앉아 있기 때문이지.

기운을 돋우는 것도 슬프게 하는 것도 거기 없지만,

불은 손발을 따뜻하게 하고, 그 이상을 갈망하지도 않지.

아담하고 실용적인 불더미 옆에

현재가 자리에 앉아 잠이 들 것이고,

희미한 과거로부터 걸어 나와 우리와 함께

오래된 장작불이 만들어내는 일정치 않은 빛 옆에서 이야기한

유령들을 두려워하지도 않을 것이네.

14

**이전 거주자들과
겨울의 방문객들**

나는 여러 번 눈보라를 즐겁게 이겨냈다. 집 밖에 눈보라가 거칠게 휘몰아쳐서 올빼미 울음조차 잠잠해진 동안, 벽난로 옆에서 활기찬 겨울 저녁을 몇 번 보냈다. 여러 주 동안 나는 산보 길에서 이따금 나무를 베어 썰매로 실어가는 마을 사람들 외에는 아무도 만나지 못했다. 그러나 자연력은 나를 부추겨 숲에서 가장 깊이 눈이 쌓인 곳에 길을 내게 만들었다. 왜냐하면 내가 일단 그 길을 통과하면 바람이 불어 참나무 잎들이 내 발자국으로 밀려 들어가 그 길에 박혔고, 햇살을 빨아들여 눈을 녹였다. 그래서 내가 밟고 다닐 마른 바닥이 되었을 뿐 아니라 밤에는 그 자국이 만든 어두운 선이 안내자가 되었다. 사람들과 교제하기 위해서는 이전에 이 숲에서 살던 사람들을 떠올려야 했다. 많은 읍민이 기억하기에 내 집 근처에 도로는 주민들의 웃음과 잡담소리가 울려 퍼졌고, 그 길에 근접한 나무는 주민의 작은 정원과 집으로 인해 여기저기 패이고 점점이 흩어져 있었다. 그때는 길이 숲에 둘러싸여 지금보다 훨씬 더 보이지 않았지만 말이다. 내

기억도 어떤 장소에서는 소나무가 이륜마차의 양면을 동시에 스쳤고, 링컨에 가기 위해 혼자 걸어서 이 길을 지나야 했던 여자들과 아이들은 무서워했고, 종종 상당한 거리를 뛰어갔다. 주로 이웃 마을로 가거나 나무꾼의 이륜마차가 다니는 초라한 길이었지만, 한때 그 길은 다양한 모습으로 지금보다 여행자를 더 즐겁게 해주었고, 여행자의 기억 속에 오래 남아 있었다. 지금은 굳은 토질의 트인 들판이 마을에서 숲까지 뻗어 있지만, 당시에 그 길은 단풍 늪지 위에 놓인 통나무를 깔아 만든 길을 지나갔다. 그 통나무 길의 잔해는 분명 현재 구빈원인 스트래튼Stratton 농장에서 브리스터 언덕에 이르는 오늘날의 먼지투성이 큰 도로 아래에 여전히 남아 있다.

내 콩밭의 동쪽편 길 건너에는 카토 잉그램Cato Ingraham이 살았다. 그는 콩코드 마을의 유지이자 신사 덩컨 잉그램Duncan Ingraham의 노예였다. 덩컨 잉그램은 노예에게 집을 지어주고 월든 숲에 살도록 허락해주었다. 우티카Utica의 카토[1]가 아니라 콩코드의 카토였다. 어떤 이들은 그가 기니 출신 흑인이었다고 말한다. 호두나무 사이에 있던 카토의 작은 밭을 기억하는 소수의 사람들이 있다. 그는 늙어서 호두나무를 필요로 할 때까지 나무들이 자라도록 내버려두었다. 종래에는 더 젊고 하얀 피부의 투기꾼이 그 호두나무들을 소유했다. 그러나 그 역시 현재에는 카토와 마

---

1 우티카에서 죽은 로마의 정치가 마르쿠스 포르시우스 카토를 말한다.

찬가지로 좁은 무덤을 차지하고 있다. 반쯤 땅속에 묻힌 카토의 지하저장실은 그 가장자리에 있는 소나무 때문에 지나가는 사람이 보지 못해서 아는 사람은 별로 없지만 여전히 남아 있다. 지금은 매끈한 옻나무로 덮여 있고, 미역취의 가장 초창기 종 가운데 하나가 거기에 울창하게 자란다.

여기, 읍에 훨씬 더 가까운 쪽에 있는 내 밭 구석 옆에 질파Zilpha라는 흑인 여성의 작은 집이 있었다. 그 집에서 그녀는 읍사람들에게 판매할 아마사를 자아내었고, 날카로운 노랫소리로 숲을 울리게 만들었다. 그녀의 목소리가 크고 남달랐기 때문이다. 그러다가 1812년에 전쟁이 나서[2] 그녀가 집을 비웠을 때 가석방된 영국군 죄수들이 집에 불을 질러 그녀의 고양이와 개와 닭을 모조리 태워 죽였다. 그녀는 힘겨운 삶을 영위했고, 그래서 어느 정도 무자비했다. 옛날에 이 숲에 자주 오던 어떤 사람은 어느 날 정오에 그녀의 집을 지날 때 그녀가 부글부글 끓는 솥 위로 "너희는 전부 뼈야, 뼈!"라며 중얼거리는 소리를 들었다고 한 말을 기억한다. 나는 거기 있던 작은 참나무 관목 숲 사이에서 벽돌을 본 적이 있다.

길을 내려가서 오른쪽 브리스터 언덕에는 '솜씨 좋은 흑인'이자 한때 지방유지인 커밍즈Squire Cummings의 노예였던 브리스터

---

2   1812년부터 1814년까지 미국이 영국에 선포한 전쟁을 말한다. 나폴레옹 전쟁 동안 영국이 미국의 무역에 제재를 가한 일과 영국 군함에 미국 선원을 징집한 일, 미국 서부 인디언의 대의명분을 영국과 캐나다가 지지한 일 등의 이유로 발발되었다.

프리먼Brister Freeman이 살았다. 거기에는 브리스터가 심고 가꾸었던 사과나무가 여전히 자라고 있다. 지금은 크고 오래된 나무이지만, 그 열매는 여전히 야생의 사과술 맛이 난다. 얼마 전에 링컨에 있는 오래된 묘지에서 그의 묘비명을 읽었다. 묘비는 콩코드에서 후퇴하다가 쓰러진 몇몇 무명의 영국 척탄병 무덤 근처에 약간 한쪽으로 치우친 곳에 있었고, '시피오 브리스터Sippio Brister'—그는 아프리카의 스키피오Scipio Africanus [3]라고 불릴 자격이 있다—가 마치 변색된 것처럼 '유색인'이라고 새겨져 있다. 묘비는 또한 죽은 날짜를 눈에 띄게 강조했는데, 그가 살아 있었음을 내게 간접적으로 알려주는 방법이었다. 브리스터는 붙임성 있는 아내 펜다Fenda와 함께 살았다. 펜다는 점을 쳤지만 유쾌하게 말했다. 그녀는 몸집이 크고 둥그스름하고 피부가 검었는데, 어떤 밤의 아이들보다 더 검었고, 이전이나 이후에 콩코드에 다시 나타난 적이 없는 그런 검은 원형이었다.

언덕 좀더 아래의 왼편에 있는 숲속 옛 길에 스트래튼Stratton 가문 농장의 흔적이 있다. 그들의 과수원은 한때 브리스터 언덕의 산사면 전부를 덮고 있었지만, 오래전에 리기다소나무로 인해 절멸당했다. 지금은 몇 그루의 그루터기만 남았는데, 그루터

---

3   아프리카의 스키피오에서 그의 이름을 따왔든지, 아니면 스키피오 아프리카쿠스 퍼블리우스 코르넬리우스Publius Cornelius Scipio Africanus라는 역사적인 인물을 소로가 염두에 두었을 가능성이 있다. 그는 카르타고를 침략해서 한니발Hannibal Barca을 죽인 로마의 장군이며, 전투 뒤에 아프리카누스라는 명예로운 이름으로 불리게 되었다.

기의 오래된 뿌리는 마을에서 잘 자라는 많은 나무에게 여전히 야생의 원줄기를 제공한다.

한층 더 읍 가까이로 가면 길 반대편 바로 숲 가장자리에 있는 브리드John Breed의 부지에 닿는다. 그곳은 옛 신화에 분명한 이름이 없는 어떤 악마[4]의 장난으로 유명한 땅이다. 그 악마는 뉴잉글랜드에서 대단히 두드러지는 역할을 했기 때문에 여느 신화적인 인물만큼이나 언젠가는 그에 대한 전기가 생길 만한 인물이다. 그는 처음에는 친구나 고용된 사람으로 가장하고 전 가족을 강탈하고 살인을 저지르는 뉴잉글랜드의 럼주다. 그러나 이곳에서 일어난 비극을 아직은 역사가 말해서는 안 된다. 어느 정도 시간이 들어 비극을 완화시키고 비극에 하늘빛을 빌려주게 하자. 가장 불분명하고 모호한 전설에 따르면 여기에 한때 선술집이 있었고, 과객의 음료를 조절하고 그의 말의 원기를 회복시킨 우물도 있었다고 한다. 당시에는 여기에서 사람들이 서로 인사하고 소식을 듣고 전했으며, 그런 다음 다시 갈 길을 갔다.

브리드의 오두막은 오랫동안 아무도 살지 않았지만, 12년 전만 해도 서 있었다. 그것은 내 집과 크기가 비슷했다. 내가 잘못 알고 있는 것이 아니라면, 어느 선거날 밤 장난꾸러기 소년들이

---

4   럼주를 의미한다. 19세기 초에 보스턴에만 마흔 개의 럼주 제조장이 있었다고 한다. 17, 18세기에 럼주는 아프리카의 기니 해안에서 노예를 사는 데 사용되었다. 그 노예는 서인도제도로 실려가 당밀과 교환되었고, 당밀은 다시 뉴잉글랜드로 실려가 럼주 제조에 사용되었다. 노예폐지론을 옹호하던 미국 북부 뉴잉글랜드의 많은 가문은 이와 같은 삼각노예무역으로 큰 부를 이루었다.

그 오두막에 불을 질렀다. 나는 그때 마을 변두리에 살았고, 대버넌트William D'Avenant[5]가 쓴 《곤디버트Gondibert》에 막 빠져 있었다. 그해 겨울에 나는 무기력으로 괴로워하고 있었다. 이 무기력이 온 이유가 면도하다가 잠이 들고 안식일을 지키기 위해 깨어 있으려고 일요일에는 지하실에서 감자의 싹을 따야 하는 삼촌에게 유전된 병인지, 아니면 차머스Alexander Chalmers의 영시 모음집[6]을 건너뛰지 않고 모두 읽으려고 시도했던 결과인지 전혀 알 수 없었다. 그것은 내 신경을 상당히 압도했다. 내가 이 책을 보려고 머리를 막 숙였을 때 불이 났다는 종소리가 울렸다. 소방 엔진이 무질서하게 뛰고 있는 남자와 소년의 무리를 따라 아주 급하게 길을 달려갔다. 나는 개천을 뛰어넘었기 때문에 맨 앞 무리에 속해 있었다. 우리는 화재현장이 숲 너머 멀리 남쪽이라고 생각했다. 우리는 이전에 불이 난 곳들—헛간, 가게나 집 또는 그 전부—에 달려간 적이 있었다. "베이커 씨네 헛간에 불이 났대요"라고 누가 외쳤다. "코드먼 씨네예요"라고 다른 사람이 단언했다. 그러더니 마치 지붕이 내려앉은 것처럼 새 불꽃이 숲 위로 솟아올랐고, 우리는 모두 "콩코드 주민이여, 구조하러 갑시다!"라고 소리쳤다. 마차들이 쇄도하는 사람을 잔뜩 싣고 무서운 속도로 쏜살같이 지나갔다. 아마 그들 가운데 화재현장이 아

---

5   영국 시인으로, 1638년에 계관시인桂冠詩人이 되었다.

6   알렉산더 차머스는 스물한 권으로 된 《초서에서 쿠퍼까지 영국 시인들의 작품집The Works of the English Poets from Chaucer to Cowper》을 1810년에 출판했다.

무리 멀더라도 반드시 가야 하는 보험회사 대리인도 있었을 것이다. 이따금 소방 엔진의 종소리가 더 느리고 확실하게 뒤에서 땡땡하며 울렸다. 가장 뒤에, 나중에 사람들이 수근거렸듯이, 불을 질러놓고 경보를 발한 사람들이 도착했다. 이런 식으로 진정한 이상주의자처럼 우리는 감각이 보여주는 증거를 계속 거부하고 있었지만, 길모퉁이를 돌면서 불이 탈 때 내는 딱딱거리는 소리를 듣고 벽 너머로 넘어오는 불의 열기를 실제로 느끼고서야, '정말 우리가 화재현장에 도착했구나' 하고 깨달았다. 화재 현장에 대단히 가까이 다가간 것은 우리의 열정을 식게 했을 따름이다. 처음에 우리는 개구리 연못의 물을 불에 퍼부을까 생각했지만, 불이 타도록 그냥 내버려두기로 결론을 내렸다. 화재가 너무 많이 진행되어 진압을 시도해도 큰 보람이 없었기 때문이다. 우리는 소방 엔진을 둘러싸고 서서, 서로 밀치면서 확성기로 우리의 감정을 표현하거나, 낮은 음조로 배스컴 상점을 포함해 세상이 목격한 큰 화재들을 언급했고, 우리끼리 말이지만, 제때에 '물통'[7]이 도착하고 물이 가득 찬 개구리 연못이 근처에 있다면, 이 멸종위기의 마지막 우주적 화재를 또 하나의 홍수[8]로 바꿀 수도 있으리라 생각했다. 마침내 우리는 어떤 나쁜 짓도 하지 않고 퇴각했으며, 잠을 자러 《곤디버트》로 돌아갔다. 그러나 《곤

---

7 19세기에 미국의 많은 작은 읍에서 사용하던 손으로 끄는 소방 엔진을 말한다.
8 《성서》〈창세기〉 6, 7장에 나오는 노아Noah의 홍수에 대한 인유다.

디버트》에 대해서는, 위트가 영혼의 화약이라는 내용의 서문에서 다음 구절, "그러나 인디언들이 화약에 대해 그러하듯이, 인류 대다수는 위트에 대해 문외한이다"를 뺄 것이다.

다음 날 밤, 비슷한 시간에 우연히 내가 들판을 가로질러 그 길로 걸어가게 되었다. 이 지점에서 낮은 신음을 듣고 어둠 속에서 가까이 다가갔다. 이때 내가 아는 그 집안의 유일한 생존 자이자 미덕과 악덕을 모두 계승했으며 이 화재에 혼자 이해가 걸린 상속자[9]가 엎드려서 지하실벽 너머로 아래쪽에서 여전히 연기를 피워 올리는 재를 보고 버릇처럼 혼잣말하는 모습을 발견했다. 그는 종일 멀리 강가의 목초지에서 일을 했고, 쉬는 시간이 되자마자 조상과 그의 어린 시절 집을 방문해 보람 있게 보냈다. 그는 지하실에 마치 보물이라도 있는 것처럼 바짝 가까이 엎드려서 사방에서 시선을 바꾸어가며 응시했다. 그의 기억에 따르면 보물은 돌과 돌 사이에 감추어 있었는데, 거기에는 한 무더기의 벽돌과 재 이외에는 결단코 아무것도 없었다. 그는 사라진 집에 남은 것만 보았다. 내가 그곳에 있는 것만으로도 동정으로 해석되어 그의 마음이 누그러졌고, 그래서 어둠 속에서 볼 수 있는 한도 내에서 우물에 덮여 있던 곳을 내게 보여주었다. 다행히 우물은 결코 불에 탈 수 없는 것이었다. 그는 그의 아버지가 잘라서 올려놓은, 두레박을 들어 올리는 지레를

---

9   그 집의 주인이었던 존 브리드의 아들을 말한다. 아들은 술주정뱅이였다.

찾기 위해 벽 주위를 오랫동안 더듬고 다녔다. 그것이 일반적인 '가로대'가 아니었음을 내게 납득시키기 위해 지레의 무거운 쪽 끝에 짐을 걸었던 쇠갈고리나 꺽쇠를 더듬어 찾으려 했다. 그가 지금 매달릴 수 있는 일은 그게 전부였다. 나는 쇠갈고리를 손으로 만졌고, 거의 매일 산보하면서 여전히 그것을 주시한다. 그 이유는 그 쇠갈고리에 한 집안의 역사가 걸려 있기 때문이다.

또다시 왼쪽 편에는, 지금은 트인 들판이지만 우물과 벽 옆에 라일락 덤불이 보이는 곳에 너팅Nutting과 르 그로스Le Grosse가 살았다. 이제 링컨 쪽으로 돌아가보자.

지금까지 언급된 사람들 누구보다 숲속 더 멀리, 도로가 호수 가장 가까이 다가가는 곳에 옹기장이 와이먼Wyman이 무단으로 거주하면서 읍민에게 도기를 공급했고, 그의 후손들이 그 일을 물려받았다. 재산이 풍족하지 않던 그들은 땅주인의 묵인하에 그 땅에 살았다. 그곳에 종종 군 행정관이 세금을 징수하러 왔지만 헛수고였고, 그가 쓴 보고서를 읽은 바에 의하면, 형식상 "장작개비 하나를 압류했는데," 손댈 수 있는 것이 그 외에는 없었기 때문이다. 어느 한여름 날, 내가 괭이질을 하는데 시장으로 도기를 한 수레 운반하던 남자가 내 밭에 기대어 말을 세우더니 와이먼의 아들에 대해 물었다. 오래전에 그에게서 토기장이의 녹로를 샀는데 그가 어떻게 되었는지 알고 싶다는 말이었다. 나는 《성서》에서 토기장이의 진흙과 녹로에 대해 읽은 적이 있었지만,[10] 우리가 사용하는 토기가 그 시절에서부터 깨지지 않고 내려왔거나 조롱박처럼 어디선가 나무에서 자란 것은 아니라는 생각을 이전에는 한 적이 없었기 때문에, 그런 도기를 만드는 기술자가 이웃이라는 사실을 듣고 기뻤다.

이전에 이 숲에 마지막으로 거주한 사람은 아일랜드 출신의 휴 코일Hugh Quoil이었다. 내가 그의 이름의 철자를 충분히 코일 coil 모양으로 썼더라면 말이다.[11] 와이먼의 집을 차지한 그를 사람들이 코일 대령이라고 불렀다. 그가 워털루 전쟁의 참전용사였다는 소문이 있었다. 만약 그가 살아 있다면 이야기해달라고 그를 졸라 전투를 다시 체험하게 만들었을 것이다. 전쟁에서 그의 직업은 도랑을 파는 일이었다. 나폴레옹은 세인트헬레나St. Helena로 유배를 갔고, 코일은 월든 숲으로 왔다. 내가 그에 대해 아는 바는 전부 비극적이다. 그는 세상을 두루 다녀본 사람처럼 예의 바르고, 당신이 잘 경청하는 이상으로 정중하게 말할 줄 알았다. 그는 몸이 떨리는 정신착란의 영향으로 한여름에도 외투

---

10 《성서》〈예레미야Jeremiah〉 18장 1~6절에 대한 언급이다. "여호와께로부터 예레미야에게 임한 말씀에 가라사대/ 너는 일어나 토기장이의 집으로 내려가라. 내가 거기서 내 말을 네게 들리리라 하시기로/ 내가 토기장이의 집으로 내려가서 본 즉 그가 녹로로 일을 하는데/ 진흙으로 만든 그릇이 토기장이의 손에서 파상하매 그가 그것으로 자기 의견에 선한 대로 다른 그릇을 만들더라./ 때에 여호와의 말씀이 내게 임하나라 가라사대/ 나 여호와가 이르노라. 이스라엘 족속아, 이 토기장이의 하는 것같이 내가 능히 너희에게 행하지 못하겠느냐. 이스라엘 족속아, 진흙이 토기장이의 손에 있음같이 내 손에 있느니라."
11 그의 성인 코일Quoil과 발음이 같은 코일coil의 다른 철자를 두고 말장난을 하는 것으로 보인다.

를 입었고, 얼굴은 진홍색을 띠었다. 그는 내가 숲으로 들어온 직후 브리스터 언덕 기슭에 있는 길에서 죽었고, 그래서 그를 나는 이웃이라고 생각하지 않았다. 그의 집을 허물기 전, 그의 동료가 그 집을 '재수 없는 성'으로 여겨 피했을 때, 그 집을 방문한 적이 있었다. 그곳에는 낡은 옷이 마치 그인 것처럼, 돋운 널판 침대 위에 입어서 구겨진 상태로 놓여 있었다. 그의 파이프는 깨진 그릇이 샘 대신 난로 위에 부서진 채 놓여 있었다.[12] 브리스터의 샘Brister's Spring에 대해 들은 적은 있지만 한 번도 본 적은 없다고 그가 내게 고백했기 때문에, 샘에 있는 깨진 그릇이 그의 죽음에 대한 상징이었을 리는 없다. 그리고 다이아몬드와 스페이드와 하트의 킹이 인쇄된 얼룩진 카드가 바닥에 흩어져 있었다. 행정관이 잡을 수가 없던 밤처럼 검고, 여우를 기다리면서 꼬꼬댁하고 울지도 않는 조용한 까만 닭 한 마리가 아직 옆채에 있는 홰로 갔다. 집 뒤에는 윤곽이 희미한 채마밭이 있었는데, 끔찍하게 몸이 떨리는 주인의 발작 때문에, 밭에 씨는 뿌려졌지만 추수 때에도 한 번도 쟁기로 밭을 일군 적이 없었다. 밭은 로마 쑥과 가막사리가 우거져 있었다. 가막사리의 홀씨들이 옷에 들러붙었다. 그의 마지막 워털루 전투의 전리품인 우드척 가죽이 집 뒤에 새로이 펼쳐져 있었다. 그러나 어떤 따뜻한 모자나 벙어리장

---

12 《성서》〈전도서傳道書〉 12장 6, 7장의 인유다. "은줄이 풀리고 금그릇이 깨지고 항아리가 샘 곁에서 깨지고 바퀴가 우물 위에서 깨지고/ 흙은 여전히 땅으로 돌아가고 신은 그 주신 하느님께로 돌아가기 전에 기억하라."

갑도 그에게 더는 필요 없을 것이다.

이제 땅에 파인 자국만이 땅에 파묻힌 지하실 돌과 딸기, 산딸기, 나무딸기, 개암나무의 덤불과 햇빛 비치는 잔디밭에서 자라는 옻나무와 더불어 집의 터를 표시한다. 몇몇 리기다소나무나 옹이가 박힌 참나무가 굴뚝이 있던 구석을 차지하고, 향내 나는 검은 자작나무가 현관 섬돌이 있던 곳에서 흔들릴지도 모른다. 때때로 우물 자국이 보이는데, 그곳에서는 한때 샘물이 나왔겠지만 이제는 말라서 눈물 없는 풀이 있다. 그곳은 마지막까지 거기 살던 사람이 떠나면서 나중까지 발견되지 않도록 뗏장 아래에 납작한 돌로 깊이 가려 있었다. 우물을 덮는 일은 엄청 슬픈 행위였을 것이다! 그와 동시에 눈물의 우물을 여는 일이 일어났을 것이다. 지하실 자국들은 버려진 여우 굴처럼 한때는 인간이 법석을 떨고 붐비며 생활했으며, "운명, 자유의지, 절대적인 예지"[13] 같은 문제야말로 어떤 형식이나 말씨로 번갈아가며 토론되던 곳에 남겨진 전부다. 그러나 내가 그들의 결말에서 배울 수 있는 전부는 "카토와 브리스터가 속였다"는 것에 불과하다. 이는 더 유명한 철학학파의 역사만큼이나 유익하다.

다년생인 라일락은 문과 상인방과 문지방이 없어지고 한 세대가 지나도 여전히 자라나, 봄마다 향기로운 꽃을 피워 명상에 잠긴 여행객에게 꺾인다. 한때는 앞뜰에 아이들이 손수 심고 돌

13 존 밀턴의 《실낙원》 2권 560행에서 인용된 구절이다.

보았지만, 이제 한적한 목초지의 벽 옆에 서서 새로이 생기는 숲에게 자리를 내어주는 라일락은 그 혈통의 마지막이자 그 집안의 유일한 생존자다. 피부색이 거무스름한 그 집 아이들은 집의 그늘진 땅에 찔러 박고는 매일 물을 주었던 눈이 두 개밖에 달려 있지 않은 보잘것없는 꺾꽂이용 가지가 단단히 뿌리를 박아 자신들과, 라일락에 그늘을 드리우는 뒤쪽에 있는 집과, 무성하게 가꾼 정원과 과수원보다 더 오래 살아남으리라고는 생각하지 못했을 것이다. 그리고 아이들이 다 자라고 죽은 지 반백년 뒤에도 라일락이 첫봄만큼 아름다운 꽃을 피우고 달콤한 향기를 뿜으며, 자신들의 이야기를 외로운 방랑자에게 어렴풋이 들려주리라고는 거의 생각하지 못했을 것이다. 나는 여전히 부드럽고 정중하며 활기찬 라일락의 색깔들에 주목한다.

이 작은 마을은 보다 더 큰 마을이 될 조짐이 있었다. 콩코드는 아직 그 지역을 보존한 반면 왜 그 마을은 그러지 못했을까? 거기는 자연이 주는 혜택, 정말이지 물에 대한 특권이 없었는가? 그렇다, 깊은 월든 호수와 시원한 브리스터 샘에서 건강에 좋은 물을 오래 마시는 모든 특권을 이들은 보람 있게 사용하지 않고, 술을 희석시키는 데 사용했다. 그들은 전반적으로 술을 좋아하는 혈통이었다. 바구니, 마구간 빗자루, 매트 만들기, 옥수수 말리기, 아마사 방적 만들기, 그리고 도기 사업이 여기에서 융성해 황무지가 장미꽃처럼 피어나게 하고 수많은 후손이 그들 조상의 땅을 물려받을 수는 없었을까? 이곳의 황폐한 토양

덕분에 적어도 저지대에서 발생한 타락은 막을 수 있었을 것이다. 슬픈 일이다! 이들 인간 거주민들에 대한 기억이 자연 풍경의 아름다움을 조금도 고양시키지 못하다니! 어쩌면 자연은 나를 첫 거주자로 삼고, 지난봄에 세운 내 집이 작은 마을에서 가장 오래된 집이 되도록 다시 시도할 것이다.

내가 차지한 장소에 누가 집을 세운 적이 있는지는 모른다. 더 오래된 고대 도시의 터에 세운 도시라면 거기서 탈출하고 싶다. 그곳에서 사용된 건축자재는 폐허의 유적이며, 그곳의 정원은 묘지일 테니 말이다. 그곳의 토양은 하얗게 바랬고 저주받았으며, 그렇게 되는 일이 생기기 전에 반드시 지구 자체가 멸망할 것이다. 이런 회상을 하면서 나는 숲에 사람들을 새로 거주시켰고 스스로를 달래며 잠들었다.

이 계절에는 방문객이 거의 없었다. 눈이 가장 깊숙이 쌓였을 때는 한두 주 동안은 방랑자가 집 가까이에 얼씬도 하지 않았지만, 거기서 나는 초원의 쥐처럼, 또는 바람에 밀려 쌓인 것들 속에 오랫동안 매몰되어 먹이조차 없었지만 살아남았다고 전해지는 소와 가금류처럼 편안하게 살았다. 또는 이 주의 서튼Sutton 읍에 사는 초기 정착자의 가족처럼 아늑하게 살았다. 1717년 그가 외출했을 때 그 가족의 오두막집은 큰 눈으로 완전히 덮였다. 그런데 어떤 인디언이 굴뚝의 통풍이 쌓인 눈을 뚫어 만든 구멍만으로 그 집을 찾아내 가족을 구조했다. 그러나 나를 걱정해주는 친절한 인디언은 전혀 없고, 집주인이 집에 있기 때문에 그런 인디언이 필요하지도 않았다. 폭설! 그것에 대해 이야기를 들으면 얼마나 신이 나는가! 큰눈이 왔을 때는 짐마차를 타고 숲과 늪지에 갈 수 없어서 농부들은 집 앞에 있는 그늘을 제공하는 나무들을 베어야 했다. 쌓인 눈의 표면이 더 단단해지면 농부들은 늪지에 있는 나무들을 잘라야 했다. 땅에서 10피트 높이에서 잘린 모습을 다음 해 봄이면 볼 수 있었다.

가장 눈이 깊숙이 쌓였을 때 큰길에서 집까지 걸었던 약 0.5마일 거리의 길은 점 사이에 넓은 간격이 있는 구불구불한 점선으로 표현될 수 있었을 것이다. 평탄한 날씨가 지속되는 일주일 동안 나는 정확히 같은 수, 같은 폭의 걸음으로 오갔다. 고의적으로 그리고 내가 낸 깊은 발자국에 양각기처럼 정확하게, 겨울이면 우리가 빠지는 습관에 따라 발걸음을 내딛었지만, 종종 발자국은 하늘 자체의 푸른색으로 가득 찼다. 그러나 어떤 날씨도 산보를, 그보다는 외출을 치명적으로 막지는 못했다. 그 이유는 오랜 지기와 한 약속을 지키기 위해 자주 너도밤나무나 노란 자작나무, 소나무 가운데 가장 깊은 눈 속을 8 내지 10마일씩 걸었기 때문이다. 이런 때는 얼음과 눈이 나뭇가지를 아래로 처지게 하고 나무 꼭대기를 아주 뾰족하게 만들어 소나무를 전나무처럼 바꾸어놓았다. 눈이 수평으로 거의 2피트 쌓였을 때 가장 높은 언덕의 꼭대기로 발걸음을 내딛을 때마다 머리 위에는 또 다른 눈보라가 흔들리며 내렸다. 때로는 손발로 기어서 허우적거리며 거기로 갔다. 그런 때면 사냥꾼은 겨울 숙소로 가버리고 없었다. 어느 날 오후 백주대낮에 나는 줄무늬 있는 올빼미 한 마리가 백송 줄기 가까이 아래쪽에 죽은 가지에 앉은 모습을 관찰하며 즐거운 시간을 보냈다. 나는 올빼미와 5미터 내의 거리에서 있었다. 그는 내가 움직이면서 발로 눈을 뽀드득 밟는 소리는 들을 수 있었지만, 명백하게 나를 볼 수 없었다. 내가 큰 소음을 냈을 때 그는 목을 쭉 뻗고 목의 깃털을 똑바로 세우고 눈을 크게 뜨곤 했다. 그러나 눈꺼풀은 곧 다시 내려앉고 꾸벅꾸벅 졸기 시작했다. 고양이의 날개 달린 형제쯤인 녀석이 고양이처럼 눈을 반쯤 뜨고 앉아 있었다. 녀석을 30분쯤 주시하니 나 역시 졸음이 쏟아졌다. 두 눈꺼풀 사이로 길고 가느다란 틈만 보였는데, 그 틈으로 녀석은 나와의 관계를 이어갔다. 반쯤 눈을 감은 채 꿈나라에서 밖으로 내다보며 그의 시야를 방해하는 희미한 물체나 티끌 같은 존재인 나를 인식하려고 노력했다. 마침내 어떤 더 큰 소음이나 좀더 가까이 다가가는 나 때문에 불안해진 녀석은 천천히 횃대에서 몸을 돌렸다. 마치 꿈을 꾸다가 방해받아 참을성이 없어진 것 같았다. 그러고는 예상치 못한 폭으로 날개를 펼치면서 자리에서 날아올라 소나무 사이로 날개를 퍼덕이며 날아갔는데, 그 날갯짓 소리가 전혀 들리지 않았다. 이런 식으로, 시각보다는 차라리 날개 주변으로 느끼는 섬세한 감각의 도움으로 소나무 가지 사이로 인도되었고, 이른바 황혼의 길을 더듬어 예민한 날개의 도움으로 녀석은 새로운 횃대를 발견했으며, 거기서 밝아오는 하루를 평화롭게 기다릴 것이었다.

목초지를 가로질러 철로를 놓기 위해 만든 긴 둑길을 걸어갈 때, 나는 거세게 몰아치는 살을 에는 듯한 바람을 여러 번 맞았다. 다른 곳에서는 바람이 그곳에서처럼 자유롭게 불지 못했기 때문이다. 내가 기독교 이단이기는 하지만, 서리가 내 한쪽 뺨을 때렸을 때 다른 뺨도 내밀었다. 브리스터 언덕에서 오는 마찻길의 상황도 더 낫지는 않았다. 왜냐하면 넓고 탁 트인 들판에 내린 눈이 바람 때문에 모두 월든 길의 양쪽 벽 사이로 몰려와 쌓였고, 그래서 30분만 지나면 마지막으로 그 길을 지나간 여행객의 자취를 없애기에 충분했을 때 우호적인 인디언처럼 조용히 읍에 갔기 때문이다. 돌아올 때는 바람에 새로이 눈이 쌓였고, 그 속을 허우적거리며 나아갔다. 빠르게 몰아치는 북서풍이 날카로운 모퉁이 둘레에 가루눈을 쌓았고, 토끼는커녕 들쥐가 지나간 작은 형태의 미세한 자국조차 보이지 않았다. 그러나 나는 한겨울에조차 따뜻한 샘이 솟는 늪지를 발견하곤 했다. 거기서는 풀과 앉은부채가 사시사철 푸릇푸릇하게 올라왔고, 더 튼튼해진 새가 이따금 봄이 돌아오기를 기다렸다.

눈이 왔음에도 때때로 저녁 산책을 하고 돌아왔다. 한번은 집 문에서 시작되는 깊게 패인 나무꾼의 발자국을 가로지르게 되었다. 집 근처 길가에서는 그가 조금씩 깎아낸 나무 부스러기 더미를 발견했으며, 집 안은 그가 핀 파이프 담배 냄새로 가득 차 있었다. 어느 일요일 오후에 우연히 집에 있으면, 얼굴이 긴 농부[14]가 뽀드득 소리를 내며 눈이 왔음에도 길을 걸어오는 소리를 들었다. 그는 사교적인 '잡담'을 나누기 위해 멀리서 숲을 지나 내 집을 찾아온 사람이었다. 그는 농부 가운데서 몇 되지 않는 '농사에 자부심이 큰 진정한 농부'로 교수의 의복 대신에 농부의 작업복을 입었고, 그의 헛간 앞마당에서 거름 한 짐을 들어 올릴 만큼이나 교회나 주로부터도 기꺼이 교훈을 이끌어낼 사람이었다. 우리는 투박하고 소박했던 시절에 대해 이야기했다. 그때 사람들은 춥고 상쾌한 날씨에 맑은 머리로 큰 불 주위에 앉아 있었고, 다른 후식이 부족하면 현명한 다람쥐가 오래전에 포기한 많은 견과[15]를 치아로 깨보려 했다. 보통 가장 껍질이 두꺼운 견과는 속이 비어 있기 때문이다.

아주 깊이 쌓인 눈과 매우 끔찍한 폭설을 뚫고 가장 멀리서 우리 집에 온 사람은 시인이었다.[16] 농부·사냥꾼·군인·기자·철학자조차 겁먹을 수 있지만, 시인을 지체시킬 것이 없는 이유는 그가 순수한 사랑에 이끌려 움직이기 때문이다. 누가 그의 출입을 예측할 수 있는가? 볼일이 있으면 그는 어떤 시간이라도 외출을 하는데, 의사들이 잠잘 때조차 그러하다. 우리는 그 작은

14 소로가 살던 시절에 유행하던 골상학에 따르면, 얼굴이 긴 사람은 영리하고 재능이 있다.

15 18세기 초부터 사용된 표현으로, 까기 힘든 단단한 견과 같은 어려운 문제를 뜻한다.

16 소로의 친구 엘러리 채닝은 날씨에 상관없이 소로를 방문했다. 6마일을 우회하는 일도 채닝에게는 문제가 되지 않았다.

집이 활기찬 웃음소리로 울리게 하고 훨씬 더 차분한 이야기 소리가 퍼지게 함으로써 오랫동안 고요했던 월든 골짜기에 보상했다. 이 집과 비교하면 오히려 브로드웨이는 조용하고 한적했다. 적절한 간격을 두고 규칙적인 웃음 폭죽이 터졌는데, 마지막에 언급되었거나 앞으로 나올 농담에 관한 웃음인지는 상관없었다. 우리는 묽은 죽 그릇 하나를 두고 인생에 대한 '완전히 새로운' 많은 이론을 만들었다. 그것은 연회의 기분과 철학이 요구하는 두뇌의 명민함을 결합한 것이었다.

나는 호수에서 보낸 마지막 겨울 동안 만난 또 다른 반가운 방문객[17]을 잊을 수 없다. 그는 마을을 지나고 눈과 비와 어둠을 지나 나무들 사이로 내 집의 불빛을 볼 때까지 쉬지 않고 왔으며, 몇 번의 길고 긴 겨울 저녁을 함께 보냈다. 마지막으로 남은 철학자 가운데 한 사람인 그는 코네티컷 주에서 태어났다. 처음에는 그 주의 물건을 돌아다니며 팔았고,[18] 후에는 그가 선언하듯이 그의 두뇌를 팔았다. 여전히 두뇌를 파는 그는 신을 자극하고 인간을 치욕스럽게 하며, 견과가 알맹이를 열매로 맺듯이 그의 두뇌만을 맺고 있다. 나는 그가 살아 있는 자 가운데 가장 신

---

17 아모스 브론슨 알코트Amos Bronson Alcott는 초월주의자이며, 선생이자 작가, 철학자, 개혁가였고,《작은 아씨들Little Women》을 쓴 루이자 메이 알코트Louisa May Alcott의 아버지였다. 알코트의 생각이 모호하다는 비판이 있었지만, 소로는 그와 생각을 나누기를 즐겼다.

18 코네티컷 주의 월코트Wolcott에서 태어난 알코트는 1817년부터 1823년까지 남부로 가서 행상을 했지만 성공하지 못했다.

실한 사람임에 틀림이 없다고 생각한다. 그의 말과 태도는 다른 사람들이 알고 있는 것보다 더 나은 사태를 항상 상정하고, 그는 아무리 세월이 흘러도 결코 실망하지 않을 것이다. 현재 그는 운이 없다. 그러나 지금은 비교적 경시당하고 있을지라도 때가 오면 대다수가 생각하지 못한 법이 발효할 것이고, 가장과 통치자가 그에게 의견을 구하러 올 것이다.

평온함을 볼 수 없다니 눈이 아주 멀었구나![19]

그는 인간의 진정한 친구이자 인간의 발전을 바라는 거의 유일한 친구다. 지칠 줄 모르는 인내심과 신념으로 인간의 육체에 새겨진 형상을 분명하게 만드는 옛 사람An Old Mortality,[20] 아니 차라리 영원자라 하자. 그는 신이며 인간은 표면이 마멸되고 기울어진 그의 기념비에 불과하다. 개방된 지성으로 그는 아이와 거지, 정신이상자와 학자를 환영하고 모두의 생각을 환대한다. 그것에 공통적으로 약간의 관용과 고상함을 더하면서 말이다. 나는 그가 세상의 큰길에서 큰 여관을 운영해야 한다고 생각한다. 그곳에서

----

19 1599년에 출판된 토마스 스토러Thomas Storer의 〈토마스 울지 추기경의 삶과 죽음The Life and Death of Thomas Wolsey, Cardinal〉에서 인용된 시구다.

20 스코틀랜드 종교개혁당원의 묘비를 청소하고 수리하며 스코틀랜드 전역을 돌아다니던 로버트 피터슨Robert A. Peterson의 별명이다. 1816년에 출간된 월터 스코트Walter Scott의 소설 《옛 사람Old Mortality》에 등장하는 골동품 수집가는 피터슨에 기반을 둔 인물이다.

전 세계 철학자가 묵을 수 있고, 그의 간판에는 "인간은 환영, 그러나 그의 동물은 사절. 여유와 고요한 마음으로 진정 올바른 길을 찾는 이들은 들어오시오"라고 쓰여 있어야 한다. 그는 어쩌면 내가 어쩌다 안 사람 가운데 가장 정신이 온전하고 변덕이 적은 사람이며, 어제나 내일이나 한결같은 사람이다. 한때 우리는 산책하고 이야기를 나누면서 실제로 세상을 뒤로한 적이 있었다. 왜냐하면 그는 세상의 어떤 제도에도 맹세를 한 적이 없기 때문에 자유인답고 정직했기 때문이다. 어느 길로 우리가 향하든지, 그가 풍경의 아름다움을 고양시켜서 하늘과 땅이 만난 것처럼 보였다. 푸르고 긴 옷을 입은 그에게 가장 적합한 지붕은 그의 평온함을 반영하는 듯 궁형으로 걸린 하늘이다. 나는 그가 절대 죽지 않으리라고 생각한다. 자연이 그를 여읠 수 없을 테니 말이다.

각자 생각의 지붕널을 잘 말려 조금씩 깎으며 우리의 칼을 시험하고 호박 소나무의 깔끔하고 노르스름한 나뭇결에 찬사를 보내기도 했다. 우리가 너무 점잖고 경건하게 물을 헤치고 걸어 다니거나 부드럽게 같이 낚싯줄을 당기는 바람에, 생각의 물고기들이 강물의 흐름도 두려워하지 않고, 강둑에 있는 낚시꾼도 두려워하지 않으며, 서쪽 하늘을 지나 떠다니는 구름처럼 때때로 거기서 형성되고 해체되는 진주층 모양 구름뭉치처럼 장대하게 오갔다. 그곳에서 우리는 작업을 했다. 신화를 수정하고, 우화를 다듬어 마무리하고, 땅에서는 어떤 가치 있는 토대도 제공하지 않는 사상누각을 공중에 지으면서 말이다. 위대한 관찰자! 위대한 예상가였다! 그와 대화하는 것은 뉴잉글랜드 밤의 이야기였다.[21] 아! 은둔자와 철학자, 그리고 내가 이전에 언급한 적이 있는 나이 든 정착민[22]은 셋이 대담을 나누었고, 대화가 팽창해 내 작은 집이 터질 지경이었다. 기압 위에 몇 파운드의 무게가 미치는지 나는 감히 말할 수 없다. 집에 틈이 많이 벌어져서 새는 곳을 막기 위해 아주 지루하게 그 틈들을 메워야 했지만, 그런 일을 위한 뱃밥을 이미 충분히 마련해두었다.

오랫동안 기억될 '친밀한 시기'를 마을에 있는 그의 집에서 함께 보낸 또 한 사람[23]이 있었는데, 그는 이따금 우리 집에 찾아오기도 했다. 월든 호수에서 내가 교제를 나눈 사람은 이들 이상 없었다.

모든 곳에서처럼 그곳에서도 나는 때때로 결코 오지 않을 방문객을 기다렸다. 《비슈누 푸라나*Visņu Purana*》에서 이르기를, "집주인은 저녁에 손님이 도착하기를 기다리면서 소젖을 짜는 동안이나 그가 좋다면 더 오래 그의 마당에 있어야 한다."[24] 나는 종종 이 환대의 의무를 수행하느라 소 떼 전부의 우유를 짤 정도로 충분히 오래 기다렸지만 읍에서 다가오는 사람을 보지 못했다.

....

21 인도와 페르시아, 아랍 이야기 모음집인 《아라비안나이트》의 제목에 대한 반향이다.

22 〈고독〉과 〈호수들〉에서 언급한 바 있다.

23 에머슨을 의미한다.

24 1840년 윌슨H. H. Wilson이 번역한 《비슈누 푸라나: 인도 신화와 전통체계》의 305쪽에 대한 언급이다.

15 겨울 동물들

호수들이 단단히 얼어붙었을 때, 호수는 여러 장소에 이르는 새로운 지름길을 제공했다. 그뿐 아니라 얼어붙은 호수 표면에서 보면 주위의 익숙한 풍경이 새로운 경치로 변모했다. 가끔 플린트 호수에서 노를 젓고 다녔고 그 위에서 스케이트를 탄 적이 있긴 했지만, 눈으로 덮인 뒤에 가로질러 간 플린트 호수는 뜻밖에 너무 넓고 낯설어서 배핀Baffin 만[1] 생각이 났다. 눈 덮인 평야 끝에 링컨의 언덕들이 나를 둘러싸고 솟아 있었는데, 이전에 내가 거기 섰던 기억이 없었다. 거리를 확정할 수 없는 얼음 위에서 늑대 같은 그들의 개와 천천히 움직이는 낚시꾼은 바다표범잡이나 에스키모인처럼 보였고, 안개 낀 날씨에는 어렴풋이 전설적인 인물처럼 보였는데, 그들이 거인인지 아니면 피그미족인지는 알 수 없었다. 나는 저녁에 링컨에서 있을 강연을 갈 때 이 길을 택했다. 오두막과 강연장 가는 길 사이에 어떤 길도 없었고

....

1   그린랜드Greenland와 캐나다 사이에 있는 북극해의 일부다.

어떤 집도 지나지 않았다. 가는 길에 있는 구스 호수에는 사향쥐가 군집해 살았고 얼음 위에 높다랗게 쥐들의 오두막을 세웠지만, 내가 호수를 가로질렀을 때는 한 마리도 집 밖으로 보이지 않았다. 월든 호수는 나머지 호수처럼 보통은 눈이 쌓이지 않거나 가로막힌 눈만 야트막히 쌓여 있었다. 이곳은 다른 곳에는 눈이 편평하게 거의 2피트 깊이로 쌓여 마을 사람들이 마을에 있는 거리 밖으로는 나오지 못할 때도 자유롭게 걸어 다닐 수 있는 내 뜰이었다. 마을의 거리와 간혹 있는 일을 제외하면 썰매의 방울 소리에서 멀리 떨어진 호수 위 무스(큰 사슴)의 발자국으로 잘 다져진 거대한 뜰에서 미끄럼을 타고 스케이트를 탔다. 그 위에는 눈 무게 때문에 아래로 처지거나 고드름이 빽빽하게 달린 참나무와 엄숙한 소나무가 드리우고 있었다.

겨울밤과 이따금 겨울 낮에 나는 소리들에 대해 말하자면, 나는 쓸쓸하지만 아름다운 올빼미 울음을 막연히 멀리서 들었다. 그 소리는 현악기 활로 켰을 때 얼어붙은 땅이 낼 만한 소리로서 바로 월든 숲의 '방언'이며, 올빼미가 그 소리를 내는 모습을 본 적은 전혀 없었지만 마침내 상당히 익숙해진 소리였다. 겨울 저녁에 문을 열 때마다 그 소리를 들었다. "후 후 후, 후러 후" 하는 소리가 낭랑하게 울렸고, 첫 세 음절은 "하우 더 두"처럼 어느 정도 강세가 있거나 때로는 단지 "후후"로 들렸다. 호수가 전부 얼어붙기 전인 겨울 초입의 어느 날 밤 아홉시 경에 기러기 한 마리가 커다랗게 우는 소리에 깜짝 놀라 급히 문으로 갔다. 기러기들이 숲에서 이는 폭풍같이 날개를 퍼덕이며 내 집 너머로 낮게 날아가는 소리를 들었다. 그들은 호수를 넘어 페어헤이븐 쪽으로 날아갔는데, 외관상 내 집 불빛 때문에 내려앉지 못하고, 그들의 우두머리는 규칙적으로 내내 울음소리를 냈다. 갑자기 바로 내 곁에서 숲의 서식자가 내는 소리 가운데서 가장 거칠고 놀라운 목소리로 기러기에게 일정한 간격으로 응답했다. 그 목소리는 칡부엉이가 분명했다. 마치 허드슨 만에서 온 이 침입자에게 원주민이 더 광범위한 음역과 성량이 있다고 밝히고 보여줌으로써 치욕을 주어 콩코드의 지평선으로부터 그를 '엉엉 울려서' 쫓아내기로 결심한 것 같았다. 신성한 이 밤에 내 거점을 놀라게 하는 저의가 무엇이냐? 너는 내가 이런 시간에 졸기라도 한 적이 있으며 너와 같은 폐와 후두가 없다고 생각하는가? "엉엉, 엉엉, 엉엉!" 그 울음소리는 여태껏 들어본 소리 가운데 가장 오싹한 불협화음이었다. 그럼에도 분별력 있는 귀가 있다면, 그 속에는 이 평원에서 본 적도 들은 적도 없는 화음의 요소가 있음을 알 수 있었다.

나는 콩코드 근방에 있는 내 아주 친한 잠자리 친구인 호수의 얼음이 아아 하고 외치는 소리도 들었다. 마치 얼음이 침대에서 안절부절하지 못하면서 몸을 뒤척이고 싶은 것 같았고, 거북한 속과 나쁜 꿈으로 고통을 받는 것 같았다. 또는 서리로 인해 땅이 갈라지는 소리에 잠을 깼는데, 마치 짐마차를 몰고 온 어떤 사람이 문에 부딪힌 것 같았다. 그러고 나서 아침에 보면 땅에 생긴 길이 0.25마일에 폭 0.3인치의 틈을 발견하곤 했다.

때때로 달빛 비치는 밤에 여우가 자고새나 다른 사냥감을 찾아 눈 덮인 땅을 기면서 내는 소리를 들었다. 야생개처럼 거칠고 흉악하게 짖었는데, 마치 어떤 고통으로 괴로워하거나 자신을 표현하려는 것 같았고, 불빛을 찾으려고 애쓰면서 완전히 개가 되어 거리를 마음대로 달리고 싶어 하는 것 같았다. 왜냐하면 우리가 아주 오랜 기간을 염두에 둔다면, 인간뿐 아니라 사나운 짐승 사이에도 문명이 계속 발전하지 않겠는가? 여우는 덜 발달된, 여전히 자신을 방어하며 변신을 기다리면서 굴에 사는 인간처럼 보였다. 때때로 여우 한 마리가 내 집의 불빛에 끌려 창문 가까이 왔다가 내게 여우식 욕을 퍼붓고서야 물러났다.

보통 새벽에 붉은 다람쥐가 나를 깨웠다. 녀석은 지붕 위와 집의 벽들 위아래로 뛰어다녔고, 마치 이 목적을 위해 숲에서 파견된 것 같았다. 겨울 동안 나는 아직 덜 영근 말랑말랑한 옥수수 알갱이 반 부셸을 문 옆의 눈바닥에 뿌렸고, 그 미끼에 유혹된 여러 동물의 움직임을 관찰하며 즐거운 시간을 보냈다. 황혼녘과 밤에는 토끼가 정기적으로 와서 실컷 먹었다. 종일 붉은 다람쥐가 오갔고, 교묘한 책략으로 내게 큰 즐거움을 선사했다. 어떤 놈은 처음에는 조심스레 관목 참나무 사이로 접근해서는 바람에 날리는 나뭇잎처럼 발작적으로 눈 바닥 위로 달려갔다. 내기라도 한 것처럼 놀라운 속도와 힘으로 '뒷다리'를 사용해 상상할 수 없을 정도로 서두르면서 이번에는 이쪽으로 몇 발자국을 내딛다가 다음에는 저쪽으로 같은 수의 발자국을 내딛지만 한 번에 2.5미터 이상은 전진하지 않는다. 그러다가 갑자기 우스꽝스러운 표정을 지으며 쓸데없이 공중제비를 하면서 동작을 멈추었다. 마치 우주의 모든 눈이 그에게 고정되었다고 여기는 것 같았다. 왜냐하면 숲속에서 가장 외롭고 후미진 곳에서조차 다람쥐의 모든 동작은 춤추는 소녀의 동작만큼이나 관객의 존재를 조건으로 하기 때문이다. 그 전체 거리를 걷는 데 충분했을 것보다 더 많은 시간을 미루고 조심하느라 낭비하다가—나는 다람쥐가 걷는 모습을 한 번도 본 적이 없다—갑자기 눈 깜짝할 사이에 붉은 다람쥐는 어린 리기다소나무의 꼭대기로 올라갈 것이다. 거기서 시계태엽을 감는 것 같은 경보를 울리며 가상의 모든 관객을 꾸짖고, 독백을 하다가 동시에 우주 전체에 말을 건네기도 하지만, 그 이유를 나는 알아차릴 수 없었고 아마 녀석도 모르리라고 생각한다. 마침내 다람쥐는 옥수수에 도달하고, 알맞은 옥수수를 선택하고, 이전과 똑같이 일정치 않은 삼각형 구도로 여기저기 뛰어다니다가 창문 앞 장작더미 꼭대기에 있는 나무토막으로 뛰어오를 것이다. 그곳에서 녀석은 내 얼굴을 바라보았고, 몇 시간 동안 거기에 앉아 있으면서 이따금 새 옥수수를 가져왔다. 처음에는 게걸스럽게 조금씩 갉아먹다가 반쯤 남은 옥수수속대를 주변에 던졌다. 그러다가 마침내 녀석은 훨씬 더 까다로워져서 옥수수 알의 속만 맛보고는 음식을 가지고 놀았다. 한 발로 나무토막 위에 균형을 이루며 잡고 있던 옥수수를 실수로 땅에 떨어뜨렸을 때, 다람쥐는 믿을 수 없다는 듯이 우스꽝스러운 표정을 지으면서 옥수수를 내려다보았다. 마치 옥수수가 살아 있다고 의심하는 것처럼, 다시 집어야 할지 새 것을 집어야 할지, 아니면 그냥 가야 할지 결정하지 못하는 것 같았다. 이제는 옥수수에 대해 생각하다가 금세 바람 소리를 경청하기도 했다. 이렇게 이 작고 뻔뻔한 친구는 오전에만 옥수수 몇 개를 낭비하곤 했다. 그러다가 마침내 자신보다 상당히 더 큰, 좀더 길고 통통한 옥수수를 잡고는 재주 좋게 균형을 이루면서 숲속으로 출발하곤 했다. 호랑이가 아메리카들소를 잡아가듯이, 이전과 똑같이 갈지자로 가다가 자주 쉬면서, 마치 옥수수가 너무 무거운 듯이 땅에 끌다가 내내 떨어뜨렸다. 녀석은 수직과 수평 사이에 대각선을 이루면서 옥수수가 떨어지게 했다. 하여튼 옥수수를 들고 가기로 결심한 그 녀석은 유별나게 장난스럽고 변덕이 많았다. 이런 식으로 다람쥐는 사는 곳으로 옥수수를 가지고 갔고, 어쩌면 200에서 250미터 떨어진 소나무 꼭대기로 운반했을 것이다, 나중에 나는 숲에 여러 방향으로 이리저리 흩어진 옥수수속대를 발견하곤 했다.

마침내 어치들이 도착했다. 그들이 지르는 시끄러운 비명이 오래전 0.12마일 떨어진 곳에서 조심스럽게 다가오고 있을 때부터 들렸다. 그들은 이 나무에서 저 나무로 몰래 살금살금 날아서 점점 더 가까이 다가오고, 다람쥐가 떨어뜨린 옥수수 알갱이들을 집는다. 그런 다음 리기다소나무 가지에 앉아서 그들에게는 너무 큰 옥수수 알갱이를 급하게 삼키려다가 목이 막힌다. 몹시 애쓴 뒤에 어치들은 옥수수 알갱이를 토해내고, 부리로 거듭 쪼아 부수려고 애쓰면서 한 시간을 보낸다. 어치는 명백히 도둑이었고, 나는 그들을 많이 존중하지 않았다. 그러나 다람쥐는 처음에는 수줍어하지만, 마치 자신의 몫을 가져가는 것처럼 작업을 했다.

한편 박새도 무리를 지어 왔다. 박새는 다람쥐가 떨어뜨린 부스러기를 집어 물고 가장 가까운 나뭇가지로 날아가서 그 부스러기를 발톱 아래에 놓고, 마치 나무껍질 속에 있는 벌레인 양 그 부스러기를 가는 목구멍으로 삼킬 수 있을 정도로 충분히 작아질 때까지 작은 부리로 쪼아대었다. 작은 무리의 박새는 매일 내 장작더미에서 정찬을 먹거나 집 문간에서 부스러기를 쪼아 먹기 위해 와서는, 풀밭에서 쨍강쨍강하고 고드름이 부딪는 소리처럼 희미하게 휙 스치며 조잘대는 음색을 내거나, 활기차게 "데이 데이 데이" 소리를 내거나, 아주 드물게 봄날 같은 날에는 숲 옆에서 "피-비"라고 여름철에 알맞은 강인한 소리를 낸다. 그들은 너무 친근해서 마침내 한 마리가 내가 운반하고 있던 한 아름의 장작 위에 내려앉았고 겁 없이 장작을 쪼았다. 한번은 내가 마을 정원에서 쟁기질을 하는 동안 잠시 내 어깨에 참새 한 마리가 내려앉도록 놔둔 적이 있다. 나는 그 상황 덕분에 어떤 견장을 달았을 때보다도 훨씬 더 고귀해졌다고 느꼈다. 결국 다람쥐와도 상당히 친해져, 녀석은 가장 가까운 길을 찾아 때때로 내 신발을 밟고 넘어갔다.

　땅이 아직 완전히 눈으로 덮이지 않았을 때와 다시 겨울의 끝자락에 내 집 남쪽의 언덕 사면과 장작더미 근처에 눈이 녹았을 때, 자고새들이 먹이를 먹기 위해 아침저녁으로 숲에서 나왔다. 숲속 어디를 걷든지 자고새는 날개를 윙윙거리면서 후다닥 튀어나와 높은 곳의 마른 나뭇잎과 가지로부터 눈을 털어냈다. 그러면 햇빛 속에서 그 눈이 금가루를 체로 친 것처럼 내린다. 이 용감한 새는 겨울을 두려워하지 않았기 때문이다. 자고새는 자주 쌓인 눈 속에 들어가기도 하고, "때때로 날아서 부드러운 눈 속으로 돌진해, 그 속에서 하루나 이틀 숨은 채 머무른다"는 말이 있다. 나는 앞이 탁 트인 땅에서도 자고새를 놀라게 하곤 했는데, 그들은 석양 무렵 야생사과나무의 '새싹을 따먹기' 위해 숲에서 나왔다. 자고새는 매일 저녁 규칙적으로 특정한 나무에 오는데, 약삭빠른 사냥꾼은 거기서 자고새를 기다리고 있다. 멀리 숲에 인접한 과수원들은 자고새로 인해 피해를 많이 입는다. 하여튼 나는 자고새가 먹이를 먹을 수 있어 기쁘다. 자고새는 새싹과 다이어트 음료를 먹고사는 자연이 낳은 새인 것이다.

　어두운 겨울날 아침이나 낮이 짧은 겨울날 오후에 나는 이따금 추적본능에 저항할 수 없던 사냥개 한 떼가 울음소리를 내며 숲 전역을 누비는 소리를 들었다. 그리고 이따금 들리는 사냥 나팔 소리 덕에 후방에 사람이 있다는 사실을 알 수 있었다. 숲은 다시 울리지만 그럼에도 어떤 여우도 호수와 수평을 이루는 탁 트인 평지로 뛰쳐나오지도 않고 따라오는 개 떼가 그들의 악타이온Actaeon[2]을 추격하지도 않는다. 저녁이면 사냥꾼이 전리품으로 여우꼬리 하나를 썰매 뒤로 끌면서 여관으로 돌아오는 모습을 본다. 그들은 여우가 꽁꽁 언 땅속에 있었다면 안전했을 것이고, 여우가 일직선으로 달려 달아났다면 어떤 여우사냥개도 따라잡지 못할 것이라고 말한다. 그러나 추적자를 멀리 따돌렸기 때문에 여우는 쉬기 위해 멈추고서 추적자가 다가올 때까지 귀를 기울인다. 그러다가 빙빙 돌아 달려간 은거지에는 사냥꾼들이 여우를 기다리고 있다. 때때로 여우가 벽 위로 올라가 몇백 미터를 달려가다가 한쪽으로 멀리 뛰어내릴 것이다. 녀석은 물에 들어가면 냄새를 숨길 수 있음을 아는 듯하다. 어떤 사냥꾼이 내게 말했는데, 일전에 사냥개에게 쫓기는 여우가 월든 호수의 얼음이 얕은 웅덩이로 덮여 있을 때 호수로 뛰어들었고, 어느 정도 가로질러가다가 처음에 있던 기슭으로 돌아가는 모습을 본 적이 있다고 했다. 곧 사냥개들이 도착했지만, 여기서 여우의 냄새를 놓쳤다. 때때로 한 떼의 사냥개가 내 집 문을 지나가더니 집을 빙 돌고 나서 나를 안중에 두지 않고 짖으며 사냥을 했다. 일종의 광기에 감염된 것 같아서 그 무엇도 그들을 추적으로부터 전환시킬 수 없었다. 이런 식으로 그들은 여우가 지나간 새로

---

2 그리스 신화에 나오는 사냥꾼이다. 목욕하는 아르테미스Artemis 여신을 훔쳐보다가 사슴으로 변했고, 자신의 사냥개에게 사냥을 당해 잡아먹힌 인물이다.

운 흔적을 발견할 때까지 빙빙 도는데, 똑똑한 사냥개라면 냄새를 찾기 위해 그 외의 모든 것을 버리기 때문이다. 어느 날 어떤 사람이 긴 추적에 나선 그의 사냥개에 대해 알아보기 위해 렉싱턴에서 내 오두막까지 왔다. 사냥개가 일주일 동안 혼자 사냥을 하고 있다는 것이었다. 그러나 내가 그에게 모두 말해주었음에도 그가 더 현명해지지 않았을 것 같아 걱정이다. 왜냐하면 그의 질문에 내가 대답을 할 때마다 말을 가로막고 "여기서 뭐하며 살아요?"라고 물었기 때문이다. 그는 개를 한 마리 잃어버린 대신 사람을 하나 찾은 셈이었다.

쌀쌀한 말투의 어떤 늙은 사냥꾼은 매년 한 번 월든 호수의 물이 가장 따뜻할 때 멱을 감으러 오곤 했다. 그럴 때면 나를 찾아왔는데, 몇 년 전 어느 오후에 총을 들고 월든 숲을 탐사한 적이 있다고 말했다. 웨일랜드 길을 걷고 있을 때 그는 사냥개가 짖는 소리가 가까워지는 소리를 들었다. 얼마 지나지 않아 여우 한 마리가 담을 넘어 길로 뛰어들더니 눈 깜짝할 사이에 다른 쪽 담을 뛰어넘었다. 그가 빨리 총을 쏘았지만 여우를 맞추지는 못했다. 약간 뒤에서 늙은 어미사냥개 한 마리와 새끼 세 마리가 자기들끼리 사냥하면서 전속력으로 추격하더니 다시 숲으로 사라졌다. 오후 늦게 월든 호수의 남쪽에 있는 빽빽한 숲속에서 사냥꾼이 휴식을 취하고 있을 때, 저 멀리 페어헤이븐 쪽으로 아직도 그 여우를 쫓는 사냥개의 소리를 들었다. 사냥개들은 다가오고 있었고, 숲 전체를 울리는 그들의 사냥울음은 어떤 때는 웰메도에서, 또 어떤 때는 베이커 농장에서 들리는 등 점점 더 가까이 다가왔다. 오랫동안 가만히 서서 사냥꾼의 귀에는 너무나 달콤한 음악 같은 사냥개 짖는 소리를 경청하고 있을 때 갑자기 여우가 나타났다. 여우는 토끼사냥 속도로 느긋하게 엄숙한 통로를 누볐는데, 여우의 발자국 소리는 나뭇잎이 동정적으로 살랑거리는 소리에 묻혔고, 여우는 빠르고도 조용하게 자신의 입지를 지키면서도 추적자를 멀리 따돌렸다. 그런 다음, 숲 한가운데 있는 바위에 뛰어 올라서는 등을 사냥꾼에게 향한 채 똑바로 앉아 귀를 기울이고 있었다. 잠시 동정심이 사냥꾼의 팔을 제어했지만, 찰나의 기분이었다. 순식간에 그의 총이 조준되고 "탕!" 하고 울리는 소리가 났다. 여우는 바위 너머로 구르더니 죽은 채 땅에 누었다. 사냥꾼은 여전히 자기 자리에서 사냥개 소리에 귀를 기울였다. 사냥개는 아직도 다가오고 있었고, 이제 가까이 있는 숲의 모든 통로는 사냥개의 악마 같은 울음소리로 울려 퍼졌다. 이윽고 늙은 어미사냥개가 주둥이를 땅에 가져다 대며 갑자기 나타났고, 마치 귀신에 사로잡힌 듯이 공중으로 달려들다가 곧장 바위로 달려갔다. 죽은 여우를 보고는 놀라서 말문이 막힌 것처럼 갑자기 사냥울음을 멈추고는 그 주위를 조용히 빙빙 돌았다. 사냥개의 새끼들이 한 마리씩 도착했고, 그들은 어미처럼 불가사의한 여우의 죽음 때문에 침착하게 침묵을 지켰다. 그때 사냥꾼이 앞으로 나와 그들 중간에 섰다. 그제야 비밀이 풀렸다. 사냥개들은 사냥꾼이 여우의 가죽을 벗기는 동안 짖지 않고 기다렸다가 잠깐 동안 여우 꼬리를 따라가더니 결국은 방향을 틀어 다시 숲속으로 돌아갔다. 그날 저녁 웨스턴Weston의 유지 한 사람이 자기 사냥개의 행방을 물어보기 위해 콩코드 사냥꾼의 오두막에 왔고, 어떻게 자기 사냥개들이 웨스턴 숲에서부터 와서 일주일 동안 자기들끼리 사냥을 했는지 이야기했다. 콩코드 사냥꾼은 자신이 아는 바를 그에게 말하고 여우 가죽을 주겠다고 했지만, 그는 거절하고 떠났다. 그는 그날 밤 자신의 사냥개들을 발견하지 못했지만, 개들이 강을 건너 어떤 농가에서 밤을 묵었고, 그곳에서 잘 얻어먹은 후 아침 일찍 떠났다는 사실을 다음 날 알았다.

내게 이 이야기를 해준 사냥꾼은 샘 너팅Sam Nutting이라는 사람을 기억했다. 너팅은 페어헤이븐 언덕에서 곰을 사냥해 그 가죽을 콩코드 마을에서 럼주로 교환하곤 했다. 너팅은 그곳에서 무스를 본 적이 있다고 사냥꾼에게 말하기도 했다. 너팅에게는 버고인Burgoyne이라는 이름의 유명한 여우사냥개가 있었는데ㅡ그는 그 이름을 버긴Bugine이라고 발음했다ㅡ사냥꾼은 그 개를 빌리곤 했다. 군대의 대위, 읍 서기, 주 의회 의원이었던 이 읍의 나이 든 상인의 회계장부에서 나는 다음의 기입사항을 발견했다. 1742, 43년 1월 18일, "채권자 존 멜빈John Melven, 회색 여우 2실링 3펜스." 회색 여우는 이제 여기에서 발견되지 않는다. 1743년 2월 7일자 장부에는 헤즈카이어 스트래튼Hezekiah Stratton이 "고양이 가죽 절반에 대해 1실링 4.5펜스"를 빌려갔다. 그것은 물론 살쾡이였는데, 스트래튼이 프렌치French 인디언 전쟁[3]에서 중사였고, 그보다 덜 고귀한 사냥감을 잡았다는 불명예를 얻고 싶지 않았을 것이기 때문이다. 사슴 가죽에 대해서도 신용 대부를 해주었는데, 사슴 가죽은 매일 판매되었다. 어떤 사람은 이 근처에서 죽임을 당한 마지막 사슴의 뿔을 아직도 보존하고 있고, 또 다른 사람은 그의 삼촌이 참여한 사냥에 대해 자세하게 이야기해주었다. 이전에는 이곳에 사냥꾼들은 숫자도 많고 유쾌했다. 몹시 여윈 사냥꾼 한 명을 기억하는데, 내 기억이 옳다면 그는 길가에서 딴 나뭇잎 하나로 어떤 사냥나팔보다 더 야성적이고 아름다운 가락을 연주하곤 했다.

한밤중에 달이 떠 있을 때 길을 가다가 때때로 숲 주위를 어슬렁거리는 사냥개들을 만났다. 그 개들은 두려운 듯이 길에서 슬금슬금 뒤로 물러나더니 내가 지나갈 때까지 덤불 한가운데 조용히 서 있곤 했다.

다람쥐와 야생생쥐는 내가 저장해둔 견과를 두고 다투었다. 집 주위에는 직경 1인치에서 4인치에 이르는 수십 그루의 리기다소나무가 있었는데, 지난겨울에 생쥐가 그 나무를 갉아먹었다. 눈이 오랫동안 깊이 쌓였던 지난겨울이 그들에게는 노르웨이의 겨울과 같았을 것이고, 소나무 껍질의 비율을 높여서 다른

---

3 1754년부터 1763년까지 북미에서 벌어진 영국과 프랑스의 전쟁으로, 인디언들이 프랑스에 협력했다.

음식물과 섞어 먹어야 했을 것이다. 허리에 띠를 두른 듯 완전히 갉아먹혔지만, 나무들은 살아 있었고 겉보기에는 한여름에 잘 자라서 그 가운데 많은 나무가 1피트는 자랐다. 그러나 지난 겨울과 같은 일을 한 번 더 보내고 난 나무들은 예외 없이 죽었다. 쥐 한마리가 식사거리로 소나무 한 그루 전체를 아래위로 갉아먹는 대신 나무둘레를 빙 돌아가면서 갉아먹도록 허용된다는 것은 놀랄 만한 일이다. 어쩌면 빽빽하게 자라는 이 나무들을 솎아내기 위해서는 이런 방식이 필수일 것이다.

산토끼는 매우 친근하다. 산토끼 한 마리가 겨울 내내 내 집 아래에 잠자리를 마련했는데, 나와는 단지 마룻장 하나를 사이에 두고 떨어져 있었다. 산토끼는 매일 아침 내가 일어나 움직이기 시작할 때, 서둘러 떠나면서 나를 놀라게 했다. 녀석이 서두르느라 머리를 마룻바닥에 부딪치며 "쿵, 쿵, 쿵" 하는 소리를 냈다. 산토끼는 해거름에 내가 밖으로 던진 감자껍질을 갉아먹기 위해 문 주위로 오곤 했고, 땅의 색과 너무나 유사해서 녀석이 가만히 있을 때는 거의 구분이 되지 않았다. 때때로 황혼녘에는 창문 아래에 산토끼 한 마리가 움직이지 않고 앉아 있는 모습이 사라졌다가 다시 나타났다. 저녁에 내가 문을 열면, 그들은 끽끽 울며 폴짝 뛰어가곤 했다. 가까이에 있을 때 산토끼는 동정심을 자아내기만 했다. 어느 날 저녁, 산토끼 한 마리가 내게서 두 걸음 떨어진 문 옆에 앉아 있었다. 처음에는 두려움에 떠는데도 움직이려 하지 않았다. 여위고 뼈가 앙상하며 너덜너덜한 귀와 뾰족한 코, 짧은 꼬리와 가녀린 발에 불쌍하고 작은 놈이었다. 마치 자연이 더 고귀한 혈통의 품종을 더는 담지 못하고 원기를 모두 소진한 것 같았다. 산토끼의 커다란 눈은 어리고 건강하지 않은 것처럼 보였는데, 거의 수종에 걸린 듯했다. 내가 한 걸음 나아갔더니, 이상하게도 이놈은 몸통과 사지를 우아한 길이로 쭉 펴더니 눈이 얼어붙은 곳 너머로 유연하게 도약해 재빨리 도망갔다. 곧 나와 그놈 사이에는 숲이 가로놓였다. 녀석은 자신의 활력과 자연의 위엄을 시위하는 야생의 자유로운 짐승이었다. 그놈이 가냘픈 것에는 이유가 없지 않았다. 그놈의 천성이었다 (어떤 사람들은 토끼 이름이 라틴어로 '레푸스Lepus'인 까닭이 발걸음이 가볍고 빠르기 때문이라고 생각한다).

토끼와 자고새가 없다면 시골이겠는가? 그들은 시골에서 난 가장 소박하고 토착적인 동물에 속한다. 현대에서처럼 고대에서도 잘 알려진 오래되고 존경받는 과의 동물이며, 바로 자연의 색조와 본질을 품고 있으며 나뭇잎과 땅과 가장 관련이 깊다. 그들은 서로서로 관련되어 있는데, 날개나 다리가 있다. 토끼나 자고새가 갑자기 후다닥 가버릴 때, 당신은 야생동물이 아닌 살랑거리는 나뭇잎만큼 자연스러운 동물을 본 것이다. 자고새와 토끼는 어떤 혁명이 일어난다고 해도 땅에서 난 진정한 토박이처럼 여전히 번성할 것이 확실하다. 설사 숲이 베이더라도, 돋아나는 싹과 덤불이 그들에게 숨을 곳을 제공하고, 그들은 어느 때보다 개체수가 많아질 것이다. 산토끼를 먹여 살리지 못하는 시골은 실로 빈한한 곳임에 틀림없다. 우리 숲에는 토끼와 자고새가 가득하고, 모든 늪지 주변에는 녀석들이 걸어 다니는 모습을 볼 수 있다. 비록 그들이 가는 나뭇가지로 만든 울타리[4]와 말총으로 만든 올가미[5]에 포위되고 목동이 지키고 있지만 말이다.

4   올가미에 뛰어드는 토끼를 방지하기 위해 사용하는 울타리를 의미한다.
5   새와 작은 동물들을 잡는 데 사용하는 올가미를 뜻한다.

겨울의 호수

평온한 겨울밤이 지나고 잠에서 깰 때마다 질문을 받았다. 잠을 자면서도 질문에 대답하려 애썼지만 헛수고라는 느낌이 들었다. 그 질문은 무엇을-어떻게-언제-어디에서 등과 같은 것이었다. 그러나 모든 피조물이 깃들어 사는 자연이 밝아오면서 내 집의 넓은 창문을 평온하고 만족한 얼굴로 들여다보고 있었지만, '그녀(자연)의' 입술은 어떤 질문도 담고 있지 않았다. 나는 질문에 대한 답인 자연과 일광에 잠을 깼다. 어린 소나무로 점점이 박힌 지상 깊이 쌓인 눈과 내 집이 위치한 바로 그 언덕의 사면은 "전진!"이라고 말하는 것 같았다. 자연은 아무런 질문도 하지 않고 우리 인간이 묻는 질문에 어떤 대답도 하지 않는다. 자연은 오래전에 그렇게 결심했다. "오, 군주여. 우리의 눈은 감탄하며 관조하고 이 우주의 놀랍고 다양한 광경을 영혼에 전달합니다. 밤이 이 영광스러운 창조의 일부분을 가리는 것은 분명하지만, 낮이 와서 땅에서부터 하늘의 평원에까지 달하는 이 위대한 작품을 우리에게 드러냅니다."

그런 다음에 아침 일과를 시작한다. 먼저 이제는 꿈이 아니니, 나는 도끼와 물통을 들고 물을 찾아간다. 춥고 눈 오는 밤이 지나고 물을 찾으려면 점지팡이[1]가 필요했다. 미풍에 아주 민감하며 모든 빛과 그림자를 비추던 전율하는 액체상태인 호수의 수면은 매년 겨울에는 1피트에서 1.5피트 깊이까지 단단히 얼어서 가장 무거운 짐수레가 지나가도 가라앉지 않고, 어쩌면 눈이 호수 수면 깊이까지 내려서 호수를 덮으면 편평한 들판과 구별되지 않을 것이다. 주위 언덕에 사는 우드척처럼 호수는 눈꺼풀을 내리고 석 달 또는 그 이상 동면한다. 마치 언덕 한가운데 목초지에 있는 것처럼 눈 덮인 평원에 서서, 먼저 1피트의 눈을 파고 들어간 다음 1피트의 얼음을 또 파고 들어가 발아래 창문을 연다. 거기에서 물을 마시기 위해 꿇어앉아 물고기들의 조용한 응접실을 내려다보는데, 그곳에는 젖빛 유리로 보는 것처럼 부드러운 빛이 가득 차 있으며, 여름철처럼 빛나는 모래 바닥이 놓여 있다. 거기는 연중 끊이지 않고 황혼녘의 호박색 하늘처럼 잔잔한 평온함이 지배한다. 그것은 주민들의 태연하고 차분한 성격과도 상응한다. 하늘은 머리 위뿐 아니라 발아래에도 있다.

모든 것이 서리 때문에 바삭거리는 이른 아침에, 사람들이 낚싯대와 가벼운 점심을 지참하고 창꼬치와 농어를 잡기 위해 와서 눈 덮인 들판에 구멍을 뚫어 가는 낚싯줄을 아래로 드리운다.

---

1 수맥이나 광맥을 탐지하는 데 쓰는, 끝이 갈라진 개암나무 지팡이다.

야성적인 사람은 본능적으로 마을 사람과 다른 방식을 따르며 다른 권위를 신뢰하는데, 그들이 오고감에 따라 부분적으로 끊길 수 있는 읍 사이의 교류를 이어준다. 그들은 두꺼운 모직 외투를 입고 호수 기슭의 마른 참나무 잎 위에 앉아 점심을 먹는다. 도시민이 인위적인 지식에 정통하다면 그들은 자연적인 지식에 정통하다. 그들은 책을 참조한 적이 없고, 많은 일을 했지만 안다고 말할 수 있는 것은 훨씬 적다. 그들이 하는 일이 아직 알려지지 않은 것이라고 한다. 여기 다 자란 농어를 미끼로 창꼬치 낚시를 하는 사람이 있다. 여름 호수를 들여다보는 것과 같은 놀라움으로 그의 양동이를 들여다보는데, 마치 그가 여름을 자기 집에 감금했거나 여름이 퇴각한 곳을 아는 것 같았다. 어떻게 그는 한겨울에 물고기를 잡았을까? 응, 땅이 얼어붙었으니 썩은 통나무 안에 있던 벌레로 물고기를 잡은 것이다. 그의 삶 자체가 박물학자의 연구보다 더 자연 속으로 깊이 들어간다. 그 자신이 박물학자의 연구주제인 것이다. 박물학자는 곤충을 잡기 위해 칼로 이끼와 나무껍질을 조용히 들어 올린다. 낚시꾼이 통나무를 속까지 벌어지도록 도끼로 찍으면 이끼와 나무껍질은 사방으로 날아간다. 그는 나무껍질을 벗기는 일로 생계비를 번다. 그런 사람은 낚시할 권리가 있고, 나는 그로 인해 자연의 법칙이 실행되는 모습을 보는 것을 좋아한다. 농어는 곤충의 유충을 삼키고, 창꼬치는 농어를 삼키고, 낚시꾼은 창꼬치를 삼킨다. 그래서 존재의 사슬에 있는 모든 틈이 채워진다.

안개 낀 날씨에 호수 주위를 거닐 때, 때때로 좀더 미숙한 낚시꾼이 채택한 원시적인 방식을 보는 것이 재미있었다. 그는 아마 얼음에 판 좁은 구멍 위로 오리나무의 큰 가지를 걸쳐놓는데, 가지 사이 간격은 20 내지 25미터쯤이며 기슭에서 일정한 거리에 있었다. 낚싯줄이 얼음구멍 속으로 끌려 들어가지 않도록 끝을 나뭇가지에 잡아매었고, 얼음 위로 1피트 남짓 높이에 있는 오리나무의 가는 가지 너머로 줄을 느슨하게 지나가게 했다. 그줄에 마른 참나무 잎을 하나 매었다. 아래로 당겨진다면 고기가 입질했다는 의미였다. 호수 주위를 반쯤 걸었을 때 안개 속에서 규칙적인 간격으로 놓인 오리나무를 어렴풋이 보았다.

아, 월든의 창꼬치! 얼음 위에 또는 낚시꾼이 얼음에 작은 구멍을 뚫어 호숫물이 올라오도록 해서 만든 웅덩이 속에 놓인 모습을 볼 때, 나는 항상 그 보기 드문 아름다움에 놀란다. 마치 전설적인 물고기인 듯이, 창꼬치는 거리에서도, 심지어는 숲에서도 아주 생소하다. 콩코드 사람에게는 아라비아만큼이나 생소하다. 그들은 거리에서 뿔피리를 불며 팔러 다니는 창백한 색깔의 대구와 해덕대구와는 크게 차이 나는 아주 눈부시고 초월적인 아름다움을 보여준다. 그들은 소나무처럼 초록색도 아니며 돌처럼 회색도 아니고 하늘처럼 파란색도 아니다. 이렇게 말할 수 있다면, 내 눈에 창꼬치는 꽃과 보석처럼 훨씬 더 진귀한 색을 보여준다. 그들은 마치 진주 같거나 월든 호수의 물이 동물화된 핵² 또는 수정 같다. 그들은 물론 모든 점에서 철저히 월든다 우며, 그들 자체가 동물의 왕국에서 작은 월든 호수이며, 월든의 서식자다. 창꼬치가 여기서 잡힌다는 사실이 놀랍다. 월든 도로를 덜컹거리고 다니는 짐마차와 유람마차, 딸랑거리며 달리는 눈썰매보다 훨씬 아래에 있는 깊고 널찍한 샘에서 이 멋진 금빛과 에메랄드빛 물고기가 헤엄친다는 사실이 놀랍다. 나는 어떤 시장에서도 이 같은 종류의 물고기를 한 번도 본 적이 없다. 창꼬치가 시장에 나온다면 그곳의 모든 눈이 주목할 것이다. 창꼬치는 몇 번 발작적으로 몸부림치다가 때가 되기 전에 공기가 희박한 하늘로 이동된 인간처럼 쉽게 죽는다.

오래전에 잃어버린 월든 호수의 바닥을 다시 찾고 싶었기 때문에 나는 1846년 초 얼음이 녹기 전에 나침반과 사슬, 수심 재는 줄로 호수 바닥을 면밀하게 측량했다. 이 호수의 바닥에 대해서는 많은 이야기가 있었고, 더 정확히 말하면 바닥이 없다는 이야기도 있었지만, 확실히 아무런 근거가 없었다. 수심을 재어볼 수고도 하지 않고 호수에 바닥이 없다고 오랫동안 믿는다는 사실은 놀라운 일이다. 나는 이 근처에서 한 번의 산책으로 바닥이 없는 호수라는 이름이 붙은 두 호수를 방문한 적이 있었다. 많은 사람이 월든 호수를 관통해 내려가면 지구 반대편에 닿으리

---

2   물질이 그 주위에 응집되는 몸체 또는 관심의 초점을 뜻한다.

라 믿었다. 오랫동안 얼음 위에 납작하게 엎드려 있던 어떤 사람은 착시를 일으키는 매체를 통해, 게다가 눈물 어린 눈으로 아래를 내려다보면서, 마음속으로 감기에 걸릴지도 모른다는 두려움 때문에 무리하게 성급한 결론으로 내몰려, "건초 한 짐이 밀려 들어갈 수도 있을" 거대한 구멍을 보았다. 분명히 지옥의 강 스틱스의 원천이며 지옥으로 가는 입구인 구멍에 건초 한 짐을 밀어 넣을 사람이 있다면 말이다. 다른 사람들은 마을에서 '56파운드의 쇠 추'와 1인치 두께의 밧줄 한 수레 분을 들고 내려갔지만 바닥을 발견하는 데 실패했다. 왜냐하면 '56파운드의 쇠 추'가 도중에 가만히 있는 동안, 경이로움에 대한 실로 끝없는 그들의 능력을 재려는 헛된 시도를 하면서 밧줄을 늦게 풀었기 때문이다. 그러나 나는 독자에게 월든 호수가 유별나지만 터무니없지는 않은 깊이에 바닥이 적당하게 단단하다고 확실히 말할 수 있다. 나는 호수 바닥까지 깊이를 대구 잡는 낚싯줄과 1.5파운드 무게의 돌로 쉽게 재었고, 돌을 끌어올리면서 바닥에서 떨어지는 시점을 정확히 식별했다. 돌 아래로 물이 들어오면 들어 올리기가 쉬운데, 돌이 바닥에서 떨어지는 시점에는 훨씬 더 강하게 당겨야 했다. 가장 깊은 곳은 정확히 102피트였다. 이후에 상승한 수면 5피트를 더하면 107피트가 된다. 이렇게 작은 면적의 호수에는 놀라운 깊이지만, 상상력 때문에 그 깊이에서 1인치도 빼서는 안 될 것이다. 모든 호수의 깊이가 얕다면 어떨 것인가? 그렇다고 그것이 사람들의 마음에 영향을 주지 않을까? 나는 이 호수가 깊고 순수한 것의 상징이 되어 감사하다. 사람들이 무한을 믿는 동안 몇몇 호수는 바닥 없는 호수로 여길 것이다.

어떤 공장주는 내가 호수의 수심을 재었다는 말이 사실일 리가 없다고 생각했다. 그 이유는 그가 댐에 대해 알고 있는 바로는 모래가 그렇게 가파른 각도로 놓일 수 없기 때문이었다. 그러나 가장 깊은 호수는 대부분의 사람이 생각하는 바처럼 호수의 면적에 비례해 깊은 것은 아니며, 물이 다 빠진다고 해도 놀랄 만한 골짜기가 드러나지는 않을 것이다. 호수들은 언덕과 언덕 사이에 있는 컵 같은 것이 아니다. 왜냐하면 이 호수는 면적에 비해 유별나게 깊은데 중심을 통과하는 수직 단면은 얕은 접시보다 더 깊지는 않은 것으로 보인다. 대부분의 호수는 물을 비우면, 우리가 늘 보는 목초지 정도로 우묵하게 꺼져 있을 것이다. 윌리엄 길핀의 풍경과 관련한 모든 평가는 감탄할 만하며 보통은 아주 정확한데, 그가 깊이 "60 내지 70길, 폭 4마일, 길이 50마일에 이르는 산들에 둘러싸인 소금물이 들어찬 만"으로 묘사하는 스코틀랜드의 피너Fyne 호수의 물목에 서서 다음과 같이 말했다. "만약 홍적기의 지층 붕괴 직후든지 어떤 자연계 격변이든지 상관없이 물이 세차게 밀려 들어오기 전에 볼 수 있었더라면, 그것은 얼마나 무섭고 깊게 갈라진 틈으로 펼쳐졌을까!"

융기한 산들은 아주 높이 솟아 있고,
꺼진 바닥은 넓고 깊은 아주 낮게 아래로 가라앉아 있다.

널찍한 바다을 물로 가득 채우고.

그러나 피너 호수의 가장 짧은 직경을 사용해서 나온 비율을 월든에 적용한다면 이미 살펴보았듯이, 수직면에서 보면 얕은 접시처럼 보이는 월든 호수는 피너 호수보다 네 배 더 얕아 보일 것이다. 물이 모두 빠질 때 피너 호수의 깊이 갈라진 틈이 얼마나 더 공포를 증가시킬지는 이 정도로만 말하자. 쭉 펼쳐진 옥수수 밭을 가지고 미소 짓고 있는 많은 골짜기에 물이 빠져나간 정확히 그런 '무섭고 깊게 갈라진 틈'이 있음은 분명하다. 비록 이 사실에 대해 의심하지 않는 주민들을 납득시키기 위해서는 지질학자의 직관과 선견지명이 필요하지만 말이다. 종종 호기심 많은 눈이 낮은 지평선의 언덕에서 원시시대의 호수 기슭을 찾아낸다. 그런 역사를 숨기는 데 평지가 반드시 융기될 필요는 없었다. 그러나 큰길에서 작업하는 사람들이 아는 것처럼, 소나기가 온 뒤에 웅덩이를 보고 움푹 꺼진 곳을 발견하기는 무척 쉽다. 말의 요지인 즉, 약간의 상상력만으로도 자연보다 더 깊이 잠수하고 더 높이 난다는 의미다. 아마 대양의 깊이도 그것의 폭에 비하면 매우 하찮다는 사실을 발견할 것이다.

얼음으로 깊이를 쟀을 때 나는 얼어붙지 않는 항구를 측정할 때보다 훨씬 더 정확하게 바다 모양을 측정할 수 있었고, 바다 모양이 전반적으로 규칙적이라는 점에 놀랐다. 가장 깊은 곳에는 태양과 바람과 쟁기에 노출된 거의 어떤 들판보다 더 평평한 여러 에이커의 바닥이 있다. 한 예로 임의로 선택된 선 위에서 쟀을 때 깊이는 150미터에서는 1피트 이상 다르지 않았다. 일반적으로 호수 중심 근처에서는 어떤 방향이든 100피트당 3, 4인치 내에서 미리 변이를 계산할 수 있었다. 어떤 이들은 이와 같이 조용한 모래 호수에서조차 깊고 위험한 구멍들에 대해 이야기하는 것에 익숙하지만, 이런 상황에서 물은 모든 울퉁불퉁한 곳을 평평하게 하는 영향을 끼친다. 호수 바닥의 규칙성과 호수 기슭과 이웃 언덕의 능선은 아주 완벽하게 일치해서 멀리 있는 갑岬은 호수를 완전히 가로지른 곳에서 재는 수심에서 드러났고, 그 방향은 반대쪽 기슭을 관찰함으로써 측정할 수 있었다. 갑은 모래톱과 평탄한 여울목이 되고, 계곡과 골짜기는 깊은 물과 수로가 된다.

50미터를 1인치의 축척으로 호수 지도를 그리고 모두 100개 이상의 수심을 기입했을 때, 나는 이와 같은 놀라운 우연을 발견했다. 가장 깊은 곳을 표시하는 숫자가 명백히 지도의 중심에 있는 것을 목격했을 때, 나는 지도에 자를 세로로 놓은 다음 가로로 놓았다. 놀랍게도 가장 길이가 긴 선이 정확히 가장 깊은 지점에서 가장 폭이 넓은 선과 교차한다는 사실을 발견했다. 호수의 중심은 거의 평평하고, 호수의 윤곽은 전혀 규칙적이지 않고, 최대의 길이와 폭은 작은 만들의 안까지 재서 얻은 것이지만 말이다. 나는 이런 암시가 호수나 웅덩이뿐 아니라 대양의 가장 깊은 곳에까지 통할지 혹시 누가 알겠냐고 중얼거렸다. 이 규칙이 계곡을 반대로 엎어놓은 모양인 산의 높이에도 적용되지 않을까? 산의 가장 좁은 부분에 산꼭대기가 있지 않다는 사실을 우리는 알고 있다.

다섯 개의 작은 만 가운데 내가 깊이를 잰 세 개의 만은 입구와 만 안쪽의 더 깊은 물을 완전히 가로지른 모래톱이 관찰되었다. 그래서 그 만은 수평으로뿐 아니라 수직으로도 육지 안으로 물이 확장되어 내만이나 독립적인 호수를 형성하는 경향이 있는데, 두 갑의 방향은 모래톱의 진로를 보여준다. 해안선에 있는 모든 항구의 입구에는 모래톱이 있다. 작은 만의 입구가 길이보다 넓은 비율에 따라 모래톱 너머의 물이 내만의 물에 비해 더 깊었다. 그렇다면 작은 만의 길이와 너비, 주위 해변의 성질이 주어지면 모든 경우에 대한 공식을 알아내기에 거의 충분하다.

이런 경험을 바탕으로 호수 표면의 윤곽과 호수 기슭의 성질만을 관찰함으로써 내가 어떻게 호수의 가장 깊은 지점을 추측했는지 알기 위해 화이트 호수의 지도를 그릴 계획을 세웠다. 화이트 호수는 41에이커 가량의 땅을 포함하고 있으며, 월든 호수와 마찬가지로 속에 섬도 없고, 눈에 보이는 어떤 입구와 출구도 없다. 호수의 폭이 가장 넓은 곳에 그은 선이 가장 좁은 곳에 그은 선에 아주 가까이 떨어졌는데, 그곳에서 마주 보는 두 갑은 서로 접근했고, 마주 보는 두 만은 물러났다. 나는 폭이 좁은 곳에 그은 선에서 짧은 거리에 있는 한 지점을 가장 깊은 곳이라고 과감하게 표시해보았지만, 가장 깊은 곳은 여전히 길이가 가장 긴 선 위에 있었다. 가장 깊은 부분은 이 지점에서 100피트 내에서 발견되었다. 그것은 내 마음이 기울어졌던 방향보다 훨씬 더 먼 곳이었고, 깊이는 단지 1피트 더 깊은 60피트였다. 물론 만으로 흐르는 조류가 있거나 호수에 섬이 있다면 문제를 훨씬 더 복잡하게 만들 것이다.

만약 우리가 자연의 모든 법칙을 안다면, 그 시점에서 모든 상세한 결과를 추론하기 위해서는 하나의 사실이나 실제 현상에 대한 서술만이 필요할 것이다. 지금 우리는 몇 개의 법칙만 알고 그 결과의 가치는 손상을 입을 수 있다. 그것은 물론 자연에 내재하는 어떤 혼란이나 불규칙성 때문이 아니라, 계산에 필요한 본질적인 요소에 우리가 무지하기 때문이다. 법과 조화에 대한 개념은 보통 우리가 발견하는 경우들에 국한해서 형성된다. 그러나 겉보기에는 충돌하는 것 같지만 실제로는 일치하는 우리가 간파하지 못한 훨씬 많은 수의 법령에서 생기는 조화는 더 경이롭다. 특정한 법칙들은 우리의 관점과 같다. 그것은 여행자에게 어떤 산의 윤곽이 발걸음마다 변하고, 형태는 절대적으로 하나이지만 윤곽은 무한한 것과 같다. 심지어 쪼개거나 관통하는 구멍을 뚫는다 해도 산 전체가 파악되지는 않는다.

내가 월든 호수에 대해 관찰한 것은 도덕에서도 마찬가지로 적용된다. 바로 평균의 법칙이다. 두 개의 직경 같은 규칙은 천체 속 태양과 사람의 신체인 가슴으로 우리를 인도할 뿐 아니라, 매일 하는 특정 행동과 삶의 파도의 집합체를 통과해서 우리의 작은 만과 어귀 속까지 가로세로로 선을 긋는다. 그 선들이 교차하는 곳이 품성의 가장 높은 곳 혹은 가장 깊은 곳일 것이다. 어쩌면 그의 품성의 깊이와 감추어진 바닥을 추론하기 위해 우리의 호수 기슭이 어떻게 기우는지와 인근 지방이나 상황만 알면 된다. 만약 우리가 아킬레우스가 살던 기슭[3] 같은 산지에 둘러싸여 있고 그곳의 그늘을 드리운 봉우리가 그의 가슴에 비친다면, 이는 그의 속에 그것과 상응하는 깊이가 있음을 암시한다. 그러나 낮고 평탄한 기슭은 그에게는 그쪽 면에 얕다는 사실을 증명한다. 신체에서 대담하게 튀어나온 이마는 그에 상응하는 사고의 깊이를 보여준다. 또한 우리의 모든 작은 만 또는 특정 성향의 입구 건너편에는 모래톱이 있다. 각각의 모래톱은 한 계절 동안 우리의 항구이며, 그 시기에 우리는 억류되고 부분적으로 육지에 갇힌다. 이런 성향은 보통은 변덕스럽지 않아서 형태와 크기와 방향은 항구 기슭의 갑, 즉 옛날에 올라간 지축에 따라 결정된다. 이 모래톱이 폭풍우나 조수, 또는 조류에 의해 점점 성장하거나 물이 줄어들어서 모래톱이 수면에 닿으면, 처음에는 생각을 품고 있던 기슭의 성향에 불과했던 것이 대양으로부터 절연된 하나의 독특한 호수가 되고, 그 안에서 생각은 자체의 사정을 확보한다. 어쩌면 그 생각은 소금물에서 담수로 변하고, 물맛이 달콤한 바다나 사해, 늪이 된다. 각 개인이 이 생에 출현할 때 그와

---

3   아킬레우스는 그리스 북동쪽의 산맥지역인 테살리에서 태어났다.

같은 모래톱이 어딘가에서 수면으로 올라왔다고 상상하면 어떤가? 우리는 아주 서툰 항해자여서 생각은 대체로 항구가 없는 해안에 있으면서 물에서 멀어졌다 가까워졌다 하거나, 굴곡이 완만한 시의 만에만 정통하거나, 출입이 자유로운 항구로 입항하려고 나아가서는 과학이라는 메마른 조선소로 들어간다. 그곳에서 우리의 생각은 이 세상에 맞게 재정비될 뿐이며 어떤 자연적인 조류도 생각에 개성을 부여하는 데 협력하지 않는다.

월든 호수의 유입구와 유출구에 관해 나는 비와 눈과 기화$^{eva-}$poration ^{4} 외에는 발견한 것이 없었다. 온도계와 낚싯줄이 있다면 그런 장소를 발견할 수도 있는데, 물이 호수로 흘러들어오는 곳에 있는 물이 여름에는 가장 차고 겨울에는 가장 따뜻하기 때문이다. 채빙하는 사람들이 1846년에서 1847년 사이에 여기서 일하고 있을 때, 어느 날 호수 기슭으로 옮긴 얼음을 인부들이 불량이라며 퇴짜 놓은 일이 있었다. 얼음덩어리의 두께가 충분하지 않아 나머지 얼음조각과 나란히 놓을 수 없기 때문이었다. 얼음을 자르던 사람들은 작은 공간 위에 있는 얼음이 다른 곳의 얼음보다 두께가 2, 3인치 더 얇다는 사실을 발견했다. 그들은 그곳에 물이 흘러들어오는 입구가 있으리라고 생각했다. 그들은 '스며 나오는 구멍'이라고 생각하는 다른 장소도 내게 보여주었다. 그 구멍을 거쳐 월든 호수의 물은 언덕 아래에서 이웃 목초

---

4 물에서 공기로 변하는 대류현상을 나타낸다.

지로 새 나갔다. 그들은 구멍을 보라며 나를 얼음덩어리 위로 밀어냈다. 수면 아래 10피트 지점에 있는 작은 구멍이었다. 나는 그보다 더 심하게 새는 곳을 발견할 때까지는 월든 호수에 땜질이 필요하지 않다고 보증할 수 있다고 생각했다. 어떤 이는 구멍과 목초지의 관계는 '스며 나오는 구멍'에 색깔 있는 가루나 톱밥을 구멍 입구에 넣으면 증명되리라고 제안했다. 목초지에 있는 샘 위에 여과기를 설치하면 조류를 타고 흘러온 약간의 입자를 잡을 수 있다는 것이다.

내가 측량하는 동안, 가벼운 바람에 16인치 두께의 얼음이 물처럼 파동 쳤다. 얼음 위에서는 수준기[5]를 사용할 수 없다는 것은 잘 알려진 사실이다. 호수 기슭 5미터 지점에서 발생한 얼음의 가장 큰 파동은 수준기를 땅에 놓고 얼음 위에 있는 눈금을 표시한 막대를 향한 채 관찰했을 때 0.75인치였다. 얼음이 호수 기슭에 확고하게 붙어 있는 것처럼 보였지만 말이다. 호수 가운데는 얼음의 파동이 더 심했을 것이다. 만약 우리가 사용한 기구의 감도가 충분히 높다면 지각의 요동을 탐지할 수 있을지 누가 알겠는가? 수준기의 두 다리를 호수 기슭에 놓고 세 번째 다리는 얼음 위에 놓고 가늠자를 세 번째 다리 너머로 향했을 때, 극소량의 얼음이 올라가거나 내려가도 호수 건너편에 있는 나무에는 수 피트의 차이를 만들었다. 수심을 재기 위해 구멍을 파기

....

5   면의 수평 여부를 재거나 기울기를 조사하는 데 쓰는 기구다.

시작했을 때, 얼음을 거기까지 가라앉게 만든 깊은 눈 아래에 있는 얼음 위에는 3, 4인치의 물이 있었다. 그러나 물은 즉시 이 구멍들 속으로 흘러들기 시작했고, 이틀 동안 계속 흘러 깊은 천이 되었다. 그것은 사방으로 얼음을 잠식했고, 호수 표면을 마르게 하는 데 주된 기여는 하지 않았더라도 꼭 필요한 기여는 했다. 왜냐하면 물이 흘러 들어감에 따라 얼음을 끌어올리고 뜨게 했기 때문이다. 이는 물을 빼내기 위해 배 바닥에 구멍을 뚫는 것과 비슷했다. 그런 구멍들이 얼어붙고 연이어 비가 내린 다음, 마침내 새로운 결빙이 모든 것을 신선하고 매끈한 얼음으로 덮을 때, 약간 거미줄 모양의 어두운 형상으로 내부가 아름답게 얼룩덜룩해진다. 이를 얼음 장미꽃 장식이라고 부를 수도 있다. 구멍은 사방에서 하나의 중심으로 흐르는 물이 만든 수로로 인해 생겨난다. 때때로 얼음이 얕은 웅덩이로 덮였을 때, 내 그림자가 이중으로 보였다. 한 그림자가 다른 그림자의 머리 위에 서 있었다. 하나는 얼음 위에, 다른 하나는 나무 위나 산 사면에 서 있었다.

아직 추운 1월이고 눈과 얼음이 두껍고 단단할 동안, 타산적인 지주는 자신의 여름음료를 차게 할 얼음을 얻기 위해 마을에서 온다. 아직 너무나 많은 것이 준비되지 못한 때인 지금 1월에 두꺼운 외투를 입고 장갑을 끼고 7월의 더위와 갈증을 내다보니 인상적일 정도로, 심지어 불쌍하기까지 할 정도로 현명하지 않은가! 그는 내세에서 마실 여름음료를 시원하게 할 보물을 현세에 쌓아놓고 있지는 않을 것이다. 그는 단단하게 얼어붙은 호수를 자르고 톱질해 물고기 집의 지붕을 벗겨내고, 물고기가 몸 담고 사는 자연의 원소와 하늘을 장작 묶음처럼 사슬과 막대기로 단단히 묶고 짐마차에 실어, 상쾌한 겨울 공기 속을 통과해 겨울의 지하실로 가져가 그곳에서 여름을 지나려 한다. 거리를 지나 짐마차에 실려 갈 때 멀찍이서 보이는 얼음은 응결된 하늘색 같다. 얼음을 자르는 인부들은 농담과 흥이 가득한 명랑한 부류다. 그들에게 다가가면 나를 아래에 세우고 자신들은 위쪽에 서서 톱질을 하자고 초대해주곤 했다.

1846년에서 1847년 사이의 어느 겨울날 아침에 북극에서 온 100명의 남자가 월든 호수를 기습했다. 그들은 보기 흉한 농기구들인 썰매, 쟁기, 조파기[6] 수레, 잔디 베는 낫, 삽, 톱, 갈퀴를 여러 수레에 잔뜩 싣고 왔다. 각 사람은 끝에 이중으로 뾰족한 물미[7]가 박힌 지팡이로 무장하고 있었는데, 그런 것은《뉴잉글랜드 농부New-England Farmer》나《경작자Cultivator》에서 보지 못한 것이었다. 나는 그들이 겨울 호밀을 수확하기 위해 씨를 뿌리러 왔는지 아니면 최근에 아이슬란드에서 도입된 어떤 다른 종류의 곡물[8]을 수확하기 위해 씨를 뿌리러 왔는지 몰랐다. 거름을 보지

6   일정한 간격을 두고 한 줄로 연속해 씨를 뿌리는 기계다.

7   땅에 꽂거나 세우기 위해 창대 등에 끼어 맞추는, 끝이 뾰족한 뿔 모양의 쇠를 말한다.

8   제프리 크래머의 해석에 따르면, 아이슬란드는 추운 날씨로 농사가 거의 불가능

못했기 때문에, 토양이 깊고 충분히 오랫동안 휴경지로 있었다고 생각한 그들이 내가 그러했던 것처럼 비료를 주지 않고 땅 표면을 활용할 의도였다고 판단했다. 그들은 배후에 있는 신사 농부가, 내가 이해하기로는 이미 50만 달러에 달하는 돈이 있는데, 이 돈을 두 배로 만들고 싶어 한다고 말했다. 그러나 그가 가진 각각의 달러를 다른 달러로 덮기 위해, 그는 혹한의 겨울이 한창일 때 월든 호수의 유일한 외투, 아이! 호수의 피부 자체를 벗겼다. 그들은 즉시 작업에 들어가서 경탄할 만하게 차례차례 쟁기로 갈고 써레질하고 굴리고 팠는데, 마치 이것을 본보기가 되는 농장으로 만들려는 결심을 한 것 같았다. 그러나 그들이 어떤 종류의 씨를 이랑에 뿌리는지 날카롭게 지켜보고 있었을 때, 내 곁에 있는 일군의 인부들이 완전히 모래 속, 더 정확히 말하면 물속에 있는 사용한 적이 없는 흙더미 자체를, 실로 거기 있는 '굳은 땅' 모두를 독특하고 급격한 동작으로 갑자기 갈고리로 끌어올리기 시작했다. 이는 그 흙이 대단히 탄성이 있는 토양이었기에 가능했다. 그런 다음 나는 흙을 썰매로 운반한 그들이 틀림없이 늪에서 토탄[9]을 파고 있었다고 추측했다. 그렇게 그들은 기관차의 괴상한 비명과 함께 극지방의 특정 지점부터 다른 지점까지 매일 오고 갔는데, 내게는 북극에 사는 흰멧새 무리 같아 보

하기 때문에 "최근에 아이슬란드에서 도입된 어떤 다른 종류의 곡물"이라는 표현은 얼음을 곡식에 비유한 중의적인 표현으로 볼 수 있다.

9   땅속에 묻힌 시간이 오래되지 않아 완전히 탄화하지 못한 석탄을 말한다.

였다. 그러나 때때로 늙은 인디언 여자 월든[10]이 복수를 해서, 인부 한 명이 짐마차 뒤를 따라가며 걷다가 땅속에 있는 갈라진 틈 속으로 미끄러져 지옥까지 내려갔다. 이전에는 아주 용감했지만 갑자기 9분의 1의 남성성만 가지게 된 그는 자신의 동물적인 열기를 거의 포기하고, 내 집에 피난온 것을 기뻐했고, 화로도 가치가 있다고 인정했다. 때때로 얼어붙은 토양으로 인해 보습에서 쇳조각이 떨어지는 일도 있었고, 쟁기가 이랑에 박혀 파내는 일도 있었다.

직설적으로 말하자면, 100명의 아일랜드인이 양키 감독과 함께 얼음을 가져가기 위해 케임브리지에서 매일 왔다. 그들은 너무나 잘 알려져 있어 설명할 필요 없는 방법으로 월든 호수의 얼음을 쪼개었고, 호수 기슭까지 썰매로 실어온 이 얼음덩어리를 신속하게 얼음 단으로 운반하고, 말들이 움직이는 갈고랑쇠와 도르래와 도르래장치로 끌어올려, 같은 양의 밀가루 통을 싣듯이 확실하게 한 가리로 쌓아 올렸다. 얼음덩어리는 그곳에 나란히 고르게 놓였고, 마치 구름을 찌르도록 설계한 오벨리스크obelisk의 견고한 토대처럼 층층이 쌓였다. 운이 좋은 날은 얼음 1,000톤을 벨 수 있다고 그들이 내게 말했다. 그것은 약 1에이커에서 산출되는 양이었다. '마른 땅'에서처럼, 같은 길 위를 썰매

<hr>

10 〈호수들〉장에서 월든 호수 이름이 그에게서 유래되었다고 언급했던 전설적인 인물이다.

가 다녀서 얼음에 깊은 홈이 파였고, 말은 변함없이 양동이처럼 파인 얼음덩어리에 놓인 귀리를 먹었다. 그들은 그 얼음덩어리를 탁 트인 공간에 한 면이 35피트 높이에 30에서 35제곱미터 더미로 쌓아올리고, 공기를 차단하기 위해 바깥쪽 얼음층 사이에 건초를 집어넣었다. 왜냐하면 아주 찬바람은 아니어도 얼음 사이로 지나갈 통로를 발견한 바람은 얼음 속에 큰 구멍을 뚫어 여기저기에 미약한 받침기둥이나 샛기둥을 남기고 마침내는 얼음을 무너지게 하기 때문이다. 처음에는 얼음이 거대한 푸른 요새나 발할라[11]처럼 보였다. 그러나 인부들이 거친 풀을 틈 속으로 밀어넣고 건초가 서리와 고드름으로 덮이기 시작하면, 존경할 만한 이끼가 낀 고색창연한 폐허처럼 보였다. 얼음은 하늘빛을 띤 대리석으로 지어졌고, 달력에 노인으로 형상화된 겨울의 거처이자, 그가 우리와 여름잠을 자면서 함께 보낼 의도로 지은 것 같은 오두막처럼 보였다. 인부들은 이 가운데 25퍼센트에 미치지 못하는 얼음만이 목적지에 도달할 것이고, 2, 3퍼센트는 기차에서 녹으리라고 계산했다. 그러나 이 얼음 더미 가운데 훨씬 더 큰 부분이 의도된 것과는 다른 운명에 처했다. 왜냐하면 얼음이 기대만큼 잘 보존되지 못해 보통 때보다 공기가 더 많이 들어갔거나, 아니면 다른 이유 때문에 결코 시장에 나가지 못했기 때문이다. 1846, 47년 겨울에 만들어졌으며 1만 톤의 양이라고 추

---

11 북유럽 오딘Odin 신의 전당 또는 국가적인 영웅을 모시는 기념당을 말한다.

정되던 이 얼음 더미는 마침내 건초와 나무판자로 덮였다. 비록 다음해 7월에 지붕 부분이 벗겨지고 일부는 실려 나갔지만, 남은 얼음은 태양에 노출된 채로 그해 여름과 다음해 겨울을 넘겼고, 1848년 9월이 되어서야 완전히 녹았다. 이런 식으로 월든 호수는 더 큰 얼음만큼의 물을 되찾았다.

월든 호수의 물처럼 월든 호수의 얼음은 가까이에서는 초록빛을 띠지만 멀리서 보면 아름다운 푸른색이고, 0.25마일 떨어진 거리에서 볼 때 강의 흰 얼음이나 다른 호수들의 단순한 초록색 얼음과는 쉽게 구별된다. 때때로 그 큰 얼음덩어리 가운데 하나가 얼음장수의 썰매에서 마을 거리로 미끄러져서 한 주 동안 커다란 에메랄드처럼 놓인 채 모든 통행인의 관심의 대상이 되는 일이 있었다. 나는 같은 지점에서 보았을 때 물일 때는 초록빛이던 월든 호수의 어느 부분이 얼면 종종 푸른색으로 보이는 것을 알아챘다. 그래서 이 호수 주변의 움푹 파인 곳에는 겨울이면 어느 정도 호수 색처럼 초록빛을 띠는 물로 때때로 채워지지만, 다음날이면 푸른색으로 얼어붙을 것이다. 어쩌면 물과 얼음의 푸른 색깔은 그것에 담긴 빛과 공기 때문일 것이고, 가장 투명한 것이 가장 푸를 것이다. 얼음은 들여다보기에 흥미로운 주제다. 인부들은 내게 프레시Fresh 호수에 있는 빙고氷庫에 5년 된 얼음은 아직도 여전하다고 말했다. 양동이에 든 물은 곧 악취가 나지만 그 물이 얼면 언제까지나 달콤한 맛이 나는 이유는 무엇일까? 그 이유는 흔히 감정과 지성의 차이라고 이야기된다.

이런 식으로 16일 동안 나는 내 집 창문에서 100명의 남자가 바쁜 농부처럼 짐마차와 말과 언뜻 보기에 모든 농기구를 사용하며 일하는 모습을 지켜보았다. 마치 달력 첫 장에서 보는 것과 같은 그림이었다. 자주 밖을 내다볼 때마다 나는 종달새와 추수꾼 우화나 씨 뿌리는 자의 비유 같은 것을 상기했다. 이제 그들은 모두 사라졌고, 30일이 더 지나면 어쩌면 나는 똑같은 창문에서 거기 있는 맑은 월든 호수의 초록바다색 물을 바라볼 것이다. 호수는 구름과 나무를 비추고 고독 속에서 수증기를 올려 보낼 것이고, 거기에 한 남자가 서 있었다는 흔적은 전혀 드러나지 않을 것이다. 어쩌면 나는 아비 한 마리가 잠수해 깃을 다듬으며 웃는 소리를 듣거나, 외로운 낚시꾼이 떠다니는 나뭇잎 같은 배를 타고 물결에 비친 자신을 보는 모습을 바라볼 것이다. 최근까지 거기서 100명의 남자가 안전하게 노동하던 곳인데 말이다.

　그러므로 찰스턴Charleston과 뉴올리언스New Orleans,[12] 마드라스Madras와 봄베이Bombay(뭄바이의 전 이름)와 캘커타[13]의 무더위에 지친 주민이 내 우물물을 마시는 것 같다. 아침에 나는 내 지성을 《바가바드기타》의 엄청난 우주 발생 철학 속에서 목욕시킨다. 왜냐하면 그 책이 저술된 이후 신들의 시대는 지나갔는데, 그에 비해 우리의 현대 세계와 그 문학은 하잘것없고 사소해 보

─────────────────────────

12　찰스턴은 미국 남부 사우스캐롤라이나South Carolina 주, 뉴올리언스는 루이지애나Louisiana 주의 도시다.

13　인도의 주요한 세 도시이며, 그곳으로 뉴잉글랜드의 얼음이 배로 운송되었다.

이기 때문이다. 나는 그 철학이 존재의 이전 상태에 대해 언급하는 것은 아닌지 의심스럽다. 그것은 그 철학의 숭고함이 우리의 개념으로부터 아주 동떨어져 있기 때문이다. 나는 그 책을 내려놓고 물을 마시러 우물로 간다. 보라! 거기서 나는 브라흐마와 비슈누Viṣṇu와 인드라[14]의 사제인 브라만의 하인을 만난다. 브라만은 여전히 갠지스 강에 있는 그의 사원에 앉아《베다》를 읽거나 빵 껍질과 물병을 들고 나무뿌리에 거주한다. 나는 주인을 위해 물을 길러 오는 하인을 만나고, 우리의 양동이들은 이른바 같은 우물 속에서 서로 닿으며 삐걱 소리를 낸다. 맑은 월든 호수의 물이 갠지스 강의 신성한 물과 섞이는 것이다. 그 물은 순풍을 타고 아틀란티스Atlantis의 전설적인 섬[15]과 헤스페리데스Hesperides 군도[16]를 지나 떠돌다가 한노가 탐험한 곳 주변을 항해하고,[17] 테르나테Ternate 섬과 티도레Tidore 섬[18]과 페르시아 만 어귀를 지나 떠다니다가 인도양의 열대 폭풍 속에서 녹아, 알렉산드로스 대왕도 이름만 들어본 적이 있는 항구들에 상륙한다.

....

14 힌두교의 주요한 세 명의 신이다.
15 전설에 따르면 지브롤터Gibraltar 해협 앞의 대서양 바다에 있다는 섬으로, 플라톤이 아름답고 인구가 많은 곳이라고 묘사한다.
16 그리스 신화에서 지구의 극서지역에 위치하고 있다는 군도로, 축복받은 자들의 낙원이다.
17 카르타고Carthago의 탐험가 한노는 서아프리카까지 여행했다.
18 향신료 군도의 두 섬으로, 존 밀턴의《실낙원》에 언급되어 있다.

17 봄

얼음을 자르는 인부가 넓은 지역의 얼음을 가르면, 일반적으로 호수의 얼음은 평소보다 더 일찍 녹는다. 왜냐하면 물이 바람에 심하게 흔들려서 추운 날씨에조차 주위의 얼음을 녹이기 때문이다. 그러나 그해에 월든 호수는 그런 영향을 입지 않았다. 그 이유는 호수가 오래된 의복을 대신하는 두꺼운 새 의복으로 곧장 갈아입었기 때문이다. 월든 호수는 이 이웃에 있는 다른 호수들만큼 빨리 녹는 일이 없다. 그 이유는 월든 호수가 더 깊기 때문이고, 얼음을 녹이거나 깎아 없애기 위해서는 호수를 관통하는 조류가 있어야 하는데 여기에는 없기 때문이다. 내가 알기로 호수에 너무나 심한 시련을 준 1852년에서 1853년 사이의 겨울을 제외하고는 호수가 겨울 동안에 갈라진 적은 없었다. 월든 호수는 보통 4월 1일경, 플린트 호수와 페어헤이븐 호수보다 일주일에서 열흘 정도 늦게 갈라지는데, 얼음이 먼저 얼기 시작하는 북쪽의 가장자리와 더 얇은 부분들에서 녹기 시작한다. 월든 호수가 이 주위의 어떤 물보다 계절의 절대적인 추이를 더 잘 보여주는 까닭은 일시적인 기온 변화로 인한 영향을 가장 적게 받기 때문이다. 3월에 극심한 추위가 며칠 지속되면 앞서 언급된 호수들의 해빙이 많이 늦추어지는 반면, 월든 호수의 기온은 거의 막힘없이 올라간다. 1847년 3월 6일에 월든 호수 한가운데서 찔러 넣은 온도계는 결빙점이 32도였고, 기슭 가까이는 33도였으며, 같은 날 플린트 호수의 한가운데서는 32.5도, 기슭에서 60미터 떨어진 지점에 있는 1피트의 두꺼운 얼음 아래의 얕은 물속에서는 36도였다. 플린트 호수의 깊은 곳과 얕은 곳 사이의 수온차가 3.5도라는 점과 플린트 호수의 대부분이 비교적 얕다는 사실은 그 호수가 월든 호수보다 훨씬 더 빨리 녹는 이유를 보여준다. 이맘때쯤 가장 얕은 얼음은 호수의 중심부에서보다 몇 인치나 더 얇았다. 한겨울에 호수 중심부는 가장 따뜻했고 그곳에 있는 얼음이 가장 얇았다. 여름에 호수의 기슭 주변을 걸어 다녀본 사람이면 누구나 3, 4인치 깊이밖에 되지 않는 기슭 가까이에 있는 물이 약간 먼 곳에 있는 물보다 훨씬 더 따뜻하고, 깊은 곳의 수면에 있는 물이 바닥 가까이에 있는 물보다 훨씬 더 따뜻하다는 사실을 틀림없이 알아차렸을 것이다. 봄에 태양은 대기와 대지의 온도를 올려 영향력을 행사할 뿐 아니라 태양의 열기가 1피트나 그 이상 두께의 얼음을 통과해 얕은 곳의 바닥에서 반사되어 물을 덥히고 얼음의 아랫면을 녹인다. 그와 동시에 태양은 좀더 직접적으로 얼음을 위에서 녹여 울퉁불퉁하게 만들고, 얼음 속 기포들이 아래위로 팽창하게 해 얼음을 완전히 벌집모양으로 만든다. 마침내 얼음은 단 한 번의 봄비에 갑자기 사라진다. 얼음은 나무처럼 자체에 결이 있고, 얼음덩어리가 붕괴되거나 '빗질하기'를 시작하면, 다시 말해 벌집모양이 되기 시작하면, 얼음이 어떤 위치에 있든지 기포는 호수의 수면이었던 곳과 직각을 이룬다. 바위나 통나무가 수면 가까이 떠오르는 곳 위에 있는 얼음은 훨씬 더 얇고, 반사되는 태양의 열기로 인해 완전히 녹는 일이 자주 발생한다. 나무로 만든 얕은 연못에서 물을 얼리려는 케임브리지의 실험에서,[1] 찬 공기가 연못 아래에서 순환해 아래위 양쪽과 접촉하더라도 바닥에서 태양열이 반사되면 이런 이점은 상쇄되고도 남는다고 했다. 한겨울에 따뜻한 비가 와서 월든 호수의 눈얼음을 녹이고 호수 중심부에 단단하고 거무스름하거나 투명한 얼음을 남길 때, 호수의 기슭 주변에는 이 반사열로 만든 더 두껍지만 부서지기 쉬운 5미터 이상 폭의 흰 얼음조각이 있을 것이다. 또한 이미 말했듯이 얼음 안에 있는 기포 자체는 아래쪽에 있는 얼음을 녹이는 볼록렌즈 역할을 한다.

1년 동안의 현상은 호수에서는 작은 규모로 매일 일어난다. 일반적으로 매일 아침에 얕은 물은 결국 아주 뜨거워지지는 않더라도 깊은 물보다 더 빨리 따뜻해지고 있으며, 매일 저녁에는

....

[1] 1842년 9월 30일자 《콩코드 자유인Concord Freeman》의 보도에 따르면 다가오는 겨울에 프레시 호수에 큰 저수지를 지어 얼음을 제조할 계획이 있었다.

다음날 아침까지 더 빨리 식는다. 하루는 한 해의 축소판이다. 밤은 겨울이며, 아침과 저녁은 봄과 가을이고, 정오는 여름이다. 얼음에 금이 가면서 쿵 하는 소리를 내는 것은 기온의 변화를 나타낸다. 추운 밤이 지나고 상쾌한 아침을 맞은 1850년 2월 24일에 하루를 보내려고 플린트 호수로 갔을 때 놀라운 일을 경험했다. 내가 도끼머리로 얼음을 쳤을 때 징을 울리거나 팽팽한 북을 친 것같이 주위 수십 미터가 울렸던 것이다. 플린트 호수는 해가 뜨고 나서 한 시간쯤 되었을 때 쿵 하는 소리를 내기 시작했다. 언덕 너머로부터 호수에 비스듬히 비치는 햇살의 영향이 느껴졌을 때였다. 호수는 점점 증가하는 떠들썩한 소리 때문에 잠에서 깨는 사람처럼 기지개를 켜고 하품을 했는데, 그 소란은 서너 시간 지속되었다. 정오에 호수는 짧은 오수를 즐겼고, 태양이 그의 영향력을 거두어들이면서 밤이 되어갈 때 다시 한 번 쿵 하는 소리를 내었다. 날씨가 적절할 때 호수는 그 저녁 예포禮砲를 대단히 규칙적으로 발사한다. 그러나 한낮에는 깨지는 소리로 가득 차고 공기도 탄성이 더 적어서 호수는 방향을 완전히 잃어 어쩌면 그때는 물고기와 사향쥐도 호수를 강타하는 소리에 놀라서 어안이 벙벙해지는 일은 없을 것이다. 낚시꾼들은 '호수의 천둥 치는 소리'가 물고기에게 겁을 주는 바람에 입질을 방해한다고 말한다. 매일 저녁 호수에 천둥이 치는 것은 아니고, 언제 천둥이 칠지 확실히 말할 수는 없다. 그러나 나는 날씨의 차이를 인식하지 못해도 호수는 인식한다. 크고 차갑고 두꺼운 피부로 덮인 호수가 그렇게 예민하리라고 누가 어렴풋이 생각이나 할 수 있었겠는가? 호수는 봄에 움이 트는 것만큼이나 확실하게 필요할 때는 자연에 복종해 천둥소리를 내는 호수만의 법칙이 있다. 대지는 전부 살아 있고 부드럽고 연한 작은 돌기로 덮여 있다. 가장 큰 호수라도 온도계 관 속에 든 작은 수은방울만큼이나 대기의 변화에 민감하다.

봄이 오는 것을 볼 여유와 기회가 생긴다는 사실이 나를 숲에 들어와 살도록 이끌어주었다. 호수의 얼음은 마침내 벌집처럼 되고, 걸을 때 신발 뒤축이 얼음 속에 박힐 수 있다. 안개와 비와 더 따뜻해진 태양이 점차 눈을 녹인다. 낮을 느낄 수 있을 정도로 해가 점점 더 길어진다. 나는 장작더미를 더 보충하지 않고서도 어떻게 겨울을 보낼 수 있을지 아는데, 큰 불을 더는 때지 않아도 되기 때문이다. 나는 봄의 첫 신호를 알아채려고 정신을 바짝 차리고 있다. 월든 호수에 도착하는 어떤 새가 부르는 우연한 노랫가락이나, 저장한 먹이가 이제 거의 소진되어서 찍찍거리는 줄무늬 다람쥐의 소리를 듣기 위해, 또는 우드척이 겨울 숙소에서 나오려고 대담하게 시도하는 모습을 보기 위해 주의를 기울인다. 파랑새와 멧종다리와 붉은죽지찌르레기의 울음소리를 들은 후인 3월 13일에도 여전히 월든 호수의 얼음 두께는 1피트에 가까웠다. 날씨가 점점 따뜻해졌지만, 얼음은 물에 녹아 눈에 띌 정도로 없어지지도 않았고 강에서처럼 깨져 떠내려가지도 않았다. 호수 기슭 부근 폭 2.5미터의 얼음은 완전히 녹았지

만, 중심부는 벌집같이 되고 물에 젖어 있기만 해서 얼음이 6인
치 두께일 때 발을 넣으면 뚫을 수 있었다. 그러나 따뜻한 비에 이
어 안개가 온 후에는 다음날 저녁까지 얼음은 완전히 사라졌을
것이다. 안개와 함께 감쪽같이 없어졌을 것이다. 어느 해에 나는
얼음이 완전히 사라지기 단지 닷새 전에 호수 중심부를 가로질
러 갔다. 1845년에 월든 호수는 4월 1일에 처음으로 얼음이 완
전히 녹았고, 1846년에는 3월 25일에, 1847년에는 4월 8일에,
1851년에는 3월 28일에, 1852년에는 4월 18일에, 1853년에는
3월 23일에, 1854년에는 4월 7일에 얼음이 완전히 녹았다.

강과 호수의 얼음이 녹고 날씨가 안정되는 것과 연관된 모든
사건은 날씨가 극단적인 지역에 사는 우리에게 특히 흥미롭다.
날씨가 점점 따뜻해지면 강 근처에 사는 사람들은 밤에 대포 소
리처럼 크고 깜짝 놀랄 만큼 얼음이 쩍 하며 갈라지는 소리를 듣
는다. 마치 강을 구속하던 얼음 족쇄가 이쪽 끝에서 저쪽 끝까지
산산조각 나는 듯하다. 그리고 며칠 내에 빠르게 사라지는 얼음
을 본다. 악어도 이렇게 땅이 흔들릴 때 진흙에서 나온다. 자연
을 자세히 관찰해온 노인이 있었다. 그는 소년시절에 마치 조선
대造船臺 위에 용골龍骨을 놓는 일을 도운 적이 있는 것처럼, 자연
의 모든 작용에 속속들이 정통한 것처럼 보였다. 그는 이제 므두
셀라Methuselah[2]의 나이까지 산다고 해도 자연에 대한 지식을 더

---

2   《성서》〈창세기〉 5장 27절에 므두셀라가 969년을 살았다고 기록되어 있다.

는 습득할 수 없을 정도로 충분히 성장했다. 나는 그가 자연의 어떤 작용에도 경이로움을 표하는 말을 듣고 놀랐다. 왜냐하면 나는 그와 자연 사이에는 어떤 비밀도 없으리라고 생각했기 때문이다. 그는 내게 다음과 같은 이야기를 해주었다. 어느 봄날에 그는 오리사냥을 해보려고 총을 가지고 보트를 타고 나갔다. 목초지에는 여전히 얼음이 있었지만 강의 얼음은 모두 없어져서, 그는 자신이 살던 서드베리부터 페어헤이븐 호수까지 아무런 방해를 받지 않고 내려왔다. 그런데 예상치 못하게 호수의 대부분이 단단한 얼음판으로 덮인 모습을 발견했다. 날이 따뜻했음에도 그렇게 큰 얼음덩어리가 남은 것을 보고 놀랐다. 오리는 한 마리도 보지 못한 채, 그는 보트를 북쪽, 즉 호수에 있는 섬의 뒤쪽에 숨겼고, 그런 다음 남쪽에 있는 덤불 속에 몸을 숨기고 오리를 기다렸다. 기슭에서 15 내지 20미터 떨어진 곳에 있는 얼음은 녹았고, 안쪽에 오리가 좋아하는 진흙 바닥에 평탄하고 따스한 물이 질펀하게 퍼져 있어서 그는 오리가 조만간 단 몇 마리라도 도착하리라고 생각했다. 그곳에 조용히 누워 한 시간쯤 지났을 때, 그는 아주 멀리서 나는 듯한 나지막한 소리를 들었다. 그 소리는 기묘하게 위엄이 있고 인상적이었으며, 지금까지 들어본 어떤 소리와도 달랐고, 마치 광범위하고 잊지 못할 결말을 낼 것처럼 점점 소리가 높아지고 커져갔다. 그것은 퉁명스럽게 서두르는 고함이었는데, 그에게는 갑자기 거대한 새 무리가 모두 동시에 앉기 위해 내려오는 소리처럼 들렸다. 그는 총을 잡고

급하게 흥분하며 일어섰다. 그러나 그가 얼음 위에 누워 있는 동안 놀랍게도 호수의 얼음 전체가 움직이기 시작해서 기슭으로 떠내려갔다. 그가 들은 소리는 얼음덩어리 모서리가 기슭에 긁히면서 나던 소리였다. 얼음이 처음에는 조금씩 부서지면서 떨어져 나가다가, 종국에는 얼음 파편이 섬 둘레를 따라 상당한 높이까지 솟아올랐다가 흩어지다가 완전히 멈추어버렸다.

마침내 햇살이 직각으로 내리쬐었고, 따스한 바람이 안개와 비를 몰고 와서 산비탈에 쌓인 눈더미를 녹이고, 태양은 안개를 분산시키며 향에서 피어오르는 붉고 흰 연기로 격자무늬를 이루는 풍경에 미소를 짓는다. 그 연기 사이로 여행자는 졸졸 소리 내며 흐르는 무수히 많은 시내와 개울의 음악에 기운을 얻으며, 작은 섬에서 다른 작은 섬으로 더듬거리며 찾아간다. 시내와 개울의 혈관들은 그들이 신고 가는 겨울의 피로 가득하다.

내가 마을로 갈 때마다 지나가는 철도 양쪽 깊게 파인 곳에 얼었던 모래와 진흙이 녹아 흘러내리면서 생기는 형상들을 관찰하는 것보다 더한 기쁨을 주는 현상은 없었다. 적절한 재료로 만든 새로 노출된 둑의 숫자가 철도가 발명된 이후 많이 배가되었음이 틀림없지만, 그만큼 큰 규모는 흔한 현상이 아니었다. 그 재료는 온갖 미세한 크기와 다양하고 풍부한 색깔의 모래였는데, 일반적으로 진흙이 약간 섞여 있었다. 봄에 서리가 올 때나 심지어 겨울이라도 얼음이 녹는 날에는 모래가 용암처럼 산 사면을 타고 내려오기 시작한다. 때때로 눈에서 터져 나와 이전에 모래라고는 눈을 씻고 봐도 없던 곳 위로 넘쳐흐른다. 무수한 작은 개울은 서로서로 겹치고 얽히면서 반쯤은 조류의 법칙을 따르고, 반쯤은 식물의 법칙을 따르면서 일종의 혼성 산물을 전시한다. 모래가 흐를 때, 그 혼성 산물은 수액이 많은 나뭇잎이나 넝쿨 형태를 띤다. 깊이 1피트 이상의 흐늘흐늘한 작은 가지 더미를 이루며, 내려다보면 어떤 이끼의 톱니모양, 잎가가 옅게 째진 모양, 뱀 비늘처럼 겹친 모양의 엽상체[3]를 닮았다. 또는 산호나 표범의 발, 새의 발, 뇌나 허파나 내장과 온갖 종류의 배설물을 상기시킨다. 진정 '기괴한' 식물이다. 형태와 색깔은 청동을 모방한 것처럼 보이는데, 아칸서스 잎이나 치커리, 담쟁이덩굴, 포도나무나 어떤 채소 잎보다 더 오래된, 일종의 건축에 장식 모티프로 사용하는 전형적인 잎이며,[4] 어쩌면 어떤 상황에서는 미래의 지질학자들에게 수수께끼가 될 운명인 잎이다. 개착[5]된 부분 전체는 마치 종유석들이 빛에 노출된 동굴 같은 인상을 주었다. 모래의 다양한 색조는 갈색·회색·노란색·붉은색 같은 여러 가지 철 색깔을 포함하고 있어서 기묘할 정도로 풍부하고 조화롭다. 흐르는 모래덩어리는 둑 아래쪽에 있는 배수 도랑에 다

3　가지나 뿌리, 잎으로 구분되지 않은 몸체의 단순 식물이다.

4　아칸서스 잎은 코린트식 기둥의 대접받침으로 사용되었고, 치커리 잎은 15세기 고딕장식에 나타나고, 담쟁이 잎은 에트루리아와 그리스·로마식 디자인에 사용되었으며, 포도덩굴은 초기 그리스도교와 비잔틴 건축물에 사용되었다. 미국 국회의사당 건물은 옥수수와 담뱃잎으로 장식되었다.

5　산을 뚫거나 땅을 파서 길을 낸다는 뜻이다.

다르면 더 평평하게 '몇 가닥으로' 퍼진다. 갈라진 개울들은 반원통형 모양을 잃어버리고 점차 더 평평해지면서 넓어지고, 습기가 더 많기 때문에 함께 흘러가서 거의 편평한 '모래'가 된다. 그것은 여전히 다양하고 아름다운 색조를 띠지만, 그 속에서 원래의 식물 형태를 발견할 수 있다. 그러다가 마침내 물속에서 갈라진 개울들은 강어귀에 형성되는 것들처럼 '모래톱'으로 변하고, 식물 형태는 바닥에 잔물결모양을 남기고 사라진다.

20피트에서 40피트 높이의 둑 전체는 둑의 한 면이나 양면에 0.25마일 정도가 때때로 이런 종류의 나뭇잎덩어리나 파열된 모래로 뒤덮인다. 이는 하루 봄날의 소산이다. 이 모래 나뭇잎을 주목할 만한 이유는 이런 식으로 별안간 확 튀어나와 생기기 때문이다. 내가 한쪽 면에서 비활성적인 둑을 보고—태양은 한쪽 면에 먼저 작용하기 때문에—다른 쪽 면에서 한 시간 만에 생긴 이 울창한 나뭇잎을 볼 때, 마치 어떤 특별한 의미에서 내가 세상과 나를 만든 예술가의 실험실에 선 것 같은 느낌과, 그가 이 둑에서 놀면서 남는 에너지로 그의 신선한 디자인을 주위에 뿌리면서 여전히 작업하는 곳에 온 듯한 느낌이 들었다. 마치 내가 지구의 중추기관에 더 가까이 있는 것 같다. 왜냐하면 이런 흘러내리는 모래가 동물의 중추기관과 같은 나뭇잎 모양의 덩어리이기 때문이다. 그러므로 바로 그 모래 속에서 식물의 잎이 돋아나기를 기대한다. 대지가 외적으로 스스로를 나뭇잎으로 표현하는 것은 놀라운 일이 아니다. 대지가 내적으로 그런 관념을 품고 진통을 겪고 있기 때문이다. 원자들은 이미 이 법칙을 배웠고, 그에 따라 잉태한다. 머리 위에 달린 나뭇잎은 여기서 자신의 원형을 본다. 지구 내부에서든지 동물의 몸속에서든지, '내적으로' 그것은 촉촉하고 두꺼운 '둥근 돌출부'이며, 간과 허파 지방의 엽(葉, lobe)[6]에 적용할 수 있는 단어다.[7] 외적으로는 그것이 마르고 얇은 '잎'이고, 심지어 f와 v는 b가 눌리고 마른 것이다. lobe의 어근은 lb이고, 부드러운 음 b(단엽인 또는 이중엽인 B)를 그 뒤에 있는 유음 l로 앞으로 밀고 있다. globe에서 어근은 glb이고, 후음 g가 단어의 의미에 목구멍의 능력을 덧붙인다. 새의 깃털과 날개는 훨씬 더 건조하고 얇은 잎이다. 이런 식으로 당신은 땅속에 있는 둔한 굼벵이에서 공중에서 훨훨 나는 나비가 된다. 지구 자체가 계속해서 자신을 초월하고 변형시켜서 자체 궤도에서 난다. 얼음조차 마치 수초의 잎이 물거울에 각인한 형으로 흘러 들어간 것처럼 섬세한 수정 잎에서부터 시작된다. 나무 전체 자체가 하나의 잎에 불과하다. 강은 훨씬 더 거대한 잎으로 그 걸쭉한 덩어리가 대지 사이에 있고, 읍과 도시는 잎겨드랑이에 있는 곤충의 알이다.

6　어원인 라틴어 동사 라보르labor는 흐르거나 미끄러져 내리는 것, 지나가는 것이라는 뜻이고, 글로부스globus에서 둥근 돌출부lobe, 지구globe와 싸다, 겹치다lap, 펄럭이다flap 등 많은 다른 단어가 파생되었다.

7　소로의 어원설명은 에머슨이 《자연》의 〈언어Language〉에서 주장한 다음과 같은 내용에 대부분 의존하고 있다. "1. 단어는 자연적인 사실을 기호로 표현한 것이다. 2. 특정한 자연적인 사실은 특정한 영적인 사실의 상징이다. 3. 자연은 영혼의 상징이다."

태양이 물러날 때 모래는 흐르기를 멈추지만, 아침이 되면 조류가 다시 시작될 것이고 갈라지고 또 갈라져서 수많은 다른 조류가 될 것이다. 어쩌면 여기서 혈관이 어떻게 형성되는지 볼 수 있을 것이다. 만약 자세히 보면, 먼저 얼음이 녹은 모래덩어리로부터 부드러워진 모래의 조류가 물방울 같은 뾰족한 침으로, 손가락 뿌리의 봉긋한 살처럼 천천히 맹목적으로 아래로 길을 더듬으며 앞으로 밀고 가는 모습을 관찰하게 된다. 그러다가 마침내 태양이 높이 올라감에 따라 열과 습도가 더 많아지면, 가장 유동적인 부분은 가장 비활성적인 부분도 따르는 법에 복종하려고 노력하면서 가장 비활성적인 부분으로부터 독립해 스스로 그 안에 꾸불꾸불한 경로나 동맥을 형성한다. 그 속에는 작은 은빛 조류가 걸쭉한 잎이나 가지 단계에서 다른 단계로 번개처럼 스치고 지나가는 모습이 보이고, 가끔 모래 속으로 사라지기도 한다. 모래가 흐를 때 나아가는 경로의 날카로운 가장자리를 형성하기 위해 얻을 수 있는 최고의 재료를 사용하면서 얼마나 빨리 그러나 완벽하게 자신을 구성하는지를 보면 놀랍다. 그런 것들이 강의 원천이다. 물이 퇴적시키는 규산물질 속에는 어쩌면 뼈와 같은 조직이 있을 것이고, 훨씬 더 미세한 토양과 유기물질 속에는 식육조직이나 세포조직이 있을 것이다. 인간이 얼었다가 녹는 진흙덩어리가 아니라면 무엇이겠는가? 인간의 손가락 끝부분의 봉긋한 살은 응고된 진흙 한 방울에 지나지 않는다. 손가락과 발가락은 얼었다가 녹는 몸뚱이로 갈 수 있는 한도까지 흐른 것이다. 좀더 온화한 하늘 아래에서라면 인간의 몸이 어디까지 확장되고 흘러갈지 누가 알겠는가? 손은 둥근 돌출부와 잎맥이 있으며 펼쳐진 '종려나무'의 잎이 아닌가? 귀는 상상하자면 머리 옆면에 둥근 돌출부나 방울이 있는 이끼로 간주될 것이다. 라틴어 라보르labor에서 파생된 입술은 동굴모양 입이 양면에서 접혀 겹친 것 또는 내려간 것이다. 코는 명백하게 응고된 방울이나 종유석이다. 턱은 훨씬 더 큰 방울이며 얼굴에서 합류해 떨어지는 방울이다. 뺨은 이마에서 얼굴 골짜기로 내려오는 미끄럼이며 광대뼈의 저항을 받고 퍼진 것이다. 식물 잎 하나하나의 동그스름한 돌출부도 더 크든지 작든지 두껍고 지금은 지체하는 방울이며, 둥근 돌출부는 잎의 손가락이다. 잎의 둥근 돌출부 수만큼 잎은 많은 방향으로 흐르려는 경향이 있고, 열기가 더 많거나 다른 좋은 영향 아래에 있었다면 잎이 훨씬 더 멀리 흘러가게 했을 것이다.

그러므로 이 언덕 사면 하나가 자연의 모든 작동원리를 설명해주는 것처럼 보였다. 이 지구의 창조자는 잎 하나를 전매특허 낸 것뿐이었다. 어떤 샹폴리옹Jean-François Champollion[8] 같은 사람이 마침내 새로운 잎 한 장을 넘길 수 있도록 이 상형문자를 우리에게 판독해줄 것인가? 내게는 이 현상이 포도밭의 풍요와 비옥함

---

8   장프랑수아 샹폴리옹은 프랑스의 이집트학 학자다. 로제타돌을 해독해 이집트 상형문자를 해석할 열쇠를 제공했다.

보다 더 기분을 들뜨게 한다. 실로 그 현상은 어느 정도 배설적인 성격이며, 마치 지구의 안과 밖이 뒤집어진 것처럼 간과 허파와 내장의 더미는 끝없이 많다. 그러나 이 현상은 적어도 자연에 내장이 있으며,[9] 또한 인류의 어머니가 있다는 사실을 암시한다. 이는 땅에서 빠져나오는 서리이고, 봄이다. 신화가 일상의 시에 선행하는 것처럼, 이 현상은 초록의 꽃피는 봄에 앞서 온다. 나는 겨울의 노여움과 소화불량을 정화하는 데 이보다 더 나은 하제下劑를 알지 못한다. 이 현상은 지구가 여전히 배내옷을 입고 있으며 사방으로 아기 손가락을 뻗고 있다는 확신을 준다. 갓 나온 곱슬머리가 털이 전혀 없는 이마에 조금씩 돋아난다. 생장과정을 거치지 않은 것은 전혀 없다. 이 잎사귀모양 더미가 용광로 찌꺼기처럼 둑을 따라 놓여 있으면서, 자연이 내부적으로는 '불을 때려고 한창 바람을 일으킨다'는 것을 보여준다. 지구는 주로 지질학자와 골동품연구가가 연구해야 할 책갈피처럼 층층이 쌓인 죽은 역사의 한 조각에 불과한 것이 아니라, 꽃과 열매에 선행하는 나뭇잎처럼 살아 있는 시다. 화석으로서의 지구가 아니라 살아 있는 지구인 것이다. 위대한 지구 중심부의 생명과 비교해서 모든 동물과 식물의 생명은 기생적인 존재에 불과하다. 지구가 진통하면 우리가 벗은 허물이 무덤으로부터 들릴 것이다. 당신은 금속을 녹여서 가능한 가장 아름다운 모양으로 주조할

9 내장은 동정과 연민이 있는 곳으로 간주되었다.

수 있을 것이다. 그러나 그렇게 주조한 모양도 결코 이 용해된 지구가 흘러 나가서 만드는 형상처럼 나를 흥분시킬 수는 없을 것이다. 해동된 대지만이 아니라 지구상에 있는 제도들도 옹기 장이의 손안에 있는 진흙처럼 마음대로 바뀔 수 있다.

오래지 않아 이 둑뿐 아니라 모든 언덕과 평야와 움푹 꺼진 곳에서 겨울잠을 자던 네발짐승이 굴에서 나오듯이 서리가 땅속으로부터 나와서 물 흐르는 소리를 내며 바다를 찾거나 구름이 되어 다른 풍토로 이주한다. 부드러운 설득으로 얼음을 녹이는 해동이 망치를 든 토르Thor보다 더 강력하다. 전자는 녹이고, 후자는 산산이 부수어 파편을 낼 뿐이다.

눈이 없는 땅이 부분적으로 보이고 며칠 동안 따뜻한 날이 땅 표면을 어느 정도 말라붙게 했을 때, 막 뜻밖에 드러나는 한 해 초창기의 첫 부드러운 징후와 겨울을 견디느라 시든 식물의 당당한 아름다움을 비교하는 것은 즐거운 일이다. 토끼 담배·미역취·네덜란드쥐손이와 우아한 야생잔디들은 심지어 그때까지 아름다움이 무르익지 않았던 것처럼 여름보다 더 자주 눈에 띄고, 흥미를 불러일으켰다. 황새풀·부들·우단담배풀·물레나물·조팝나무·일본조팝나무와 줄기가 강한 다른 식물도 보인다. 이들은 가장 일찍 찾아오는 새를 대접하는, 소진되지 않는 곡물창고 역할을 한다. 이들은 적어도 배우자를 여읜 자연이 두르고 있는 남부끄럽지 않은 풀이다. 나는 특히 방울고랭이의 궁형 다발 같은 꼭대기에 매혹된다. 그 잡초는 겨울을 기억하는 우리에게 여름을 상기시키고, 예술이 모사하기를 아주 좋아하는 형상 가운데 하나이며, 인간의 마음속에 이미 자리 잡은 유형과 천문학이 맺은 관계를 식물의 왕국에서 똑같이 보여준다. 방울고랭이는 그리스나 이집트 양식보다 더 오래된 고대 양식이다. 겨울에 일어나는 것 가운데 많은 현상은 말로 표현할 수 없는 부드러움과 부서지기 쉬운 섬세함이 있음을 암시한다. 우리는 이 왕이 무례하고 시끄러운 폭군으로 묘사되는 것에 익숙하지만, 그는 연인의 친절함으로 여름의 삼단 같은 머리를 장식한다.

봄이 다가오자 붉은 다람쥐가 한번에 두 마리씩 집 아래로 들어왔다. 다람쥐는 내가 앉아 글을 읽거나 쓸 때 발 바로 아래로 들어갔고, 들어본 소리 중에 가장 기이하게 껄껄거리며 지저귀고, 목소리를 획 바꾸고는 꾸르륵거리는 소리를 계속 냈다. 내가 발을 구르면 더 크게 지저귈 따름이었다. 마치 장난에 빠져 모든 두려움과 존경의 경지를 넘어 그들을 중단시키려는 인간에게 저항하는 것 같았다. "아니, 당신은 못해. 치커리chickaree 치커리."[10] 그들은 내 논지에 완전히 귀를 막았거나 논지의 힘을 인지하지 못하고 내가 저항할 수 없는 욕설가락을 퍼붓기 시작했다.

봄의 첫 참새! 어느 해보다 더 젊은 희망으로 시작하는 새해! 부분적으로 헐벗고 촉촉한 들판 너머에 들리는 파랑새, 멧종다리와 붉은죽지찌르레기의 희미한 은방울 굴리듯 맑은 지저귐

---

10 붉은 다람쥐의 울음소리이자 이름이다.

은 마치 겨울의 마지막 박편이 떨어지면서 딸랑딸랑 울리는 듯 들리누나! 그와 같은 때에 역사와 연대기, 전통과 모든 글로 쓰인 계시가 도대체 무엇이란 말인가? 시내는 봄에게 찬가를 부르고 환희를 노래한다. 목초지 위를 낮게 비행하는 잿빛개구리매는 잠에서 깨는 미끄덩거리는 첫 생명체를 이미 찾고 있다. 눈이 녹아 떨어져 내려앉는 소리가 모든 협곡에서 들리고, 얼음은 호수에서 빠르게 녹는다. "이른 비에 불려 나온 풀이 막 자라나고 있다"고 했듯이,[11] 풀은 언덕 사면에서 봄 불처럼 타오른다. 마치 지구가 돌아오는 태양을 맞이하기 위해 속에 있는 열기를 보내는 것 같다. 그 불길의 색깔은 노랗지 않고 초록색이다. 영원한 젊음의 상징인 풀잎이 긴 초록리본처럼 뗏장에서 여름으로 흘러 들어가고, 실로 서리의 제지를 받지만, 지난해의 건초에서 나온 새싹을 아래쪽에 있는 신선한 생명의 힘으로 들어 올려 이내 다시 밀고 올라온다. 풀은 땅에서 실개천이 스며 나오듯이 꾸준히 자란다. 풀은 실개천과 거의 동일한데, 왜냐하면 성장하는 시기인 6월에 실개천에 물이 마를 때 풀잎은 실개천의 수로가 되며, 해마다 소 떼가 이 영원한 초록 시내에서 물을 마시고, 풀 베는 사람은 겨울에 필요한 비축 물자를 때맞추어 얻기 때문이다. 우리 인간의 생명도 뿌리만 남고 지면까지 마르지만, 여전히 그

---

11 로마 최대의 학자 마르쿠스 테렌티우스 바로Marcus Terentius Varro의 《농업에 관하여Rerum Rusticarum》 2권 2장 14행에서 인용했다.

초록 풀잎을 영원히 뻗어낸다.

월든 호수는 빠르게 녹고 있다. 북쪽과 서쪽 가장자리를 따라 10미터 폭의 수로가 생겼고, 동쪽 끝은 폭이 훨씬 더 넓다. 거대한 넓은 얼음판이 본체에서 갈라져 나갔다. 나는 멧종다리가 호수 기슭의 덤불에서 "올릿 올릿 올릿, 칩 칩 칩, 체 차르, 체 위스 위스 위스"라고 노래하는 소리를 듣는다. 녀석도 얼음을 깨는 데 도움을 주고 있다. 어느 정도 호수 기슭의 만곡부와 일치하지만 더 규칙적인, 얼음 가장자리에서 큰 곡선을 그리며 뻗은 거대한 만곡부는 얼마나 멋있는지! 얼음은 최근 혹독하지만 일시적인 추위 때문에 보통 때와 달리 단단하고, 온통 물을 뿌린 것 같거나 궁전 바닥처럼 물결무늬가 있다. 그러나 바람이 불투명한 얼음의 표면 너머로 동쪽으로 미끄러지려 하지만 실패하고, 그 너머로 끊임없이 흐르는 수면에 도달한다. 이 물로 이루어진 리본이 햇빛 속에 반짝이는 것, 기쁨과 젊음으로 가득한 호수의 맨 얼굴을 보는 일은 멋진 일이다. 호수의 맨 얼굴은 마치 호수 안에 사는 물고기와 기슭에 있는 모래의 기쁨을 말하는 것 같았다. 호수 전체가 움직이는 한 마리의 물고기인 양, 잉어의 비늘처럼 은빛 광채가 났다. 겨울과 봄의 현저한 차이는 이와 같다. 죽었던 월든 호수가 다시 움직이고 있다. 그러나 지금까지 말한 것처럼 올해 봄에 월든 호수는 그 어느 때보다 더디게 깨어났다.

폭풍우 몰아치는 겨울에서 화창하고 온화한 날씨로 변하고 어둡고 느릿한 시간에서 밝고 탄성 있는 시간으로 변하는 것은 만물이 선언하는 중대한 위기다. 겉으로는 결국 동시에 일어나는 일처럼 보인다. 비록 저녁이 임박했고 겨울 구름이 여전히 저녁 하늘 위에 걸려 있었고 처마에서 진눈깨비 섞인 비가 똑똑 떨어졌지만, 갑자기 유입된 빛이 집을 채웠다. 나는 창밖을 내다보았는데, 보라! 어제 차가운 회색 얼음이 있던 곳에는 여름 저녁에 그러하듯 이미 고요해진 희망 가득한 투명한 호수가 놓여 있었다. 그 위에 보이는 것은 아무것도 없었지만 마치 어느 멀리 있는 수평선과 아는 것처럼, 그 가슴에 여름 저녁 하늘을 비추었다. 멀리서 울새가 우는 소리를 들었는데, 내가 수천 년 만에 들은 첫 노래였고, 앞으로 올 수천 년 동안 잊지 못할 음색이었다. 이 노래에는 옛날과 똑같이 감미롭고 힘이 있었다. 뉴잉글랜드의 여름날 끝자락에 오, 저녁 울새여! 그가 앉은 나뭇가지를 한 번이라도 발견할 수 있다면! 나는 '그 울새'를 의미하고, '그 나뭇가지'를 의미한다. 이것은 적어도 '그냥 울새'가 아니다. 오랫동안 축 처져 있던 내 집 근처에 자라는 리기다소나무와 참나무 관목은 갑자기 기존의 여러 가지 성격을 되찾았고, 더 빛나고 더 푸르고 더 똑바로 서고 생기가 도는 것처럼 보였다. 마치 비를 맞아 효과적으로 청소되고 복원된 것 같았다. 나는 비가 더는 오지 않을 것을 알았다. 당신은 숲의 어느 가지, 그래, 당신의 장작더미를 보고도 숲의 겨울이 지나갔는지 아닌지를 식별할 수 있다. 어두지면서 숲 위로 낮게 날아가는 기러기의 울음소리에 놀랐다. 그들은 남쪽의 호수로부터 늦게 도착해 마침내 자유로운 불평과 상호 위안에 빠진 지친 여행객 같았다. 문간에 서서 그들의 바쁜 날갯짓 소리를 들을 수 있었다. 그들은 집 쪽으로 몰려오다가 갑자기 집의 불빛을 탐지하고는 왁자지껄한 소리를 죽이며 선회해 호수에 내려앉았다. 나는 집 안으로 들어와 문을 닫고 숲속에서 첫 봄밤을 보냈다.

아침에는 문간에서 안갯속 기러기를 관찰했다. 그들은 250미터 떨어진 호수의 중앙으로 미끄러지듯 헤엄쳤고, 규모가 아주 크고 소란스러워서 월든 호수가 녀석들의 놀이를 위해 세운 인공호수 같았다. 내가 호수 기슭에 서자, 기러기들은 지휘관의 신호에 날개를 크게 퍼덕이면서 동시에 날아올랐다. 대오를 갖추자 그 가운데 스물아홉 마리가 내 머리 위에서 빙 돌았다. 그런 다음 지도자가 내는 규칙적인 울음소리에 맞추어 좀더 진흙투성이의 깊은 늪에서 먹을 아침식사를 기대하며 캐나다로 똑바로 향했다. 동시에 오리 한 '무리'가 날아올라 그들보다 더 시끄러운 사촌이 가는 길을 쫓아 북쪽으로 노선을 잡았다.

일주일 동안 나는 안개 낀 아침에 어떤 외로운 기러기가 빙빙 돌면서 시끄럽게 울며 무언가 더듬어 찾는 소리를 들었다. 동반자를 찾는 녀석은 숲이 지탱할 수 있는 정도보다 더 큰 생명체의 소리로 여전히 숲을 채웠다. 4월에는 비둘기가 작은 무리를 이루며 급하게 비행하는 모습이 다시 보였고, 내가 볼 수 있을 정도로 읍에 흰털발제비가 많을 것 같지는 않았지만 말이다. 나는 백인들이 오기 전에는 제비들이 속이 빈 나무 안에 거주한 특히 오래된 종족이라고 생각했다. 거의 모든 풍토에서 거북과 개구리는 봄이 계절의 선구자이자 전령이며, 새는 노래하며 번쩍이는 깃털로 날고 식물은 싹트며 꽃이 피고 바람은 부는데, 이는 남극과 북극에서 일어나는 이 가벼운 변동을 바로잡고 자연의 평형상태를 보존하기 위함이다.

모든 계절이 그 차례가 되면 우리에게 최고의 계절로 보이듯이, 봄의 도래는 혼돈으로부터 우주가 창조되고 황금시대가 구현되는 것처럼 보인다.

> 동풍은 아우로라와 나바테안Nabataean 왕국으로, [12]
> 페르시아로 물러갔고, 능선은 아침햇살 아래 놓였다. [13]
> ......
> 인간이 태어났다. 더 나은 세상의 기원인
> 만물의 창조자가 신의 씨로 그를 만들었는지
> 아니면 높은 창공에서 최근에 갈라져 나온
> 땅이 동족인 하늘의 씨 몇몇을 보유했는지. [14]

---

12 나바테안은 유프라테스Euphrates 강에서 홍해에 이르는 시리아와 아라비아 사이의 지역이다 기원전 312년부터 서기 105년까지 독립국가였다가 로마제국에 합병되었다.

13 오비디우스, 《변신》 1권 61, 62행.

14 같은 책, 1권 78~81행.

가랑비가 한 번만 내려도 풀의 초록빛은 훨씬 짙어진다. 우리의 전망도 더 나은 생각이 유입되어야 밝아진다. 자신에게 떨어지는 가장 작은 이슬의 영향을 고백하는 풀처럼, 우리가 항상 현재를 살고 일어나는 모든 재난을 잘 활용한다면, 의무를 다하면서 과거에 좋은 기회를 놓친 것을 속죄하느라 시간을 낭비하지 않는다면 우리는 복 있는 자일 것이다. 이미 봄이 왔는데도 우리는 겨울 속에서 어슬렁거린다. 상쾌한 봄날 아침에 모든 사람의 죄는 용서받는다. 그런 날은 악과 휴전한 날이다. 그런 봄날의 태양이 지속적으로 불타는 동안 가장 비열한 죄인도 돌아올 수 있다. 우리 자신이 회복한 순수함으로 우리는 이웃의 순수함을 식별한다. 어제는 이웃을 도둑이나 술주정뱅이나 호색가로 알고 단순히 동정하거나 경멸하고, 세상에 대해 절망했을 수 있다. 그러나 이 첫 봄날 아침, 태양은 찬란하고 따뜻하게 비추면서 세상을 재창조한다. 당신이 고요히 일하는 그를 만나고, 그의 지치고 방탕한 혈관이 어떻게 조용한 기쁨으로 팽창하고 새날을 축복하는지, 그가 영아의 순수함으로 봄의 영향력을 느끼는지를 보면, 그의 모든 잘못은 잊힌다. 그의 주위에는 선의의 분위기뿐 아니라, 새로 태어난 본능처럼 어쩌면 맹목적이고 비효율적으로나마 표현하고픈 성스러운 느낌조차 있다. 그래서 짧은 시간 동안 남쪽 언덕 사면에 천박한 농담의 메아리는 없다. 가장 어린 식물처럼 부드럽고 신선한, 순수하고 아름다운 싹들이 옹이진 껍질에서 터져 나와 새로운 한 해의 삶을 준비하는 모습이 보인다. 그런 죄인조차 하느님의 기쁨에 동참하게 되었다. 왜 간수는 감옥의 문을 열지 않고, 왜 판사는 사건을 기각하지 않고, 왜 목사는 신자들을 해산시키지 않는가! 그들이 신이 주는 암시에 복종하지도 않고, 모두에게 아무 대가 없이 제의하는 용서를 받아들이지 않기 때문이다.

"매일 고요하고 자비심 많은 아침의 숨결 속에서 생겨난 선으로 돌아가면, 사람은 미덕을 사랑하고 악을 미워하게 되어 그의 원시적인 본성에 약간은 다가간다. 벌채된 숲에서 자라나는 새싹들처럼 말이다. 마찬가지로 하루에 사람이 저지르는 악은 미덕의 싹이 다시 싹트기 시작하는 것을 방해하고 파괴한다."

"미덕의 싹이 여러 번 발육의 기회를 방해받으면, 자비심 많은 저녁의 숨결로는 미덕의 싹을 충분히 유지할 수 없다. 저녁의 숨결이 미덕의 싹을 더 오래 유지할 정도로 충분하지 않다면, 인간의 본성은 짐승의 본성과 크게 다르지 않다. 사람은 본성이 짐승과 같은 자를 보고서 본바탕이 없었다고 생각한다. 그러나 그것이 어찌 사람의 본래 성정이겠는가?[15]

　　황금시대가 처음 열렸는데,

　　그때에는 어떤 보복하는 자도 없었고 자연히 법도 없었지만

15　맹자의《맹자》〈고자장구 告子章句 상上〉 8장을 장 피에르 기욤 포티에의《공자와 맹자》에서 소로가 영역해 인용했다.

충성과 올바름을 소중히 했다. 처벌과 공포는 없었고,

달아놓은 놋쇠 패 위에 쓰인 위협적인 말도

낭독되지 않았다. 간청하는 군중도 판사의 말을

두려워하지 않았지만, 보복하는 자 없이 안전했다.

아직 산에서 베인 소나무가 흔들리는 파도로 떨어져 내려가서

낯선 세계를 볼 수 없었고,

인간은 자신들의 해변밖에 알지 못했다.

……

거기에는 영원한 봄이 있었고, 잔잔한 미풍이 따스한 바람으로

씨앗 없이 태어난 꽃들을 위로했다.[16]

4월 29일에 나인에이커코너 다리 근처에 있는 강둑에서 사향쥐가 잠복하던 방울새풀과 수양나무 뿌리 위에 서서 낚시를 하고 있을 때 덜거덕하는 기이한 소리를 들었다. 그 소리는 소년들이 손가락으로 가지고 노는 나무막대로 만든 짝짝이 소리와 약간 비슷했다. 위로 보니 아주 가녀리고 우아한 매가 아메리카쏙독새처럼 물결치듯 높이 날아오르다가 갑자기 5 내지 10미터 하강하기를 반복했고, 날개 아랫면을 보여주었다. 그 매는 햇빛 속에서 비단 리본이나 조개껍질 안쪽의 진주층처럼 빛났다. 이 광경을 보고 나는 매사냥을 떠올렸고, 매사냥이라고 하면 고귀

16　오비디우스, 앞의 책 1권 89~96행, 107, 108행.

함과 시를 연상하게 되는 이유를 깨달았다. 녀석을 쇠황조롱이라고 불러도 좋을 것 같았지만, 이름은 상관없다. 그 장면은 내가 목격한 가장 영묘한 비행이었다. 단순히 나비처럼 훨훨 날지 않았고, 더 큰 매처럼 높이 날아오르지도 않았지만, 넓은 하늘에서 자신 있고 당당하고 즐겁게 놀았다. 이상한 울음을 내며 거듭 올라가더니 자유롭고 아름다운 하강을 반복했다. 연처럼 돌고 돌다가도 굴러떨어진 높이를 상당히 회복하고는 했는데, 마치 한 번도 '단단한 땅'에 착지한 적이 없는 것 같았다. 혼자 놀고 있는 매는 세상에 친구가 하나도 없어 보였고, 함께 놀던 아침과 하늘 외에 아무도 필요로 하는 것 같지 않았다. 매는 외롭지 않았고, 도리어 그 아래에 있는 땅 전부를 외롭게 만들었다. 이 매를 부화한 어미와 친척과 아버지는 하늘 어디에 있었나? 하늘의 세입자인 매는 땅과 연관이 있는 것 같지만, 언젠가 험한 바위틈에서 알로부터 부화되었을 따름이다. 또는 매가 태어난 둥지는 무지개 장식과 석양의 하늘로 짜고 땅에서 올라와 잡힌 어떤 부드러운 한여름의 아지랑이로 안을 댄 구름의 귀퉁이에서 만들어졌나? 그 새의 둥지는 이제 어떤 낭떠러지 같은 구름이다.

이 외에 나는 금빛과 은빛과 밝은 구릿빛으로 어수선한 귀한 물고기를 잡았다. 그 물고기들은 보석을 엮은 줄처럼 보였다. 아! 나는 많은 첫 봄날 아침마다 목초지를 가로질러 작은 언덕에서 작은 언덕으로, 수양나무 뿌리에서 수양나무 뿌리로 건너뛰었고, 그때 야성적인 강의 골짜기와 숲은 너무나 순수하고 찬란한 빛이 내리쬐었기 때문에 죽은 자도 깨워 일으켰을 것이다. 어떤 이들이 상상하듯, 만약 그들이 무덤 속에서 자고 있었다면 말이다. 영원에 대한 더 강력한 증거는 필요 없다. 만물은 그런 빛 속에 살아야 한다. 오, 죽음이여. 너의 독침이 어디에 있느냐? 오, 무덤이여, 그때 너의 승리가 어디에 있느냐?[17]

마을을 둘러싼 탐험되지 않은 숲과 목초지가 없다면, 우리 마을의 삶은 활기를 잃을 것이다. 우리는 미개척지라는 강장제를 필요로 한다. 때때로 알락해오라기와 뜸부기가 숨어 있는 늪지를 헤쳐 나가고, 도요새의 울음소리를 듣고, 어떤 더 야성적이고 외로운 새가 둥지를 짓고, 밍크가 땅 가까이 배를 대고 기어가는 곳에서 살랑거리는 사초 냄새를 맡을 필요가 있다. 모든 것을 탐험하고 배우기를 진심으로 원하는 동시에 모든 것이 신비하고 탐험할 수 없는 것이기를 요구하고, 땅과 바다는 헤아릴 수 없기에 그 크기와 깊이가 측량되지 않는 무한한 야성의 것이기를 요구한다. 우리는 결코 자연을 충분히 누릴 수 없다. 우리는 무진장한 활기와, 광활하고 거대한 지형과 난파선이 있는 해변, 살아 있고 죽어가는 나무들이 있는 미개척지, 천둥 구름과 3주 동안 지속된 홍수를 야기하는 비가 내리는 광경을 보고 기분이 상쾌해야 한다. 우리의 한계가 깨지고 한 번도 배회해본 적이 없는 곳에서 자유로이 풀을 뜯는 생명체를 볼 필요가 있다. 우리는 우

---

17 《성서》〈고린도전서Korinthos〉15장 55절에서 인유했다.

리에게는 역겹고 기분 나쁜 썩은 고기를 독수리가 먹고살면서 건강과 힘을 얻는 모습을 보면 기뻐한다. 집으로 오는 길옆 움푹한 곳에 죽은 말 한 마리가 놓여 있었는데, 때때로 그 때문에 다른 길로 가야 했다. 특히 밤공기가 무거울 때 그러했다. 죽은 말은 자연의 강한 식욕과 범할 수 없는 건강에 대한 확신을 주었고, 내게는 이 문제에 대한 보상이 되었다. 나는 자연이 생명으로 아주 가득 차서 무수한 것이 희생될 여유가 있고 서로에게 먹이가 될 수 있음을 보는 것을 즐긴다. 약한 생물체가 아주 조용히 으스러져 펄프처럼 존재감이 없어질 수 있다는 것, 예를 들어 왜가리가 올챙이를 꿀꺽 삼키는 것과 거북과 두꺼비가 길에 다니는 마차에 치이는 것, 때때로 비 오듯 쏟아지는 피와 살을 보는 것을! 사고를 당할 위험이 있지만 그에 대한 설명이 거의 없다는 사실을 우리는 알아야 한다. 현명한 사람은 이런 현상에서 우주가 결백하다는 인상을 받는다. 독은 전혀 독성이 없으며, 어떤 상처도 치명적이지 않다. 동정은 오래 유지할 수 없는 지반이다. 동정은 신속해야 한다. 동정에 호소하는 것이 상투적이어서는 안 될 것이다.

5월 초에 참나무와 호두나무, 단풍나무와 다른 나무는 호수 주위에 있는 소나무 가운데서 막 싹이 트며, 주위 풍경에 햇빛 같은 밝음을 나누어주었는데, 특히 구름 낀 날에 그러했다. 마치 태양이 언덕 사면의 이곳저곳에 안개를 뚫고 나와서 희미하게 반짝이는 것 같았다. 5월 3일이나 4일에 나는 호수에서 아비 한 마리를 보았고, 그 달의 첫 주 동안 쏙독새와 명금, 개똥지빠귀, 숲타이란새, 토히새와 다른 새의 울음소리를 들었다. 미국개똥쥐빠귀 소리는 오래전에 들었다. 딱새가 이미 다시 와서 내 집이 자신이 살 만큼 충분히 동굴 같은지 보기 위해 집 문간과 창문에서 집 안을 들여다보았다. 마치 공기의 제지를 받는 것처럼 발톱을 구부리고 날개를 윙윙거리며 몸을 지탱하면서 경내를 조사하고 있었다. 리기다소나무의 유황 같은 꽃가루가 곧 호수와 그 기슭을 따라 돌과 썩은 나무를 덮었고, 원하면 한 통은 수거할 수도 있었을 것이다. 이것이 사람들이 말하는 '유황 소나기'다. 칼리다스Calidas의 희곡 〈사쿤탈라Sacontala(치명적인 반지)〉에서조차,[18] 우리는 "연꽃의 금빛 가루로 노랗게 물든 실개천"이라는 구절을 읽는다. 그리해서 더욱더 키가 커지는 풀 속으로 산책하면 할수록, 계절은 여름 속으로 점점 굴러 들어갔다.

이런 식으로 숲에서 보낸 첫 해가 마무리되었다. 그다음 해도 이와 유사했다. 나는 1847년 9월 6일에 마침내 월든을 떠났다.

18　칼리다스 또는 칼리다사Kalidasa는 5세기의 인도 시인이자 희곡작가다. 〈사쿤탈라〉는 1789년 윌리엄 존스William Jones가 영어로 번역했다.

18 | **맺음말**

의사는 현명하게도 아픈 사람들에게 공기와 풍경을 바꾸어보라고 추천한다. 다행히도 이곳이 전 세계는 아니다. 칠엽수는 뉴잉글랜드에서 자라지 않으며, 흉내지빠귀의 울음소리를 여기서는 거의 들을 수 없다. 기러기는 우리보다 더 세계적이다. 그는 아침을 캐나다에서 먹고, 점심을 오하이오 강에서 즐기며, 남쪽 늪지 호수의 물목에서 잠자기 위해 깃털을 다듬는다. 들소조차 어느 정도 계절과 보조를 맞춘다. 들소는 콜로라도의 목초지에서 풀을 뜯지만, 이는 더 푸르고 향긋한 풀이 옐로스톤에서 그를 기다릴 때까지만이다. 그러나 우리는 농장의 나무 가로장 울타리를 뽑아내고 돌담을 쌓으면 그때부터 우리 삶에 경계가 세워지고 운명이 결정된다고 생각한다. 만약 당신이 읍의 서기로 선출된다면 이번 여름에 티에라델푸에고Tierra del Fuego [1]에 갈 수 없다. 그럼에도 당신은 지옥 불의 땅에는 갈 수 있을 것이다. 우주는

---

1   남미 남단의 제도다.

우리가 보는 것보다 더 넓다.

호기심 많은 승객처럼 더 자주 우리가 탄 배의 고물 난간 너머를 보아야 하며, 뱃밥을 만드는 어리석은 선원처럼 항해해서는 안 된다. 지구의 반대쪽은 우리와 통신하는 사람의 고향에 불과하다. 우리의 항해는 단지 대권항법[2]에 불과하고, 의사들은 피부병에 대한 처방만 해준다. 어떤 사람은 기린을 사냥하러 남아프리카로 서둘러 가지만, 확실하게 기린은 그가 뒤쫓을 사냥감이 아니다. 기린을 사냥할 수 있더라도 도대체 얼마나 오랫동안 사냥할 것인가? 도요새와 멧도요도 진기한 사냥감이 될 수 있겠지만, 나는 자기 자신을 쏘는 것이 더 고귀한 경기라고 믿는다.[3]

당신의 눈을 똑바로 내부로 돌려보라, 그러면 당신의 마음속에
아직 발견되지 않은 1,000개의 지역을 발견할 테니.
그곳들을 여행하라, 그리하면
마음속 우주의 구조에 전문가가 될지니.

아프리카는 무엇을, 서구는 무엇을 상징하는가? 우리 자신의 내면은 해도에 하얗게 남아 있지 않을까? 우리가 발견하면 해안처럼 검은색으로 판명될 수도 있지만. 우리가 발견하려는 것

---

2 지구상의 두 점을 최단거리로 잇는 항법이다.
3 원문인 "to shoot one's self"는 자살하다는 뜻인 동시에 진정한 자아를 찾기 위해 사냥한다는 의미도 있다.

이 나일강이나 나이저 강, 미시시피Mississippi 강의 원천이나 북미 대륙 주위의 북서항로인가?[4] 이것이 인류에게 가장 관심이 있는 문제인가? 아내가 간절히 찾고자 노력하는 존 프랭클린John Franklin[5]은 유일하게 사라진 사람인가? 그리넬Henry Grinnell[6]은 자신이 어디에 있는지 아는가? 차라리 당신 자신의 강과 바다를 탐험하는 멍고 파크Mungo Park[7]와 루이스Meriwether Lewis와 클라크 William Smith Clark,[8] 그리고 마틴 프로비셔Martin Frobisher[9]가 돼라. 당신 자신의 땅에 있는 더 높은 위도 지역을 탐험하라. 꼭 필요하다면 당신이 먹을 절인 고기통조림을 배에 잔뜩 싣고 가서 빈 깡통을 하늘 높이 쌓아 표시하라.[10] 절인 고기통조림이 단지 고기를 보존하기 위해 발명되었는가? 아니다, 당신 안에 있는 완전히 새로운 대륙과 세계에 대해 콜럼버스Christopher Columbus와 같

---

4 숨겨진 원천을 찾으려는 탐색여행의 상징들이다. 나일강과 나이저 강은 아프리카에 있는 강들이며, 미시시피 강은 미국에 있는 강이다. 북서항로는 대서양과 태평양 사이에 있는 북극항로다.

5 영국의 탐험가로, 북서항로를 찾다가 1847년 북극에서 사라졌다. 그의 시신은 1859년에 발견되었다.

6 뉴욕 상인으로, 1850년과 1853년 두 차례에 걸쳐 프랭클린의 탐험에 재정을 지원했다.

7 니제르Niger 강을 탐험한 스코틀랜드의 탐험가로, 두 번째 원정에서 원주민과 싸우다가 익사했다.

8 메리웨더 루이스와 윌리엄 클라크는 1803년 미국이 프랑스로부터 사들인 루이지애나 구입지의 지역을 탐험했고, 태평양으로 가는 육로를 발견했다.

9 영국의 항해자이자 탐험가로, 북서항로를 발견하려고 세 번 시도했다.

10 일라이셔 켄트 케인Elisha Kent Kane은 프랭클린의 겨울 캠프에서 600개가 넘는 빈 고기통조림 통을 발견했다고 한다.

은 사람이 되어, 무역이 아니라 사고의 새로운 항로를 열라. 모든 사람은 한 왕국의 군주이며, 그 옆에서 차르Czar의 지상제국[11]은 보잘것없는 국가, 얼음이 옮긴 작은 언덕에 불과하다. 그러나 '자기-존경심'이 없는 사람은 애국심이 생기면 소를 위해 대를 희생할 수 있다.[12] 그들은 자신들의 무덤이 될 땅을 사랑하지만 생애에 끊임없이 활기를 줄 수 있는 영혼과는 교감하지 않는다. 애국심은 그들의 머릿속에 있는 구더기다. 남태평양 탐험원정[13]이 벌인 모든 행진에 막대한 비용이 들었음에도 다음과 같은 사실을 간접적으로 인정한 것 외에 무슨 의미가 있었는가? 즉 정신적인 세계에도 대륙과 바다가 있으며, 개개인은 대륙을 연결하는 지협이고 서로 다른 바다의 물을 끌어들이는 어귀지만 아직 탐험되지 않았다는 사실과, 탐험가 한 사람을 지원할 500명의 어른과 소년을 태운 정부가 지원하는 배로 추위와 폭풍우와 식인종을 뚫고 수천 마일을 항해하는 것이 사적인 바다, 즉 오로지 혼자만의 대서양과 태평양을 탐험하는 것보다 더 쉽다는 사실을 인정한 것이다.

그들이 돌아다니면서 이국적인 호주인들을 자세히 관찰하게

---

11 차르가 지배하는 러시아제국은 하나의 통치권이 지배하는 영토 가운데 가장 컸다.
12 정치(소)를 위해 자아(대)를 희생하거나 땅에 정신을 희생하는 것을 뜻한다.
13 남태평양과 남극해를 탐험하기 위해 찰스 윌크스Charles Wilkes 중위가 1838년부터 1842년까지 이끈 미국 해군탐험대를 뜻한다.

내버려두라.

나는 신에 대한 것을 더 많이 알지만, 그들은 길에 대한 것을 더 많이 안다.[14]

잔지바르[15]에 있는 고양이의 수를 헤아리기 위해 세계일주를 할 가치는 없다. 그러나 당신이 더 잘할 수 있을 때까지 그렇게라도 하라. 그러면 마침내 지구 내부에 도달할 수 있는 '심즈의 구멍Symmes' Hole' 같은 것[16]을 발견할 수도 있을 것이다. 영국과 프랑스, 스페인과 포르투갈, 황금해안과 노예해안[17]은 모두 이 사적인 바다 쪽으로 향하고 있다. 그러나 그쪽에서 오는 어떤 배도 육지가 보이지 않는 곳에서 항해하는 위험을 무릅쓰지 않았다. 분명히 그 길이 인도로 가는 직행 항로임에도 말이다.[18] 만약 당신이 모든 언어를 말하는 법과 모든 나라의 관습에 따르는 법을 배우고자 한다면, 모든 여행자보다 더 멀리 여행하고, 모든 풍토에 적응하고, 스핑크스가 돌에 머리를 부딪쳐 깨지게 하고 싶다

<hr />

14 로마 시인 클라우디안Claudian의 시 〈베로나의 노인De Sene Veronensi〉 중에서 인용했다.

15 동아프리카 해변 앞에 있는 섬이다.

16 퇴역 육군대위였던 존 클리브스 심즈John Cleves Symmes는 지구의 속이 비었으며 그 속에서 사람이 살 수 있고 양극 부근은 넓게 열려 있다고 주장하고, 자신의 이론을 증명하기 위해 1818년부터 죽을 때까지 탐험기금을 모으려 노력했다.

17 두 해안 모두 서아프리카의 기니Guinea 만에 있으며, 16세기에서 18세기까지 금과 노예의 원천으로 유명했던 곳이다.

18 인도는 소로에게 외양의 많은 부분이 벗겨지고 내부에 이르는 장소다.

면, 바로 옛 철학자의 가르침을 따라 당신 자신을 탐험하라.[19] 여기에는 눈과 용기가 필요하다. 패배자와 변절자만 참전하는데, 그들은 도망해서 입대하는 겁쟁이들이다.[20] 지금 즉시 저기 가장 먼 서쪽 길로 출발하라. 그 길은 미시시피 강이나 태평양에서 멈추지도 않고, 낡아 빠진 중국이나 일본 쪽으로 통하지 않고, 이 지구와 접선을 이루며, 여름과 겨울, 낮과 밤, 해가 지고, 달이 지고, 마침내 지구마저 질 때까지 똑바로 계속 인도한다.

미라보Mirabeau[21]는 사회의 가장 성스러운 법칙에 대해 공식적인 반대 입장에 서기 위해 어느 정도의 결심이 필요한지 확인하기 위해 노상강도질을 했다고 전해진다. 그는 "횡대로 줄지어 싸우는 군인은 노상강도의 용기에 반만큼도 필요하지 않다"고 선언했고, "명예와 종교가 숙고에서 나온 굳은 결심에 방해가 된 적은 없었다"고 선언했다. 지금 상태로 보면 남성다운 말이었다. 그럼에도 절박한 상황이 아니었다면 그 말은 헛된 것이었다. 좀 더 제정신인 사람이라면 훨씬 더 신성한 법칙에 복종함으로써 '사회의 가장 신성한 법칙'으로 간주되는 것에 '공식적으로 반대 입장에' 서는 자신을 종종 발견했을 것이고, 그래서 각별히 노력

19 여기서 언급하는 '옛 철학자'는 "너 자신을 알라"고 했던 소크라테스일 가능성이 있다.

20 이들은 자신을 탐험할 충분한 용기가 없었다는 점에서 겁쟁이다.

21 미라보 백작의 이름은 오노레-가브리엘 빅토르 리케티Honoré-Gabriel Riqueti 이며, 프랑스 혁명기의 정치가다.

하지 않고도 그의 결심을 시험했을 것이다. 사회에 미라보와 같은 식으로 반항적인 태도를 취하는 것은 사람답지 못하며, 자신의 존재 법칙에 복종하기 위해 어떤 태도를 취하든지 그것을 유지하는 편이 사람답다.

나는 숲으로 들어간 이유만큼 좋은 이유로 숲을 떠났다.[22] 어쩌면 살아야 할 여러 개의 더 많은 삶이 있는 것 같아서, 그 하나의 삶을 위해 내가 더 시간을 쓸 수 없었기 때문이다. 얼마나 쉽고 무감각하게 우리는 특정한 길에 발을 내딛고, 자신을 위해 밟아 다진 길을 만드는지 놀랄 만하다. 내가 거기에 산 지 일주일도 지나지 않아 내 집 문에서 호수 가까지는 발자국이 만든 길이 났고, 내가 그 길을 밟은 지 5, 6년이 되었지만 길의 흔적은 여전히 아주 분명하다. 염려스럽지만 다른 사람들이 그 길로 다녔을 수 있고, 그 길을 계속 사용하는 데 도움을 준 것은 사실이다. 대지의 표면은 부드러우며 인간의 발에 자국이 쉽게 나고, 이는 마음이 여행하는 길도 마찬가지다. 그렇다면 세상의 큰길들은 얼마나 닳고 먼지가 많겠는가. 전통과 순응이 다닌 바퀴자국은 얼마나 깊게 파였겠는가! 나는 선실 여행을 원하지 않았다.[23] 그보

---

22 에머슨은 1847년 10월 첫 주에 유럽으로 강연여행을 떠나기로 되어 있었다. 그의 아내 리디안Lidian은 남편이 집에 없는 동안 소로에게 그의 가족과 함께 지내달라고 요청했다. 일주일 후인 9월 6일에 소로는 에머슨의 집으로 입주했다.

23 선실 여행은 비싸고 편한 여행을 의미한다. 최저 요금 객실인 3등 선객이나 선원의 여행과 대조되는 단어다.

다는 차라리 돛대 앞²⁴과 세상의 갑판에서 여행하기를 원했는데, 왜냐하면 거기서는 내가 산 사이에 비치는 달빛을 가장 잘 볼 수 있기 때문이다. 나는 이제 갑판 아래²⁵로 내려가기를 원하지 않는다.

나는 내 실험으로 적어도 다음과 같은 사실을 배웠다. 사람이 자신의 꿈의 방향으로 자신감 있게 전진하고 상상해온 삶을 위해 노력한다면, 보통 때에는 예기치 못한 성공을 만날 것이다. 그는 어떤 일들을 잊고 보이지 않는 경계선을 지날 것이다. 새롭고 보편적이며 더 자유로운 법칙들이 그의 주위와 내면에 자리 잡기 시작할 것이다. 또는 오래된 법칙들이 확대되고 좀더 자유로운 의미에서 그에게 유리하게 해석되어, 그는 존재의 보다 높은 질서의 허가증을 품고 살 것이다. 그가 삶을 간소화하는 것에 비례해 우주의 법칙은 덜 복잡하게 보일 것이다. 고독은 고독이 아니며, 가난도 가난이 아니고, 약함도 약함이 아닐 것이다. 만약 당신이 공중에 성을 쌓았다고 해도 당신의 작업은 헛되지 않을 것이다. 그것은 있어야 할 곳에 있으니까. 이제 그 아래에 토대를 놓으라.

영국과 미국이 이해할 수 있도록 말해야 그들이 당신을 이해할 수 있다는 말은 그들의 엉뚱한 요구다. 인간도 독버섯도 그런 식으로 자라지는 않는다. 마치 그들이 당신을 이해하는 것이 중요하고, 그들 없이는 당신을 이해할 사람들이 충분하지 않은 것처럼 요구한다. 마치 자연이 하나의 의사소통 체제만 지지할 수 있어서 네발짐승뿐 아니라 새, 즉 기어 다니는 것뿐 아니라 날아다니는 것도 먹여살릴 수 없는 것처럼, 그리고 브라이트가 이해할 수 있는 '허쉬'와 '후'[26]가 최고의 영어인 것처럼 군다. 내가 확신한 진실에 적합해야 하는데, 내 표현이 충분히 도를 넘지 못한 것이 아닐까, 매일의 경험의 좁은 한계 너머로 충분히 멀리 돌아다니지 못하는 것이 아닐까 두렵다. 도를 넘음! 그것은 당신이 어떻게 둘러싸여 있는가에 달렸다. 다른 위도에 있는 새로운 목초지를 찾아 이주하는 아메리카들소는 우유를 짜는 시간에 들통을 차서 엎어버리고, 소울타리를 뛰어넘어 자기 새끼를 쫓아 달려가는 암소처럼 엉뚱하지는 않다. 나는 경계 '바깥' 어디에서 말하고 싶다. 잠에서 깨어나는 순간에 있는 사람이 잠에서 깨어나는 순간에 있는 다른 사람들에게 말하는 것처럼 말이다. 왜냐하면 나는 진실한 표현을 할 수 있는 기반을 놓기 위해서라면 아무리 과장해도 지나치지 않다고 확신하기 때문이다. 한 가락의 음악을 들은 사람이라면 이제 엉뚱한 말을 할까 싶어 더는 영원히 두려워할 사람이 누가 있겠는가? 미래나 가능한 것들을 예상할 때, 우리는 앞일을 규정하지 않고 상당히 느슨하게 살아야 한

---

26 소에게 명령하는 말로 '출발해'와 '멈춰'를 뜻한다.

다. 그 편에 있는 우리의 윤곽이 희미하고 또렷하지 않게 살아야 한다. 우리의 그림자가 태양을 향해 감지할 수 없는 땀을 발산하듯이 말이다. 우리의 말이 지닌 휘발성 있는 진실은 계속해서 남은 진술이 적당하지 않음을 드러내야 한다. 우리의 말에 담긴 진실은 즉시 '번역되고,' 문자적인 기념비만 홀로 남는다. 우리의 신념과 신앙심을 표현하는 말들이 명확하지는 않지만, 뛰어난 사람들에게는 중요하며 유향처럼 향기롭다.

왜 우리는 항상 우리의 인식수준을 가장 둔한 정도로 낮추고는 그것을 상식common sense [27]이라고 칭송하는가? 가장 흔한 상식은 잠자는 사람의 인식인데, 그들은 코를 고는 것으로 표현한다. 때때로 우리는 지능이 1.5배인 사람을 0.5배인 사람과 동일한 등급으로 분류하는 경향이 있는데, 이는 사람의 지능을 3분의 1만 감지하기 때문이다. 어떤 사람들은 아침노을이 붉다고 불평할 것이다. 한 번이라도 충분히 일찍 일어난다면 말이다. 내가 듣기로, "그들은 카비르Kabir Bedi [28]의 시가 네 가지의 다른 인식, 즉 환상, 영혼, 지성과《베다》의 평범한 가르침을 일깨워준다

27 여기서 소로가 말하는 '상식'은, 동일한 이름을 학파명으로 사용한 스코틀랜드의 한 철학학파the Scottish common sense school of philosophy의 개념에서 빌려온 것이다. 특히 토마스 레이드Thomas Reid의 개념을 차용하고 있다. 그 개념에 따르면 상식은 신이 인간의 정신에 심은 일련의 내재적인 개념작용과 믿음의 원리로 내리는 자연스러운 판단이라고 한다.

28 평화를 사랑하는 인도의 신비주의자이며, 힌두교와 이슬람 종교의 화해를 위해 노력했다.

고 주장한다." 그러나 세상의 이편에서는 어떤 사람의 글이 하나 이상의 해석을 유효한 것으로 인정하면, 불평의 근거로 간주한다. 영국이 감자의 역병을 고치기 위해 노력하면서 누구라도 훨씬 더 널리 치명적으로 퍼진 두뇌의 역병은 치유하려고 노력하지 않을 것인가?

내가 모호한 지점에 도달했다고 생각하지는 않지만, 만약 월든 호수의 얼음에 대해 사람들이 흠잡은 그 이상의 치명적인 잘못이 내가 쓴 글에서 발견되지 않는다면 나는 자랑스러울 것이다. 남부의 고객은 얼음의 푸른색을 싫어했다. 그 색은 월든 호수의 얼음이 순수하다는 증거이지만, 그들은 마치 물이 흐려서 나는 색이라 여기고, 흰색이지만 잡초 맛이 나는 케임브리지의 얼음을 더 좋아했다. 인간들이 사랑하는 순수함은 대지를 감싸고 있는 안개와 같은 것이지, 그 너머에 있는 하늘색 창공과 같지는 않다.

어떤 이들은 우리와 같은 일반적인 현대인은 고대인이나 심지어 엘리자베스 여왕의 시대의 사람과 비교해서도 지적인 난장이라고 우리 귀에 큰소리로 되풀이하고 있다. 그것이 무슨 의미가 있는가? 살아 있는 개는 죽은 사자보다 낫다. 자신이 피그미족에 속한다고 해서, 가능한 한 가장 큰 피그미가 되려는 것이 아니라 가서 목을 매어야 하는가? 모든 사람이 자기 일에 신경쓰고, 타고난 대로의 사람이 되도록 노력하자.

우리는 왜 그렇게 성공하려고 필사적으로 서둘러야 하고 무모한 사업을 시도하는가? 만약 어떤 사람이 그의 동료와 보조를 맞추지 않는다면, 어쩌면 그가 다른 북 치는 사람의 북소리를 듣기 때문일 것이다. 그가 듣는 음악에 발을 맞추게 두라. 박자가 어떠하든지, 소리가 얼마나 멀리서 들리든지 말이다. 그가 사과나무나 참나무만큼 빨리 성장하는 것은 중요하지 않다. 그가 그의 봄을 여름으로 바꾸어야 한다는 말인가? 우리가 창조된 목적을 이루기 위한 조건이 아직 성숙되지 않았다면, 그것을 대체할 수 있는 어떤 현실이 있을까? 우리는 헛된 현실에 걸려 난파되지는 않을 것이다. 우리가 애써 우리 위에 푸른 유리로 된 하늘을 세울 것인가? 그 일이 이루어져도 우리는 마치 유리하늘이 없는 것처럼 훨씬 더 위에 있는 진정으로 영묘한 하늘을 여전히 응시할 것이 확실하다.

쿠루Kouroo[29]라는 도시에 완벽을 추구하는 예술가가 있었다. 어느 날 그는 지팡이를 만들어야겠다고 생각했다. 그는 불완전한 작품에는 시간이 하나의 요소이지만 완벽한 작품에는 시간이 문제되지 않는다고 생각하고는, 평생 그 외에 다른 일은 전혀 하지 않더라도 그 지팡이는 모든 면에서 완벽하게 만들 것이라고 스스로에게 다짐했다. 그 지팡이가 적절하지 못한 재료로 만들어져서는 안 된다고 결심하고, 그는 즉시 나무를 구하기 위해 숲으로 나아갔다. 막대기를 찾아 헤맸지만 보는 막대기마다 퇴

---

29 이 도시의 이름은 인도의 전설적인 영웅 쿠루(Kuru 또는 Curu로 쓰기도 한다)를 모방한 것이다. 이하 나머지 이야기는 소로가 지어낸 이야기로 보인다.

짜를 놓았다. 그의 친구들은 작업을 하다가 늙어 죽는 바람에 그를 떠났다. 그러나 그는 한순간도 더 늙지 않았다. 한 가지 목적에만 골몰하는 그의 결심과 고양된 경건함이 자신도 모르게 영원한 젊음을 주었기 때문이다. 그가 시간과 전혀 타협하지 않았기 때문에 시간은 그의 길에서 물러났고, 그를 이길 수 없어서 멀리서 한숨을 지을 따름이었다. 그가 모든 면에서 적합한 막대기를 찾아내기 전에 쿠루 시는 하얗게 폐허가 되었고, 그는 쿠루의 한 흙무덤 위에 앉아 막대기를 깎았다. 그가 그 막대기로 적당한 형상을 만들기 전에 칸다하르Kandahar 왕조[30]가 끝났고, 막대기 끝부분으로 그 왕족의 마지막 왕의 이름을 모래에 쓴 다음에 작업을 재개했다. 그가 지팡이를 다듬고 윤을 내었을 즈음에 칼파Kalpa[31]는 더는 북극성이 아니었다. 그가 지팡이 끝에 뾰족한 쇠를 달고 머리 부분을 보석으로 장식하기 전에, 브라흐마는 여러 번 잠에서 깼다가 다시 잠들었다. 내가 왜 이런 이야기를 계속해야 하는가? 그의 작품이 마지막으로 어루만져졌을 때, 지팡이는 놀란 예술가의 눈앞에서 갑자기 브라흐마의 모든 창조물 가운데 가장 아름다운 것으로 피어났다. 그는 지팡이를 만들면서 새로운 체계, 완전하고 아름다운 비율의 세계를 만들었다. 그

---

30 1748년에서 1773년까지 아프가니스탄의 수도였던 칸다하르라는 도시의 이름을 모방한 것이다.

31 힌두교와 불교에서 칼파는 별이 아니라 세상의 시작과 끝 사이의 시간을 말한다. 브라흐마의 시간으로는 하루, 인간의 시간으로는 43억 2,000만 시간에 해당한다.

속에는 옛 도시와 왕조는 사라졌지만 더 아름답고 영광스러운 것이 자리를 대신했다. 이제야 그는 그의 발 근처에 아직도 신선한 깎은 나무부스러기 더미를 보고, 그와 그의 작품에게 이전에 지나간 시간은 환영이었다는 사실과, 브라흐마의 두뇌에서 불꽃이 하나 일어 인간 두뇌의 부싯깃에 떨어져 불사르는 데 필요한 시간밖에 지나지 않았다는 사실을 알았다. 재료는 순수했고, 그의 기술도 순수했으니 그 결과가 어찌 놀랍지 않으랴?

사물에게 보일 수 있는 어떤 얼굴도 끝내 진리만큼 우리에게 큰 도움을 주지는 않을 것이다. 진리만이 오래갈 것이다. 대체로 우리는 있어야 할 곳이 아니라 잘못된 위치에 있다. 우리는 본성의 나약함으로 인해 하나의 경우를 상정하고 자신을 그 속에 넣는다. 이럴 경우 동시에 두 가지 상황에 처하므로 빠져나오기가 두 배로 어렵다. 정신이 멀쩡할 때 우리는 사실에만, 있는 그대로의 경우에만 주목한다. 의례적으로 해야 할 말을 하는 것이 아니라 마음에 있는 말을 하라. 어떤 진실도 가장된 말보다는 낫다. 땜장이 톰 하이드Tom Hyde는 교수대에 섰을 때 남길 말이 있느냐는 질문을 받았다. 그는 "재봉사들에게 바늘로 첫 한 땀을 꿰매기 전에 실에 매듭짓는 것을 기억하라고 말해주시오"라고 말했다. 그의 동료의 기도는 잊혔다.

삶이 아무리 비천할지라도 삶에 대면하라. 피하고 욕하지 말라. 당신의 삶이 당신만큼 나쁘지는 않다. 당신이 가장 부유할 때 삶은 가장 가난해 보인다. 헐뜯는 사람은 천국에서조차 흠을 찾을 것이다. 비록 당신의 삶이 초라할지라도 그것을 사랑하라. 어쩌면 당신은 구빈원에서조차 즐겁고 감격적이고 멋진 시간을 보낼수 있다. 석양에 지는 해는 부자의 저택에 비치듯이 구빈원의 창문에도 찬란하게 비친다. 봄이면 눈은 구빈원의 문 앞에서도 마찬가지로 일찍 녹는다. 나는 평온한 정신의 소유자는 거기서도 궁전에서만큼 만족스럽게 살면서 즐거운 생각을 한다는 사실을 안다. 읍의 가난한 사람들이 내게는 종종 누구보다 가장 독립적으로 사는것처럼 보인다. 어쩌면 그들은 아무런 염려 없이 남의 도움을 받기때문에 정말 대단하다. 대부분은 읍의 지원을 받는 것을 수치로 여긴다. 그러나 그들이 정직하지 못한 수단으로 스스로를 부양하는일을 수치로 여기지 않는 일이 더 자주 발생하는데, 그것은 더 창피한 일일 것이다. 가난을 정원에서 키우는 식용식물처럼, 샐비어처럼 재배하라. 옷이든 친구든 새로운 것을 얻기 위해 자신을 많이 괴롭히지 말라. 오래된 것을 뒤집어 고치고, 오래된 것들에 돌아가라. 사물은 변하지 않고, 우리가 변할 따름이다. 당신의 옷은 팔고, 당신의 생각은 지키라. 신은 당신이 사교생활을 원치 않는다는 사실을 깨달을 것이다. 만약 내가 평생 거미처럼 다락방의 한구석에 갇혀보내더라도, 내가 생각을 하는 한 내게 세상은 마찬가지로 넓을 것이다. 철학자가 말하기를, "삼군三軍의 군대와 맞서 그 원수를 빼앗을 수는 있지만, 필부에게서 그 뜻을 빼앗지는 못한다."[32] 자신을 개

----

32   공자의 《논어》 9권 25장을 장 피에르 기욤 포티에의 《공자와 맹자》에서 소로가

발하려고, 많은 영향력에 조종되도록 스스로를 속박하고 너무 열심히 애쓰지 말라. 그렇게 하는 것은 낭비일 따름이다. 겸손은 어둠처럼 천상의 빛을 드러낸다. 가난과 비열함의 그림자가 우리를 둘러싸고 있지만, "보라! 우리 시야에 창조가 드넓어진다." 우리에게 크로이소스Croesus[33]의 부가 주어진다고 해도 우리의 목적은 여전히 똑같을 것이고, 수단도 본질적으로는 똑같을 것이다. 더구나 만약 가난 때문에 활동범위가 제한된다면, 예를 들어 책과 신문을 살 수 없다면, 당신은 가장 중요하고 절대로 필요한 것만 경험하도록 집중하면 된다. 가장 많은 설탕과 가장 많은 전분을 산출하는 재료를 다루도록 강요받는 것이다. 뼈 가까이에 있는 삶이 가장 맛있다.[34] 당신은 보잘것없는 존재가 되지 않도록 방어를 받는 것이다. 어떤 사람도 더 높은 수준의 것에 대한 도량 때문에 더 낮은 수준의 것에서 손해 보는 일은 없다. 과도한 부로는 사치품을 살 수 있을 따름이다. 영혼에게 필요한 단 하나의 필수품을 사는 데 돈은 필요치 않다.

나는 납으로 된 벽 모퉁이 안에 사는데, 벽 속에는 약간의 구리와 주석 합금구성물이 들어 있다. 종종 한낮에 휴식할 때 집 밖에서 "틴틴나불룸tintinnabulum"이라는 혼란스러운 소리가 귀에

영역해 인용했다.

33 기원전 6세기에 소아시아 서쪽에 있던 리디아의 왕으로, 당시에 가장 부유한 사람으로 알려져 있었다.

34 15세기의 속담에 "뼈에 가까울수록 고기는 더 맛있다"는 말이 있었다고 한다.

들린다. 그것은 동시대인이 내는 소음이다. 내 이웃은 유명한 신사와 숙녀와 어떤 모험을 했는지, 식탁에서 어떤 고귀한 신분의 사람을 만났는지 내게 말해준다. 그러나 나는 그런 것에 대해서는 매일 신문에 나오는 내용만큼이나 관심이 없다. 그들의 관심과 대화는 주로 의복과 예의범절에 관한 것이다. 그러나 옷을 어떻게 입히든지 거위는 여전히 거위다. 그들은 내게 캘리포니아 주와 텍사스 주에 대해, 영국과 인도에 대해, 조지아 주나 매사추세츠 주의 모 의원에 대해 말한다. 모두 일시적이고 덧없는 현상이어서, 나는 마멜루크Mameluke 장교처럼 그들의 뜰에서 뛰어내릴 준비가 되어 있다.[35] 나는 내 위치에 있는 것을 좋아한다. 잘난 체 행렬을 지어 걷거나 눈에 띄는 장소에서 줄을 지어 행진하지 않고, 할 수 있다면 우주의 건설자와도 함께 걷고, 이처럼 불안정하고 신경질적이며 소란스럽고 보잘것없는 19세기에 살지 않고, 이 시기가 지나가는 동안 생각에 잠겨 서거나 앉고 싶다. 사람들은 무엇을 경축하는가? 그들은 모두 준비위원회에 속하며, 매시간 누군가의 연설을 기대한다. 신은 그날의 의장에 불과하고, 웹스터가 신의 연설가다. 나는 무게를 재고 진정하다가 매우 강하고 올바르게 나를 끌어당기는 쪽으로 끌려가고 싶다. 저울대에 매달려 무게가 적게 나가도록 시도하

---

35 1811년에 이집트 총독 메헤메트 알리Mehemet Ali가 이집트의 군대의 장교 계급인 마멜루크를 학살하라고 명령했지만, 그들 가운데 한 명이 담에서 뛰어내려 말을 타고 도망했다는 전설이 있다.

지 않고, 어떤 상황을 가정하지 않고 있는 그대로 받아들이면서 말이다. 내가 갈 수 있는 유일한 길, 어떤 권력도 나를 막을 수 없는 길을 여행하고 싶다. 단단한 토대를 놓기도 전에 아치를 쌓아 올리는 일을 시작하는 것은 내게 아무런 만족을 주지 못한다. 살얼음판 위에서 아슬아슬한 놀이를 하지 말자. 어디든지 단단한 바닥이 있다. 어떤 여행자가 한 소년에게 그의 앞에 늪 바닥이 단단한지 물었다는 글을 읽은 적이 있을 것이다. 소년은 그렇다고 대답했다. 곧 여행자의 말이 뱃대끈 부분에 이르기까지 늪 속으로 빠졌다. 그는 소년에게 "늪 바닥이 단단하다고 네가 말하지 않았나"라고 말했다. "늪 바닥은 단단해요. 그러나 아직 거기까지는 반도 못 가셨는데요"라고 소년이 대답했다. 사회의 늪과 유사流砂도 그러하다. 그러나 그것을 아는 사람이면 노회한 청년이다. 생각하고 말하고 행하는 것이 쓸모 있는 경우는 아주 드물고 우연한 기회에만 일어난다. 나는 겨우 윗가지와 회반죽 바른 것에 못을 박을 어리석은 사람 가운데 한 명이 되고 싶지는 않다. 그런 행동을 하고서는 밤잠을 이루지 못할 것이다. 내게 망치를 주고 뼈대를 만져보게 하라. 접합제에 의존하지 말라. 못을 제대로 박고 아주 믿을 만하게 고정시켜서 밤에 깨어나서도 당신이 한 작업에 만족스러워 할 수 있도록 하라. 시의 신에게 지켜달라고 기원해도 부끄럽지 않을 작업을 하라. 그렇게 할 때만 신은 도울 것이다. 그 일을 계속하는 동안 당신이 박은 모든 못은 우주라는 기계에 박힌 다른 대갈못과 같아야 한다.

사랑이나 돈이나 명성보다 진리를 내게 달라. 나는 값비싼 음식과 풍부한 와인, 아양을 떠는 시중이 있었지만, 성실함과 진리가 없던 식탁에 앉아 있었고, 대접이 좋지 않은 식탁에서 배고픈 채로 떠났다. 환대는 얼린 후식과자처럼 차가웠다. 나는 후식과자를 얼리는 데 얼음이 필요 없다고 생각했다. 그들은 내게 와인이 얼마나 오래되었는가와 포도주 제조연도의 명성에 대해 이야기했다. 나는 제조연도가 좀더 오래되고, 더 새롭고 순수한 와인에 대해 생각했는데, 그 와인은 그들이 소유하지도 않았고 살 수도 없는 것이었다. 호화로운 생활과 집과 땅, '대접'은 내게 아무것도 아니다. 나는 왕을 방문했지만, 그는 나를 복도에서 기다리게 했고, 환대할 능력이 없는 사람처럼 행동했다. 내게는 속이 텅 빈 나무 안에 사는 이웃이 있었다. 그의 예의범절은 진정으로 제왕다웠다. 그를 방문했더라면 더 나았을 뻔했다.

우리는 얼마나 오랫동안 현관에 앉아서 어떻게 한다 해도 부적절할, 쓸모없고 곰팡내 나는 미덕을 실천하고 있을 것인가? 마치 어떤 이가 오래 참음으로써 하루를 시작해 감자밭에 괭이질을 할 사람을 고용하고, 오후에는 미리 계획한 선의로 기독교적인 온유와 자선을 실천하러 나서는 것과 같이 말이다! 중국의 자부심과 정체된 자기만족을 인류가 가졌다고 생각해보라. 이 세대는 찬란한 혈통의 마지막이라는 것에 대해 약간 자축하는 경향이 있다. 보스턴과 런던과 파리와 로마에서 자신들의 긴 혈통을 생각하며, 예술과 과학과 문학에서 이룬 진보에 대해 만족스럽게 말한다. 철학회의 기록과 '위인'에 대한 공공연한 찬사가 있다! 마치 자신의 미덕을 관조하는 선한 아담 같다. "그래요, 우리는 위대한 행위를 했고, 영원히 사라지지 않을 신성한 노래를 불렀습니다." 다시 말해 '우리'가 그들을 기억하는 한 그렇다는 말이다. 아시리아의 박학한 학회와 위인, 그들은 어디 있나? 우리는 얼마나 젊은 철학자이며 실험가인가! 독자 가운데 누구도 인생을 완전히 살아본 사람은 없다. 이들은 인류의 생애에서 보면 봄의 달을 사는 것에 불과할 것이다. 우리 중에 7년 동안 옴으로 고생하며 산 사람이 있을지 모르나, 17년을 산 매미를 콩코드에서 본 적은 아직 없었다. 우리가 사는 지구의 얇은 겉껍질 정도를 알고 있을 뿐이다. 대부분의 사람은 지표 아래 6피트도 파보지 않았고, 그 위로 6피트도 뛰어올라보지 않았다. 우리는 우리가 어디에 있는지 모른다. 우리는 시간의 거의 반을 깊이 잠들어 있다. 그러나 우리는 스스로 현명하다고 생각하며, 땅 표면에 확립된 질서를 세웠다. 실로 우리는 깊은 사색가이며, 야심 찬 영혼의 사람들이다! 숲 바닥의 솔잎 사이로 기면서 내 시선으로부터 자신을 감추려고 애쓰는 곤충을 내려다보며 서서, 왜 곤충은 그런 비하적인 생각을 하면서 어쩌면 자신에게 시혜를 베풀고 자신의 종족에게 어떤 기분 좋은 정보를 줄 수도 있는 나로부터 머리를 숨기려는지 자문하면서, 나는 인간 곤충인 나를 내려다보고 서 있는 더 위대한 은인이자 지혜로운 존재를 생각한다.

세상으로 끊임없이 신기한 것이 유입되지만 그럼에도 우리는 믿을 수 없을 정도의 따분함을 참아낸다. 이는 가장 계몽된 국가들에서 어떤 종류의 설교가 여전히 들리는지를 생각해보기만 해도 알 수 있다. 기쁨과 슬픔 같은 단어가 있지만, 콧소리를 내며 부르는 찬송가의 후렴에 불과하고, 우리는 일상적이고 천박한 것을 믿는다. 우리는 옷만 갈아입을 수 있을 따름이라고 생각한다. 대영제국은 대단히 넓고 존경할 만하며, 미국은 일류 강대국이라고 알려져 있다. 우리는 사람들이 그런 생각을 한 번이라도 품는다면, 대영제국을 장작개비처럼 물에 띄울 수 있는 조수가 모든 사람 뒤에서 차올랐다가 빠져나간다는 사실을 믿지 않는다. 17년을 산 매미가 다음에 땅속에서 나올지 누가 아는가? 내가 사는 세상의 정부는 영국 정부처럼 와인을 마시며 나누는 식후 대화로 구성되지 않는다.

우리 안의 생명은 강에 있는 물과 같다. 올해 강물은 인간이 지금껏 알아왔던 것보다 더 높이 불어 바싹 마른 고지를 범람할 수도 있다. 심지어 올해는 사향쥐를 모두 물에 떠내려 보내는 중대한 해가 될 수 있다. 우리가 사는 곳이 항상 마른 땅은 아니었다. 나는 내륙 저 멀리 있는 옛적에 과학이 그 강의 홍수를 기록하기 전에 시내가 침식한 강둑을 본다. 누구든지 뉴잉글랜드에서 여러 차례 회자된 강하고 아름다운 벌레에 대해 들어본 적이 있을 텐데, 그 벌레는 사과나무로 만든 오래된 식탁의 마른 덧판에서 나왔다. 그 식탁은 처음에는 코네티컷 주에서, 그 후에는 매사추세츠 주에서 농부의 부엌에 60년 동안 놓여 있었다. 그 너머에 있는 나이테를 헤아리면 나타나듯이, 벌레는 그보다 몇 년 더 이전에 살아 있는 나무 속에 낳은 알에서 나왔다. 벌레가 나오려고 나무를 갉아먹는 소리가 수 주일 동안 들렸는데, 어쩌면 항아리의 열기 때문에 부화되었을 것이다. 누군들 이 소리를 듣고서 부활과 영생에 대한 믿음이 강건해지지 않을 것인가? 어떤 아름다운 날개 달린 한 생명체의 알이 사교적으로 완전히 메마른 삶 속에서 여러 겹의 목질의 동심으로 이루어진 나이테 아래에 오랫동안 묻혀 있었다. 그 알은 처음에는 초록의 살아 있는 나무의 백목질 속에 있었다. 그 나무는 점차 잘 마른 무덤을 닮아갔다. 농부의 가족이 축제의 식탁에 둘러앉았을 때, 어쩌면 그 벌레가 수년 동안 갉아먹으며 나오는 소리를 듣고 가족이 놀랐을 것이다. 그렇게 아름다운 날개 달린 생명이 마침내 자신의 완벽한 여름 생을 즐기기 위해 갑자기 가장 보잘것없는 선물로 받은 가구에서 나올지 누가 알았겠는가!

나는 존이나 조너선[36]이 이 모든 것을 깨달으리라고 말하지는 않지만, 단순히 시간이 흐른다고 해서 결코 새벽에 이를 수 없는 것이 아침의 특성이라고 말하고 싶다. 우리의 눈을 멀게 하는 빛은 우리에게 어둠과 마찬가지다. 우리가 정신 차리는 날에만 동이 튼다. 동틀 날은 더 있다. 태양은 아침에 뜨는 별에 불과하다.

---

36 존은 전형적인 영국인을, 조너선은 전형적인 미국인을 뜻한다.

완역에서 — 완독까지 002

월든

초판 1쇄 인쇄 2017년 12월 14일 초판 1쇄 발행 2017년 12월 26일

지은이 헨리 데이비드 소로 옮긴이 박연옥
펴낸이 연준혁

출판1부서 이사 김은주
출판4분사 분사장 김남철
편집 이지은
디자인 이세호

펴낸곳 (주)위즈덤하우스 미디어그룹 출판등록 2000년 5월 23일 제13-1071호
주소 경기도 고양시 일산동구 정발산로 43-20 센트럴프라자 6층
전화 031)936-4000 팩스 031)903-3893 홈페이지 www.wisdomhouse.co.kr

값 16,000원
ISBN 979-11-6220-147-3 04840
ISBN 979-11-6220-145-9 (set)

국립중앙도서관 출판예정도서목록(CIP)

월든 / 지은이: 헨리 데이비드 소로 ; 옮긴이: 박연옥. — 고양 : 위즈덤하
우스 미디어그룹, 2017

    p. ;   cm. — (완역에서 완독까지 ; 002)

원표제: Walden : or, life in the woods
원저자명: Henry David Thoreau
영어 원작을 한국어로 번역
ISBN 979-11-6220-147-3 04840 : ₩16000
ISBN 979-11-6220-145-9 (세트) 04080

미국 수필[美國隨筆]

844-KDC6
814.3-DDC23   CIP2017030417